Van dezelfde auteur:

Bemind
Passie

Roomservice

Tilly Bagshawe

Roomservice

2008 – De Boekerij – Amsterdam

Oorspronkelijke titel: Do Not Disturb (Orion Books)
Vertaling: Joost van der Meer en William Oostendorp
Omslagontwerp: marliesvisser.nl
Omslagfoto: Corbis

ISBN 978-90-225-5149-3

Voor mijn ouders, Nick en Daphne Bagshawe

Wanneer ik mijn zegeningen ook zal tellen,
jullie zullen boven aan de lijst staan.

DE HOOFDROLSPELERS

Honor Palmer, erfgename van het familiefortuin van de Palmers en het befaamde Palmers Hotel. Een societyschoonheid met hersens.
Tina Palmer, Honors nymfomane jongere zus. Een Hollywoodsterretje.
Trey Palmer, hun bejaarde, aan alzheimer lijdende vader.
Laura Palmer, hun overleden moeder.
Lise Palmer, Treys nieuwste, geldgeile vrouwtje.
Caleb, Honors trouwe boxer, een zeer ondeugend hondje.
Tertius Palmer, Honors legendarische grootvader, de grondlegger van het Palmers Hotel.
Danny Carlucci, maffiabaas uit Massachusetts en ex-minnaar van Tina Palmer.
Dick Great, ook een van Tina's veroveringen. Doet als pornoster zijn naam eer aan.
Jacob Foster, verre neef van Trey. Een geldbeluste, wedergeboren christen.
Sam Brannagan, Honor Palmers advocaat en kameraad.
Lucas Ruiz, wonderkind binnen het hotelwezen, de arme jongen die het ver geschopt heeft. Door en door ambitieus, zowel in zaken als in bed. Lucas is het populairste exportartikel van Ibiza.
Ines Ruiz, zijn armoe lijdende moeder die thuis niets heeft in te brengen.
Jose Ruiz, haar man en stiefvader van Lucas. Een dronken bullebak.
Paco en Domingo Ruiz, Lucas' halfbroers.
Carla Leon, Lucas' minnares annex mentrix, een goeddoende 'Mrs. Robinson'.
Pepe Leon, haar liefhebbende man.
Ben Slater, hedgefondsmiljonair, genie en allround goeierik. Een Essexboy met een hart van goud en een dikke portemonnee.
Eileen Slater, zijn mams, maar koken kan ze echt niet.
Karen en Nikki Slater, zijn zussen.
Tammy, zijn toegewijde juweel van een secretaresse.
Sian Doyle, Iers-Amerikaanse schoonheid uit Nergenshuizen, New Jersey, een aankomend journalist.

Simon Davis, hoofdredacteur van *News of the World*. Bij de redactie liefhebbend Satan genoemd.

Bianca Battista, Latijns-Amerikaans supermodel. Vanbinnen en vanbuiten een engel.

Devon Carter, steunpilaar binnen de societykringen van East Hampton, ergens in de vijftig, succesvol advocaat en huisvader.

Karis Carter, zijn neurotische, labiele vrouw en voormalig model.

Lola Carter, hun adembenemend mooie, wilde, roodharige dochter.

Nick Carter, hun net zo knappe maar o zo verwende en stierlijk vervelende zoon.

Alex Loeb, trustfondshaantje uit East Hampton en vriendje van Nick Carter.

Anton Tisch, miljardair, zakenman, hotelier en financier. Een volslagen meedogenloze controlfreak.

Heidi, een van Antons vele exen, en de moeder van zijn dochter.

Mitzi, Antons Deense dog, het enige levende wezen waar hij echt van houdt.

Julia Brett Sadler, manager van het Tischen Cadogan Hotel, het vlaggenschip van Anton Tisch.

Petra Kamalski, dochter van een Russische oligarch en aanstormend hotelier. Aartsrivale van Lucas Ruiz en een van de weinige vrouwen die ongevoelig zijn voor zijn charmes.

Saskia Kennilworth, sletterig, kakkineus pr-meisje. Werkzaam voor Anton, in meerdere opzichten.

Morty Sullivan, hoofd van de bouwcommissie in East Hampton, die zich in de warme belangstelling van iedere hotelier met bouwplannen mag verheugen.

Whit Hammond, de laatste in een lange rij van luie managers bij het Palmers.

Enrique, hoofdbarman bij het Palmers. Onderdeel van het meubilair, kent Honor al sinds haar kinderjaren.

Miguel Munoz, manager van het Britannia Hotel op Ibiza en eerste baas van Lucas. Een grafbek met een graftent.

Paddy McGuire, Ierse journalist en racefanaat. Een lieverd.

Marti Gluckman, internetondernemer die zo voor Supermans alter ego Clark Kent kan doorgaan.

Deel 1

1

'Over mijn lijk! Horen jullie me? Alleen over mijn lijk zullen jullie het Palmers krijgen, stelletje doortrapte, achterbakse...'

Piepend en rochelend moest Trey Palmer zijn zin afbreken, maar voor Honor, zijn oudste dochter, was de boodschap wel duidelijk. De ziekte van Alzheimer mocht dan zijn verstandelijke vermogens wreed hebben aangetast, zijn verbittering bleek immuun.

'Toe, meneer Palmer, wind u niet zo op,' maande de advocaat. Sam Brannagan had meer familieruzies meegemaakt dan hij zich kon herinneren; de meeste daarvan hier, in dit kantoor. Met zijn donker eikenhouten lambriseringen en het geruststellend dure en comfortabele meubilair straalde de werkkamer een klassieke Bostoniaanse sfeer uit, een toepasselijke omgeving, zo die al bestond, voor een familievete.

Kijkend naar hoe de oude man met zijn zuurstofmaskertje worstelde terwijl hij zijn onfortuinlijke dochter woest aankeek, kon Sam zich niet herinneren ooit méér onverholen haat te hebben aanschouwd dan op deze dag. Met een meer dan depressief gevoel sloeg hij de gretige, geldbeluste blikken om hem heen gade.

Honor Palmer, die deze bijeenkomst had belegd, was de enige fatsoenlijke onder hen. Maar ook zij was niet echt het warme knuffeltype. Met haar jongensachtige piekhaar, havikachtige trekken en haar tengere, atletische postuur had de mooie juriste, kersvers afgestudeerd aan Harvard, wel degelijk iets roofdierachtigs over zich. Alles aan haar, van haar tien centimeter hoge Christian Louboutin-schoenen en haar uiterst formele zwarte broekpak van Prada tot haar lage, autoritaire stem en haar indrukwekkende beheersing van de complexe juridische zaken die werden besproken, verried een gestaalde inborst, wat ongewoon was voor zo'n jong iemand. Vooral voor een vrouw.

Wat de anderen betrof, bijeengeschaard rondom de oude man als een groep haaien die om een gewonde zeehond zwemmen, van hen draaide zijn maag zich bijkans om.

Neem nu Tina, Honors jongere zus. Met een verveeld gezicht zat ze in een hoek terwijl ze nadrukkelijk een blik op haar diamanten horloge van Chopard wierp. Net als zus Honor beslist aantrekkelijk, maar dan in tegenovergestelde zin: blond, bont en pront. Deze drie woorden dienden zich al vrijwel direct aan. Tina zag eruit als iemand die haar kleren bij Hookers-R-Us kocht. Zelfs bij een belangrijke vergadering als deze was Bostons antwoord op Paris Hilton verschenen in een gerafeld spijkerrokje dat ternauwernood haar kruis bedekte, en een roze mannenoverhemd dat onder haar borsten was samengeknoopt om aldus een compleet alpendal aan decolleté te onthullen. Aan de walging op haar gezicht te zien, terwijl ze haar vaders hese gepiep en gesputter aanhoorde, was het duidelijk dat ze weinig met hem ophad. Ook leek ze nauwelijks geïnteresseerd in de pogingen van haar zus om de familie voor de financiële afgrond te behoeden.

De Fosters waren zelfs nog doorzichtiger. Jacob, een verre achterneef uit Omaha, en zijn vrouw, hadden in de kranten over Treys alzheimer en de bedreiging van diens imperium gelezen en hadden het hol verlaten om te kijken wat er te halen viel. Hoewel ze beiden een opzichtig kruis om de hals droegen en zich ostentatief als wedergeboren christenen manifesteerden, was elke verwijzing naar Treys bevroren bankrekeningen al genoeg om ze als een stel uitgehongerde puppy's aan het kwijlen te krijgen. Tijdens de bijeenkomst vandaag hadden ze voornamelijk Lise, Treys bimbovrouwtje, die ze als hun belangrijkste kaper op de kust beschouwden waar het om de familie-erfenis ging, met afkeurende blikken gadegeslagen.

Vergeleken met rapster Lil' Kim mocht Lise dan outfittechnisch gezien een lellebel zijn, in tegenstelling tot de Fosters had ze in elk geval het voordeel dat ze door haar man werd herkend. Sam zag meteen dat Trey noch zijn dochters neef Jacob ooit eerder in hun leven hadden ontmoet.

Bij nader inzien was het misschien nauwelijks verrassend dat iedereen was gekomen. Er stond immers nogal wat op het spel. De Palmers behoorden tot de rijkste en meest prominente families in Boston, en dat al drie generaties lang. Treys overgrootvader was al een rijk man toen hij uit Engeland emigreerde, en had als een van de eerste grote Amerikaanse hoteliers het familiefortuin vervijfvoudigd. Zijn eerste hotel, het Cranley in de chique Newbury Street, liep zo goed dat hij nog geen tien jaar later weer twee hotels opende: het King James in Manhattan en het inmiddels legendarische Palmers in East Hampton. Toen Treys vader, Tertius Palmer, erfgenaam werd, bedroeg het netto familiefortuin, voorzichtig geschat, meer dan tien miljoen dollar. En dat was in de jaren vijftig. God mocht weten hoeveel dat nu zou zijn.

Net als zijn grootvader en zijn vader was Tertius een slim zakentalent. Maar terwijl zijn voorgangers voortdurend wilden uitbreiden, pakte hij het anders aan. Profiterend van de enorme vraag naar onroerend goed in de nasleep van de Tweede Wereldoorlog verkocht hij de eerste twee hotels met een gigantische winst, die hij vervolgens zeer succesvol belegde op de aandelenmarkt. Na een leger van effectenmakelaars te hebben ingehuurd om zijn aandelenmandje te beheren was hij vrij om zich helemaal te richten op het enige hotel dat hij niet had verkocht: het Palmers. Bij zijn dood, in hetzelfde jaar dat Honor werd geboren, stond het Palmers wijd en zijd bekend als het meest exclusieve, meest begerenswaardige hotel ter wereld.

Honor en Tina groeiden op te midden van de restanten van dit illustere verleden. Het hotel was voor hen een tweede thuis en als kleine meisjes konden ze hun opwinding nauwelijks de baas wanneer moeder Laura hen elke zomer hielp met koffers pakken, waarna ze vertrokken voor drie heerlijke, lange maanden vol plezier in East Hampton.

Maar toen moeder Laura omkwam bij een auto-ongeluk toen haar dochters acht en tien waren, veranderde alles. Trey, niet bij machte toe te geven aan zijn verdriet uit vrees dat hij eraan onderdoor zou gaan, had zichzelf volledig losgekoppeld van alles wat hem aan zijn vrouw en hun leven samen herinnerde. Daar hoorden niet alleen zijn kinderen bij, die hem nu juist hard nodig hadden, maar ook het Palmers. Het hotel, dat een halve eeuw lang de parel in de familiekroon was geweest, verloor al snel zijn topstatus toen Trey zich er steeds minder vaak liet zien.

Nu, een kleine dertien jaar later, was het weinig meer dan een doorsnee 'luxe'-hotel, en misschien zelfs wat sjofeler dan de meeste concurrenten. Dankzij het Palmerfortuin kon de boel financieel nog worden gestut, want anders zou het hotel al jaren geleden zijn gesloten.

Honor haalde even diep adem om zichzelf te kalmeren en keek door het raam naar buiten. Ze wist dat ze een goed besluit had genomen. Zich ontfermen over haar vaders bezittingen was de enige manier om het Palmers, en het beetje van wat er nog van haar eens zo riante aanspraak op de erfenis over was, te beschermen. Toch kon ze Trey niet recht in de ogen kijken. Zelfs na al die jaren voelde ze zich nog diep gekwetst door zijn afkeer en wantrouwen jegens haar.

Ironisch genoeg was Brannagans kantoor gevestigd in Newbury Street, bijna recht tegenover wat ooit het Cranley Hotel was geweest en nu een opgeleukt winkelcentrum was. Het was juni, de scholen waren dicht voor de zomervakantie en het was er druk. Studenten in shorts en varsity-T-shirts hingen lachend rond in groepjes en lurkten aan hun frappucino's op het caféterras terwijl rijke dames haastig langstrippelden, op weg naar de haute-couturewinkels, ongetwijfeld azend op een leuke zomeraanbieding.

Ze leken het allemaal zo naar hun zin te hebben, en eventjes wenste Honor dat ook zij daar zat, haar trustfonds verbeuzelend alsof er geen vuiltje aan de lucht was. Zo leefde zus Tina immers haar leven, samen met de meeste wezenloze rijkeluiskindertjes van de stad, met wie ze was opgegroeid. Dus waarom zij niet?

Maar al snel trok het zeurende, flemende stemgeluid van haar stiefmoeder haar weer terug de realiteit in.

'Meneer Brannagan, dit is gewoon ongehoord,' meende Lise, die haar best deed zich zo armlastig mogelijk te profileren, wat nog niet meeviel gezien de genereuze hoeveelheid 20-plus-karaats diamanten waarmee ze zichzelf had opgesmukt. 'Mijn schat is ziek en al meteen...' ze legde een magere hand met roodgelakte nagels als een klauw op Treys oudemannenbeen, 'staan deze aasgieren klaar om hun slag te slaan.'

'Ach, kom,' merkte Honor met verachting op. Haar stem klonk laag en zwoel, waardoor ze zelfs nog masculiener leek over te komen. 'Vader is niemands "schat". En als er één van ons, hier, een aasgier is, ben jij het wel.'

Hoewel officieel Honors stiefmoeder was Lise slechts een paar jaar ouder. Als ex-stewardess met gebotoxte Angelina Jolie-lippen en een hoeveelheid haarextensies die haar totale lichaamsgewicht waarschijnlijk overtrof, was ze de vierde bimbo met wie Trey de afgelopen twaalf jaar in het huwelijksbootje was gestapt in de ijdele hoop dat ze hem zijn zo gewenste zoon zou schenken.

Al sinds het overlijden van de moeder van Honor en Tina werd Trey verteerd door het verlangen naar een zoon die de familienaam zou doorgeven en aan wie hij het Palmers kon overdragen. Honor, die zielsveel van haar vader hield en hem zo graag tevreden wilde stellen, deed er tijdens haar tienerjaren alles aan om maar de zoon te worden die hij zo graag wilde. Niet tevreden met uitblinken in studie en typisch mannelijke sporten als honkbal en schieten, knipte ze haar haren kort en koos ze voor jongensachtige kleren in een poging hem gelukkig te maken. Ze begon zelfs aan een hongerdieet, alles om de naderende puberteit en de gevreesde borstgroei, die ze als ongewilde doch onontkoombare symbolen van haar vrouwelijkheid beschouwde, zo lang mogelijk uit te stellen.

Maar voor Trey was het nooit genoeg.

Niet bereid te accepteren dat híj juist met vruchtbaarheidsproblemen kampte, weigerde hij de hoop op te geven en onderwierp hij zijn dochters aan een reeks belachelijk jonge stiefmoeders. Als de een niet zwanger raakte, volgde er eenvoudigweg een scheiding ten faveure van een volgend, jonger model. Maar niet voordat hij eerst gedwongen was om een klein fortuin aan alimentatie op te hoesten.

Na een tijdje was Honor immuun geworden voor deze vrouwen. Lise was gewoon van hetzelfde laken een pak als haar voorgangsters. Maar met haar zevenentwintig jaar deelde ze haar leven heus niet met een oude kreupele man als Trey omdat ze van hem hield. Het zou ronduit belachelijk zijn om zoiets te veinzen.

'Vader wordt officieel niet langer in staat geacht zijn eigen zaken te regelen,' vervolgde Honor tussen neus en lippen door haar verhaal. 'Waarmee meneer Brannagan, als zijn trustee automatisch diens jurist is. Hij en hij alleen heeft het besluit genomen om mij aan te stellen om het Palmers en de overige familiebezittingen te beheren. Ja toch, Sam?'

De jurist ging wat zenuwachtig verzitten in zijn stoel. Was hij de enige die het zo vreselijk warm had?

'Je wilt dus beweren dat het niets om het lijf heeft dat neef Trey tijdens zijn leven duidelijk liet blijken dat hij voor het Palmers een mannelijke opvolger in gedachten had?' sputterde de neef uit Omaha, die de hoop op de jackpot door zijn vingers zag glijden.

'Dat "tijdens zijn leven" geldt nog steeds, hoor, meneer Foster,' was Honors bijtende opmerking. 'Hij is nog niet dood.'

'Het is "Jacob", zoals je nu wel zou moeten weten,' beet de neef haar toe.

'O, neem me vooral niet kwalijk, hoor,' reageerde Honor op sarcastische toon. 'Ik vrees dat ik altijd heb geleerd om geen voornamen te gebruiken bij mensen van wie ik geen idee heb wie ze zijn.'

'Wie is er niet dood?' vroeg Trey terwijl hij vertwijfeld om zich heen keek. 'En wie is Adam?'

Ondanks alles ging het Honor aan het hart om hem zo verloren en in de war te zien. Als de artsen gelijk hadden, wist hij over een paar maanden misschien niet eens meer wie ze was. De ziekte van Alzheimer was als een sluipmoordenaar.

'Maakt u zich maar geen zorgen, meneer Palmer,' kwam de jurist vriendelijk tussenbeide. 'Ik kan u verzekeren dat uw dochter uw belangen prima behartigt. Ze is uitstekend gekwalificeerd om de zaken over te nemen.'

Trey snoof wat minachtend. 'Uitstekend gekwalificeerd? Ze is een vróúw, meneer Brannagan,' sneerde hij. 'Ze is duidelijk net zo sluw en achterbaks als al haar seksegenoten. Maar daarmee run je nog niet het beste hotel ter wereld.'

'Maar met een pik en een paar ballen erbij staat ze wel degelijk haar mannetje, zeker?' merkte Tina op. 'God, wat ben jij zielig, zeg.'

Het was voor het eerst dat ze zich liet horen, en alle hoofden draaiden zich naar haar om. Gezien haar blik van afkeuring over zulke taal leek de vrouw van neef Jacob elk moment te kunnen ontploffen.

'Begrijp me niet verkeerd,' ging Tina met een glimlach naar Brannagan verder, 'het kan me echt geen reet schelen wat er met het Palmers gebeurt.

Maar als Honor de Grote Redder wil uithangen, vind ik dat we haar een kans moeten geven. Zolang ik mijn trustfonds én mijn toelage maar krijg, kun je met mij alle kanten op.'

'Nou, dat laatste weten we, zeg,' brieste Honor. Het was krengig, maar ze kon er niets aan doen. Tina's na-mij-de-zondvloed-houding had bij Honor altijd al een mengeling van afkeer en afgunst opgewekt, en vooral vandaag zat ze daar even niet op te wachten. 'En nog iets: ik wil helemaal niets "uithangen". Ik doe dit alleen maar omdat vader zo ziek is.'

'Kom zeg,' reageerde Tina op haar beurt terwijl ze met een hand in haar beha reikte om zonder een greintje schaamte haar borsten wat op te schudden. 'Dat is onzin, en dat weet je. Al vanaf je geboorte wilde jij de baas van het Palmers zijn.'

Honor zweeg. Het was waar: ze wilde altijd al de baas van het Palmers zijn.

Maar niet op deze manier.

Al vanaf haar prilste jeugd wist Honor Palmer dat ze anders was dan anderen.

Het was niet alleen de jaloerse manier waarop haar vriendinnetjes haar bekeken als de chauffeur haar en Tina in de Bentley T bij de kleuterschool afzette, of de fotografen die haar de stuipen op het lijf joegen door om haar vader en moeder heen te zwermen als ze op weg waren naar een etentje of een liefdadigheidsfeest. Het zat dieper. Het was het zeer vroege besef dat de naam Palmer niet alleen een voorrecht was, maar ook een enorme verantwoordelijkheid met zich meebracht.

Ze had haar grootvader nooit gekend, maar in haar jeugd leek de geest van Tertius Palmer toch overal aanwezig. Zijn portret hing in de vestibule van het riante herenhuis van de familie in Boston; zijn boeken vulden de planken van de bibliotheek; zijn zware, mahoniehouten bureau domineerde nog altijd haar vaders studeerkamer. Zelfs de tuinen waarin zij en Tina gewoonlijk speelden, met hun prachtige doolhof en het wilgenpad langs de oevers van de rivier de Charles, waren ontworpen en aangelegd door Tertius.

Maar nergens was zijn geest meer voelbaar dan in het Palmers. Vroeger, toen haar moeder nog leefde, bracht Honor elke zomer in het statige, oude hotel in East Hampton door, en luisterde ze naar de verhalen over haar grootvader en de prachtige tijden die hij er had beleefd. In haar kinderogen was het Palmers een wonderland. Als ze samen met Tina zeemerminnetje speelde in de vijver, als ze met hun driewielers om het hardst over het eindeloze gepolitoerde parket van de onafzienbare gangen raceten, was het alsof de buitenwereld niet bestond.

De hotelgasten, van wie de meesten al wat ouder waren en hier al jaren kwamen, gedroegen zich opvallend tolerant tegenover de twee onstuimige kleine meisjes. Gasten die Tertius nog hadden gekend, namen Honor graag even bij zich om haar sterke verhalen te vertellen over het oudejaarsavondfeest toen haar grootvader met een Italiaanse prinses had gedanst, of toen hij in een tweedekker op het cricketveld van het hotel was neergestreken.

Honor verslond de romantiek als een kleine, hongerige beer met een pot honing voor de neus. Met haar kortgeknipte haar, metalen brilletje en dunne benen was ze niet het meest aantrekkelijke kind, en vreemden zagen haar dan ook vaak aan voor een jongetje, een sulletje zelfs. Maar in het Palmers waande ze zich altijd een prinses. Zij was de uitverkorene, geboren om alle magie en opwinding die haar omringde te erven en te behouden. Want dat was het hotel wérkelijk voor haar: een magische plek.

Tina, twee jaar jonger dan haar zus, zag het anders, zelfs toen al. Met haar blonde haar, blauwe ogen en mollige wangetjes was Cristina Maud Palmer een cherubijntje van een schilderij van Botticelli, en behept met een guitigheid die, als ze een generatie eerder was geboren, Shirley Temple haar carrière zou hebben gekost. Grote mensen vonden haar steevast 'schattig'. En dat was ze ook, althans, als haarlintjes, een kanten jurkje en een zangtalent voor liedjes als 'How much is that doggie in the window?', het enige was wat je zocht in een kind. Maar onder dat boterzachte uiterlijk groeide een alarmerend afstandelijk, egoïstisch persoontje.

Na te hebben geleerd hoe ze grote mensen om haar vinger kon winden, zette ze met de onwrikbare vastberadenheid van een generaal aan de vooravond van een offensief de jacht naar plezier in. 'Plezier' betekende voor Tina heel eenvoudig: dingen vergaren. Speelgoed, kleren, geld, een puppy. Hoe haar verlanglijstje van die maand ook luidde, Tina Palmer draaide, simde en schmierde net zo lang totdat ze kreeg wat ze wilde.

Net als Honor begreep ze al op jonge leeftijd dat haar familie rijk en belangrijk was. Maar wat Tina betrof, kwam dit erop neer dat ze met de jaren alleen maar meer spullen zou krijgen en in grotere weelde zou leven. Het Palmers was slechts een van de voorbeelden van die weelde. Honors sentimentele obsessie met het hotel en zijn verleden was haar altijd ontgaan. Als kind wilde ze niets liever dan dat anderen nóg een ijsje voor haar kochten – het liefst eentje met warme toffeesaus en een kersje bovenop – in plaats van maar door te zeuren over haar saaie, oude, overleden opa.

Ondanks hun verschillen konden Tina en Honor het als kinderen best met elkaar vinden. Pas toen hun moeder het ongeluk kreeg, veranderde er iets.

Honor herinnerde het zich nog als de dag van gisteren. Ze zat op haar kamer en speelde met haar poppen. Ze was zich een hoedje geschrokken toen Rita, de kinderjuf, opeens binnenstoof. Eigenlijk was ze al te oud om met poppen te spelen. Ze had ze aan Tina gegeven, maar die wilde ze alleen maar aankleden. Honor had medelijden met de poppen, aan hun lot overgelaten in de speelgoedkist van haar zus, zonder ooit nog leuke avontuurtjes te beleven. Even vreesde ze dat Rita boos op haar was omdat ze de poppen had teruggepakt en ze herinnerde zich hoe opgelucht ze was toen Rita haar vertelde dat haar vader haar beneden wilde spreken.

Onnodig te zeggen dat de opluchting van korte duur was. Het eerste wat ze zag toen ze Treys studeerkamer binnenliep, was een hysterisch huilende Tina, op de bank. Honor wist nog hoe ze schrok, want dit waren duidelijk niet de bekende krokodillentranen. Er was iets heel ergs gebeurd.

Trey maakte geen aanstalten haar te troosten. Hij stond daar maar gewoon, grijs en bewegingloos als een granieten standbeeld in het midden van de kamer. 'Honor, er is een ongeluk gebeurd.'

Dat was alles wat hij op dat moment had gezegd. Er waren geen tranen. Ook in de weken en maanden daarna had ze hem niet één keer zien huilen om de vrouw van wie, zo wist ze, hij zielsveel had gehouden. Toch leek hij de woorden maar met moeite uit zijn keel te krijgen.

'Mama is dood. Ze komt nooit meer terug.'

Haar vader was duidelijk niet het type van de voorzichtige aanpak. Als volwassene had ze zich vaak afgevraagd hoeveel duizenden dollars aan therapie dat moment alleen al haar zou hebben gekost, stel dat ze een navelstaarder zou zijn geworden. Goddank was het anders gelopen. Want hoe verschrikkelijk haar moeders overlijden ook was, het zou nog veel erger worden.

Tammy. Zo heette haar eerste stiefmoeder. En wat een godvergeten nachtmerrie. In tegenstelling tot de latere modellen kwam ze uit een gerespecteerde Bostoniaanse familie. Haar opvoeding had echter niet kunnen verhinderen dat ze was uitgegroeid tot een kreng in het kwadraat. Het was bijna een jaar geleden dat haar moeder was overleden en Trey zijn Tammy als een trofee mee naar huis had genomen, stralend van trots en geluk, iets wat Honor niet kon doorgronden.

'Honor, Tina, dit is Tammy,' waren zijn woorden geweest terwijl hij de onbekende vrouw op de mond kuste. Honor, ze was toen elf, vond Tammy, met haar korte zwarte haar en porseleinwitte huid op Sneeuwwitje lijken. Maar ze was lang niet zo lief en aaibaar als mammie.

'Vanaf nu woont ze bij ons,' ging Trey verder. 'En we hopen dat ze jullie snel een broertje zal schenken.'

We? Hoezo 'we'? Honor hoopte helemaal niet op iets dergelijks.

Het was voor het eerst dat ze haar vader zijn verlangen naar een zoon hoorde uitspreken. In tien jaar tijd was dit verlangen uitgegroeid tot een ware obsessie.

'Waarom?' had Tina gevraagd terwijl ze in een hoekje argwanend een haarlok om een vinger draaide.

'Papa wil een jongetje hebben zodat dat op een dag het hotel kan overnemen,' legde Tammy met een grijnslachje uit. 'En om voor jullie te zorgen. Zoals broertjes doen.'

'Papa hoeft helemaal geen jóngetje!' riep Honor terwijl ze zich tot haar volledige een meter achtendertig verhief en fier haar kaak naar voren stak. 'Als ik groot ben, word ík de baas van het hotel. En wat weet jij daar nou eigenlijk van?'

'Honor.' Haar vader klonk streng. 'Sla niet zo'n toon aan tegen Tammy. Bied meteen je excuses aan.'

Honor had het gedaan. Niet omdat ze ook maar een beetje spijt had, maar omdat ze het niet kon verdragen als haar vader boos op haar was.

Die avond probeerde ze er met Tina over te praten. 'We moeten iets doen om haar weg te jagen,' fluisterde ze nadat de voetstappen van de kinderjuf eindelijk waren weggestorven.

'Maar hoe dan?' Terwijl Tina met haar Winnie de Poeh-zaklantaarn onder de dekens haar haren borstelde, bewonderde ze met stille tevredenheid haar glanzende lokken in het spiegeltje. Hoewel ze pas negen was, stak ze al een kop boven Honor uit en was ze lichamelijk al meer gevormd, met aarzelend ontluikende borstjes, waar ze buitensporig trots op was. 'Dat is niet aan ons.'

'Jeetje, zeg!' siste Honor wanhopig. 'Begrijp je dan niet hoe erg dit is? Ze is verschrikkelijk! Ze is een heks! En als zij een jongetje krijgt, wil papa ons niet meer.'

'Volgens mij wil-ie ons toch al niet,' kaatste Tina met een schouderophalen de bal terug.

'Natuurlijk wil-ie ons!' hield Honor vurig vol, hoewel ze de tranen in haar ogen voelde prikken terwijl ze diep vanbinnen wist dat haar zus gelijk had. Na de dood van hun moeder was Trey afstandelijk geworden, zelfs zo erg dat het bijna op kinderverwaarlozing leek. 'Tammy. Zíj is het probleem. Je weet dat ze net zal doen alsof ze onze moeder is. En ik durf te wedden dat ze het hotel van ons wil aftroggelen. Samen met haar nieuwe baby.'

Zuchtend knipte Tina met tegenzin de zaklantaarn uit en schoof het spiegeltje onder haar bed. 'Ik wou dat je er eens over ophield. Het is maar een stom hotel, hoor.'

Honor was zo verbijsterd over deze opmerking dat ze even niets kon uitbrengen.

'En als ze zich echt als onze moeder gaat gedragen, negeren we haar gewoon. Zo erg is het nu ook weer niet. Trouwens, ik ben moe. Laten we gaan slapen.'

Kokend van frustratie trok Honor haar sprei omhoog en draaide haar hoofd naar de muur. Het had geen zin er nog verder over door te gaan. Tina begreep duidelijk niet welk gevaar hun te wachten stond. Het was zoals gewoonlijk weer aan haar – Honor – om er iets aan te doen.

Als vader een zoon wilde, en dat viel niet te ontkennen, moest zij die maar worden.

'Mevrouw Palmer?'

Bij het horen van Sam Brannagans stem keek Honor verschrikt op. Even was ze helemaal vergeten waar ze was.

'Kunnen we doorgaan?'

'Ja ja, natuurlijk,' zei ze en ze streek haar zwarte broek even glad terwijl ze opstond. Dit was niet het moment voor melancholiek gemijmer. Ze moest greep op de zaak houden.

'Hoewel ik het waardeer dat jullie allemaal zijn gekomen, valt er eigenlijk weinig te bespreken. De trustees hebben mij aangesteld om vaders zaken te regelen, het hotel inbegrepen. En dat is dus wat ik zal doen. Ik had gehoopt...' ze keek Trey met droeve blik aan, 'dat je het zou begrijpen waarom ik dit doe, papa. Geloof me, als er een andere manier was...'

'Ik wijzig mijn testament!' brieste Trey, maar de inspanning wekte opnieuw een rochelende hoestaanval op. Met veel aplomb reikte Jacob Foster hem zijn zuurstofmaskertje aan, maar de oude man duwde boos zijn hand weg. 'Je bent een adder, Honor. Een adder onder mijn gras!'

'Mevrouw Palmer.' Terwijl de jurist zag dat Honor haar emoties probeerde te onderdrukken, sprak hij op kalme toon tot Lise: 'Het zou voor uw man beter zijn als u hem nu naar huis brengt. En dat geldt ook voor u allemaal. Alle betrokken partijen zullen te zijner tijd kopieën van de stukken ontvangen. Deze vergadering is nu ten einde.'

Zonder Trey ook maar een blik waardig te keuren liep Tina als eerste naar de deur terwijl ze haar overmaatse Gucci-zonnebril opzette. 'Honor, bel me,' sprak ze brutaal. 'Ik wil weten wanneer ik dat geld op mijn rekening kan verwachten.'

'U bent nog lang niet klaar met ons,' sprak Jacob woedend en hij rukte zijn propperige vrouw uit haar stoel omhoog. 'Nog láng niet. Wij spreken u nog, meneer Brannagan.'

Honor zweeg terwijl iedereen de kamer verliet, maar haar hart bonkte. Op Harvard had ze misschien geleerd hoe je met vijandig gezinde gesprekspartners moest vergaderen, maar niet hoe je het misselijke gevoel kon onderdrukken, vooral als die vijand je eigen vader was, wiens geest door onverklaarbare, duistere nevelen was veroverd waardoor hij alles en iedereen wantrouwde. Zelfs zijn eigen gezonde verstand niet, de arme drommel.

Lise was de laatste die opstond. Ze nam de seniele Trey bij de hand. Honor schrok ervan hoe breekbaar de man oogde. Ze kon slechts bidden dat zijn kindvrouwtje hem thuis, achter gesloten deuren, met meer compassie zou behandelen dan ze vandaag had laten zien. Maar op de een of andere manier betwijfelde ze dat.

'Ik zal zorgen dat je trots zult zijn, vader,' hoorde ze haar eigen stem hem naroepen. Terwijl ze het zei, geneerde ze zich voor de emotie die erin doorklonk. Waarom hunkerde ze nog altijd naar zijn goedkeuring? 'Ik maak het hotel weer tot een juweel. Let maar op.'

Terwijl de liftdeuren opengleden, keek hij even naar haar achterom en schudde verbitterd het hoofd. Hij wist dat zijn heldere momenten allengs schaarser werden, maar om door zijn eigen dochter te worden overtroffen, was meer dan zijn trots kon verdragen.

'Ik hoop dat God je dit zal vergeven, Honor,' mompelde hij met ingehouden woede. 'Want ik kan het niet.'

Met deze woorden stapte hij met de rest van zijn zogenaamde familie de lift in, en verdween.

2

'Lucas, hou op – dit kan nu echt niet! Mijn man kan elk moment komen.'

Lucas Ruiz ritste zijn spijkerbroek open, duwde Señora Leon tegen de muur van de woonkamer en trok ondertussen haar rok omhoog.

'De pot op met je man,' bromde hij. 'Ík kan elk moment komen. En ik ben van plan dat te doen zodra ik in je ben.'

Ze bevonden zich in de woonkamer van de luxe villa van de Leons op Ibiza. Links van Lucas boden de manshoge dubbele glazen deuren uitzicht op een van de mooiste panorama's van het eiland. Prachtig verzorgde tuinen strekten zich uit op de helling en vloeiden over in olijfboomgaarden, die op hun beurt weer in de richting van het verstilde, glinsterende blauw van de Middellandse Zee uit het zicht verdwenen.

Maar Lucas had zijn ogen op een ander uitzicht gericht.

Met haar vierenveertig jaar was Carla Leon twintig jaar ouder dan hij, maar nog altijd gezegend met een lichaam dat bestemd was om te worden geneukt. Haar tieten waren rond en parmantig en leken nu moeite te hebben met de zijden en kanten stof van haar beha, alsof ze door hem wilden worden bevrijd. Ze had een stel mooie lange benen, niet van die magere stengels als bij die amper twintigjarige modellen van Pacha, die het sexy vonden om zichzelf tot een geraamte uit te hongeren. Ongelofelijk, wat verafschuwde hij dat. En zelfs na drie kinderen was haar buik nog altijd plat en strak, een blijk van de vele uren die ze wekelijks in het fitnesscentrum doorbracht.

Lucas was onder de indruk. Hij hield van vrouwen die zichzelf verzorgden.

'O, god,' kreunde Carla terwijl ze haar ogen dichtdeed en haar spieren strak om zijn pik spanden nu hij ondanks haar protesten van zo-even in haar stootte. 'Dat is zo lekker.'

'Ssst,' zei hij terwijl hij ruw een warme hand voor haar mond hield. 'Je man, weet je nog? Bovendien ben ik nog maar nauwelijks begonnen.'

Het was absoluut niet de eerste keer dat hij bij mevrouw Leon binnen 'wipte'. Vijf jaar geleden, toen hij nog een tiener was en zij en haar man voor het eerst in Ibiza op vakantie waren, hadden ze elkaar voor het eerst ontmoet. Hij werkte toen nog voor die klootzak van een Miguel, lakens wassen en toiletten schrobben in dat vreselijke Hotel Britannia in San Antonio, het meest obscure deel van het eiland.

Zelfs toen al wist hij dat hij ooit aan dat leven daar zou ontsnappen. Eén ding waar het Lucas Ruiz nooit aan had ontbroken, was ambitie. Desalniettemin was het Carla Leon geweest die met de betaling van zijn opleiding aan de Hotel Management School in Zwitserland zijn ticket naar een nieuw leven had gekocht.

Dit was de zomer na zijn afstuderen, en hij was teruggekomen om haar te bedanken op een manier die hem het beste lag.

Al wankelend door de kamer met Carla's lange benen om hem heen geslagen legde hij haar neer op de biljarttafel.

'Voorzichtig! Hou hem heel!' hijgde ze terwijl ze haar rug kromde en haar armen achter haar hoofd gooide zodat ze zich aan de hoekzakken vast kon grijpen. Lucas negeerde haar woorden, klom boven op haar en verhoogde het tempo terwijl hij met zijn tanden de kanten beha aan flarden scheurde. 'Ik ga je zo hard laten klaarkomen dat je een week niet kunt lopen.'

'Carla!' weergalmde Pepe Leons barse, bulderende stem als de stem Gods door het huis. 'Dónde está?'

'Lucas!' Carla's ogen verwijdden zich tot een panische blik. 'In godsnaam, maak dat je wegkomt. Pepe is thuis.'

'Ik ga helemaal nergens naartoe,' zei hij met ogen die schitterden als die van een ondeugend schoolknaapje. 'Niet voordat je voor mij klaarkomt, dametje van me.'

'Lucás!' siste ze. Maar op hetzelfde moment voelde ze zijn handen naar beneden en onder haar achterste glijden, waarna zijn vingers haar overal betastten, wreven en streelden terwijl hij zijn enorme pik almaar dieper in haar duwde.

Dit was het soort neukpartij die een schipbreuk van je huwelijk waard was.

Terwijl ze haar armen stevig om zijn hals sloeg, als een verdrinkende vrouw die naar een reddingsboei graait, sidderde haar hele lichaam in een huiverend orgasme. Even later kwam ook Lucas klaar, en hij beet stevig op zijn onderarm om de geluiden van zijn eigen genot te verstommen.

'Waar wacht je nog op?' fluisterde hij daarna grijnzend. Hij sprong van de biljarttafel en trok met de snelheid van het licht zijn spijkerbroek omhoog. 'Weet je soms niet dat je man thuis is?'

Voordat Carla op adem kon komen had hij de deuren naar de tuin al opengeslagen en sprintte hij als Carl Lewis de helling af.

Ze had net genoeg tijd om haar blouse dicht te knopen en zelf van de tafel te springen voordat Pepe binnenkwam.

'Hier ben je dus, schat,' zei hij en hij gaf haar met de routineuze, afwezige genegenheid van iemand die al jaren getrouwd is, een kus op de wang. 'Heb je een fijne ochtend gehad?'

'Ja, dank je,' reageerde ze terwijl ze nog heel even uit het raam keek. Gelukkig was Lucas nergens te zien. 'Ik heb een heerlijke ochtend gehad. Echt heerlijk.'

Lucas' geboorte was moeizaam verlopen.

Zijn moeder Ines, pas zestien en ongehuwd, had de bevalling helemaal in haar eentje moeten klaren. Te bang om naar een ziekenhuis te gaan had ze in een afgelegen olijfboomgaard, vlak bij het vervallen landarbeidershuisje waar zij en Lucas' vader Antonio woonden, lange en afschuwelijke barensweeën doorstaan.

Antonio had beloofd bij de geboorte te zijn, maar toen het zover was, was hij te high van de heroïne om goed te kunnen zien, laat staan een baby ter wereld te helpen brengen. Dit was in de jaren zeventig, aan het begin van de toeristeninvasie op Ibiza. Drugs hadden het ooit zo onbedorven eiland als een plaag overspoeld en een spoor van ellende en verwoesting achtergelaten.

De vader van Lucas was slechts een van de vele eerste slachtoffers. Op de eerste verjaardag van het jongetje was hij geheel van het toneel verdwenen. Ines nam aan dat hij dood was, na een overdosis ergens in een portiek, maar ze wist het nooit zeker. Hoe dan ook, binnen een jaar was ze onder enorme druk van haar familie getrouwd met een plaatselijke boer die Jose Ruiz heette en een teruggetrokken leven leidde.

Ruiz, twee keer zo oud als zij en een zware drinker, stelde als echtgenoot bar weinig voor. Evenmin had hij enige belangstelling voor het tobbende, in zichzelf gekeerde zoontje van zijn jonge vrouw. Het huwelijk was van meet af aan beroerd, maar Ines schonk niettemin in drie jaar tijd het leven aan evenzoveel zoons. Lucas' eerste herinneringen waren die aan de ruzies met zijn broertjes – om een of andere reden waren ze altijd aan het vechten – in de smerige, in de heuvels gelegen tweekamerhut die het gezin Ruiz zijn thuis noemde.

Het waren geen gelukkige herinneringen. Maar naarmate de jaren verstreken, zouden ze nog slechter worden. Het drinken van Jose verwerd tot regelrecht alcoholisme, en kort daarna begon het slaan. Op een dag kwam de achtjarige Lucas thuis van school en trof zijn stiefvader buiten westen op de keukenvloer en zijn huilende moeder gebogen boven de vaat terwijl ze haar best deed haar gescheurde lip en opgezwollen oog voor hem te verbergen.

'Mama!' Hij rende op haar af en sloeg zijn armen beschermend als een kleine terriër om haar middel. 'Wat is er gebeurd? Heeft hij je pijn gedaan, mama?'

Maar Ines schudde enkel boos haar hoofd. 'Ga je huiswerk maken, Lucas,' zei ze zonder op te kijken. 'Alles is weer goed. Hup, ga maar.'

Het was het moment waarop zijn afkeer van zijn stiefvader uitgroeide tot haat. En ook was het de eerste keer dat hij zich bewust realiseerde wat het inhield om machteloos te zijn. Die twee gevoelens – haat en machteloosheid – werden de drijvende krachten van Lucas' tienerjaren.

Wanneer Jose hem sloeg, was er de fysieke pijn, maar daar leerde Lucas snel mee omgaan. Het was de emotionele kwelling te moeten aanzien dat zijn moeder en kleine broertjes ervan langs kregen die hem 's nachts uit zijn slaap hield en hem tranen van frustratie en woede deed snikken. Hij wist natuurlijk wat hij moest doen: groot worden. Zodra hij groot en sterk genoeg was om het fysiek tegen zijn stiefvader op te nemen, zou hij vrijheid kennen. Pas dan, en dan alleen, zou hij wraak kunnen nemen.

Op zijn tiende begon hij met gewichtheffen. Niet met halters, nee, gewoon met zwaar puin dat rond de boerderij slingerde – tractorbanden, oude graankratten, roestende onderdelen van afgedankte oogstmachines. Hoewel hij voor zijn leeftijd nog klein van stuk was, merkte hij dat zijn lichaam snel van pezig en atletisch in stevig en sterk veranderde. Het was de eerste keer dat hij iets deed wat hem echt iets tastbaars opleverde. Hij was er al snel bezeten van.

Maar de dag van de afrekening zou nog eens vijf jaar op zich laten wachten. Na een plotselinge groeispurt vlak na zijn vijftiende verjaardag kon Lucas eindelijk in de spiegel kijken om daar een volgroeide man te zien staan. Ruim een meter tachtig lang, met een bijna komisch ogend bovenontwikkeld bovenlichaam, was hij het type bij wie je wel twee keer nadacht voordat je ruzie met hem zou zoeken. Maar het was de blik in zijn ogen die potentiële tegenstanders pas echt angst aanjoeg. Onder die wilde bos gitzwart Jim Morrison-haar blikten twee donkere, samengeknepen spleetjes van zuivere razernij moordzuchtig de wereld in. Het enige wat hij nu nodig had, was een gelegenheid.

De eerstvolgende keer dat Jose opnieuw zijn vuist tegen zijn vrouw ophief, haalde Lucas niet slechts uit, maar sloeg hij hem tot bloedens toe bewusteloos op de keukenvloer. Maar toen hij zich in een overwinningsroes naar zijn moeder omdraaide, werd hij tot zijn ontzetting uitgefoeterd.

'Lucas!' gilde ze terwijl ze de haren bijna uit haar hoofd trok en zijn jongere broers vol ontzag toekeken. 'Wat heb je gedaan? Je had hem wel kunnen vermoorden!'

'En waarom zou ik dat niet doen, mama?' Lucas keek verbijsterd. 'Na hoe hij jou behandelt? Hoe hij ons allemaal behandelt!'

'Hij geeft ons te eten, Lucas,' zei Ines hoofdschuddend. 'Hij geeft ons kleren. Hij zorgt voor een dak boven ons hoofd.'

'O ja?' beet Lucas haar toe terwijl hij vol walging aan het afbladderende behang op de muur trok.

'Wie gaat er voor ons zorgen als je vader niet kan werken?'

'Hij is niet míjn vader,' zei Lucas verontwaardigd. Dat ze dit gesprek überhaupt voerden, kon hij gewoon niet geloven. Wilde zijn moeder dan niet aan dit leven ontsnappen? Wilde ze niet van hem verlost zijn? 'En ik kan wel voor ons zorgen, mama. Ik zoek een baantje in de stad, in een hotel. Ik zal zelfs niet eens driekwart van mijn loon opdrinken. Wat zeg je daarvan?'

'Je begrijpt het niet!' riep Ines uit. Ze maakte een theedoek nat, zakte op haar knieën en begon Jose's bebloede gezicht te deppen. 'Je bent nog maar een kind, je begrijpt er niets van.'

Dat laatste, daar had ze gelijk in. Hij begreep er niets van.

Binnen twintig minuten had hij zijn schamele bezittingen in een zak gepropt en stond hij op het punt om woedend te vertrekken. Jose lag nog steeds roerloos op de vloer, maar een zacht gekreun zo nu en dan gaf aan dat hij nog leefde – jammer genoeg.

'Mama,' zei Lucas met een laatste aarzeling. 'Toe nou. Ga met me mee. Neem de jongens mee. Wat heb je hier in godsnaam nog om voor te blijven?'

Hij voelde zich verraden, verbijsterd, ongelofelijk gekwetst door haar opstelling. Maar hij hield wel nog steeds van haar, en van zijn broers. Als er ook maar een kans was om hen te redden...

'*Querido*,' fluisterde ze. Er stonden tranen in haar ogen. 'Ik kan het niet.'

Hierna zou Lucas zijn moeder vier jaar lang niet zien.

Het eerste jaar was het ergste. Hij was wel gewend aan armoede, maar niet aan slapen op het strand of in een winkelportaal. Zijn eerste baantjes waren in de keuken van goedkope toeristencafés. Het werd slecht betaald, maar hij kreeg gratis te eten, en in de wintermaanden mocht hij soms zelfs op de vloer achter de toonbank slapen.

Het probleem was dat hij het nooit langer dan een paar weken volhield. Zodra iemand hem dwarsboomde – een nukkige kok, een veeleisende baas of een ontevreden klant – sloeg hij helemaal door en loste hij de zaak op de enige manier die hij kende op: met zijn vuisten. Omdat hij er zo hard voor had gewerkt, kwam het als een schok toen hij merkte dat zijn fysieke kracht zich niet automatisch in macht en controle liet vertalen en dat hij daardoor soms in situaties verzeild kon raken die hij niet meer in de hand had – situaties die hem schade berokkenden.

Toen hij op zijn zestiende, na weer een lange nacht op het strand tussen de junkies en de landlopers, koud en gebroken wakker werd, besloot hij dat het afgelopen moest zijn met dit rondzwerven. Hij had een vaste baan nodig, een baan die hem maaltijden en onderdak plus een loon verschafte.

Nog geen week later had hij die baan gevonden.

Het aardigste wat je kon zeggen van het Britannia Hotel in San Antonio was dat het een graftent was. Het werd beheerd door een achterlijke, sadistische dikzak die Miguel Munoz heette, het stonk er altijd naar ontsmettingsmiddel – of naar kots – en gokautomaten, ruziemakende stelletjes en schreeuwende kinderen zorgden er voor een constante achtergrondruis.

Lucas werkte in de wassalon, wat in sommige opzichten een zegen was omdat het hem uit de buurt hield van de onbeschofte Britse en Amerikaanse gasten, die hij al snel hartstochtelijk verafschuwde. Maar het was zwaar en vaak smerig werk, met lakens die vaak onder het braaksel of erger zaten. Het maakte hem ziedend dat deze rijke buitenlanders – althans, rijk naar zijn maatstaven – in drommen naar zijn eiland kwamen en zich vervolgens alleen maar tot een delirium wilden zuipen.

Geen van hen deed zelfs maar een halfslachtige poging om Spaans te spreken. Ze namen niet eens de moeite om van de lokale keuken te proeven en onthielden zich van de heerlijke tapas en verse traditionele gerechten ten gunste van spaghetti bolognese of de alomtegenwoordige 'chicken 'n' chips'.

Maar zijn tijd in het Britannia werd niet verspild. Net als de rest van de obscure tenten in San Antonio opende het hotel hem de ogen voor een wereld vol mogelijkheden. Als een vet varken als Miguel met zo'n graftoko als dit al geld als water verdiende – en dat deed hij, zo liet hij zijn nooddruftige personeel graag voortdurend weten – hoeveel meer geld moest er dan wel niet in een fatsoenlijk, professioneel gerund hotel zitten?

Lucas was niet van plan om de rest van zijn leven gebruikte condooms uit andermans smerige beddengoed te verwijderen. Hij zou Ibiza verlaten. En hij zou in het hotelwezen zijn fortuin vergaren.

Het eerste wat hij nodig had, zo realiseerde hij zich al snel, was een opleiding. Toen hij als kind nog van dag tot dag leefde, was school voor hem nooit echt een prioriteit geweest, en de hiaten in zijn basiskennis waren dan ook onpeilbaar diep. Onverschrokken schreef hij zich in voor de avondschool, en hoewel hij na een werkdag vaak zo moe was dat hij in de klas in slaap viel, slaagde hij er toch in om binnen een jaar zijn middelbareschooldiploma te halen.

'Ik snap niet waarom je zo blij bent,' had Miguel gesmaald toen hij het hoorde. 'Wat verwacht je daar nu mee te gaan doen? Een chemieconcern leiden?'

Maar voor deze ene keer ging Lucas niet in op de belediging. In plaats daarvan vervolgde hij rustig zijn studie en richtte hij zich op de vakken waarvan hij wist dat ze de sleutel zouden vormen tot het betere leven waar hij van droomde. Tot zijn eigen verbazing en verrukking bleek hij voor talen opvallend veel aanleg te hebben. Van de toeristen in het Britannia had hij al veel Engels opgestoken en al snel voegde hij daar Duits, Frans en Italiaans aan toe. Sinds hij als kind met gewichtheffen was begonnen, had hij in zo'n korte tijd niet zo veel voldoening gevoeld. Als een vroege lentebloem die zich door de vorstige grond naar het zonlicht omhoogworstelt, nam zijn zelfvertrouwen langzaam toe.

En talen waren niet zijn enige talent. Op school was hij zo teruggetrokken en humeurig geweest dat hij nauwelijks oog had gehad voor de blikken van meisjes in zijn klas. Rond zijn zeventiende werd hij zich maar al te bewust van de uitwerking die hij op het andere geslacht had, en de macht die het hem gaf.

Zijn houding tegenover vrouwen was complex. In zijn kinderjaren had hij zijn moeder zien lijden, en daardoor stelde hij zich tegenover de meeste meisjes met wie hij naar bed ging beschermend op. Zijn natuurlijke intuïtie was om hen leuk te vinden. Maar het voorbeeld van zijn moeder had hem ook andere dingen geleerd: namelijk dat vrouwen zwak waren en geen respect verdienden. Deze twee botsende overtuigingen, gepaard aan zijn van nature indrukwekkende libido, maakten Lucas tot die meest zeldzame en, voor veel vrouwen, toch ook begerenswaardige onder de mannen: een welwillende, verwaande macho: het seksuele equivalent van een vriendelijke dictator.

Onder met name iets oudere vrouwen bleek deze combinatie van een Latijns knap voorkomen en machoseksuele dynamiek onweerstaanbaar. Lucas gaf vrouwen het gevoel dat ze mooi waren, want dat vond hij ook echt, maar hij liet zich op geen enkele manier beteugelen of binden.

Dat een van zijn welgestelde, oudere minnaressen zijn studie bekostigde, had hij nooit bewust zo gepland. Maar toen het gebeurde, had hij er absoluut geen moeite mee om het te aanvaarden als iets wat hem toekwam.

Naarmate de maanden en jaren in het Britannia verstreken, kreeg zijn droom van een eigen hotel steeds meer vorm. Het zou de tegenpool worden van het Britannia: eenvoudige lijnen, een plek die niet alleen luxe maar ook rust ademde. In zijn hoofd had hij alles keurig op een rijtje, tot het linnengoed en de couverts aan toe. Hij had zelfs al een naam.

Luxe.

Niet 'het Luxe' of 'Luxe Hotel'. Alleen dat ene woord: vier letters om de visie van Lucas te symboliseren. Zijn kleine stukje hemel op aarde.

Vijf zomers geleden had hij Carla Leon op een zondagmiddag, na met haar de liefde te hebben bedreven, het hotel beschreven. Hij hield van mevrouw Leon, de laatste in zijn ogenschijnlijk eindeloze stroom Mrs. Robinsons, omdat ze avontuurlijk en grappig was, en omdat ze zo veel leek te weten over de beschaafde, grotere wereld waar hij zo graag deel van uitmaakte.

'Lieverd, dat klinkt geweldig,' mompelde ze, achteroverliggend op de mossige grond van het stille bos waar hij haar had genomen. 'Maar onderschat niet wat je allemaal nodig zult hebben om te slagen.'

'Heb je het over geld?' vroeg Lucas terwijl hij rechtop ging zitten en humeurig voor zich uit staarde. Waarom kwam het altijd weer neer op geld?

'Niet alleen geld,' legde Carla uit. 'In de hotelbranche heerst veel concurrentie. Je hebt een opleiding nodig.'

'Ik ga er een volgen,' zei hij trots. 'Dat heb ik je toch verteld?'

Ook Carla ging nu in al haar glorieuze naaktheid rechtop zitten, boog zich iets naar hem toe en begon zijn blote rug te strelen. Soms beangstigde zijn kracht haar. Hij had zulke gespannen en opbollende spieren dat ze elk moment dwars door zijn huid naar buiten leken te kunnen barsten.

'Dat zal niet genoeg zijn,' zei ze voorzichtig. 'Je hebt de relevante papieren nodig. Een MBA-diploma. Zwitserland is het land waar je je eigenlijk op zou moeten richten. De EHL, de École Hôtelière in Lausanne. Daar worden alle tophoteliers opgeleid. Heb je er wel eens van gehoord?'

'Natuurlijk,' reageerde Lucas, hoewel het tegendeel waar was, maar hij was te arrogant om het toe te geven.

Tegen het eind van die week wist hij alles wat er te weten viel over de hotelschool – cursussen, inschrijvingsvoorwaarden, kosten, visa voor studenten uit het buitenland. Carla had gelijk. Lausanne was dé plaats waar hij moest zijn, maar daar zien te komen zou een ontmoedigende opgave blijken.

Op de avond dat Carla met haar man naar Madrid afreisde, deed ze Lucas een belofte: 'Als je volgend jaar rond deze tijd al de internationale toelatingsexamens hebt gehaald, betaal ik je inschrijving.'

Hij bedankte haar noch twijfelde hij aan haar, maar hij vertrouwde haar gewoon op haar woord. Al meteen wierp hij zich als nooit tevoren op zijn studie, zwoegend boven zijn boeken en met een kopie van de EHL-prospectus als een heilige tekst onder zijn kussen. Toen hij eindelijk zijn papieren op zak had en er zelfs nog een maand van zijn 'jaar' over was, belde hij haar.

Sinds ze de zomer daarvoor was vertrokken, hadden ze elkaar niet meer gesproken. Maar Carla klonk niet in het minst verrast toen ze zijn stem weer hoorde.

'Stuur me het inschrijvingsformulier maar, lieve Lucas,' zei ze. 'Jij hoeft het alleen maar te tekenen. Ik zorg wel voor de rest.'

En dat had ze gedaan.

Lucas was helemaal weg van Lausanne. De cursussen vielen hem zwaar, maar vergeleken met de hel van het Britannia stelden ze niets voor, en zijn ambitie en doorzettingsvermogen sleepten hem, als adrenaline die een marathonloper vleugels geeft, door de vier jaren heen.

De meesten van zijn jaargenoten kwamen uit rijke, bourgeois gezinnen, maar tot zijn verrassing vond Lucas gemakkelijk aansluiting. Het sociale leven op de EHL draaide om studentenfeestjes en skitrips in het weekend, en aan allebei deed hij graag mee. En uiteraard kon het geen kwaad dat hij veruit de knapste jongen op de campus was.

'Weet je zeker dat je nooit eerder hebt geskied?' hoorde Daniel, een maatje uit zijn werkgroep macro-economie, hem tijdens hun eerste trip naar de bergen argwanend uit. 'Je lijkt me bepaald geen beginner.'

Ze bevonden zich in Murren, een klein autoloos gehucht dat in het Jungfrau-dal in een berghelling uitgegraven leek. In de jaren twintig van de vorige eeuw was het de thuishaven van de beroemde Downhill Club en nog steeds was het populair onder Britse skiërs die op zoek waren naar de pracht van de Alpen, maar dan wel zonder de chic en de pretentie van grote vakantieoorden als Sankt Moritz of Courchevel, en ook onder de Zwitsers zelf was het favoriet. Lucas, die niet wist dat zulke sprookjesachtige Hans-en-Grietjedorpen nog steeds bestonden, werd helemaal betoverd.

'Wat zal ik zeggen?' grijnsde hij. Na net een lastige rode piste te hebben afgedaald, voelde hij zich bijzonder tevreden met zichzelf. 'Ik denk dat ik een geboren skiër ben.'

'Ja hoor, een geboren klootzak,' mompelde het meisje dat naast hem haar ski's afdeed knorrig, waarna ze in de richting van het restaurant de helling op sjokte om zich bij de anderen te voegen.

Met zijn combinatie van humor, zelfvertrouwen en knappe voorkomen had Lucas weliswaar negenennegentig procent van zijn vrouwelijke jaargenoten in Lausanne voor zich gewonnen, maar Petra Kamalski bleef ongevoelig voor zijn charmes. Zij, de enige serieuze uitdager van zijn titel 'best presterende student van de EHL', was net zo aantrekkelijk als Lucas, hoewel op een volstrekt tegenovergestelde manier. Ja, tegenpolen waren ze, en dan was het woord 'noordpool' beslist van toepassing op Petra: een ijskoningin. Lang, dun als een riet en lijkbleek, met jukbeenderen die door glas konden snijden en ijsblauwe, Russische ogen die je tegelijkertijd zowel magnetiseerden als angst aanjoegen. Haar lange ravenzwarte haar droeg ze altijd in een hoge, strakke wrong en haar lichaam, hoewel duidelijk welgevormd, ging te allen tijde verborgen onder coltruien en lange rokken zoals alleen een gouvernante die zou dragen.

'Jezus, wat is haar probleem?' vroeg Lucas aan Daniel terwijl hij Petra, die in haar ultradure, met bont gevoerde skipak van Prada de helling op beende, een woeste blik nawierp.

'Vat het niet persoonlijk op,' zei Daniel en hij gaf hem een klap op de rug. 'Zo is Petra nu eenmaal. Ze heeft een hekel aan alles met een penis.'

Hoewel dat laatste waar was, ging Petra's afkeer van Lucas toch duidelijk dieper dan haar gebruikelijk koele, arrogante houding tegenover het andere geslacht. Tijdens de colleges deed ze voortdurend haar best om hem vliegen af te vangen, in al zijn argumenten gaten te zoeken en vooral om hem in het bijzijn van de hoogleraren voor schut te zetten. Het laatste semester was ze zelfs zover gegaan om hem ervan te beschuldigen dat hij een van haar proefwerken had overgeschreven – een serieuze aantijging die, had ze hem kunnen waarmaken, ertoe geleid kon hebben dat hij van school werd getrapt. 'Onvoldoende bewijs' hadden de autoriteiten geoordeeld, niet bepaald de welluidende bekrachtiging van zijn eerlijkheid waar Lucas op had gehoopt. Waarom was zíj nooit officieel op de vingers getikt voor deze valse beschuldiging en het stoken van deze onrust?

Het antwoord op deze vraag was eenvoudig: Petra's oom was de oligarch Oleg Kamalski, een man zo rijk dat hij alleen al met zijn kleingeld heel Lausanne, zo niet heel Zwitserland, kon opkopen. De oude Oleg was niet iemand die je van je wilde vervreemden – laat staan een instituut dat, wat het uitknijpen van geslaagde alumni betrof, alleen de Harvard Business School boven zich hoefde te dulden.

De rest van de skivakantie deed Lucas zijn best om uit de buurt van Petra te blijven. Maar dat viel niet mee. Ze zaten niet alleen met negen andere jaargenoten in hetzelfde chalet, maar bovendien was Murren zo klein dat het Ibiza op New York deed lijken, waardoor het zelfs nog lastiger werd om haar te ontlopen.

Toen de vertrekdag dan eindelijk daar was, had Lucas geen spijt. Hij zou nog wel eens op eigen houtje naar Murren teruggaan, in elk geval zonder Petra, zodra hij er zijn gemak van zou kunnen nemen. Maar bij het verlaten van het chalet, slechts tien minuten voordat de trein naar Lauterbrunnen zou vertrekken, merkte hij opeens dat zijn aktetas weg was.

'Ik begrijp het niet,' zei hij gefrustreerd om zich heen zoekend. 'Hij heeft de hele tijd onder mijn bed gelegen. Waar kan dat ding nou zijn?' Het volgende moment zag hij Petra zelfvoldaan bij de anderen in de hal staan, met haar eigen Chanel-bagage stevig vastgeklemd, en begon het hem te dagen. 'Jij hebt eraan gezeten, hè? Wat heb je er verdomme mee gedaan, stomme trut?'

'Nou, nou, wat zijn we paranoïde, zeg,' reageerde ze meesmuilend. 'Het geeft geen pas om anderen de schuld te geven voor je eigen slordigheid. Ik snap trouwens toch al niet waarom je werk mee had genomen. Hoe hard je ook blokt voor managementtheorie, ik ga je toch wel inmaken.'

Lucas, die nog nooit een vrouw had geslagen, merkte dat zijn handen jeukten. Maar hij wist dat als hij ook maar een vinger naar Petra uitstak, híj van school getrapt zou worden, en dat risico wilde hij echt niet nemen.

Er zat niets anders op dan achter te blijven en op zoek te gaan naar zijn koffertje. Na drie eindeloze uren vond hij het achter een hoop skischoenen in de garage – dat stomme wijf! Het was inmiddels al te laat om zijn aansluiting naar Lausanne te halen. Hij zou nog een nacht in het dorp moeten blijven – nog meer tijd- en geldverspilling – en de volgende ochtend vroeg op de trein stappen.

Nu hij verder niets te doen had, sjokte hij de besneeuwde helling op naar het Regina Hotel en maakte zich op voor een lange avond aan de bar. Zijn voornemen was om net zo lang in zijn whiskyglas te staren totdat er voor zijn geestesoog een strategie verscheen om Petra Kamalski te doen verdwijnen. Maar na ongeveer een kwartier kreeg hij gezelschap van een grote blonde Engelsman, die ongeveer net zo oud was als hij en zelfs nog depressiever oogde.

'Zou je mij een groot plezier willen doen?' vroeg de jongeman, zenuwachtig om zich heen kijkend. Zijn accent was puur cockney, zo uit *Mary Poppins*, en zijn stem was zwaar genoeg om bedreigend over te komen, ware het niet dat hij de uitstraling had van een 'vriendelijke reus'. 'Zou je willen doen alsof je me kent?'

Zelfs zittend op de barkruk was hij enorm, minstens een meter vijfennegentig en breder dan een WWE-worstelaar. Maar met zijn aardige, iets neergeslagen ogen, zijn sproeten en de flinke bos surferblond haar had hij eerder iets van een flink uit de kluiten gewassen labrador dan een moordzuchtige dobermannpincher. Op een boerenzoon-uit-Iowa-*meets*-venteruit-Londen-manier was hij best knap. En de wanhopige, smekende blik in zijn ogen was iets wat zelfs een geharde cynicus als Lucas niet kon negeren.

'Best, hoor,' antwoordde hij met een glimlach. 'Hoezo?'

Voordat de man het kon uitleggen, kwamen drie zakenbobo's binnen en op hem afgelopen. Saaier konden deze heren er niet uitzien: grijze pakken, haar met een scheiding in het midden, bijpassende blauwe stropdassen zo strak geknoopt dat ze bijna gewurgd leken te worden. Joviaal sloeg de vreemde cockneyreus zijn arm onstuimig om Lucas heen en begon op luide toon zijn verrassing en vreugde om hem te zien uit te roepen.

'Na al die tijd! Ongelofelijk!' declameerde hij enthousiast. 'Dat ik jou uitgerekend hier in Murren tegenkom!'

De Zwitserse Kwik, Kwek en Kwak bleven verbijsterd staan.

'Dit is Jimmy,' legde de man hun uit terwijl hij naar een sprakeloze en glimlachende Lucas gebaarde. 'We trokken vroeger veel samen op, hebben elkaar al niet meer gezien sinds... poeh, hoe lang is het nu geleden, Jim?'

'Langer dan ik me kan herinneren,' zei Lucas, die zich best wel vermaakte.

De blonde man wendde zich weer tot zijn metgezellen. 'Luister, vinden jullie het erg als wij even bijkletsen? Gaan jullie maar alvast naar het fonduerestaurant, dan kom ik, eh... ik kom straks wel, oké?'

'Maar... maar...' stamelde het eerste pak, 'we reserveren de tafel voor vier. Zonder jou zijn we met z'n drieën.'

Goeie god, dacht Lucas, Zwitserser konden ze niet zijn geweest, al riepen ze om het uur 'koekoek' of zaten die kazige hoofden vol gaten.

'Dat begrijpen ze daar wel. Ze kennen me,' zei de blonde man geruststellend. 'Echt, gaan jullie maar en neem er alvast eentje op mij, oké? Ik kom zo.'

Na nog wat overredingen in deze trant waggelden de heren als een drietal over het poolijs schuifelende pinguïns weg. Pas op dat moment kon de blonde man een zucht van verlichting slaken en zichzelf voorstellen.

'Bedankt,' zei hij terwijl hij Lucas de hand schudde alsof hij aan een fruitmachine stond te rukken. 'Ik heet Ben. Echt, hartstikke bedankt. Ik zweer het, als ik nog een uur met die gasten moest doorbrengen, zou ik mezelf van de noordwand van de Eiger hebben geworpen.'

'Ze kwamen wel een tikkeltje gespannen over,' gaf Lucas grinnikend toe. 'Ik heet Lucas.'

'Het is me een eer en een genoegen met jou kennis te maken, Lucas,' zei Ben met een grijns. 'Ik trakteer je op een drankje.'

Ben Slater bleek in Londen een hedgefonds te runnen en was in Zwitserland om potentiële beleggers voor zich te winnen. De drie bobo's waren senior managers van UBS, mannen die net zo machtig als saai waren.

'Ik zou eigenlijk bij ze moeten gaan zitten, mijn brood in de kaas moeten soppen en over aandelenopbrengsten moeten praten,' verzuchtte Ben, 'maar ik kan het even niet hebben. Trouwens, die kaasfondue is ook iets walgelijks.'

Lucas lachte. 'Helemaal mee eens. Een toost op alle spijbelaars.'

Uiteindelijk konden ze het samen zo goed vinden dat ze nog een paar dagen besloten te blijven en ditmaal echt van het skiën te genieten. Het personeel van het Regina kende Ben goed en gaf hem met alle plezier een grotere suite met twee slaapkamers, die hij met Lucas kon delen. Nog beter: hij stond erop voor hen beiden de hotelrekening te betalen. 'Eerlijk gezegd betaalt mijn fonds, *mate*. Het valt onder bedrijfskosten; je bent me geen cent verschuldigd.' Hij bracht het zo overtuigend dat zelfs de berucht trotse Lucas het zonder bezwaar accepteerde.

Ben noch Lucas was van nature een groot prater, maar in de loop van hun talloze lange lunches aan de piste en hun avonden samen aan de toog om de bar voor een ondergang te behoeden vertelden ze elkaar hun respectieve levensverhaal en merkten dat ze min of meer verwante geesten waren. In tegenstelling tot Lucas was Ben opgegroeid in een gelukkig gezin, maar hij had ook flink wat armoede gekend en had keihard moeten werken om zijn verleden van zich af te schudden en een geslaagd zakenman te worden. En hij was zo ongelofelijk goedmoedig, joviaal en open dat je je wel tot hem aangetrokken moest voelen. Aangezien Lucas altijd al een hekel had gehad aan Engelsen, en sinds zijn aaneenschakeling van slechte ervaringen in het Britannia met name aan cockneys, moest Lucas tot zijn schrik erkennen dat het land zo nu en dan ook oprecht aardige mensen kon voortbrengen. Ben was de klassieke ruwe diamant, en vanaf dag één bewonderde Lucas hem.

Wat Ben betrof, die had niet verwacht om iemand tegen te komen met de energie, ambitie en levenslust die Lucas toonde. Na de geestdodende saaiheid van zijn zakenreis ervoer Ben het gezelschap van Lucas alsof hij met een stroomstok weer tot leven was gewekt – maar dan aangenamer. Ze lachten voortdurend, over Petra en over Bens hopeloze liefdesleven, en over de dikke Zwitserse moekes in hun felroze jumpsuits, die wiegend met hun nijlpaardkonten van de oefenpistes afdaalden. Tegen de tijd dat Lucas eindelijk naar Lausanne terugkeerde en Ben aan boord stapte van zijn privéjet naar Londen, beiden met een kater die een vermelding in het boek van de *Guinness World Records* waard was, was een blijvende vriendschap gesmeed. Voor een eenling als Lucas was dit een gebeurtenis in zijn leven die de uitwerking had als van een aardbeving, en hoewel ze elkaar in de paar jaar daarop maar weinig zouden zien, verloor hij nooit het gevoel dat hij in Ben een nieuwe broer had gevonden.

Die zorgeloze dagen met Ben in Murren voelden nu als lichtjaren geleden. Lucas sprong op de bus naar Ibiza Town, zakte dankbaar onderuit in een lege stoel en kwam weer een beetje op adem. Hij vleide zichzelf dat hij nog steeds zo fit was, maar het leed geen twijfel dat de adrenaline die vrijkwam bij zijn snelle vlucht voor een potentieel moordzuchtige, bedrogen echtgenoot, veel meer van hem vergde dan een uurtje rennen op de loopband.

Toch was Carla het waard. Dat was altijd al het geval geweest. En een zomer van opwindende, buitenechtelijke seks was wel het minste wat hij haar verschuldigd was na alles wat ze voor hem had gedaan.

Terwijl de gammele blauwe bus naar de stad afdaalde, zag hij de geelbruine dakpannen van het pension waar hij logeerde. Het was wel niet het Ritz, maar het was er schoon en de bediening was vriendelijk. Het was in elk geval een wereld van verschil met het geduchte Britannia.

Hij had al een lange weg afgelegd. Hij wist dat hij zich eigenlijk gelukkig moest voelen nu hij, na met vlag en wimpel voor zijn MBA te zijn geslaagd, weer thuiskwam. Maar eigenlijk was hij méér gespannen dan hij in Lausanne, voor zijn eindexamen, was geweest. Het had deels te maken met zijn sollicitatiegesprekken bij een aantal hotels in Londen. Voor de baan die hij echt ambieerde – junior manager bij het wereldberoemde Tischen Cadogan in Chelsea – waren veel meer gegadigden. Kandidaten met veel meer ervaring dan hij zouden zeker een gooi doen naar die functie. En toch wist hij gewoon dat hij het beter zou doen dan al die anderen, als hij de kans maar kreeg.

Maar het was niet alleen het werk dat hem dwarszat. Gisteren was hij bij zijn moeder langs geweest.

Sinds hij op zijn vijftiende het huis uit was gestormd, was dit pas de tweede keer dat hij thuis was gekomen. De eerste keer was toen hij vier jaar geleden op de hotelschool was toegelaten, en dat was zo'n vervelende ervaring geweest dat hij geen haast had gehad om die te herhalen. Zijn stiefvader en hij hadden elkaar in dezelfde kamer moeten verdragen, elkaars aanwezigheid nauwelijks erkennend, net zo onbeholpen en verkrampt als verliefde tieners op hun eerste schoolbal. Hun wederzijdse afkeer hing als de stank van rottend vlees in de lucht, maar de enige manier om de spanning te breken zou met geweld zijn geweest, een stap die geen van beide mannen had willen nemen.

Niet dat Lucas zijn moeder en broertjes niet miste, of dat hij niet meer van hen zou houden. Integendeel. Maar om te moeten toezien hoe Ines haar leven verknalde en de mishandelingen van dat monster Jose gewoon bleef accepteren, deed Lucas meer pijn dan hij kon verdragen. In plaats daarvan had hij zijn geweten gesust door haar te schrijven en geld te sturen. Zelfs in de Britannia-tijd, toen hij zich amper een postzegel kon veroorloven, zorgde hij ervoor om elke week wat voor zijn moeder opzij te zetten. Toch eiste de afstand tussen hen onvermijdelijk zijn tol.

Tot gisteren had hij zich niet gerealiseerd hoe onherroepelijk zijn leven was afgeweken van dat van de rest van zijn familie. Gelukkig was zijn stiefvader ditmaal niet in de buurt toen Lucas thuiskwam. Maar dat was dan ook het enige om dankbaar voor te zijn.

Het huis zelf was nog smeriger en erger in verval dan hij zich kon herinneren.

'Jezus, mama,' zei hij terwijl hij vol afgrijzen om zich heen naar de groezelige ramen, het afbrokkelende houtwerk en het prullige meubilair keek. 'Wat heb je gedaan met het geld dat ik vorige maand opstuurde?'

Ines haalde haar schouders op. 'Je vader heeft het genomen. Hij had wat rekeningen te betalen.'

Had meer whisky moeten kopen, bedoel je, dacht Lucas verbitterd. De rimpels rondom zijn moeders mond en de diepe groeven op haar voorhoofd getuigden van een leven vol tegenspoed – die ze had kunnen voorkomen als ze maar de moed had gehad om met hem mee te gaan, om los te breken. Ze was pas veertig, maar ze oogde minstens twintig jaar ouder en zo godvergeten verslagen dat hij het wel kon uitschreeuwen.

'En Paco? Die verdient toch ook? Of Domingo? Waarom dragen die niet iets bij?'

De twee jongens waren inmiddels achttien en twintig en woonden nog steeds thuis. Het was schandalig dat ze de woning zo lieten vervuilen.

Ines lachte even verbitterd. 'Je broers? Sinds wanneer helpen die mij? Paco's vriendin is bijna zes maanden zwanger. Al zijn geld gaat naar haar.'

Lucas schudde zijn hoofd. De stomme idioot. Hoe moeilijk was het nu om een condoom te gebruiken?

'En Domingo is net zijn vader. Aan de drank…' Ze pakte een leeg bierflesje van de tafel en wierp het in de overvolle vuilnisbak.

Met een zucht rolde Lucas zijn mouwen op en begon de boel op te ruimen. Hij had zo graag met zijn moeder willen praten – écht praten – over zijn leven in Zwitserland, over Londen en zijn toekomstplannen, maar hij realiseerde zich nu hoe nutteloos dat zou zijn. Van zijn wereldje of zijn vrienden zou Ines niets begrijpen. Helemaal niets. De opleiding die hem had bevrijd, had ook een wig tussen hen gedreven die communicatie onmogelijk maakte. Hij kon net zo goed in het Urdu spreken.

Toen hij weer wegging, was het huis in elk geval schoon, en de bloemen die hij zijn moeder had gegeven, gaven de anders zo troosteloze keuken een beetje kleur en vreugde. Het had een glimlach op haar gezicht getoverd, net als de opgerolde bundel bankbiljetten die hij, ondanks haar protesten, in haar hand had gedrukt, en waarom hij haar had doen beloven ze voor Jose te verbergen.

Toch reed Lucas na het afscheid van zijn moeder linea recta naar de eerste kroeg die hij kon vinden, waar hij zich klem zoop totdat hij nauwelijks nog op zijn benen kon staan. Hij dacht dat hij zich nog nooit zo depressief had gevoeld.

'Ibiza Town!' De stem van de buschauffeur deed hem weer in het heden ontwaken. 'Iedereen uitstappen, alstublieft.'

Lusteloos kwam Lucas overeind en liep onvast de treden af naar de haven. Het was inmiddels twee uur geweest. De vroege middagzon scheen meedogenloos op zijn hoofd en maakte dat de kater die hij door zijn rendez-vous met Carla tijdelijk was vergeten weer flink opspeelde.

Hij zou naar het pension teruggaan om wat te slapen. En morgen zou hij eens gaan kijken of hij een eerdere vlucht naar Londen kon boeken.

Toen hij nog in Lausanne zat, had een zomer op Ibiza een fantastisch plan geleken. Maar nu hij zich bij de lieftallige mevrouw Leon van zijn plicht had gekweten, realiseerde hij zich dat niets hem nog hier hield.

Het Tischen Cadogan. Dat was de toekomst.

En wat Lucas Ruiz betrof, was de toekomst het enige wat ertoe deed.

3

Na een onaangenaam vochtig en benauwd begin van de zomer bracht juli droog, rustig en warm zomerweer, dat de bladeren in Boston inmiddels al prachtig bleekgoud kleurde. Net als de meeste universiteitssteden leek ook deze stad gedurende de zomermaanden in een merkwaardig coma te verkeren. 's Ochtends werd het rustig kabbelende water van de rivier de Charles niet langer ruw verstoord door luidruchtige roeiteams, en leken Amerika's zondagskinderen met hun armen vol boeken opeens in het niets te zijn opgegaan en was hun plaats ingenomen door kudden zomer-toeristen die als door hitte bevangen stadsmieren met hun camera's en gordeltasjes Newbury Street bevolkten.

Nu het stadje tijdelijk verlost was van de studenten, vormden niet de academische kinnesinne en faculteitsintriges maar de gewone kletspraat over de oude Bostoniaanse families de hoofdmoot van het stadse roddel-circuit. Roddel, zo had Honor vaak bij zichzelf gedacht, daar dreef East Hampton op, en deze afgelopen zomer was het de beurt aan haar eigen fa-milie geweest om in dit tijdverdrijf te voorzien. Eenieder die hier binnen de societykringen iets voorstelde, had wel een mening over Trey Palmer en zijn eigenwijze oudste dochter, die steeds meer greep op het familie-fortuin kreeg. De meesten van hen, zo wist Honor helaas maar al te goed, leken te hebben besloten dat zij de booswicht in het verhaal was.

'Wilt u nog steeds wachten, mevrouw Palmer, of wenst u nu een aperi-tief?'

De ober hing wat opgelaten rond bij Honors tafeltje, wachtend op een antwoord. Het leek wel of hij net van de middelbare school kwam, zo jong als hij eruitzag, en telkens als ze hem in de ogen keek, was het of hij even niet meer wist waar hij het zoeken moest. Mooie vrouwen maakten hem duidelijk nerveus. Arme knaap.

'Nou, dan bestel ik alvast maar,' zuchtte ze terwijl ze een blik wierp op haar bescheiden antieke herenhorloge. 'Tina, je wordt bedankt,' mopper-de ze binnensmonds.

Inmiddels zou ze er toch gewend aan moeten zijn dat haar zus altijd te laat kwam, maar toch ergerde het haar telkens weer. Hoe kon het toch dat zij, met een overvolle agenda waarbij die van een president leek te verbleken, en met ook nog een zakenimperium te leiden, het wél voor elkaar kreeg om op tijd voor een lunch te verschijnen, maar dat Tina, die kennelijk weinig anders te doen had dan de hele dag haar nagels te lakken en zichzelf op de foto te laten zetten, niet in staat was zich aan haar afspraken te houden?

Wat het nog erger maakte, was dat deze afspraak op verzoek van Tina was geweest. Ze eiste een meer dan riante verhoging van haar maandelijkse toelage uit het trustfonds, hetgeen Honor had geweigerd. Maar Tina nam daar geen genoegen mee.

Honor keek op. Buiten op het terras ontstond opeens beroering. Een klein groepje jongens – studenten, zo leek het – vocht zich een weg langs de tafeltjes, elkaar verdringend om met hun mobieltje een plaatje te kunnen schieten, dit tot grote ergernis van de gasten op het terras.

'Achteruit, alstublieft!' beval een zware mannenstem. 'Geen foto's. Laat mevrouw Palmer even langs.'

Honor liet het hoofd in de handen rusten. Waarom moest haar zus er altijd weer een heisa van maken?

Gekleed in ultrakorte witte shorts en een roze topje – volkomen uit de toon vallend in dit chique etablissement – paradeerde ze tussen de menigte door, vergezeld door een man in pak met het postuur van een buffel.

'Ha,' groette ze buiten adem nu ze Honors tafeltje eindelijk had bereikt maar pas plaatsnemend zodra ze voelde dat ook hierbinnen alle ogen op haar gericht waren. 'Sorry, hoor. Sinds ik met Danny ben, lijkt het wel of ik me nergens kan vertonen zonder… je weet wel,' ze maakte een hooghartig wegwerpgebaar naar het plukje jongens, buiten, '… zulke toestanden.'

'Luncht Godzilla ook mee?' vroeg Honor ijzig en met een knikje in de richting van de zwarte reus, die met de armen over elkaar als een paleiswacht boven hen uittorende. 'Want dan laat ik je fijn alleen.'

'Hij is mijn lijfwacht, hoor,' pruilde Tina. 'Ik kan niet zonder hem.'

Maar nu Honor langzaam haar stoel achteruitschoof, gaf ze zich met tegenzin gewonnen.

'Oké, jij je zin dan. Mike…' Ze keek de kleerkast aan. 'Wacht jij ondertussen maar in de auto. Dit duurt niet lang.'

Nadat hij verdwenen was en de rust in het restaurant was weergekeerd, nam Honor het woord. 'Waar denk je in hemelsnaam mee bezig te zijn?' siste ze vermanend.

'Hoe bedoel je?' vroeg Tina, quasionschuldig. Alleen, dat paste niet bij haar.

'Om hier verdomme te komen aanwaaien alsof je Cristina Aguilera bent,' gaf Honor haar te verstaan. 'Een beetje als een goedkope *starlet* de aandacht lopen trekken. Je had me beloofd daarmee op te houden, in elk geval totdat ik het hotel weer een beetje op orde heb. Je wéét hoe behoudend onze gasten zijn... voor zover we die nog hebben,' voegde ze er spijtig aan toe. 'Alles wat wij doen, beïnvloedt de zaken.'

'Bla, bla, bla, bla,' was Tina's verveelde reactie. 'Zet even een andere plaat op, wil je? Een martini,' beval ze zonder op te kijken tegen de ober.

'En bovendien ben je te laat.' Honors groene kattenogen spuwden vuur en de knokkels van haar vingers die het servet omklemden, waren wit uitgeslagen. Maar afgezien daarvan viel er van haar afbrokkelende geduld uiterlijk niets waar te nemen. In tegenstelling tot Tina hield ze haar gevoelens liever voor zich. Zelfs op school plaagden de andere leerlingen haar met de opmerking dat de 'C' van haar initialen – 'Constance' – eigenlijk voor 'Controle' stond.

'Ik ben wat laat, omdat mensen buiten een foto van me wilden maken, ja? En ik ben helemaal niet uit op aandacht, dank je vriendelijk. Kijk, ík kan er niets aan doen als mensen vinden dat ik een opwindend leven leid, of dat ik een sekssymbool ben of *whatever*. Ja, toch? Zo gaat dat nu eenmaal als je een beroemd actrice bent.'

Honor beet op haar lip. Dergelijke arrogantie deed je de adem stokken.

'Tina, je hebt twee commercials gedaan. Daarmee ben je nog geen beroemd actrice, hoor.'

'Het maakt me tot een actríce,' kaatste Tina de bal terug, 'en het feit dat ik met Danny ga, maakt me beroemd. Of je het nu leuk vindt of niet.'

Ach ja. Danny.

Danny Carlucci, officieel een plaatselijke projectontwikkelaar, was in werkelijkheid een bekende maffioso; getipt, door degenen die het weten konden, als de toekomstige capo van Massachusetts. Hij liep tegen de zestig, was tonrond en had al een vrouw, twee volwassen zoons en een legertje aan kleinkinderen. Maar hij was ook Tina's nieuwste minnaar.

'Ook daar moeten we het even over hebben,' fluisterde Honor. 'Dit moet ophouden.'

Tina's martini arriveerde samen met Honors mineraalwatertje. Allebei bestelden ze een salade – Tina was op dieet en Honor leek opeens beroofd van haar eetlust. Pas een paar minuten later werd het gesprek vervolgd.

'Op zich wil ik het wel overwegen,' begon Tina. 'Het uitmaken met Danny, bedoel ik.' Ze viste de olijf uit haar martini en zoog hem traag, als een pornoster, heen en weer tussen haar lippen.

'Echt?' Honor was verrast. Ze had niet gedacht dat Tina al zo snel zou toehappen.

'Ja, hoor. Tenminste, als ik het me kan veroorloven. Danny neemt een groot deel van mijn kosten voor zijn rekening. En hij is bezig om te kijken of hij niet een plekje voor me kan vinden in LA. Want daar moet ik nu vaak zijn, vanwege mijn werk.'

Aha, dus dáár ging het om. Chantage. Als Honor over de brug kwam, werd de maffiabaas aan de dijk gezet. Het was zo typisch Tina dat ze er zelfs om moest glimlachen.

'Hoeveel?'

Tina keek haar nietszeggend aan.

'Hoeveel om Danny aan de kant te zetten en naar de westkust te verkassen?' verduidelijkte Honor.

'Kijk, LA is niet goedkoop,' reageerde Tina terwijl ze de rest van haar cocktail achteroversloeg, waarna haar ogen onmiddellijk de ober zochten om er nog eentje te bestellen. 'En uiteraard zal ik in Holmby Hills moeten wonen.'

'Uiteráárd,' herhaalde Honor terwijl ze haar ogen ten hemel sloeg. Holmby gold zonder weerga als de duurste wijk van LA en de huizen daar waren bijna drie keer zo duur als die in het aangrenzende Beverly Hills. 'Dus... Hoeveel?'

'Vijfenveertig per maand.'

Honor verslikte zich bijna in haar mineraalwater. 'Vijfenveertigduizend? Dollar?' proestte ze. 'Per maand? Jezus, Tina. Weet je wel met wat voor financiële bende paps ons heeft opgezadeld? Het Palmers draait elke dag met verlies. Élke dag, verdomme.'

'Goed,' reageerde Tina schouderophalend terwijl ze zich op haar inmiddels geserveerde salade stortte. 'Dan blijf ik bij Danny. Hij kan me betalen. Of ik verhuis naar New York. Eens kijken wat me dat oplevert. Ik ben best bereid een stapje terug te doen, hoor. Ik begrijp echt niet waarom je me altijd als zo'n, zeg maar, onredelijk kreng afschildert.'

Een verhuizing naar New York zou voor Honor de allergrootste nachtmerrie zijn, en dat wist Tina. Dat ze in Boston op de roddelpagina's prijkte was al erg genoeg, maar het beperkte societyleven in deze stad stond tenminste op zichzelf. Zodra Tina in de New Yorkse clubscene met haar ondergoed ging zwaaien, of met haar suikeroompjes uit de onderwereld ging pronken, was het slechts een kwestie van tijd voordat ze landelijk in een slecht blaadje kwam.

Voor Honor stond de komende week een bezoekje aan de Hamptons gepland, en dan wilde ze Tina het liefst zo ver mogelijk bij haar uit de buurt hebben. De afgelopen maand had ze in Boston dag in, dag uit met de accountants om de tafel gezeten en hadden ze de deprimerende boekhouding doorgespit om een actieplan te bedenken. Maar inmiddels was de tijd gekomen om zelf ter plaatse poolshoogte te nemen, en daar zag ze flink tegen op.

'Goed,' besloot ze, terwijl ze de ober om de rekening wenkte, ook al had ze zelf geen hap genomen. 'Jij wint. Ik teken voor die vijfenveertigduizend dollar.'

'Mooi.' Tina glom zelfvoldaan.

'Maar dan wil ik dat jij voor het eind van deze week met het vliegtuig naar LA bent vertrokken. En bij het eerste roddeltje dat ik over jou en die slijmbal van een Carlucci opvang...' ze schoof haar stoel naar achteren en stond op, 'gaat de geldkraan dícht.' Ter benadrukking knipte ze even met haar vingers. 'Begrijpen we elkaar?'

'Helemaal,' was Tina's antwoord. Nu ze op haar wenken was bediend, was ze meer dan inschikkelijk. 'Ik betaal de ober wel. Enne, veel geluk met het hotel, volgende week. Goed?'

'Aan geluk heb ik geen behoefte, Tina. Wat ik nu nodig heb, is een wonder,' reageerde Honor droogjes.

Na haar zonnebril te hebben opgezet, stond ze op en beende weg.

Vijf dagen later, zittend achter in een limousine met geblindeerde ramen, probeerde Honor zich opnieuw te concentreren op de documenten voor haar neus. Het bovenste was een spreadsheet met daarop de salarissen van het voltallige hotelpersoneel van het Palmers. Gewoonlijk wist ze wel raad met cijfers, maar op de een of andere manier buitelden de getallen als de roze olifanten uit *Fantasialand* door haar hoofd en kon ze zich maar niet concentreren.

Ze gaf het op en keek door het portierraam naar buiten. Ze hadden Southampton bijna bereikt, en nog altijd kon ze de flauwe echo van haar kinderlijke uitgelatenheid horen terwijl vertrouwde plekken voorbijkwamen: de Boxfarm Inn; de kersenkraam langs de weg die daar ook al stond toen ze nog een peuter was en die er nog precies hetzelfde uitzag; de holle boom waarin ze met Tina verstoppertje speelde.

Sinds ze was gaan studeren, zeven jaar geleden, was ze hier niet meer terug geweest en nu al betreurde ze het. Ondanks alles voelden de Hamptons nog altijd als thuis.

Niet dat het een gezellige thuiskomst zou worden. Ze veinsde weliswaar alsof het haar koud liet, maar Treys hatelijke fluisteringen over dat ze hem op de 'schopstoel' had gezet en ze haar deel van de erfenis wilde 'stelen', hadden haar diep gekwetst en onzeker gemaakt over wat voor ontvangst haar zo meteen te wachten stond. Bovendien besefte ze maar al te goed dat binnen de hotelbranche haar vaders opvatting werd gedeeld dat ze veel te jong en onervaren was om het verliesgevende hotel tot een winstbron om te vormen. Ze hadden haar, en het hotel, afgeschreven en ondanks al haar pittige bravoure moest ze er niet aan denken dat ze wel eens gelijk konden hebben.

Ze had expres besloten om onaangekondigd een dag eerder te komen, zodat Whit Hammond, de amateuristische manager van de afgelopen tien jaar, niet de gelegenheid zou hebben zich enigszins voor te bereiden. Hoe slecht het hotel er ook voor stond, ze moest de werkelijkheid onder ogen zien, en niet de geredigeerde, zondagse versie.

Zoals altijd wanneer er een confrontatie in de lucht hing, was ze de avond ervoor volkomen gestrest geweest. Alleen, liggend in haar kingsize bed, had ze nerveus en gefrustreerd liggen woelen. Ze had geprobeerd te masturberen, maar ze was zo gespannen geweest dat een orgasme er niet in zat. Vanwege haar kortgeknipte haren en haar voorkeur voor kleding met een mannelijke uitstraling beschouwden de meeste mensen haar als lesbisch of gewoon als aseksueel. Maar net als haar energieke, strijdlustige houding, was ook haar jongensachtige uiterlijk slechts een vermomming, een harnas dat ze zichzelf als tiener had aangemeten als een manier om zich te wapenen tegen haar vaders afwijzing, maar dat ze nooit had geleerd af te doen. Ze snakte ernaar om bemind en begeerd te worden, maar seks was een spel waarvan ze gewoon niet wist hoe het gespeeld moest worden. De paar minnaars die ze had gehad, waren allemaal oudere mannen geweest – vaderfiguren, daar leken ze meer op. Maar dat duurde nooit lang. Haar langste relatie, acht maanden, was met een van haar docenten aan Harvard geweest, een aardige, gescheiden boekenwurm van in de vijftig. Aangetrokken tot haar uitbundige schoonheid en intelligentie had hij zijn best gedaan om haar amoureuze zelf uit haar schulp te lokken, haar telkens weer overtuigend van haar schoonheid en haar voorzichtig beminnend. Maar Honors onzekerheid was zo gigantisch – diep vanbinnen verafschuwde ze het atletische jongenslichaam dat ze tegelijkertijd zo vastberaden in stand hield, en was haar seksuele zelfverzekerdheid te vergelijken met die van een pukkelig pubermeisje op haar eerste afspraakje – dat ook hij uiteindelijk de moed had opgegeven.

Deze seksuele frustraties kwamen nog eens boven op de spanningen over het naderende weerzien met het hotel, die haar hart in gijzeling hielden. Ze kwam terug, niet als Treys dochter en Tertius' kleindochter, maar als directeur. Het was een vreemd en zo nu en dan beangstigend gevoel.

Gelukkig wist ze zich voldoende te vermannen voor een min of meer zelfverzekerde entree nu de auto over het grind het statige voorterrein op reed. De vakwerkgevel met zijn tijdloze elegantie was nog helemaal zoals ze zich die herinnerde. Oorspronkelijk gebouwd als een zomerverblijf voor een rijke koopman, eind achttiende eeuw, had het hotel, met zijn houten veranda's en kronkelende wisteriatwijgen die zich als eendenmossels aan de oude muren hechtten, altijd een soort verheven rust uitgestraald. De meeste oudere woningen in East Hampton waren van grijs, verweerd hout, maar het Palmers glansde fier met zijn witte muren, als een iriserende sneeuwvlok omringd door het frisse groen van zijn tuinen.

Voor Honor was die frisse witheid juist een belangrijk deel van de magie geweest. Maar nu zag ze dat de witte kleur niet alleen aan het vervagen was, maar ook dat de verf hier en daar bladderde. Erger nog, stukjes stucwerk van de gevel lieten hier en daar los en lagen als kruimels van een reusachtige bruidstaart her en der over de voortuin en de trappen verspreid. Wat de tuinen betrof, zou Tertius zich in zijn graf omdraaien als hij zag hoe overwoekerd en verwaarloosd ze erbij lagen, met overal dode bladeren en onkruid dat druk bezig was zijn zo geliefde Engelse rozentuin te overwoekeren.

Het was niet om aan te zien.

Ontstemd liep ze de treden op en betrad de lobby, waar ze de receptioniste bijkans een hartverzakking bezorgde door haar te bevelen onmiddellijk de manager te roepen.

'Ik ben bang dat meneer Hammond u, eh, niet kan spreken, mevrouw Palmer,' stamelde het onfortuinlijke meisje. 'We hadden u pas morgen verwacht.'

'Juist, ja,' reageerde Honor terwijl ze de dode bloemkoppen van de rozen rukte die in de vaas naast de deur stonden te verwelken en ze een veelbetekenende blik naar de overvolle prullenbak in een hoek wierp. 'Waar is hij?'

'Eh, ik...' Verder kwam het meisje niet, en haar gezicht kleurde zo rood als een biet. Nog eventjes en ze vatte spontaan vlam. 'Ik weet niet honderd procent zeker of hij wil dat ik dat zeg.'

Honor perste haar lippen op elkaar. Met beide handen op de balie boog ze zich dreigend naar het meisje toe. 'Hoe heet je?'

Het kind slikte. Ze was weliswaar ouder dan Honor en minstens dertig centimeter langer, maar had zich nog nooit zo geïntimideerd gevoeld, hetgeen vooral door Honors diepe, hese stem kwam.

'Betty,' stamelde ze. 'Betty Miller.'

'Goed, Betty,' ging Honor verder, 'ik vraag het je nog één keer. En dan vertel je me waar meneer Hammond is, of ik ontsla je. Is dat duidelijk?'

Het meisje knikte mistroostig.

'Dus...' Honor zette haar zonnebril af en glimlachte geduldig. 'Waar is hij?'

'Hij is op de golfclub,' fluisterde Betty. 'Daar is hij al de hele ochtend.'

Voor de gasten die een paar uur later het getier uit het kantoor van de hotelmanager opvingen, had de confrontatie alle kenmerken van een ware aardbeving.

'Maar, mevrouw Palmer, dit is echt onredelijk!' Whit Hammond schreeuwde bijna de voering uit zijn keel. 'Ik onderhield een paar gasten! Dat hoort nu eenmaal bij mijn werk! Misschien dat als u zich wat meer in het hotelvak zou verdiepen, of bereid zou zijn eens naar anderen te luisteren...'

Maar Honor had hem afgekapt.

'Doe niet zo uit de hoogte, luie lamzak!' ging ze tekeer. 'Ik weet genoeg van het hotelvak om te weten dat jij al ik-weet-niet-hoe-lang mijn familie aan het bedonderen bent!' Ze boog zich over het bureau – dat tot nu toe het zijne was geweest, maar vanaf nu overduidelijk het hare zou zijn – en hield de opgerolde spreadsheet als een zwaard dreigend voor zijn neus.

'Die cijfers vertellen niet het hele verhaal,' sputterde hij slapjes tegen. 'Het zit veel gecompliceerder in elkaar.'

Honor voelde hoe haar mond zich verwrong tot een verachtelijke grimas. Whit belichaamde alles wat er verkeerd was aan het Palmers: hij was te dik, zelfvoldaan op het koppige af, met zijn bloemige, rozige wangen doortrokken van gebarsten adertjes die een levensstijl verrieden van vooral veel genieten en je plichten verzuimen.

'Inderdaad,' was Honors reactie. 'De cijfers vertellen niet het hele verhaal. Zoals een slechte dagelijkse leiding, slecht opgeleid personeel, een keuken die meteen zou worden gesloten als iemand van de gezondheidsinspectie langs zou komen. Dit was ooit het chicste hotel van Amerika, meneer Hammond.'

'Met alle respect, lieverd,' sprak hij met een grijnslachje, 'maar dat was jaren geleden. De tijden veranderen.'

'Klopt. Dat doen ze. En ook nu weer. Jij werkt hier niet langer, en ik ben níét jouw "lieverd".'

Daarna schoot het decibellenniveau nog verder omhoog, waarbij het 'dat kun je niet maken' en 'mijn advocaat zal contact met je opnemen' niet van de lucht was. Maar nog geen uur later had de manager, die de vorige dag nog deel uitmaakte van het hotelmeubilair, met een baan voor het leven, zijn spullen in een paar dozen opgeborgen en als een tegensputterende, corpulente Jesse James had hij de stad verlaten.

Aan het eind van de dag was nog eens een stuk of vijfentwintig personeelsleden al net zo ferm en onverbiddelijk door een terecht verontwaardigde Honor de wacht aangezegd en waren ze Hammond in zijn kielzog gevolgd. En dat zouden niet de laatsten zijn. De tijd van de kantjes eraf lopen was overduidelijk ten einde, en iedereen die dat niet zag zitten, kon opstappen.

Het was al na achten 's avonds toen Honor eindelijk uit Whits voormalige werkkamer tevoorschijn kwam. Ze was uitgeput – was niet eens in de gelegenheid geweest haar koffer naar haar suite te brengen om uit te pakken, laat staan een hapje te eten of even te douchen. Maar wat ze nu vooral nodig had, was een drankje.

Op weg naar de hotelbar, via de receptie en de bibliotheek met zijn snorrende haardvuren en dikke zachtfluwelen meubilair, kon ze niet ontkennen dat het personeel zich als een stel doodsbange ratten uit de voeten maakte. Zelfs de gasten leken bepaald niet op hun gemak. Toen ze zich even later op een barkruk hees en een whisky met ijs bestelde, voelde ze zich zo geliefd als een Lady Macbeth.

'Zeg eens,' vroeg ze aan de man van middelbare leeftijd naast haar. 'Heb ik bloed aan mijn handen, of verbeeld ik het me?'

'Pardon?' Hij leek perplex en al meteen betreurde ze haar botte vraag. Deels omdat hij waarschijnlijk een hotelgast was – nog meer betalende gasten afschrikken was wel het laatste wat ze wilde – maar ook omdat deze oudere man, zo drong het tot haar door, er op zijn zeg maar ernstige, gedistingeerde 'oudere heer'-achtige manier overduidelijk mocht wezen.

Hij droeg een lichtversleten tweedjasje en een corduroy broek, wat hem de uitstraling gaf van een Cary Grant uit de provincie. Op het moment dat ze hem aansprak, was hij verdiept in Stephen Hawkings *Het heelal*, iets wat ze verrassend en tegelijk innemend vond. Op de een of andere manier verwachtte je zoiets niet in East Hampton, in elk geval niet in deze hotelbar.

'Laat maar zitten. Ik geloof dat ik een beetje onzin zit uit te kramen. Ik heb een lange dag achter de rug.'

'Nou…' Hij legde zijn boek terzijde en glimlachte, daarbij een rij ietwat scheve tanden onthullend. Zelfs zijn gebit leek bij hem te passen. Een perfect verzorgd gebit zou vloeken met die academische, Indiana Jones-achtige uitstraling van hem. Hij deed haar een beetje denken aan haar Harvard-docent, maar wellicht wat minder behoedzaam. 'Als ik je drankje nu eens betaal, en jij me eens over je dag vertelt?' stelde hij voor.

Honor bracht afwerend een hand omhoog, maar daar wilde hij niets van weten.

'Een vrouw hoort niet in haar eentje te drinken,' stelde hij. 'En al helemaal geen whisky.'

In een andere omgeving, met een andere man, zou ze aanstoot hebben genomen aan een dergelijke seksistische opmerking. Maar ze glimlachte slechts en reikte hem de hand. Ze had geen zin in nog een ruzie, deze avond. 'Nou, in dat geval aanvaard ik het aanbod,' zei ze. 'Dank u. Ik ben Honor Palmer.'

Heel even leek dit kruimeltje informatie hem uit zijn evenwicht te brengen. Hij zweeg een moment, en toen hij zijn mond weer opendeed, was zijn reactie nauwelijks welbespraakt te noemen.

'Honor Palmer… Goeie genade.' Als een idioot mompelde hij hoofdschuddend in zichzelf. 'Honor Palmer. Na al die jaren…'

'Eh, kennen wij elkaar?' Nu was het Honors beurt om verbaasd te kijken. Bofte zij even, maar niet heus, dat de enige aantrekkelijke man hier, een of andere gek bleek. Het was weer eens een van die dagen…

'Dat klopt,' antwoordde de man. Hij glimlachte weer. 'Maar ik denk niet dat je het nog weet. Je moet, wat zal ik zeggen, ongeveer acht zijn geweest. Op je moeders knie, daar, in de tuin.' Eindelijk stelde hij zich voor: 'Ik ben Devon Carter.'

Carter. Ze liet haar gedachten over de naam dwalen, alsof het een intrigerend schilderij betrof, zoekend naar aanwijzingen. Devon Carter. De naam zei haar wel iets, maar ze kon hem niet helemaal plaatsen.

'Mijn familie komt oorspronkelijk ook uit Boston,' legde hij uit. 'We brengen hier al een eeuw lang jaarlijks onze zomers door, net als de familie Palmer, hoewel wij hier in de Hamptons een stuk minder goed boerden dan jullie. Mijn vader en jouw grootvader waren goede vrienden.'

Honor knipte opeens met haar vingers. 'Evelyn. Uw vader heette Evelyn Carter, toch?'

Devon knikte. 'Precies. Kennelijk pokerden onze overgrootvaders regelmatig samen in Boston. Mijn vader zei altijd dat de oude Palmer op zijn sterfbed zijn grootvader een fortuin aan schulden naliet. Maar misschien is de werkelijkheid anders.'

Honor lachte. 'Nou, als u soms op jacht bent naar geld, meneer Carter, dan vrees ik dat u hier op de verkeerde plek bent.' Ze keek om zich heen naar het halflege, sjofele interieur van de hotelbar. 'Momenteel zit ik met een lege beurs.'

'Zeg maar Devon,' zei hij terwijl hij haar recht in de ogen keek op een manier waarbij ze zich tegelijk gevleid en ongemakkelijk voelde. 'En het is niet je geld wat me interesseert, Honor.'

Ze bloosde. Hij flirtte met haar! Mannen flirtten nóóit met haar. Eindelijk voelde ze iets van haar opgekropte spanning wegvloeien en ontspande ze een beetje. Het was gezellig. Híj was gezellig. Althans, zo kwam hij over.

'Is dit een huwelijksaanzoek?' vroeg ze plompverloren. Het spel van de oogopslag en het wegkijken had ze nooit geleerd.

Devon grijnsde. Met de seconde leek hij minder de 'docent' en meer

47

het 'stoute schoolknaapje'. 'Als ik die indruk wek, ben ik bang dat ik over de schreef ga,' antwoordde hij. 'Ik ben waarschijnlijk oud genoeg om je vader te kunnen zijn. Bovendien,' hij keek eventjes diep in het amberkleurige vocht in zijn glas, 'ben ik getrouwd.'

Het viel haar op dat hij haar dit laatste toevertrouwde met het enthousiasme van een man die bekent dat hij aan een vergevorderd stadium van syfilis lijdt.

'Je klinkt anders niet echt blij,' merkte ze op.

Devon haalde zijn schouders op. 'Het is zoals het is.'

Het was alsof ze per ongeluk een ballon had lekgeprikt. Opeens was zijn speelsheid verdwenen. Voor ze er erg in had, keek hij op zijn horloge en stond op om zijn jas te pakken en de hotelbar te verlaten.

'Toe, ga niet weg vanwege mij,' flapte ze eruit, maar ze slaagde er niet in de teleurstelling uit haar toon te weren. 'Over dat huwelijksaanzoek was maar een grapje.'

'Het spijt me, maar luister,' zei hij, en hij legde een briefje van twintig naast de pretzels op de bar. 'Het ligt niet aan jou. Ik moet gewoon naar huis. Da's alles. Maar het was leuk je weer eens te zien, Honor. Echt. Misschien dat als je weer eens in de stad bent, we eens goed kunnen bijpraten.'

'Dat zou leuk zijn,' antwoordde ze. 'Maar eh, ik ben hier nog wel een tijdje, als je…'

Maar hij was al de deur uit gesneld alsof hij ergens een brand moest blussen.

Die uitwerking leek ze vandaag behoorlijk vaak op haar omgeving te hebben.

'Wat weet jij van die man?' vroeg ze Enrique, de barman.

Toen Honor zelfs nog niet eens geboren was, leidde Enrique, inmiddels de zestig gepasseerd, de hotelbar van het Palmers al. Als een van de weinigen die wisten dat hij niet voor zijn baan hoefde te vrezen, knoopte hij maar al te graag een gesprekje met haar aan.

'Devon Carter? Zeg maar gerust Meneer East Hampton,' vertelde hij. 'Tenminste, in de zomer dan. Komt hier elk jaar met zijn gezin, soms ook met Pasen. Hij zit in de bouwcommissie, is secretaris van de golfclub, parttimediaken in de St. Mark's kerk…'

'Jee. Oké, oké,' reageerde ze met een frons. 'Het is me duidelijk. Een "Ned Flanders", dus.'

'Nou, niet helemaal van Gods bende, hoor,' grinnikte Enrique, die tot Honors verrassing de *Simpsons*-verwijzing helemaal doorhad. Op de een of andere manier voldeed hij niet helemaal aan het type. 'Maar hij heeft het gezin hoog zitten, zeker weten. Duidelijk geen type voor jou, mijn schat.'

'Voor mij? Zeg, doe niet zo gek,' gekscheerde ze opnieuw blozend. 'Hoewel, voor wat het waard is, wil ik je toch even zeggen dat ik helemaal ga voor gezinswaarden. En ik durf te wedden dat mijn "gezinswaarde" een stuk hoger ligt dan die van Devon Carter, diaken van St. Mark's.'

Enrique glimlachte en schonk haar nog eens in.

'Fijn dat u weer terug bent, mevrouw Palmer.'

'Dank je,' zuchtte ze. 'Maar ik ben bang dat jij hier de enige bent die er zo over denkt.'

4

Lucas deed zijn best om zich af te sluiten voor het onsamenhangende geleuter van de stinkende dronken zwerver naast hem in de ondergrondse terwijl hij het artikel in de *Evening Standard* van gisteren herlas:

'*Wat me nog het meest verdrietig maakt,' aldus een montere Heidi, wier ogen vol tranen schieten, 'is dat Carina hier het onschuldige slachtoffer is. Ze is een vierjarig kind dat wanhopig hulp nodig heeft. Hoe kan haar eigen vader haar zo in de steek laten?'*

De krant had twee hele pagina's gewijd aan het interview met en foto's van 'montere Heidi', waarin werd uitgelegd dat ze nu stagiaire in een peuterklas was – hoewel het Lucas na een blik op haar koperkleurige haar en korte zwarte rok niet verraste om te lezen dat haar vorige beroep 'exotische danseres' was. Het was in deze hoedanigheid dat ze de schatrijke hotelier en hedgefondsgoeroe Anton Tisch had leren kennen. Dezelfde Anton Tisch als die naar wiens kantoor Lucas nu, voor de derde keer in evenzoveel dagen, op weg was.

'*Hij doet zichzelf voor als een aardige, vrijgevige man, alsof hij een soort heilige is,'* ging Heidi vernietigend verder. '*Maar hij wil niet eens voor de medische basiszorg voor zijn eigen kind zorg dragen. Het is walgelijk.'*

Als het verhaal klopte, was Lucas geneigd het met haar eens te zijn. Kennelijk had Tisch bij deze op het oog aan de kropziekte lijkende jonge vrouw een dochter verwekt en vervolgens onder dwang van een rechterlijk bevel slechts ingestemd te voorzien in de allernoodzakelijkste levensbehoeften van het kind, dit ondanks het feit dat hij, voorzichtig geschat, een slordige achthonderd miljoen dollar op de bank had staan. Net als bij zo veel Oost-Europese en Russische veelverdieners die de afgelopen jaren in Londen waren neergestreken, bleef de herkomst van Tisch' enorme rijkdom een open vraag. Bekend was in elk geval dat hij banden onderhield met Ilham Aliyev, de president van Azerbeidzjan en in feite de baas van de Bakoe-Ceyhan-pijpleiding, waardoor dagelijks bijna vier miljoen liter olie naar de westerse markten stroomde. Hoewel niet langer werkzaam in de energievoorziening – 'fondsbeheerder en belegger', zo vermeldde zijn paspoort – riekte Tisch' geld nog altijd naar Kaspische ruwe olie.

Toen de artsen een jaar geleden bij zijn onwettige kind een ernstige vorm van autisme vaststelden, was Heidi naar haar vroegere minnaar teruggegaan met het verzoek om meer geld voor een verpleegkundige en om voor het meisje een plaats op een bijzondere school te helpen financieren. Maar Tisch had haar gezegd op te hoepelen. Niet bij machte om het geld voor een tweede rechtsgang bij elkaar te krijgen was Heidi met haar verhaal naar de roddelbladen gestapt.

Natuurlijk kon het net zo goed uit haar duim gezogen zijn. Eerlijk gezegd hoopte Lucas dat ook; vooral omdat het deprimerend was om te weten dat de man die naar hij hoopte binnenkort zijn werkgever zou zijn, nog krenteriger was dan het poepgaatje van een mug en ongeveer net zo veel mededogen had als een kampcommandant in een naziconcentratiekamp. Maar iets in *montere Heidi's* gezicht zei hem dat ze de waarheid sprak. Ze was dan misschien wel een slet, maar ze zag er niet uit als een leugenaarster.

'Embankment. Dit is Embankment,' klonk de merkwaardig zalvende, geautomatiseerde vrouwenstem hard door de speakers. 'Volgende halte, Westminster. Voor Charing Cross en andere hoofdstations hier overstappen.'

Goddank, nog maar één halte te gaan. Er waren veel dingen aan Londen waar Lucas een godsgruwelijke hekel aan had: het weer, de hoge prijzen, de manier waarop vreemden hem steeds met '*mate*' aanspraken. Maar een bijzonder felle afkeer reserveerde hij voor het smerige, stampvolle metrostelsel. Normaliter zou hij de ongeveer zesenhalve kilometer van het Cadogan, waar hij verbleef, naar Tisch' kantoor met uitzicht op de Theems hebben gelopen. Maar hoewel het augustus was, stortregende het vandaag, en hij kon het zich niet veroorloven om daar als een verzopen kat te verschijnen.

Hij was al eens eerder in Londen geweest, om Ben te bezoeken, maar nooit langer dan een paar dagen, en dan was hij meestal te dronken geweest om links van rechts te onderscheiden, laat staan te beseffen in welke stad hij zich bevond. Maar nu hij hier al bijna twee maanden woonde, had hij serieus zijn bedenkingen. Waarom zijn zinnen niet gezet op een baan in een plaats waar het warm was en de mensen beschaafd waren, zoals Madrid of Rome? Met zijn talenkennis en goudgerande MBA-diploma had hij zo'n beetje overal naartoe kunnen gaan in West-Europa. Had hij zijn keuze nu uitgerekend op deze meest grijze, natte, astronomisch dure stad moeten laten vallen om zichzelf te omringen met een volk dat hij lang geleden al had leren verfoeien?

Helaas was het antwoord op die vraag: ja. Jaren geleden had Lucas het besluit genomen om slechts het allerbeste na te streven. En in de wereld van luxehotels was het Tischen Cadogan het beste. Zonder enige twijfel.

Twee weken geleden was hij verkast van de vuile zit-slaapkamer die hij in Tooting had gehuurd naar het Cadogan. Zijn kamer was de goedkoopste die het hotel in de aanbieding had en mat weinig meer dan vier bij vier meter, maar had hem nog altijd elke cent van zijn overblijvende spaargeld gekost. Letterlijk. Met ingang van morgenochtend had hij geen idee hoe hij aan eten moest komen.

Toch was het het waard geweest. In de afgelopen twee weken had hij het reilen en zeilen binnen het hotel net zo goed leren kennen als Julia Brett-Sadler, de bazige, schooljufachtige manager van het hotel, dat deed. Hij was inmiddels bekend met het gebrekkige moreel in de keuken en met de met sterren gelauwerde, megalomane chef-kok die het leven van zijn personeel tot een hel maakte; hij wist van de barman, die de meiden met wie hij het bed in dook regelmatig gratis drankjes toeschoof. Hij wist van de cokeverslaving van de eerste kelner, die de man dagelijks tweehonderd pond kostte.

Wilde hij bij Anton Tisch – een man die zijn eigen kind kennelijk niet eens een gezond leven gunde – een kans maken, dan zou hij beter op de hoogte moeten zijn en meer indruk moeten maken dan de rest, wist Lucas. Uiteraard moest hij eerst een afspraak met de man zien te maken, iets wat tot dusver deprimerend lastig bleek te zijn.

Na zich op station Westminster door de forenzenmenigte te hebben gewurmd, dook hij eindelijk op in de motregen van de straat. Donderwolken hingen als een dikke zware deken laag aan de hemel en blokkeerden zo veel licht dat het bijna avond leek. Zelfs de gouden pracht van de Big Ben of de ingewikkeld gebeeldhouwde torens van Westminster Palace konden de grauwe neerslachtigheid niet verlichten. Al vloekend klikte Lucas zijn paraplu open en begaf zich op de inmiddels vertrouwde route langs de rivier naar het Adelphi-gebouw, waar The Tischen Corporation kantoor hield.

'Ben je er nu alweer, *mate*?' De conciërge leek niet zo enthousiast om hem te zien. 'Jij geeft ook niet makkelijk op, hè?'

'Nee,' zei Lucas terwijl hij langs de man liep en de hal betrad. 'Ik geef niet gauw op. Ik ben hier voor meneer Tisch.' Hij schonk het Aziatische meisje achter de receptiebalie een vastberaden glimlach. Ze keek boos terug.

'Hebt u een afspraak?' vroeg ze vermoeid. Dit was al de derde keer deze week dat ze deze schertsvertoning had moeten doorstaan, en het nieuwe was er voor haar wel af.

'Ja,' loog Lucas. 'Hij verwacht me.'

Uit de blik die het meisje hem schonk, sprak duidelijk dat ze wist dat hij ouwehoerde, maar dat het haar inmiddels echt niet meer kon schelen. 'Vijftiende verdieping,' zuchtte ze terwijl ze hem een bezoekerspasje overhandigde. 'Zodra je boven bent, ben je Rita's probleem.'

Gelukkig voor Lucas was Rita veel ontvankelijker voor zijn Latijns-Amerikaanse charmes dan de Thaise helleveeg van beneden. Rita, qua leeftijd verkerend in het niemandsland tussen middelbaar en bejaard, had dankzij haar functionele tweed mantelpakje en haar Miss Money-penny-achtige manier van doen een ondeugend trekje, dat Lucas snel oppikte. Hij vermoedde dat het lang geleden was dat een knappe jongeman de moeite had genomen om met haar te flirten. En hij leek het bij het juiste eind te hebben. Hij was amper begonnen haar een beetje voor de gek te houden of de sluisdeuren gingen al open.

'Schat.' Met een grijns van oor tot oor beende hij op haar bureau af en kuste haar hand terwijl ze lachend een poging deed om een andere beller af te poeieren.

'Meneer Ruiz!' Terwijl ze haar headset uitschakelde, trok ze haar hand weg en deed ze haar best om streng te kijken.

'Ik weet wat je nu gaat zeggen,' zei Lucas. 'We moeten niet meer op deze manier met elkaar afspreken. Straks wordt er nog geroddeld. Maar weet je, je hoeft me alleen even bij hem binnen te laten. Vijf minuutjes maar. Dan zal ik je nooit meer lastigvallen.'

'Ik heb u al gezegd,' reageerde de secretaresse blozend als een wuft schoolmeisje, 'het is niet aan mij. De agenda van meneer Tisch is de komende maanden overvol. Ik kan er niet zomaar willekeurig mensen tussen wringen, hoe charmant ze ook zijn. Ik zou mijn baan kwijtraken.'

'Ah, lieftallige Rita, nee toch, zeker?' reageerde Lucas. Hij had zich inmiddels neergevlijd op de punt van haar bureau, zo dichtbij dat ze zijn eau de cologne kon ruiken. Echt, als hij wilde, kon hij mensen danig in verwarring brengen… 'Iemand die bij zijn volle verstand is, zou jou nooit laten gaan. Kun je hem in elk geval laten weten dat ik er ben?'

'Nou ja…' zei ze. Haar vastbeslotenheid brokkelde al af. 'Goed dan. Ik zal het hem zeggen. Maar ik kan u nu al wel vertellen dat hij u niet zal ontvangen. Hij heeft nogal een slechte dag, vrees ik.'

Dat laatste bleek een understatement.

In zijn kamer reikte Anton naar een openstaande fles antaciden en liet een zoveelste weerzinwekkende, krijtachtige pil in zijn mond glijden.

'Nee, ik doe níét rustig, Roger!' brulde hij in de telefoon. 'Ze nagelt me gewoon aan het kruis! En die kutredacteur geeft haar daarvoor ook nog eens alle ruimte! Kennelijk verschijnt er in de krant van morgen nog meer over. Als ik bedenk hoeveel geld ik vorig jaar aan hun godvergeten Help a London Child-hulpfonds heb gegeven. Ik bedoel, wat is dat nu voor loyaliteit, Roger, hm? Nou?!'

Anton Tisch was een *winner*. Na halverwege de jaren negentig in Azerbeidzjan aardig getoucheerd te hebben, was hij – voordat hij zou worden vergiftigd, doodgeschoten of naar Siberië verscheept, zoals zo veel Russen was overkomen die hebzuchtig waren geworden en hun dikke vingers iets te lang in de taart hadden gehouden – uit de oliehandel gestapt op een moment dat het nog goed ging. Hij was zijn belangen over andere industrieën gaan spreiden en had zichzelf opnieuw uitgevonden als een gevestigd zakenman. Zijn hedgefonds Excelsior III was inmiddels een van de grootste en meest winstgevende in Europa. Zijn media-imperium strekte zich uit van Delhi naar Vladivostok en omvatte alles van onlinezoekmachines tot kabeltelevisiezenders. En zijn hotelketen – het machtige Tischen – behoorde tot de meest prestigieuze en gerespecteerde in een notoir nietsontziende en onbestendige branche.

Anton verdeelde zijn tijd tussen zijn huis in Mayfair – hij had drie prachtige Georgian herenhuizen naast elkaar opgekocht om zo een van de grootste privé-eigendommen in Londen te creëren – en zijn landgoed aan de oever van het Meer van Genève, en omringde zichzelf met alle luxe die er maar te koop was.

Net als voor zo veel van 's werelds rijkste mannen gold, waren het juist de dingen die níét te koop waren die Anton 's nachts uit zijn slaap hielden. Na te zijn opgegroeid in een afgelegen dorpje op het platteland van voormalig Oost-Duitsland hunkerde Tisch bovenal naar sociale acceptatie door de Engelse aristocratie – om deel uit te mogen maken van het beroemde lusteloze Britse 'establishment'. Maar zoals zo veel welgestelde buitenlanders die hem voorgingen, leerde hij met veel vallen en opstaan dat er in Engeland talloze deuren waren die je met geld alleen niet kon openen. Abramovich had als 'Mr. Chelski' de massa voor zich gewonnen toen hij de voetbalclub Chelsea opkocht en er geld in pompte. Maar Anton was niet geïnteresseerd in de aanhankelijkheid van bier zuipende pummels en reltrappers. Hij mikte op hogere sociale kringen.

Zijn strategie – voor de hele gemeenschap zichtbaar veel geld steken in gemeentelijke instituties en bekende liefdadigheidsinstellingen – bleek een goede. Hij wilde dat de mensen hem zagen als een moderne Carnegie: gul, filantropisch, paternalistisch; kortom, alles waarvoor de Engelse aristocratie zichzelf, hoe misplaatst ook, hield. Zijn uiteindelijke doel was voor zijn goede werk tot ridder te worden geslagen, het sociale equivalent van een backstagepas die alle deuren voor je opent.

Afgelopen maand nog hadden zijn bronnen in Whitehall hem verzekerd dat hij goed op weg was om zijn begeerde ridderschap in de wacht te slepen. Maar dat was vóór Heidi.

Ze was niet de eerste meid die naar de kranten stapte met een verhaal dat een smet wierp op zijn zuurverdiende reputatie. Een paar jaar geleden had een andere ex van hem, een journaliste, een stuk geschreven over zijn sadomasochistische slaapkamergewoonten. Het had zijn sociale ambities weer helemaal de kop ingedrukt.

Op dat moment had hij zijn lesje geleerd moeten hebben. Maar ook al kende hij de gevaren van de roemruchte xenofobische Britse pers – uithalen naar Duitsers verkocht in Engeland nog altijd prima – zijn pathologische afkeer van vrouwen maakte het hem nagenoeg onmogelijk om zijn minnaressen met het fatsoen of de vrijgevigheid te behandelen die hen stil kon hebben gehouden. Voor Anton Tisch was een vrouw een wegwerpartikel. De kinderen die hij onderweg per ongeluk kon hebben verwekt, beschouwde hij niet zozeer als mensen, maar als bijkomende schade.

'Weet je wat ik gisteravond heb gedaan, Roger?' brieste hij tegen zijn Britse advocaat terwijl hij als een hongerige panter tussen zijn bureau en het van de vloer tot het plafond reikende venster met uitzicht op de rivier heen en weer liep. 'Een lint doorknippen aan een gloednieuw dialyse-apparaat in Great Ormond Street, goddomme, dát heb ik gedaan! Maar schrijven ze daarover? Nou, ik dacht het niet! Nee, ze helpen die slet liever om de hele wereld te vertellen dat ik niet van kinderen hou. Smaad, dat is het! Maar ze zal er niet mee wegkomen.'

Humeurig smeet hij de telefoon neer en plofte weer neer achter zijn bureau. Feit was dat als hij de krant of het meisje voor het gerecht wilde dagen, hij het zou verliezen, en dat wist hij. Het beeld dat Heidi schetste, was dan misschien wel eenzijdig, maar het was wel de waarheid. En zelfs als het onwaar was, zou het opkloppen van deze zaak zijn goede naam alleen maar meer schade berokkenen. Er zat echt niets anders op dan haar af te kopen, een gedachte die hem echt razend maakte: dat ze het geld dus toch ging krijgen, dat zij hem had verslagen, dat zij had gewonnen.

Te rusteloos en geïrriteerd om nog een telefoontje te plegen pakte hij terloops het vel papier dat boven op zijn binnengekomen post lag. Het was het cv van een man die Brent Dalgliesh heette, de sollicitant die hij gisteren had besloten in te lijven als plaatsvervangend manager in het Cadogan.

Met zo veel zaken onder zijn hoede was Anton vooral bezig met delegeren. Het enige waar hij zich nog steeds persoonlijk op concentreerde, waren zijn hedgefonds – waar hij alle investeringsbeslissingen zelf nam – en zijn hotels.

Anton hield net zo veel van het hotelbedrijf als Abramovich van zijn voetbal of Richard Branson van zijn vliegtuigen. Tijdens interviews beschreef hij de Tischen-hotels steevast als zijn kindjes, maar slechts weinigen realiseerden zich hoe letterlijk hij dat bedoelde. Vanaf de eerste dag was zijn strategie eenvoudig en consequent geweest: hij koos met opzet locaties waar al een toonaangevend hotel gevestigd was – het Reid's in Madeira, The Post Ranch in Big Sur, het Raffles in Singapore – en daagde die vervolgens pal voor hun neus uit. Altijd vooroplopend met decadente nieuwtjes en hippe spullen stelden de Tischen-hotels zich ten doel om de oude reuzen te doen overkomen als wat ze in feite waren: vermoeide kolossen waarvan de houdbaarheidsdatum allang was verstreken.

Het plan lukte keer op keer, maar nergens met zo'n spectaculair succes als in Londen, met het Cadogan. Op een steenworp afstand van zowel het Lanesborough als het Dorchester had Antons herenclubachtige hotel al in het tweede jaar van zijn bestaan de beide reuzen wat omzet betrof verslagen. Of zoals een journalist het had verwoord in een artikel dat Anton had uitvergroot, ingelijst en aan de muur van zijn kantoor opgehangen: 'Met het Cadogan heeft de geniale Mr. Tisch de Engelsen overtroffen. Een triomf van goede smaak.'

Kijkend naar het cv van Brent voelde Anton zijn irritatie weer groeien. Ten eerste was het een stomme naam. Het klonk als een winkelcentrum of een benzinestation langs de M25. En ten tweede, die litanie van wapenfeiten waar hij gisteren nog zo van onder de indruk was geweest – een hoogste universitaire graad van de Economische Hogeschool in Londen, zeven jaar gestudeerd aan de Georges V-universiteit in Parijs, de Young Hotelier of the Year-award – het leek allemaal opeens zo overladen serieus en braaf. Wat voor cv-geile sukkel werd nu in godsnaam voorzitter van de studentenvakbond?

Op dat moment klonk Rita's stem over zijn intercom.

'Het spijt me dat ik u stoor, meneer Tisch,' zei ze nederig. 'Maar er staat hier een meneer Lucas Ruiz die u wil spreken. Alweer.'

Net toen hij haar wilde toebijten dat 'niet storen' ook precies dát betekende, bedacht hij zich. Die knaap was hier dag na dag met de regelmaat van de klok verschenen om te hengelen naar die baan in het Cadogan. Hij kwam zo van de universiteit en was dus bespottelijk onder de maat, maar hij had met nee geen genoegen genomen, een karaktertrek die Anton meer dan waardeerde. Volgens het cv dat hij met alle geweld bij Rita had willen achterlaten, was hij bovendien een tamelijk briljante academicus.

Als Lucas al verrast was dat hem een audiëntie was gegund, dan liet hij dat in elk geval niet blijken. Hij stormde Antons kamer binnen, schoof zijn lange krullen uit zijn ogen en glimlachte. Het zelfvertrouwen dat hij daarbij uitstraalde, had de kracht van een stadionschijnwerper.

'Hoe maakt u het, meneer Tisch?' vroeg hij en hij stak ter begroeting zijn hand uit. 'Bedankt dat u mij wilt ontvangen.'

Hij zag er goed uit en kwam veel ouder en zelfverzekerder over dan de vierentwintigjarige die hij beweerde te zijn. Toch had hij nauwelijks iets van een senior executive. Ondanks het pak en de das had hij het opstandige van een rockster over zich, dat zich nauwelijks liet beteugelen. En met dat golvende haar leek hij meer op een drugsdealer dan een hotelier.

'Ik weet eigenlijk niet zeker waaróm ik u ontvang,' zei Anton eerlijk.

Lucas speurde diens gezicht af, zoekend naar iets wat zijn stemming of aard verried, alles waar hij maar iets aan had, maar de machtige man had een griezelig wezenloze blik en een nog veel bleker gezicht dan op de foto's. Lucas had nog nooit het effect van een botoxbehandeling bij een man gezien, en nam zich nu meteen voor om hier nooit, echt nooit, zelf aan te beginnen. Tisch deed hem denken aan de opgebaarde Lenin – maar dan minder hartelijk en aaibaar. Hij was lang, met duidelijk geverfd kastanjebruin haar, dat met lijm op zijn hoofd geplakt leek, en droeg een soort marine-uniform: een wit jasje met blauwe strepen op zijn armen. Hij beschouwde zichzelf vast als om door een ringetje te halen, maar het algehele effect oogde naar Lucas' smaak iets te veel als Michael Jackson. Hij verwachtte elk moment leren handschoenen zonder vingers uit de legermouwen te zien steken of een zwarte armband die plots uit de la werd gepakt.

'De vereisten voor de betrekking in het Cadogan gaan uw ervaring en capaciteiten ver te boven,' ging Anton verder. 'Het is een hotel van wereldklasse. Waarom denkt u in vredesnaam dat ik daar iets van zou overdragen aan een amateur?'

Lucas haalde eens diep adem. 'Met alle respect, meneer,' zei hij, 'volgens mij hebt u dat al gedaan. Julia Brett-Sadler kan haar eigen bad nog niet eens laten vollopen.'

Tisch trok een wenkbrauw op en onderdrukte een glimlach. Deze jongen was een vreselijk verwaande kwast, maar dat mocht hij wel.

'Goed, Lucas,' reageerde hij. 'Je hebt mijn aandacht. Wat heb je zoal te vertellen?'

En dus vertelde Lucas het hem. Rustig, emotieloos somde hij elk probleem, elke mislukking op waarvan hij in de afgelopen twee weken als gast in het Cadogan getuige was geweest. Voor elk punt bracht hij zijn eigen oplossing naar voren en legde hij kort maar nauwgezet uit waarom hij het beter zou doen dan de huidige manager. Toen hij uitgepraat was, ging hij achteroverzitten in zijn stoel, knakte zijn knokkels op een zelfverzekerde manier die geen tegenspraak duldde, en wachtte op Antons reactie.

Die bleek volkomen anders dan verwacht.

'Meneer Ruiz, hebt u soms een probleem met vrouwen?' Tisch had net zo goed naar het weer of de laatste voetbaluitslagen hebben kunnen informeren, zo oppervlakkig was zijn toon.

Lucas keek verrast. 'Helemaal niet. Ik hou van vrouwen,' antwoordde hij naar waarheid. 'Maar vind ik ze in de slaapkamer beter dan in de directiekamer? Ja, meneer, dat vind ik.'

Anton begon langzaam enthousiast te worden over deze jongen.

'U realiseert zich dat u met dit soort uitspraken tegenwoordig lelijk in de problemen kunt komen,' ging hij zonder enig spoor van woede verder. 'In mijn hotels is geen sprake van geslachtsonderscheid. In feite beschikken de Tischen-hotels naar verhouding over meer vrouwen op managementposities dan elke andere belangrijke keten.'

Dat was waar. Een van Antons geslaagde wapens om de beschuldigingen van seksisme door ex-minnaressen te pareren was zijn voortreffelijke reputatie als een werkgever die iedereen gelijke kansen bood. Lang geleden al had hij geleerd dat het loonde om uitmuntende, goed opgeleide vrouwen in dienst te hebben, wier taak het was om hem betamelijk en integer over te laten komen.

Lucas haalde zijn schouders op. 'Ik zou er geen problemen mee hebben om voor Julia te werken als zij haar werk goed zou doen. Of als ik wist dat ik het niet beter kon. Maar ze doet het niet goed. En ik kan het wel beter.'

Anton kwam overeind. Hij was doorgaans niet het type dat overhaaste beslissingen nam. Maar zo heel af en toe volgde hij graag zijn intuïtie. En wat deze Ruiz-jongen betrof, was zijn intuïtie helemaal juist.

'Ik heb u vandaag aangehoord, en ik neem uw kritiek serieus, geloof me,' zei hij. 'Toch heeft mevrouw Brett-Sadler in de afgelopen twee jaar wonderen verricht met dat hotel. Dingen die u nog maar moet zien te presteren, meneer Ruiz. Het zou veel meer vergen dan slechts wat intern gekonkel om mij te overtuigen dat ik haar moet vervangen.'

De moed leek Lucas in de schoenen te zakken.

'Echter,' vervolgde Anton, 'de vacature van plaatsvervangend manager staat nog open. En ik moet toegeven dat ik geneigd ben u een kans te geven, al is het maar om uw ongelofelijke arrogantie op de proef te stellen.'

Voor deze ene keer was Lucas sprakeloos. In feite was hij zo bang om alsnog het ongeluk over zich af te roepen dat hij nauwelijks kon ademen. Roerloos als een standbeeld hoopte hij dat Anton nog niet uitgesproken was.

'Ach wat,' zei Anton, en voor de eerste keer die dag brak een glimlach zijn gezicht open. 'Je bent aangenomen. Ik geef je een proeftijd van drie maanden. Maar als ik niet tevreden ben met je werk sta je binnen drie minuten weer op straat. Begrepen?'

'Zeker,' zei Lucas overeind springend. Het enige wat hij nu wilde, was maken dat hij wegkwam voordat Tisch zich bedacht. 'U zult hier geen spijt van krijgen, meneer. Dat beloof ik.'

'Dat is je geraden,' reageerde Anton. 'Want anders, meneer Ruiz, bent u degene die eronder lijdt, niet ik.'

Ondanks het geïmpliceerde dreigement had Anton een goed gevoel over Lucas, wat alleen maar beter werd toen de jongen zijn werkkamer eenmaal had verlaten, zo blij dat hij bijna naar de lift toe huppelde. Julia was inderdaad een beetje zelfgenoegzaam geworden, daar in het Cadogan. Het was tijd dat hij haar een beetje wakker schudde.

Hij had het gevoel dat hij met de aanstelling van Lucas Ruiz als haar nummer twee wel eens een heel bevredigend knuppeltje in het hoenderhok kon werpen. Misschien dat het hem niet zou lukken om Heidi een lesje te leren – nog niet – maar Julia zou er binnenkort achter komen dat wanneer je voor de grote Anton Tisch werkte, het nooit loonde om op je lauweren te rusten.

5

'Lola!' Karis Carter voelde dat haar stem hees werd nu ze nogmaals onder aan de trap naar haar dochter riep. 'Lola, kom onmiddellijk naar beneden! We hebben die koffers nodig. Mo is de auto al aan het inladen.'

Het was half september en de familie Carter stond klaar om – eindelijk – het zomerhuis in de Hamptons te verlaten en terug te vliegen naar Boston. Als het aan Karis had gelegen, was ze al eind augustus weer op huis aan gegaan, net als iedereen. In september was East Hampton een spookstad, terwijl in Boston het eindeloze partycircuit en de liefdadigheids-'feestjes' die het middelpunt van Karis' bestaan vormden, juist op het punt stonden om weer los te barsten. Dit was dé maand om in Boston te zijn, en ze liep het mis. Allemaal dankzij die stomme, egocentrische Devon.

Het viel moeilijk aan te geven op welk moment Devon en Karis Carter uit elkaar waren gegroeid. Ze hadden wel degelijk ooit van elkaar gehouden, toen Karis nog een succesvol fotomodel was en Devon een jonge, aanstormende, even briljante als aantrekkelijke advocaat. Maar dat was alweer een leven lang geleden. De tussenliggende jaren hadden hun twee kinderen geschonken – Nicholas, inmiddels negentien en oogappel van zijn moeder, en de zestienjarige Lola – alsmede voldoende geld dankzij een erfenis en zijn werk om zich twee peperdure villa's en de daarbij behorende levensstijl te kunnen veroorloven. Maar in andere opzichten had het leven hun minder toebedeeld. Hoewel Karis nog altijd aantrekkelijk was, was haar jeugdige schoonheid nog slechts een schim van wat die ooit was geweest. Omdat niet alleen haar carrière, maar ook haar zelfbeeld geheel en al op haar uiterlijk was gestoeld, trok de ouderdom een zware wissel op haar leven, en op hun huwelijk. Onzeker en met een obsessieve hang naar aandacht stelde ze Devons geduld, om maar te zwijgen van zijn creditcards, danig op de proef.

Maar niet alleen haar viel iets te verwijten. Voor Devon werd de vertrouwde relatie met zijn vrouw geleidelijk aan een bron van minachting. Hij ondernam niets om ook maar enige interesse in haar, of de kinderen, te veinzen. In plaats daarvan stortte hij zich op zijn werk en de talloze sociale functies die hem een reputatie bezorgden als steunpilaar binnen de gemeenschap, zowel in Boston als East Hampton. Hoewel hij deed alsof hij deze extra verplichtingen als een last ervoer, ging hij liever dood dan zijn aanzien in zijn omgeving te moeten verliezen. Desalniettemin droegen ze bij aan de ondermijning van zijn huwelijk – in elk geval aan de ondermijning van de dingen die hem ooit zo veel vreugde hadden bezorgd. Toch had hij noch Karis serieus een scheiding overwogen. Daarvoor stond voor hen beiden gewoon te veel op het spel.

'Lola!' Karis begon haar geduld nu toch echt te verliezen. Het was al vervelend genoeg dat Devon de afgelopen maand met het ene na het andere excuus op de proppen was gekomen om nog wat langer in East Hampton te blijven. Niet alleen vervelend, maar ook vreemd. Gewoonlijk was hij de eerste die weer terug wilde naar Boston, en nu was het Lola die er alles aan deed om er maar voor te zorgen dat ze hun vliegtuig zouden missen. En dat allemaal omdat ze baalde van het vooruitzicht weer naar het St. Mary's te moeten.

'Jáá, ma! Ik kom eraan!' klonk het verzuchtend van boven.

Midden in haar slaapkamer, omringd door een zee van geopende koffers, volgepropt met kleren, schilderskwasten, tijdschriften en overige restanten van een lange tienerzomer, verkeerde Lola Carter zowaar in een nog grimmiger humeur dan haar moeder. Van top tot teen in het zwart gekleed – en waarom niet? Terug naar het St. Mary's voelde immers als haar eigen begrafenis – was ze helemaal de eigenzinnige puber: een rokje zo kort dat je haar slipje zag als ze zich bukte, gescheurde panty, dikke zwarte Suzi Quatro-oogmake-up en een ketting met een vuistgrote doodskop, met daaronder een paar gekruiste botten, die voor haar borst dreigend heen en weer zwaaide. Maar zelfs deze Morticia Adams-uitmonstering kon haar verbluffende schoonheid niet verbergen. Met haar dikke roodbruine haar, ranke benen en haar roomwitte teint leek ze een langere, slankere versie van Lindsay Lohan. Ze was al zo vaak door modellenbureaus benaderd dat ze de tel was kwijtgeraakt. Maar het modellenvak was wel het laatste waar ze (tot heimelijke opluchting van haar moeder) in geïnteresseerd was. Haar droom, haar ultieme wens, was modeontwerpster worden. Ooit zou dat haar lukken. Of haar vervelende vader dat nu leuk vond of niet.

'Zo hé!' Nicholas, haar oudere broer annex nagel aan haar doodskist, stak zijn hoofd om de hoek van de deur. Net als zijn zus was ook hij een knappe verschijning, met een weelderige bos zwart haar en een paar blauwgrijze ogen die je deden smelten. Maar in tegenstelling tot Lola was hij een klootzak in hart en nieren.

Al bij de eerste blik op Lola's verre van ingepakte koffers en de bende in haar gothic slaapkamer verscheen er een gemeen grijnslachje op zijn gezicht. 'Als pa en ma dit zien, ben je echt de klos. Het vliegtuig vertrekt al over, zeg, twee uur.'

'Dus?' vroeg Lola, terwijl ze in een hopeloze poging het deksel te sluiten haar gewicht op de grootste van de vier koffers liet zakken. 'Nou, dan mis ik het vliegtuig maar. *Big deal.* Alsof ik het leuk vind om naar huis te gaan, zeg.'

'Je weet dat ze je zullen terugsturen naar het St. Mary's. Hoe dan ook...' Nicholas pakte een kam van het kaptafeltje van zijn zus en haalde hem even door zijn dikke zwarte haar, 'denk maar niet dat ze je ergens anders willen hebben. En pa maakt zich eerder van kant dan dat-ie toestaat dat jij je school niet afmaakt.'

Dat laatste was helaas waar. Nadat hun dochter van alle nette privé-scholen in Boston was weggestuurd, was de St. Mary's Academy for Girls voor Devon en Karis de laatste strohalm geweest. Een genereuze donatie aan het nieuwe natuurkundegebouw had de nonnen over de streep getrokken om Lola's 'gezagsproblemen' even te negeren, maar had tevens gegarandeerd dat Lola een meer academische richting in werd geduwd, zoals haar vader vurig wenste, in plaats van de kunstrichting waar ze zelf zo van droomde. Wat Devon betrof lag Lola's toekomst bij de rechtenfaculteit van Harvard, en daarmee uit. Hij wenste niet langer onzin over die godvergeten modeopleiding aan te horen.

'Heb jij niets beters te doen, of zo?' vroeg ze op vermoeide toon. 'Zoals een beetje slijmen bij ma, beneden?'

'Heel grappig,' klonk het snerend. 'Maar nee.' Er was weinig waar Nicholas meer van genoot dan het opfokken van zijn kleine zus. Soms hoefde hij als vrijwillige kwelgeest slechts in te koppen. 'In tegenstelling tot jou, hoef ik geen colleges te volgen. Mijn leven is al een succes.'

'Een succes? Werkelijk? Goh, leg eens uit?' reageerde ze bits. 'Tot dusver heeft dat "beerput punt com", of hoe die site van je ook mag heten, je nog geen rooie cent opgeleverd. O, shit!' Met een laatste harde ruk was de rits van haar koffer eindelijk dicht. Maar al meteen scheurde de strakgespannen stof als een gebarsten ader open.

'Jezus, Lola, hoe vaak moet ik het je nog uitleggen?' reageerde Nicholas geërgerd. Hij kon het niet velen als zijn zakeninstinct in twijfel werd getrokken, vooral niet door zijn zusje. 'Dit is de nieuwe business. Het maakt niet uit of Enigma de eerste paar jaar winst maakt of niet. Dit is internet. Alles draait om volume.'

Als oprichter en directeur van een website voor uitvindingen, die hij Enigma had gedoopt, beschouwde Nicholas Carter zichzelf als de nieuwe

Steve Jobs. Dat hij als bijna-twintiger nog steeds thuis woonde en zijn playboyachtige levensstijl geheel door zijn verblinde moeder werd gefinancierd, vormde hoegenaamd geen belemmering voor zijn eigendunk dan wel zijn niet te harden arrogantie, afhankelijk van hoe je ernaar keek.

'Over volume gesproken...' Hij duwde de slaapkamerdeur op een kiertje en bracht met veel aplomb een hand naar een oor. Als een dolle stier kwam Devon de trap op gestormd, om een seconde later de slaapkamer in te stormen, en wel zo woedend dat de rook bijna uit zijn oren kwam.

'Wat is je probléém?!' tierde hij tegen zijn dochter. 'Je wist hoe laat we vandaag moesten vertrekken!'

'Klopt,' kaatste Lola terug. 'En jíj wist hoeveel ik moest pakken. En wat is nou eigenlijk het probleem? Gaan jullie maar, dan neem ik morgen wel de eerste de beste vlucht. Ik ben anders al bijna zeventien, hoor, pap. Ik kan mezelf prima redden.'

'Jij, jezelf redden?' Haar vader liet een neerbuigend lachje horen. 'Je denkt zeker dat ik van gisteren ben? Je hebt nu al twee weken van het nieuwe semester gemist. En dat is nu afgelopen!'

En wiens fout was dat? was Lola's verbitterde gedachte. Jij bent degene geweest die bijna een maand lang niet weg te krijgen was, al werd het je dood!

'Jij zorgt maar dat je op tijd bent voor die vlucht, jongedame,' waarschuwde Devon. 'Met of zonder je kleren. Al moet ik je eigenhandig meeslepen. Je hebt twee minuten. Twee! En vanwaar die zelfingenomen tronie?' Dat laatste was aan Nicholas gericht, die stilletjes in een hoekje stond te grijnzen, maar nu tot zijn schrik bemerkte dat ook hij overduidelijk mikpunt was van zijn vaders woede. 'Jij hoort beneden te zijn om je moeder te helpen.'

Terwijl hij zich langs zijn zoon wurmde voordat deze een weerwoord kon bieden, beende hij zijn eigen slaapkamer in en smeet de deur achter zich dicht.

Hij had Nick niet zo moeten uitfoeteren. Als er iemand hoorde te helpen bij het inladen van de auto, was het Devon wel. En hij hoorde zich ook niet op te sluiten, hier. Maar hij was zo verdomd gestrest. Als hij niet even een moment voor zichzelf inlaste, konden er wel eens klappen gaan vallen.

Hij geloofde dat hij zich niet meer zo rot had gevoeld sinds de tijd dat zijn moeder hem als klein jongetje naar zomerkamp had gestuurd, ondanks zijn smeekbeden om thuis te mogen blijven. Hij wist nog dat hij zijn gezicht tegen het coupéraam drukte terwijl de trein wegreed en dat zijn tranen twee groezelige spoortjes over het coupéraam trokken, terwijl hij het perron en het gezicht van zijn moeder in de verte zag verdwijnen.

Het was helemaal zoals hij zich nu voelde: om afscheid te moeten nemen van Honor.

Dit sloeg nergens op, natuurlijk. Hoe oud was hij nu eigenlijk, zestien? Hij kende het meisje pas een kleine maand, en hun flirt kon nog altijd in dagen worden geteld. Bovendien wachtte in Boston het werk, verplichtingen, een leven. Een groots leven, om precies te zijn.

Dus waarom bezorgde het vooruitzicht hem dan het gevoel alsof iemand zijn hart uit zijn lijf had gerukt?

'Over een maand ben ik zelf ook in Boston,' had Honor hem de vorige avond na hun navrante afscheidsvrijpartij verzekerd. 'Dan kunnen we de draad weer oppakken.'

Hij had haar die middag op zijn boot meegenomen, zogenaamd voor een zakelijke bespreking, zodat ze alleen zouden zijn. Tot dusver hadden hun ontmoetingen plaatsgevonden in Honors privésuite op de bovenste verdieping van het Palmers. Toch voelde hij zich daar niet op zijn gemak, hij kon er niets aan doen, en dit moest echt een perfecte dag worden.

'De draad weer oppakken?' Hij had haar ontzet aangekeken. 'God, Honor, is dat het enige voor je? Alleen maar seks?'

Ze was onder het witte laken vandaan gekronkeld, was rechtop gaan zitten en had haar sprietige haren uit haar ogen geveegd. 'Nee, natuurlijk niet,' had ze verschrikt geantwoord. 'Dat weet je best. Je moet mijn woorden niet verdraaien.'

Maar het probleem was dat hij het juist niet wist, niet echt. Voor hem was ze een onbeschreven blad. Kijkend naar haar besmeurde make-up en haar hoekige, geprononceerde gelaatstrekken, zo wilskrachtig en tegelijk ook weer zo kwetsbaar, had hij haar het liefst weer boven op zich getrokken en nóg eens genomen, totdat hij zeker wist dat zij hem ook beminde. Zijn eigen Karis was een aantrekkelijke, begeerlijke vrouw, maar zelfs in de volle bloei van haar schoonheid had ze hem nimmer zo geprikkeld als Honor.

Het meisje was echt een vat vol tegenstellingen. Hij had al zijn charmes en overredingskracht in de strijd moeten werpen om haar zelfs maar het bed in te krijgen, had met uitgestreken gezicht moeten liegen over hoe zijn huwelijk eraan toe was – benadrukkend dat hij en Karis 'zo goed als gescheiden' waren – voordat ze hem ook maar een kus wilde geven. Het verraste hem een beetje dat een intelligente jonge vrouw in een dergelijk verhaal zou tuinen, maar ze had wel degelijk toegehapt. Ze was een vis aan de haak, en had zonder verdere achterdocht al zijn woorden voor zoete koek geslikt. Onder haar zorgvuldig opgehouden akela-uitstraling – hij had zelf gezien dat het hotelpersoneel zichtbaar schrok wanneer Honor de lobby betrad – was ze in werkelijkheid verbazingwekkend naïef en goed van vertrouwen, in elk geval waar het om de romantiek ging. Bovendien was ze erg onervaren in bed. Hun eerste nacht samen verliep zo afschuwelijk dat Devon zich afvroeg of hij zijn talent had verloren, of zich op haar had verkeken. Maar na een paar dagen leek er iets te veranderen. De jarenlange eenzaamheid, het verlangen, haar seksuele frustraties, alles borrelde opeens als een krachtige geiser naar boven. De botsende neuzen en het onhandig geklauw maakten plaats voor een rauwe sekshonger die hem de adem benam. Het was alsof je de liefde bedreef met een krachtcentrale.

Maar zodra de seks voorbij was, trok Honor zich weer helemaal in zichzelf terug en werd ze weer het rijke meisje dat niet met zich liet sollen. Het verbijsterde hem niet alleen, maar bovendien voelde hij zich behoorlijk afgewezen. Net als een man kon ze haar emoties categoriseren en uitschakelen als ze dat wilde, wat alleen maar gefrustreerd en onzeker maakte. Maar hoe hij het ook verafschuwde, het was wel diezelfde combinatie van seksuele verlangens en onafhankelijkheid, ja zelfs ongebondenheid bij haar, die hem totaal inpalmde en waardoor hij voortdurend om haar aandacht bedelde, als een masochistische junk die naar zijn straf verlangt.

'Het is voor mij anders ook niet makkelijk, hoor,' had ze gezegd, waarmee ze zijn gekrenkte trots een klein beetje had verzacht, hoewel lang niet voldoende, en ze zich snel weer in haar kleren had gehesen. 'Ik zie je pas volgende zomer hier weer terug. Dat is pas over een heel jaar.'

'Negen maanden,' had Devon haar gecorrigeerd. 'We komen in juni terug. Maar zo moet je het niet zien. We moeten vooruitkijken naar het moment waarop we elkaar weer zullen zien.'

'Precies,' vond ook Honor. 'En dat is al over een paar weken, hè? Wat mij betreft had het nog sneller gemogen, maar je weet dat ik hier nu niet weg kan. Ik begin net een beetje greep op de problemen te krijgen.'

'Dat rothotel ook,' had hij gemopperd terwijl hij met tegenzin uit bed was gestapt en zoekend naar zijn ondergoed in de kajuit van de boot om zich heen had gekeken. Soms leek het wel of zíj getrouwd was, in plaats van hij. Getrouwd met dat vermaledijde hotel van haar.

'Hoe dan ook,' was ze hem negerend verdergegaan, 'jij waarschuwde de hele tijd over het roddelcircuit in de Hamptons en hoe gevaarlijk het is als we elkaar hier zo vaak ontmoeten. Jij moet je "reputatie" in de gaten houden, weet je nog?'

Het was haar niet echt gelukt om de wrevel uit haar toon te weren, maar voor Devon was dit zweempje jaloezie meer troost dan ergernis geweest.

Bovendien had ze gelijk. Hij kneep hem inderdaad een beetje. Afgezien van een paar roekeloze slippertjes, jaren geleden, had hij zijn vrouw Karis nooit bedrogen, en de verboden wateren van het huwelijksbedrog ervoer hij als lastig bevaarbaar. Hoewel hij pas een paar weken iets met Honor had, stond het voor hem buiten kijf dat de affaire veel meer was dan alleen maar een zomerliefde, wat alles er alleen maar problematischer op maakte. Om de waarheid te zeggen was hij op oudere leeftijd een beetje een spreekbuis voor gezinswaarden geworden, en had hij zijn diakenschap in de kerk als kansel gebruikt voor zijn opvattingen. Het kleinste geruchtje over zijn verhouding met Honor zou zijn reputatie meteen de das omdoen, zowel hier als in Boston. Hij mocht zich vanbinnen dan een verliefde puber voelen, hij was oud en wijs genoeg om te weten dat hypocrieten weinig geliefd waren. En waarom ook? Op dit moment wist hij zelf niet eens zeker of hij zichzelf zo zag zitten.

'Kom eens hier, jij.' Hij had haar hand gepakt, haar op schoot getrokken en haar geur opsnuivend zijn neus in haar nek begraven. 'Ik weet dat het moeilijk is,' had hij gefluisterd. 'Geloof me, ik wilde dat we voor altijd samen op deze boot konden blijven. Varend naar een plek waar niemand ons kon vinden. Maar we zijn allebei volwassen, niet? We weten dat het leven zo niet in elkaar steekt.'

Nu, met zijn rug tegen de slaapkamerdeur leunend, luisterend naar zijn ruziënde kinderen en Karis die buiten de chauffeur afblafte, besefte hij hoe belachelijk die laatste woorden moesten hebben geklonken. Zo steekt het leven toch niet in elkaar? Wat dacht hij dat hij was? Een gelukskoekje of zo?

Het leven was wat je ervan maakte. En op dit moment was het gevaar groot dat het zijne één grote puinhoop werd.

'Karis!' Hij trok het schuifraam open en stak zijn hoofd naar buiten. Zelfs in september lagen de tuinen er prachtig bij, met een pracht aan fleurige, geurige bloesems. De heggen waren met welhaast militaire precisie gesnoeid en het grind van de halfcirkelvormige oprijlaan was netjes aangeharkt, hetgeen het hotel een vredige, ordentelijke uitstraling verschafte. Kon hij zijn gevoelens en zijn gezinsleven ook maar zo moeiteloos opkalefateren.

'O, Devon, daar zit je dus,' reageerde Karis terwijl ze duidelijk geïrriteerd naar hem omhoogkeek. 'Ik dacht dat je Mo met de koffers zou helpen. Hij is bijna klaar. Waar is Lola?'

'Die is bij lange na nog niet klaar,' antwoordde hij. Om er vervolgens, spontaan, aan toe te voegen: 'Waarom gaan jij en Nicholas niet alvast vooruit? Dan blijf ik hier om ervoor te zorgen dat Lola zich eindelijk eens een beetje gaat gedragen, en dan pakken we morgenochtend vroeg het vliegtuig.'

Zelfs vanachter haar overmaatse Gucci-zonnebril kon hij haar vuur-spuwende ogen ontwaren. Niet dat hij het haar kwalijk nam. De afgelo-pen weken was Lola's gedrag steeds erger geworden. Haar geëtter met de koffers van zo-even was de druppel geweest.

'Ik dacht dat we het erover eens waren,' klonk het vermoeid. 'Geen ex-cuses meer. Als ze niet klaar is, moet ze zo maar mee.'

'Ik weet het,' zei hij. 'Maar ze heeft ook spullen voor school nodig. Echt, Karis, ik zal niets door de vingers zien. Maar het heeft geen zin als we al-lemaal nog langer moeten wachten. Wat maakt één dag langer nu uit?'

Uiteindelijk gaf Karis zich, te uitgeput om er nog langer tegenin te gaan, gewonnen. Tien minuten later reed de Daimler met haar, Nicholas en een kofferbak vol Louis Vuitton-artikelen bedaard de oprijlaan af. On-dertussen stoof Devon terug naar de kamer van zijn dochter.

Toen hij de deur opende, sloegen de harde klanken van Led Zeppelin hem om de oren. Lola lag languit op bed. Ze knikte traag met haar hoofd op het ritme van de muziek en had een joint tussen de lippen. Alsof er geen vuiltje aan de lucht was.

'Nou, wij zijn er dus nog...' klonk het lijzig terwijl hij de kamer bin-nenkwam. Ze tikte wat as in een leeg koffiekopje op het tafeltje naast haar bed. 'Je zou me toch eigenhandig het vliegtuig in sleuren?'

'Hou je praatjes maar voor je,' sprak Devon haar streng toe en hij trok de stekker van de stereo uit het stopcontact en de joint uit de hand van zijn protesterende dochter. 'Ik moet weg, en ik ben pas laat weer terug. Of je gaat door met koffers pakken en je mest deze zwijnenstal uit...' hij pak-te het koffiekopje en keek fronsend naar de peuken die als wrakhout op een modderig meer in het restje koffie dreven, 'of je krijgt tot aan de kerst geen zakgeld meer. Punt.'

'Je doet maar,' was Lola's reactie, maar vanbinnen ebde de opstandig-heid al aardig weg. Het St. Mary's was al erg genoeg, maar het St. Mary's zonder zakgeld stond gelijk aan de hel op aarde. 'Waar moet je trouwens naartoe?'

'Dat zijn jouw zaken niet,' was Devons antwoord.

Het was lastig te bepalen wie van de twee nu het meest opgelucht was toen Devon een paar minuten later dan eindelijk naar buiten stapte, de deur van het huis achter zich dichtgooide en met zijn BMW-coupé ervan-door scheurde. Maar één ding stond vast: waar hij ook heen moest, zijn haast was groot.

Anton Tisch beboterde nog eens een toastje en sneed dit netjes in vier stukjes waarna hij er eentje aan de kwijlende Deense dog voerde die net-jes naast hem zat.

'Kijk eens, mijn Mitzi,' koerde hij, terwijl hij zijn gezicht zo dicht naar het dier toe boog dat hun neuzen elkaar bijna raakten. 'Ben jij mijn brave meisje?'

De laatste zes jaar was Mitzi Antons vaste metgezel geweest en reisde ze heen en weer van Londen naar Genève en was ze heer en meester over zijn beide huizen en zijn hart. De meeste mensen konden zijn adoratie voor het enorme dier met haar intimiderende uitstraling niet helemaal plaatsen, vonden het zelfs griezelig. Immers, dit was een man die zelfs geen greintje sympathie voor zijn eigen kinderen kon opbrengen, zo leek het, laat staan voor zijn zakenpartners of 'vrienden', die hij meedogenloos als een beul routineus terzijde schoof. Maar tegenover Mitzi gedroeg hij zich als een verliefde puber.

'De tweede postbezorging is binnen, meneer Tisch.' Een butler in uniform verscheen vanuit het niets bij de tafel en zette een keurig pakje naast zijn elleboog. Anton hield expres een volledige hofhouding in Mayfair – je moet altijd de schijn ophouden – hoewel hij het in Genève, waar niemand het kon schelen hoe hij zijn fortuin vergaarde, zolang hij daar maar over beschikte, met slechts een kok, een chauffeur en een assistent 'moest zien te redden'.

'Dank je, Gavin.' Op zijn gemak bekeek hij het stapeltje brieven. 'Je kunt gaan.'

Tot zijn ergernis bleek er geen post van zijn advocaat uit New York tussen te zitten. Hij verwachtte enkele documenten. Ze hadden gisteren al per FedEx-koerier moeten zijn bezorgd. Omdat hij later die avond weer naar Zwitserland zou vliegen, had het geen zin als de post pas morgen in Londen zou arriveren. Hoogst irritant allemaal.

Hij pakte zijn mobieltje en toetste een nummer in.

'Nog steeds niets ontvangen,' zei hij nors. Het klonk zo hard dat Mitzi opschrok. 'Hoe zit dat, verdomme?'

'Rustig maar.' Josh Schwartz, een van Antons talrijke raadsmannen, was wel gewend aan de grillige buien van zijn cliënt. 'Ze komen heus wel. Ik zal u de kopieën faxen als u in Genève bent. Maar even iets anders: ik heb goed nieuws van een ander front.'

'Wat?' Anton klonk duidelijk verrast.

'Ik denk dat ik eindelijk een smetje op Morty Sullivans blazoen heb gevonden.'

Vol aandacht ging Anton rechtop zitten. Kijk dit was inderdaad goed nieuws. Mortimer Sullivan was het vreselijke fossiel dat aan het hoofd stond van de bouwcommissie in East Hampton. Al enige jaren geleden had Anton zijn oog op de stad laten vallen als zijnde de perfecte plek voor een nieuw Tischen-hotel. Het ooit zo illustere Palmers was al jaren een lachertje en nu Trey Palmer kennelijk op zijn laatste benen liep en naar ieders mening was uitgemolken door zijn eigen, totaal onervaren dochter, leek zijn positie kwetsbaarder dan ooit. Het probleem was echter dat de stad leek te worden bestuurd alsof ze het leengoed van de Palmers was. Telkens als Anton een geschikt pand of een stuk grond had gevonden voor zijn plannen, kreeg hij van Sullivan en diens benepen hielenlikkers niet eens toestemming om ter plekke zelfs maar een wind te laten. De heren wensten hoegenaamd geen veranderingen, laat staan een of andere omhooggevallen Europeaan die pal in hun achtertuin een van zijn blinkende hotels wilde neerzetten. Het was weer hetzelfde oude liedje, en het kwam Anton inmiddels de strot uit.

'Ga verder,' maande hij zijn raadsman terwijl hij zich al in zijn handen wreef over wat voor sappige roddels hij te horen zou krijgen. 'Is het iets wat we kunnen gebruiken?'

'Reken maar!' Josh lachte zowaar. Voor zover Anton wist had zijn raadsman niet meer gelachen sinds die rottweiler van een echtscheidingsadvocaat van zijn ex tijdens een jachtpartijtje per ongeluk in zijn ballen was geschoten. Dit moest dus goed nieuws zijn. 'Het gaat onder meer om een tweeëntwintigjarige danser die Danny heet. Ik zit nu de polaroids te bekijken. Als we die vent hiermee niet op de knieën kunnen krijgen, dan weet ik het niet meer.'

Anton voerde Mitzi het laatste stukje toast en met een brede glimlach hing hij op. Het gedoe met Heidi in de kranten had hem een rothumeur bezorgd, maar hij begon zich nu al een stukje beter te voelen. De *Evening Standard* van gisteren zou morgen gewoon onder in de kattenbak liggen en dan zou iedereen het verhaal weer vergeten zijn. Maar wat het vooruitzicht van een nieuw Tischen-hotel in de Hamptons betrof, kijk dat was iets tastbaars, iets definitiefs.

Trey Palmers dochter zou het misschien nog niet doorhebben, maar haar 'speciale band' met de bouwcommissie van East Hampton zou binnenkort een abrupt einde beleven, en geen moment te vroeg.

Honor schrok wakker en wierp een blik op het klokje naast haar bed. Het was kwart over tien.

'Kúúút,' vloekte ze binnensmonds. Hoe kwam dit nu weer?

Toegegeven, het was een latertje geworden en de drank had rijkelijk gevloeid. Op de boot had ze niets laten blijken toen ze afscheid nam van Devon, maar eenmaal terug in het hotel had ze meteen haar suite opgezocht en had ze zich op het kastje met de drank gestort en zichzelf tot in de kleine uurtjes met wodka beneveld. Hij mocht vooral niet weten hoe wanhopig ze naar hem verlangde en hoe ze van zijn vertrek baalde. Ze kenden elkaar pas een paar weken. Ze mocht hem vooral niet – niet! – afschrikken. Devon was dan misschien wat verward door hun opbloeiende verhouding, voor Honor voelde het als een mokerslag. Deels leefde ze enkel en alleen voor de korte uurtjes waarin ze samen konden zijn, maar wat overheerste was het voortdurende angstzweet. Goed, zijn huwelijk lag aan barrels, maar hij was nog steeds getrouwd en had kinderen. Waar was ze zelf, met al haar gepreek tegen zus Tina, in hemelsnaam mee bezig? Spelend met haar eigen reputatie en uiteindelijk die van het hotel. Er waren tal van redenen om het uit te maken met Devon. Maar ze was al zo lang alleen dat ze alleen al bij de gedachte bijna moest overgeven. Onbewust had ze in het verleden naar vaderfiguren gezocht. Maar in Devon had ze pas de echte, ware gevonden.

Hij was zo sterk, zo degelijk, zo'n rots in de branding en zo positief ingesteld. En in bed had hij haar laten opbloeien zoals nog niemand anders had gedaan.

Tijdens die alcoholische vorige avond had Tina gebeld – Honor wist even niet meer hoe laat precies. Ook nu weer had Tina, niet gehinderd door haar gevoel voor slechte timing, uitgerekend deze avond gekozen om te zeuren over hoe zwaar het leven in LA was zonder Danny.

'Jij hebt makkelijk praten. Jij bent veel te gevóélig om ooit voor een man te kunnen vallen,' klaagde ze, waarbij de nadruk op 'gevoelig' duidelijk als een persoonlijke belediging bedoeld was. 'Jij weet helemaal niet hoe dat is, dat je weet dat die man in de buurt is, maar dat hij niet van jóú is. Het is een hel, Honor. Een hél. Je hebt geen idee van wat ik allemaal moet doormaken, hier.'

Her vereiste een bovenmenselijke inspanning om niet uit de school te klappen over Devon, maar op de een of andere manier wist Honor toch haar mond te houden. Wilde je iets toevertrouwen aan haar zus, dan kon je het net zo goed op een vriendennetwerksite als Facebook plaatsen. Tina's discretie werkte als een megafoon, zoals Honor helaas maar al te goed wist.

Nadat ze haar zus eindelijk had afgewimpeld en had opgehangen, ging haar telefoon al bijna meteen opnieuw. Ditmaal was het Lise, die mekkerde dat ze zich met de snel aftakelende Trey aan haar lot overgelaten voelde.

'Ik zit zeven dagen per week, vierentwintig uur per dag in mijn eentje met hem opgescheept,' klaagde ze. 'Hij kan zelfs niet eens meer zelfstandig naar het toilet. Walgelijk, gewoon.'

Als Lise op zoek was naar een luisterend oor, was ze aan het verkeerde adres.

'Je trouwde een vent die oud genoeg is om je vader te kunnen zijn,' reageerde Honor halfdronken. 'Wat had je anders verwacht? Bovendien heeft hij continu twee verzorgsters in de buurt, Lise. Niemand eist dat jij de Florence Nightingale uithangt.'

'Vergeet het maar,' reageerde Lise. 'Die verzorgsters zijn zo lui als wat. En hoe staat het met jou en Tina, eigenlijk? Wanneer hebben jullie hem voor het laatst bezocht?'

Dit was onder de gordel.

'Hij wil me niet zien,' mompelde Honor, nu allerlei tegenstrijdige emoties haar ondanks haar benevelde toestand het gevoel van een maagzweer bezorgden. 'Je weet best hoe dat zit. Ik probeer het hotel weer op orde te krijgen, meer voor hem dan voor wie dan ook. Ik werk me hier een slag in de rondte.'

'Jezus, Honor, snap je het dan niet?' onderbrak Lise haar venijnig. 'Jouw pa bekommert zich geen dónder om dat hotel. De man is incontinent, oké? Geriatrisch.'

Op dat moment had Honor opgehangen en zich met hernieuwde esprit op de drankinname gestort. Kwam het door de aftakeling van haar vader dat haar passie voor Devon zo ongelooflijk belangrijk voor haar was? Na de overname van het hotel was ze inmiddels twee keer in Boston geweest. Twee tripjes die ze zich maar nauwelijks kon veroorloven. Maar Trey had haar niet op het landgoed toegelaten. Terug in East Hampton had ze hem drie keer per week gebeld, maar hij had haar niet éénmaal laten doorverbinden. In het kantoor van Sam Brannagan had hij haar te verstaan gegeven dat hij het haar nimmer vergaf dat ze het beheer van zijn bezittingen op zich had genomen. Tot dusver leek het erop dat hij zich aan zijn woord wenste te houden.

Bij het ontwaken, deze ochtend, voelde het alsof iemand de moeder van alle Fourth of July-feesten onder haar schedeldak had georganiseerd. Haar hand zocht in de la van het nachtkastje naar wat aspirines, waarna ze er drie in haar mond propte en deze met een slok water wegspoelde alvorens de dekens weg te slaan en de douche in te strompelen.

Terwijl de hete waterstralen haar pijnlijke lichaam masseerden, kwam ze langzaam weer tot leven. Ze pakte de fles citroengras-douchegel, haar lievelingsgeur, en begon zichzelf helemaal in te zepen, totdat haar gezicht en haar haren met een dikke schuimlaag bedekt waren. Alle sporen van de vorige avond moesten worden weggewassen. Ze genoot al een beetje van het tintelende gevoel op haar huid toen ze opeens vanuit een ooghoek het douchegordijn even zag bewegen.

Er was zelfs geen tijd om in paniek te raken. Half verblind door de schuimvlokken slaakte ze een bloedstollende kreet, rukte het plastic douchegordijn open en haalde meteen uit naar haar vermeende belager met een goedgemikte trap in het kruis.

'Klootzak!' gilde ze terwijl ze er in het wilde weg op los sloeg en krabde nu de adrenaline haar angst in woede omzette. 'Vuile goorlap!'

'Honor!' Het duurde even voordat Devons stem in haar wazige hoofd wist door te dringen. 'Hou in hemelsnaam op, Honor! Ik ben het!'

'Devon?' Eindelijk opende ze haar ogen en zag ze hem liggen op de betegelde badkamervloer terwijl hij met een arm zijn gezicht min of meer afschermde. 'Wat doe je hier? Je hoort in het vliegtuig naar Boston te zitten!'

'Lola was nog niet klaar om te gaan,' hijgde hij. 'En ik ook niet. Ik móést je weer zien.'

Ondanks de ziedende pijn in zijn ballen was de aanblik van haar terwijl ze zich naakt, druipend en nog altijd glibberig van het zeepsop over hem heen boog, voldoende om hem alweer een erectie te bezorgen. Hij reikte naar haar hals en trok haar mooie, elfachtige gezichtje naar zich toe totdat de puntjes van hun neuzen elkaar raakten, en liet zijn handen over de natte snelweg van haar rug omlaag glijden waarna ze op haar billen bleven rusten.

'Je liet me schrikken,' fluisterde ze, en ze sloot haar ogen nu zijn handen langs haar heupen omlaag gleden en zijn vingers in haar vochtige schaamhaar verdwenen. Wat nou worstelen met je geweten? Het uitmaken met Devon stond gelijk aan een vlucht boeken naar de maan. Onmogelijk dus, en dat wist ze.

'Eerder omgekeerd.'

Hij ritste zijn spijkerbroek open en bevrijdde zijn inmiddels keiharde erectie.

'Je had me wel eens mogen vertellen dat je een zwarte band in karate hebt.'

Ze liet zichzelf op hem zakken en begon te bewegen. Van de kater viel opeens weinig meer te merken. Met haar gezicht tegen het zijne aan gedrukt merkte ze dat ze iets deed wat ze tot nu toe nooit gedaan had: ze keek recht in zijn ogen terwijl hij met haar de liefde bedreef.

Het duurde niet lang of Devon voelde dat zijn orgasme naderde, ook al deed hij nog zo zijn best om het uit te stellen.

'O, nee...' kreunde hij met een welhaast gepijnigde blik nu hij in haar schouder beet en diep in haar klaarkwam. 'Het spijt me, het spijt me. Ik kon het niet meer tegenhouden. Ik... Shit. Honor, wat is er met je?'

Hij opende zijn ogen en zag dat de tranen over haar gezicht rolden. Nog steeds in haar richtte hij zich op en sloeg zijn armen om haar heen.

'Sst. Stil maar,' fluisterde hij en hij streelde zacht door haar haren nu het gesnik heviger werd. 'Wat is er, liever? Wat is er? Heb ik je pijn gedaan?'

Ze schudde haar hoofd en bijna boos veegde ze met de rug van haar hand haar tranen weg.

'Nee...' antwoordde ze. 'Jij was prima. Je was heerlijk. Je bént heerlijk. Ik wilde niet...' Ze hapte nog steeds naar adem. Ze had zo hard gehuild dat ze duidelijk moeite had om de woorden over haar lippen te krijgen. 'Ik wilde niet dat je het zou zien.'

'Wat zien?' vroeg hij zacht.

'Hoeveel ik van je hou!' Bijtend op haar trillende onderlip leek ze een bang en verdwaald meisje. Hij wilde niets liever dan van haar houden en haar beschermen. Het gevoel sleurde hem mee. Maar tegelijkertijd was daar ook een ietwat minder nobele zweem van triomf. 'Hoe graag ik wil dat je altijd bij me blijft. Altijd.'

Alles borrelde nu naar boven: de emoties die ze gisteren voor hem probeerde te verbergen, Tina's telefoontje, haar diepe verdriet over haar vader en zijn voortdurende weigering haar te willen ontvangen.

'Stil maar, schat. Alles is oké.' Terwijl hij haar in zijn armen hield, luisterde hij geduldig nu alle stress van de afgelopen maanden zich een weg naar buiten werkte.

'Nee.' Weer schudde Honor haar hoofd. 'Nee. Het is niet oké, Devon. Het hotel is een zootje. Ik ging ervan uit dat ik de boel wel kon fiksen. Dus niet. Het zal jaren vergen en de hele stad is tegen me. Ze denken allemaal dat ik vader heb uitgemolken.'

'Ik weet zeker dat dat niet zo is,' reageerde Devon, die wel beter wist, maar haar niet verder wilde kwetsen. Hier in de East Hamptons was men zo mogelijk nog benepener en meer op ruzie uit dan de mensen uit Boston.

'Het is zo!' jammerde ze. 'En nu ga jij ook nog weg terwijl ik je nodig heb, en ik wíl je helemaal niet nodig hebben. Ik wil niemand nodig hebben.'

'Ssst.' Met een kus legde hij haar het zwijgen op. 'Ik heb jou ook nodig. Echt. En ik ga je niet verlaten. Ik moet terug naar huis, maar ik kom je opzoeken. Regelmatig.'

'Maar hoe dan?' Wat ze ook probeerde, ze werd haar onderlip maar niet de baas. Hoe oud was ze eigenlijk? Zes? 'Jij hebt je werk, je vrouw, een gezin, een heel leven in Boston. En ik heb het hotel. Ik kan hier niet weg.'

'Weet ik. Dat weet ik allemaal best, maar je moet me vertrouwen. We vinden heus wel een manier. Ik weet dat je vader je heeft laten vallen en dat jij al die ellende met het hotel, je zus en alles op je bord kreeg. Maar die tijd is voorbij, Honor. Je hebt mij nu. En ik zal altijd de jouwe zijn. Ik beloof het.'

Het klonk zo krachtig, zo geruststellend dat ze hem maar wat graag wilde geloven.

'Kleed je nu maar aan, en neem de telefoon,' zei hij terwijl hij haar overeind hield. 'Pak je agenda en zeg al je afspraken voor vandaag maar af.'

Honor wilde tegenstribbelen, maar hij bracht een hand omhoog, en gek genoeg merkte ze dat ze hem gehoorzaamde.

'Zeg maar dat je griep hebt. Verzin maar wat,' droeg hij haar op. 'Maar de komende zes uur ben je van mij, en van niemand anders.'

'Goed,' antwoordde ze met een glimlach. 'maar we kunnen toch niet de hele tijd… je weet wel?'

'Neuken?' vroeg hij lachend.

'Ik meen het. Ik heb echt je advies nodig over het hotel. Juridisch advies. De aannemer kwam vanochtend met zijn bouwkundig rapport en dat leest best wel als een horrorverhaal.'

'Jij wilt onze laatste uurtjes samen spenderen aan een bouwkundig rapport?' Vol ongeloof keek hij haar aan, en schudde zijn hoofd. 'Je houdt van me, maar nog meer van het hotel, hm?'

Ze wierp hem haar beste, meest aanbiddelijke glimlach toe.

Maar ze corrigeerde hem niet.

6

'Weet je zeker dat ik niet nog wat langer moet blijven?'

Het meisje dat in de deuropening van Lucas' flat stond te treuzelen, knipperde met haar onschuldige hertenogen en keek hem pruilend aan, een blik die haar dit seizoen tot het hotste model in Londen had gemaakt. 'Want ik vind het écht niet erg, hoor.'

Lucas, met slechts een witte handdoek om zijn middel geslagen, keek nog eens verwonderd naar haar fantastische lijf, dat dankzij de krappe spijkerbroek en de strakke witte trui echt volmaakt uitkwam, en voelde zijn vastberadenheid aan de randjes rafelen. Ze hadden de hele middag liggen wippen, maar hij vermoedde dat hij meer dan genoeg energie overhad voor een derde ronde als zij dat ook had.

Maar nee, beter van niet. Vanavond was de grote kerstparty in het Cadogan. Julia was waarschijnlijk al woedend, omdat hij op dit moment niet op zijn werk was – dat bazige, arrogante wijf.

'Je bent lief, Georgie,' zei hij terwijl hij met een hand langs zijn stoppels streek en zich pas nu realiseerde dat hij zich voor vanavond ook nog moest scheren. 'Maar volgende keer misschien, oké? Dit wordt een belangrijke avond voor me.'

Het meisje haalde haar schouders op en kuste hem op de wang. 'Jammer voor jou, Lucasito,' zei ze. Met een snel handgebaar gooide ze haar lange blonde naar achteren en huppelde de trap af. 'O, en vrolijk kerstfeest!' riep ze nog over haar schouder, waarna ze uit het zicht verdween.

'Bedankt,' verzuchtte Lucas. Hij sloot de deur achter zich en liep de flat in. 'Jij ook.'

Hij was inmiddels vijf maanden in Londen, waarvan vier in het Cadogan, en had in dat tijdsbestek al behoorlijk wat opzien gebaard in het sociale wereldje. Met zijn Heathcliff-uiterlijk en wispelturige zelfverzekerdheid, gecombineerd met de spannende zweem van zijn 'opgegroeid in een foute buurt'-verleden, was hij bij alle welgemanierde erfgenamen in Chelsea meteen een succesnummer. Deze dames plachten als groupies rondom het hotel te hangen, hopend op een kans om een gooi te doen naar zijn charmes. Zijn baan in het Cadogan verschafte hem directe toegang tot de roemruchte, exclusieve clubscene van Londen, en hij was ogenschijnlijk al meteen omarmd door de knappe, jonge schepselen van de stad. Avond aan avond kon je hem de meest begerenswaardige meiden zien escorteren naar Annabel's en de Tramp, en overdag, in de zeldzame uren dat hij niet aan het werk was, was hij een vertrouwd gezicht in West End, als een Spaanse James Dean rondscheurend op zijn Ducati door de straten van Soho.

Maar ondanks dat dunne laagje glamour was hij nog steeds op een haar na platzak. Anton betaalde hem redelijk en vergoedde voor een deel zijn vrijgezellenflatje aan St. James's, wat een godsgeschenk was, maar het volk waar Lucas mee optrok – een mix van snotapen van beurshaantjes, whizzkids uit de stad en aristocraten met oud geld – beschikte over een royaal inkomen, terwijl hij zich pijnlijk bewust was van zijn eigen, ontoereikende kapitaal en zijn best deed niet bij hen achter te blijven. De meesten binnen zijn kring wisten dat hij alleen met moeite het hoofd boven water kon houden en, nu al jaloers op zijn populariteit bij de It-*girls* en modellen die vóór de komst van Lucas nog voor hén in zwijm vielen, sloegen terug door hem in het openbaar uit de hoogte te bejegenen. Dit dreef Lucas, uiteraard, tot grote razernij, en hij voedde zijn gekrenkte trots als een gewonde stier. Als ze hem openlijk hadden uitgedaagd, had hij tenminste nog terug kunnen slaan, maar op die typisch Britse manier was hun buitensluiting van Lucas veel subtieler en geniepiger dan dat. Een groepje Goldman-bankiers zou met alle plezier met hem een tafel delen in een restaurant of nachtclub, en hem zelfs voor een drankje uitnodigen, maar wanneer het ging om een weekendje jagen in Blenheim of een skivakantie alleen voor jongens in Verbier, dan hoorde Lucas er pas naderhand over. Niet dat hij het zich had kunnen veroorloven om mee te gaan, maar het zou toch aardig zijn geweest als ze hem mee hadden gevraagd. In Lausanne hadden de Europese rijkeluiskids hem zonder voorbehoud geaccepteerd. Maar het Britse snobisme, daar begon hij nu achter te komen, was van een geheel andere orde. Naar buiten toe deed hij net alsof het hem koud liet dat hij met de nek werd aangekeken. Maar vanbinnen was hij vastberadener dan ooit om die Britse klootzakken in hun eigen spelletje te verslaan, en het zou niet lang duren voordat hij ruim boven zijn stand zou leven.

Ondanks deze aanloopproblemen was hij tegen wil en dank toch plezier gaan beleven aan Londen. Hoewel hij nog steeds kankerde op het weer en het dure leven (vooral die zwarte taxi's waren onbetaalbaar, hoewel hij maar niet kon afleren ze te nemen), moest hij toegeven dat de stad rond de kerst een sprookjesachtige gedaanteverandering onderging. Overal waar je kwam, waren de etalages kleurrijk ingericht, en de oude victoriaanse straatlampen waren opgesmukt met minikerstbomen, eenvoudig wit verlicht, die de donker wordende middagen een gezellige, dickensiaanse gloed verschaften. Vanuit zijn vrijgezellenflat zag hij de winkelende mensen tussen Fortnum's en de Burlington Arcade af en aan lopen, de handen vol cadeautjes, snoepgoed en elk mogelijk assortiment van linten, strikken en rollen glanzend metallic papier om alles in te pakken. Hoewel de beloofde sneeuw nog op zich liet wachten veranderde de vorst het park elke nacht in een grijs-wit wonderland, wat Lucas' vroege ochtendwandeling naar het werk tot een van de hoogtepunten van zijn dag maakte.

Op sommige dagen was dit, jammer genoeg, ook het enige hoogtepunt. Boven op de druk van zijn onbetaalde creditcardrekeningen en almaar oplopende schuld bij de bank zorgde ook zijn werk in het Cadogan de laatste tijd voor steeds meer stress, stress die zich vooral aandiende in de menselijke gedaante van de ontzagwekkende, stevige gestalte van Julia Brett-Sadler.

De verhoudingen tussen Lucas en zijn baas waren van meet af aan al gespannen geweest, waarna ze de maanden daarop gestaag tot de huidige felle, openlijke vijandigheid waren verslechterd.

Julia verachtte Lucas. Ze vond haar nieuwe plaatsvervangend manager arrogant en op het ongehoorzame af, en ze was niet de enige. Vanaf het moment dat hij een of andere muts op de redactie van *Tatler* had genaaid en het hem was gelukt om zichzelf tot Londens op vier na meest begerenswaardige vrijgezel uit te laten roepen leek hij zelfs nog voller van zichzelf en was hij het Cadogan als zijn privéleengoed gaan behandelen – hoewel zelfs Julia moest toegeven dat hij meestal keihard werkte. Toch was ze razend op Anton, omdat hij hem had aangenomen zonder eerst haar te raadplegen. Lucas was zo onbekwaam dat het gewoon lachwekkend was. Maar in plaats van zijn tijd af te wachten en zijn best te doen om van wat meer ervaren professionals zoals zij iets constructiefs te leren was hij als een olifant door de porseleinkast gestampt en had hij het vuur van Julia's woede welbewust aangewakkerd door zijn minachting voor haar en het andere hogere personeel absoluut niet onder stoelen of banken te steken.

Op zijn beurt nam Lucas het Julia kwalijk dat ze al zijn suggesties voor veranderingen of verbeteringen in het hotel stelselmatig van de hand wees. Het kwam niet in hem op dat een voortdurende stroom van kritiek en beschimpingen misschien niet de beste manier was om haar voor zijn standpunten te winnen. Bij iedere andere vrouw zou hij in staat zijn geweest zich een weg uit de problemen te flirten, maar Julia was zo'n dragonder dat ze seksueel gezien geen moment een greintje belangstelling voor hem had getoond. Hoewel hij dit nooit zou toegeven, zelfs niet aan zichzelf, ergerde ook dit hem mateloos.

Maar helaas: ze wás zijn baas, voorlopig althans, en hij kon het zich niet veroorloven om zijn baan te verliezen. Wat inhield dat haar wil, of hij het nu leuk vond of niet, wet was. Hij had geen andere keus dan lijdelijk toe te kijken hoe zijn ideeën en projecten een voor een werden afgeserveerd. Het was meer dan deprimerend.

Hij had er natuurlijk mee naar Anton kunnen rennen, maar dat zou een zwakke, onvolwassen indruk wekken, wist hij. Bovendien had Anton Tisch wel belangrijkere zaken aan zijn hoofd dan de wissewasjes van een van zijn laaggeplaatste managers.

Nee. Het was aan Lucas om Julia te slim af te zijn. Maar tot dusver was hij geen ene moer opgeschoten.

Met een zucht maakte hij zijn handdoek los, wierp deze op de bank en kuierde vervolgens in zijn blootje naar de badkamer. Die was, net als de rest van de flat, ingericht in de klassieke vrijgezellenstijl: met veel zwart graniet en chroom, dat in een kleine, maar smaakvolle masculiene ruimte was gepropt. Een bad was er niet, alleen een enorme douche en een sierlijke, oosterse spiegel die van de vloer tot het plafond reikte, waarin Lucas nu zijn spiegelbeeld bekeek.

Hij was zich bewust van zijn aantrekkelijkheid – hij was niet blind – maar ook weer niet ijdel in de zin dat hij altijd met zijn uiterlijk bezig was. Hij erkende gewoon dat het nu eenmaal zo was, net als dat je lang bent of een talenknobbel hebt. Wel was hij geneigd om kritisch te zijn op zijn lijf, vooral als hij merkte dat zijn conditie terugliep, zoals de laatste tijd. Sinds hij in het Cadogan werkte, had hij helemaal geen vrije tijd gehad om naar de sportschool te gaan. Hij draaide meestal dagen van zeventien of achttien uur, en wurmde de meiden daar nog tussenin. Tegen de tijd dat hij thuiskwam, had hij geen puf meer om nog gewichten te heffen.

Maar goed, hij had geen tijd om zich daar nu zorgen over te maken. Over amper drie uur zou het feest officieel losbarsten. Hij kon maar beter opschieten.

In het Cadogan rende Julia inmiddels van hot naar her om alles in gereedheid te brengen, ondertussen Lucas stilzwijgend vervloekend.

'Matt, in godsnaam,' kon je haar horen tekeergaan tegen de arme hoofdkelner. 'Mensen willen geen wodka drinken uit een penis. Wiens idee was dit wanstaltige ding?'

Ze wees naar een ijssculptuur van Cupido van een meter hoog, waar via het verschrompelde bevroren aanhangsel al gestaag een straaltje pure wodka stroomde.

'Van Lucas,' antwoordde Matt terwijl hij het bestelformulier als een schild voor zich hield. 'Eén wodka-ijsfontein, model Cupido,' las hij, 'waarvoor jij een krabbel hebt gezet, Julia,' voegde hij er iets te snel aan toe.

'Het is obsceen,' bitste ze. 'Weg met dat ding. En zorg binnen een uur voor een andere ijsfontein. Eentje die niet op mensen piest.'

Dit was echt de druppel die de emmer deed overlopen. Tegen beter weten in had ze zich laten koeioneren en deze heel belangrijke avond door Lucas laten organiseren. Van wat ze tot nu toe vandaag had gezien – pikante paaldanseressen, pornografische ijssculpturen, een belachelijk dure dj die haar een paar minuten geleden nog vrolijk had verteld dat hij de afgelopen vier maanden wegens drugsbezit in Belmarsh had gezeten – leek hij te hebben beslist om het hotel vanavond in een bordeel te veranderen.

Precies op dat moment kuierde Lucas, die er in een op maat gemaakt (en nog steeds onbetaald) pak van Ozwald Boateng en blauwzijden shirt nog fantastischer uitzag dan normaal, de bar binnen.

'Sorry dat ik zo laat ben, Julia,' zei hij met een nonchalance die maakte dat ze hem wilde wurgen. 'Er kwam iets tussen.'

'Je pik zat zeker ergens tussen; verbaast me niets,' riposteerde ze fel. Lucas schoot bijna in de lach, maar achtte het verstandiger zich in te houden. 'Wat ging er in godsnaam door je hóófd, Lucas?' vroeg ze terwijl ze om zich heén keek en naar de halfblote vrouwen gebaarde die achter hen om de palen kronkelden en zo hun 'act' oefenden. 'Wij zijn een traditioneel, conservatief hotel. Ik heb hier vanavond de leider van de Tory's en zijn vrouw op bezoek!' voegde ze eraan toe terwijl ze van kwaadheid aan haar haren trok.

'Van wat ik heb gehoord, is hij best dol op dansende meiden,' zei Lucas. Maar één blik op Julia's gezicht verried dat hij met dit soort sarcastische opmerkingen geen punten ging scoren. 'Luister, het is op het randje, dat moet ik toegeven.'

'Op het randje?' vroeg Julia met rood aangelopen hoofd.

'Vertrouw me,' zei Lucas. 'Dit hotel kan het goed gebruiken. De mensen zullen het prachtig vinden.'

'Ze zullen er aanstoot aan nemen!' tierde ze tegen hem. 'Hoe stom bén je eigenlijk? Dit is Ibiza niet. Dit is South West. De landelijke pers komt hier foto's maken, en jij wilt de douairière van Devonshire wodka uit een babypik laten zuigen?'

'Het zou de krantenverkoop wel wat stimuleren, zeker weten,' zei Lucas lachend.

Maar Julia was onvermurwbaar. 'Dit is geen spelletje,' siste ze. 'Bid maar dat ik me vergis over hoe het vanavond zal verlopen. Want geloof me, wat voor vriendjesclub je ook met Anton denkt te hebben, het enige wat Tisch echt kan schelen is zijn reputatie.'

Dit was ongetwijfeld waar. Anton was de meest verwoede beklimmer van de sociale ladder die Lucas ooit had ontmoet, en hij had er toch heel wat voorbij zien komen. Hij zou er vanavond zelfs niet eens bij zijn, want hij had op de valreep van de hertog van York een uitnodiging ontvangen om met hem naar de opera te gaan. De kans om in het gezelschap van iemand van koninklijken bloede te verkeren zou Tisch zelfs niet voor de begrafenis van zijn eigen moeder, laat staan voor de kerstborrel van het Cadogan, willen mislopen.

'Denk je dat je de goede naam van dit hotel zomaar ongestraft door het slijk kunt halen?' Julia lachte even honend en schudde meewarig haar hoofd. 'Misschien ben je echt zo dom als je eruitziet.'

Zijn woede verbijtend kon Lucas geen gevat antwoord bedenken en haar slechts nastaren terwijl zij wegbeende.

De trut.

'Matt, doe mij een whisky, zonder ijs,' zei hij en hij nam even aan de bar plaats. De drank werd neergezet, en Lucas sloeg hem in één teug achterover. Het amberkleurige vocht brandde in zijn keel en borstkas en bezorgde hem een beetje de rillingen. Hij had geprobeerd zich ten overstaan van Julia koeltjes voor te doen, maar eerlijk gezegd twijfelde hij zelf ook of zijn gok van vanavond wel goed uit zou pakken. Toen hij de boel organiseerde, was hij zo vol vertrouwen geweest, zo zeker dat een authentiek hippe, gedurfde gebeurtenis, bedoeld voor een jongere clientèle, het Cadogan uit zijn veilige hoekje als een chic, goed geleid tophotel zou katapulteren tot een echte icoon: het hotel dat een synoniem zou zijn van het Cool Britannia, dé plek in Londen waar je gezien wilde worden.

Maar misschien had Julia wel gelijk. Wie weet oogde het toch als een smakeloze, vulgaire publiciteitsstunt?

Wat één ding betrof, had ze absoluut gelijk. Werd het vanavond geen succes, dan waren zijn dagen in het Cadogan geteld. Voorbij. En wat zou hij dan doen met zijn groeiende verzameling onbetaalde rekeningen?

Rond half elf was de bar afgeladen.

Fladderend van het ene groepje naar het andere, vriendelijk handen schuddend en als de grote boze wolf zijn tanden bloot grijnzend wist Lucas nog steeds niet zeker of de avond wel goed verliep. Natuurlijk, iedereen feliciteerde hem, maar hij wist wel beter dan zich daarop te verlaten. Deze mensen waren zo onecht, ze zouden echt alles zeggen wat ze dachten dat je wilde horen. Toch was het een hele opluchting dat ze in elk geval waren komen opdagen.

Wat hij verder ook mocht denken van de 'incrowd' die in het Cadogan rondhing, het was aan hem om bij hen in het gevlij te komen en ervoor te zorgen dat ze terugkwamen. Het leed geen twijfel dat het hippe volkje dat vanavond in de bar en de lobby op elkaar gepropt stond de natte droom van iedere pr-man vormde. Acteurs, rocksterren, politici, kunstenaars, aristocraten, ze mengden zich als oude vrienden, waarbij hun remmingen door een onafgebroken aanvoer van cocktails, die het hotel een klein fortuin kostten, verdwenen.

'Lucas, is het toch?'

Hij voelde een tikje op zijn schouder en draaide zich om. Hij wist dat hij deze kleine opdringerige blondine met haar schelle stem ergens van kende, maar kon haar niet helemaal plaatsen. Dat kwam deels doordat zo veel van die beau-mondetypes er met hun dure honingkleurige coupe soleil, bruine tint – alsof ze het hele jaar in St. Tropez doorbrachten – en Luella Bartley-accessoires allemaal hetzelfde uitzagen. Op Ibiza had hij tallozen van dit soort vrouwen gezien – verwend, onbeleefd en leeghoofdig. Niet een van hen had hem respectvol bejegend toen hij nog een eenvoudige wasjongen was. Maar nu hij mensen de toegang tot de populairste plek in Londen kon verlenen of weigeren, waren ze nog niet met een stok weg te jagen.

'Ken je me niet meer?' vroeg het meisje terwijl ze haar hoofd als een gekwetst jong hondje een beetje schuin liet hangen en haar chirurgisch opgeblazen lippen theatraal tuitte. 'Caroline. Caroline Hambling. We hebben elkaar leren kennen op Oscars Halloween-fuif in Momo's.'

'O ja, natuurlijk,' reageerde hij niet-overtuigend. 'Ik ben blij dat je kon komen. Vermaak je je een beetje?'

'Het is wel oké.' Ze haalde haar schouders op alsof haar naam op de gastenlijst van elk vooraanstaand *social event* in de stad prijkte. 'Maar er zijn niet genoeg sexy jongens. Stoute Lucas!' Flirterig stak ze haar vinger naar hem op. 'Je wilde natuurlijk geen concurrentie, hè? Nou, je stoute plannetje is geslaagd, mijn lieverd. Je hebt mijn volledige, onverdeelde aandacht.'

Lucas glimlachte flauwtjes. Hij mocht niet onbeleefd doen tegen gasten, maar dacht ze nu echt dat ze sexy was, deze meid, met haar tetterende Britse accent en haar parels en adresboekje vol Hugo's en Jeremy's?

Gelukkig hoefde hij slechts een paar minuten aan te horen wat voor een geweldige tijd ze afgelopen zomer in de Billionaire's Club op Sardinië had beleefd – 'vind je Flavio's niet ook een gíller?' – voordat hij een bekende, potige figuur zich een weg door het gedrang zag worstelen.

'Krijg nou wat,' hijgde Ben toen hij eindelijk naast Lucas stond. 'Hoeveel mensen heb je uitgenodigd, *mate*? Heb je die bar gezien? Eer je daar aan de beurt bent, is het verdomme oudejaarsavond.'

Gek genoeg hadden Lucas en Ben sinds de verhuizing van eerstgenoemde naar Londen elkaar niet veel meer gezien. Ze hadden het allebei zo druk gehad met werk dat er nooit genoeg tijd leek te zijn om samen een biertje te drinken. Maar ze spraken elkaar regelmatig, en Ben zou deze spectaculaire avond voor geen goud gemist willen hebben.

'Caroline,' zei Lucas met een grijns, 'dit is mijn vriend Ben. Ben, Caroline.'

'Hallo.' Ben wendde zich met een brede glimlach tot het meisje. Met zijn enorme gestalte gehuld in een dikke kabeltrui en zijn gezicht zelfs nog bruiner en sproeteriger dan gewoonlijk na een zakenreisje naar Azië oogde hij meer als een surffanaat of trawlvisser dan als een stadse hoogvlieger. 'En,' vroeg hij opgewekt, 'hoe heb jij Lucas leren kennen?'

Caroline, die geen liefhebber was van Cockneyaccenten of visserstruien, huiverde een beetje afkerig. 'Op een feestje,' antwoordde ze ijzig. 'Eigenlijk heb ik, eh, net iemand gezien die ik even dringend moet spreken. Mag ik even?'

'*Blimey*,' zei Ben fronsend terwijl ze weglaveerde. 'Dat ging snel. Heb ik iets verkeerds gezegd?'

'Eerder iets wat je niet hebt gezegd,' reageerde Lucas. 'Zoals je achternaam, misschien?'

Als Caroline had geweten dat deze ordinaire arbeider in deze walgelijke outfit eigenlijk Ben Slater was, oprichter, eigenaar en algemeen directeur van het meest winstgevende hedgefonds in het Verenigd Koninkrijk, had Lucas weinig twijfels dat het sluitinkje van haar beha ter plekke spontaan was opengesprongen.

'Laat maar,' zei Ben. 'Als ze alleen daarin geïnteresseerd is, neem ik niet eens de moeite.'

Toen ze elkaar in Murren voor het eerst hadden ontmoet en Ben hem had verteld wat hij voor de kost deed, had Lucas het weinig bijzonder gevonden. Pas na zijn komst naar Londen begon hij langzaam in te zien hoe geslaagd, om niet te zeggen rijk, zijn vriend eigenlijk was. Als je naar hem keek, of zelfs zijn flat zag – weliswaar gerieflijk maar nauwelijks het verblijf van een miljardair – zou je het niet zeggen. Maar zijn Stellar Fund behoorde tot de top drie van hedgefondsen in Europa.

De meeste playboys en rijkelui die in het Cadogan rondhingen, waren zo vreselijk over het paard getild dat het gewoon gênant was, opscheppend over hun fondsen, hun jachten en hun maîtresses. Maar Ben, die het hele zootje zo had kunnen opkopen en nog wisselgeld over zou hebben voor een G4 of twintig, hield zich wat zijn rijkdom betrof uitermate op de vlakte. Zeker, hij bloosde als een maagd wanneer iemand hem voor zijn capaciteiten als belegger een complimentje gaf of wanneer de kranten hem 'Fund God Slater' noemden.

De twee jongens waren in veel opzichten – in de meeste eigenlijk – heel verschillend. Waar Lucas schaamteloos tussen de lakens dook met de op het oog eindeloze stroom modellen die zich, vooral na dat *Tatler*-gedoetje, voor zijn voeten wierpen, was Ben een hopeloos romantisch type. Hij beklaagde zich voortdurend over het feit dat hij er maar niet in slaagde om een aardig, fatsoenlijk meisje te vinden dat verder keek dan zijn geld en gewoon van hem hield om wie hij was.

'Deze tent ziet er trouwens echt top uit,' zei hij vol bewondering, daarmee op een ander onderwerp overstappend terwijl hij opeens de armen vol had aan een van de kronkelende wufte danseressen. 'Julia is vast blij met deze opkomst.'

'Dat zou je wel denken, hè?' zei Lucas verbitterd terwijl hij de meid wegjoeg. 'Eigenlijk heeft ze de hele avond niets anders gedaan dan aan mijn kop zeuren. Kennelijk vindt ze het allemaal maar vulgair en smakeloos.'

'Ach, wat ze ook zegt, Tisch zal helemaal dol op je zijn,' meende Ben. 'Ik sprak net met een vriend van me die bij de *Daily Mail* werkt, die vent die daar aan de bar hangt.' Hij wees naar een ineengezakte figuur aan de andere kant van de zaal. 'Hij zegt dat ze de boel morgen de hemel in zullen prijzen. Beste kerstfeest ooit, zei hij tegen me, en geloof me, hij heeft er heel wat meegemaakt.'

'Daar twijfel ik niet aan,' zei Lucas. 'Maar genoeg over mijn carrièrevooruitzichten. Je hebt me net gered van Caroline, de vreselijkste vrouw in Londen, en voor wat hoort wat. Mijn vriend, wij gaan voor jou een wip regelen.'

Ben lachte en stak zijn hand omhoog. 'Eh, nee, nee dank je,' zei hij. 'Ik laat dit soort dingen liever op een natuurlijke manier gebeuren.'

Maar Lucas was al als een harpoenvisser in de menigte gedoken en binnen een minuut was hij terug, hand in hand met een oogverblindende Braziliaanse in een geel minirokje, zo klein dat het net zo goed als servet door het leven had kunnen gaan.

'Kiki hier vroeg me om haar aan jou voor te stellen,' zei hij met een grijns tegen Ben terwijl hij diens smekende ogen en schuddende hoofd negeerde en het meisje naar voren duwde. 'Ze vindt die hedgefondsen toch zo bóéiend, nietwaar schat?'

Het meisje knikte wezenloos en glimlachte naar Ben. Haar Engels was duidelijk niet geweldig.

'Hallo, Kiki.' Ben schudde haar wat onhandig de hand en keek Lucas ondertussen vernietigend aan. Ergens was hij best jaloers op het schijnbaar grenzeloze seksuele zelfvertrouwen van zijn vriend, maar zelf zou hij seks nooit als een sport kunnen behandelen, zoals Lucas dat deed. Wat moest hij zeggen tegen een meisje dat geen woord verstond van wat hij zei en alleen maar van bil wilde met hem, omdat Lucas haar had verteld dat hij rijker was dan de Aga Khan?

'Luister, het spijt me, maar ik kan niet blijven,' zei hij. Ondanks de protesten van Lucas en het teleurgestelde pruilmondje van het meisje trok hij snel zijn jas weer aan. 'Ik heb morgenochtend een belangrijke vergadering. Ik mag mijn schoonheidsslaapje niet missen.'

Lucas keek hem zuchtend na. Wat had het voor zin om rijk en geslaagd te zijn als je het nooit gebruikte om vrouwen aan de haak te slaan? Of om een fatsoenlijke garderobe aan te schaffen? Morgen, zo besloot hij, zou hij naar Bens flat gaan en die vreselijke trui verbranden.

'Hij vertrekken?' In de war gebracht keek Kiki op naar Lucas. Ze was dan misschien niet de slimste van de klas, maar ze kon wel heel goed het verloren meisje spelen. En lieve hemel, wat was ze sexy.

'Maak je over hem maar geen zorgen, schat,' zei Lucas. Wat Slater liet lopen kon net zo goed zijn prooi worden, dacht hij, en hij liet een warme hand onder het reepje gele stof glijden dat voor een rokje moest doorgaan. 'Ik ontferm me wel over jou. Kom maar mee. We gaan op zoek naar een drankje.'

7

De volgende ochtend beukte Ben, vechtend tegen een kater en opgeslokt door een belachelijke verkeersopstopping langs de oevers van de Theems, en dus te laat voor zijn werk, op de claxon van zijn felrode Mini en vloekte voor zich uit.

'Kutfiles!' riep hij, maar hij had er al meteen spijt van nu de drilboor tegen zijn slapen meteen een standje hoger ging. 'Wat is er nu weer aan de hand?!'

Gewoonlijk vond hij zichzelf best een beheerst iemand. Met miljarden ponden van andermans geld in beheer had hij al vroeg geleerd hoe met stress om te gaan en werk en vrije tijd goed van elkaar gescheiden te houden. Maar de vergadering van deze ochtend was een belangrijke.

Voor Ben was het succes wel heel snel gekomen – hij had zijn fonds pas vijf jaar geleden opgericht, en in zijn wildste dromen had hij nooit verwacht dat het zo snel zou groeien. Hij had makkelijk het overzicht kunnen verliezen om daarna in zijn eigen hype te gaan geloven. Hij had het bij andere hedgefondsondernemers al zo vaak gezien: Anton Tisch, Dan Frazer, Dante Capellini. Allemaal waren ze verworden tot een stel verwaande rukkers. Hij herinnerde zich Capellini nog toen hij handelaar bij Lehman was, nog niet zo lang geleden. Toen kon je zowaar nog met hem lachen, maar tegenwoordig vertoonde hij zich met bodyguards en privéjets en gaf hij persconferenties over zijn politieke opvattingen alsof-ie verdomme Bono was. Heel zielig allemaal.

Voor Ben leek de conclusie dan ook dat niemand van zijn concurrenten eenzelfde familieachtergrond had als hij. Als zijn moeder, laat staan zijn zussen, hem op tv zouden zien, compleet met zonnebril, orakelend over de wereldvrede, mijn god, dan zou het hem zijn leven lang worden nagedragen!

De Slaters waren een voorbeeld van een gezin uit Essex en zo hecht als een gezin maar kon zijn. Ben was de jongste, en enige jongen, maar ondanks deze twee feiten was hij als kind nooit verwend of doodgeknuffeld.

Samen met zijn twee zussen, Karen en Nikki, groeide hij op in een petieterig rijtjeshuis op Canvey Island. Zijn vader en moeder woonden nog steeds op het eiland, maar 'thuis' betekende inmiddels een riante bungalow die Ben voor hen had gekocht, compleet met garage voor vijf auto's en een jacuzzi die ze weliswaar nooit gebruikten, maar waar ze desalniettemin maar wat trots op waren. Karen, getrouwd met de plaatselijke kapper, die ze al vanaf haar vijftiende kende, woonde zo'n vijftien kilometer verderop. Nikki, ook getrouwd en moeder van twee kinderen, woonde vlakbij in Chingford, waar ze haar eigen schoonheidssalon, Faces, had. De drie Slater-telgen kwamen elke zondag bij elkaar voor een familielunch en beschouwden elkaars woonplekken en levens als een verlengstuk van hun eigen doen en laten.

Allemaal waren ze trots op het succes van Ben, en wellicht ook een beetje verbijsterd door de omvang ervan. Maar vader en moeder Slater waren net zo trots op Nikki's schoonheidssalon als op Bens miljardenfonds. En zo bleef Ben met beide benen op de grond en was de druk en de bewieroking door anderen hem nooit naar het hoofd gestegen.

Na een kwartier lang stil te hebben gestaan, kwamen de auto's voor hem eindelijk in beweging, en al snel doemde de hoogbouw van Canon Street in de kille decembernevel voor hem op. Na linksaf King William Street te zijn ingeslagen, stuurde hij de Mini halsoverkop de oprit naar de parkeergarage van Stellar Inc. op en omlaag het onderaardse duister in.

'Goedemorgen, meneer Slater,' groette de parkeerwacht hem vrolijk, zoals altijd. 'U bent wat later dan gewoonlijk. Leuke avond gehad?' vroeg hij met een veelbetekenende knipoog.

'Was het maar waar,' antwoordde Ben oprecht terwijl hij over zijn kloppende hoofd wreef. Nadat hij Lucas had laten weten dat hij geen belangstelling had, had hij de afgelopen nacht heftig over het Braziliaanse meisje gedroomd. 'Zijn de mannen van Daiwa er al?'

Deze ochtend stond een vergadering met een paar Japanse institutionele beleggers op de agenda. Als er één groep mensen was bij wie je vooral niet te laat wilde zijn, waren het wel Japanners.

'Vrees van wel,' antwoordde Jerry. 'Ze zijn ongeveer een kwartier geleden gearriveerd.'

'Verdomme.'

Ben liet de lift voor wat hij was en stoof met twee treden tegelijk de trap op en griste in één moeite door het stapeltje persberichten van de receptiebalie mee. Net toen hij de deur van zijn werkkamer achter zich had dichtgetrokken en haastig een van de dassen strikte die hij in zijn bureaula bewaarde, ging de telefoon.

'Moeder', zo vermeldde de nummerweergave. Hij zette haar in de wacht en stak zijn hoofd om de hoek van de deur van zijn secretaresse.

'Goeiemorgen, Tam. Zitten ze al in de vergaderkamer?'

'Ja.' Tammy, sinds drie jaar zijn meer dan toegewijde secretaresse en net als hij afkomstig uit Essex, wierp hem een glimlach toe. 'Je ziet er niet uit, trouwens.'

'Dank je. Ik weet het.'

'Ik heb ze vijf minuten geleden een kop thee en een koekje gegeven,' ging Tammy verder. 'Maar je moeder hangt aan de lijn en volgens mij kun je eerst maar beter even opnemen voordat je naar binnen gaat. Je bent kennelijk oma's verjaardag vergeten.' Ze trok afkeurend een wenkbrauw op. 'Ze is er niet blij mee.'

Hij kreunde. Precies waar hij op zat te wachten, maar niet heus. Hij drukte op de knipperende rode knop van Tammy's telefoon en nam aarzelend de hoorn van de haak.

'Dag, mam.'

Tammy giechelde even terwijl hij de hoorn weghield van zijn oor om zichzelf te beschermen tegen het stijgende decibellenniveau. Als mevrouw Slater door het lint ging, was het ook meteen raak.

'Ja, ik weet het. Het spijt me,' wist hij er zo nu en dan even tussen te proppen. 'Ja, iemand van eenennegentig verdient beter. Ik zal het goed maken, ik beloof het. Vanavond kom ik langs, hoogstpersoonlijk, met een cadeautje. Hoe vind je dat? Nee… ja, het kan me wel degelijk iets schelen, ma. Ik ben alleen te laat voor een vergadering. Luister, ik moet ophangen. Ik bel je terug, oké?'

Hij gaf de hoorn aan Tammy, en rende met een kloppend hoofd de gang op terwijl hij zijn best deed zijn das te schikken. Hij leek meer een jongetje dat te laat op school was dan de directeur van een van de grootste beleggingsfondsen van Europa.

Wat een afgang om de dag zo te beginnen.

Terwijl hij de dubbele deuren van de vergaderzaal openduwde, vroeg hij zich even af of ook Lucas net zo'n houten kop had als hij. Als er enige gerechtigheid bestond, wel in elk geval.

Maar juist op dat moment voelde Lucas zich behoorlijk ingenomen met zichzelf.

Hoewel ook hij te laat was ging hij ervan uit dat zelfs Julia vandaag het een en ander door de vingers zou zien. Rijdend op zijn prachtige Ducati-motor laveerde hij als een mes door de boter tussen het verkeer op Piccadilly en stond hij zichzelf toe weer even terug te denken aan zijn heroïsche vrijpartij met het Braziliaanse meisje, doorspekt met flitsen van de jubelparty van de vorige avond.

Zijn gok had uitstekend uitgepakt. Zelfs de vrouw van de leider van de Tory's, een beruchte zuurpruim van ijzerdraad, had zich op het eind van de avond zigzaggend tussen de gasten door een weg naar hem toe gebaand en hem gezegd hoe ze had genoten. Vanavond kon hij rekenen op een groot stuk op de societypagina's van de *Standard*, wat hopelijk meer positieve berichten over het Cadogan zou genereren. Anton moest wel onder de indruk zijn.

Na zijn motor in een van de openbare parkeervakken tegenover het hotel te hebben neergezet – tot zijn woede was hem een parkeerplek aan de voorzijde van het Cadogan geweigerd, terwijl Julia's mintgroene Porsche er al stond te glimmen in de zon – slenterde hij met een kamerbrede grijns de lobby in.

'Noem je dit op tijd?'

Derek, de ultranichterige receptionist, had het zwaar te pakken van Lucas en gaf daar met wat ruziezoekerig geflirt graag uiting aan. Gelukkig speelde Lucas het spelletje graag mee.

'Hou je er buiten, Shirley,' blafte hij met een knipoog die Derek deed smelten. 'Ik meen dat ik dat extra uurtje in bed wel heb verdiend.'

'Dat mag dan misschien zo zijn,' reageerde Derek, die zijn zelfbeheersing hervond, 'maar als ik zeg wie je deze ochtend bent misgelopen, had je je wekker vast een stuk vroeger gezet.'

'Wie dan?' vroeg Lucas terwijl hij slechts half luisterend door zijn post bladerde.

'Anton de Almachtige, meer niet,' was Dereks schalkse antwoord.

Meteen keek Lucas op. 'Tisch? Tisch was hier?'

Derek knikte. 'Heeft bijna veertig minuten lang bij Julia op haar werkkamer gezeten,' onthulde hij. 'En toen ze naar buiten kwam, hoorde ik hem tegen haar zeggen… Hmm, nee, ik geloof dat ik dat maar beter voor me kan houden. Ik wil niet je hele ochtend verpesten.'

'Voor de draad ermee, lieverd,' maande Lucas hem, 'voordat ik over die balie spring en het uit je sla.'

Derek bloosde van plezier. Maar terwijl hij sprak, keek hij serieus.

'Nou, ik hoorde Anton tegen Julia zeggen dat ze met het feest en het Moulin Rouge-thema geweldig werk had afgeleverd. Waarop zij alleen maar 'dank u' zei en dat ze vond dat het tijd was om ons stoffige, conservatieve imago wat op te poetsen. Jouw naam heeft ze geen moment laten vallen.'

'*Conyo*,' vloekte Lucas binnensmonds. Die teef wist donders goed dat hij deze ochtend waarschijnlijk te laat zou komen en had het dus expres zo geregeld dat ze in haar eentje met Anton zou kunnen vergaderen. Hoe durfde ze zijn idee en zijn harde werken op haar conto te schrijven? Hoe dúrfde ze.

'Waar is ze?' vroeg hij op moordzuchtige toon.

'Nog steeds op haar werkkamer, denk ik,' antwoordde Derek. 'Doe alsjeblieft geen domme dingen,' riep hij Lucas na, die inmiddels de gang in stoof. Maar het was al te laat.

'Leugenaar!' brieste hij terwijl hij dampend van woede het kantoor van de hotelmanager binnenstormde en de deur achter zich dichtsloeg.

'Goeiemorgen, Lucas,' begroette Julia hem kalmpjes zonder van haar computerscherm op te kijken. 'Aardig van je om toch nog even langs te komen.'

'Jij hebt Anton verteld dat het feest jouw idee was!'

Opzettelijk traag klikte ze op de rechtermuisknop om de spreadsheet op het scherm te minimaliseren. Daarna leunde ze achterover op haar stoel en keek ze hem aan.

'Daar is geen sprake van,' deelde ze hem mee. 'Anton kreeg goede berichten te horen en kwam langs om ons te feliciteren. Ik heb hem slechts bedankt en hem verteld dat ik zelf net zo blij was met het resultaat als hij.'

'Gelul!' Lucas ontplofte. 'Jij streek de eer op van míjn feest!'

'Het was jóúw feest helemaal niet,' klonk het ijzig. 'Het hele hotelpersoneel werkte zich een slag in de rondte om het tot het succes te maken dat het is geworden. En als ik het me goed herinner, verscheen jij pas een paar uur voor aanvang eindelijk op het toneel. Het was teamwerk.'

Lucas' gezicht stond zo woedend dat ze de rook bijna uit zijn oren zag komen. Met duivels genoegen wierp ze nog wat olie op het vuur door er neerbuigend aan toe te voegen: '"Team" en "ik" zijn echt twee verschillende woorden, hoor, Lucas. Wil je in de hotelbranche kunnen slagen, dan zou ik dat maar goed onthouden.'

'Nou, "jij" en "sekreet" gaan anders heel goed samen,' was zijn verweer en hij wierp het laatste restje professionele behoedzaamheid overboord. 'Ik ga nu naar Tisch' kantoor en ik zal hem eens even precies vertellen wat voor leugenachtig stuk verdriet jij bent. Rot op, Julia. Jij had helemaal niets met dat feest te maken, en dat weet je donders goed.'

'Integendeel. Ik ben de hotelmanager. Ik had er alles mee te maken.'

'Jij hebt me tot op het allerlaatste moment proberen om te praten om ervan af te zien!' sputterde hij. 'Ik zal zorgen dat Anton dat weet.'

'Ga je gang,' reageerde ze met een nonchalant schouderophalen dat hem nog woedender maakte. 'Je zult nog meer op een verwend kind lijken dan je nu al doet. O, en wat deze tirade van je betreft...' ze keek even omhoog naar de hoek van de kamer waar boven het raam een kleine bewakingscamera onheilspellend heen en weer bewoog. Wanneer had ze dat ding in hemelsnaam laten installeren? '... het staat allemaal op band. Ik weet zeker dat meneer Tisch de beelden van jouw professionele gedrag behoorlijk pakkend zal vinden als ik ze bij hem langs breng. Sluit de deur achter je, wil je?'

Julia en zichzelf vervloekend omdat hij haar zo in de kaart had gespeeld, haastte hij zich haar werkkamer uit, beende langs de lobby en stond even later weer buiten in de frisse decemberlucht. Hij stak de straat over naar zijn motor. Net toen hij zijn helm wilde pakken, ging zijn mobiele telefoon.

'Ruiz,' blafte hij.

'Ah, meneer Roe-iez. Ein-delijk heb ik u te pák-ken.'

Het nasale zeurgeluid van zijn bankier bezorgde hem een moedeloos gevoel. Hier zat hij echt op te wachten.

'Dag, meneer Chorley.' Hij deed zijn best om opgeruimd te klinken. 'Moet u horen, ik weet dat ik u een belletje verschuldigd ben, maar er is even iets tussen gekomen. Vindt u het goed als ik u terugbel?'

'U bent ons heel wat meer verschuldigd dan een belletje, meneer Roe-iez,' klonk het onheilspellend. 'Bent u geïnformeerd over uw uitgaven over de afgelopen maand?'

'Eh, ja, dat ben ik,' stamelde Lucas.

'Want u hebt uw limiet inmiddels met zevenduizend pond overschreden,' zeurde de man van Natwest. 'Ik ben bang dat mij nu niets anders rest dan uw rekening tijdelijk te blokkeren.'

Lucas' maag legde zich in een knoop. Hij had zich niet gerealiseerd dat de zaken er zo slecht voor stonden. Maar ja, gezien de berg ongeopende enveloppen op de vloer leek zijn appartement wel een papierrecyclingbedrijf.

'Dat is echt niet nodig, hoor,' zei hij terwijl hij zijn best deed om de angst uit zijn toon te weren. 'Die zevenduizend pond heb ik vrij gemakkelijk bij elkaar.' Hij streek met een hand over de glanzende tank van zijn geliefde Ducati en besefte met pijn in het hart dat hij de motor zou moeten verkopen. 'Het is hoofdzakelijk een cashflowprobleempje.'

'Ik hoop het maar, meneer Roe-iez. Voor u.' De stem aan de andere kant van de lijn klonk niet overtuigd. 'Desalniettemin blokkeer ik uw rekening totdat deze is aangevuld.'

Het had geen zin om nog verder te onderhandelen, en dus hing hij op en propte boos zijn mobieltje in de binnenzak van zijn jasje.

'Pennenlikker,' vloekte hij. Maar alles op zijn tijd. Hij zette zijn helm op, nam plaats op zijn beest op twee wielen – god wat zou hij zijn motor missen, wat een ramp dat hij het ding moest verkopen – en startte. Als Julia Anton eerder zou treffen dan hij, ging zijn aanzien een behoorlijke duikvlucht maken. De akelige gedachte bekroop hem dat hij wel eens zijn baan kon verliezen. Alsjeblieft niet! Dan zou die zuurpruim van een Chorley hem echt bij de ballen hebben.

Scheurend over de Embankment, waarbij het gebrul van de motor vanaf de South Bank te horen was, bereikte hij binnen tien minuten het kantoor van Tisch. Na de machine ondanks het verbod voor het pand te hebben geparkeerd, schoot hij naar binnen.

'Ik moet Anton spreken... meneer Tisch,' hijgde hij. 'Het is dringend.'

Zijn oude vijand de receptioniste glimlachte venijnig. 'Pech gehad,' zei ze. 'Hij is er niet.'

Lucas fronste. 'O? Waar is hij dan?'

'Hij is onderweg naar de luchthaven,' pruilde ze. 'Hij vliegt zo meteen naar Genève. Je krijgt hem echt niet te pakken, hoor!' riep ze hem na terwijl hij naar buiten snelde. Maar de automatische deuren schoven al dicht en dus hoorde hij haar niet.

Aangekomen bij de City Airport had hij al zijn overredingskracht nodig om van het personeel van de luchthavenbeveiliging toegang tot het platform te krijgen waar Tisch' privéjet geparkeerd stond. Maar na het tonen van zijn Cadogan-pasje, zijn paspoort en zijn meest innemende glimlach liet het meisje achter de balie hem door.

Anton was kennelijk al aan boord terwijl het grondpersoneel nog wat laatste dingetjes naliep.

'Wat heeft dit te betekenen?'

De uit de kluiten gewassen bodyguard onder aan de vliegtuigtrap versperde hem de weg.

'Mijn naam is Lucas Ruiz. Ik moet meneer Tisch spreken voordat hij vertrekt. Het is dringend.'

'Dat zal best,' reageerde de kleerkast. 'Maar al bent u Jezus Christus, de zoon van God. U gaat niet aan boord. Basta.'

'Als u hem gewoon even laat weten dat ik hier sta,' opperde Lucas met een knikje naar de walkietalkie die aan de riem van de bodyguard zat, 'weet ik zeker dat hij me wil ontvangen.'

'Heb je me niet verstaan?' vroeg de bodyguard. 'Op-zouten.'

Het was misschien niet het verstandigst, maar nood brak wet. Opeens haalde Lucas uit met een snelle uppercut die de bodyguard vol op de onderkaak trof. Net als de meeste ingehuurde kleerkasten was ook deze dergelijke confrontaties niet gewend en leek hij er ook nauwelijks op voorbereid. Hulpeloos wankelde hij naar achteren, wat Lucas een paar cruciale seconden opleverde waarin hij de man op nog eens twee vuistslagen en een knietje in het kruis kon trakteren.

Terwijl de bodyguard kronkelend van de pijn op het tarmac lag, trok Lucas zijn das recht, streek zijn boord glad en liep snel het trapje op en het toestel in.

Aan boord had Anton zich geïnstalleerd op een bank. Op zijn neus prijkte een leesbril en voor hem lag een zee van papier uitgespreid. Bij het zien van Lucas keek hij verrast, daarna geërgerd.

'Wel verdomme,' vloekte hij. 'Wie heeft jou toegelaten?'

'Uw bodyguard was zo vriendelijk me door te laten,' zei Lucas, luid genoeg om het gekreun buiten te overstemmen. 'Het spijt me dat ik u stoor, meneer Tisch. U zult het vast druk hebben.'

'Klopt,' antwoordde deze. 'Heel druk.'

Op dat moment trok de piloot de cabinedeur open. Lucas negerend richtte hij het woord direct tot zijn baas.

'We zijn klaar om te vertrekken, meneer. Zal ik de deuren sluiten?'

'Ja.' Anton Tisch keek Lucas aan. 'Als u me wilt spreken, meneer Ruiz, raad ik u aan uw gordels om te doen.'

Lucas koos een stoel, en deed wat hem werd gevraagd. Terwijl hij door het raampje naar buiten keek en het toestel naar de startbaan taxiede, kon hij de bodyguard zien. Die was inmiddels overeind gekrabbeld, maar stond nog altijd voorovergebogen van de pijn en praatte druk in zijn walkietalkie. Te laat, zakkenwasser.

Even later waren ze opgestegen. Tijdens de klim door het wolkendek trokken er wat lichte huiveringen door het vliegtuig, waarna het toestel zijn juiste hoogte bereikte en ze rustig verder vlogen.

'En,' begon Anton. 'Waar gaat dit over? En o wee, als dit een wissewasje is, Lucas. Ik haat het als mensen mijn tijd verspillen.'

Lucas voelde hoe zijn maag zich samentrok van de zenuwen. Al dat Mission Impossible-gedoe had voor flink wat adrenaline gezorgd, maar nu hij hier dan eindelijk zat, recht tegenover Anton Tisch, wist hij even niet waar hij moest beginnen. Julia's opmerking dat hij wel een verwend kind leek, gonsde nog na in zijn hoofd. Maar het was te laat om op zijn schreden terug te keren.

'Het gaat over gisteravond,' begon hij, en hij vertelde niet alleen over de kerstparty en de strijd die hij tegen Julia had moeten leveren, maar ook over de rancune die er tussen de twee heerste en hun tegengestelde opvattingen over waar het met het Cadogan heen moest.

'Ik begrijp best dat zij de manager is, en dat ze meer ervaring heeft dan ik. Maar ik weet gewoon dat ik gelijk heb,' zei hij. Nu kwam hij op gang. 'We moeten ons blijven ontwikkelen om de concurrentie voor te zijn. Daar ging het gisteravond om. Dat was míjn visie, en niet de hare.'

Anton, die met de armen over elkaar en gebogen hoofd Lucas' verhaal had aangehoord, keek hem nu aan. Het mierenneukerige gesteggel in het Cadogan kon hem gestolen worden, maar de jongeman had wel degelijk zijn belangstelling. Het was hem niet ontgaan dat de jongeman zich na zijn komst naar Londen in de kijker had gespeeld, wat niet gemakkelijk was voor een berooide outsider zonder contacten, titel, en slechts gewapend met een goed uiterlijk en zelfvertrouwen. Zelf had hij er jaren voor nodig gehad om binnen het Britse establishment voet aan de grond te krijgen, maar zo snel als buitenlandse goudzoekers in Londen al meteen een verkoudheid opliepen, zo snel leek Lucas in de hogere kringen vrienden te maken. Hij was duidelijk een pr-genie, een natuurtalent, een belangrijke troef binnen de branche, maar die in het Cadogan totaal verpieterde. Hoewel Antons pokerface het niet verried, was hij opgetogen door alle positieve reacties op de party van de vorige avond, en iets in Lucas' directe, vlammende ogen overtuigde hem ervan dat de knaap de waarheid vertelde, dat het inderdaad al die tijd zíjn kindje was geweest.

Dat Julia eerder die dag bepaald niet oprecht was geweest, verbaasde hem niet. Om eerlijk te zijn zou hij hetzelfde hebben gedaan. Ze was doodziek van al het geharrewar met haar bedrijfsleider, en dat nam hij haar niet kwalijk. Lucas wist het niet, maar ze had hem die ochtend al twee keer gebeld om te klagen over diens opstandigheid die inmiddels alle professionele perken te buiten ging en waarvan ze de bewijzen op video had. Ze wilde zijn ontslag.

Als het om een ander had gedraaid, zou hij niet hebben geaarzeld. Maar Lucas' talent om zichzelf te verkopen was te groot om vanwege wat gesteggel zomaar over boord te kieperen. En niemand die kon ontkennen dat de knaap ballen had.

'Ooit gehoord van een hotel dat het Palmers heet?' vroeg Anton hem.

Lucas keek licht verbaasd. Dit was een wat vreemde wending.

'Het Palmers, in de Hamptons? Ja zeker,' antwoordde hij. 'Het is heel beroemd. Waarschijnlijk een van de meest prestigieuze hotels ter wereld die door één familie worden geleid.'

'Wás,' verbeterde Anton hem, en hij reikte Lucas een spreadsheet aan die voor hem op het tafeltje lag. 'Dit zijn de cijfers van vorig jaar. Bekijk ze maar even.'

Lucas ogen gleden over het papier. Zijn welhaast fotografische geheugen pikte meteen de relevante punten van de winst-en-verliesrekening op.

'Tja, dat ziet er niet goed uit. Hoe bent u hieraan gekomen?' vroeg hij terwijl hij het velletje teruggaf.

'Niet belangrijk,' reageerde Anton kortaf. 'Punt is dat het Palmers op zijn laatste benen loopt. Ik heb besloten mijn nieuwe Tischen-vestiging in East Hampton te laten bouwen, slechts een paar straten verderop. Het zal het Herrick gaan heten.'

'Mooi,' zei Lucas terwijl hij zich afvroeg wat dit alles met hem te maken had. 'Maar nog even over het Cadogan...'

Anton bracht een hand omhoog en kapte hem af.

'In godsnaam, jongen, hou eens op met dat gezanik voordat ik van gedachten verander. Dat hotel is duidelijk te klein voor jullie beiden, en de kans dat ik Julia ontsla, is net zo klein als de kans op sneeuw in de hel. Bij dezen ben je ontslagen bij het Cadogan, Lucas.'

'Maar meneer Tisch...'

Lucas slikte even en haalde een hand door zijn weelderige krullen om vooral maar niet te laten zien hoe verpletterd hij zich voelde. Hij was immers veel te trots om voor het behoud van zijn baan te moeten smeken – niet dat het iets zou hebben uitgemaakt – maar wat moest hij zijn bankdirecteur in hemelsnaam wijsmaken?

Anton zag het gebaar, en voegde eraan toe: 'O ja, dat haar van je. Dat gaat eraf. Van nu af aan wil ik dat je gladgeschoren bent en net zo keurig als een model tijdens een schoenenshow voor Gap. Begrepen?'

'Niet helemaal. Ik dacht dat u net zei dat ik ontslagen was.'

'Bij het Cadogan, ja,' antwoordde Anton met een glimlach. 'Al in een paar maanden heb je laten zien dat je totaal niet in staat bent om compromissen te sluiten, instructies op te volgen, dan wel binnen een team te werken. Het verbaast me niets dat Julia jou spuugzat is.'

Lucas' gezicht versomberde.

'Maar je hebt je ook een vernieuwer getoond die risico's durft te nemen,' ging hij verder, 'die de media meesterlijk voor zich weet te winnen. Eigenschappen die ik goed kan gebruiken.'

Duizelig van opluchting en even helemaal uit het veld geslagen hield Lucas wijselijk zijn mond.

'Wat ik wil, is dat het Herrick een jonge, energieke uitstraling krijgt en vooral aandacht in de media. Het Palmers mag dan niet langer de reus zijn die het ooit was, maar roemrijke namen als deze sterven niet van de ene op de andere dag, vooral niet in een gesloten, elitaire gemeenschap als de Hamptons. Ik heb me moeten verlagen tot het chanteren van de planningscommissie om het hele project zelfs maar van de grond te kunnen krijgen,' klonk het bitter. 'Ze zullen daar niet rusten voordat ze ons de stad hebben uit gejaagd en er is nog geen paal geslagen. Ik heb iemand nodig die niet bang is om de confrontatie aan te gaan, maar die ook de juiste mensen weet in te palmen. Jij wordt projectmanager annex voorman. In elk geval voor het komende jaar. Zodra de deuren opengaan ben je de manager. Wat denk je ervan. Kun je het aan?'

Langzaam, tergend langzaam, drong de implicatie van Antons woorden tot hem door.

'Dus u bedoelt... u wilt mij als manager aannemen?' stamelde hij.

'Ah. Je vindt jezelf er dus nog niet klaar voor.' Als een haai die bloed ruikt, bespeurde Anton Lucas' aarzeling. Met een zucht sloeg hij de map met documenten dicht. 'Tja, misschien heb je wel gelijk. Je bent nog geen jaar van school. Het is een grote stap.'

'Nee, nee.' Lucas schoot uit zijn stoel alsof iemand hem zojuist met een stroomstok een por had gegeven. 'Ik ben er klaar voor. Natuurlijk ben ik er klaar voor. Wanneer wilt u dat ik begin?'

'Binnenkort. Nu je toch hier bent, kun je je de komende maand in Genève vertrouwd maken met het project. Daarna zal het een paar weken duren om je visum te regelen, et cetera… Maar ik wil dat je uiterlijk februari ter plekke in de startblokken staat.'

Lucas grijnsde. Anton Tisch mocht voor de rest van de wereld dan een klootzak zijn, maar voor hem begon hij al helemaal een persoonlijke engelbewaarder te worden.

'Het Palmers verkeert al jaren in de problemen,' ging Anton verder. 'Maar op dit moment is Honor Palmer, dochter van de ouwe Trey, de zwakste schakel. Ze heeft zonder enige ervaring in het hotelvak zichzelf als directeur aangesteld en de hele omgeving heeft de pest aan haar vanwege de manier waarop ze haar vader het nakijken gaf en tegen zijn wens het beheer over zijn bezittingen op zich heeft genomen.'

'Verrast me niets,' meende Lucas. 'Inhalig wijf.'

'Wat jíj moet doen, is dit verhaal tot buiten de landsgrenzen verspreiden. Zodra Honor en het Palmers niet langer als de underdog overkomen, krijgen ook wij sneller voet aan de grond. Ik heb dit al zo vaak gedaan, en ik kan je vertellen dat het neerzetten van een eersteklas hotel slechts de helft van de strijd is. Je moet ook ter plekke de boel enthousiasmeren. We willen vooral niet de grote, boze multinational zijn.'

Lucas' hart sloeg op hol. Een pr-offensief tegen Honor baarde hem geen zorgen. Dat zou een makkie moeten zijn. Maar verantwoording dragen voor de bouw van en de leiding over een Tischen-hotel, en in zo'n prestigieuze omgeving? Een concurrent van het grootse Palmers? Dit was meer dan een droom. Dit was de wildste, meest belachelijke fantasie die je je maar kon bedenken. En die ging nu in vervulling.

Anton voelde de opwinding bij de jongeman, glimlachte en wierp de dikke stapel papieren in Lucas' schoot.

'Vrolijk kerstfeest,' sprak hij droogjes. 'O, en Lucas? Dat van die knipbeurt meende ik wel degelijk. Ik laat mijn hotel niet leiden door een Leo Sayer, godbetert.

8

Honor keek even omhoog naar de dreigende, blauwgrijze donderwolken die zich boven de oceaan samenpakten, en versnelde haar tempo iets. Het was echt zo'n saaie winderige januarimorgen en afgezien van haar trouwe boxer Caleb die opgewonden rondom haar voeten sprong, was het strand verlaten. Dat kwam Honor goed uit. Ze was liever alleen wanneer ze ging joggen. Dat hielp haar om na te denken.

En op dit moment had ze veel om over na te denken. Terwijl ze de pijn in haar dijbenen negeerde nu het melkzuur door haar spieren stroomde, sloeg ze scherp links af en stampte verwoed over de hobbelige duinen. Ondertussen deed ze haar best een beetje orde in haar talrijke problemen te scheppen.

Ten eerste was er, zoals altijd, het Palmers. Het eerste gefluister over dat er pal voor haar deur een nieuw Tischen-hotel gebouwd zou worden, had haar afgelopen oktober via Devon bereikt. Natuurlijk had ze zich zorgen gemaakt, maar op een of andere manier had ze zichzelf ervan overtuigd dat dit een probleem voor de verre toekomst was, wanneer ze het Palmers allang in zijn oude glorie had hersteld. Ze had nooit gedacht dat alles zo snel zou gaan. Nog geen twaalf weken later waren de oude woningen op de voorgestelde locatie voor het Herrick gesloopt en was er rondom het enorme perceel modderige aarde een afschrikwekkend hek van harmonicagaas opgetrokken. Zelfs als slechts de helft van die ruimte werd volgebouwd, zou het tweemaal zo groot zijn als het Palmers.

In eerste instantie was Honor boos geweest op Devon, omdat hij had nagelaten het nieuwbouwproject tegen te houden.

'Jij zit verdomme toch in de bouwcommissie?' was ze in bed, na een bijzonder onbevredigende vrijpartij, tegen hem tekeergegaan. Tegenwoordig zagen ze elkaar zo zelden – als ze geluk hadden één hapsnapweekendje in de maand – dat de druk om dan alles zo volmaakt mogelijk te hebben als een zwaard van Damocles boven hen hing. Ze verlangde nog altijd onverminderd naar hem, maar de golf van seksuele zelfverzekerdheid waar ze de eerste maanden door was overspoeld, begon al af te nemen, en langzaam keerden al haar onzekerheden terug. 'Kun je niet iets ondernemen?'

'Zoals?' reageerde Devon, al net zo teleurgesteld door de seks als zij, geïrriteerd. 'Ik heb je al gezegd, Tisch heeft duidelijk iets belastend in handen over Mort Sullivan, want die is in één nacht 180 graden gedraaid en heeft genoeg invloed op de andere commissieleden om ze mee te krijgen, wat ik ook zeg of doe.'

'Maar er moet toch iets zijn... een beroep aantekenen misschien?' Honor ging rechtop zitten en streek met een hand door haar haren. In een poging haar wat te kalmeren begon Devon haar rug te strelen.

'Op welke gronden? Dat je geen concurrentie wenst? Luister,' voegde hij er op mildere toon aan toe, 'de beslissing is al genomen. Geloof me, het is zonde van je tijd en geld om daartegen te vechten. Maar dat wil nog niet zeggen dat je niets kunt doen. Je kunt een ommezwaai maken met het Palmers, zoals je al van plan was. En je kunt Anton Tisch op zijn eigen terrein verslaan.'

Nu de koude wind in haar gezicht sloeg, hoorde ze die woorden opnieuw. Hij had natuurlijk gelijk. Het was gewoon zielig hoe bang ze was voor een beetje concurrentie. Haar grootvader Tertius had in de dertig jaar dat hij aan het roer van het Palmers had gestaan meer concurrenten gehad dan hij kon tellen. En dan zij: na slechts een paar maanden scheet ze bij het eerste spoortje van een bedreiging al in haar broek. Maar goed, in haar grootvaders tijd zakte het Palmers ook niet van ellende in elkaar. Onder de talloze problemen waar het onderzoeksrapport afgelopen jaar gewag van had gemaakt, waren er met name twee ernstig. Ze hadden een nieuw dak nodig, en er moest door het hele gebouw nieuwe bedrading komen.

'Als u slechts voor een van beide het geld had, wat zou u dan in orde brengen?' had de altijd pragmatisch ingestelde Honor aan de bouwopzichter gevraagd.

'Ik zou mijn bankrekening op orde brengen,' had hij onverbiddelijk geantwoord. 'Mevrouw Palmer, u kunt hier echt niet op beknibbelen. Dit zijn noodzakelijke reparaties en als u ze nu niet aanpakt, kosten ze u op de lange termijn veel meer geld.'

Dat kon allemaal wel wezen, maar het zou nog minstens een jaar duren, ervan uitgaande dat ze het hele jaar door weer reserveringen kreeg (en hoe ging haar dat in godsnaam lukken?), voordat ze zich zo'n grote opknapbeurt kon veroorloven. Ten slotte had ze besloten dat een niet lekkend dak echt van essentieel belang was en had ze aan de elektra slechts wat kleine reparaties laten verrichten. Als ze het dak in mei gerepareerd had, zo dacht ze, en in haar eerste zomerseizoen van juni tot en met augustus voldoende boekingen kreeg, zou ze als het echt nodig was vóór de volgende zomer, wanneer het nieuwe Herrick zijn deuren open zou gooien, de boel opnieuw kunnen laten bedraden. Toch lag ze nog elke nacht te woelen en te draaien, hopend dat ze de juiste beslissing had genomen. Stel dat er echt iets fout ging en ze op een ochtend wakker werd en hoorde dat het gebouw door kortsluiting was afgebrand, wat dan? Als het dak nog had gelekt, zou het de vlammen tenminste nog geblust kunnen hebben. O verdomme! Waarom moest die verrekte Anton Tisch juist nú uit zijn hol kruipen?

Boven op de duinen begon ze aan de lange afdaling naar het strand. Caleb was zo ver vooruitgerend dat hij nog slechts een stipje in de verte was, maar als ze nu naar hem floot, kon hij haar onmogelijk boven het geruis van de brekende golven uit horen. De reddingshond was een cadeautje van Devon en een lief en overdreven trouw dier, maar gehoorzamen was nooit zijn sterkste punt geweest – weer iets wat Honor heerlijk aan hem vond.

Als Caleb er niet was geweest, zou ze met de kerst waarschijnlijk een zenuwinzinking hebben gehad. Zonder Devon was ze eenzaam en ten einde raad – ze kon hem niet eens bellen in de vakantie; dat was te riskant met zijn gezin om hem heen – en het voelde alsof alles en iedereen had samengespannen om haar feeststemming te temperen.

Ten eerste was er het probleem met haar vader, dat naarmate de weken verstreken, alleen maar leek te verergeren. Nog steeds weigerde hij Honor te ontvangen of met haar te praten, maar van de weinige familievrienden die op bezoek gingen, hoorde ze dat de alzheimer nu toch zijn hoge tol eiste. Waarschijnlijk zou hij niet eens weten wie ze was, ook al nam hij wél haar telefoontjes aan. Devon had haar beloofd even bij de oude man langs te gaan als hij toch in de stad was, om zich ervan te vergewissen dat Lise geen misbruik maakte van de situatie. Dat deed ze niet, maar het beeld dat hij Honor schetste, was toch behoorlijk beroerd: Trey reageerde nog maar zelden op de aanwezigheid van zijn vrouw en zakte wekelijks weg in lange perioden van regressie, zelfs zo erg dat hij op zijn duim zoog en herhaaldelijk naar zijn moeder vroeg. Honors wanhoop werd nog eens verergerd door het feit dat de verstandhouding tussen haar en haar stiefmoeder zich op een absoluut dieptepunt bevond.

'Weet je, anderen vertellen wat ze moeten doen, daar ben jij heel goed in,' had Lise haar tijdens een avondlijk telefoontje met de kerst toegebeten. Zoals gewoonlijk was het ontaard in een scheldpartij. 'Maar ik zit hier elke dag met hem opgescheept. Jij neemt niet eens de moeite om met de kerst thuis te zijn.'

'Het is geen kwestie van de moeite nemen,' had Honor kwaad gereageerd. 'Wat heeft het voor zin om thuis te zijn als papa me niet eens wil zien? Bovendien is het met de kerst een gekkenhuis in het hotel. Ik kan ze hier niet zomaar in de steek laten.'

In feite was het Palmers in de kerstvakantie deprimerend verstoken van gasten. Toegegeven, East Hampton was vooral een zomerbestemming, maar nog een winter als deze en het zou met hen gedaan zijn. De echte reden waarom ze voor de vakantie niet terug naar Boston was gegaan, was de onverdraaglijke angst om daar Devon met Karis en de kinderen tegen het lijf te lopen. Van meet af aan had hij haar bij herhaling gerustgesteld dat hij nog slechts voor het gemak gehuwd was en dat hij en Karis voor de kinderen bij elkaar bleven. Honor maakte zichzelf wijs dat ze hem geloofde, maar naar Boston afreizen zou betekenen dat dit vertrouwen op de proef werd gesteld; een gedachte die haar veel meer angst inboezemde dan zou moeten. Maar na wat Devon over haar vader had verteld, realiseerde ze zich dat ze spoedig door de zure appel heen zou moeten bijten en gewoon binnen zou moeten dringen om Trey te spreken, of hij dat nu leuk vond of niet. Immers, zolang ze thuisbleef, kón ze Karis Carter niet tegen het lijf lopen, toch? Nog voor het eind van de maand had ze een tweedaagse reis gepland, iets waar ze vol afgrijzen tegen opzag.

Ze had inmiddels het eind van het strand bereikt, het vlakke, met struikgewas bedekte stuk waar het zand ophield en het varenachtige, stekelige gras begon. Een smal kronkelpad voerde van hier naar de weg, gevolgd door een vlak laatste stuk van ruim drie kilometer joggen terug naar het Palmers. Bij wijze van uitzondering had Caleb besloten om op zijn baasje te wachten, en Honor nam even de tijd om hem te aaien en te prijzen terwijl ze weer wat op adem kwam voordat ze zich op het gras liet zakken voor haar serie sit-ups.

Al sinds haar dertiende verjaardag was het voor haar een obsessie geweest om in vorm te blijven en haar lenige, jongensachtige figuur te behouden. Lichaamsbeweging was in de eerste plaats een wapen in de bij voorbaat verloren strijd tegen de puberteit. Maar opgroeiend en zich realiserend dat ze nooit een jongen kon worden en ook dat haar vader waarschijnlijk sowieso niet van haar zou houden, kregen haar trainingen een ander doel. Nu ging het alleen nog maar om controle, om macht. Alsof ze door haar lijf in vorm te houden ook een goede kans maakte om het in de rest van haar leven goed te doen. Zoiets.

Terwijl ze een serie pijnlijk ogende buikspieroefeningen afwerkte, dwaalden haar gedachten af naar Tina, die samen met haar hun vader zou bezoeken. Ondanks de opluchting over het stuklopen van Tina's verhouding met die vreselijke Danny had haar verhuizing naar LA niet het einde ingeluid van al het geroddel, waar Honor op had gehoopt. Ze had nauwelijks de ene verhitte relatie achter de rug of ze wierp zich al vol overgave op de volgende, ditmaal met een negentienjarig *toyboy*-model en gewezen pornoster die zich mocht verheugen in de naam Dick Great. Echt, zelfs als je wilde, kon je het leven van Tina niet verzinnen. Zij en Dick leken een buitensporige hoeveelheid tijd te besteden aan vrijen (of erger) op openbare plaatsen en waren erin geslaagd om naam te maken als het meest geziene 'It'-paar van Hollywood. Zelden ging er een week voorbij zonder een of andere compromitterende foto in de *US Weekly* of de *National Enquirer*. Dat Dick zowaar jonger oogde dan hij was – als een opgeschoten scholier die uit was met zijn wulpse wiskundelerares – hielp niet echt. Integendeel.

Tina, op haar beurt, weigerde in te zien dat er iets mis was met de relatie.

'Je bent gewoon jaloers,' had ze verwaand gereageerd toen Honor haar er voor de kerst over aansprak en volhield dat het de reputatie van het gezin én die van het Palmers geen goed deed. 'Dick is single, ik ben single, nou en? Het is toch zeker niet mijn fout dat jij nooit een beurt krijgt en jij je leven verpest in dat mausoleum van een hotel.'

Om het nog erger te maken had ze erop gestaan om de beruchte Dick over een paar weken mee naar Boston te nemen, wat inhield dat Honor hem zou moeten ontmoeten.

'De passie die wij voor elkaar voelen, dat snap jij niet,' legde Tina haar inmiddels misselijke zus uit. 'We kunnen geen moment zonder elkaar, zelfs niet voor één nacht. Hoe dan ook, papa zal het toch niet erg vinden? Hij zal niet eens weten wie wíj zijn, laat staan wie Dickie is.'

Dat was waar. Maar Honor voelde zich er geenszins beter door.

'Kom dan, jongen.' Ze sprong weer overeind en trok Caleb bij zijn riem mee het steile pad op naar de weg. Normaal gebruikte ze dit laatste stuk van haar ochtendloop als coolingdown, maar alleen al de gedachte aan Tina en Dickie maakte haar zo kwaad dat ze sneller sprintte dan ooit en haar zolen het asfalt geselden alsof ze een persoonlijke vendetta uit te vechten hadden. Tegen de tijd dat ze de hoek naar de oprijlaan van het Palmers rondde, droop het zweet van haar lijf, en zelfs in de kille januarilucht waren haar wangen roder aangelopen dan die van een Russische baboesjkapop.

'Mevrouw Palmer?' Het meisje van de receptie was nieuw en nog beduchter voor Honor dan de rest van het hotelpersoneel. Ze klonk in elk geval klagerig, en Honor merkte dat ze haar irritatie moest onderdrukken. Zolang mensen hun werk maar goed deden, hadden ze van haar niets te vrezen. Ze haatte het als mensen zich klein maakten alsof ze Saddam Hoessein was of zo.

'Wat is er, Agnes?' bitste ze terwijl ze Calebs riem losmaakte en hem naar de tuinen joeg.

'U hebt bezoek,' mompelde het meisje. 'Hij wacht in de lounge. Ik heb de haard aangestoken.'

'Goed, wie is het?' vroeg Honor. 'Kan hij een kwartiertje wachten? Ik moet eerst douchen.'

'Eh, dat weet ik niet zeker.' Nu leek het meisje pas echt in paniek, alsof haar zojuist gevraagd was om de kwantumtheorie uit de doeken te doen of de Koran in het Kurdu te vertalen. 'Het is meneer Carter. Hij leek... hij zag er... ik denk dat het wel eens belangrijk kan zijn,' flapte ze eruit.

Ja hoor. Voor het eerst in bijna een maand dook Devon opeens op om haar te verrassen, en zij liep er als een verzopen kat bij. Ze stond in dubio: moest ze nu meteen in zijn armen rennen of naar boven vluchten om in elk geval het zweet uit haar haren te wassen? Maar ze hoefde al niet meer te beslissen, want Devon verscheen in de lobby.

'Ik moet met je praten,' zei hij stijfjes. Hij kon het niet riskeren om ten overstaan van Agnes enige genegenheid te tonen. 'Kunnen we even onder vier ogen praten?'

'Natuurlijk,' antwoordde Honor op een al even zakelijke toon, hoewel haar hart in haar keel bonkte. 'Kom mee naar mijn kamers boven. Daar kunnen we rustig praten.'

Pas toen de deur van haar suite veilig achter hen in het slot viel, sloeg ze haar armen om hem heen. Voordat hij een woord kon zeggen kuste ze hem zacht op de mond, snoof zijn verkwikkende mannengeur op, een combinatie van aftershave, zweet en het stijfsel uit zijn shirt, en voelde ze zich als een uitgerekte veer ontspannen.

Maar haar euforie was van korte duur.

Devon duwde haar een beetje van zich af en keek haar in de ogen. Ze zag meteen dat er iets mis was.

'Wat?' vroeg ze. O nee, toe, laat hem niet gekomen zijn om het uit te maken. Alles behalve dat. 'Wat is er?'

'Honor, het spijt me zo,' begon hij. Ze voelde de gal al in haar keel omhoogkomen. Hij was echt gekomen om haar de bons te geven! Maar hij hield niet eens van Karis. Waarom? Waarom zou hij haar in de steek laten, waarom nu?

'Je vader is vanmorgen gestorven.'

Wezenloos keek ze hem aan. Na wat op een eeuwigheid leek, wist ze er eindelijk een 'wat zeg je?' uit te persen.

'Hij is heel vredig heengegaan,' zei Devon. 'Ik was er toevallig bij toen het gebeurde. Op weg naar mijn werk ging ik even bij hem langs, en Lise zei dat hij afgelopen nacht erg achteruit was gegaan. De dokter was bij hem, maar ik geloof niet dat die nog iets had kunnen doen.'

'Lise heeft me helemaal niet gebeld,' zei Honor. Ze staarde nog steeds als een zombie voor zich uit. 'Ik ben door niemand gebeld.'

'Ik heb haar gevraagd je niet te bellen,' zei Devon. 'Mijn piloot heeft me direct hierheen gevlogen. Ik dacht... ik weet niet. Ik wilde niet dat je het over de telefoon zou horen. En ik dacht dat je wel een schouder kon gebruiken om op uit te huilen.'

'Maar... ik zou hem gaan opzoeken,' fluisterde Honor. 'Deze maand. Ik heb een vlucht geboekt.'

'Het spijt me, lieverd,' zei hij. 'Echt.'

De begrafenis van Trey Palmer was net een circus.

Een stoet in het zwart geklede slettenbakken, opgetuigd als een stel kerstbomen van weleer, begaf zich St. Stephen's Cathedral in en begon daar hardop te bekvechten over wie het recht op de beste zitplaats had. Ze vochten om een plekje met de fine fleur van Boston: hoteliers, topmannen uit het bedrijfsleven en hun echtgenotes, en oude familievrienden als de Carters, van wie de meesten Trey al in geen twintig jaar meer onder ogen waren gekomen. Dan was er de pers, ook al kon Honor zich niet herinneren dat die was uitgenodigd, maar die niettemin in opzienbarenden getale bleek te zijn opgedaagd om afscheid te nemen van de oude man.

'Heb jij deze mensen uitgenodigd?' siste Honor tegen Lise nadat een nogal botte fotograaf zijn lens tot luttele centimeters van haar gezicht had gebracht.

'Natuurlijk niet,' bitste Lise terug. Ook al was het stemmig zwart, haar strakke mini-jurkje van Dolce & Gabbana was mogelijkerwijs wel het meest 'onbegrafenisachtige' kledingstuk dat Honor ooit had gezien, en de rode zolen van haar hemelhoge stilettohakken van Louboutin zeiden zonder twijfel meer over haar ware gevoelens dan haar overige kleding. 'Tina is degene die zelfs niet eens kan schijten zonder dat er een camera meedraait.'

Natuurlijk. Tina. Die deelde de voorste rij met haar zus, stiefmoeder en uiteraard de alomtegenwoordige Dick, en gekleed in een felrood broekpak en opgesmukt met meer diamanten dan je in een De Beers-advertentie ziet, genoot ze zoals altijd van alle aandacht.

'Deze dag beschouw ik als een viering van mijn vaders leven,' hoorde Honor haar in alle ernst uitleggen aan een verslaggever achter hen. 'Hij zou al dit zwart hebben verafschuwd. Zo deprimerend.'

Maar wat natuurlijk het meest deprimerende van alles was, was de hypocrisie. Privé had Tina geen moeite gedaan om haar opgetogenheid te verhullen over het feit dat het laatste deel van haar trustfonds nu eindelijk vrij zou komen. Het enige waar zij over wilde praten was de verkoop van het huis en hoe snel ze met Lisa tot een financiële overeenkomst konden komen.

Trey was weliswaar een vreselijke vader geweest, maar toch, dit absolute gebrek aan compassie van haar zusters kant schokte Honor tot op het bot. Vooral nu ze zelf worstelde met een schuldgevoel omdat ze hem wel eens vaker had kunnen opzoeken, en spijt dat zijn laatste herinnering aan haar was dat ze het Palmers uit zijn handen had losgewrikt. Ze hunkerde naar iemand om haar hart bij uit te storten, maar Devon zat, zoals altijd, bij zijn gezin en was voor haar net zo beschikbaar als wanneer hij op de maan had gezeten.

Ze keek nu naar hem, recht tegenover haar, en voelde haar frustratie groeien. Verdiept in zijn gezangenboek oogde hij op-en-top de oprechte huisvader, die nu zijn dochter op iets attendeerde. Karis, elegant in het lang en het zwart, stond plichtsgetrouw naast hem, met hun zoon Nicholas aan haar andere zijde. Honor wist dat het verkeerd was om jaloers te zijn. Welk recht had zij om zijn gezin te verfoeien? Maar ze kon het niet helpen. Ondanks zijn bezweringen van het tegendeel geloofde ze, nu ze naar hen keek, moeiteloos dat hij en Karis exact waren wat ze leken te zijn: een sterk, liefhebbend stel dat met een huwelijk van vijfentwintig jaar, twee kinderen en een heel leven dat ze samen hadden opgebouwd, zwaar weer had getrotseerd.

Er waren dagen, vooral wanneer ze alleen en uitgeput in het Palmers zat, dat ze dacht niets liever te willen dan met Devon trouwen. Alsof ze dan pas helemaal een vrouw zou zijn en de geborgenheid en onvoorwaardelijke liefde zou krijgen waar ze sinds het overlijden van haar moeder zo naar had verlangd. Maar op andere momenten werden de knagende twijfels die ze vanaf het begin van de verhouding had gekoesterd steeds lastiger te negeren. Zijn kinderen waren inmiddels allebei volwassen – het was dus niet alsof ze nog, zeg, een jaar of negen waren. Als hij echt van haar hield, zou hij toch zeker wel de moed kunnen vinden om er met Karis een punt achter te zetten en zich aan haar te binden?

Hij had het vaak over hun toekomst samen, alsof het een feit was. Maar wanneer ze aandrong op de timing van het een en ander of het gevreesde 'e'-woord – 'echtscheiding' – in de mond nam, schoot hij meteen in de verdediging en brak hij het gesprek af.

De dienst leek zich wel een eeuwigheid voort te slepen. De priester las een lofrede voor die zo weinig van doen had met hoe hij echt was geweest dat Honor zich bijna afvroeg of ze niet per ongeluk de verkeerde kerk binnen was gewandeld. Tina droeg een gedicht van Rudyard Kipling voor, op een vals sentimentele toon die deed vermoeden dat ze een serieuze actrice was, maar die bij Honor slechts braakneigingen opriep.

Na afloop krioelde het buiten van de mensen, maar gelukkig was het zo koud dat niemand lang wilde blijven hangen. Bibberend in haar zwarte bontjas aanvaardde Honor beleefd de condoleances van mensen die ze nauwelijks kende, en deed ondertussen net alsof het afkeurende gefluister en de geniepige, veroordelende blikken van zowel rouwdragers als toeschouwers haar ontgingen. Zelfs de priester had zich opvallend kil getoond tegen haar. Wat wás het toch met de mensen in deze stad? Je zou denken dat ze inmiddels wel iemand anders gevonden zouden hebben om te kunnen haten. Niet dat het in East Hampton veel beter was, waar de hatelijke fluisteringen in Honors gevoelige oren welhaast oorverdovend klonken. Zou ze dan nooit vergiffenis krijgen voor haar poging om haar familie tegen de financiële ondergang, en haar vader tegen zichzelf, te beschermen?

Net toen ze zich afvroeg wat een redelijk moment zou zijn om stilletjes weg te glippen – in het huis in de stad lag nog een ton aan paperassen om door te spitten en niemand anders had aangeboden om het te doen – voelde ze een hand op haar schouder.

'Hé.' Devon keek haar glimlachend aan, en ze deed haar best niet te smelten. In zijn donkere pak en zwarte kasjmieren jas zag hij er zelfs nog knapper en gedistingeerder uit dan normaal, waarbij de grijze toefjes bij zijn slapen zijn donkere ogen, die de hare voor een reactie afzochten, nog eens accentueerden. 'Hou je het een beetje vol?'

'Of ik het een beetje volhou?' bootste ze zijn formele toon na. Door haar verdriet haalde ze ongewild fel naar hem uit. 'Nou, bedankt dat u ernaar vraagt, meneer Carter. Ik voel me puik. En hoe maken u en uw vrouw het? U zag er samen zo keurig en gezellig uit in de kerk.'

Devon greep haar bij een arm. 'Dat is niet eerlijk,' fluisterde hij zacht. 'Het deed me pijn om jou helemaal alleen aan de andere kant van het gangpad te zien en je niet te kunnen vasthouden. Je weet dat ik alleen maar bij jou wil zijn.'

'O, weet ik dat?' snauwde ze terwijl ze zich uit zijn greep bevrijdde. 'Je hield haar hand vast. Ik zag het wel.'

'Lieve hemel, Honor.' Hij schudde zijn hoofd. 'Dit is een begrafenis. Hoe wil je dan dat ik me gedraag?'

'Weet ik niet,' antwoordde ze ellendig. 'Ik weet het niet en het kan me niets schelen ook. Laat me gewoon met rust, oké?'

Een paar minuten later, alleen in haar verduisterde limousine, wilde ze het liefst een potje huilen, maar in plaats daarvan liet ze zich gewoon achteroverzakken tegen de hoofdsteun en sloot ze uitgeput haar ogen. Ze dwong Devon uit haar gedachten en kreunde bij de gedachte hoeveel werk hier nog moest worden verzet voordat ze terug kon naar het Palmers. Treys persoonlijke bezittingen vormden één grote janboel. In een aantal opzichten was het maar goed om het zo druk te hebben. Het voorkwam dat ze lang bij haar verdriet en schuldgevoel stilstond en werkte het ergste van de eenzaamheid weg. Toch had ze het gevoel op de rand van een emotionele afgrond te staan. Toen ze de vorige dag wat oude spullen had zitten doorspitten, was ze op een zwart-witkiekje van haar moeder gestuit, waarna ze tot haar ontzetting hartverscheurend en onbeheerst in snikken was uitgebarsten.

Ze was nooit het introspectieve type geweest en het lukte haar dan ook niet om haar tegenstrijdige emoties te ontwarren. Het enige wat ze zeker wist, was dat haar vaders dood iets in haar had uitgekristalliseerd. Toen haar tranen eenmaal waren opgedroogd, voelde ze het verdriet vanbinnen tot iets samenklonteren: vastberadenheid.

Haar vader was gestorven op een moment dat hij teleurgesteld was in haar, en in de overtuiging dat ze niet alleen het Palmers van hem had gestolen, maar bovendien dat ze het hotel niet tot een succes kon maken. Meer dan ooit moest ze nu zijn ongelijk aantonen.

Als ze wilden, konden Tina en Lise ruziën over het huis en het geld. Maar voor Honor was maar één ding belangrijk: het Palmers. Op een niet nader te definiëren manier was het hotel het enige wat van haar familie over was gebleven. Ze zou het zich echt door niemand laten afnemen.

Net als haar vader had ook Anton Tisch haar kennelijk al afgeschreven. Hij zou zijn hotel niet pal naast de deur openen als hij niet meende dat het gedaan was met het Palmers. Maar hij vergiste zich, net als Trey dat had gedaan. Ze wist dat er nog een lange weg te gaan was, maar die zou ze verdomme helemaal aflopen.

Ze zou het hun wel eens laten zien, al die aasgieren die vandaag hun neus voor haar hadden opgehaald en hun oordeel over haar hadden gehad. Ze zou het hun allemaal laten zien.

9

Terwijl de bus van het Hamptons Jitney-busbedrijf met een slakkengang over de Long Island Expressway tufte, zat Lucas zich achterin stilletjes te verbijten.

Alsof zijn aankomst in Amerika, een land dat hij bijna net zo verachtte als Groot-Brittannië, tijdens deze februarikoudegolf al niet erg genoeg was, bleek op luchthaven La Guardia ook nog eens dat zijn koffer bij een overstap was verdwenen, en dat de chauffeur die hem had moeten oppikken ergens op de Sunrise Highway een ongeluk had gehad, waardoor hij gedwongen was de bus te nemen.

Al meteen nadat Anton hem manager van het nog te bouwen Herrick had gemaakt leek zijn leven één lang stresstraject te zijn geworden. Toegegeven, zijn mededeling aan Julia dat ze met haar baantje in het Cadogan in de stront kon zakken, had hem een lekker gevoel bezorgd, maar daarna had zich een neerwaartse spiraal aangediend.

Tisch had erop gestaan dat Lucas uiterlijk februari op de bouwplek aanwezig was om met de werkzaamheden te beginnen, en dat was hem – net aan – gelukt. Het was een flinke klus die hem slechts een paar weken de tijd gaf om een visum te regelen, zijn appartement in Londen op te zeggen, zijn motor te verkopen, schulden af te betalen en onderdak in East Hampton te regelen totdat het Herrick zou zijn voltooid. Maar de tijdspanne die Anton hem had gegeven, daar mocht hij de kantjes niet van aflopen. Hij diende het hotel volgend jaar Kerstmis klaar te hebben, inclusief de tuinaanleg. In het voorjaar moesten de deuren opengaan en moest er in de media genoeg aandacht zijn besteed zodat het er die zomer zou wemelen van celebrity's. Het betekende dat hij een jaar en vier maanden de tijd had om het Palmers van de kaart te vegen, zoals Anton het noemde. Maar het enige wat hij nu bezat, was een braakliggend terrein en een zoekgeraakte koffer.

De grootse taak die hem wachtte was niet de enige deprimerende gedachte. Er was ook nog zijn familie. Omdat hij sinds zijn verhuizing naar

Londen nauwelijks contact meer met hen had gehad, was hij uit schuld-gevoel spontaan naar Ibiza gevlogen om daar de kerst door te brengen. Het was een vergissing geweest. Thuis was de sfeer nog net zo erg als vroe-ger. De boer die zijn armzalige cottage aan Lucas' moeder en haar man de klaploper had verhuurd, was het beu geworden om nog langer op zijn huur te moeten wachten en had het paar uit huis gezet. Pas toen Lucas op kerstavond, beladen met cadeaus, op de stoep verscheen, vernam hij dat zijn ouders daar niet langer woonden. De nieuwe huurder vertelde dat ze nu in een zogenaamd 'studioappartement' woonden. In werkelijkheid bleek dit weinig meer te zijn dan een haveloze zit-slaapkamer in een fou-te buurt van Santa Eulalia.

'Je broers konden hier niet blijven,' vertelde Ines hem toen hij haar ein-delijk had gevonden. Ze trok hard aan haar sjekkie, waar ze tegenwoordig aan verslaafd leek. 'Ruimtegebrek.' Ze keek om zich heen en haalde moe-deloos haar schouders op. Jose – dronken, zoals gewoonlijk – lag luid te snurken op de slaapbank in de hoek.

Lucas had zijn best gedaan om een bijdrage te leveren. Afgezien van het plunderen van zijn spaarrekening om al het geld in contanten aan zijn moeder te geven, had hij geprobeerd om het donkere appartementje met een bonte kunstboom, midden in de kamer, en een snelle spurt rond het eiland om zijn twee nietsnutten van broers te verzamelen voor een copi-euze, zij het enigszins vormelijke familielunch nog een beetje in een kerst-sfeer te hullen. Maar wat kon je verder nog doen in drie dagen? Op de ze-venentwintigste diende hij in Genève te zijn voor strategieoverleg met Anton.

Door het groezelige busraam staarde hij naar de regen die met pijpen-stelen het grauwe, vlakke landschap links en rechts van de snelweg gesel-de en probeerde de gedachten aan zijn moeder uit zijn hoofd te bannen. God, wat haatte hij dit land. Het was al jaren geleden begonnen, in het Britannia, maar dit was de eerste keer dat hij de Amerikanen in hun eigen omgeving kon waarnemen en tot dusver had dit weinig geholpen om zijn vooroordelen te herzien.

De douanier was een machtsbeluste klootzak die hem bijna een half uur lang ondervroeg, ook al was het duidelijk dat al zijn papieren dik in orde waren, alvorens eindelijk zijn visum af te stempelen alsof hij Lucas daarmee een persoonlijke gunst verleende. Vervolgens naar de bagagecar-rousel, waar het personeel van United Airlines eerst zijn koffer bleek te hebben zoekgemaakt en vervolgens, toen Lucas zijn beklag deed, dit als het startschot leek op te vatten voor wat duidelijk een favoriet tijdverdrijf was, een soort 'Wie zal dit het meest aan zijn reet roesten?' En de heren bleken behoorlijk aan elkaar gewaagd.

De buschauffeur bleek de druppel. De man was zo vadsig dat het leek of hij al zijn passagiers had verorberd, en bovendien stonk hij alsof hij zich het hele jaar niet had gewassen. Na zich te beroerd te hebben getoond om Lucas met zijn ene, resterende koffer een handje te helpen, beweerde deze parel der mensheid vervolgens 'geen idee' te hebben hoe lang de bus erover zou doen – ook al reed hij al twaalf jaar lang, vijftien keer per week het geestdodende traject van de luchthaven naar de Hamptons en terug.

Sukkel.

Maar wat hem echt het bloed onder de nagels vandaan haalde, was het feit dat de meeste gribusbaantjes op de luchthaven – vegers, toiletpersoneel, enzovoorts – bijna exclusief door latino's werden vervuld. Hij was hier nog geen drie uur geleden aangekomen, en nu al voelde hij zich steeds meer een tweederangsburger.

Onwillekeurig bracht hij een hand omhoog om door zijn haar te halen, een gewoonte wanneer hij zich ergens over opwond, om opnieuw even te schrikken nu de zo vertrouwde krullenbos bleek te zijn verdwenen, ten faveure van een keurig, kortgeknipt kapsel, zoals Anton had geëist. Talloze meiden hadden hem verzekerd dat ze zijn nieuwe look helemaal top vonden, maar zelf kon hij er niet aan wennen. Telkens als hij in de spiegel keek, deed de aanblik van een gladgeschoren bureaupik hem terugdeinzen. Alleen nog een das en een paar kronen en hij kon net zo goed voor een domme CNN-nieuwslezer doorgaan.

'Brzhammpt'n,' mompelde de buschauffeur, hetgeen Lucas, kijkend naar het bord langs de weg, interpreteerde als 'Bridgehampton'. Geweldig. Hij was de taal der debielen reeds machtig.

Hoeveel van die klote-Hamptons waren er eigenlijk? Een heel stuk terug had de weg zich al versmald tot een eenbaansweg, maar daar leek geen eind aan te komen, het ene saaie moddergat na het andere, en allemaal even verlaten en deerniswekkend. Eventjes meende hij een bord te hebben gezien met daarop: 'East Hampton – tien mijl', maar dat moest inmiddels meer dan vijftien mijl terug zijn geweest, zo schatte hij.

Eindelijk bereikte de bus na drie uur de rand van het stadje. Een paar minuten later stopte de bus op een parkeerhaventje naast wat vast het dorpsplein was. Dankbaar hees Lucas zich van zijn benauwde zitplaats.

Buiten was de regen overgegaan in natte sneeuw. Desondanks was het heerlijk om na de bedompte buslucht weer wat frisse lucht te kunnen inademen. Zijn buurman had waarschijnlijk genoeg knoflook achter de kiezen om een Italiaans stadje de winter door te helpen. Met zijn koffer boven zijn hoofd, omdat hij geen paraplu bij zich had, trok hij een sprint over het plein naar de dichtstbijzijnde schuilplek, een koffieshop. Terwijl hij naar binnen stapte, schudde hij als een natte hond de ijskoude druppels van zich af.

'Zo, jij ziet er koud uit, zeg!'

Niet echt een van de meest briljante binnenkomers, maar een blik naar het kleine maar perfect gestroomlijnde latinalichaam van de serveerster, de borsten verleidelijk opzwellend onder haar strakke kasjmieren sweater, hielp hem een handje om haar gebrekkige binnenkomer door de vingers te zien.

'O ja?' vroeg hij met een grijns. 'Nou, jij ziet er anders waanzinnig sexy uit.'

Het meisje giechelde nerveus. 'Eh, nou, dank je.' Ze bloosde. 'Je bent anders behoorlijk direct, zeg.'

Lucas haalde zijn schouders op. 'Bespaart me tijd, merk ik altijd.' Hij trok zijn jas uit en wreef zijn handen even warm alvorens haar een hand te reiken. 'Ik ben Lucas Ruiz.'

'Desiree,' antwoordde ze nog altijd een beetje behoedzaam, en ze schudde zijn hand. Hij zag er goddelijk uit. En zo anders – helemaal niet als de saaie *all-American* Ralph Lauren-modeltypes die ze hier in East Hampton zo vaak zag. Deze hier was meer een kruising van Antonio Banderas en een jonge Warren Beatty. En dat gevoelvolle, Spaanse accent van hem was om bij te smelten. Maar toch, de manier waarop hij naar haar keek, maakte dat ze zich naakt en kwetsbaar voelde. Het voelde aangenaam en gevaarlijk tegelijk.

'Wil je iets drinken?' vroeg ze, zichzelf vermannend.

'Desiree…' herhaalde Lucas alsof hij een exclusieve wijn proefde. 'Mooie naam. En zo toepasselijk.'

Ze bloosde opnieuw. Dieper zelfs.

'Ja, ik denk dat ik toch maar een drankje neem. Dank je, Desiree,' zei hij, genietend van het effect dat hij op haar had. 'Warme chocola, graag. Met net zo veel slagroom als je er maar bovenop kunt krijgen.'

Hij was de enige klant – sterker nog, terwijl hij door het beregende raam naar buiten keek, leken hij en de andere busreizigers het enige volk in het hele stadje te zijn – en zijn chocola stond dan ook in een oogwenk voor zijn neus.

'Dooie boel hier, lijkt me,' zei hij met een knikje in de richting van het raam met daarachter het verlaten dorpsplein terwijl hij genoot van de romige chocolademelk. 'Is het hier altijd zo rustig?'

'In juni, juli en augustus kun je hier je kont niet keren. Eén groot gekkenhuis,' vertelde Desiree terwijl ze haar dikke zwarte haar met een simpel elastiekje in een staart bond. 'Maar buiten het seizoen, ja, dan is het hier behoorlijk rustig. Eigenlijk heb ik dat het liefst.'

'Werkelijk?' vroeg hij verrast. 'Hoezo? Verveel je je dan niet?'

'Soms,' klonk het schouderophalend. 'Maar kijk, ik lees, ik schilder. Het leven heeft meer te bieden dan alleen maar feesten, feesten en feesten.'

'O?' Hij keek zo niet-begrijpend dat ze in de lach schoot. Eindelijk ontdooide ze een beetje.

Hij had zichzelf graag de rest van de dag op warme chocola willen trakteren om haar ondertussen een beetje te versieren, maar helaas was dat geen optie. Vanwege alle vertragingen en het gestuntel op La Guardia was hij al laat voor zijn vergadering op het bouwterrein, met de opzichter en een stel potentiële aannemers en architecten die allemaal een offerte hadden ingediend. Hij moest haar om de weg vragen en opstappen.

'Zeg,' vroeg hij langs zijn neus weg, 'heb jij nog iets gehoord over dat hotel dat ze hier willen gaan bouwen? Ik heb begrepen dat het om een groot project gaat.'

'Dat zeggen ze, ja,' antwoordde Desiree. 'Iedereen heeft het erover: het Herrick, zo gaat het heten. Het komt maar een paar straten van het Palmers te staan en de plaatselijke hotemetoten staan op hun achterste benen.'

'O ja?' vroeg hij, nippend van zijn warme chocolademelk en haar blik mijdend. 'Maar nog een groot hotel betekent toch meer werkgelegenheid. Ik zou denken dat de mensen blij zijn.'

Desiree lachte. 'Je weet duidelijk niet hoe het er in East Hampton aan toegaat. Ze bulken hier van het geld. Ze willen geen verandering: alles lekker zoals vroeger. Van wat ik heb gehoord zal het Herrick juist het tegenovergestelde zijn. Volgens Honor Palmer zal het een afzichtelijk modern glazen geval worden, ontworpen door een of andere trendy architect uit Manhattan. Doet echt pijn aan je ogen, zeggen ze.'

'O ja?' mompelde Lucas boos. Hoe haalde Honor het in haar hoofd om net te doen alsof ze over vertrouwelijke informatie beschikte! Hij had zelfs nog geen architect gekozen, ook al diende het hotel inderdaad een moderne uitstraling te krijgen. Hij vroeg zich af wat voor leugens ze nog meer de wereld in had geholpen, en of heel East Hampton inmiddels al tegen hem was opgehitst.

Misschien had hij het moeten verwachten. Met al die dingen die hij voor zijn vertrek uit Londen nog had moeten regelen, was hij voordat hij in het vliegtuig stapte nog niet toegekomen aan het dikke dossier over Honor dat Anton hem had gegeven. Het was een behoorlijke openbaring. Geboren in een gouden ledikant, maar dat was duidelijk niet genoeg voor haar. Deze jongedame wilde haar hele slaapkamer in goud en aasde op de bezittingen van haar vader die aan alzheimer had geleden.

Wat voor teef flikte haar eigen vader zoiets?

'Zelf denk ik dat die Duitser, hoe hij ook mag heten, zijn geld aan het verspillen is.' Lucas' ijzige blik negerend babbelde Desiree vrolijk verder. 'Het Palmers mag een beetje uitgewoond zijn, maar het is wel een begrip. Vraag me niet hoe een of andere nieuwe onbekende met het Palmers zou kunnen concurreren. Vooral niet met een onervaren student aan het roer.'

'Een student?' sputterde Lucas, die nu toch zijn schild liet vallen. 'Is dat wat Honor Palmer aan het rondbazuinen is?'

'Eh… ja,' antwoordde ze geschrokken.

'Moet je horen wie het zegt!' brieste Lucas. 'Vorig jaar om deze tijd zat ze verdomme nog op de Business School van Harvard!'

'Hallo zeg, hoe moet ik dat weten dan?' Ze realiseerde zich dat ze hem op de een of andere manier had beledigd en ze kon zichzelf wel wurgen. Nu ze over haar eerste verlegenheid heen was, kwam ze tot de slotsom dat Lucas duidelijk om op te vreten was. 'Wil je nog iets drinken?'

'Nee,' klonk het kortaf. Hij wierp wat geld op de tafel en stond op. 'Geen trek.' Maar nu hij haar verwarde, verontschuldigende gezicht zag, verzachtte hij een beetje. 'Luister… Sorry. Ik ben niet kwaad op jou, lieverd. Maar ik moet er nu echt vandoor. Kun je mij de weg wijzen naar de plek waar dat nieuwe hotel, het Herrick, gebouwd gaat worden?'

'Ja hoor,' antwoordde ze, opgelucht dat ze dus toch niet was afgeschreven, en stilletjes biddend dat hij haar telefoonnummer nog zou vragen. 'Je gaat rechtsaf, naar het centrum, weg van het strand. Zes zijstraten verder zie je het Palmers, dat kun je niet missen. Dan nog ongeveer vijfhonderd meter doorlopen en je bent er. Maar er valt niets te zien, hoor,' voegde ze eraan toe. 'Er is alleen maar een groot, modderig gat.'

'Dank je,' zei hij en hij trok de deur zo ver open dat de koude lucht hun allebei in het gezicht sloeg.

'Wacht!' riep ze hem opeens na. Ze kon hem niet zomaar laten gaan. 'Je hebt niet eens verteld wat je hier komt doen. Als je van plan bent hier een paar dagen te blijven, wil ik je wel een beetje rondleiden. Je weet wel. Als je dat leuk vindt…' voegde ze er slapjes aan toe. Haar wangen kleurden van roze naar knalrood van schaamte. Het was alweer een hele tijd geleden sinds ze met een jongen had aangepapt, en ze was de kunst behoorlijk verleerd.

Lucas glimlachte. 'Zou ik leuk vinden. En toevallig ben ik inderdaad van plan een paar dagen te blijven.'

'O?'

'Yep,' grijnsde hij. 'Ik ben namelijk dat studentje zonder ervaring dat de baas wordt van die grote glazen puist die pijn doet aan je ogen. Dat gedrocht waaraan die Duitser zijn geld aan het verspillen is.'

En met een knipoog verdween hij de regen weer in, Desiree sprakeloos achterlatend.

Toen hij na bijna twintig minuten lang als een zwerver door de regen te hebben gesjokt zonder ook maar een levende ziel te zijn tegengekomen, eindelijk bij het Palmers aankwam, had hij het opnieuw stervenskoud. Maar ondanks de kou en zijn brandende nieuwsgierigheid naar de concurrentie, zag hij ervan af om even naar binnen te gaan. Honor, zo wist hij, zat nog steeds in Boston om de zaken van haar overleden vader te regelen, maar hij wilde niet door een van de personeelsleden worden herkend totdat hij zelf eenmaal goed op dreef was. Maar op dit moment was dat laatste nog ver te zoeken.

Maar hier, kijkend naar het hotel, voelde hij zich al een stuk beter. Dit was bepaald niet de Amerikaanse idylle die hij had verwacht. Onder de dikke grijze wolkendeken wekte de witgekalkte houten gevel een sombere, onheilspellende indruk, en een lelijke, traliewerkachtige bouwsteiger onttrok de bovenste verdiepingen aan het oog. Een bont gezelschap van mopperende bouwvakkers sprong als een stel menselijke eekhoorns van plankier naar plankier terwijl ze druk bezig waren het dak te strippen en de dakpannen naar beneden te gooien, waar de berg puin midden in wat ooit een hemelse, geometrisch aangelegde rozentuin moest zijn geweest, allengs groeide. Voor Honors hotelgasten moesten de rommel en het lawaai een crime zijn.

Hij liep om naar de zijgevel van het hotel en tuurde door een van de oude schuifpuien (heel mooi) naar het grote gastenvertrek. Opnieuw was hij blij te constateren dat er in de bar en de salon bijna niemand te bekennen was. De paar gasten die hier verbleven, wekten vooral de indruk van het 'vaste meubilair' waarop alle oude, gevestigde hotels in het laagseizoen teerden. Een oude man met opgeschoren hoofd en een grijzende snor zat kaarsrecht in een van de fauteuils – Lucas durfde er een lieve som om te verwedden dat het hier een oud-militair betrof – en twee gezette dames in een conservatief tweedpakje plus parelketting, die samen bij de riante, snorrende open haard een pot thee met elkaar deelden. Alle drie waren ze waarschijnlijk te oud en te doof om de mannen op het dak te kunnen horen. Geen wonder dat Honor haar best had gedaan om hem en het toekomstige Herrick alvast af te serveren. Als zij het met een dergelijke bezettingsgraad moest doen, was het vooruitzicht van concurrentie voor haar een verschrikking. Het hotel leek structureel op zijn laatste benen te lopen.

Maar toch, terwijl hij als een straatjochie dat stiekem naar het kerstmaal van de rijken gluurt, zijn neus tegen het raam drukte, ving hij toch een glimp op van dat wat het Palmers ooit tot het beste hotel ter wereld maakte. Ja, de inrichting was aftands en het antiek Engelse meubilair vol krassen en butsen. Het prachtige Perzisch tapijt vertoonde zelfs een gat. Maar de salon straalde zo'n ouderwetse, gastvrije warmte en charme uit dat je hoe dan ook de neiging had om naar binnen te stappen. Het was een oud en waar gezegde dat geld en klasse niet altijd samengaan, maar het Palmers vormde het levende bewijs van het tegendeel. Je kon duidelijk zien dat de bescheiden ambiance destijds als een magneet op het protestantse 'oud geld' uit Connecticut had gewerkt. Geld van de Pilgrim Fathers. Als hij hier niet was gekomen om juist deze plek en de naamgever te gronde te richten, zou hij zelfs met weemoed hebben toegezien hoe zo'n reus uit het verleden zo op de knieën werd gedwongen.

Maar daarom was hij hier. En aan sentimenteel gemijmer had hij zich nooit bezondigd. Hij draaide zich om en liep terug naar de weg. Honor wilde duidelijk een vuil spelletje spelen, maar Mejuffrouw Zondagskind zou haar gelijke treffen. Niemand die Lucas te slim af zou zijn; Julia Brett-Sadler niet, en een onervaren kreng met een geldkoffer als Honor Palmer al helemaal niet.

Hij was net lekker bezig met zijn plannetje om zijn zogenaamde rivale met een paar tactische bommetjes in de New Yorkse pers kopje-onder te laten gaan, toen hij de hoek omsloeg en opeens als verstijfd bleef staan. Zijn zelfvertrouwen verslapte ter plekke als de erectie van een oude man.

'Kut…' siste hij.

Dat er nog niet veel te zien zou zijn, wist hij. Maar het moeras dat zich als een verlaten, verregend slagveld voor hem uitstrekte, bood in werkelijkheid een veel deprimerender aanblik dan hij zich had voorgesteld. Op de grond waren ter markering wat balken neergelegd en wat linten gespannen, en helemaal in de rechterhoek van het terrein was een vierkant gat van zo'n drieënhalve meter dat zich vulde met regenwater. Meer viel er niet te zien. Dit was wat hij in tien maanden tijd moest omtoveren tot een vijfsterrenverblijf, waarna hij nog een half jaar de tijd had om het tot de nok toe te vullen met celebrity's. Dat was toch zeker onmogelijk?

Vlak achter het gat stond een trailer met aluminium opbouw op betonblokken. Deze bevatte een tijdelijk kantoor waarin één man – één! – achter een formicatafel zat en met slechts één vinger lui wat op een toetsenbord van een computer tikte.

'Hé, hallo. Jij ziet er koud uit, zeg,' sprak de man, die opkeek maar verder gewoon bleef zitten terwijl de drijfnatte Lucas binnenkwam. Gezien het feit dat de man Desirees unieke pluspunten geheel ontbeerde – hij was dik, kaal, met onder zijn oksels een paar zweetplekken zo groot als etensborden – was er dus niets wat de banaliteit van zijn opmerking kon verzachten. Lucas ontplofte.

'Koud?!' snauwde hij. 'Reken maar dat ik het koud heb, Sherlock! Het is buiten bijna min tien, verdomme, en als jij met je luie reet van die stoel zou zijn gekomen om je handen uit de mouwen te steken, had je dat best kunnen weten. Waar is iedereen, verdomme?'

De man opende zijn mond om iets te zeggen, maar Lucas kwam nu goed op stoom.

'De bouw dient met de kerst klaar te zijn. Klaar!'

'Nou, dat zit er niet in,' was de dikzak zo stom grinnikend te zeggen.

'Waar zijn de aannemers?' Lucas was een hartverzakking nabij. 'De vergadering stond gepland voor twee uur.'

De dikke man knikte en begon duidelijk nerveus de velletjes op de tafel te rangschikken. 'Eh, ja. Wat ik van Tisch' kantoor heb begrepen, was dat die niet per se voor vandaag gepland stond. Ik wist niet helemaal zeker wanneer u zou arriveren.'

'Gelul!' schreeuwde Lucas. 'Ik heb je al weken geleden gefaxt wanneer ik zou komen! Jij hoefde alleen maar één lullige vergadering te beleggen, en zelfs dát heb je niet gedaan!' Hij pakte een plastic stoeltje, sleepte het over de vloer naar de tafel en ging zitten. 'Bel ze allemaal maar op. Misschien dat we dan in elk geval nog een telefonische vergadering kunnen beleggen.'

De voorman keek even naar het eenvoudige plastic telefoontoestel voor hem. 'Het spijt me, kerel,' klonk het verontschuldigend, 'maar we zijn hier niet ingericht op vergaderlijntjes en dat soort dingen.'

Lucas keek alsof hij elk moment een moord kon begaan.

'Kom, niet zo somber,' verdedigde de voorman zich. 'We zitten hier niet in Manhattan, hoor. In deze contreien kennen we geen hightech.'

Lucas sloeg met beide vuisten op tafel, boog zich naar voren en bracht zijn gezicht tot slechts een paar millimeter van de neus van de voorman. Met één simpele beweging veegde hij het toetsenbord, de monitor en verscheidene stapels papier van de tafel.

'Je bent ontslagen,' sprak hij kalm, maar met zo'n venijn dat de voorman huiverde en zijn dikke armen lilden als een drilpudding. 'Opdonderen, nu meteen. En laat je niet meer zien.'

Terwijl de voorman, duidelijk vrezend voor fysiek geweld, als een verschrikte krab achteruitdeinsde, probeerde hij nog wat vruchteloos tegen te stribbelen terwijl hij de papieren bij elkaar schoof die nog op tafel lagen.

'Ik weet niet wat jij je in je hoofd haalt, j-j-jochie,' stamelde hij nu hij bij de deur stond, op veilige afstand van Lucas, 'maar ik werk voor de Tischen Group, en niet voor jou. Ik heb een contract.'

Lucas pakte een zware, messing presse-papier op en hief deze resoluut boven het hoofd. Waarmee 'het discussiegedeelte' van de vergadering definitief ten einde was.

De dikzak begreep de hint en waggelde naar buiten. Vanachter het raampje van de keet volgde Lucas de glimmende kale kop van de man die zijn Ford pick-uptruck in stapte en wegscheurde, ongetwijfeld op weg naar de eerste de beste advocaat of vakbondsvertegenwoordiger die hij kon vinden. Pas toen hij verdwenen was, liet Lucas zich weer op zijn stoel zakken. Hij pakte de verouderde jarentachtigtelefoon en belde Anton.

Zoals gewoonlijk was de man niet beschikbaar. 'Op reis', was het enige wat zijn bitse Zwitserse secretaresse hem wenste mee te delen. En dus liet hij een boodschap achter met een korte beschrijving van wat hem het afgelopen half uur was overkomen. Het had geen zin om verder in detail te treden. Tisch zou hem steunen, of niet.

Hoe dan ook, het aangename gevoel dat hij bij het zien van het Palmers had gekregen, was verpieterd. Het komende jaar strekte zich voor hem uit als een levenslange opsluiting, gevangen in dit sombere, druilerige stadje in de hoop om vanuit het niets een hotel te laten verrijzen, een hotel dat nu al door negentig procent van de bevolking als een gedrocht werd beschouwd, met dank aan Honor *fucking* Palmer.

Al van meet af aan was deze Herrick-klus te mooi geweest om waar te zijn.

Het leek erop dat dit laatste wel eens kon kloppen.

'Jezus, Caleb, wat mankeert jou?'

Op één been hupte Honor de badkamer in. Ze zette de douchekraan open en trok haar neus op voor de stank terwijl ze de hondenpoep van haar blote voet sproeide.

Drie weken na Lucas' komst was ze dan eindelijk zelf ook terug in East Hampton, na eerst het warrige restant van Treys ondoorzichtige zaken aan Sam Brannagan, de huisadvocaat, te hebben overgedragen.

'Ik heb mijn best gedaan, Sam,' had ze hem op vermoeide toon verteld terwijl ze een vracht aan dossiers uit haar huurauto hees. 'De meeste persoonlijke dingen zijn gesorteerd, maar ik heb daar nu echt geen tijd meer voor. Ik moet terug naar het hotel.'

Sam vond dat ze er moe en gestrest uitzag. Sinds die akelige bijeenkomst in zijn kantoor, afgelopen zomer, had hij haar niet meer gezien. Toen was ze al frêle, maar inmiddels kon je haar sleutelbeenderen zich duidelijk achter de witte katoenen stof van haar shirt zien aftekenen, en haar grauwgrijze broek maatje nul hing als een oud, vies tentzeil op haar heupen. Het Palmers bestieren moest haar zwaarder vallen dan ze zelf had gedacht.

Maar haar ongezonde verschijning had meer te maken met het verdriet en de stress van haar doodlopende relatie met Devon dan met haar zorgen over het hotel, ook al stond ze te springen om terug te gaan, vooral nu ze had opgevangen dat de toekomstige manager van het Tischen inmiddels in de stad was en een kleine cottage aan het strand had betrokken. Ze was twee dagen geleden teruggekomen en had de mysterieuze meneer Ruiz, min of meer tot haar ergernis, tot op heden nog niet ontmoet. Om eerlijk te zijn, was ze er eigenlijk van uitgegaan dat het aan hem was om langs te komen voor een onderhoud met háár. Als de grote nieuwkomer, hierheen gezonden met als doel haar weg te concurreren, lag de verantwoordelijkheid voor een beleefdheidsbezoekje immers bij hém, zo vond ze. Maar hij had, irritant genoeg, totaal geen moeite genomen om contact op te nemen, en ook zij stond bepaald niet te trappelen.

Hoewel ze zichzelf dwong om de toekomst van het Palmers met vertrouwen tegemoet te zien, was ze bij lange na niet klaar voor het nieuwe zomerseizoen. Er was zo veel energie gaan zitten in het oplossen van structurele problemen, zonder de weinige, dierbare wintergasten al te veel voor de voeten te lopen, dat ze nauwelijks tijd had gehad om met de broodnodige publiciteitscampagne te beginnen. Ze was gespannen vanwege de publiciteit over de wederopstanding van het hotel. Stel dat de media het als een excuus gebruikten om de verdraaide beweringen omtrent haar 'verraad' jegens haar vader nog eens te kunnen herkauwen. Ze hoopte maar dat als ze zich de komende maanden koest hield, de negatieve berichten als vanzelf zouden verdampen. Maar dat was niet gebeurd. Dankzij de groeiende mediabelangstelling voor zus Tina en Dick, en Lises gênante pogingen om haar toch al meer dan riante erfenis nog eens aan te vullen met interviews in de glossy's waarin ze, behangen met Versace- en vintage Tiffany-smaragden, de door verdriet overmande weduwe uithing, leek de soap rond de familie Palmer geen einde te kennen, met Honor in weerwil van zichzelf gecast als de boosdoener.

Na Treys begrafenis had ze besloten het over een andere boeg te gooien en had ze de namen opgezocht van alle gasten die de afgelopen tien jaar in het hotel hadden verbleven. Ze had hen persoonlijk gebeld en hen aangemoedigd om de komende zomer vooral weer te boeken, maar dan tegen een scherp gereduceerd tarief. Het was een riskante strategie, die gemakkelijk van wanhoop had kunnen getuigen, als ze niet bij elk telefoontje precies de goede toon – zelfverzekerd, maar toch ook weer bescheiden – had weten te treffen. Bovendien had het weken gekost om de hele lijst met namen door te spitten. Maar het leek de moeite waard te zijn geweest. Bij het horen van Honors eigen stem werd het voor deze vertrouwde gasten meteen duidelijk dat ze een heel ander type was dan het geldbeluste monster zoals geportretteerd in de roddelbladen. Gevleid door deze persoonlijke aandacht, en verleid door de lage tarieven, begonnen de reserveringen langzaam – tergend langzaam – weer binnen te lopen.

Het stijgende aantal te verwachten gasten was natuurlijk heerlijk, als een vitamine-injectie, maar daar stond wel iets tegenover. Met de gereduceerde tarieven zouden ze net aan uit de kosten komen, en zou Honor gedwongen zijn het groot onderhoud aan het elektra nog een paar maanden uit te stellen. Ondertussen was ze voortvarend van start gegaan met het bezoedelen van haar aanstaande rivaal, benadrukkend dat deze geen ervaring had en, wetend dat de aartsconservatieve Hamptonieten allergisch waren voor Blade Runner-achtige bouwsels, Anton Tisch daar nu juist een voorkeur voor had. Langzaam begon de algemene opinie zich in haar voordeel te keren. Maar wie kon zeggen hoe lang dit zou standhouden? Nu Lucas in eigen persoon was gearriveerd, zou hij het vuur beantwoorden.

'Jij bent een hond die mensen moet redden, ja?' zei Honor terwijl ze haar best deed om het knuffelige boxertje, dat nieuwsgierig zijn kop om de hoek van de deur stak, streng aan te kijken – wat totaal niet lukte. 'Ik heb jóú gered. Dat betekent dat je bij mij in het krijt staat. Dus vanwaar dit gepoep in huis, hm?'

Caleb antwoordde door met zijn staartstompje eens flink hard tegen de tegels te kwispelen, om daarna opgewonden in een kringetje rond te rennen en zich ten slotte met zo'n kracht op zijn baasje te werpen dat dat bijna omviel.

'Goed, goed,' lachte Honor, die zich graag gewonnen gaf aan de likkende tong, terwijl ze zich op de rand van het bad liet zakken en haar voet met een donzige handdoek begon af te drogen. 'Gun me nog even de tijd om mijn sportkleren aan te trekken en dan mag je weer mee. Goed?'

Het vergde meer dan een met hondenpoep bevlekt tapijt of Lucas Ruiz' aanhoudende radiostilte om op deze dag haar humeur te temperen. De vorige avond had Devon gebeld om haar te vertellen dat hij er al vóór Pasen zou zijn: 'officieel' om met een paar plaatselijke politici of zo te vergaderen en een paar commissievergaderingen bij te wonen, maar in werkelijkheid om wat kwaliteitstijd met Honor te kunnen doorbrengen voordat Karis en de kinderen voor het paasweekeinde zouden arriveren. Tien heerlijke dagen lang zou Honor hem helemaal voor zichzelf hebben, de langste tijd tot nu toe. En dat werd hoog tijd.

Sinds de dag dat ze hem op haar vaders begrafenis de oren had gewassen, hadden ze elkaar slechts één keer ontmoet, in een motel in New Jersey. Het was een vluchtig, onbevredigend nachtje geweest. Misschien een beetje oneerlijk, wel, zo realiseerde ze zich achteraf. Maar te moeten toekijken terwijl hij de plichtsgetrouwe echtgenoot uithing, was duizendmaal erger dan te weten dat hij dat doorgaans ook deed als ze er niet bij was. En het feit dat het op de begrafenis van haar vader was geweest, had haar er waarschijnlijk ook niet gemoedelijker op gemaakt.

Ze belden elkaar dagelijks, maar het was toch anders. Ondanks de vele seksloze jaren, was seksuele onthouding niet echt een van haar sterkste punten. Haar stressgevoeligheid schoot omhoog. Nog een paar dagen en ze kon als kampioen masturberen het Guinness Book of Records in. Laat dat 'vrouw des huizes' maar zitten. Een gefrustreerde vrouw – annex maîtresse – dat was ze. Als Devon vanavond door die deur binnenwandelde, zou hij niet weten wat hem overkwam.

Ze trok haar korte joggingbroekje en haar joggingschoenen aan en keek door het raam naar buiten terwijl Caleb uitzinnig werd en zichzelf als een stormram tegen de deur van haar suite lanceerde. Maartse wolken pakten zich samen in de lucht, maar de kans dat de buien zouden overwaaien leek groot genoeg. Even joggen zou haar goed doen, een opwarmertje voor de vrij-estafette waarop ze die avond haar zinnen had gezet.

'Kom maar mee jij, gekkie,' zei ze terwijl ze liefdevol over Calebs oren wreef en daarna de riem van het salontafeltje pakte. 'Kom.'

In zijn eentje in zijn caravan op de bouwplaats begon Lucas de zin van het bestaan steeds sneller uit het oog te verliezen.

Drie weken zat hij hier inmiddels – drie weken, één dag en twee uur om precies te zijn – en waarschijnlijk had hij sinds zijn aankomst op de luchthaven niet meer dan veertig uur slaap gehad. De wallen onder zijn ogen waren formaat Vuitton-koffer en zijn stem had inmiddels het rafelige Serge Gainsbourg-randje dat altijd weer de kop opstak als hij chronisch oververmoeid was, wat in dit geval nog eens werd verergerd door zijn urenlange getier door de telefoon tegen Jan en alleman, van architecten tot advocaten tot bouwleveranciers.

Tot zijn verbazing had Anton zijn deprimerende verslag van de toestand ter plekke blijmoedig, ja zelfs op het onverschillige af, aangehoord, zonder er ook maar een probleem mee te hebben dat hij de voorman op staande voet had ontslagen.

'Zo gaat het altijd,' was zijn montere commentaar geweest. 'Als je al zo lang meedraait als ik, mijn jongen, sta je eigenlijk niet meer versteld van wat bouwbedrijven je al dan niet flikken. Nu je daar bent, zal iedereen een tandje bijzetten.'

Een tándje? Had de man dan werkelijk geen idee van wat ze hier moesten klaarspelen?

Lucas, van nature een workaholic, ging vol aan de slag, aangespoord door zijn angst voor een mislukking en zijn woede over de maandenlange anticampagne vanuit het Palmers-kamp. Honor bleek niet alleen de plaatselijke bewoners te hebben vergiftigd. Kennelijk was ze druk in de weer geweest om Anton en zijn gehele Tisch-keten door het slijk te halen, en ook Lucas persoonlijk, met interviews in allerlei lifestylebladen, waaronder het invloedrijke *World Traveler*. Hij kon zich niet voorstellen dat dit alles aan Anton voorbij was gegaan. Maar ja, zelf had hij het ook niet geweten. Een dag telde gewoonweg te weinig uren om alles op de voet te kunnen volgen. Dat was al vóór zijn vertrek naar Amerika zo geweest. Maar van nu af aan zou hij die teef permanent rode vlekken in haar hals bezorgen.

Overdag zat hij in de benauwde keet urenlang aan de telefoon om opzichters, aannemers en technici in te huren, van wie hij de meesten vanwege tijdgebrek pas kon spreken zodra ze zich voor het eerst op de bouwplaats meldden. Hij wist dat het riskant was om goedkope anonieme werkkrachten in te schakelen die toevallig beschikbaar waren en het laagste uurtarief vroegen. Maar zijn enige hoop om Antons targets te kunnen halen was om zo veel bouwvakkers te laten aanrukken dat *Extreme Makeover: Home Edition* er een punt aan kon zuigen. Nu al was het er een drukte van belang, en de bouwplaats leek wel een modderige mierenheuvel, terwijl Julian, de gestreste assistent van de architect, voor zijn baas de ijzers uit het vuur haalde door de mannen tevergeefs met een megafoon aan te sporen en met zijn tekeningen te zwaaien alsof het een witte overgavevlag betrof.

's Avonds struinde Lucas, zittend op een kist in het piepkleine strandhuisje dat die sukkel van een makelaar voor hem had gehuurd – wat dacht ze wel, dat hij verdomme een gnoom was? – urenlang internet af naar persberichten. Het plafond was zo laag dat hij telkens zijn hoofd stootte en de inrichting vertoonde meer roze en kant dan Liberaces slaapkamer. Hoewel hij snakte naar zijn bed, wist hij dat hij manieren moest verzinnen om in de tegenaanval te gaan. Als hij Honor mocht geloven, hadden alle senatoren, filmsterren en popartiesten in haar kleine zwarte adressenboekje een suite gereserveerd in het Palmers, komende zomer. Nog één opgeblazen stuk over de 'verbazingwekkende revival' van het hotel en hij zou spontaan gaan braken.

Bovendien had zijn irritatie die ochtend nieuwe hoogten bereikt toen het nieuwe, dure telefoonsysteem met vergaderoptie, dat hij in de trailer had laten installeren, het halverwege een cruciaal telefonisch overleg met Dean Roberts, zijn hoofdarchitect annex baas van de onfortuinlijke Julian, het plotseling had begeven.

'Klereding! Bekijk het, goddomme!' had hij luidkeels gevloekt. Na zijn gloednieuwe, hypermoderne mobiele telefoon te hebben aangezet om Dean te kunnen terugbellen, verscheen in vrolijke felroze kleurtjes de tekst 'geen bereik' op het lcd-schermpje. De verkoper van de T-mobilewinkel had hem gewaarschuwd dat het lokale netwerk nogal instabiel was en dat, 'mocht het verder niet lukken', hij misschien het beste vanaf het strand kon bellen.

Met een moedeloze zucht pakte Lucas de sleutels van zijn gehuurde Ford-pick-uptruck. Het was godsonmogelijk om in dit land iets voor elkaar te krijgen. Dit was één grote farce.

In de auto zette hij zijn Van Halen-cd op tien en draaide alle portierramen omlaag om zichzelf wakker te houden. Zelfs zijn woede kon geen weerstand bieden aan de vermoeidheid, die als opkomend tij rond zijn lichaam kabbelde, en voor deze keer verwelkomde hij dan ook de miezerregen die naar binnen waaide en tegen zijn wangen prikte. Hij moest naar huis en zijn bed in, ongeacht wat.

Een paar minuten later stopte hij op de verlaten parkeerplaats bij het strand, trok zijn mobieltje tevoorschijn en zocht nogmaals naar iets van een streepje dat aangaf dat hij bereik had.

Niets. Als dit hem nog meer tijd zou kosten, daagde hij T-*fucking*-mobile voor de rechter…

Binnensmonds vloekend griste hij een paraplu van de achterbank, stapte uit en smeet het portier dicht. Lopend naar de kustlijn trok hij zijn sweater wat strakker tegen de waterkoude wind. Zelfs op een heuvel in Ibiza was het nog gemakkelijker om verbinding te krijgen dan hier op Long Island. Belachelijk gewoon.

Na zo'n achthonderd meter over het zand te hebben gebanjerd, kwam zijn mobieltje eindelijk hortend en stotend weer tot leven. Na snel Deans nummer te hebben ingetoetst, hield hij een hand voor zijn oor tegen het geraas van de oceaan achter hem.

'Luister, schat, het zal me een worst wezen of hij in vergadering is of niet!' riep hij tegen de onfortuinlijke receptioniste. 'Ik probeer hem al een half uur te bereiken. Ik sta hier op een of ander retekoud klotestrand de vullingen uit mijn bek te rillen. Ik verzeker je dat hij me zal willen spreken.'

Vervolgens ving hij de blikkerige klanken van een pauzemuziekje op, gevolgd door twee bliksemflitsen en een onheilspellend gedonder. Hij kon nog net op tijd zijn paraplu openklappen, waarna de hemel zich opende en een ware moessonregen het strand geselde.

'Shit, shit, shit…!' Een kleine twintig meter verderop waren wat duinen, wat hem iets meer bescherming zou bieden dan het armzalige respijt dat deze paraplu hem bood. Hij overwoog even om een sprintje te trekken, maar besloot dat dit het risico van opnieuw een verbroken verbinding niet waard was.

Tussen het kabaal van de plensbui door dreef de stem van het meisje weer zijn oor in. 'Ik zet u nog even in de wacht, meneer Ruiz. Meneer Roberts komt zo aan de lijn.'

'Nee!' riep hij. 'Zet me niet in de…' Maar het was al te laat. Het zeurderige 'Greensleeves'-refreintje was al begonnen en de regen leek zelfs erger te worden.

'Pardon?'

Opeens tikte iemand hem op zijn rug. Lucas schrok zich te pletter. Vol adrenaline draaide hij zich met een ruk om, maar zijn angst maakte al meteen plaats voor irritatie. Het was maar een jongetje, gekleed in een sportbroekje en een dun topje. Het dwergachtige androgyne wezentje was volkomen doorweekt.

'Hebt u misschien…' hijgde het, 'een hond gezien? Hij is tien minuten geleden de branding in gerend en ik ben bang dat hij misschien… De zee is zo ruig, namelijk.'

Bij nadere inspectie bleek deze 'hij' zowaar een 'zij' te zijn, stelde Lucas vast. En geen kind, maar een petieterig vrouwtje. Ondanks haar tengere postuur had ze vreemd genoeg iets mannelijks over zich. Ze stond met haar heupen vooruit en terwijl ze tegen hem sprak, rechtte ze haar schouders. Er ging iets intimiderends van uit en ook haar stem – laag en hees – leek gewoon niet te passen bij haar poppenpostuur. Alleen haar ogen hadden iets vrouwelijks – felgroen, als nat weidegras tijdens een herfststorm – en haar perfecte gladde huid.

'Het is een boxer, ongeveer zo groot.' Ze hield haar hand bij haar heup en keek hem verwachtingsvol aan. 'Hij is bruin met wit, met een…'

'Nee,' kapte Lucas haar af. 'Het spijt me, maar ik heb niets gezien.'

Hij wist dat het onbeschoft was, maar Dean kon elk moment aan de lijn komen en hij moest zich concentreren. Als hij hem vandaag niet kon inhuren en hem en zijn mannen volgende week niet op de bouwplaats had, riskeerde hij nog meer belangrijke maanden voorbereidingstijd. Het laatste waar hij nu tijd voor had, was om al rennend over het strand achtervolgertje te spelen omdat een of andere tuthola haar hond niet in bedwang kon houden.

'Toe, hij kan wel verdrinken. Zou u me even kunnen helpen met zoeken?' De wanhoop in haar stem was voelbaar.

Haar armen, zo zag hij, waren dun maar tanig, als die van een sprintster, en haar borst was zo plat dat hij er gemakkelijk zijn overhemd op kon strijken. Waarom deden vrouwen zich zoiets aan, om alle rondingen eraf te trainen? Snapten ze dan niet hoe seksloos ze eruitzagen?

'Gewoonlijk vraag ik zoiets niet,' legde het meisje uit, 'maar er is verder niemand in de buurt en het is hier zo uitgestrekt.' Wat verloren tuurde ze in beide richtingen over het natte strand. De tranen stonden in haar ogen. 'En hij kan niet zwemmen, weet u. Zelf denkt-ie van wel, maar het is zo'n dom beest…'

'Moet je horen,' Lucas hield humeurig zijn mobiele telefoon omhoog. 'Ik voer hier een belangrijk telefoongesprek, ja? Als jij je hond niet de baas bent, moet je hem niet mee naar buiten nemen. Ah, Dean. Zeg, sorry van daarnet. Ik zit met een paar technische probleempjes ben ik bang.' Lucas draaide zich van haar weg nu de projectmanager eindelijk aan de lijn hing. 'Waar waren we gebleven?'

Terwijl ze een paar minuten later weer verder jogde over het strand, en tegen de wind in Calebs naam riep, zette ze haar dodelijke bezorgdheid om Caleb even op een lager pitje ten faveure van haar woede. Wat een afschuwelijke, onbeleefde, arrogante vent! Niet alleen had hij botweg geweigerd even mee te zoeken naar de arme Caleb, maar bovendien had hij haar niet eens even wat beschutting onder die enorme paraplu geboden! Wat was dat voor lulhannes, zelf lekker droog een beetje staan telefoneren terwijl een vrouw pal voor zijn neus praktisch verzoop, en een hond misschien wel een doodsstrijd leverde, naar adem happend te midden van die onstuimige golven?

Goed, een lulhannes die er mocht wezen dan. Hoe kwam het toch dat aantrekkelijke, rijke kerels altijd meenden dat ze van alles konden maken? Dat de goede manieren waar lagere stervelingen zich aan hielden voor hen gewoon niet golden?

Zakkenwassers als deze Olivier Martinez-lookalike waren gemeengoed in Boston. Ze kon het plaatje al helemaal voor zich zien: waarschijnlijk een of andere stinkend rijke beleggingsbankier die voor een paar daagjes zijn strandhuis had opgezocht en nu liep te balen vanwege het slechte weer en gewend was om zijn pishumeur af te reageren op zijn vrouw, secretaresse of welke hielenlikker toevallig in de buurt was.

De sukkel.

IJdeltuit. Opgeblazen kikk…

Maar haar verontwaardiging werd opeens terzijde geschoven nu haar hart van blijdschap een buiteling maakte en een doornatte, doodvermoeide en ietwat schaapachtig ogende Caleb over het natte zand haar tegemoet kuierde. Goddank was alles in orde met hem.

'Daar ben je dus! Stoute jongen!' grijnsde ze.

Een metertje voor haar ging hij braaf zitten kwispelen. Van het ene op het andere moment een en al gehoorzaamheid.

'O, nee. Niks daarvan.' Honor liet zich op haar knieën zakken terwijl ze de riem vastmaakte, haar gezicht in de doorweekte vacht begroef en hem knuffelde. Stel dat ze hem was kwijtgeraakt? 'Je bent zo'n lastpak, jij. Maar je kunt het goedmaken door te kijken of je toevallig een klootzak met een mobieltje ziet, oké? Zodra een van ons hem ziet, dan pák je hem. Gesnopen? Pák hem! Denk je dat je dat kunt?'

De hond hield zijn kop wat schuin en keek haar nietszeggend aan.

'Laat maar,' zei Honor rillend van de kou terwijl ze hem liefdevol over de kop aaide. Nu hij weer veilig terug was, voelde ze opeens de kou. Ik ben toch al bekaf, trouwens. Kom, dan gaan we naar huis.'

Later die avond, gewikkeld in een kasjmieren deken, met een paar bed-sokken aan en een kruik tegen haar borst, vertelde ze Devon het hele ver-haal over de ontmoeting met de onbeleefde hork op het strand.

'Ik bedoel, hij stónd daar maar gewoon!' brieste ze tussen de niesbuien door. 'Het was de grootste paraplu die ik van mijn leven heb gezien, en hij liet me daar gewoon staan als een verzopen kat. Hij zou Caleb gewoon hebben laten verdrinken.'

'Stil nou maar.' Devon gaf haar de whiskygrog die hij beneden in de bar van het Palmers voor haar had besteld. 'Spaar je stem, schat. Je hebt Caleb gevonden en jullie zijn allebei weer veilig thuisgekomen, daar gaat het om.' Hij fronste. 'Ik vind het maar niets dat je halfgekleed in dit ver-schrikkelijke weer rondbanjerde. Je moet eens beter voor jezelf zorgen, Honor.'

Ze nipte van haar whisky en glimlachte. Soms irriteerde het haar als Devon haar toesprak alsof ze een klein meisje was. Maar deze avond voel-de het vertroostend. Haar vader had haar nooit op deze manier gerustge-steld, vandaar dat ze zich zo tot Devon aangetrokken voelde, en dat wist ze.

'Hoezo?' plaagde ze hem. 'Je houdt er niet van als een andere man mij in een nat T-shirt ziet?'

Hij trok zijn colbertje uit, trok zijn das los en kwam op het bed zitten. Hij nam het glas uit haar hand, zette het voorzichtig op het nachtkastje, duwde haar armen tegen de kussens en bracht zijn gezicht tot vlak voor het hare.

'Nee,' klonk het nors. 'Daar hou ik niet van.'

Hij kuste haar en proefde de whisky en de citroen, voelde de kleine maar ferme appeltjes die verlangend naar hem oprezen terwijl zijn han-den langzaam over haar lichaam omlaag gleden. Een golf van verlangen trok door hem heen. Hij wilde haar bezitten.

Al die tijd dat hij haar niet had gezien, ginds in Boston met Karis en haar voortdurende hang naar aandacht, was zwaar geweest. Hoewel hij Honor had verteld dat hij en zijn vrouw niet langer met elkaar de liefde bedreven, was dit niet helemaal de waarheid. Seks was zeldzaam en vanuit zijn perspectief bezien vormde het huwelijksbed niet echt een verraad jegens Honor maar eerder iets wat hij liever voor zich hield om Honor niet te hoeven kwetsen. Maar Karis zou meteen achterdochtig worden als hij zich niet meer om hun seksleven zou bekommeren. Dat risico durfde hij niet aan.

Toch bezorgde het hem een wat raar gevoel. Thuis, in Boston, ging zijn leventje min of meer op de oude voet verder. Hij hield van Honor, miste haar, miste haar geest, haar lijf, haar aanrakingen, alles. Als hij weg was, waren er dagen waarop zijn relatie met haar bijna een droom leek. Karis, de kinderen, het werk – dat was de realiteit. Hij merkte dat het steeds gemakkelijker werd om een apart plekje in te ruimen voor zijn relatie, en gewoon de knop om te draaien als het moest.

'Ik heb je nodig,' fluisterde Honor terwijl ze de deken van zich afschudde en zich onder hem vlijde. Ze spreidde haar benen en sloeg ze strak om zijn middel, als een babyaapje dat zich aan zijn moeder vastklampt.

'En ik jou,' fluisterde Devon terug. Hij hielp zichzelf uit zijn pantalon en als een schooljongetje dat voor het eerst de sprong waagt, gleed hij hongerig en ongeduldig in haar. 'Jezus, Honor, wat heb ik je gemist.'

Ze kromde haar rug en ze liet hem lekker begaan. Ze sloot haar ogen om zich nog meer op zijn bewegingen te laten meevoeren en te genieten van zijn muskusachtige, masculiene geur waar ze al die lange weken zo van had gedroomd.

Eindelijk begonnen de frustraties en ergernissen van de afgelopen dag heerlijk weg te smelten, als de laatste sneeuwrestjes in de lentezon.

Caleb was niets overkomen, en met het Palmers ging het weer bergop, met een slakkengang weliswaar. En nu lag haar lieve Devon weer in haar armen, waar hij thuishoorde. Er zou meer voor nodig zijn dan een arrogante lul met een mobieltje om haar dit af te nemen.

10

Twee weken later bekeek Lola Carter zichzelf in de badkamerspiegel en zuchtte luidruchtig. Na een slapeloze, zo nu en dan door zware huilbuien onderbroken nacht had ze zo'n opgeblazen gezicht dat het leek of ze een allergische reactie had.

'Bryan Sutton, krijg de klere,' vloekte ze terwijl ze wat ijskoud water op haar huid spetterde. Ze hapte naar adem, maar ze moest iets doen om zichzelf uit deze depressieve toestand te bevrijden. De schoft was het écht niet waard.

Bryan zou dit weekend met haar zijn meegevlogen van Boston naar de Hamptons. Hij was het enige wat haar moeders saaie verjaarsborrel nog draaglijk zou hebben gemaakt. Maar nu... nu was alles verpest.

Oké, hij was enigszins ingenomen met zichzelf. Dat gold voor alle quarterbacks op de middelbare school. En Lola had de zorgwekkende gewoonte om voor de knapste, populairste kerels te vallen in plaats van voor de aardige, fatsoenlijke jongens. (Door haar ouders weggestuurd worden naar het St. Mary's had niets geholpen om haar sociale leven wat te beteugelen. Iedereen wist dat jongens als bijen rond de honing om meisjesscholen rondhingen.) Maar Bryan had ook een gevoelige, tedere kant – tenminste, dat had ze gedacht, totdat ze hem met die slet van een Lorna Mantoni op heterdaad had betrapt.

'Voortaan geen klootzakken van school meer,' maande ze haar spiegelbeeld streng terwijl ze een dikke kwak vochtinbrengende crème op haar gezicht smeerde en zichzelf dwong om zich wat beter te voelen. Over een uur zou ze ten overstaan van tweehonderd van haar ouders saaiste East Hampton-kennissen de plichtsgetrouwe dochter moeten spelen, dus ze moest zichzelf vermannen.

Vanaf nu zou ze alleen nog studenten daten. Punt. Iemand van Harvard College, of zelfs van de rechtenfaculteit. Zou haar vader in elk geval gelukkig zijn.

Tussen Lola en haar vader boterde het nog steeds niet. Devon had dan misschien wel de slag gewonnen met haar inschrijving op het St. Mary's, waar ze van hem met alle geweld een zootje cursussen wis- en natuurkunde moest volgen die haar tot tranen toe verveelden, maar Lola had nog steeds niet haar droom opgegeven om modeontwerpster te worden. Ze ruzieden voortdurend over haar toekomst.

Buiten medeweten van Devon had ze bij een stel modevakscholen al inschrijvingsformulieren aangevraagd en ze in het geheim ingevuld en verstuurd. Ja, zodra hij erachter kwam, zou hij razend worden. Maar tot nu toe was het haar prima gelukt om alle brochures en de hele papierwinkel te verstoppen. En nu ze het met Bryan had uitgemaakt, kon ze op een dikke plus van haar vader rekenen. Al vanaf de eerste dag had Devon een hekel aan die jongen gehad.

Ze sloeg haar groene badjas om haar schouders, trippelde terug naar haar slaapkamer en opende het rolgordijn. Het was pas half zes, maar de lucht kleurde al donker, als een blauwe plek, wat Lola zo mooi vond. Ze had al vaak geprobeerd om het in een zijden tint te bemachtigen – een tot aan de grond reikende avondjapon in die kleur, zou dat niet fantastisch zijn? – maar dat was nooit helemaal gelukt.

'Klop, klop?'

Karis, onberispelijk in een wit jasje van Givenchy en een donkerblauwe, wijd uitlopende broek, glipte haar kamer binnen met een dienblad vol gerookte zalm en roereieren op toast, Lola's lievelingstussendoortje.

'Ik dacht dat je misschien wel trek zou hebben,' zei ze glimlachend terwijl ze het blad op het uiteinde van het bed neerzette. 'Hoe voel je je, schat?'

Haar ouders waren de laatste tijd allebei wel erg goedgeluimd, bizar gewoon. Pa had sinds haar komst bijna door het huis gehuppeld van vrolijkheid, alsof hij een loterij had gewonnen – en dat was voordat hij over Bryan had gehoord. En ma, die op haar eigen verjaardagen dronken en depressief placht te worden, leek duizelig van opwinding over het feestje van vanavond. Vooral sinds die ene meneer die in de stad een of ander groot nieuw hotel aan het bouwen was, die Spaanse vent over wie iedereen het had, zijn komst had bevestigd. Persoonlijk snapte Lola al die ophef niet. Hij was toch zeker niet Rod Stewart. Maar dit was wel de eerste sociale verplichting die hij sinds zijn komst naar East Hampton had aanvaard, en haar moeder beschouwde het duidelijk als een grote coup.

'Ik voel me prima.' Achterdochtig nam Lola een hap van de toast. 'Heb ik een ongeneeslijke ziekte waar niemand me over verteld heeft?'

'Wat? Natuurlijk niet.' Karis keek geschokt. 'Waarom zeg je nu zoiets?'

Lola glimlachte. Haar moeder kon alles soms zo letterlijk opvatten.

'Ik maakte maar een geintje.' De eieren zagen er heerlijk uit. Ze ging in kleermakerszit op bed zitten en begon alles enthousiast naar binnen te werken. 'Je bent alleen zo vreselijk aardig tegen me.'

'Nou, je verkering is net uit. Ik weet hoe moeilijk dat kan zijn.'

Had ze een overdosis Dr. Phil gehad of zoiets? Al deze ongerustheid was echt niets voor haar.

'Maar ik heb nieuws dat je zal opvrolijken,' zei Karis stralend. 'Raad 's wie er beneden is.'

'Brad Pitt?' reageerde Lola hoopvol.

'Beter,' zei haar moeder. 'Nicky. Hij wist toch een vlucht te krijgen. Is het niet fantastisch?'

'Mmm.' Lola knikte met haar mond vol toast en sloeg haar ogen sarcastisch ten hemel. 'Fantastisch.'

Geweldig. Net op een moment dat ze dacht dat haar weekend niet erger kon worden, moest haar waardeloze broer zo nodig komen. Ze kreeg het van hem vast zwaar te verduren over Bryan, tussen al het gelik naar hun moeder door.

'Wie komen er nog meer?'

'Och, iedereen!' dweepte Karis. 'Nou ja, iedereen die iets voorstelt, laat ik het zo zeggen. Lucas Ruiz, zoals ik je al had verteld...'

'Ja, ja, ja,' zei Lola verveeld. 'En?'

'O, lieverd,' zwaaide Karis afwezig met een hand. 'Ik weet het niet, hoor. Wil je echt dat ik ze allemaal opsom? De Sullivans, de Meyers, Antonia Dickinson, dominee Jameson en zijn vrouw.'

Lola nam nog een flinke hap toast. 'Nog iemand van beneden de, pak 'm beet, negentig jaar?'

'Niet zo onbeleefd,' reageerde Karis op de automatische piloot. 'Honor Palmer komt. Die is jong, en best leuk.'

'Zal wel,' zei Lola.

De paar keer dat ze Honor afgelopen zomer had gezien, had ze haar wel leuk gevonden. Die meid liet zich echt door niemand iets aanleunen.

'Hé,' zei ze terwijl haar ogen ondeugend begonnen te schitteren, 'denk je dat Honor en die Lucas elkaar in de haren zullen vliegen aan tafel? Ze heeft vast een hekel aan hem, nietwaar, om zo dicht bij het Palmers een zaak op te zetten?' Na de laatste kruimels bij elkaar geveegd te hebben duwde ze haar lege bord weg.

Karis haalde haar schouders op. 'Ik zie niet in waarom ze dat zou doen. Concurrentie is een gezond iets in het bedrijfsleven. Maar ik kan me voorstellen dat ze net zo nieuwsgierig naar hem is als de rest van ons.'

'Wie is "ons"?' vroeg Lola. 'Ik ben niet nieuwsgierig. Helemáál niet.'

Ze hield van haar moeder, maar ze had medelijden met iedereen wiens leven zo saai was dat een kennismaking met een hotelmanager als een belangrijke gebeurtenis werd opgevat. Wat zíj vooral hoopte vanavond was dat ze een uur of wat even niet aan Bryan zou denken. Plus dat het een kans bood om zich eens op te doffen, wat ze sinds haar opsluiting in het St. Mary's nog maar zelden had kunnen doen.

'Moet jij weten,' reageerde Karis, niet onaardig bedoeld, terwijl ze de kreukels in haar broek gladstreek nu ze opstond om te gaan. 'Maar vanavond is mijn verjaardag, en die wordt gevierd, oké? Laat dat niet verpesten door een of ander idioot joch.'

'Maak je niet ongerust, mam,' zei Lola gevoelvol. 'Dat gebeurt niet. Ik ben hem nu al zo goed als vergeten.'

Twee uur later draaide Lucas in zijn geparkeerde pick-uptruck op de oprijlaan van de Carters, de achteruitkijkspiegel schuin om zijn stropdas te kunnen strikken.

'Geef me een minuutje, oké?' vroeg hij de ongeduldig toekijkende parkeerbediende die naast het geopende portier wachtte.

Hij had Lucy, zijn persoonlijk assistente, wel kunnen wurgen dat ze de uitnodiging voor vanavond namens hem had aanvaard. Ze had amper een week voor hem gewerkt, en hij zat wanhopig om hulp verlegen, maar nog één zo'n miskleun en ze vloog eruit.

East Hampton was een kleine stad en Lucas had de roddels al opgevangen – dat de plaatselijke gastvrouwen aanstoot begonnen te nemen aan zijn weigering om uitnodigingen te accepteren. Gisteren in de kiosk had hij toevallig een gesprek opgevangen waarbij een vrouw hem tegen haar vriendin als een 'kluizenaar' had beschreven.

Wat verlangden deze mensen in godsnaam van hem? Zagen ze niet dat hij met het Herrick nog bergen werk moest verzetten? Dat hij in die paar uurtjes dat hij niet hoefde te werken alleen maar wilde slapen? Of, als hij echt in een avontuurlijke bui was, een biertje opentrekken en op zijn bank in Liberace Cottage onderuitzakken voor een keurige pornofilm?

In de bouwput begon het een en ander gelukkig eindelijk een beetje op gang te komen. De fundering lag er, en drie dagen geleden had Lucas opgewekt toegekeken hoe de eerste stalen draagbalken als een uit de as verrijzende feniks uit de grond werden gestampt. Gisteren had hij een zeldzame trip naar Manhattan gemaakt voor een presentatie in Dean Roberts' kantoor, waar hij een door de computer gegenereerd model van de enorme, kathedraalachtige boog van glas, die het hart van de voorgevel van het Herrick moest gaan vormen, had gezien. Persoonlijk had hij het best mooi gevonden, als de boeg van een schip. Maar afgaand op de algemene teneur van het geroddel onder de plaatselijke bevolking verwachtte hij dat de meesten van hen zijn mening niet zouden delen. Volgens hen gold alles wat geen achttiende-eeuws ontwerp was als een 'afzichtelijk modern gedrocht'. Hij wist zeker dat hem vanavond flink de les zou worden gelezen, waarbij iedere buurtbemoeial en diens vrouw hem over de bouw het vuur na aan de schenen zou leggen. Eerlijk gezegd had hij het heel goed zonder kunnen stellen.

Het enige pluspuntje werd gevormd door het vooruitzicht eindelijk eens Honor Palmer in levenden lijve te ontmoeten. Toen hij hier was gearriveerd, was hij ervan overtuigd geweest dat ze wel een keer op de bouwlocatie zou verschijnen om zichzelf voor te stellen, al was het maar uit nieuwsgierigheid. Maar nee hoor, Hare Majesteit had van meet af aan een vorstelijk gebrek aan interesse getoond, wat hem razend maakte. Nou, ze kon doodvallen. Zodra het interview dat hij zojuist met de Amerikaanse *Vogue* had gedaan volgende maand verscheen, zou ze wel wakker schrikken. Dankzij een enorme buitenkans was een oude vriend uit zijn Ibiza-tijd daar nu plaatsvervangend redacteur voor speciale reportages en deze had graag een onverbloemd promoartikel geschreven over het Herrick als het nieuwe, hippe hotel in de Hamptons. De arrogante juffrouw Palmer stond op het punt te ontdekken dat de macht van de pers in beide richtingen werkte.

'Meneer.' Op een of andere manier slaagde de parkeerbediende erin om het woord als een belediging te laten klinken. 'Achter u staan mensen te wachten. Misschien dat u dat binnen kunt doen?' Hij wierp een smalende blik op Lucas' stropdas.

Lucas klauterde uit de cabine en torende als een dreigende Spaanse goliath boven hem uit. 'Luister eens goed, jij verwaande drol.' De parkeerbediende slikte zenuwachtig. 'Als ik even mijn das wil strikken, dan doe ik dat. Zou je díé heren daar ook vertellen om een beetje haast te maken?' Hij gebaarde naar de twee mopperende oude malloten in de Bentley Continental achter hem. 'Ik dacht het niet. En weet je waarom niet? Omdat zij blank zijn, daarom. En ik ben Spaans.'

'Meneer, ik kan u verzekeren, dat is niet aan de orde,' mompelde de bediende terwijl hij achteruitdeinsde nu Lucas zelfs nog dichterbij kwam. 'Dat u latino bent...'

'Ik ben géén latino!' bulderde Lucas. 'Ik ben Spaans! Niet dat ik verwacht dat je het verschil kent. Of vind je soms dat ík dat uniform behoor te dragen. Hè? Is dat het?' Hij greep de man bij zijn revers, maar liet hem vervolgens plotseling los. 'Ach, laat ook maar,' mompelde hij en hij trok zijn das nog maar eens recht. 'Je bent het niet waard.'

Terwijl hij de verbijsterd toekijkende andere gasten negeerde, beklom hij de treden naar het huis – of 'landgoed', zoals de mensen hier elk bezit van redelijk formaat pretentieus plachten te noemen. Eerlijk is eerlijk, huize Carter was bijna luisterrijk genoeg om de benaming te rechtvaardigen. Niet dat het protserig of poenig oogde. Integendeel juist. Alles aan het huis ademde oud geld, van de ingetogen witte voorgevel met dakspanen tot de oorspronkelijke victoriaanse gaslantaarns langs de oprijlaan. Zelfs de auto's van de familie waren, vergeleken met de Ferrari's, Bentleys en Aston Martins die her en der op de oprijlaan stonden, opvallend sober – een Jeep Cherokee en een BMW-coupé die betere tijden had gekend. Devon Carter had zich zo een hele vloot Ferrari's kunnen hebben veroorloofd als hij dat had gewild. Maar dat was het juist. Hij wilde het niet.

Lucas liep door de voordeur naar binnen. Een dienstmeisje nam zijn jas aan en ging hem voor door een schijnbaar eindeloze gang naar een geleidelijk toenemend geroezemoes van stemmen aan de achterzijde van het huis. Zijn vier jaar aan de École Hôtelière hadden Lucas een deskundig oog voor interieurs opgeleverd, en hij had wel waardering voor de smaak van mevrouw Carter: eenvoudig en overzichtelijk, met veel blank hout en overal grote bossen fresia's, precies wat hij zou hebben verwacht in een vakantiehuis van een rijke Bostoniaanse familie. Naar zijn smaak misschien iets te vrouwelijk, maar onmiskenbaar chic.

'Het feest is in de salon, door die deur links van u,' deelde het meisje hem ietwat onvriendelijk mee voordat ze wegliep. Hij keek haar na, een lelijk eendje met afhangende schouders en puisten die dwars door haar dikke laag make-up heen wilden breken. Wat had Devon Carter bezeten om haar in dienst te nemen, vroeg hij zich af voordat hij bedacht dat het vermoedelijk mevrouw Carter was geweest die dat soort beslissingen hier nam. Ze wilde vast niet dat ze er door een of ander schatje in een werkstersuniform zelf onvoordelig uitzag.

'U bent vast Lucas!' Als op een teken zwaaide de deur naar de salon open en breidde een knappe, slechts licht op haar retour zijnde blondine haar armen wijd uit om hem als een oude vriend te onthalen en op z'n Europees op beide wangen te zoenen.

'Mevrouw Carter,' begroette hij haar glimlachend. Als ze niet zo gespannen was, dacht hij, zou ze heel sexy kunnen zijn. 'Hartelijk dank voor uw uitnodiging. Ik moet zeggen, die kwam onverwacht.'

Hoewel hij nauwelijks verlegen zat om uitnodigingen – sinds de week dat hij aankwam, waren ze als ongewenste confetti uit de hemel komen vallen – was de echtgenote van Devon Carter wel de laatste van wie Lucas iets had verwacht te horen. Devon was veruit de meest luidruchtige tegenstander geweest binnen de bouwcommissie, en bovendien betalend lid van het *Old Guard, Modernism-Is-Evil*-team van het Palmers.

'Onverwacht? Goeie genade, wat een onzin!' Karis slaakte een tinkelend lachje. 'Meneer Ruiz, Jan en alleman in deze stad wil nader kennismaken met u, weet u dat niet? Onze eigen internationale mysterieuze gast. Hoewel,' – ze stak nu plagerig een vinger naar hem op – 'ik vrees dat er vanavond heel wat mensen zijn die met u willen spreken over dat glazen... díng dat u aan het bouwen bent.'

Daar heb je het, dacht Lucas. Ze beginnen nu al, de stekelige opmerkingen. Bij nader inzien zou hij Lucy toch maar ontslaan wegens wat ze hem had geflikt.

'Ik vrees dat ik vanavond buiten functie ben, mevrouw Carter. Er wordt niet over zaken gepraat.'

'Toe,' zei Karis terwijl ze in zijn hand kneep. 'Noem me toch Karis. Anders voel ik me zo oud.'

'Karis,' herhaalde hij met dat lijzige Spaanse accent van hem waar vrouwen slappe knieën van kregen. Hij knipoogde er ook nog eens bij, zodat zijn gastvrouw gloeide van genoegen.

'Lieverd, laat die arme kerel eerst even op adem komen voordat je hem begint toe te spreken.'

'Devon, daar ben je dus. Dit is...' Karis draaide zich om en leek volledig van haar stuk gebracht door de interruptie.

'Ik weet wie hij is,' zei Devon

De man die naar voren stapte om Lucas de hand te schudden was ouder dan hij zich hem had voorgesteld en veel gedistingeerder, met grijzend haar, een zware stem en een stevige handdruk die je eerder associeerde met een grootindustrieel of een hoge legerofficier. Hij zag er goed uit, tenminste, als je hield van het zilvergrijze, losbollige senatortype, maar stijver dan een lijk dat al een dag oud was. En zijn hooghartige, snobistische manier van doen van noblesse oblige was al meteen afstotend.

'Wat vindt u van East Hampton?' Hij glimlachte, ogenschijnlijk ter verwelkoming, maar het kwam neerbuigend over. Het Boston-accent hielp ook al niet echt. Honderd procent JFK. Lucas merkte dat hij zich afvroeg of het authentiek was of opzettelijk aangeleerd, waarschijnlijk het laatste, dacht hij. Hoe het ook zij, het klonk alsof de man de moeder aller walnoten tussen zijn billen probeerde te kraken.

'Ik moet mijn draai nog vinden,' antwoordde Lucas. 'Eerlijk gezegd voel ik me vanavond een beetje een rariteit,' voegde hij er gekscherend aan toe. 'Iedereen staart me aan. Doen ze altijd zo?'

Devon schoot in een verdedigende frons. 'Hoe bedoelt u, "zo"? Nieuwsgierig zijn is heel natuurlijk,' zei hij. 'U verandert zowel het uiterlijk als de ziel van hun stad op een ingrijpende manier. Of dat gaat u in elk geval doen.'

'Ik bouw een hotel, meneer Carter,' zei Lucas op lusteloze toon. 'En maak van East Hampton geen Las Vegas.'

'Hmm,' reageerde Devon niet echt overtuigd. 'Ik zou zeggen dat de jury daar nog niet over uit is. Maar laten we eens wat andere meningen peilen, goed? Morty!'

Voordat Lucas bezwaar kon aantekenen, zwaaide zijn gastheer al naar een seniele, grijsharige man met een uitgesproken ronde rug, die gehoorzaam aangeschuifeld kwam.

'Dit is Morty Sullivan, voorzitter van onze bouwcommissie, naast nog vele andere dingen,' zei hij opgewekt. 'Ik geloof dat hij een tamelijk goeie vriend van uw baas is. Morty, dit is Lucas Ruiz.'

Shit. Dit moest de vent zijn die Anton had gechanteerd om het Herrick-project van de grond te krijgen. Volgens de dossiers die Lucas had gelezen, was hij pas tweeënvijftig, maar hij oogde tientallen jaren ouder, de arme stakker. Wat die 'vriendschap' tussen hem en Anton betrof, nam hij aan dat dit Devons idee van een grapje was. Een vrij gemeen grapje, aan het doodsbenauwde gezicht van de oude man te zien.

Met al het enthousiasme van iemand die de man met de zeis begroette, gaf Morty hem een hand. 'Hoe maakt u het?' vroeg hij gemelijk.

'Meneer Sullivan.' Lucas knikte eerbiedig. Hij had oprecht medelijden met de man. Devon daarentegen leek te genieten van dit ongemakkelijke moment. Hij was duidelijk niet alleen een opgeblazen, maar ook nog eens een hatelijk type.

Het volgende half uur werd Lucas als een offerlam voor de talrijke nobele en goede ingezetenen van het stadje geworpen. Hij glimlachte tot zijn kaken er zeer van deden en verdedigde het Herrick, of dat probeerde hij, tot zijn hoofd ervan bonsde. En bij elke kennismaking stond Devon naast hem, met zijn zelfvoldane, bemoeizieke glimlach die leek te doen vermoeden dat hij Lucas een gunst verleende door hem bij de 'welgemanierde' gemeenschap van de Hamptons te introduceren. Wat op zich ironisch was, aangezien welgemanierdheid onder deze mensen ver te zoeken was.

'Glas is één ding, meneer Ruiz,' gaf een verschrompeld, van top tot teen in zwart Chanel gestoken oud vrouwtje – ze leek wel een kraai – met pijn en moeite toe. 'Maar is al dat staal nou nodig? Dat zou ik graag willen weten.'

'Is uw werkgever eigenlijk ooit in de Hamptons geweest?' De al even stokoude vriendin van de kraai nam enthousiast deel aan het gesprek, waarbij ze haar benige, jichtige vingers als een bankschroef om Lucas' arm sloot terwijl ze hem vermanend toesprak. 'Misschien dat als hij het stadje dat hij zo toetakelt eens zag…'

'Sheila, het zou geen verschil maken.' De kraai praatte er dwars doorheen, alsof Lucas onzichtbaar was. 'Hij is een Dúítser. Geen van die Europeanen – niet kwaad bedoeld, hoor, meneer Ruiz – niet één van hen doorgrondt echt de Amerikaanse idee van klasse. De manier waarop Honor Palmer haar arme vader in de steek heeft gelaten, mag ik dan misschien afkeuren, maar in dit stadje zal nooit een tweede Palmers bestaan. Zo eenvoudig is het.'

Lucas wilde dit duo maar wat graag zeggen dat ze hun onwetende, racistische opvattingen in hun kont konden steken, maar voor deze ene keer hield hij zich in. Hij vluchtte naar de andere kant van de salon en liet zich dankbaar op een leeg plekje op een van de banken zakken. Een vriendelijke persoon gaf hem een verse martini, die hij in een enkele teug achteroversloeg.

Naast hem zat een donkerharige jongen geanimeerd in zijn mobieltje te praten. Hij brak af met een luid en gewichtig 'ciao, ciao' en wendde zich tot Lucas.

'Nick Carter,' stelde hij zich voor terwijl hij krachtig Lucas' hand pompte. 'En jij moet Lucas zijn. Welkom.'

'Dank je,' reageerde Lucas vermoeid. Het was lastig om zijn vinger erop te leggen, maar deze jongen had iets over zich, een zekere arrogantie, die hem al direct in het verkeerde keelgat schoot. Hij deed Lucas denken aan al die verwende, verwaande rijkeluisplayboys die altijd aan de bar in het Cadogan hingen: knap, dat zeker, maar op een heel andere manier dan zijn vader. Devon was dan misschien stijver dan de pik van een pornoster, maar hij was buitengewoon mannelijk. Deze jongen, daarentegen, was tot op het fatterige af een metroseksueel – glad naar achteren geplakt haar, besprenkeld met genoeg Gucci Envy om een heel mierennest lam te leggen, gemanicuurde nagels, een mondvol geglazuurde tanden. Hij had duidelijk nog nooit van zijn leven een dag gewerkt.

Maar precies op dat moment werden zijn mijmeringen verstoord door de verschijning van een roodharige stoot.

'Zou je me niet even voorstellen?' Ze richtte zich tot Nick, die minachtend zijn ogen naar haar opsloeg.

'Natuurlijk,' bromde hij. 'Lucas, dit is mijn jongere zusje Lola.'

'Hal*lola*,' sprak Lucas lijzig. Werd deze avond eindelijk toch nog gezellig.

Ze droeg precies het soort outfit waar hij normaal zo'n hekel aan had: een lange zigeunerrok, die bij het lopen als de staart van een zeemeermin heen en weer zwiepte, en een soort boerenkiel met daaroverheen een gilet. Maar haar stond het. En tenzij hij hallucineerde – wat na slechts één martini onwaarschijnlijk was, maar o, wat was hij moe – zou hij hebben gezworen dat ze zojuist wellustig naar hem had geknipoogd.

Wat Lola betrof, haar polsslag was als een raket omhooggeschoten

– nondeju, wat was deze gozer hót! – maar ze deed haar uiterste best om dit cool aan te pakken en ten overstaan van haar broer geen enkele zwakte te verraden. Geen wonder dat alle vriendinnen van haar moeder zich zo opgewonden hadden getoond over deze Lucas. Het woord 'hotelmanager' had bij haar een beeld opgeroepen van een kalende saaimans van middelbare leeftijd, met een buikie en een synthetisch pak. Wie kon hebben geraden dat volksvijand nummer één van East Hampton zo'n liefdesgod zou blijken te zijn?

Aan de andere kant van de kamer voelde Devon hoe de spanning als een wurgende vuist zijn hart omklemde. Honor, die vijf minuten geleden te laat en overduidelijk aangeschoten was gearriveerd, zorgde voor spektakel door met een van de kelners te flirten. Hij popelde om op haar af te stappen en haar erop aan te spreken, maar moest nog bijna tien minuten wachten voordat Karis veilig door haar vriendinnen in beslag werd genomen.

Zigzaggend baande hij zich een weg door de menigte en verraste Honor door haar bij een arm te pakken en opzij te trekken.

'Wat mankeert jou?' siste hij. 'Ben je soms dronken?'

'Nee,' loog ze terwijl ze hem uitdagend aanstaarde.

Wekenlang had ze tegen deze avond opgezien en ze had pas beloofd te komen toen Devon benadrukte dat iedereen er zou zijn en dat het verdacht zou kunnen overkomen als zij niet kwam. Negen maanden duurde hun verhouding inmiddels, en bij talloze gelegenheden, zowel hier als in Boston, had ze met Karis wat korte beleefdheden uitgewisseld. Maar nog nooit had ze een voet in zijn huis gezet, of daartoe ook maar het flauwste verlangen geuit. Al meteen na binnenkomst wist ze dat ze er fout aan had gedaan om te komen. Echt overal prijkten vergulde lijstjes met foto's van een lachend gezin en ze vochten om een plekje aan elke wand. In paniek had ze zich direct in het toilet teruggetrokken, maar daar was het zelfs nog erger. Vingerverfwerkjes die Nick en Lola in de peuterklas hadden gemaakt, waren trots aan de muur geplakt, naast kiekjes van Karis uit haar tijd als fotomodel. Niemand kon ontkennen dat ze er op die foto's betoverend mooi uitzag. Noch kon Honor haar ogen sluiten voor de verliefde en oprecht gelukkige blik op Devons gezicht naarmate de camera het paar door de jaren heen samen voor de eeuwigheid had vastgelegd. Mocht hun huwelijk nu slechts voor de schijn worden opgehouden, dat was niet altijd het geval geweest. Alleen al hier in dit huis zijn voelde als een ernstige inbreuk. Wie was zij om te fantaseren over een huwelijk met Devon en het kapotmaken van dit ooit zo gelukkige gezin?

Wat het nog ongepaster maakte, was dat dit het verjaardagsfeest van

Karis was. En hier was zij, een maîtresse, op verjaarsbezoek bij de vrouw van haar minnaar. Nu ze daadwerkelijk hier was, sloeg het onrecht ervan haar als een ijzeren staaf in het gezicht. Plotseling kon ze zichzelf wel voor de kop schieten dat haar keuze was gevallen op het onbeschaamd geile, microkorte, zwarte jurkje van Dolce & Gabbana, dat nu als vacuüm gezogen om haar atletische lijf kleefde. Ze had gedacht dat het haar zelfvertrouwen wel zou opkrikken als ze voor deze ene keer eens sexy voor de dag kwam, vooral voor haar 'concurrente' Karis, en ze was zelfs de stad in gegaan om speciaal voor de gelegenheid een verleidelijke felrode lipstick te kopen. Maar nu voelde ze zich alleen maar idioot. Ze gedroeg zich niet alleen als Tina, maar kleedde zich ook al net als zij. Wat was ze voor iemand geworden? Ze schaamde zich rot en voelde zich hier absoluut niet op haar plaats en onzekerder dan ooit, en dit had ze gecompenseerd door veel te veel te drinken. Geen wonder dat Devon zo lelijk tegen haar deed.

'We hadden afgesproken ons gedeisd te houden en ons natuurlijk te gedragen,' siste hij als een souffleur. 'En jij verschijnt in… in dát,' – hij wierp een afkeurende blik op haar jurkje – 'en dringt jezelf op aan iedere aanwezige man. Zelfs aan het bedienend personeel, godbetert.'

'Onzin,' brabbelde Honor. 'Ik dring mezelf aan niemand op.'

Maar ze wist dat hij gelijk had. Ze had wel degelijk lopen flirten, om zijn aandacht te trekken. Hoe zielig kon je zijn?

'Ik kan er toch ook niets aan doen als mannen me willen? En trouwens, wat kan jou het schelen? Jij fladdert de hele avond om je vrouw als een bij om de honing. Overal waar ik kijk, zie ik foto's van jullie twee.'

Devon zuchtte. Dus dat was het.

'Honor, het is haar verjaardag. En dit is ons huis. Wat wil je dan dat ik doe? Ik ben getróuwd.'

'Dat wéét ik,' snauwde ze terug, waarop ze haar drankje achteroversloeg en onmiddellijk van het dienblad van een passerende ober weer een vol glas pakte. Devon trok het uit haar hand, en ze keek hem woest aan. 'Maar aangezien jullie elkaar, volgens jou dan, niet kunnen luchten of zien zou je misschien allang niet meer getrouwd moeten zijn. Of is dat misschien ook onzin, hè, Devon? Misschien gaat alles gewoon lekker z'n gangetje met je huwelijk.'

'Nietwaar,' zei hij ferm.

'Bewijs het dan!' siste ze.

'Wat zeg je nu?' fluisterde Devon boos. 'Wil je dat ik een echtscheiding aanvraag? Wil je dat soms?'

'Ja!' antwoordde Honor zo luid dat mensen zich omdraaiden en keken.

'Kan het in godsnaam wat zachter?' smeekte Devon terwijl hij voor hun zonet gevonden publiek een geforceerde glimlach opzette. Hij wachtte even totdat de belangstelling wegebde en sleurde Honor toen mee de gang op.

'Wil je dat ik Karis in de steek laat?' Dat hij zo stond te trillen verraste hem zelf. 'Weet je dat echt zeker?'

'Ja. Nee,' antwoordde Honor ellendig. 'Weet ik veel. Misschien. Het is gewoon... ik vind dit vreselijk. Om jou met iemand te delen.' Ze beet op haar onderlip, en Devons hart smolt. Ze oogde opeens zo belachelijk jong nog. 'Het was allemaal zo mooi, totdat je gezin in beeld kwam.'

De tranen stonden haar in de ogen, en even bezorgden ze hem een knagend schuldgevoel. Hij wist dat hij van haar hield. Daar ging het niet om. Maar een echtscheiding? Tja, dat was wel even iets heel anders, en hij wist niet of hij daar wel zin in had. Het woord hardop zeggen maakte hem zelfs al misselijk.

'Honor, lieverd. Er is niets echts tussen mij en Karis,' stelde hij haar gerust terwijl hij zenuwachtig om zich heen keek, bedacht op eventuele ooggetuigen nu hij door haar haren streelde. 'Onze relatie is als...'

'Een zakelijke overeenkomst,' zuchtte Honor terwijl ze zich naar hem toe boog. 'Ik weet het. Dat heb je me verteld.'

'Het is de waarheid.'

'Devon? Honor?' Ze schrikten allebei op nu Karis als een geest in de gang opdook, haar hoofd nieuwsgierig iets scheef gehouden. Hoe lang had ze daar al gestaan?

'Wat doen jullie twee hier, je samen een beetje verschuilen voor de rest?'

Honors hart bonkte zo hevig dat ze vreesde elk moment buiten bewustzijn te kunnen raken, maar gelukkig hield Devon het hoofd koel.

'Honor werd een beetje emotioneel. Vanwege haar vader,' zei hij. 'We stonden net een beetje te kletsen over het een en ander.'

'O.' Karis deed haar best om meelevend over te komen, maar eigenlijk ging het iets te ver om de gastheer op het verjaarsfeestje van zijn vrouw zo op te eisen, met name omdat Trey Palmer al maanden dood was. Had Honor niet iemand anders kunnen vinden om bij uit te huilen? Toen Karis' eigen vader afgelopen jaar was overleden, had ze de week daarop in Boston al voor vijftienhonderd man een liefdadigheidsbal georganiseerd. Immers, het leven ging door.

'Nou, als het nu weer een beetje met haar gaat, zou ik je dan nog even kunnen lenen, schat?' zei ze stekelig. 'Lola neemt die arme Lucas nu al ik weet niet hoe lang in beslag, en ik moet hem nog aan zo veel mensen voorstellen. Zeg, Honor,' zei ze opgewekt, 'jij hebt hem ook nog niet ontmoet, of wel? Kom mee.'

'O, nee, dank u.' Honor trok bleek weg. Wekenlang was ze reuze benieuwd geweest om hem te leren kennen, maar na het braakneigingen oproepende gesprekje van zo-even met Devon, om nog maar te zwijgen van de zoveelste gin met tonic die ze onbezonnen naar binnen had gewerkt om zich moed in te drinken, kon ze het nu even niet aan. 'Ik, eh… ik voel me niet zo lekker. Eigenlijk denk ik dat ik maar beter naar huis kan gaan.'

'Doe niet zo gek,' zei Karis bazig terwijl ze Honor ondanks haar protesten alweer terug de salon in trok. 'Jullie twee móéten elkaar ontmoeten. Jullie zullen zo veel te bespreken hebben.'

Lucas, geïrriteerd omdat de bekoorlijke Lola weg was gelopen en hij had moeten luisteren naar haar belachelijke fantast van een broer die maar doorleuterde over zijn internetbedrijf – gaap – wist eindelijk naar de toiletten te vluchten toen hij Karis Carter als een hittezoekende raket door de gang op hem af zag benen.

'Als je het over de duivel hebt!' krijste ze. Ze was met een meisje dat als een ter dood veroordeelde gevangene aan haar hand werd meegevoerd. Met een wee gevoel realiseerde Lucas zich dat hij haar herkende.

'Lucas, het is me een genoegen je voor te stellen aan Honor Palmer,' zei Karis duidelijk opgewonden nu zij de voorstelling waar iedereen zo lang naar had uitgekeken tot stand kon brengen. 'Honor, dit is Lucas Ruiz. Je gezworen concurrent,' voegde ze er met gevoel voor drama aan toe.

'Jíj? Ben jíj Honor Palmer?' Lucas stond even met zijn mond vol tanden, wat hem niet vaak overkwam.

'De laatste keer dat ik in de spiegel keek nog wel, ja,' merkte ze vernietigend op.

Zonder die opvallende, schuine smaragdgroene ogen en die belachelijk uitstekende jukbeenderen zou hij het oogverblindende schepsel dat voor hem stond van zijn levensdagen niet hebben herkend als het doorweekte, borstenloze kindvrouwtje van het strand. De gedaantewisseling was zo spectaculair dat het hem moeite kostte om haar niet aan te gapen. Zelfs zonder de sexy jurk en de puntige S&M-stilettohakken, met haar korte, glad naar achteren geplakte haar en roofdierachtige blik, bezat ze een agressieve seksuele uitstraling die alle verkeer tot stilstand zou brengen. Hoe kon hij daar eerder in vredesnaam geen oog voor hebben gehad? Hij moest op dat moment meer afgeleid zijn geweest dan hij had gedacht.

'Kennen jullie twee elkaar al?' Devon was naast Honor verschenen en nam Lucas argwanend op. Hij had een natuurlijk wantrouwen jegens jongere, meer aantrekkelijke mannen.

'Helaas wel, ja.' Honor keek Lucas woedend aan, die haar op gelijke wijze van repliek diende.

Toegegeven, ze was neukbaar, maar nog steeds zo macho als de pest, echt het type felle, opdringerige Amerikaanse vrouw aan wie hij zo'n hekel had. Een vent in vrouwenkleding, deze keer in elk geval. Gaf hem voor de rest van de tijd maar Lola Carters zachte, welgevormde vrouwelijkheid.

'Meneer Ruiz blijkt de lomperik van het strand te zijn, over wie ik je een paar avonden geleden heb verteld.'

Devon wierp Honor een waarschuwende blik toe, die haar echter volledig ontging.

Maar Lucas, een ouwe rot op het gebied van overspel, had het meteen door.

Kijk aan, meneer Stijfmans Carter en Honor Onschuldig-Als-Een-Lammetje Palmer gingen met elkaar naar bed. Hij zou er geld om durven verwedden.

'Je wéét wel.' Honor was inmiddels pissig en dwong Devon het zich te herinneren. 'De klootzak die me niet wilde helpen om Caleb te zoeken? Dat heb ik je toch vertéld?'

'Ik had een zakelijk telefoontje,' zei Lucas schouderophalend en niet in het minst verontschuldigend. 'Het kwam niet echt gelegen voor me.'

'Niet gelegen? Mijn hond was aan het verdrinken, en ik was tot op het bot doorweekt!' sputterde Honor dronken. 'Je bood me niet eens je paraplu aan, egoïstische, opgeblazen…'

'Toe, Honor. Wind je niet zo op.' Devon wierp haar nog een betekenisvolle 'hou in godsnaam je kop'-blik toe, maar het was al te laat. De radertjes in Karis' hoofd waren eindelijk in beweging gekomen. Ze wendde zich tot Honor.

'Neem me niet kwalijk,' zei ze. 'Maar zei je net niet dat je het Devon een paar avonden geleden nog hebt verteld?'

'Hm-hm,' reageerde Honor bevestigend. Eindelijk realiseerde ze zich in wat voor mijnenveld ze per ongeluk was beland. Ze kleurde vuurrood en probeerde terug te krabbelen. 'Nou ja, min of meer. Ik… tja, ik eh…' stamelde ze.

Karis keek haar man beschuldigend aan. 'Maar zei je vanmorgen niet dat je Honor sinds de begrafenis niet meer had gezien? Ik weet zeker van wel.'

Devon trok wit weg.

Lucas begon zich inmiddels te amuseren. Om die zelfvoldane, starre burgerlul van een Carter zich zo als een larve in bochten te zien wringen na Karis' woorden was dikke pret.

'Ik bedoelde dat ik haar niet echt had gespróken,' sputterde Devon.

Hij was dan misschien een vreselijke hypocriet, maar hij had wel lef, dat moest Lucas hem nageven: hij keek Karis gewoon recht in de ogen.

'We kwamen elkaar een paar dagen geleden nog tegen in de koffieshop. Heel kort maar, hoor.'

'Een paar ávonden geleden,' corrigeerde Honor hem haastig. 'Weet je nog wel? Het was 's avonds. Zoals ik net al zei.'

'Ja, dat klopt,' zei Devon met een bevestigende knik. 'En jij vertelde me over wat er eerder die dag op het strand was gebeurd.'

Je redt je er aardig uit, dacht Lucas, hoewel het hem zwaar viel om iets aan Honor te bewonderen, hoe vluchtig ook. Dit was namelijk de vrouw die haar eigen vader had verraden, om nog maar te zwijgen van alle leugens die ze in de pers over hem had verspreid. Zij was de vijand, en hij kon het zich niet veroorloven dat te vergeten.

'Ik moet wel zeggen,' sprak Devon weer tot Lucas in een schaamteloze poging om zelf in veiliger vaarwater te komen, 'dat het klonk alsof je je niet echt galant gedroeg.'

'O?' reageerde Karis, die wel viel voor deze draai en als een gehoorzame puppy haar aandacht naar Lucas verlegde. 'Wat gebeurde er dan?'

Lucas wanhoopte. Deze vrouw had blijkbaar de aandachtsspanne van een mug, plus het bijbehorende inzicht. Waarom doorzag ze niet wat haar man in zijn schild voerde? Hij en zijn vriendin hadden zich zojuist pal voor haar neus verraden!

'Niets,' antwoordde hij bruusk. 'Er gebeurde helemaal niets. Mevrouw Palmer hier was niet in staat haar huisdier in bedwang te houden, meer niet. Wat toch nauwelijks mijn fout is.'

Devons opluchting dat hij Karis op een dwaalspoor had gebracht, kwijnde weg toen hij naar Honors gezicht keek. Ze stond duidelijk op het punt om eens even fel van leer te trekken tegen Lucas en was meer dan dronken genoeg om nog meer onbezonnen uitglijers te maken.

'Kom, schat.' Devon pakte de hand van een bijzonder onwillige Karis – ze hield wel van melodrama – en sleepte haar mee. 'Dit is iets tussen Lucas en Honor. Volgens mij moeten we ze even alleen laten.'

Toen ze verdwenen waren, ging Honor meteen weer in de aanval.

'Dus.' Ze keek Lucas kwaad aan. 'Een meisje laten barsten zodat ze onderkoeld raakt terwijl jij alleen maar met jezelf bezig bent – is dat acceptabel gedrag in Spanje, hm? Erg gentlemanlike, hoor.'

'O, integendeel,' zei hij beminnelijk. Hij was niet van plan hierin te trappen om haar een plezier te doen. 'Spaanse mannen achten het van groot belang om zich hoffelijk te gedragen tegenover vrouwen. Maar bij óns gaan vrouwen niet half gekleed en met tepels die dwars door hun T-shirt heen steken hardlopen, om daarna kerels die proberen te werken aan hun kop te zeuren.'

'Nee, die zouden thuis in de keuken taarten staan bakken, zeker?' zei ze rood aanlopend. Waren haar tepels echt te zien geweest?

'Klopt,' zei hij glimlachend. Ze was makkelijk op de kast te jagen. 'Of ze zouden zichzelf mooi maken voor als hun man weer thuiskomt. Spaanse vrouwen weten hun vrouwelijkheid te tonen.'

'Je bent een godvergeten dinosaurus,' sprak Honor neerbuigend. 'Ik zal ervan genieten als ik volgend jaar de vloer met je aanveeg. Hoe loopt het trouwens met de reserveringen?'

'Heel goed, dank je,' loog Lucas. Maar ze zag wel dat de ingenomen glimlach om zijn mond verdwenen was.

'Echt waar? Ik popel om te horen welke grote namen je hebt weten te overtuigen om hun vakantie onder de sterren boven je bouwput door te brengen.'

'Met de kerst is de bouw voltooid en volgend jaar rond deze tijd gaan we open,' zei Lucas met een zelfverzekerdheid waarvan hij vurig wenste die ook echt te kunnen voelen. 'Dus toe, pijnig je knappe hoofdje maar niet met zorgen over onze clientèle. We zullen ons in elk geval niet richten op de doelgroep met rollators – dat laten we graag aan jullie van het Palmers over. Waarbij we er natuurlijk van uitgaan dat je gammele oude gebouw voor die tijd nog niet de geest heeft gegeven.'

'*Fuck you*,' snauwde ze.

Oké, het was niet het fijnst besnaarde weerwoord, maar na zo veel cocktails kon ze niet beter. Het kwam in elk geval recht uit haar hart.

Lucas deed een stap naar voren totdat hij zo dichtbij was dat ze de lichte limoengeur van zijn aftershave kon ruiken. Voor het eerst zag ze hoe sterk gebouwd hij was. Op het strand had ze alleen oog gehad voor zijn gezicht, daarna voor zijn ongemanierdheid – zijn lichaam had ze min of meer overgeslagen. Maar nu zag ze dat hij minstens tweemaal Devons omvang moest zijn; echt een stier. Hoe toepasselijk.

'Dat zou je wel willen, hè?' fluisterde hij.

'Wat?'

'Mij neuken…' zei hij met een uitgestreken gezicht.

Honor wilde hem in zijn gezicht uitlachen, maar ze werd zo zenuwachtig van hem dat het er als een raar soort gekef uit kwam.

Lucas strekte zijn hand uit en streelde langzaam met een vinger over haar blote onderarm, waardoor haar donshaartjes recht overeind gingen staan.

'Het spijt me je te moeten teleurstellen,' zei hij glimlachend, 'maar ik voel me niet aangetrokken tot dominante vrouwen. Blijf jij maar lekker bij Carter, je rijke mainteneur.'

Ze voelde haar maag omdraaien en duwde hem dan eindelijk van zich af. 'Wat bedoel je?' vroeg ze op hoge toon. 'Wat bedoel je daarmee? Devon is een vriend van de familie. Meer niet.'

'Je zegt het maar.'

'Luister!' siste ze kokend van woede. Maar voordat ze nog iets kon zeggen draaide hij zich plotseling om en beende al weg door de gang.

Terwijl hij bij de voordeur op het dienstmeisje met zijn jas wachtte, voelde hij een tikje op zijn rug.

'Hallo, daar.' Het was Lola. Nu haar oogschaduw was uitgelopen en haar lange rode haar een beetje verfomfaaid was, vermoedelijk omdat ze zich uit de naad had gedanst, zag ze er zelfs nog sexyer uit dan eerder op de avond. 'Ertussenuit knijpen zonder gedag te zeggen? Dat is niet erg beleefd, hoor.'

Lucas glimlachte. 'Het spijt me. De gemoederen raakten een beetje verhit, daarbinnen, tussen Honor en mij. Ik vond dat ik maar beter kon weggaan.'

'Beter voor wie?' vroeg ze met een pruillip. Het volgende moment verscheen het meisje met zijn jas, en even later reed de parkeerbediende zijn pick-uptruck al voor.

Hij sprong achter het stuur en draaide het raampje open. 'Ik weet zeker dat we elkaar nog wel een keer tegen het lijf lopen,' zei hij. Het ging niet aan om al te gretig over te komen.

Zwijgend kwam Lola dichterbij, stak haar hoofd door het raampje en kuste hem lang op de mond. Lucas voelde zijn pik stijf worden en zijn vastberadenheid verslappen, maar voordat hij de kans kreeg om iets te doen waar hij spijt van zou krijgen trok ze haar hoofd terug.

'Morgenochtend vertrek ik naar Boston,' zei ze achteromkijkend. 'Maar deze zomer kom ik terug. Voor het geval je het je afvroeg.'

Terwijl Lucas langs het strand naar huis reed, liet hij de avond in gedachten nog eens de revue passeren. De ontmoeting met Lola vormde beslist het hoogtepunt. Maar het was zijn ruzie met Honor die hem echt bijbleef. Het leed geen twijfel dat hij er beter uit was gekomen dan zij – maar toch hield hij aan het treffen een bittere smaak in zijn mond over.

Hoe kon ze zich toch aangetrokken voelen tot dat pompeuze oude fossiel van een Carter? Hij snapte niet waarom, maar de gedachte aan Honor en Devon samen in bed deed zijn bloed koken.

Aan de andere kant vormde een verhouding een potentiële achilleshiel voor Honor, een zwak punt waar hij in de toekomst misschien wel zijn voordeel mee kon doen.

Misschien zou hij Lucy toch maar niet de laan uit sturen.

11

Het was inmiddels juni, één jaar en twee maanden na Karis Carters verjaardagsparty. Zo'n zeventig kilometer verderop was Sian Doyle druk bezig met het pakken van haar koffer voor haar vakantiebaan in het Palmers, waar ze zo naar had uitgekeken. Ze hield twee van haar bikini's omhoog, een piepkleine roze en een nog minusculere blauwe, en met een vragende blik zwaaide ze ermee voor de ogen van haar beste vriendin.

'Nou? Zeg op, Taneesha, welke moet het worden?'

'Tja, kweenie, hoor.' Taneesha strekte haar lange, gitzwarte benen voor zich uit en bewoog haar tenen met de net geverfde teennagels eens lekker op en neer. 'Allebei?'

Toen ze Sian beloofde mee te helpen met pakken, had ze kunnen weten dat dit waarschijnlijk de hele middag zou vergen en dat er over elk item moest worden overlegd, tot haar ondergoed en sokken aan toe. 'Alsof ze zo veel ruimte innemen, en bovendien is je koffer nog praktisch leeg. Dat zwemspul is trouwens helemaal niet belangrijk. Zeg, heb je deze vent al gezien?' Ze sloeg de *Vogue* open op het twee pagina's tellende artikel over het pas geopende Herrick en zwaaide met een foto van Lucas, die in een linnen broek met heupkoord en met ontbloot bovenlijf vanaf het strand met een humeurige blik naar de zee staarde. 'Marlon Brando, bekijk het maar!'

'Ja, ik heb het gezien,' antwoordde Sian. 'Die *Vogue* is van mij. Maar Neesh, even serieus, welke wordt het? Er moeten ook nog stapels boeken mee, weet je nog?' Ze gebaarde naar de muur achter haar waaraan een paar gammele Ikea-boekenplanken kreunden onder het gewicht van een omvangrijker verzameling boeken dan er in de bibliotheek van Bergen County te vinden was: *Journalism Today*; *Media Studies in the New York Area*; '*Missing in Action*': *A war reporter's story*. 'De helft van de koffer is voor kleding, meer niet.'

Taneesha zuchtte. Sinds Sian op haar achtste *Superman* had gezien, had ze één obsessie: journalist worden. De twee meiden hadden de film zelfs samen gezien en waren al sinds de tweede klas lagere school onafscheidelijk. Elkaar voortdurend de loef afstekend, zowel op sportief gebied, bij de studie als wat de jongens betrof, bleven ze hartsvriendinnen. Als ze er niet zo volkomen verschillend uitzagen (Taneesha was zwart, met het lichaam van een sprintster, en haar lange vlechten met kraaltjes golfden als een met smaragden bezette vliegerstaart over haar rug. Sian, daarentegen, had zo'n lichte teint dat ze bijna doorschijnend leek) zouden ze bijna voor zussen hebben kunnen doorgaan.

'Weet je, je komt daar waarschijnlijk nauwelijks aan lezen toe, hoor,' meende Taneesha, die zich afvroeg waarom je voor je vakantiebaantje in de Hamptons zonodig een semester aan leerstof moest meenemen. 'Werken in een hotel is zwaar. Geloof me, ik spreek uit ervaring.'

Sian sloeg haar ogen ten hemel. 'Drie weekenden bordenwassen in het W. maakt jou nog geen ervaringsdeskundige, hoor.'

Maar Taneesha negeerde haar en begon hardop stukjes van het interview met Lucas voor te lezen. 'Hier, moet je horen: "Met zijn filmsterrenuiterlijk is de meer dan coole Spaanse protegé van Anton Fisch druk bezig het suffe volkje van East Hampton wakker te schudden. Als manager van de nieuwste en meest swingende vestiging in de Tischen-keten, het Herrick, tref ik hem midden in de voorbereidingen voor het inmiddels al druk gehypete openingsfeest op 10 juni." Hé, dat is vanavond. Jammer dat je daar niet bij kunt zijn.'

'Nou,' grapte Sian, die toch maar voor de blauwe biniki koos en deze in haar tas wierp, 'zat ik er alvast maar. Reken maar dat ik dan boven aan de gastenlijst zou prijken.'

'"Lucas Ruiz had ook wat minder goede woorden over voor zijn plaatselijke rivale, Honor Palmer, eigenaar en manager van het legendarische Palmers…"' Taneesha knipoogde even naar Sian, '"dat zelf het afgelopen jaar een flinke opleving beleefde. 'Ik heb besloten niet te reageren op de vele valse, kwaadaardige en in sommige gevallen botweg belasterende beweringen van de kant van mevrouw Palmer aan mijn adres en dat van de heer Tisch en ons hotel, de afgelopen maanden', zo vertelde Lucas me. 'Ik heb het voorrecht om leiding te geven aan wat ik oprecht beschouw als het allerbeste hotel, niet alleen van Amerika, maar van de hele wereld. Iets wat voor Honor Palmer maar moeilijk te aanvaarden is, vooral gezien de duistere situatie rondom haar overname van het Palmers.'" Hoezo, "duistere situatie"?' wilde Taneesha weten.

'Er wordt beweerd dat ze haar vader een loer heeft gedraaid,' antwoordde Sian, die het verhaal met weinig belangstelling had gevolgd. 'Ik weet het eigenlijk niet precies.'

'"Een verscheurde familie is een hoge prijs als de zaken slecht gaan,"' las Taneesha Lucas' reactie hardop. '"Het Palmers draait nu beter dan in voorgaande jaren, maar onze aanwezigheid hier vormt voor hen nu een uitdaging, en mevrouw Palmer heeft ervoor gekozen om die als iets persoonlijks op te vatten. Zelf denk ik dat dit haar onervarenheid in deze branche nog eens onderstreept. De markt zal uiteindelijk bepalen wie van ons zal slagen. Ik weet wel op wie ik mijn geld zou zetten.'"

'Nou, het zal me een worst wezen of Honor haar ouweheer met een waslijn heeft gewurgd of niet,' was de duidelijke taal van Sian. 'Het Palmers heeft een waanzinnige gastenlijst voor deze zomer, wat meneer Herrick Hot Shot ook mag beweren. En ík zal erbij zijn, me mengend tussen de sterren.'

Wat Sian betrof was een hele zomer werken in het Palmers de kans van haar leven. Om te beginnen zou ze voldoende geld bij elkaar kunnen sparen om haar vader ervan te overtuigen dat haar plannen om het jaar daarop een paar mediacursussen te gaan volgen, menens waren. Haar ouders vormden een prima stel en ze hield van hen beiden, maar ze waren ook kleinsteeds en koesterden nog een echte arbeidersmentaliteit. Voor haar moeder was een tripje naar de kust van New Jersey al een exotisch uitje, en haar vader zag echt niet in waarom je na de middelbare school nog verder moest studeren, en al helemaal niet als je een meisje was.

'Hier in Lymington is anders zat werk te vinden,' was zijn favoriete reactie wanneer het gesprek weer eens op studeren kwam. 'Waarom jezelf eerst voor duizenden dollars in de schulden steken als je nu gewoon kunt sparen door te gaan werken?'

Dat haar oudere broer Seamus meteen na de middelbare school in een plaatselijke bar was gaan werken, hielp ook niet echt.

'En hij verdient goed, wil ik er nog even aan toevoegen,' luidde nog een van haar vaders favoriete opmerkingen. 'Én hij is een man. Jij bent een meisje, Sian, en mooi om te zien bovendien. Jij bent al aan de man voordat je het weet. Dus, wat moet je met al die "mediacursussen", weet je wel?'

Sian deed haar best het niet persoonlijk op te vatten. Voor haar vormde een carrière als journaliste de sleutel tot een opwindend, avontuurlijk leven en een ontsnapping uit Bergen County. Maar aangezien verder niemand van het gezin ook maar het geringste verlangen koesterde om Bergen County achter zich te laten, bleef dit voor de anderen maar moeilijk te begrijpen.

Het tweede grote voordeel van haar zomerbaantje in het Palmers was dat ze daar mensen zou ontmoeten die dat verlangen juist wél hadden en die hun kansen met beide handen hadden aangegrepen. Succesvol, bereisd, gestudeerd, mensen met invloed. East Hampton mocht dan nog geen tachtig kilometer van Bergen County af liggen, het was een totaal andere wereld, eentje waar voor Sian in elk geval een schat aan kansen lag.

'Weet je,' zei Taneesha ten slotte, terwijl ze het tijdschrift weglegde en de verkozen blauwe bikini wat aandachtiger bekeek, 'jij kunt dat zonnebaden wel vergeten, meisje. Besef je dat wel?'

'Ach wat. Jij bent gewoon jaloers,' reageerde Sian en ze stak speels haar tong uit terwijl ze het ene na het andere boek in de koffer wierp. Geen tijd om te zonnebaden was misschien maar beter ook. Ook al dacht haar vader er anders over, zelf beschouwde Sian zichzelf bepaald niet als aantrekkelijk, en alleen al het vooruitzicht zichzelf in bikini aan de buitenwereld te moeten tonen, gaf haar de kriebels. Ze was enorm verlegen over haar lichaam: lang en mager, met stelten van benen, nauwelijks borsten en zo'n blankemeisjeskont die zich zonder problemen in een jongensbroek liet vangen. Haar gezicht ging nog wel, min of meer, met de lange, ranke neus en de grote, ver uit elkaar staande bruine ogen. Maar wat haar betrof kon de rest bedekt blijven.

Taneesha's teennagels moesten nu wel droog genoeg zijn, en ze trippelde behoedzaam over het tapijt naar het slaapkamerraam. Buiten waaide een warm briesje, en hoewel het nog maar begin juni was, was het al volop zomer. Pubergrut hing al in kleine groepjes op de hoeken van de straat, de jongens als *wannabe gangsta's*, gekleed in te wijde, afzakkende broeken en met capuchons tot diep over de oren, terwijl de meisjes zo uit een Jay Z-video leken te zijn weggelopen. Straathoertjes in opleiding, daar kwam het op neer.

Het was goed dat Sian voor zichzelf een betere toekomst wilde. Stiekem wilde Taneesha dat ook.

'Weet je wanneer je mij jaloers maakt?' vroeg ze terwijl ze haar hoofd weer naar binnen stak, 'als je een van die rijke, bekakte hotelgasten om je vinger windt, en die alles voor je laat betalen.'

'Ik wil geen vriendje, Neesh,' reageerde Sian ernstig. 'Ik wil netwerken.'

'Ja ja, ik zie het al voor me,' plaagde Taneesha haar. 'In je krappe kamermeisjesuniform terwijl je je net bukt om de lakens van een of andere stinkend rijke muziekproducer te verschonen...'

'Tanéésha!'

'En dan "netwerk" je die sukkel net zo lang tot-ie niet meer op z'n benen kan staan!'

Taneesha lachte terwijl een stortvloed aan projectielen, voornamelijk beha's en slipjes, haar om de oren vloog.

'En als ik toch iemand scoor,' verduidelijkte Sian, beroofd van munitie, 'en ik zeg helemaal niet dat ik dat van plan ben, maar dan zal het in elk geval niet een hotelgast zijn.'

'O? Met wie dan wel? Lucas, de *hunk* van het Herrick?'

'Niet mijn type,' reageerde Sian gedecideerd.

'Doe me een lol, zeg. Hij is ieders type.'

'Niet het mijne,' grapte Sian. 'Niet rijk genoeg.'

Taneesha haalde haar schouders op. 'Je bent waarschijnlijk toch te moe om te daten. Zulke binken vallen meestal niet op doodvermoeide kamermeisjes met wallen onder de ogen.'

'O?' reageerde Sian opeens alert, zoals altijd wanneer ze een uitdaging bevroedde. 'Ik wed om honderd dollar dat als ik in september terug ben, ik op z'n minst één miljonair in de knip heb.'

'Zó prestatiegericht...' Taneesha schudde quasiafkeurend het hoofd.

'Reken maar,' grijnsde Sian terug. 'Dus, wedden we? Of ben je bang om over de brug te komen?'

'O, die weddenschap staat.' Lachend schudde Taneesha het hoofd. 'Reken maar van yes.'

Ondertussen zat ook Honor in het Palmers op haar bed, omringd door een zee van kleren, terwijl ze zich afvroeg wat ze die avond voor de party in het Herrick moest aantrekken.

Omdat ze zich niet lekker voelde in een jurk of een rok, droeg ze het liefst een broekpak, maar ze wilde niet de enige zijn die eruitzag alsof ze een zakelijke bespreking had terwijl iedereen op zijn feestelijkst gekleeed was. Lucas' viplijst bleef een mysterieuze bedoening, maar als je mocht afgaan op de clientèle van het Herrick sinds april – vanavond was het officiële openingsfeest, maar het hotel draaide inmiddels al twee maanden – zouden er genoeg jonge Hollywood- en MTV-types in hotpants met kwastjes aanwezig zijn om er in haar Armani-pak voor schut bij te lopen.

Over hotpants en kwastjes gesproken, hoe graag ze de verderfelijke Lucas en zijn gasten ook wilde imponeren, ze moest ook rekening houden met haar eigen gasten. Lucas had de gasten van het Palmers ooit hatelijk omschreven als de 'rollatorclub', en hoewel dit niet helemaal klopte, waren haar gasten inderdaad een heel stuk ouder en behoudender dan het snellegastenvolkje van het Herrick. Wilde het Palmers het offensief van het nieuwe Tischen overleven, dan moesten de vertrouwde troeven worden uitgespeeld en de tradities van het oude geld worden gerespecteerd. En dat betekende een ingetogen outfit, ongeacht wat P Diddy en zijn entourage allemaal in petto hadden.

Ze draaide zich weg van de deprimerende berg kleren en gunde zich een moment om de foto's aan de muur van haar slaapkamersuite te bekijken. Al meteen voelde ze zich een stuk beter. Vlak boven de plank aan het hoofdeinde hing een reeks oude zwart-witfoto's van het Palmers in de jaren twintig en dertig, aan het begin van de glorietijd. Op de meeste ervan was haar grootvader te zien, jong en parmantig in zijn donkere pak en vest, met zijn bekende glimmend gepoetste zakhorloge dat als een gouden volle maan aan een ketting voor zijn borst hing. Bijna alle foto's vertoonden groepjes mensen, heren in formele kostuums en keurig geklede dames met lange parelkettingen en gedurfd kortgeknipt haar, rondhangend in de siertuin of slenterend over de grindpaden van de rozengang. Achter hen rees het Palmers op als een groot wit schip, met de deuren en ramen gastvrij opengeslagen, en leek het eeuwig zomer. De schommelstoelen en de schommelbank op de veranda stonden er nog steeds, ze had ze binnen een maand na haar komst laten restaureren, maar de gasten op de foto's stamden uit een zo vervlogen tijd dat ze net zo goed van een andere planeet konden komen. Op een paar foto's ontwaarde ze haar eigen grootmoeder, een kleine brunette, net als zij, en telkens op de achtergrond, daarmee Tertius alle aandacht gunnend. Hoewel? Wie weet haatte ze het om te worden overschaduwd door zijn enorme uitstraling; haatte ze al die nachten dat hij haar alleen liet om het zijn gasten naar de zin te maken en zichzelf met hart en ziel over zijn geliefde hotel te ontfermen. Voor de partner was het nooit gemakkelijk.

Op de muur rechts prijkten foto's van Honors eigen recente verblijf. In de week van haar komst, waarin ze die nietsnut van een Whit Hammond ontsloeg, had ze als bewijs van zijn verwaarlozing van het hotel talloze foto's gemaakt, waarna ook de opzichters een duit in het zakje hadden gedaan: kapotte ramen, lekkende pijpen, verkruimelend pleisterwerk, tuinen in verval, vol met puin en rommel, waardoor ze meer weg hadden van een achtererf van een of ander gek mens dan van een terrein dat hoorde bij een prachtig hotel. Maar stukje bij beetje had Honor het enige echte thuis, zoals ze dat altijd had gekend, weer liefdevol opgebouwd. Verrot houtwerk van de gevel was vervangen door nieuw, maar dan wel van hetzelfde degelijke eikenhout en behandeld op dezelfde eeuwenoude ambachtelijke wijze alvorens wit te worden geschilderd. Ze had zich een fortuin kunnen besparen door met nieuwe, goedkopere materialen te werken, maar ze beschouwde de restauratie als een levensreddende operatie. Het was beter om nu even geduldig en grondig te werk te gaan dan om de boel met half werk tijdelijk een beetje op te lappen. Voor haar waren de foto's van 'erna', het prachtige nieuwe dak, de weelderig bloeiende tuinen, de gerestaureerde openslaande ramen, die weer schitterden in het door de oceaan weerspiegelde zonlicht, het bewijs dat haar aanpak de juiste was geweest, hoe de accountants misschien ook klaagden.

Ze had hen en haar criticasters al verbluft door het hotel tegen alle verwachtingen in van de rand van het faillissement te redden. Zelfs de *Vogue*-journaliste, duidelijk in het kamp van Lucas, en ongetwijfeld ook zijn bed, had moeten toegeven dat Honor wonderen had verricht. Ondanks

Lucas' stekelige commentaren hadden de meeste mensen bij het zien van wat voor geweldig werk ze had verricht nu het hotel weer het juweel in de kroon van East Hampton vormde, het haar vergeven hoe ze het hotel destijds had 'opgestreken'. Het verbleekte, afbrokkelende pleisterwerk en het houten timmerwerk van toen vormden nu een fier glanzende gevel, zo wit als een door de zon gebleekt bot, en het verwarde onkruid in de rozentuin en het lavendelpad was zonder pardon gewied, waardoor de tuinen met hun wit, roze en dieppaars tezamen weer een geuren- en kleurenparadijs waren geworden. Binnen garandeerde het hotelpersoneel dat alles als een goed geolied ambtenarenapparaat discreet op rolletjes liep. De ambiance, hoewel nog altijd enigszins gedateerd, was nu eerder chic dan sjofel. Een verblijf in het Palmers voelde als een verblijf in de luxe maar huiselijke woning van een van je meest toonaangevende vrienden, precies de gastvrije luxe waarop Honor gemikt had.

Dankzij deze verbeteringen en het standvastig en discreet fêteren van oude en nieuwe gasten achter de schermen wist ze de kamerbezetting behoorlijk op te krikken. Hoewel niet zo flitsend of mediavriendelijk als bij Lucas, waren haar zomerreserveringen desondanks zeer indrukwekkend, met flink wat Europese royalty's en een aantal senatoren, president-directeuren wier namen in de Fortune 500 te vinden waren, en belangrijke opiniemakers. Wat de plaatselijke bewoners betrof, na de confrontatie met de monstrueuze glazen en stalen werkelijkheid van het Herrick en zijn lawaai schoppende, ordinaire rapperscliëntèle wisten ze niet hoe snel ze zich achter Honor en het Palmers moesten scharen. Ze verwelkomden haar terug in de schoot en beloofden plechtig om op alle mogelijke manieren te helpen deze ongewenste vreemde nieuwkomer het faillissement in te jagen.

Maar al het goede nieuws ten spijt – haar triomf als de wonderdochter van East Hampton, haar volgeboekte zomer- en kerstperiode, haar trots op haar eigenhandige transformatie van het hotel – wist ze hoe fragiel deze 'heropleving' in werkelijkheid was. Ze had op z'n minst nóg zo'n goed jaar nodig wilde ze het o zo belangrijke onderhoud aan de stroomvoorziening en andere klussen kunnen uitvoeren. En met Lucas die haar als een bloedhond op de hielen zat, gesteund door de welhaast bodemloze geldbuidel van Anton Tisch, zo leek het, en favoriet bij alle media, was er nog helemaal niets zeker. Het Palmers had klasse en charme, maar het Herrick had, om maar eens wat te noemen, vier zwembaden, een bioscoop, een heliplatform, een hypermoderne fitnesszaal en een chef-kok die drie Michelinsterren op zijn naam had staan. Misschien was dit dus toch wat het nieuwe, oppervlakkige sterrenbeluste Amerika het liefst wilde. Vooral veel nieuwlichterij en weg met de traditie.

Ze draaide zich weer om naar de zee van kleren op het bed en koos voor een grijze midi-japon van geruwde zijde en een paar brede suède lage hakken. Na zich te hebben verkleed liep ze naar haar kaptafel waar haar zeer bescheiden beautycase – crème, poeder en wat blush voor op de wangen – al gereedstond. Goddank zou Devon er deze avond ook zijn voor wat morele ondersteuning. En eindelijk eens zonder Karis, die vanochtend gierend van de migraine had afgezegd, zodat ze dus zowaar een gesprek met hem zou kunnen voeren.

De fase van het prille aftasten hadden ze inmiddels achter de rug en Honor voelde zich stilletjes gesterkt in zijn liefde voor haar en ze kon de lange perioden van afzondering, die haar in het begin zo radeloos maakten, nu veel beter aan. Af en toe dagdroomde ze over een huwelijk en kinderen, maar dat was niet langer een serieus gespreksonderwerp. Inmiddels hadden ze zich geschikt in de veilige, behoedzame routine die hoorde bij twee vaste geliefden.

Ze wist dat hij zich deze avond in het Herrick, of waar dan ook in het openbaar, niet afstandelijk zou gedragen. Maar ze had zijn stiekeme glimlachjes en zijn aanmoedigende knipoogjes inmiddels wel leren lezen en deze kleine tekenen van hun geheime band leren koesteren zonder daarbij verder aan te dringen. Dat hij er die avond bij zou zijn, zou Lucas' arrogantie en voortdurende getreiter iets draaglijker maken.

Bah. Lucas. Terwijl ze een beetje vaseline op haar lippen en oogleden smeerde, probeerde ze zijn knappe zelfingenomen kop uit haar gedachten te bannen. Ze was inmiddels gewend aan zijn uithalen naar haar in de pers, maar dat laatste stuk in de *Vogue* had haar toch echt pissig gemaakt. Het Palmers draaide al bijna een eeuw mee. Wat dacht die snotneus wel om al twee maanden na de opening te impliceren dat het Palmers zijn langste tijd had gehad? Het afgelopen jaar had de vijandschap tussen Honor en Lucas zich ontwikkeld tot een zeer kwaadaardig virus, gevoed door de openlijke pr-oorlog en de spanningen onder de plaatselijke bevolking. Hoewel het officiële verhaal luidde dat men unaniem de pest had aan Lucas en zijn afschuwelijke hotel en zich aan Honors kant schaarde, was minstens de helft van alle bewoners (de vrouwelijke helft) niet van zins om zijn naam definitief uit hun adressenboekjes te gummen. Als Brad Pitt aanbelde, ging je hem echt niet vertellen dat je je haar aan het wassen was, hoe rot hij die arme Jennifer Aniston ook mocht hebben behandeld. Lucas was simpelweg te sexy om te worden geboycot, wat inhield dat Honor hem af en toe tegenkwam op feestjes en dinertjes, wat in de regel tot enig vuurwerk leidde.

Maar deze avond moest anders worden. Hoe ze Lucas ook verachtte, dit was een openbaar evenement en ze wist dat ze haar temperament onder de duim moest houden. Hopelijk kon Devon haar daar ook een beetje bij helpen.

Zittend in het Herrick pakte Anton Tisch voorzichtig nog een Belgische Rococo-bonbon, boog zich naar voren en legde hem liefdevol in de geopende bek van Mitzi, zijn Duitse herder.

'Braaf zo, meisje,' koerde hij als een adorerende vader. 'Wat zegt mijn lieve kleine meisje dan, hmmm?'

Hij lag languit op de zit-slaapbank in de pas voltooide Daria-suite (vernoemd naar zijn moeder) en bekeek een van zijn zelfgemaakte porno-opnamen die hij uit Genève had meegenomen. Een van de grote voordelen van een privéjet was dat je 'gevoelige' bagage – dus ook de banden uit de bibliotheek, die hij graag als een soort virtuele harem beschouwde – kon meenemen zonder dat een of andere onderknuppel van de luchthavendouane in je koffers ging wroeten.

Achter het hotel was het openingsfeest inmiddels al in volle gang. Anton was speciaal voor deze gelegenheid naar de Verenigde Staten gevlogen en het werd de hoogste tijd dat hij zijn gezicht liet zien. Maar nog even niet. Niet voordat hij was klaargekomen. Terwijl hij met zijn linkerhand zijn geliefde hond aaide, gleed zijn rechterhand ritmisch op en neer over zijn kloppende erectie.

Ah, wat voelde dat heerlijk. Nog even en dan was het zover.

Als enthousiaste amateurfilmer had hij de afgelopen tien jaar een uitgebreide collectie videobanden aangelegd waarop hij seks bedreef met allerlei vrouwen. Als een geobsedeerde archivaris had hij de banden alfabetisch op de voornamen van de meisjes gesorteerd: de collectie op de lange boekenplank in zijn huisbioscoopje in Genève liep van Abigail tot en met Zoe. Vandaag genoot hij van wat oude opnamen van Heidi, de teef die zijn reputatie een fikse deuk had bezorgd door met haar verhaal naar de *Evening Standard* te stappen.

Terugblikkend was seks met Heidi van tamelijk gemiddeld niveau geweest. Hoewel ze destijds een stripteasedanseres was, was ze in bed nogal preuts, helaas; liet ze zich met tegenzin van achteren nemen en anaal was al helemaal uit den boze. Toch, nu hij de band weer bekeek, werd hij er weer behoorlijk opgewonden van. Net als met al zijn andere vriendinnen die hij had gefilmd, had hij Heidi verzekerd dat hij de banden al jaren geleden had vernietigd. Het feit dat hij haar naakte lichaam op welk moment dan ook naar believen, zonder dat ze het wist, kon aanschouwen – terugspoelen, het beeld laten bevriezen op haar gespreide benen en de uitnodigende spleet daartussenin, en dat alles voor zijn eigen genot – voelde als een soort psychische verkrachting. Terwijl zijn hand sneller en sneller op en neer ging, steeg de opwinding, geprikkeld door zowel de beelden als de zoete wraak.

'Jaa…' kreunde hij grommend naar het scherm terwijl hij eindelijk klaarkwam. Met zijn linkerhand greep hij Mitzi's hals nog steviger vast terwijl hij zijn rechterhand om zijn jeukende ballen klemde. '*Fuck you*, vuile hoer die je er bent…' Hij griste wat Kleenex-tissues uit het doosje naast hem, veegde zichzelf snel min of meer schoon en ritste zijn gulp dicht. Daarna zette hij de flatscreen-tv uit, haalde nog even een hand door Mitzi's vacht en stond op van het bed.

'Baasje is zo weer terug,' sprak hij lief. Hij wierp nog een bonbonnetje in de kwijlende bek van het dier en liep naar de deur.

Eenmaal buiten slenterde hij wat rond over het terrein en bekeek hij met stille tevredenheid het groeiend aantal gasten. Hij had er goed aan gedaan om Lucas in te huren. De jongeman had onder moeilijke omstandigheden fantastisch werk geleverd, en het openingsfeest van vandaag vormde het sluitstuk van zestien maanden beulen. Het was zo'n vroege zomerdag waarop zelfs de saaiste tuin iets moois had, en de tuinen van het Herrick waren allesbehalve saai. Een prachtige Japanse watertuin, compleet met vijver met koikarpers en een zevenenhalve meter hoge waterval, domineerde het geheel en droeg bij aan de verstilde, vredige uitstraling van de tuin. Hier geen opzichtige bloemen, geen snoepjesroze bloesems waar de Hamptons in deze tijd van het jaar mee overwoekerd leken. Nee, in plaats daarvan hadden de architecten van het hotel bewust gekozen voor een bescheiden palet van groen en wit, doorkruist met zacht kronkelende paden van grijze leisteen en hier en daar een sculptuur uit glad graniet. De rustgevende aanblik weerspiegelde dat van het hotelgebouw, met zijn ronde, glazen façade, die glinsterde in het zonlicht als de minutieus opgepoetste voorruit van een nieuwe auto.

Ja, het was modernistisch. Zeer, zelfs. Maar alleen een hartgrondige cultuurbarbaar zou deze serene schoonheid durven ontkennen. Het resultaat had Antons verwachtingen in elk geval overtroffen. Hij had talloze foto's van de bouw gezien, maar die vielen in het niet bij hoe mooi het er in werkelijkheid uitzag.

Desondanks was hij moe. Nadat hij de vorige middag in New York was geland, was hij pas om tien uur 's avonds in East Hampton aangekomen, maar hij had erop gestaan al het hotelpersoneel persoonlijk de hand te schudden. Daarna had Lucas hem twee uur lang bijgepraat over het aanstaande openingsfeest. Ten slotte had hij zijn bed opgezocht.

'Nog wat champagne, meneer?' Een aantrekkelijke serveerster bood hem een glas Cristal op een glimmend zilveren dienblad aan.

'Dank je.' Hij onderdrukte een geeuw en verruilde zijn lege glas voor een vol. Aan de overzijde van het gazon zag hij Lucas staan, omringd door een zwerm journalisten. Sinds het *Vogue*-artikel over de rivaliteit tussen het Herrick en het Palmers – FIVE-STAR WARS, zo luidde de kop; goed bedacht, vond hij – was de mediabelangstelling voor zowel Lucas als het hotel losgebarsten. Dit was goed voor de zaken, uiteraard, en precies wat hij had gehoopt toen hij Lucas inhuurde. Maar nu alles liep zoals het moest, ergerde het hem. Lucas mocht zich verheugen in de aandacht van de pers, en ongetwijfeld ook in de pijpgrage mondjes van de allermooiste meiden, terwijl hij, Anton Tisch, eigenaar annex grote inspirator achter het Herrick, bijna onzichtbaar leek. Er moesten minstens vijfhonderd gasten aanwezig zijn, onder wie een hoop echte celebrity's, maar toch zwermden de paparazzi om Lucas alsof hij de grote ster was.

De gastenlijst was waarlijk indrukwekkend. Billy Joel was er, samen met zijn nieuwe, zeer jonge vrouw; en ook de Seinfelds en zelfs Martha Stewart, die gewoonlijk alles afzegde wat zelfs maar half besloten was. Maar Magnus Haakenson, de Deense actiefilmster en tevens de nieuwste Hollywoodontdekking, was toch wel de grootste klapper. Niet alleen was hij voor het feest gekomen, maar hij had voor zichzelf en zijn entourage ook nog eens voor vier nachten geboekt. Honor Palmer moest wel een paar traantjes in haar cocktail plengen.

Maar Honor had het slechte nieuws over Magnus nog niet vernomen. Ze was de limo nog niet uit gestapt en de hoteltuin in geslenterd of de paparazzi doken al als haviken en flitsend met hun camera's op haar af.

'Mevrouw Palmer, we vroegen ons al af of u nog zou komen,' begon een reporter die naast haar opdook en die ze vaag herkende als een verslaggever van de 'De week die was'-pagina van *The New York Times*.

'Maar natuurlijk ben ik gekomen, John,' antwoordde ze met een serene glimlach, biddend dat haar grijze jurk haar niet te flets maakte. 'Het is een heerlijke avond, en de champagne is gratis. Wat wil je nog meer?'

'En Lucas Ruiz' commentaar over jou in de *Vogue* van vorige maand? Je voelt je niet beledigd?'

Met een hautain wegwerpgebaar, alsof ze een vlieg wegsloeg, loog ze: 'Ik vrees dat ik geen tijd heb om modebladen te lezen.' Ze had Lucas' giftige uithalen inmiddels zo vaak gelezen dat ze ze zelfs achterstevoren in het Hongaars kon citeren. 'Ik heb het veel te druk met het runnen van het beste hotel van Amerika. Ah, Billy! Hoe is het met je?'

Weer werd er druk geflitst terwijl ze naar een zwaaiende Billy Joel liep en hem met een kus op beide wangen hartelijk begroette.

Een metertje verderop kletste Devon met de voorzitter van de golfclub. Op het moment dat hij Honor zag, glimlachte hij wat vluchtig, hetgeen door haar al even behoedzaam werd beantwoord. Allebei wisten ze dat ze deze avond op hun hoede moesten zijn. Lucas zou, hier op eigen terrein, zelfs nog zelfverzekerder zijn en haar als een havik in de gaten houden. Eén uitglijertje en ze was een prooi voor hem.

Maar tot haar verrassing had hij sinds zijn eerste steek onder water, tijdens Karis Carters verjaardagsborrel afgelopen jaar, niet langer persoonlijk of, god verhoede, in het openbaar op haar relatie met Devon gezinspeeld. Misschien dat ze hem die avond verkeerd had verstaan of zijn woorden verkeerd had opgevat. Ze was immers behoorlijk dronken geweest en het was niets voor Lucas om haar op welke manier dan ook te ontzien, laat staan over iets buitengewoon controversieels als haar verhouding met Devon.

Toch kreeg ze zweethandjes toen Lucas zich langs de gasten wurmde en recht op Devon afstevende. Wat voerde hij in zijn schild? Wat het ook was, veel goeds kon het niet zijn. Kon ze maar even stiekem meeluisteren.

'Devon. Michael. Welkom.' Gekleed in zijn witte linnen pak en roze overhemd en met zijn parelwitte grijns, die scherp afstak tegen zijn gebronsde huid, leek Lucas helemaal de Miami-playboy. 'Jullie vermaken je wel een beetje, hoop ik?'

'Zeker,' antwoordde Devon stijfjes.

'Excuseer,' sprak Mike Malone, voorzitter van de golfclub, terwijl hij Lucas aankeek met een blik die hij normaliter reserveerde voor zaken die aan zijn schoenzool kleefden. 'Ik denk dat ik mijn vrouw maar eens ga opzoeken. Ze wordt verschrikkelijk nerveus als ik haar te lang alleen laat.'

Onbehouwen hork, dacht Lucas bij zichzelf. Het enige wat Lucille Malone nerveus maakte, was wanneer de vibrator formaat komkommer, die de tekortkomingen van manlief diende te compenseren, weer eens lege batterijen had.

Hij deed alsof het hem niet interesseerde, maar de manier waarop de plaatselijke bewoners nog altijd op hem neerkeken, maakte hem razend. Was het vanwege zijn Spaanse dan wel eenvoudige komaf, of omdat hij toevallig geen Palmer heette? Hij wist het niet. Maar het zat hem goed dwars.

'Je zult wel blij zijn met de opkomst,' merkte Devon op.

Net als zijn vriend Mike beschouwde hij Lucas als weinig meer dan een derderangs immigrant die toevallig mazzel had gehad. En hij was ziedend over wat Lucas in dat bevooroordeelde interview allemaal over Honor had verteld. Maar in tegenstelling tot Malone wist hij hoe hij zich diplomatiek moest gedragen.

'Blij ben ik zeker,' antwoordde Lucas. 'En Anton is verrukt. Ik hoop maar dat nu we eenmaal draaien, we een paar van onze criticasters lik op stuk hebben gegeven. Dit is toch schitterend, niet?' Hij wees naar de kathedraalachtige pracht van de glazen façade, die het zonlicht tegen de Gucci-zonnebrillen van de feestgangers deed weerkaatsen.

Devon glimlachte minzaam. 'Als je zoiets mooi vindt wel, ja.'

'U vindt van niet?' Lucas glimlachte nog altijd beleefd, maar vanbinnen kookte hij. Waarom gunden deze lui hem niet de waardering die hem zo duidelijk toekwam?

'Misschien is het een cultuurverschil,' antwoordde Devon, waarmee hij onbedoeld nog meer olie op het vuur gooide. 'Onze opvatting van schoonheid verschilt nogal van de jouwe en die van de heer Tisch, denk ik. Het heeft allemaal te maken met waarmee je bent opgegroeid. In wat voor omgeving je bent geboren, zo je wilt.'

Maar zo wilde Lucas het niet. Wie dacht deze lummel wel dat hij was? De prins van Wales?

'Hoe gaat het met Lola?' vroeg Lucas, genietend van de achterdochtige blik die direct op Devons gezicht verscheen. 'Ik hoopte eigenlijk dat ze er vanavond ook bij zou zijn.'

Tot Devons ontsteltenis hadden Lucas en Lola de vorige zomer een korte flirt gehad, maar die was alweer snel voorbij toen ze terug in Boston was. Een herhaling was wel het laatste waar Devon op zat te wachten. Nog afgezien van zijn verkeerde afkomst was Lucas veel te oud voor haar en bovendien een notoire playboy. Ze hoorde met geschikte kandidaten van haar eigen leeftijd om te gaan.

'Ze is dit weekend in de stad,' antwoordde Devon kortaf. 'Ze zit bij vrienden. Hoezo?'

'O, zomaar. Ik vind haar gewoon een geweldige meid, da's alles,' wreef Lucas hem in. 'U zult wel trots zijn.'

'Ben ik ook,' antwoordde Devon met een grimas alsof hij zonder verdoving een wortelkanaalbehandeling onderging. 'Stel je voor dat iemand haar kwetst, of dat ze haar toekomst verspilt...'

'Aan iemand als ik?' Lucas glimlachte vriendelijk.

'Ik wilde zeggen: aan een relatie die al vanaf het begin niets oplevert.'

'Niet alle relaties hoeven toch iets "op te leveren"? Stel, je bent getrouwd en je hebt daarnaast al heel lang een minnares, dan kan dat toch voor alle partijen prima werken, zonder dat het iets moet "opleveren", denkt u niet?'

Devon kneep zijn ogen toe. Was dit een verholen verwijzing naar hem en Honor?

'Lola is pas achttien,' antwoordde hij nors. 'Je weet donders goed dat zoiets uit den boze is, Lucas.'

Deze haalde kalmpjes zijn schouders op. 'Misschien hebt u gelijk. Misschien zou een wat mondainere vrouw meer geschikt zijn. Mevrouw Palmer, wellicht? Zij is nog single.'

'Honor?' vroeg Devon hoorbaar tandenknarsend. 'Doe niet zo belachelijk.'

Lucas lachte. 'Alsjeblieft, zeg. Ik had het niet over Hónor,' klonk het vilein. 'Die pot zou ik zelfs met een geléénde lul niet willen neuken. Nee, ik bedoel de ándere mevrouw Palmer. Haar sexy zus. Daarginds.'

Devon draaide zich met een ruk om. Godallemachtig. Arme Honor. Daar zat ze echt op te wachten.

Tina, gekleed in haar vertrouwde hotpants – een strakke spijkerbroek waar de pijpen waren afgeknipt – laarsjes, en met haar pas gelifte borsten slechts in toom gehouden door een piepklein vestje, geen hemdje, fleemde met Anton als een groupie met een popster.

'Jeetje, meneer Tisch, ik moet het u nageven. Dit hotel is echt helemaal te gek,' dweepte ze. 'Hoe hebt u in hemelsnaam alles zo snel op tijd klaar gekregen?'

Anton glimlachte en trok zijn buik in nu de fotografen plaatjes begonnen te schieten.

'Toe, zeg maar Anton,' koerde hij. 'En weet je, als je al zo veel hotels hebt gebouwd als ik, gaat het min of meer vanzelf, mevrouw Palmer.'

'Zeg maar Tina, hoor,' zei ze terwijl ze een hand op zijn arm legde en zich nog iets meer naar hem toe boog zodat haar adembenemende decolleté nog beter tot zijn recht kwam.

Haar aanwezigheid hier op het feest was een spontaan besluit geweest. Min of meer, dan. Na het uiteindelijk toch met Dick Great te hebben uitgemaakt, was ze een paar dagen geleden met de filmbaas van Paramount door diens totaal onverschillige echtgenote in bed betrapt, waarna het allemaal een beetje ranzig was geworden. Voor de oude dragonder stond er iets te veel op het spel om haar man publiekelijk aan de schandpaal te nagelen, maar reken maar dat hij binnenskamers de volle laag had gekregen. Toen meneer Paramount opperde dat Tina misschien beter een maandje de stad uit kon gaan zodat de echtelijke donderwolken wat konden overwaaien, en hij alvast een beetje over de brug kwam met een tweehonderdduizend dollar kostende diamanten armband van Neil Lane, die nu om haar pols glinsterde, had ze gewoonweg niet kunnen weigeren.

Bovendien, gezien alle publiciteit waarin Honor en het Palmers zich de laatste tijd konden verheugen (maar vanwaar in hemelsnaam die interesse in dat oudbakken hotel?), hunkerde ze naar een aandeel in de aandacht. Ze was immers nog altijd deels eigenaar van het Palmers, en in New York sprak iedereen over het openingsfeest van het Herrick.

Na zich eindelijk van de zoveelste journalist te hebben bevrijd nam Honor de kans waar en kuierde nonchalant in Devons richting.

'Heb je al gezien wie er ook is?' fluisterde hij terwijl hij haar een kus op beide wangen gaf.

'Je bedoelt Magnus Haakenson? Ja, ik heb hem gezien,' fluisterde ze terug. 'Nog even en Lucas' zelfingenomenheid bezorgt hem een spontaan orgasme.'

'Echt, schat, je taalgebruik is verschrikkelijk,' reageerde hij met een frons. 'Maar ik had het niet over Magnus. Kijk, daar.' Hij knikte in de richting van Tina.

Honor werd lijkbleek. Daar stond haar zus, zoals gewoonlijk weer ordinairder dan een temeier, en als klittenband aan Anton klevend. 'O, mijn god,' siste Honor. 'Wat heeft ze hier verdomme te zoeken?'

'Haar volgende slachtoffer, zo te zien,' reageerde Devon.

'Geen grapjes, alsjeblieft.' Honor huiverde.

'Ik maak geen grapje. Tisch heeft alles wat jouw zus zoekt in een man. Hij telde zijn vingers af: geld, geld en, o ja, geld. Als de man niet zo'n ongelooflijk onaangenaam heerschap was geweest, zou ik zelfs medelijden met hem hebben. O-o.' Hij deed een stapje achteruit, glimlachte langs haar heen en zwaaide enthousiast naar iets verderop. 'Don Hammond van de kerkenraad. Ik kan maar beter even hallo zeggen.'

Hij was nog niet weg of Honor voelde dat iemand haar op de rug tikte. In de veronderstelling dat het wel weer een journalist zou zijn, zette ze haar meest innemende pr-glimlach op, maar die vervaagde al snel en veranderde in een woeste blik nu ze oog in oog stond met Lucas.

'Ik moet zeggen dat het me een beetje verrast dat je toch nog bent gekomen,' merkte hij vol leedvermaak op. 'Het zal voor jou niet gemakkelijk zijn geweest.' Hij gebaarde triomfantelijk naar de zee van vipgasten.

'Integendeel,' antwoordde Honor. 'Het is een leuk tussendoortje. We hebben het zó druk gehad met ons hotel dat ik nauwelijks aan een beetje ontspanning ben toegekomen. En bovendien doe ik niets liever dan je baas te helpen zijn geld over de balk te gooien. Hoeveel heeft dit alles eigenlijk gekost?' Ze gebaarde naar de rijkelijk vloeiende champagne en de honderden monden die gretig de blini's met Russische kaviaar verorberden alsof het biscuitjes waren, en die op zijn minst twintig dollar per stuk moesten hebben gekost.

'Volgens mij stelt jouw zus aan Anton nu precies dezelfde vraag,' reageerde Lucas. Tina flirtte nu zo uitbundig en duwde haar onwerkelijke boezem zo nadrukkelijk naar voren, als twee airbags die elk moment konden ontploffen, dat Honor er spontaan van moest blozen.

'Ah. Luister…' Met een grijns bracht Lucas een hand naar zijn oor nu

'Gold Digger' van 50 Cent door de super-de-luxe Bose-geluidsinstallatie knalde. 'Ze draaien haar liedje.'

Terwijl Honor hem met vuurspuwende ogen aankeek, viel het hem opnieuw op wat voor prachtige smaragdgroene ogen ze had. Ze leken zelfs nog feller op te lichten als ze kwaad was, zoals nu. Jammer van de rest. Gelukkig had ze een jurk aan, een welkome verbetering na al die potterige broekpakken en die vierkante jasjes, maar zelfs deze grijze outfit van geborstelde zijde oogde nog degelijk genoeg voor een non buiten diensttijd. Waarom toch al die moeite om zichzelf zo te verbergen? Niet dat hij op anorexiatypes viel, maar toch moest hij met enige tegenzin toegeven dat Honor een paar mooie benen en een fraai gestroomlijnde taille had, zo smal dat hij die bijna met één hand zou kunnen omvatten, in het onwaarschijnlijke geval dat hij haar ooit zou kunnen aanraken. Wat zonde om dat alles gewoon maar te verbergen.

Haar zus Tina mocht dan aan de buitenkant zacht zijn, maar één blik was al voldoende om te weten dat onder al die uitdagende, vrouwelijke rondingen zich een spijkerharde tante verborg. Honor, zo verbeeldde Lucas zich, was precies omgekeerd. Het zou hem totaal niet verrassen als er onder dat harde 'fuck you'-masker een warm hart klopte. Er schuilde een echte vrouw in haar, dat wist hij zeker. Ze had gewoon een echte vent nodig om haar te doen ontluiken, en geen ouwe, gemelijke zak als Devon Carter.

'Dat Vogue-interview sloeg trouwens helemaal nergens op,' zei Honor, die het onderwerp 'Tina' maar al te graag wilde laten voor wat het was.

Lucas haalde zijn schouders op. 'Na al die schandalige dingen die jij over mij en mijn hotel rondbazuinde, zou ik zeggen: kijk eerst maar eens naar jezelf.'

'Hallo, het hotel is van Tisch, ja? Niet van jou,' sneerde ze. 'Jij bent gewoon een betaalde kracht. Een ander zou nog denken dat je de boel helemaal zelf hebt ontworpen en steen voor steen hebt opgebouwd.'

Nu was het Lucas' beurt om vuur te spuwen. Hij wist donders goed dat hij slechts de manager van het Herrick was, terwijl Honor zich met recht eigenaar van het Palmers kon noemen, maar hij liet zichzelf niet op stang jagen door een dergelijk statusverschil. Immers, objectief gezien was hij een ongelooflijke bofkont geweest om het nu al zover te hebben geschopt. Toch zat het hem dwars dat zijn droom om zijn eigen hotel te hebben – zijn Luxe – nog pure toekomstmuziek was, en dat terwijl Honor haar hotel op een presenteerblaadje aangereikt had gekregen. Of eigenlijk, ze had het presenteerblad uit de handen van haar vader gegrist op het moment dat de arme drommel te ziek en te zwak was om haar tegen te houden.

'Mag ik even storen?'

Een glimlachende dame van middelbare leeftijd, gekleed in een wijde zeemansbroek en een blauwe blouse met een grote strik wrong zichzelf tussen Honor en Lucas en overhandigde hun allebei een visitekaartje. 'Megan Grier, *Talk Today*. Ik ben producent bij NPR,' tjilpte ze. 'Ik zou het echt geweldig vinden om jullie beiden in mijn radioprogramma te hebben. Dat FIVE-STAR WARS-artikel in de *Vogue* was echt geweldig.' Ze glimlachte naar Lucas. 'Helemaal het real-lifeverhaal dat we zoeken.'

'Nee, dank je,' antwoordde Honor stuurs. Dit soort radiogastvrouwen was o zo aardig als ze je aanklampten, maar eenmaal in de uitzending reten ze je aan stukken met de compassie van een witte haai in een dolfijnenbad. 'Ik ken je programma en dat past niet bij de uitstraling van het Palmers, vind ik.'

'En wat voor uitstraling is dat?' wilde Lucas, nog wat nagloeiend van de 'betaalde kracht'-opmerking van daarnet, weten. 'Oudbakken? Op zijn retour? Bekrompen?'

Maar voordat Honor met een weerwoord kon komen, trakteerde hij mevrouw Grier op zijn meest innemende glimlach. 'Dat lijkt me heel leuk. Voor het Herrick zou het heel goede publiciteit zijn, en ik wil de luisteraars graag uitleggen hoe we met het Herrick het Palmers voorbij zijn gestreefd als hét hotel van East Hampton.'

'Geweldig!' was Megans reactie terwijl ze terugglimlachte. 'Maar we willen eigenlijk een discussie. Ik vrees dat, willen we daarin slagen, we jullie allebei nodig hebben.'

Ze keek Honor aan, die zich bijna verslikte in haar martini-olijf. Het Palmers voorbijgestreefd… Ammehoela!

'Wat jammer toch,' zei Lucas hoofdschuddend tegen Megan. 'Het lijkt wel of mevrouw Palmer te bang is om de daad bij het woord te voegen. Ze was eraan gewend de grootste vis in deze vijver te zijn, maar nu voelt ze zich opeens als een vis op het droge.'

Honor wist dat het kinderachtig was, dat ze zich niet tot dergelijk puberaal getreiter moest verlagen, wist deze wanstaltig aantrekkelijke, zichzelf adorerende macho haar toch uit haar tent te lokken.

'Goed,' flapte ze eruit, waarbij de olijf in haar keel eindelijk losschoot. 'Ik doe mee, mevrouw Grier. Noem een dag.'

Een paar minuten later, nadat Lucas zich had geëxcuseerd om zich over andere gasten te ontfermen, dook Tina met een dommige glimlach van oor tot oor naast haar op.

'Boe!' giechelde ze. 'Vanwaar dat lange gezicht?'

'Hmmm. Eens kijken. Ik ben hier op een openingsfeest van een hotel waar ze maar één doel hebben, namelijk om óns hotel failliet te laten gaan; ik word lastiggevallen door de meest wanstaltige, arrogante seksistische zakkenwasser die ooit deze aarde heeft bewandeld – en met wie ik ook nog eens in een radioprogramma live een duel moet uitvechten, met een presentatrice die al panklaar ligt voor hem. En alsof dat nog niet genoeg is, duikt ook nog eens mijn publiciteitsgeile zus onaangekondigd op en begint zichzelf te prostitueren aan uitgerekend de meneer die het laatste anderhalfjaar alles op alles heeft gezet om dat wat er van onze familie nog over is, om zeep te helpen.'

'Jeetje.' Tina rolde met haar ogen. 'Doe es wat vrolijker, jij. Ben je ongesteld of zo?'

'Wat kom je hier doen, T?' verzuchtte Honor met luide stem. 'En dat geflirt met Anton Tisch, waar zit je verstand? Heb je dan helemaal geen schaamtegevoel?'

'Schaamte?' Tina keek haar vragend aan. 'Over wat? En trouwens, ik flirtte helemaal niet met hem. We voerden alleen maar een gesprekje, meer niet. Hij is gewoon een heel interessante vent.'

'Hij probeert ons te ruïneren!'

'Ach wat. Doe toch niet zo melodramatisch,' wuifde Tina het weg. 'Hij is een hotelier die hier een nieuw hotel heeft geopend. Nou en?' Ze keek even bewonderend om zich heen. 'Ik vind het eigenlijk best mooi. Misschien dat ik hier ook een keer reserveer, als Anton me tenminste een leuke korting geeft.'

'Komt níéts van in!' brieste Honor woedend.

'Grapje...' Tina keek haar zus aan alsof ze ergens een steekje los had zitten. 'Grapje. Je weet wel: ha, ha, ha? Uiteraard verblijf ik in het Palmers. Dat is gratis. Wie weet blijf ik een tijdje hangen. Het is hier opeens een stuk interessanter dan vroeger.'

Honor volgde Tina's blik naar Lucas en Anton die, zo'n tien meter verderop, diep in gesprek waren.

'Kijk, dat is nog eens een stuk,' zei Tina, en ze floot even tussen haar tanden.

'Je maakt een grapje toch zeker?' reageerde Honor. 'Lucas? Heb je toevallig gelezen wat-ie over mij en pap in de pers heeft gezegd?'

'Ja,' reageerde Tina afwezig, nog altijd kwijlend als een puppy. 'Hij kan behoorlijk hard zijn. Maar ja, dat kun jij ook.'

Honor greep haar zus bij de arm. 'Beloof me dat je uit zijn buurt blijft. Uit hún buurt, bedoel ik.'

'Meen je dat serieus?'

Honor reageerde niet, maar de ijzeren greep waarmee ze Tina's arm vasthield, sprak boekdelen.

'Oké, oké, goed hoor, jezus, ik laat ze met rust,' beloofde ze. Maar ik denk toch dat je het niet helemaal doorhebt. Ik kan namelijk een lokaas zijn.' Haar ogen sperden zich ondeugend open. 'Als ik Lucas het bed in krijg, kan ik hem stiekem uithoren. Als een spion!'

'Dit is geen spelletje,' beet Honor haar toe en ze beende weg.

Achter in de hoteltuin liet Anton zich door Lucas bijpraten over het aanstaande radioprogramma. Hoewel het niet op zijn gezicht af te lezen viel, was hij geïrriteerd. Dit was wederom een voorbeeld van hoe Lucas gretig alle lof probeerde te oogsten zonder eerst met hem te overleggen. Het was bij de knaap geen moment opgekomen dat juist Anton wellicht de aangewezen gast voor mevrouw Grier was.

Maar goed. Het betekende nog meer goede publiciteit voor het hotel, en dat lesje in nederigheid zou later wel komen. Op dit moment broedde hij in zijn achterhoofd nog een ideetje uit, eentje waarvoor hij Lucas' hulp nodig had.

'Wat weet je over die zus?' vroeg hij, daarbij Lucas' tirade over Honor, en dat ze de hete adem van de concurrentie in haar nek voelde, onderbrekend.

'Tina?' vroeg Lucas met een glimlach. 'Ja, ik zag jullie twee net al in een gezellig onderonsje. Voor zover ik weet, is ze single. Ze had iets met een of andere jongen die Big Dick heette of zoiets. Maar kennelijk is dat alweer verleden tijd.'

'Ik voel me anders helemaal niet tot haar aangetrokken, idioot,' bitste Anton. Ondanks zijn zelfbeheersing borrelde zijn irritatie nu toch echt naar de oppervlakte. 'Ik vroeg me af hoe we haar voor ons karretje kunnen spannen.'

'Voor ons karretje spannen?' Lucas fronste het voorhoofd. 'Hoe bedoelt u?'

'Kijk, haar oudere zus is duidelijk frigide. Ik denk niet dat we in haar kast veel lijken zullen aantreffen.'

'Nou, dat weet ik nog niet zo zeker,' reageerde Lucas. 'Honor is een halsstarrig kreng, maar ik vermoed dat ze niet zo brandschoon is als ze doet voorkomen. Ik ben er tamelijk zeker van dat ze iets heeft met Devon Carter,' fluisterde hij Anton vervolgens toe.

'Echt?' vroeg deze, terwijl hij deze waardevolle informatie alvast zorgvuldig in zijn oren knoopte, als een spin die een gevangen vlieg inspint voor latere consumptie. 'Interessant. Desalniettemin maak ik me nu meer zorgen om Tina. Ze is volkomen losgeslagen. Ik wil dat jij met haar aanpapt.'

'Ik?' Lucas fronste. 'Om eerlijk te zijn, ze is niet echt mijn type.'

Anton glimlachte wat zuur. 'Het zal me aan mijn reet roesten of ze al dan niet jouw type is. Ik ben zakenman, geen relatiebureau, verdomme.

Ik wil dat het Palmers volgend jaar om deze tijd failliet is.'

'Vanzelfsprekend,' antwoordde Lucas haastig. Wat leek Anton toch opeens gepikeerd. 'Dat wil ik ook. Maar waarom dan aanpappen met Tina?'

Anton, sudderend in zijn eigen venijn, leek hem niet te horen.

'Ik wil dat die kleine kuttenkop van een Honor Palmer failliet gaat!' beet hij Lucas toe. 'Ik wil haar berooid en wel aan mijn voeten zien scharrelen en bedelen. Als een verdwaalde zwerfhond! Duidelijk?'

Lucas onderdrukte een huivering. Ook hij was geen fan van Honor, maar Antons ongebreidelde haat was zorgwekkend. Die leek zomaar vanuit het niets als een bizarre, kwaadaardige vulkaan tot uitbarsting te komen. Maar ja, wat had hij anders verwacht. Tisch zou nooit de top hebben bereikt als hij voortdurend de toffe knaap had uitgehangen. Als Lucas op een goede dag zelf de lakens wilde uitdelen, kon hij maar beter zijn best doen om een eeltlaag op zijn ziel te kweken.

'Goed,' besloot hij. 'Ik ga me met Tina bemoeien.'

Anton slenterde het hotel weer in, en voor het eerst die avond merkte Lucas dat hij zich alleen voelde. Hij keek om zich heen en zijn blik viel op Honor, die met een paar plaatselijke hotemetoten bij de oesterbar stond te kletsen. Hij wist dat ze zich zorgen maakte over het aanstaande radio-programma, en ook over de stijgende reputatie van het Herrick. Maar terwijl ze lachend haar hoofd in de nek wierp, zijn gasten onderhoudend alsof er geen vuiltje aan de lucht was, viel van dat eerste hoegenaamd niets te merken.

Ze mocht dan een erfgename zijn zonder enige ervaring in de hotel-branche, maar in tegenstelling tot wat ze talloze paparazzi had verteld, was ze een ware professional, en zou ze zichzelf het graf in vechten voor het behoud van het Palmers.

Haar failliet laten gaan, zou bepaald geen makkie worden.

12

In een wanhoopspoging om zijn computerscherm uit te schakelen voordat Tammy, zijn secretaresse, kon zien waar hij mee bezig was, morrelde
Ben Slater wat met zijn muis. Maar hij was te laat.

'Ik zag dat je weer bezig was met die stomme aardrijkskundequiz,' zei
ze terwijl ze een stapel post voor zijn neus neerlegde en toch afkeurend
wist te kijken zonder ook maar een blik op hem of de pc te werpen. 'Als je
toch niets anders te doen hebt, waarom hoepel je dan niet op naar huis en
gun je ons hetzelfde? Het is prachtig weer vandaag.' Ze knikte naar het
raam, waardoor je de julizon van het opgepoetste chroom en glas van de
Natwest-toren kon zien schitteren. 'Ik had nu met mijn kinderen aan het
zwembad kunnen zitten met een softijsje.'

'Het is wel mijn bedrijf, hoor,' verdedigde Ben zich schaapachtig terwijl
hij het saaie venster met spreadsheets weer maximaliseerde die hij zo-
even nog had bekeken. Als er één ding was waar Tammy in uitmuntte, was
het wel in hem een schuldgevoel aanpraten. 'Trouwens,' loog hij, 'zo lang
was ik er niet mee bezig.'

De aardrijkskundequiz – een tekening met de contouren van Europa,
maar zonder de landsgrenzen, waarin je zelf uit het hoofd de landen
moest invullen – was de nieuwste e-mailrage die de stad in zijn greep
hield, en het was vreselijk verslavend. Een aantal mannen op kantoor had
binnen de minuut alle drieënveertig landen ingevuld. Bens record behelsde een iets minder indrukwekkend aantal van vijfendertig, wat, al zijn bezweringen ten spijt, eigenlijk het grootste deel van zijn ochtend had gevergd.

Terwijl Tammy al 'ts ts' mompelend haar eigen bureau weer opzocht,
wierp Ben nog een blik op de getallen op zijn scherm. Het had geen zin.
Hij kon zich niet concentreren.

Er was een tijd, nog niet eens zo lang geleden, dat hij dol was op dit bedrijf. De opwinding om vanuit niets zijn fonds op te bouwen, om zich dagelijks in de jungle van de geldmarkten te wagen en zijn concurrenten te

slim af te zijn – hij wist zeker dat hij er toen van genoot. Wanneer die opwinding precies was verflauwd, wist hij niet, maar het was wel gebeurd.
De laatste tijd kon hij het gevoel dat er in het leven meer moest zijn dan
die eindeloze vermeerdering van rijkdom niet meer van zich afschudden.

Het afgelopen weekend, toen hij naar Essex was gegaan om zijn zus Karen en haar kinderen op te zoeken, had hij het er met haar over willen
hebben. Maar mocht hij naar medeleven hebben gezocht, dan was hij aan
het verkeerde adres.

'Benny, je bent nog een beetje jong voor een midlifecrisis,' had ze lachend gezegd terwijl ze met de ene hand in een steelpan spaghetti roerde
en met de andere melkpoeder in de babyfles schepte. 'Als je je zo verveelt,
mag je wel bij ons komen logeren en Darrens luiers verschonen. Gisteren
poepte hij vier keer in een uur. Vier keer! En een daarvan deed-ie in zijn
nieuwe autozitje. Om zes uur vanmorgen stond Jim het laatste nog weg te
boenen voordat hij naar zijn werk kon. Dat ouwe barrel meurt nu naar
stront.'

Ben sloeg zijn ogen ten hemel. 'Wat schets je toch een heerlijk plaatje
van huiselijk geluk, Karen. Ik geloof dat ik pas.'

'Hallo, eerst proberen voordat je ergens op afgeeft,' reageerde zijn zus.
'Ik ben hier niet degene die denkt dat het leven geen zin heeft. Het wordt
tijd dat jij eens gaat trouwen, jongen, en een paar kinderen krijgt. Dan zou
je geen tijd hebben om op je kont te gaan zitten chagrijnen en als de Da-
lai Lama een beetje voor je uit te staren.'

God zegene Karen. Ze wist zich in elk geval wel uit te drukken. Maar
diep vanbinnen realiseerde Ben zich dat ze ergens ook wel gelijk had. Hij
zou niets liever willen dan op zoek gaan naar een leuke meid en zich dan
ergens settelen. Maar om een of andere reden bleek de ware toch irritant
lastig te vinden. De laatste twee meiden met wie hij uit was geweest, hadden bij de eerste kennismaking nog zo lief geleken, maar bijna meteen nadat hij hen in bed had gekregen, bleken beide dames op meer uit te zijn
dan alleen zijn persoontje en eisten ze al sieraden en dure vakanties.

'Hoe bedóél je dat je dit jaar niet naar St. Tropez gaat?' had Mischa, de
nummer twee, hem een paar weken geleden uitgefoeterd toen hij op het
laatste moment zijn vakantieplannen had gewijzigd. 'Iedereen gaat! Wat
heeft het voor zin om deze zomer afspraakjes te maken als jij alleen maar
in Londen wilt blijven en werken?'

'We hoeven niet in Londen te blijven,' had Ben op redelijke toon gezegd. 'We zouden om het even waar naartoe kunnen gaan. De Provence.
Toscane. Misschien zelfs Cornwall.'

'Cornwall?' Haar gezicht deed vermoeden dat hij had voorgesteld om
vakantie te vieren in een rioolwaterzuiveringsbedrijf.

'Wat?' had Ben verbijsterd gevraagd. 'Het is 's zomers heerlijk in Cornwall. Weet je, ik heb gewoon geen zin in die hele onzinscene in St. Tropez. Of op Sardinië, of al die andere plaatsen waar het druk is. Ik ga liever naar een rustige bestemming. Alleen met jou.'

Dat was het laatste wat hij van Mischa had gezien. Twee dagen daarna had ze hem ingeruild voor een derivatenhandelaar bij Lehman.

Gedeprimeerd had Ben met Lucas gebeld. Aangezien de laatste naar Amerika was verhuisd, had geen van beiden veel tijd gehad om te kletsen, maar hun band was nog net zo innig als vroeger, en zodra Lucas had opgenomen, waren ze elkaar alweer ouderwets gaan plagen.

'Nou ja, natuurlijk heeft ze je gedumpt!' lachte hij hard toen Ben had uitgelegd wat er gebeurd was. 'Cornwall? Jezus, Ben, hoe oud ben je nou? Zestig?'

'Begin jij nu ook al?' had Ben oprecht geïrriteerd gereageerd. 'Wat mankeert er verdomme aan Cornwall? St. Tropez is geen fuck aan, vooral niet in juli. Dat weet jij ook.'

'Nou, kom dan naar de Hamptons,' had Lucas geopperd. 'Kom in mijn hotel logeren. Het is, zoals jij zou zeggen, het absolute neusje van de zalm.'

'O, is het nu al jóúw hotel?' plaagde Ben hem. 'Laat Herr Tisch het maar niet horen. Voordat je *Sauerkraut* kunt zeggen laat-ie je al door de Gestapo afvoeren.'

'Heel grappig,' reageerde Lucas droogjes. Honors opmerking over de 'betaalde kracht' zat hem nog steeds dwars. Van zijn vrienden hoefde hij dit soort onzin niet te pikken.

'Ach, kom op, ik maak maar een geintje,' zei Ben, die de verandering van toon in Lucas' stem wel had opgepikt. 'Ik heb alles over je gelezen. In *W* stond een groot stuk over je housewarmingparty. Het kwam verdomd geniaal over. Nog bedankt voor de uitnodiging trouwens.'

'Je had moeten komen.'

'Wilde ik ook, echt waar,' zei Ben. 'Maar het was afgelopen maand een gekkenhuis op het werk. Het fonds van jouw baas doet het op het moment zo godvergeten goed, dat de rest van ons alle zeilen moet bijzetten om het bij te houden.'

Lucas kon het zich maar moeilijk voorstellen dat Ben 'het genie' Slater alle zeilen moest bijzetten om iemand bij te houden, maar hij was er niet op ingegaan en had in plaats daarvan weer het oude onderwerp opgepakt. 'Ik meen het. Waarom kom je niet hierheen? Je zou niet eens een meid mee hoeven nemen. Het Herrick krioelt van de meiden.'

'Ja hoor,' had Ben gereageerd. 'Ik zie die mokkels al zitten bij jou aan de bar. Daar zitten toch nauwelijks potentiële echtgenotes tussen, hè?'

'Pas op,' had Lucas hem gewaarschuwd. 'Straks krijg je nog de kolder in je kop daar boven in die ivoren toren van je, mijn vriend. Luister, ik moet ervandoor. Maar denk er nog even over na. Je zou het hier reuze naar je zin hebben, dat beloof ik je. Ik zal een kamer voor je apart houden, voor het geval dat.'

Dat telefoongesprek was een week geleden geweest, en Ben had er verder weinig meer aan gedacht. Maar nu hij toch niets beters te doen had, had hij zijn Outlook maar eens geopend en de contactdetails van Lucas aangeklikt.

Barst. Waarom ook geen vakantie genomen?

Tammy had gelijk. Hier op kantoor zat hij toch alleen maar zijn tijd te verdoen. Iedere andere idioot in dit vak had in juli met het vrouwtje vrijaf genomen. Waarom zou Ben de enige zakkenwasser zijn die aan het werk was?

'Tam,' sprak hij in de intercom naast zijn monitor. 'Boek voor vanavond een vlucht naar New York voor me, wil je, lieverd? Ik neem een paar weken vrij.'

'Geweldig!' reageerde ze enthousiast. 'Betekent dit dat ik nu ook met vakantie kan?'

'Nee, geen sprake van,' zei Ben. 'Je hebt dit jaar al twee keer vakantiegeld gehad, brutaal kreng dat je bent! Iemand moet deze tent draaiend houden.'

'Ik kan je aanklagen wegens seksuele discriminatie, hoor, als je zo tegen me praat,' dreigde Tammy. Maar ze zei het met een brede glimlach. Net als iedereen die voor hem werkte, vond ze Ben de beste baas ter wereld. Als iemand wat vrije tijd verdiende, was hij het wel.

Honor wierp een blik op haar matstalen Philippe Patek-horloge – een verjaarscadeautje van Devon – en voelde haar ergernis groeien. Waar was Lucas, verdomme?

Ze zat in de wachtkamer van een NPR-satellietradiozender en stierf van de kou, wat te wijten was aan een defecte airco die pooltemperaturen uitbraakte in een ruimte die grofweg groot genoeg was voor een hamster. De burelen van het radiostation, gehuisvest op de zolder van een luisterrijk, oud, victoriaans gebouw op de hoek van Bleeker en Broadway, waren een poging tot een 'ouderwetse' bouwstijl die vervaarlijk in de richting van gewoon 'oud' ging. De bank waar Honor op zat, was ooit wit geweest, maar tientallen jaren van gemorste koffie en klamme, door krantenpapier bevuilde handen hadden dit wit veranderd in een soort amorfe kleur van te lang uitgekookte, oude damesslipjes. Gecombineerd met de afbladderende verf aan de wanden, een vaas vol dode lelies bij de deur en een sortering in aan flarden gescheurde, vier jaar oude tijdschriften, die verloren op de antieke salontafel lagen, gaf het de ruimte iets treurigs dat absoluut deprimerend was.

Bibberend in haar cityshorts en hemdje – buiten was het een graad of vijfendertig, met een buitensporige vochtigheidsgraad waar de zomer in Manhattan patent op leek te hebben – vroeg Honor zich voor de zoveelste keer af wat ze hier in vredesnaam deed. Sinds het feestje in het Herrick had ze vier weken de tijd gehad om de live-uitzending, een debat met Lucas, te annuleren. Toch bleef ze hevig twijfelen. Aan de ene kant zou het absoluut waardiger zijn om zichzelf boven het gekrakeel te plaatsen en de belangstelling voor het Herrick vanzelf te laten wegebben, maar aan de andere kant moest zelfs Honor toegeven dat Lucas, hoezeer ze hem ook tot in het diepst van haar vezels verafschuwde, een spindoctor bleek te zijn. Het Palmers had hij al heel effectief afgeschilderd als het armere, meer verlopen neefje van het Herrick, om nog maar te zwijgen van de schade die hij had berokkend met zijn insinuerende opmerkingen over haar eigen reputatie. Om hem nu zonder enige tegenspraak van leer te laten trekken in de media was een zeer riskante strategie.

'Mevrouw Palmer, zou u mee willen lopen?' Het perfect verzorgde hoofd van Megan Griers assistent, een jongeman die zo verwijfd was dat hij zich met gemak voor het team voor de Olympische Spelen voor homo's had kunnen plaatsen, stak om de hoek. Kennelijk was hij beter gewend aan de gebrekkige airco dan Honor, want hij was van top tot teen ingebakerd in meer kasjmier dan de baby van een Joodse prinses. 'Meneer Ruiz is er nog niet,' zei hij duidelijk teleurgesteld. 'Maar we kunnen alvast beginnen met een soundcheck. Dan sparen we straks weer wat tijd uit.'

'Best,' reageerde Honor in de hoop dat het in de studio warmer zou zijn.

Niet dus.

Na wat beleefde kletspraat met Megan werd haar vanachter een paneel met nog meer knoppen en schakelaars dan in de Starship Enterprise een harde plastic stoel aangeboden en werd haar verzocht om een koptelefoon op te zetten.

'Zeg het even als je feedback hoort,' zei de homoassistent. 'Begin gewoon met je normale stem. Je mag alles zeggen wat je maar wilt, maakt niet uit wat.'

'Lucas Ruiz bezorgt me de bibberitis,' zei Honor glimlachend. 'Hoe klonk dat?'

'Heel duidelijk.' De zware, haar bekende mannenstem achter haar klonk beslist geamuseerd. 'Echt helemaal geen feedback, Megan?'

Een onverzorgde en ongeschoren Lucas beende recht op hun gastvrouw af en kuste haar op beide wangen, waarna hij met een woest makende arrogante grijns naast Honor plaatsnam. Met zijn gekreukte shirt en flodderige spijkerbroek oogde hij meer als een fotomodel na een zware nacht feesten dan als een professionele hotelmanager. Honor kon de verschaalde alcohollucht van zijn adem maar wat goed ruiken.

'Je bent te laat,' siste ze.

'Weet ik,' fluisterde hij. 'Ik werd opgehouden.'

In feite werd hij al sinds zes uur de vorige avond 'opgehouden' door Cassandra, een oude kennis uit zijn Ibiza-tijd wier man op Wall Street werkte maar die nu een paar dagen voor zaken weg was, wat hun goed was uitgekomen. Hij kreeg zelden een excuus om een nachtje in de stad door te brengen, en deze kans om een keertje te spijbelen had hij ten volle benut. Op een paar slippertjes met gefrustreerde Hamptons-huisvrouwen na was Lucas' seksleven de afgelopen tijd behoorlijk in het slop geraakt. Dat hij Cassie weer eens tegen het lijf was gelopen, was een kans die te mooi was om te laten lopen, ook al stond er een directe confrontatie met Honor op het programma. Hoewel, achteraf gezien was die tweede fles whisky misschien toch niet zo'n slim idee geweest.

'Vandaag zijn mijn gasten Honor Palmer en Lucas Ruiz.'

Voordat ze nog meer beleefdheden konden uitwisselen, hield Megan al haar inleidende babbel en was het groene peertje in de studio omgezet in een dreigend rood: ze waren in de lucht.

'Voor luisteraars die nog niet bekend zijn met dit verhaal, zij zijn de hoofdrolspelers in wat wel de Five-Star Wars wordt genoemd, een strijd om de macht tussen twee fantastische hotels in de Hamptons: het wereldberoemde Palmers en het nieuwe, bouwkundig geprezen Tischen-hotel, het Herrick. Honor, Lucas. Welkom.'

'Dank je, Megan,' reageerden ze in koor.

'Het is me een genoegen om hier te zijn,' voegde Lucas eraan toe.

'Lucas, misschien dat we met jou kunnen beginnen,' stelde Megan poeslief voor.

Tot haar schrik zag Honor dat Megan haar hoofd wat schuin hield en koket met haar ogen knipperde wanneer ze hem aansprak. Kennelijk was ze nog steeds helemaal hoteldebotel van hem. Wat voor partijdige afkraaksessie had ze zich eigenlijk op de hals gehaald?

'Wat zat er achter de beslissing om naast een grote naam als het Palmers een concurrerend hotel te openen?'

'Nou, dat was natuurlijk de beslissing van Anton Tisch, niet van mij,' antwoordde Lucas uiterst beleefd. 'Ik ben slechts de bescheiden manager.'

Hij keek Honor doordringend aan, die op haar beurt met haar ogen rolde. Lucas wist niet eens hoe hij het woord 'bescheiden' moest spellen.

'Maar zonder nu voor Anton te willen spreken...'

'… dat doet u toch wel.' Honor kon de verleiding niet weerstaan.

'Wat ik dus wilde zeggen,' zei Lucas stijfjes, 'is dat hoewel we allebei vinden dat het Palmers een rijk en prachtig verleden heeft, de hotelbranche sinds zijn beste dagen toch ingrijpend veranderd is. Tegenwoordig verwachten gasten meer. Ze zijn niet langer bereid om genoegen te nemen met ondermaatse service in ruil voor het privilege om in een beroemd hotel te verblijven.'

'Onze service is absoluut niet ondermaats,' riposteerde Honor korzelig.

'Zie je, dit is nu juist een deel van het probleem,' ging Lucas verder. 'Mevrouw Palmer meent hier dus persoonlijk aanstoot aan te moeten nemen, wat niet onze bedoeling was. Het openen van een Tischen in East Hampton was zuiver een rationele en zakelijke beslissing, erop gericht om in te spelen op de veranderende behoeften op de markt van luxehotels.'

'Waar ik aanstoot aan neem,' reageerde Honor furieus, 'is dat meneer Ruiz voortdurend tegenover journalisten suggereert dat ik door de leiding over het Palmers over te nemen mijn vaders ziekte keihard heb misbruikt om er zelf beter van te worden. Wat u afgelopen mei in dat interview met *Vogue* hebt gezegd, was een volslagen leugen.'

Lucas haalde zijn schouders op. 'Volgens uw vader anders niet, hoor. Slechts maanden voordat hij overleed, werd hij aangehaald als zou hij hebben gezegd dat u "hem een poot had uitgedraaid". Ik geloof dat hij dat letterlijk zei. En ook zou hij hebben verklaard dat "mijn dochter voor mij dood is". Vrij duidelijke taal, zou ik zeggen, u niet?' Achteroverleunend keek hij Honor recht in de ogen en liet zijn knokkels vergenoegd kraken.

Een-nul voor Lucas.

De pijnlijke opmerking benam Honor even de adem voordat ze kon reageren. Toen ze de leiding over het Palmers overnam, had ze bewust de kranten niet gelezen omdat ze wist hoe verkeerd geïnformeerd en vernietigend ze zouden zijn. Om nu voor de eerste keer, live voor de radio, Treys verwarde, kwetsende woorden te moeten aanhoren, en dat ook nog eens uit de mond van haar gezworen vijand, voelde als een stomp in de maag. Een paar ellendige seconden leek ze in huilen te zullen uitbarsten. Maar met enige inspanning wist ze zich te vermannen.

'Hij was ziek,' zei ze eindelijk, haar stem nauwelijks nog een fluistering. 'Toen hij die dingen zei, was hij al niet meer bij zijn volle verstand.'

Opeens leek ze zo klein, bleek en kwetsbaar dat zelfs Lucas even een schuldgevoel kreeg. Maar Megan gaf hem geen kans.

'Lucas, je begrijpt denk ik wel waarom Honor emotioneel is over haar vader, en over een hotel dat al meer dan vijf decennia synoniem is met haar familienaam?' opperde Megan.

'Natuurlijk,' antwoordde Lucas. 'Maar, zie je, dit is nog een verschil tussen ons. Als vrouw, en van nature wat emotioneler...'

'O, omdat alle vrouwen overemotioneel zijn, zeker?' onderbrak Honor hem boos.

'Nee, ik heb het niet over vrouwen in het algemeen,' legde hij geduldig uit. 'Ik heb het over u.' Hij richtte zich rechtstreeks tot Honor. 'U bent iemand met een welgestelde, geprivilegieerde achtergrond waar de meeste mensen, mensen zoals ik, slechts van kunnen dromen. U hebt nooit hoeven werken om te bereiken wat u nu hebt. Dat gevoel van... bevoorrechting... is dat het juiste woord?' vroeg hij quasischuchter aan Megan.

'Zou kunnen,' reageerde de presentatrice.

'Welnu, dat zien we dus terug in uw houding in het zakendoen, jegens de concurrentie.'

'Hoe dan?' vroeg Honor. 'Dit is een schandalige aantijging!'

'Goed, laten we uw gastenlijst dan eens bekijken,' vervolgde Lucas. 'Over elitair gesproken. Zeg eens, is het mensen zonder een titel eigenlijk wel toegestaan om in het Palmers een kamer te boeken?'

Vanaf dat moment ontaardde het interview in een regelrechte scheldpartij, zij het wel een die verdomd goede radio opleverde. Honor beschuldigde Lucas van seksisme, narcisme en van het cynisch uitspelen van zijn 'arme Spaanse boerenzoon die goed terecht is gekomen'-troef, in een poging de sympathie van het publiek te winnen terwijl hij zich éigenlijk alleen maar via geld en omkoping een plek verwierf in een gemeenschap die helemaal niet zat te wachten op hem en de onbeperkte geldstroom van Anton Tisch, en zijn best deed om haar dood te concurreren.

Lucas sloeg terug door Honor niet alleen als een snob te bestempelen, maar als een racist bovendien, die doodsbenauwd was voor concurrentie. 'Noem één gekleurde gast die vandaag in het Palmers verblijft,' daagde hij haar uit. 'Eentje maar!'

Tegen de tijd dat Megan haar samenvatting en dankwoordje had uitgesproken, en het licht van rood weer op groen was gesprongen, had Honor de koptelefoon al van haar hoofd gerukt en beende ze woest naar de liften.

'Hé, kom op.' Vlak voordat de deuren opengleden, kon Lucas een hand op haar schouder leggen. 'Niet zo onsportief. Geef nou toe, je hebt het best naar je zin gehad daarbinnen. Als een kleine terriër met een bot.' Hij zwaaide met zijn hoofd heen en weer en maakte grommende geluiden, maar Honor oogde verre van geamuseerd.

'Voor jou is dit misschien een spelletje, Lucas,' zei ze, nog altijd bibberend in haar dunne hemdje. 'Maar het gaat om mijn leven. Mijn familie. Hoewel het begrip "familie" voor een vent als jij duidelijk weinig betekenis heeft.'

De glimlach om Lucas' mond trok weg. Hij posteerde zich in het gat zodat de liftdeuren niet dicht konden.

'Jij weet niets over mijn familie,' zei hij terwijl hij haar met een vernietigende blik aankeek. 'Jij weet helemaal niets van de echte wereld, verwende troet die je bent.' Hij bedoelde 'trut', maar zoals altijd wanneer hij boos was, kreeg zijn Spaanse accent even de boventoon. 'Mijn moeder heeft het nooit breed gehad.'

'Hou op, straks ga ik nog huilen,' reageerde Honor ijzig. 'Verkoop die onzin maar aan een van je sletjes die dom genoeg zijn om erin te trappen.'

'Misschien probeer ik je zus wel,' kaatste Lucas gemeen terug. 'Die is zonder twijfel dom, maar ziet er verdomme wel uit als een vrouw.'

'Wat wil je daar nou weer mee zeggen?' vroeg Honor, die voelde dat ze rood aanliep. Ze was nog steeds vreselijk onzeker over haar uiterlijk.

'Dat het mij niets zou verbazen als jij een grotere pik blijkt te hebben dan je vriendje,' gaf hij haar nog een trap na. 'Misschien zou je eerst eens aan Karis Carter en haar kinderen moeten denken voordat je tegen mensen begint te preken over familiewaarden.'

Het bloed vloeide weg uit Honors gezicht. 'Weet je wat? Ik word die verdomde insinuaties van jou echt zat. Als je over mij en Devon iets te zeggen hebt, waarom doe je dat dan niet gewoon?'

'Omdat ik dat niet hoef te doen,' was zijn antwoord. 'Daarom. Want jij weet het, en ik weet het.'

Hij deed een stap naar achteren zodat de liftdeuren langzaam knarsend dichtgingen.

Ondertussen bekeek Sian Doyle zichzelf in de smoezelige, gebarsten spiegel van de gemeenschappelijke personeelsbadkamer van het Palmers.

'Shit,' zuchtte ze. De wallen onder haar ogen waren net zo donkerpaars als overrijpe pruimen, en haar teint, vaal op de beste momenten, was nu zo bleek van vermoeidheid dat ze zo wit leek als de hotellakens die ze de rest van haar leven leek te moeten wassen.

Spittend in haar beautycase naar een of andere crème – de pot op met Touche Eclat, ze had verdomme behoefte aan een blik witkalk om die wallen te verbergen – probeerde ze zichzelf weer wat toonbaar te maken. Die avond ging ze met Rhiannon, een ander meisje van haar werk, naar haar eerste houseparty in de Hamptons en dan kon ze moeilijk komen opdagen als zo'n zombie uit *Night of the Living Dead*.

Hoewel het pijn deed om het te moeten toegeven had Taneesha volkomen gelijk gehad over de geestdodende saaiheid van hotelwerk. Een baan in het Palmers had op papier nog zo aanlokkelijk geleken, maar de werkelijkheid bestond uit eindeloze uren bedden afhalen en opmaken, balen wasgoed sjouwen die zo zwaar waren dat ze een chronische pijn in haar onderrug had opgelopen, en andermans smerige badkamers schoonschrobben. Voor zulke rijke mensen, ogenschijnlijk uit de betere kringen afkomstig, hielden de gasten van het Palmers er een paar behoorlijk weerzinwekkende gewoonten op na.

De meeste avonden was ze na het werk zo kapot dat ze niet eens aan uitgaan dacht. Op de zeldzame avonden dat ze zichzelf dwong om in elk geval een poging te wagen, kreeg ze meestal al spijt zodra ze de tarieven in de chique bars van East Hampton onder ogen kreeg. Drie dollar voor een Diet Coke! Hoe kon iemand het zich veroorloven om hier te wonen? En wat het netwerken en het omgaan met beroemdheden betrof, was ze tot nu toe niet verder gekomen dan een glimp van prinses Mette-Marit van Noorwegen in een volle ontbijtzaal en het oprapen van een paar natte handdoeken van Tina Palmers badkamervloer. Toch nauwelijks het soort levensveranderende interacties waar ze op gehoopt had.

Ze waste haar handen en snuffelde de berg vuile was naast de douchecel door voor een schone handdoek. Jeminee, wat een zwijnenstal was het hier. Het Palmers zelf was idyllisch, met zijn glanzende eiken vloeren en met kaarsen verlichte gangen waar het vol stond met vazen lelies, jasmijn en wilde rozen, maar de personeelsvertrekken, die achter de garages aan de achterzijde van het hotel (pal naast de vuilnisbakken – heel fijn) waren weggestopt, waren vreselijk krap. Jongens en meiden sliepen gescheiden met z'n drieën op een kamer, waarbij twee kamers een enkele, krappe badkamer moesten delen. Het grootste deel daarvan werd ingenomen door een stokoude douche die kuren vertoonde, zodat er slechts ruimte overbleef voor een klein, aan de wand bevestigd kastje voor toiletartikelen. Voor zes tienermeiden was dit natuurlijk bij lange na niet toereikend, dus ging elk horizontaal oppervlak, inclusief de vloer, schuil onder een overvloed aan make-up, tampons en ander vrouwelijk puin.

Sian 'leende' nog even Maxines eyeliner en mascara (die van haar waren een paar dagen geleden op raadselachtige wijze verdwenen) en terwijl ze haar haar, dat ze op het werk altijd in een strak knotje droeg, losmaakte, trippelde ze terug naar haar slaapkamer om zich aan te kleden.

Hmm. Wat trekken we aan?

Het feestje was bij een of andere grote beleggingsbankier thuis, een van de vele optrekjes van tien miljoen of meer langs het strand, waar Sian elk weekend op haar fietstochtjes langsreed. De eigenaren waren een stel van in de zestig, maar de party van vanavond werd gegeven door een ruimteverspillende playboy die Alex Loeb heette. Tenminste, zo stelde Sian hem zich voor: als een verspilling van ruimte. Net als negentig procent van de meiden die vanavond kwamen, had ze hem nog nooit ontmoet, maar

Rhiannon had haar verzekerd dat er voor iedere vrouw van onder de vijfentwintig die er een beetje mee door kon een opendeurpolitiek werd gevoerd. Lijkbleek en uitgeput als ze was, meende Sian toch nog wel in die categorie te vallen.

Snuffelend door haar povere opties – ze had niet veel kleren gekocht, en de helft van wat ze had, was of vuil of volkomen ongeschikt – diepte ze een korte, rode cocktailjurk en haar enige paar schoenen met hoge hakken op. De laatste waren van beige suède, werden al goed kaal bij de neus en kleurden ook niet echt bij het jurkje, maar aangezien haar platte, bruine sandalen met open tenen het enige alternatief waren, zat er niets anders op. Ze trok het jurkje over haar heupen, die ze niet had, schoot in de hooggehakte schoenen, besprenkelde zichzelf royaal met Rive Gauche en liet haar hoofd even ondersteboven hangen om haar lange donkere haar wat meer volume te geven. Ten slotte trok ze de deur van de klerenkast open voor een laatste blik in de manshoge spiegel.

Misschien geen Angelina Jolie, maar toch niet slecht. Een Lois Lane die ermee door kon, dat in elk geval. En volgens Sian was dat meer dan goed genoeg.

Nick Carter trok zijn Hermès-das recht, veegde de witte snuifsporen van de punt van zijn neus en daalde terug de trap af om zich weer bij het feest te vervoegen. Als je deze saaie verzameling nobody's een feest kon noemen.

Alex Loeb kende hij al zijn hele leven, zoals de kinderen van alle rijke families in de Hamptons elkaar kenden – oppervlakkig dus, maar die band ging niet verder dan een wederzijds verlangen om op hun ouders kosten te feesten. Alex was zeker vijf jaar ouder dan Nick, maar nog steeds kruisten ze elke zomer elkaars pad. Van Devon Carters zoon stond vast dat hij bij sociale gelegenheden met minstens twee of drie eersteklas vrouwen aan zijn arm opdook; en Alex had – in voorgaande zomers tenminste – de reputatie dat hij, in een stadje waar 'gij zult zich uitleven' als het elfde gebod werd beschouwd, de wildste, meest extravagante feesten gaf.

Maar helaas, de gedane moeite van vanavond had tot nu toe een onmiskenbaar mat resultaat opgeleverd.

Naomi Campbell had er moeten zijn, samen met Puffy, plus de hele entourage van minder befaamde (maar véél mooiere) modellen die haar overal volgden. Maar uiteraard was ze niet komen opdagen, en ze was niet de enige. Alex had een stel andere grote namen uitgenodigd – onder wie Mariah Carey, Formule 1-ster Luca Fattorini en George Hambly, de populaire scifiregisseur – ook zij hadden zich niet laten zien. Naast een handjevol B-acteurs en het gebruikelijke kliekje anorexia-*wannabe*-modellen uit Manhattan bestonden de gasten voor vanavond uit hetzelfde afgezaagde groepje East Hampton-uitvreters als met wie Nick jaarlijks omging. Zelfs de cocaïne die hem een klein fortuin had gekost (volgens zijn dealer 'de hottest shit die je dit jaar uit Colombia mag verwachten'), was een teleurstelling geweest.

'O, daar ben je.' Zijn zus Lola, die al net zo teleurgesteld oogde als hij, klampte hem onder aan de trap vast. 'Heb jij Lucas al gezien?'

Na al die moeite om zichzelf snoezig op te tutten in haar nieuwe A-line-mini van Marc Jacobs – door het neonachtige smaragdgroen van het jurkje viel haar roodbruine lange haar nog meer op dan normaal en kwamen haar lange gebruinde benen volmaakt uit – had die verdomde Lucas besloten om zijn naam toe te voegen aan de lange lijst van genodigden die het lieten afweten.

'Voor de laatste keer: nee,' antwoordde Nick rollend met zijn ogen. 'Blijkbaar komt-ie niet. Hij heeft vast besloten om nog een nachtje in New York te blijven.'

Net als heel East Hampton hadden broer en zus Carter die middag afgestemd op het radio-interview op NPR en gehoord hoe Honor en Lucas elkaar in de nieuwste aflevering van de plaatselijke soapserie als een stel dolle honden in de haren waren gevlogen. Dankzij de afwezigheid van al de verwachte celebrity's werd de radioschermutseling hét gespreksonderwerp van de avond.

'Dat zou hij echt niet doen,' meende Lola. 'Je weet hoe paranoïde hij wordt als hij het hotel een tijdje in de steek moet laten.'

'Ja, alsof jij hem zo goed kent,' zei Nick sarcastisch. 'Sinds afgelopen zomer heb je die gast niet meer gezien.'

Ergerlijk, maar wel waar. Begin van de zomer had Lola bij vrienden in Maine gelogeerd en pas tien dagen geleden was ze naar East Hampton gekomen. Nu ze prachtig zongebruind was en ter voorbereiding op zijn terugkomst een pond of zes was afgevallen, kon ze haast niet wachten om Lucas toevallig-expres tegen het lijf te lopen en hem met haar nieuwe, meer volwassen look te overrompelen. Devon, die woest was geweest over hun korte, hevige affaire afgelopen jaar, had erop gestaan dat ze al het contact met hem verbrak zodra ze naar Boston terugging. Vol tegenzin had Lola gehoorzaamd – het had geen zin om over álles ruzie te maken, en bovendien wilde ze haar kruit droog houden voor het onvermijdelijke gevecht over de vraag of ze naar de modevakschool ging of niet. Maar nu ze hier was, kon haar vader haar natuurlijk niet vierentwintig uur per dag in de gaten houden. Vroeg of laat zouden zij en Lucas elkaar tegenkomen, en ze was vast van plan om hem dan opnieuw te verleiden.

'O mijn god.' Pas nu had ze haar broers verwijde pupillen in de smiezen. 'Ben je high?' vroeg ze hem argwanend.

'Nee,' loog Nick.

'Jij zou rijden vanavond!' ging ze tegen hem tekeer. 'Ik moet altíjd al rijden; het is godverdomme niet eerlijk.'

'Ik ben niet high,' hield hij zo doodgemoedereerd als maar kon vol.
'Dus begin nu niet te blèren tegen mama en papa dat ik wel high ben, oké?
Ik kan echt wel rijden.'

'Hmm.' Ze klonk niet echt overtuigd. 'Nou, laten we dan maar gaan,
zolang je nog kunt. Dit is een klotefeest.'

Het was wel duidelijk dat Lucas niet kwam opdagen, en een of andere
nerd had net een nummer van Billy Joel op gezet. Dit leek inderdaad een
goed moment om af te taaien.

Voor deze ene keer in zijn leven was Nick geneigd om het met zijn zus
eens te zijn. Maar juist op dat moment kwam een betoverende meid in
een minuscuul klein rood jurkje parmantig de kamer binnengelopen. Ze
had de verlegen, speelse blik van een naïef, onschuldig meisje – overduidelijk nieuw in de stad – en klampte zich krampachtig vast aan de arm
van haar gezette blonde vriendin.

'Eigenlijk,' zei hij met een wolfachtige grijns, 'denk ik dat ik nog iets
langer blijf hangen.'

Lola volgde zijn blik naar het meisje in de rode jurk.

'Hé, ga je nu niet als een klootzak gedragen, oké?' zei ze. 'Laat haar met
rust. Ze lijkt me lief.'

Ze kende haar broers reputatie met vrouwen, en wist dat deze welver-
diend was. Eén blik op de afgeprijsde schoenen en het plastic damestasje
was al voldoende om vast te stellen dat ze een eenvoudige meid van buiten
de stad was, ongetwijfeld hier voor een vakantiebaantje. Als ze op zoek was
naar een rijke, knappe prins op een wit paard moest ze niet bij Nicholas zijn.

'Ik weet niet zeker of "lief" het juiste woord is,' mompelde Nick terwijl
hij Lola negeerde en al op het meisje afstevende. In zijn gretigheid om
zichzelf voor te stellen drong hij zich langs het blonde dikkerdje.

'Hoi.' Hij pakte de hand van de knappe meid en plantte er uitdagend
een kus op. 'Ik ben Nick Carter. Hoe heet jij, schatje?'

Sian kneep haar ogen halfdicht. De jongen had het uiterlijk van een fotomodel. Alles aan hem, van zijn haute-couturejasje en platina manchetknopen tot zijn gemanicuurde nagels en onberispelijke gebit, ademde
groot geld. Maar van iemand die ze nog nooit had ontmoet, kon ze deze
aanmatigende uiting van genegenheid niet waarderen. Noch de manier
waarop hij zojuist Rhiannon straal voorbij was gelopen alsof ze niet bestond.

'Ik heet Sian,' zei ze koel terwijl ze haar hand terugtrok. 'En ik ben je schatje niet.'

'Nog niet,' reageerde Nick ad rem. Ook hem waren de goedkope kleren en make-up niet ontgaan. Je kon er veilig gif op innemen dat een sexy woonwagensnol als zij moeiteloos geïmponeerd zou zijn door zijn poen, zo niet zijn charmes. 'Maar speel je kaarten goed uit en je zou het kunnen worden. Ooit een ritje gemaakt in een Porsche?'

Sian kreeg kromme tenen. Goeie genade. Hoorde ze dat nu goed?

'Jeetje, nee m'neer.' Ze zette haar zwartemoekestem op en keek hem quasiverwonderd met grote ogen aan. 'Ikke is maar een arme, onwetende boerentrien, m'neer. Ik heb nooit nie in geen au-to-mo-biel gezeten. Ikke ga altijd lopen, op m'n blote voetjes. Ja toch zeker, Rhiannon?'

Ze draaide zich naar haar vriendin, die een lachstuip kreeg. Nick keek woest. Om voor de gek gehouden te worden, en public, en nog wel door vrouwen, daar had hij een hekel aan.

'Hé. Je weet niet wat je mist, lieverd,' zei hij, hij draaide zich snel om en beende terug naar Lola. Hij greep haar bij een arm. 'Kom, we gaan,' klonk het nukkig.

'Eh, nee, vergeet het maar,' zei ze terwijl ze zich los wriemelde. Ze had de hele woordenwisseling gadegeslagen en was blij dat er eindelijk eens een meisje was dat tegen haar casanovabroer opgewassen was. 'Alleen maar omdat jij een blauwtje loopt, zeker? Ik wil met haar kennismaken.'

'Het is een trut,' bromde Nick. 'Ik ga, dus als je mee wilt rijden moet je nu komen.'

'Ik neem wel een taxi,' zei ze vastberaden.

'Ik heb mam beloofd dat ik je voor enen thuisbreng,' zei hij humeurig. Devon en Karis waren dit weekend naar de stad en hadden de leiding aan Nick overgedragen, vandaar dat hij zich vrij voelde om de baas te spelen. 'Het is nu kwart voor.'

'Eén woord tegen mama en ik zeg dat de coke je verstand vertroebeld had,' zei Lola. 'Ik blijf.'

Nick dacht even na. Moeder koos altijd partij voor hem, nooit voor Lola. Maar als ze echt begon te klikken zou Devon geheid vragen stellen. Het was een ruzie niet waard.

'Prima,' mokte hij. 'Doe maar wat je wilt. Maar ik zeg je, je verpest je tijd. Ze is gewoon een achterlijke boerenslet.'

Sian was inmiddels al de tuin in gewandeld. Lola had even tijd nodig om haar te vinden. Leunend tegen het zomerhuis oogde ze hier behoorlijk misplaatst. Haar vriendin was verdwenen en dus stond ze daar in haar eentje.

'Het spijt me van Nick,' zei Lola terwijl ze haar hand uitstak. 'Dat was geweldig, hoe je hem op z'n nummer zette. Tussen twee haakjes, ik ben Lola.'

'Sian.' Ze gaven elkaar een hand. 'Ken je die jongen?'

Lola, constateerde ze, was verbluffend mooi, een prebotox-Nicole Kidman mét rondingen, en haar groene jurk was het meest fantastische kledingstuk dat ze ooit had aanschouwd. 'O jee,' flapte ze er plotseling uit nu een afschuwelijke mogelijkheid tot haar doordrong, 'je bent toch niet zijn afspraakje, hè? Echt, ik zweer het, hij wilde mij versieren.'

'Zijn afspraakje? Gadver, nee.' Lola leek terecht te walgen. 'Hij is mijn broer, moet ik tot mijn schande bekennen. Om een of andere ondoorgrondelijke reden liggen de meisjes gewoonlijk aan zijn voeten. Ik krijg er een kick van als zijn ego zo eens in de tijd een flinke knauw krijgt.'

'O!' lachte Sian. 'Nou, ik ben blij dat ik kon helpen.' Afgezien van hun uitstraling van een Hilfiger-fotomodel leken Nick en Lola niet echt broer en zus. Hij was een zakkenwasser van olympisch formaat, maar zijn zus had iets opwindends en ondeugends dat Sian direct aansprak.

'Vertel, waar werk je?' vroeg Lola.

'In het Palmers,' antwoordde Sian. 'Hoe wist je dat ik werkte?'

Lola bloosde en hoopte dat ze niet onbeleefd was geweest met haar vraag. 'O, zomaar. Gokje. Ik heb je nog nooit gezien. Wat vind je ervan? Ik durf te wedden dat het leuk is om voor Honor te werken, of niet? Heb je al beroemdheden ontmoet?'

Sian schudde haar hoofd. 'Was het maar waar. Ik sta alleen maar de hele dag lakens te wassen. Soms zie ik Honor Palmer in de lobby, maar daar blijft het wel een beetje bij. Hoezo, ken je haar soms ook?'

'Iedereen in East Hampton kent haar,' antwoordde Lola droog. 'Ze is bevriend met mijn ouders. Min of meer.'

Opeens was er beroering nu er iemand uit het huis verscheen. Lola draaide zich om en voelde haar hart een tel overslaan.

'Ho,' zei Sian. Ze herkende Lucas meteen van zijn foto in *Vogue*. 'Dus de camera liegt inderdaad niet. Hij is echt aantrekkelijk, hè?'

'Handen thuis,' reageerde Lola, slechts half gekscherend. 'Ik zag hem het eerst.'

Lucas zag haar en grijnsde. In dat groene jurkje – als je het nog een jurkje kon noemen, zo heerlijk kort was het – zag ze er zelfs wulpser en sexyer uit dan hij zich kon herinneren. De andere meiden, die een bewonderende kring om hem heen hadden gevormd, negerend beende hij in haar richting.

'Mevrouw Carter.' Hij schonk haar een blik die Lola's maag als een pannenkoek deed buitelen. 'Dat is lang geleden, schatje. Waar heb jij je de hele zomer lang verstopt?'

'O, heb ík me verstopt?' reageerde ze schalks. 'Dat klinkt grappig uit jouw mond. Wat ben je, half mens, half vleermuis of zoiets? De hele dag slapen en 's nachts aan het werk?'

Lucas glimlachte. Meiden die hem uitdaagden, die mocht hij wel, zolang ze maar erkenden wie de baas was. Lola's uitbundigheid, die werd getemperd door een gezonde dosis adoratie, was precies het soort dat hij wel kon waarderen. Ze was tenminste niet zo'n hondsdolle mannenhater als Honor.

'Dit is Sian.' Lola wees naar de bruinharige bonenstaak naast haar.

'Hoi,' zei hij zonder zijn ogen ook maar een moment van Lola af te wenden.

Onbeschofte klootzak, dacht Sian. Ben ik even blij dat ik voor Honor werk en niet voor hem.

Omdat ze geen zin had om het vijfde wiel aan de wagen te zijn nam ze de hint ter harte en verdween terug naar binnen.

Nu ze alleen waren, legde Lucas een hand op Lola's blote schouder en begon met zijn duim haar gladde huid te strelen.

'Weet je, ik heb veel aan je gedacht,' zei hij. 'Sinds de laatste keer.'

'Meen je dat?' Ze trok een wenkbrauw op.

Ze was vastbesloten om dit koel te spelen. Ze wist dat hij haar leuk vond, maar ook dat hij haar diep vanbinnen eigenlijk te jong voor hem vond – nog maar een kind. Ditmaal zou ze zijn ongelijk aantonen.

'Ja,' mompelde hij. 'Dat meen ik. Ik heb je gemist.'

Hij was nu zo dichtbij dat ze de warmte van zijn adem langs haar sleutelbeen voelde strijken, en zijn stem was nu slechts een zachte, omfloerste fluistering. Het volgende moment waren zijn lippen van elkaar, alsof hij haar wilde kussen, en intuïtief sloot ze haar ogen en ging ze op haar tenen staan, helemaal gereed. Maar na twee lange seconden voelde ze geen kus. Ze opende haar ogen weer en zag tot haar woede dat hij achteruit was gestapt en naar iemand verderop zwaaide.

'Sorry, lieverd,' zei hij, waarna hij haar snel op het voorhoofd zoende. 'Niet weglopen.' En weg was hij, op weg naar zijn vriend, haar als een idioot achterlatend.

De arrogante zak! Hoe durfde hij haar zo voor schut te zetten?

Eigenlijk was Lucas net zo onwillig om hun onverwachte ontmoeting af te breken als zij. Hij verlangde net zozeer naar haar als naar de buitenkans om Devon Carter op de kast te jagen door zijn verhouding met Lola nieuw leven in te blazen. Dat zou die stijve hark leren om langs zijn aristocratische, Amerikaanse neus op hém neer te kijken. Maar de man die naar hem had staan zwaaien was het hoofd van Artists & Repertoire van Sony, een belangrijke gast in het Herrick. Hij kon hem niet zomaar negeren.

Na de verplichte vijf minuten leuteren over niets keek hij of hij Lola weer zag, maar die was verdwenen.

'Verdomme,' mompelde hij binnensmonds en hij kuierde terug het huis in om haar te zoeken. Even later voelde hij een vrouwenarm om zijn middel.

'Wat mankeert eraan, schat?' vroeg de bezitster van de arm poeslief. 'Ben je iets kwijt?'

Tina Palmer moest net zijn aangekomen. In een tot haar enkels reikende, strakke, zwarte en met lovertjes versierde jurk en met haar make-up à la Marilyn Monroe was ze zo opgedirkt dat het aan het belachelijke grensde. Maar ze had nog steeds die sexy uitstraling, althans, als je hield van de schaamteloze verschijning van een Anna Nicole Smith.

Lucas was er in de regel niet zo dol op. Maar Anton had hem opgedragen om dikke vriendjes te worden met Tina, en dit was zijn kans. Bovendien zou geflirt met haar ongetwijfeld tot een woede-uitbarsting van Honor leiden, en dat alleen al maakte het de moeite waard.

'Nee, nee,' reageerde hij met een plagerig kneepje in haar verkennende arm. 'Ik ben alleen een beetje moe.'

'Bekaf van het gehakt maken van mijn arme zus, zeker,' opperde Tina.

Hij voelde dat haar vingers al tussen de broeksband van zijn smoking glipten. Deze dame liet er geen gras over groeien.

'Ik heb de radio-uitzending gehoord. Maar maak je geen zorgen, hoor.' Ze glimlachte wulps. 'Ik koester geen wrok. Trouwens, Honor kan wel voor zichzelf zorgen.'

'Inderdaad,' zei hij spijtig. 'Luister.' Hij trok een visitekaartje uit zijn zak, krabbelde zijn mobiele nummer op de achterkant en gaf het aan haar. 'Ik moet nu terug naar het hotel, vrees ik. Werk.'

'Werk?' Ze zette een pruillip op. 'Op dit uur van de avond?'

'Ben bang van wel,' antwoordde hij. Eigenlijk was Lola Carter inhalen het enige 'werk' dat hem te doen stond, voordat ze hem echt links liet liggen. Maar dat ging hij natuurlijk niet tegen Tina zeggen. 'Maar bel me een keertje op, oké?' Hij liet zijn arm zakken en zijn hand dwaalde even bewonderend af over haar gevulde achterste. 'Ik zou graag… je weet wel. Een keer.'

Tina liet het kaartje in haar Versace-tasje glijden. 'Wees maar niet bang, meneer Ruiz,' glimlachte ze veelbetekenend. 'U hoort nog van me. Reken maar van yes.'

Vijf minuten later had Lucas eindelijk Lola gevonden; ze stapte net in een taxi.

'Hé!' riep hij haar na. 'Waar ga jij naartoe?'

'Naar huis,' reageerde ze afstandelijk. 'Alsof het jou wat kan schelen.'

'Schuif 's op,' zei hij. Haar chagrijnige blik negerend trok hij het portier open, duwde haar over de achterbank, klom zelf naar binnen en sloot het portier achter zich. 'Woodcock Lane, alstublieft,' instrueerde hij de chauffeur resoluut.

'Ik heb geen zin om met je te praten,' zei Lola terwijl ze haar hoofd afwendde en mokkend uit het raampje staarde.

Lucas reageerde met een hand op haar dij. 'Volgens mij wel.'

'Nou, niet dus.' Het klonk niet echt overtuigend. De donshaartjes op haar benen kwamen al overeind onder zijn aanraking. 'Ik zag wel dat je druk bezig was om Tina Stoephoer Palmer in te palmen.'

'Stoephoer? Nee maar.' Lucas boog zich dichter over. Ze keek hem nog steeds niet aan, maar ze hoorde de glimlach in zijn stem. 'Niet echt aardig om zo over een vriendin van de familie te praten, hm?'

'Het is niet grappig!' bitste ze, zich omdraaiend om hem aan te kijken. 'Als je Tina soms wilt, ga dan terug en neuk haar, maar verspil mijn tijd niet!'

'Als ik Tina wilde,' zei hij terwijl zijn hand voorzichtig omhoogging, 'zou ik dat wel doen. Maar ik wil haar niet, ik wil jou.'

'Maar ik zag…'

'Je zag dat ik haar mijn kaartje gaf,' zei Lucas. 'Dat was werk. Geloof het of niet, maar ik dacht dat zij me misschien wel kon helpen om een brug te slaan naar haar zus.'

Lola geloofde hem niet. 'Wil jíj een brug slaan naar Honor?' lachte ze. 'Na de slachting vandaag op NPR is dat wel erg veel gevraagd, vind je ook niet?'

Lucas haalde zijn schouders op. Hij wilde helemaal niet over Honor praten. Hij wilde deze heerlijke, begeerlijke en begerende meid terug in zijn bed. Devon was weg voor het weekend, en Lucas kon geen zoetere wraak bedenken voor de neerbuigende manier waarop hij hem had bejegend dan door z'n dochter tussen zijn eigen, stijf gestreken lakens van Ralph Lauren te nemen.

'Lola,' prevelde hij zachtjes in haar haar, en eindelijk liet hij zijn dolende hand onder de zijden stof van haar slipje glijden.

Even schrikte ze op. Maar vervolgens werd haar ademhaling hoorbaar trager en boog ze zich naar hem toe terwijl haar lippen stilletjes maar veelzeggend bij zijn aanraking uiteengingen.

De slag was gewonnen.

'Lieve Lola,' fluisterde hij. 'Ik heb je gemist, meisje. Ik wil jou, dat beloof ik je. Alleen jou.'

13

'Ontspan. Laat uw arm hangen.'

Honors vingers waren zo stijf dat ze versteend leken nu de masseur er een voor een aan trok.

'Ik bén ontspannen,' hield ze – zich verbijtend – vol. 'Beter zal het niet worden.'

'Sorry dat ik het moet zeggen, mevrouw Palmer, maar dat is nu juist het probleem.' Hij hield de vingers voor gezien en pinde haar onderarm op haar rug in een vergeefse poging het vlechtwerk van schouderspieren los te maken. 'U zou elke dag een massage moeten hebben, in plaats van één keer per jaar.'

'Elke dag, hm?' Ze huiverde van de pijn terwijl zijn vingers haar zere vlees kneedden. 'Klinkt goed. Wellicht in een volgend leven, Gerard.'

Het was voor het eerst dat ze profiteerde van de gerenoveerde kuurfaciliteiten van het Palmers, compleet met Marokkaanse stortbaden en een traditioneel badhuis. Zelfs nu, halverwege haar massage en omringd door brandende wierookstaafjes en afgrijselijke, zenachtige jengelklanken die de ruimte in dreven, kon ze haar aandacht niet afbrengen van de gebarsten vloertegels die (nu al!) vervangen moesten worden en ze vroeg zich af of het niet efficiënter was om deze grote behandelkamers op te splitsen en wat meer personeel in te huren.

Zo ging dat als je een hotel beheerde. Je was er voortdurend mee bezig. Dat gold in elk geval voor Honor.

Desondanks moest ze toegeven dat deze masseur, die ze uit het Georges V in Parijs had weggekaapt, verdomd goed werk afleverde. Terwijl zijn magische handen hun werk deden, voelde ze de spanning uit haar lichaam wegvloeien.

Het was nu twee weken na haar inmiddels beruchte radioconfrontatie met Lucas en nog steeds kookte ze van woede. Ze kon niet zeggen wat haar meer dwarszat, zijn opmerkingen over haar vader, zijn onderhuidse dreigement om haar verhouding met Devon aan de grote klok te hangen, of de manier waarop hij haar uiterlijk door het slijk had gehaald. Als ze alleen was, gonsde dat 'grotere pik dan je vriendje' nog steeds na in haar hoofd, als het gejengel van een kind. Hoe durfde hij te impliceren dat ze minder 'vrouw' was dan Tina? Meer beledigd dan ze wilde toegeven was ze op de terugweg van de radiostudio naar het hotel bij Barneys gestopt en was zich volledig te buiten gegaan aan een paar zwierige jurkjes van Marc Jacob en voor het werk een perzikkleurige kokerrok die haar lichaam strak omhulde. Eenmaal thuis had ze, nog altijd woedend, meteen haar klerenkast opengetrokken en voor duizenden dollars aan vertrouwde zwarte en grijze krijtstreeppakken zonder pardon in de afvalcontainer gegooid.

De dag daarop kreeg ze bijna een paniekaanval toen ze na het opstaan had geconstateerd dat ze behalve een paar jurken verder niets meer had om aan te trekken. Na te hebben gekozen voor een donkerbruine zonnejurk omdat deze lekker simpel en ook lang genoeg was om met een paar lage schoenen te combineren, had ze al meteen nadat ze beneden was verschenen de starende blikken van het hotelpersoneel als laserstralen in haar rug voelen prikken, en was ze met hoogrode wangen snel haar werkkamer in gevlucht.

Hunkerend naar mannelijke goedkeuring had ze vol verlangen op Devon gewacht, hopend dat hij haar op een paar complimentjes over haar nieuwe uiterlijk zou trakteren. Hij zou haar die ochtend treffen om haar te helpen met het bedenken van de volgende manoeuvres in de pr-oorlog met Lucas. Maar na zijn komst bleek hij zo razend over Lucas' openlijke pogingen Lola weer voor zich te winnen – na het feestje bij Alex Loeb was het paar hét gespreksonderwerp in East Hampton – dat hij nog maar weinig oog voor Honor leek te hebben, laat staan voor haar garderobe.

'Dat-ie een playboy was, heb ik altijd al geweten, maar dat-ie ook nog eens een pedofiel is...' brieste hij terwijl hij als een kat zinnend op wraak door de kamer liep. 'Ik heb korte metten gemaakt en Lola's toelage meteen stopgezet, totdat ze me belooft hem niet meer te zullen zien. Maar dat kind is zó koppig.'

'Goh, van wie zou ze dat hebben?' riposteerde Honor met een opgetrokken wenkbrauw. Ze had al haar tact en geduld in de strijd moeten werpen om hem ervan te overtuigen dat de verontruste vader spelen het voor Lola juist interessanter maakte en dat het vuur van de hartstocht daarmee alleen maar verder oplaaide.

'Kom op, schat,' sprak ze voorzichtig. 'Je weet toch zelf ook nog wel hoe het was om op je achttiende verliefd te zijn?'

'Nou, het tegendeel is waar,' antwoordde Devon. 'Toen ik zo oud was, besteedde ik al mijn tijd aan mijn studie. En ik respecteerde de wensen van mijn ouders alsof het de wil van God betrof.' Mistroostig schudde hij het hoofd. 'Waar hebben Karis en ik de plank toch misgeslagen…?'

Terwijl Gerards handen hun magie bedreven, dacht ze terug aan het gesprek. Ze was dol op Devons eigenzinnige dochter en deelde zijn vrees dat Lucas haar zou inpalmen. Maar ze wist ook dat erbovenop zitten juist tegengesteld zou uitwerken. Ze hield zielsveel van Devon, maar zelfs in haar ogen ging hij met zijn 'victoriaanse vaderrol' te kort door de bocht, vooral als je je bedacht dat hij zelf bepaald niet de vrome familieman was die hij pretendeerde te zijn.

In werkelijkheid was Lola's welzijn niet Honors enige zorg. Ze diende ook over haar eigen geheimen te waken. Omdat ze Devon geen schrik wilde aanjagen – hij deed al schichtig genoeg over hun relatie – had ze hem niets verteld over Lucas' verholen dreigement tijdens de radio-uitzending. Maar de laatste twee weken was ze haar zenuwen nauwelijks de baas. Lucas kon het elk moment uit de doeken doen, tegen Lola dan wel tegen de pers.

Gelukkig was dat nog niet gebeurd. God mocht weten waarom niet, maar hij had zich in elk geval rustig gehouden. Het laatste waar ze op zat te wachten, was dat Devon op hoge poten naar Lucas zou stappen en hem de les zou lezen over hem en Lola, waarna Lucas pissig genoeg zou zijn om alsnog uit de school te klappen.

Gerard voerde de druk van zijn duimen op en begon Honors bilspieren genadeloos te kneden. De pijn verbijtend en doorademend probeerde ze min of meer te negeren dat dit in feite de compensatie moest zijn voor de wip die ze de hele week al had moeten ontberen.

Oefening baart kunst, en dat leek ook voor zelfbedrog te gelden, en hoe langer haar verhouding met Devon voortduurde, hoe inventiever ze beiden raakten in het bedenken van manieren en excuusjes om elkaar te ontmoeten. De spanning en angst van die eerste maanden leken inmiddels weliswaar iets uit het verleden, maar ook de ongeremde passie van die eerste dagen was daarmee verdwenen, vervangen door een rustiger en gemoedelijker vaarwater. Wat haar voorkeur had, zo maakte ze zichzelf wijs, maar daarmee was haar verlangen naar seks onbevredigd gebleven. Het was iets wat ze steeds moeilijker van zich af kon schudden.

Op de zeldzame momenten dat ze het bij Devon ter sprake bracht, wuifde hij het weg. 'Ik ben drieënvijftig, schat,' reageerde hij met een schouderophalen. 'Zelfs al zouden we elkaar de hele tijd zien, dan nog. Die fase van mijn leven heb ik gewoon achter de rug.'

Telkens weer leek hij verrast als deze mededeling haar niet leek te troosten.

Slechts weinigen om haar heen kenden haar goed genoeg om te merken hoe humeurig en overspannen haar ingekakte seksleven haar maakte. Helaas bleek Tina, die voor dit seizoen een suite in het Palmers had geboekt, de enige wie het opviel.

De spanning die zich al wekenlang tussen de twee zussen had opgehoopt, had zich tijdens het ontbijt deze ochtend een weg naar buiten gevochten.

'Weet je wat jij moet doen?' begon Tina op luide toon. 'Jij moet van bil. Dáár schort het aan bij jou.'

Ze zaten in het midden van de eetzaal van het hotel, een voormalige balzaal met lichte muren, eikenhouten lambriseringen, witte linnen tafellakens en glanzende zilveren vazen vol met witte violieren, lelies en margrietjes. Om hen heen genoten de eerbiedwaardige gasten, zogenaamd niet meeluisterend, heerlijk van hun flensjes en verse vruchtenmoes.

Bij het plaatsnemen was Honor zo dom geweest om een kritische opmerking te maken over Tina's superstrakke spijkerbroek met bouwvakkersdecolleté. Het was één brug te ver. Dat haar grote zus meende dat ze zich met haar kledingsmaak, liefdesleven, ja, haar hele leven kon bemoeien, was ze spuugzat. Ondertussen stak het Honor steeds meer dat terwijl zíj zich een slag in de rondte werkte om het Palmers draaiende te houden, Tina zich tevreden leek te stellen met overdag, gehuld in steeds gewaagdere bikini's, rond te hangen bij het zwembad, om 's avonds te flirten met iedere rijke of machtige vent die haar pad kruiste, de gehate Lucas inbegrepen.

'Praat niet zo hard.'

'Waarom zou ik?' Tina begon warm te draaien. 'Je doet zo gestrest. Het lijkt wel of je wordt gesponsord door een fabrikant van pillen tegen menstruatiepijn.'

'Jezus, T, hou óp,' siste Honor blozend. 'De mensen kijken naar ons.'

'Doe niet zo moeilijk. Als ze kijken, is het naar mij,' was Tina's verweer terwijl ze haar perfect gekamde blonde haren naar achteren wierp. Zelfs in de ochtend was ze met haar spijkerbroek van J-Lo, die Honor zo tegen de borst stuitte, en haar strakke, handgeborduurde T-shirt van Fred Segal op-en-top de seksbom. Honor, daarentegen, kon zich tevredenstellen met een paar diepe wallen onder haar ogen, het resultaat van een reeks latertjes, en in haar loodgrijze haltertopje en rok, die aan het rek bij Barneys zo vrouwelijk en elegant naar haar hadden gelonkt, zag ze er vooral uitgeblust uit. Een jaar lang uitslapen zou haar goeddoen, of anders wel een infuus met koffie.

'Even serieus,' dramde Tina door, hoewel ze gelukkig de volumeknop iets terugdraaide, 'wanneer heb je voor het laatst seks gehad?'

'Gaat je geen bal aan,' kapte Honor haar af, om er roekeloos aan toe te voegen: 'Onlangs nog. Tevreden?'

Ze haatte het als Tina weer eens gelijk had. Gelukkig gebeurde dat niet al te vaak.

'Onlangs nog? Echt?' Verrast fronste Tina het voorhoofd. 'Met wie?' Opeens sloeg ze quasigeschrokken een hand voor haar mond. 'O, nee!' riep ze verschrikt. Haar acteerwerk was duidelijk gestoeld op de oude *Melrose Place*-herhalingen waaraan ze verslaafd was. 'Met Lúcas natuurlijk!'

'Wat nou, "met Lucas"?' vroeg Honor kregelig. 'Waar heb je het over?'

'Al dat gesteggel tussen jullie twee,' legde Tina met een blij gezicht uit alsof ze net een lastig kruiswoordraadsel had opgelost. 'Je staat helemaal in vuur en vlam. Ook al doe je nog zo vijandig tegen hem, stiekem geil je op hem, toch? In New York heb je met hem geslapen. Geef maar toe!'

'Vergeet het maar,' reageerde Honor. 'Wij hebben níet met elkaar geslapen en ik vind hem in de verste verte niet aantrekkelijk. En jij ook niet als je hem zou kennen zoals ik hem ken.'

'Onzin,' vond Tina, voor wie dit koren op haar molen was. 'Oké, dus misschien dat jíj hem graag wilt scoren maar dat hij niet toehapt, en dat maakt jou gek. Nou?' Ze lachte inmiddels. 'Nou, ben ik warm?'

'Nee, totaal niet!' antwoordde Honor woedend. 'Steenkoud zelfs! Hoe kun je dit nu van me denken? Weet je wel… besef je wel hoe hard ik heb moeten werken om deze tent weer op de kaart te krijgen?'

Ze maakte een weids gebaar naar de volgepakte ontbijtzaal, waar vijftig paar ogen zich schielijk weer op het ontbijt concentreerden.

'Ik heb niets tegen concurrentie, zolang het er maar eerlijk aan toegaat. Maar die… vént!' Het laatste woord spatte vol walging van haar lippen. 'De leugens die hij over onze familie heeft rondgebazuind. En dat niet alleen. Hij is een seksist. Hij is arrogant. Hij is zo smerig als modder. Al was Lucas Ruiz de laatste man op deze aarde, dan nog zou ik het bed niet met hem willen delen, en als je dat niet kunt begrijpen, dan ben je nog stommer dan je er in die belachelijke broek uitziet.'

'Wauw…' Traag schudde Tina het hoofd. Het was vermakelijk om Honor te zien steigeren. 'Over tegenstribbelen gesproken.'

'Mevrouw Palmer…'

De stem van de masseur rukte haar los uit haar gemijmer.

'Als u zich misschien even wilt omdraaien, kan ik aan uw buikspieren beginnen.'

'O, ja. Tuurlijk, Gerard,' kreunde ze.

Hij hield even als schermpje een handdoek omhoog en wendde keurig zijn blik af zodat ze zich kon omdraaien zonder dat hij haar borsten zou zien. Gerard – groot, bonkig en gespierd (het giechelclubje van de schoonheidsspecialistes noemde hem al Gerard Depardieu) – was totaal niet haar type. Maar tot haar afschuw merkte ze dat ze stiekem fantaseerde dat hij de handdoek liet vallen, boven op haar klom en ter plekke alle spanningen uit haar gefrustreerde lijf neukte.

Rot op, Tina.

En jij ook, Devon.

Waarom was hij er nooit als ze hem nodig had?

Ben Slater slenterde over het strand en probeerde wanhopig zijn buikje ingetrokken te houden. Had hij Tammy's advies maar opgevolgd en eerst een zonnebankkuurtje geregeld alvorens hiernaartoe te vliegen. Voor zover hij kon inschatten lag de gemiddelde leeftijd van de knapen die in het Herrick verbleven zo rond de negentienenhalf. De meesten van hen zagen eruit als wedstrijdsurfers, ontbloot en gebruind, met belachelijke machonamen als Chip en Chuck, en met een *body mass index* van onder nul.

En dat waren alleen nog maar de blanke jongens.

Bens huid, daarentegen, had sinds zijn paasbezoekje aan Val d'Isère geen daglicht meer gezien, en alleen zijn gezicht en onderarmen waren op wat zon getrakteerd, met 'waterlijnen' rond zijn hals en ellebogen die het overige bleke wit nog verder accentueerden. Hij voelde zich een doorgeschoten larve die van onder een rots vandaan was gekropen en alle strandgasten van hun eetlust beroofde – aangenomen dat ze honger hadden.

Slenterend langs de strandvolleybalnetten glimlachte hij wat aarzelend naar een Cindy Crawford-lookalike in een Special K-bikini. Samen met haar vriendinnen deed ze een warming-up in het zand. Op een soort 'yogaporno'-achtige manier, die wat Ben betrof vooral bedoeld was om aandacht te trekken, kromde ze haar rug. Maar ze beantwoordde zijn glimlach met een blik van 'opzouten', en wel zo kil dat het bijna was alsof hij haar zojuist had aangerand.

De vorige avond had hij het er met Lucas over gehad.

'Amerikaanse meisjes zijn vreemd,' zo was hij begonnen, na in de Japanse bar van het Herrick al filosoferend een slokje van zijn derde biertje te hebben genomen. 'Zodra je een normaal gesprekje met ze wil beginnen, word je afgeserveerd. Maar vijf minuten later hangen ze aan de lippen van een of andere sukkel in een Ferrari die opschept over hoe hoog zijn bonus vorig jaar wel niet was, en ook nog eens in elke denkbare valuta. Waar slaat dit op?'

Lucas lachte. 'Je moet op je strepen staan,' legde hij uit. 'De meiden hier kennen de gereserveerde Britse aanpak helemaal niet. Als je succesvol bent, dien je dat van de daken te schreeuwen.'

'Ik ben helemaal niet gereserveerd,' was Bens verontwaardigde reactie. 'Ik sta juist te springen! Ik hou er alleen niet van om over geld te praten, dat is alles. Het is gewoon dom. Zijn die meiden dan nergens anders in geïnteresseerd?'

'Ja, hoor,' zei Lucas terwijl hij even zwaaide naar een paar *Playboy*-perfecte blonde tweelingzusjes die achter aan de bar zaten te giechelen. 'Of je een celebrity bent, en of je een drietrapsraket in je broek hebt.'

Ben staarde stuurs naar zijn bier. 'Geweldig. Nou, kom ik even aan mijn trekken, zeg.'

'Of niet,' grapte Lucas droogjes, 'al naargelang de situatie.'

'Jij hebt makkelijk praten,' mopperde Ben. 'Jij hebt de lieftallige Lola. Jij hoeft niet op de versiertoer.'

Toen Lucas hem door de telefoon vertelde dat hij iets had met een minderjarige, was Bens afkeuring bijna tastbaar geweest. Maar nu hij Lola zelf had ontmoet, had hij er vertrouwen in dat het meisje volwassen genoeg was om haar mannetje te staan. Ze was speels en leuk, een goede partij voor Lucas, en hij was erg op haar gesteld.

'Ik heb je al uitgelegd,' vervolgde Lucas terwijl hij het laatste restje achteroversloeg en nog een biertje bestelde, 'dat het tussen Lola en mij niet echt serieus is. Het is gewoon een zomerflirt, meer niet.'

Ben fronste zijn wenkbrauwen. 'Ik hoop dat zij dat ook zo ziet, vriend.'

En dat hoopte Lucas ook, vooral nu Anton weer dooremmerde over dat hij Tina Palmer moest inpalmen. Het Herrick liep als een zonnetje, maar het feit dat het Palmers nog steeds overeind stond, leek hij als een persoonlijke belediging op te vatten, als een kink in het aanvankelijk zo solide Tischen-businessplan. Hij zou pas gelukkig zijn als het statige oude hotel op de knieën was gedwongen, en hij bleef er merkwaardig genoeg van overtuigd dat de sleutel daartoe bij Tina lag.

Lucas vroeg zich heimelijk af wat aanpappen met Tina zou opleveren, behalve dan Honor op stang jagen en zijn baas tevredenstellen. Toch kon hij zich vervelender klusjes indenken, en Lola werd de laatste tijd toch wat kleffig. Misschien een goed moment om de boel een beetje op stelten te zetten.

Terwijl Ben verder slenterde over het strand dacht hij weer aan Lola. Het was duidelijk dat ze Lucas' voeten kuste, net als al die andere vrouwen met wie hij iets had gehad. Maar onder dat laagje puberbravoure schuilde toch een lieve meid. Hij hoopte maar dat ze zich niet al te erg zou branden.

Hoe verder hij over het strand liep, hoe minder de drukte. Ook vandaag was het weer zalig warm, met het zonlicht dat als miljoenen vuurvliegjes op het oceaanwater weerkaatste, en daarboven een wolkeloze hemelsblauwe lucht. Maar ondanks de prachtige natuur hadden de Hamptons wat hem betrof duidelijk ook een mindere kant: het was toch allemaal iets te gekunsteld en te popperig. Een beetje zoetjes, zoals zijn moeder zou hebben gezegd, en daar was hij het eigenlijk wel mee eens.

Het Herrick was op zich een indrukwekkend gebouw, en hij kon niet ontkennen dat de architecten en interieurontwerpers hun opdracht zorgvuldig en met flair hadden uitgevoerd. Dankzij al dat glas baadden alle verdiepingen in het riante licht en de vele fonteinen en waterpartijen, het eenvoudige meubilair van bamboe en teak, en de overal geurende lotusbloemen zorgden ontegenzeglijk voor een rustgevende sfeer. Maar toch vond hij nog steeds dat het hotel geen ziel had, hoewel hij dit voor geen goud tegen Lucas zou durven insinueren.

Het Palmers stond hem veel meer aan. Het ademde klasse, was gastvrij, maar niet overdreven schattig. Hij kon wel raden waarom het zo'n unieke reputatie genoot, en ook het gebouw zelf was prachtig, statig en voorkomend als een landgoed in Louisiana, met zijn houten veranda's, stenen open haarden en de witte, met klimop bedekte muren. Hij liep nu in de richting van het besloten strandpaviljoen met zijn opvallende blauw-wit gestreepte parasols en de obers die allemaal in het wit gekleed waren, maar met donkerblauwe biezen op de jasjes. Alsof ze net terug waren van de Henley-regatta. Nog Britser dan de Britten, maar de New Yorkers leken dat juist helemaal geweldig te vinden.

Uiteraard was Ben op de hoogte van de vete tussen Lucas en Honor, en inmiddels leek de hele wereld het te weten. Lucas zou hem aan het spit rijgen als hij Ben betrapte terwijl deze stiekem over de omheining koekeloerde om het terrein van het rivaliserende hotel iets beter te kunnen bekijken. Maar zijn nieuwsgierigheid won het, en even later was hij maar wat blij dat hij het toch had gedaan.

Daar, bij het zwembad, viel zijn oog op een meisje met de meest waanzinnige benen die hij ooit had gezien. Tussen de duttende gasten op leeftijd verzamelde ze de vuile handdoeken. Zonder nog verder na te denken zocht hij naar een kier in de gammele houten schutting, en na even later eindelijk een zwakke plek te hebben gevonden, zette hij zich schrap om door de kier naar binnen te stappen.

'Eh, pardon. Kan ik u helpen?'

De magere, steriel ogende hoofdkelner die hem aansprak, overduidelijk een homo, keek alsof hij het woord 'helpen' maar al te graag door 'castreren' had vervangen.

'Dit is privéterrein.'

'Weet ik,' reageerde Ben met een rood hoofd. Hij stond nu met één been op het terrein van het Palmers, en met het andere nog altijd in de kier van de schutting geklemd, niet echt een houding die een van de rijkste en meest geslaagde beleggers van zijn generatie waardig leek. 'Sorry. Ik, eh… Ik heb hier met iemand afgesproken, namelijk,' legde hij blozend uit. 'Voor de lunch.'

'O?' De hoofdkelner leek niet onder de indruk. Zijn rechterwenkbrauw leek nu een geheel eigen leven te leiden en bereikte een vervaarlijke hoogte, namelijk tot vlak onder de haargrens van zijn toupet. Zijn dunne, keurig getrimde snor bewoog zenuwachtig heen en weer. 'En met wie dan wel, meneer?'

'Met, eh…' Gek genoeg stond Ben opeens met de mond vol tanden. Terwijl hij uit alle macht zijn ene voet uit de kier probeerde los te trekken, dwong hij zichzelf hoe dan ook met een naam op de proppen te komen. Maar er schoot hem niets te binnen. 'Met… eh, met haar!'

Hij wees naar de langbenige zwembadbediende. Op dat moment schoot zijn voet vrij uit de schutting en viel hij met zijn gezicht voorover in het zand.

'Met Sian?' Het geduld van de man begon nu echt op te raken. 'Sian is nu aan het werk, meneer, zoals u zelf kunt zien. Ze heeft met helemaal niemand een lunchafspraak. Dus, wie bent u? En waarom probeert u hier in te breken?'

Sian, die al een heel saaie ochtend bezig was met stapels handdoeken van het strand naar de wasgoedruimte te dragen, keek geamuseerd toe. Rico, haar baas was een kreng in het kwadraat en had het duidelijk op de arme blonde drommel voorzien. Maar nu ze de binnendringer overeind zag komen, bleek het een reus te zijn, minstens tweemaal zo groot als Rico. Alsof Winnie de Poeh door Knorretje de mantel werd uitgeveegd.

'Mevrouw Doyle, kom eens hier. En vlug een beetje.'

Rico knipte ongeduldig met de vingers, een favoriete gewoonte van hem, en begon als een ongeduldige hobbit van de ene voet op de andere te wippen.

Sian liet de stapel handdoeken vallen en gehoorzaamde.

'Ken jij deze meneer?' vroeg Rico haar. Een ader op zijn voorhoofd klopte zichtbaar. Hij leek behoorlijk pissig.

Sian keek op naar de blonde knaap. Hij had sproeten en onregelmatige trekken, maar hij had ook iets aantrekkelijks over zich. Ze had hem nog nooit eerder gezien, maar iets in zijn smekende grote ogen zorgde ervoor dat ze besloot het spelletje mee te spelen.

'Zeker,' antwoordde ze terwijl ze hem zoekend naar een aanknopingspunt aankeek. 'Hij is mijn, eh… hij is mijn…'

'Huisarts,' flapte Ben eruit.

'Juist.' Sian glimlachte breed naar hem. 'Inderdaad. Dank u. Hij is mijn arts. Hoe gaat het met u, dokter…?'

'Slater,' antwoordde Ben met een net zo brede glimlach naar haar terwijl hij het zand van zijn kleren sloeg en zijn nog altijd argwanende inquisiteur de hand reikte. 'Ik ben dokter Benjamin Slater. Sian – mevrouw Doyle – is een van mijn patiënten.'

'Hm,' was Rico's dodelijke reactie. 'Nou, misschien dat u, dókter…' hij liet zijn ogen even langs Bens slonzige shorts en hemd glijden, waarbij hij met nauwelijks verholen walging zijn blik even op diens bierbuikje liet rusten, 'de volgende keer zo beleefd wilt zijn om de voordeur te gebruiken, net als alle gasten hier. Én om een wat gunstiger tijdstip af te spreken voor uw… consulten, dus niet in Sians werktijd. Ze heeft nog een hoop te doen.'

Sian vatte de hint en draaide zich met tegenzin om.

'Nee!' riep Ben en hij greep haar bij de arm. Waar je aan begonnen was, moest je afmaken. 'U begrijpt het niet. Ik ben bang dat het uiterst belangrijk is. Een spoedgeval, zowaar. Ik moet met haar… met mevrouw Doyle praten… nu meteen.'

'U beweert dat het hier om een medisch spoedgeval gaat?' vroeg Rico. Een dodelijker blik was bijna onmogelijk.

'Precies,' antwoordde Ben, die nu knalrood aanliep bij dit tweede leugentje. 'Een spoedgeval.'

Sian glimlachte. Hij was schattig. Echt schattig. En dat echte Cockney-accent deed je smelten.

Rico was echter totaal niet overtuigd, maar was zijn aandeel in deze nepvertoning beu. Hij zou haar er later nog wel op aanspreken. Ondertussen diende een van hen in elk geval weer aan het werk te gaan.

'Snel dan,' blafte hij. 'Heel snel.' En met een veelbetekende blik naar Ben draaide hij zich om en beende weg.

'Goed dan,' zei Sian, terwijl ze Ben met een schuine blik aankeek. 'Wat mankeert me, dokter Slater? Ik moet bekennen dat ik sterf van nieuwsgierigheid.'

Van dichtbij was ze zelfs nog mooier dan van veertig meter afstand. Met haar bleke huid en dat sluike zijdeachtige bruine haar leek ze zo… aaibaar. En dat witte overhemdjurkje maakte haar benen nog langer dan toen hij zo-even over de schutting gluurde.

'Jou mankeert helemaal niets, hoor,' antwoordde hij dromerig. 'Jij bent helemaal perfect. Dat is juist het probleem.'

Nu was het Sians beurt om te blozen. 'Wie ben jij eigenlijk?'

'O, kut. Shit, sorry. Ik ben Ben. Ben Slater,' brabbelde hij nerveus. 'Zo heet ik dus echt. Maar ik ben dus duidelijk geen dokter. Dat was een smoesje, zeg maar. Ik probeerde iets te bedenken om van die Elton John af te komen.' Hij knikte even naar Rico, die vanaf de buitenbar de twee nog altijd argwanend in de gaten hield. 'Dit was het eerste wat me te binnen schoot.'

'Geniaal,' plaagde ze hem. 'Hij trapte er he-le-maal in, hoor.'

Even viel er een opgelaten stilte.

Verdomme, verdomme, verdomme, vloekte hij in gedachten. Waarom was hij zo'n sukkel met vrouwen? Waarom rolden de juiste woorden niet vloeiend over zijn lippen, zoals bij Lucas?

'Moet je horen,' sprak hij ten slotte, terwijl hij alle moed bij elkaar schraapte. 'Wat het aanpappen met meiden betreft, ben ik echt een kruk. Vooral bij Amerikaanse meiden.'

'Hoeveel heb je er al geprobeerd te versieren?' Ze keek hem geamuseerd aan.

'O god, hónderden,' antwoordde hij zonder na te denken. Maar nu hij haar glimlach breder zag worden, probeerde hij de boel snel te corrigeren. 'Niet letterlijk, natuurlijk. Een paar. Je weet wel, een stuk of... een, twee. Shit...'

Sian lachte. 'En verschillen wij dan echt zo van Britse meisjes?'

'*Fuck*, nou en of. Jullie zijn allemaal knettergek. Jij niet, natuurlijk. Jij bent helemaal niet knettergek. Jij bent verrukkelijk. Toen ik je net van het strand zag weglopen... Voor ik het wist, liep ik hiernaartoe, en... zeker, ik zette mezelf een beetje voor lul, ja. Maar het punt is, wat ik me dus afvroeg, was... als je het niet te druk hebt, weet je wel – wat dus duidelijk niet zo is...'

'Het lijkt me leuk om wat af te spreken,' antwoordde ze.

Ben sloeg steil achterover. 'Echt? Want Amerikaanse meiden moeten niets van me hebben.'

'O ja?' Ze lachte opnieuw. Hij was zo'n sul, maar toch sorteerde het effect. 'Terwijl je toch zo cool en zelfverzekerd bent? Ongelooflijk.'

Rico kwam weer naar hen toe gelopen, en ditmaal met versterkingen. Ben besloot hem voor te zijn en het voor nu voor gezien te houden.

'Hoe laat ben je vrij?' vroeg hij zacht.

'Zes uur.'

'Te gek. Dan pik ik je om zeven uur op, bij de hoofdingang.'

Na Ben weer door de schutting te hebben zien verdwijnen, soepeltjes, ditmaal, en naar het openbare strand te hebben zien terugrennen, dook Rico weer naast haar op.

'U lijkt wonderbaarlijk hersteld, mevrouw Doyle,' klonk het uit de hoogte.

'Zal ik je eens wat vertellen, Rico? Volgens mij heb je helemaal gelijk,' antwoordde ze stralend.

Een date met een knappe buitenlander was precies het goede medicijn voor een lange, saaie zomer.

Een paar uur later, wachtend voor het Palmers in het enige goede pak dat hij vanuit Londen had meegenomen, en met een verleppend bosje rozen in de hand geklemd, zweette Ben peentjes.

Stel dat ze zich had bedacht en niet kwam opdagen? Hij zou het haar nauwelijks kwalijk kunnen nemen. Ze was natuurlijk van een geheel andere klasse, en die middag had hij zich als een oen gedragen. Als ze een beetje goed bij haar hoofd was, hing ze nu waarschijnlijk aan de telefoon met haar advocaat om voor hem een straatverbod uit te vogelen.

Maar ja, soms loonde het de moeite om wat hoger te mikken en een gooi te doen naar een dame van ver boven je niveau. Kijk naar Billy Joel en Christie Brinkley: na hun huwelijk woonden ze in de Hamptons, waarna ze hem inruilde voor een vent die zich niet op stelten hoefde te hijsen om haar te kunnen kussen. Maar die meneer ruilde haar weer in voor een minderjarige stagiaire. Of zoiets. Bij nader inzien waren Billy en Christie toch niet zo'n goed voorbeeld, eigenlijk...

'Hallo...'

Zijn gemijmer werd onderbroken door Sian, die gekleed in spijkerbroek en een leuke gele sweater met madeliefjesopdruk via de hoofdingang naar buiten verscheen. Ben kon zich niet herinneren ooit zo blij geweest te zijn iemand te zien.

'Zijn die voor mij?' vroeg ze met een knikje naar de bloemen.

'Nou, nee,' antwoordde hij doodgemoedereerd, 'die zijn eigenlijk voor Sir Elton. Het leek me beter om het weer bij te leggen. Na deze middag. Is ie in de buurt?'

Sian giechelde en Ben voelde zijn zelfvertrouwen groeien. Ook al was hij geen Brad Pitt, hij kon in elk geval grappig uit de hoek komen.

'Je ziet er geweldig uit,' complimenteerde hij haar oprecht terwijl hij haar een kus op beide wangen gaf.

'Dank je,' zei ze met een glimlach. 'Ik rammel. Zullen we ergens iets gaan eten?'

Hij nam haar mee naar een piepklein, afgelegen restaurantje waar de gasten geen menu kregen maar gewoon aten wat de kok voor die avond had bedacht. Nadat hij Lucas' suggesties – het Almond, het Tierra Mar en dergelijke – terzijde had geschoven als veel te opzichtig voor een eerste afspraakje, had de conciërge van het Herrick, een jongen uit de buurt, hem dit aangeraden. Binnen leek het eerder een boerenkeuken dan een restaurant, met allemaal verschillende tafeltjes, gedekt met rafelige, vierkante lappen, gingang met rode bies, en waar goedkope kerkkaarsen die uit alle macht in de oude wijnflessen waren gepropt voor de enige verlichting zorgden. Sian genoot.

Na het etentje reden ze terug naar de stad, waar Ben door Lucas was uitgenodigd voor het openingsfeest van een nieuwe club.

'We hoeven er echt niet heen, hoor, als je niet wilt,' zei Ben terwijl hij zijn best deed om zijn blik op de weg te houden, in plaats van op Sians kleine maar perfect gevormde madeliefjesborsten. 'Mijn vriend Lucas heeft ons op de gastenlijst gezet, maar er zal waarschijnlijk wel een hoop incrowd zijn.'

'Lucas?' Sian spitste opeens haar oren. 'Je bedoelt toch niet Lucas Ruiz?'

'Hm, jaaa…' antwoordde hij met een zucht. 'Hoezo? Ken je hem?'

God, laat haar alsjeblieft geen oogje hebben op Lucas, dacht hij bij zichzelf. Kut. Zou ze al met hem hebben geslapen? Moest hem weer overkomen.

'Niet echt,' zei ze. En het klonk geruststellend nuchter. 'Hij heeft nu echt een heel leuk vriendinnetje.'

'Lola. Ik weet het, ja. Ze is echt heel leuk. Maar lang niet zo geweldig als jij, hoor.'

'Ja vast,' reageerde Sian met een lach. 'Afijn, de enige keer dat ik je vriend ontmoette, keek hij dwars door me heen, alsof ik helemaal niet bestond. Wat denk ik ook wel zo is voor iemand in zijn positie,' klonk het wijs. 'Tja, wat zal ik zeggen? Om eerlijk te zijn deed-ie me weinig. Kennen jullie elkaar goed?'

Ben dacht even na. 'Dat klopt, ja. Ik ken hem al heel lang, maar we zijn totaal verschillend. Ik kan niet ontkennen dat Lucas op zijn tijd een behoorlijke lul kan zijn. Hij is best wel ingenomen met zichzelf.'

'Best wel?'

'Maar achter al die dikdoenerij schuilt een goeie knaap,' oordeelde Ben. 'Echt, hij is een heel trouwe vriend. En hij doorziet al dat opgeklopte gedoe om hem heen veel beter dan hij laat doorschemeren. In het hotelvak moet je nu eenmaal met iedereen goed kunnen opschieten, denk ik.'

'Misschien,' vond Sian. 'Hij is bepaald niet bang om vijanden te maken. Maar laten we het even niet over Lucas hebben.' Ze boog zich een beetje naar hem toe, legde een hand op zijn dij en glimlachte. 'Zo saai…'

'Mijn zegen heb je,' grijnsde Ben. 'Ik ken zelfs helemaal geen Lucas. Lucas wie?'

Lucas zat aan de bar van de Omega Club en wreef met zijn vingers over zijn kloppende slapen. Waarom kwamen mensen in godsnaam voor hun plezier naar zulke tenten? De muziek bestond uit genadeloze, beukende technobagger: agressieve amelodieuze bombast die alleen bij neonazi's en klinisch doven aansloeg, en bovendien waren hier meer oververhitte en zweterige bezoekers te zien dan in een baptistenkerk op paaszondag.

Bovendien klitte Lola de hele avond verdomme al aan hem. Althans, tot zo-even, toen hij haar had toegebeten hem eindelijk eens met rust te laten. Ze had woedend het damestoilet opgezocht. Grappig, eigenlijk: zolang ze niet zo onzeker was en hunkerde naar aandacht, was hij echt dol op haar. Maar van het stoere feestbeest met wie hij het afgelopen jaar zo veel lol had beleefd, leek inmiddels weinig meer over. Het feestje bij Alex Loeb was pas een paar weken geleden geweest, maar nu al noemde ze hem haar 'vriendje', op zich al een waarschuwing, en ze had de neiging hem tot vervelens toe uit te horen over wat hij allemaal had gedaan in de uren dat ze elkaar niet hadden gezien. Vroeg of laat zou er een knoop moeten worden doorgehakt, was zijn sombere gedachte.

Maar nu hij Ben ontwaarde, die aarzelend in de deuropening hing, fleurde zijn gezicht op.

'Slater! Hier!' riep hij boven het kabaal uit, driftig zwaaiend als een trainer langs de zijlijn.

'*Blimey*,' zuchtte Ben nadat hij zich door de meute had gewurmd en eindelijk naast Lucas aan de bar was beland. 'Volgens mij liggen mijn trommelvliezen nu aan flarden. Is het wettelijk toegestaan om zulke harde muziek te draaien?'

'Muziek zou ik het niet willen noemen,' mopperde Lucas. 'Wat drinken?'

'Eh, nee, hoeft niet. Ik ben de bob, vanavond. Maar ik denk dat Sian, hier, wel iets zou lusten, ja toch, engel?'

Hij deed even een stap opzij om zijn date te tonen.

'Een wit wijntje met wat spuitwater, graag,' zei ze en ze draaide zich om naar Lucas. 'Wij kennen elkaar al. Van dat verschrikkelijke feest bij Loeb. Ik stond te praten met Lola, en ik geloof dat jullie elkaar toen hebben ontmoet. Weet je nog?'

'Zeker,' antwoordde Lucas, die duidelijk niet wist waar ze het over had. 'Hallo.'

Sian voelde haar humeur dalen. God, wat een hork. Te veel met zichzelf ingenomen om dat ene 'hallo' aan te vullen met een 'leuk je weer te zien', of 'hoe gaat het ermee?' Wat zag Ben toch in hem?

'Sian en ik hebben net een waanzinnig etentje achter de rug,' vertelde Ben, zich niet bewust van de onderhuidse spanning. 'Dat restaurantje dat jouw conciërge ons aanbeval, was helemaal top. Ja, toch, schat?'

'Hmm,' bromde Sian wat humeurig, en nog steeds kwaad op Lucas.

Die keek Ben even aan, en te oordelen naar Bens grote puppy-ogen waarmee hij Sian verslond, werd hij meteen argwanend. Wie was deze meid eigenlijk? Maar opeens herinnerde hij haar weer vaag van het feestje bij Alex: mager, geen tieten, met van die goedkope kleren. Polly Polyester, het Wibra-konijn. Ook deze outfit mocht er weer helemaal wezen: vanwaar deze bloemetjessweater? Er was geen twijfel mogelijk: een meid die niks te makken had, moest het wel op Ben z'n centen hebben voorzien.

'Sian, ben jij dat?' Lola, weer terug van de toiletten, had nog steeds wat roodomrande ogen, maar dat deed niet af aan het feit dat ze in haar strakke, chocoladebruine jurk van Roland Mouret en op stelterig hoge laarzen nog altijd overheerlijk oogde. 'O, nee! Jíj bent dus Bens *big hot date*! Wat grappig.'

Sian keek Ben plagend aan. 'Jouw *big hot date*?'

'Ik heb anders niet gezegd dat je dik was, hoor,' mompelde hij.

'Wat leuk!' riep Lola opgetogen terwijl ze Sians hand vastgreep. 'Je had hem vanmiddag over je moeten horen, tegen Lucas en mij. *Zum kotzen*, bijna, ja toch?'

Verveeld bromde Lucas iets vaags, en Sian zag hoe Lola's gezicht versomberde. Tjonge, wat had deze meneer zichzelf hoog in het vaandel staan.

'Goed, nou… laten we dan nu wel even elkaars telefoonnummer uitwisselen,' zei Lola in een poging de sfeer luchtig te houden. 'We moeten een keer iets afspreken.'

'Prima,' vond Sian terwijl ze haar mobiel tevoorschijn trok. 'Laten we het nu doen, voordat we zo meteen te dronken zijn.'

Terwijl de meiden elkaars telefoonnummer intoetsten en elkaar uitgebreid bijpraatten over de laatste East Hampton-roddels, nam Lucas zijn vriend snel even terzijde.

'Jij kunt veel beter scoren, en dat weet je,' zei hij.

Ben kon er slechts om lachen. 'Zoals?'

'Ik meen het,' hield Lucas vol. 'Je weet zeker dat je die meid vertrouwt?'

'Ja, natuurlijk.' Ben fronste het voorhoofd. 'Waarom zou ik haar moeten wantrouwen dan?'

Lucas haalde zijn schouders op. 'Het is gewoon een gevoel dat ik krijg.'

Een van de redenen waarom hij Sian niet zag zitten, was omdat hij vervelend genoeg moest bekennen dat ze hem deed denken aan zijn eigen jongere jaren. Ondanks de goedkope outfit kon je haar ambitie al van verre ruiken. En ze was bepaald niet dom. Als kamermeisje had ze maar mooi al een paar uitnodigingen voor feestjes bij wat rijke jongetjes uit de buurt op zak, en ze was hier duidelijk naartoe gekomen om het te gaan maken.

'Nou, Lola is anders erg op haar gesteld,' zei Ben, met een knikje in de richting van de twee meiden, die in een hoekje als twee hartsvriendinnen druk met elkaar stonden te babbelen.

'Lola kan mensen totaal niet inschatten,' oordeelde Lucas.

'Vandaar dus dat ze iets met jou heeft?' was Bens schot voor open doel.

Lucas grijnsde. 'Die zit. Ik probeer je alleen maar een beetje te beschermen, hoor. Jij zou hetzelfde voor mij doen.'

'Dank je. Maar ik ben inmiddels een grote jongen. Ik red me wel. Hoe dan ook,' hij glom van trots nu hij weer even naar Sian keek, 'ik vind haar een waanzinnig lekker ding.'

Precies op dat moment wandelde Esther Canadas, het Spaanse supermodel, op haar gemakje het vipgedeelte van de club binnen. Zonder ook maar een excuusje tegen Ben, laat staan tegen Lola, schoot Lucas als een hazewind op haar af.

'Trek het je niet aan,' zei Ben nu hij Lola's gezicht zag betrekken. 'Het is nu eenmaal zijn werk. Ik weet zeker dat hij veel liever thuis gezellig met jou in bed ligt.'

'Wat heeft-ie hier te zoeken dan?' kaatste Lola verbitterd de bal terug.

'Mee eens,' steunde Sian haar vastberaden. Waarom nam Ben het voor hem op? 'Volkomen respectloos. Hier, moet je hem zien.'

Ben moest toegeven dat Lucas er weinig aan gelegen liet liggen, met zijn ene arm om Canadas geslagen en de andere om de nog riantere heupen van de zojuist gearriveerde Tina Palmer. De jongensachtige grijns, het losgeknoopte overhemd en de sigaar tussen de kaken maakten het plaatje compleet. Als dit werk was, hoe moest zijn vrije tijd er dan wel niet uitzien?

'Bekijk het maar, ik ga naar huis,' zei Lola, waarna ze eerst Ben en daarna Sian een kus op beide wangen gaf. Ze deed haar best om vooral boos en dapper te lijken, maar het was wel duidelijk dat het haar pijn deed. 'Bel me, oké?'

'En jij beschouwt hem nog steeds als een aardige vent?' vroeg Sian op beschuldigende toon nadat Lola was verdwenen.

'Hij kan echt heel aardig zijn,' verdedigde Ben zich slapjes. 'Maar niet altijd. Luister, we hadden afgesproken dat we het niet over hem zouden hebben. Wil jij nu ook weg?'

Ze hees zich op haar tenen en kuste hem zacht op de mond. Vanwege haar lengte moest ze meestal bukken om jongens te kunnen kussen, dus dit was een welkome verandering.

'Ja, toe,' was haar antwoord. 'Ik dacht dat je het nooit zou vragen.'

Later die avond hing Honor voorovergebogen boven de salontafel in haar privésuite van het Palmers, bezig met de administratie. Hoe kwam het toch dat de stapel onbetaalde rekeningen en onbeantwoorde brieven elk uur als onkruid verder woekerde, ook al deed ze zo haar best om alles te regelen?

Terwijl ze zich slaperig in de ogen wreef, wierp ze een blik op haar grootvaders klok aan de muur, een overblijfsel uit de dagen van Tertius. Shit. Het liep al tegen tweeën in de ochtend en om zeven uur stond een ontbijtoverleg met de nieuwe chef-kok gepland. Ze kon maar beter onder de wol kruipen.

Boven op het stapeltje opengescheurde enveloppen lag een brief voor Tina die Honor per ongeluk had geopend. Het bleek een brief van de trustees, die haar berispten dat ze haar toelage voor juli met maar liefst twintigduizend dollar had overschreden. Twintigduizend dollar! En waaraan, in godsnaam? Het wicht sliep uit tot vier uur in de middag en zette nauwelijks een voet buiten het hotel (waar alles op haar nimmer betaalde rekening werd gezet).

Na haar oude, met koffievlekken besmeurde ochtendjas over haar joggingbroek en T-shirt te hebben aangetrokken, griste ze de brief van tafel en liep de gang op. Tina logeerde aan het eind van de gang. Inmiddels was het al te laat voor een confrontatie, en na deze lange dag had ze er toch geen zin in, en dus schoof ze de brief onder de deur, zodat ze het er de volgende ochtend meteen over konden hebben, wat 'ochtend' voor Tina ook mocht betekenen.

Nu ze de suite bijna had bereikt, zag ze tot haar verrassing dat de deur op een kier stond en dat er binnen harde, bonkende rockmuziek werd gedraaid.

'Tina?' riep ze boven het kabaal uit. Geen antwoord. Ze duwde de deur verder open, beende naar de stereo en trok de stekker uit het stopcontact. Typisch Tina. Morgen zou het klachten regenen. Mensen betaalden geen duizend dollar per nacht om tot twee uur in de ochtend met Van Halen om de oren te worden geslagen.

Met een zucht opende ze de badkamerdeur. Dat iemand met zulke herrie zelfs maar een oog kon dichtdoen, tenzij je natuurlijk stomdronken was, hetgeen bij Tina nooit uit te sluiten viel…

Maar het bed was leeg. Tot zo-even, aan de verwarde, weggeslagen dekens te zien.

'Tina, ben je daar?' Met de brief van de trustees nog altijd tussen haar vingers geklemd tuurde ze de badkamer in, maar al meteen bestierf de vraag op haar lippen. Want daar, lui achteroverliggend in het bad, met de armen wijd en een gelukzalige blik op het gezicht, lag Lucas.

'Jij hier?!' brieste Honor. 'Wat heb jij hier verdomme te zoeken?'

Lucas' enige reactie was een gelukzalige glimlach. Daarna verscheen opeens, rank en glinsterend als een otter, Tina boven water.

'Zeg, schatje,' zei Lucas terwijl hij haar naakte, met badschuim bedekte lichaam tegen zich aan trok nu ze haar ogen opende, 'volgens mij heeft je zus iets te zeggen.'

'Mijn zus?' Ze draaide zich om en wist in elk geval nog een tikkeltje beschaamd uit haar ogen te kijken. Dit in tegenstelling tot Lucas, die inmiddels doodgemoedereerd in zijn adamskostuum overeind was gekomen en geen moeite deed om ook maar een handdoek te pakken.

'Ha, ik zag je kijken,' grapte hij nu hij Honor op een heimelijke blik naar zijn pik betrapte.

'Man, doe normaal!' bitste ze.

Lucas liep langs haar heen de slaapkamer in, en ze sloeg de deur hard achter hem dicht. Daarna richtte ze haar woede op Tina.

'Hoe kún je!' siste ze op gedempte toon om te voorkomen dat Lucas zich vlak achter de deur kon verkneukelen. 'Lú-cas…'

'Jee, nou, sorry hoor, oké.' Tina stapte druipend uit het bad en wikkelde zich in een badhanddoek. 'We waren vanavond allebei in die nieuwe club. We hadden allebei het een en ander op,' giechelde ze. 'Wat moet ik verder nog zeggen? Van het een kwam het ander. Is het echt zo erg dan?'

'Ja, het is echt zo erg, ja,' antwoordde Honor, die van woede de haren bijna uit haar hoofd trok. Nu ze zichzelf in de spiegel zag, merkte ze pas hoe verschrikkelijk ze eruitzag: doodmoe, vettig haar en het ingevallen, vlekkerige gelaat dat je doorgaans met een heroïneverslaafde associeert. Uitgerekend de eerste keer sinds haar ontmoeting met Lucas in New York, moest ze zo nodig een vormeloze joggingbroek aanhebben, in plaats van de meer vrouwelijke kleren waarin ze al weken als een idioot rondfladderde, hopend om hem tegen het lijf te lopen. 'Heb je hem iets verteld?'

'Verteld?' vroeg Tina, niet-begrijpend.

'Over het Palmers, natuurlijk,' antwoordde Honor. 'Heeft hij je dingen gevraagd? Over reserveringen… of de problemen met de elektra?'

'Ben je niet goed snik, of zo?' Haar sprankje schaamte was kennelijk alweer vervlogen. 'Hij was me aan het neuken, Honor. Je weet wel, dat spelletje waar jij allang niet meer aan doet, waarbij de man zijn penis in de vagina van de vrouw brengt?'

'O, jezus hou op, zeg.' Honor sloeg haar handen tegen de oren. 'Ik wil het niet weten.'

'Die godvergeten obsessie van jou met dit hotel!' tierde Tina. 'Denk je nou echt, dat we het over het Palmers hadden?'

'Dus hij was je niet aan het uithoren?' Honor betwijfelde het. 'Tja, nu nog niet misschien, niet bij deze eerste keer…'

'Hij bóórde me uit, ja,' was Tina's antwoord terwijl ze haar natte haren naar voren sloeg en ze uitschudde alsof ze een hondje was. 'Hé, wat doe je nou?'

Honor was de slaapkamer in gestormd, maar het leek erop dat Lucas snel de aftocht had geblazen.

'Ik zal hem krijgen,' brieste ze. 'Ik zal die lul eens zeggen waar het op staat!'

'Je zet jezelf alleen maar voor schut,' riep Tina haar na. 'Het was maar een onenightstand, Honor, jezus. We zijn allebei volwassen. Zet het van je af!'

Maar Honor was al verdwenen.

Na drie trappen te hebben afgesjeesd, trof ze Lucas dan eindelijk in de verlaten lobby, waar hij in een zak van zijn spijkerbroek naar zijn autosleutels zocht.

'Ha,' klonk het sarcastisch nu hij de kleine, withete gestalte op zich af zag benen. 'Als dat Aurora, de godin van de dageraad, niet is. Zeg, als je je geen waspoeder kunt veroorloven,' hij wierp een minzame blik op de koffievlekken op haar ochtendjas, 'kom dan gerust even naar het Herrick. Onze wasfaciliteiten staan geheel tot je beschikking. Echt. Wanneer je maar wilt. *Mi casa, su casa.*'

'Ha, ha,' lachte Honor terwijl ze de vieze ochtendjas wat strakker aantrok en zich vervloekend dat ze nog niet de moeite had genomen haar haren te wassen. Maar Devon merkte het nooit, en dus had het weinig zin gehad. Lucas zag er uiteraard weer eens goddelijk uit, ondanks het late uur, met zijn stevige gebronsde spierballen duidelijk zichtbaar onder zijn Abercrombie-T-shirt met korte mouwen en zijn korte koppie en het stoere stoppelbaardje. Het viel niet mee om je te handhaven tegenover een wandelend brok testosteron terwijl je er zelf als een verzopen kat bij liep, maar ze was vastberaden om zich niet te laten kennen.

'Mijn zus mag dan niet het scherpste potlood uit de doos zijn, maar denk vooral niet dat ik je niet doorheb.'

'Ik weet niet of we het met betrekking tot jouw zus over "potloden" en "dozen" moeten hebben,' grapte Lucas, maar ik ben blij te horen dat u me doorhebt, mevrouw Palmer. In dat geval hebt u dus niets te vrezen, nietwaar?'

'En laat die "mevrouw Palmer"-onzin maar achterwege,' reageerde Honor. 'Op jouw geveinsde beleefdheid zit ik niet te wachten. En ik maak me geen zorgen, ik walg alleen van je. Hoe kun je om te beginnen die arme Lola zoiets aandoen?'

Voor het eerst verdampte de geamuseerde, arrogante blik van zijn gezicht en leek hij geïrriteerd. 'Jij bent me er eentje, zeg,' gaf hij haar te verstaan. 'Míj de les lezen over trouw zijn? En over dat ik Lola zou kwetsen?'

'Ze is gek op je. Vraag me in hemelsnaam niet hoe het mogelijk is, maar het is zo. Waarom moest je van alle vrouwen met wie jij in deze stad in bed kunt duiken... uitgerekend haar uitkiezen? Ze is nog maar een kind.'

'Ze is helemaal geen kind meer,' reageerde Lucas korzelig. 'En trouwens, als jij je zo druk maakt over haar welzijn, denk dan maar eens na over het feit dat jij het met haar vader doet en je daarmee bezig bent het huwelijk van haar ouders te verzieken.'

'Ik... ik...' stamelde ze. Het had geen zin de affaire met Devon te ontkennen, maar desalniettemin wenste ze zich niet tegenover Lucas te moeten verdedigen. 'Ik verziek hun huwelijk helemaal niet, dat is namelijk al verziekt. Al jarenlang.'

'Toe zeg!' Hij lachte haar midden in het gezicht uit. 'Heeft-ie je dat verteld? Over clichés gesproken.'

'Het is de waarheid!' reageerde ze kwaad. 'Jij weet er helemaal niets van.'

'Zeker weten?' vroeg Lucas. 'Denk je dat Lola me nooit eens iets vertelt over haar ouders, haar leven thuis?'

Honor voelde het bloed naar haar hoofd stijgen. Deze wending stond haar bepaald niet aan.

'Karis en Devon blijven bij elkaar vanwege de kinderen,' sprak ze ferm. 'Klaar.'

'Ze delen anders nog altijd het bed met elkaar.'

'Gelul.' Opeens kreeg ze een wee gevoel vanbinnen, alsof iemand zojuist de liftkabel had doorgesneden. Devon had haar gezworen dat hij en Karis al jaren apart sliepen. 'Bovendien hebben we het niet over mijn relatie, maar over jou en Lola.'

Hij keek haar meewarig aan.

Vreemd, toch. Hij haatte Honor, haatte alles waar ze voor stond. Maar tegelijkertijd maakte de gedachte dat ze zich liet bepotelen door die reumatische hypocriet van een Devon Carter hem bijkans gek. Zag ze dan echt niet wat voor een leugenachtige schurk deze man was?

'Luister, schattebout,' zei hij terwijl hij de deur van de nachtuitgang naar het parkeerterrein optrok en met grote passen naar zijn auto liep, zodat Honor gedwongen werd hem blootsvoets achterna te trippelen, 'ik vind Lola heel leuk. Ze is een lieve meid. Waarom denk je anders dat ik jouw ranzige flirt met haar pappie voor me heb gehouden? Niet om jóú te beschermen, hoor.'

Zo had Honor het nog niet bekeken, maar op zich klonk het wel logisch. Maar toch, als hij nu verwachtte dat ze er dankbaar voor was dat hij zijn mond had gehouden, kon hij dat gevoeglijk uit zijn hoofd zetten.

'Nou, als jij dan toch zo om haar geeft,' vroeg ze bits, 'wat had je dan in hemelsnaam met mijn zus in míjn badkuip te zoeken?'

'Ik werd gepijpt,' antwoordde hij luchtig.

Ze was blij dat hij in de duisternis niet haar hoogrode konen kon zien.

'En zolang jij maar niet uit de school klapt tegen je loverboy, dan zal

Lola het nooit weten, en ook niet gekwetst worden. Afgesproken?'

Woest keek ze hem aan. 'Je bent een rotzak, Lucas Ruiz,' siste ze. 'Een egoïstische klootzak en een manipulator.'

'O ja? Nou, jij bent een bitch,' was zijn weerwoord. Hij stapte in zijn auto en trok het portier hard dicht. 'Lola is niet mijn vrouw, duidelijk? Ze is gewoon een zomerflirt, niet meer en niet minder.' Hij liet de motor eens luid ronken en de auto schoot naar voren. Honor moest snel opzij springen om niet te worden overreden.

Terwijl hij zijn knappe hoofd nog even uit het raampje stak, volgde er nog een trap na.

'Echt, schattebout,' zei hij, 'kijk eerst maar eens naar je eigen waardeloze liefdesleven voordat je het mijne bekritiseert. Karis Carter houdt nog steeds van haar man. En ze slaapt nog met hem. Wat voor onzin hij je ook op de mouw mag spelden.'

Pas toen hij was weggereden, en ze alleen op de oprijlaan achterbleef, merkte ze dat ze rilde. Niet vanwege de koude avondlucht, maar vanwege een verachtelijke, verlammende en knagende twijfel.

Devon was haar rots in de branding, haar maatstaf, haar vangnet.

Ze hield zichzelf voor dat Lucas gewoon rancuneus was. Maar waarom was het dan alsof de grond onder haar voeten haar elk moment kon verslinden? Alsof ze in een zwart gat viel, almaar verder tuimelend, totdat ze de grond zou raken en ze nooit meer overeind zou kunnen komen.

14

Ben liet zijn handen onder het smalste deel van Sians blote rug langzaam naar beneden zakken totdat ze haar twee stevige, warme billen omvatten.

'Maakt u zich geen zorgen, mevrouw Doyle. Dit zal absoluut geen pijn doen,' fluisterde hij terwijl hij zijn mond zo dicht bij haar oor bracht dat zijn adem haar kietelde nu hij voorzichtig weer in haar gleed. 'U kunt me vertrouwen. Ik ben dokter.'

Het was de ochtend van zijn laatste volle dag in de Hamptons, en in zijn bed in het Herrick genoten Sian en hij van elke kostbare minuut die hun nog restte. Vanavond gaf Lucas op het strand een afscheidsfeestje voor hem. Maar op dit moment had hij slechts aandacht voor Sian.

Ze slaakte een geluidje dat het midden hield tussen een lach en een kreun en duwde haar heupen tegen hem aan. Ze hield van zijn grootte, omvang en gewicht, de manier waarop er geen einde leek te komen aan zijn rug en schouders als ze hem met haar vingertoppen streelde. Omdat ze zelf zo lang was, voelde ze zich zelden kwetsbaar of vrouwelijk. Maar Ben gaf haar het gevoel dat ze klein was, als een kostbare porseleinen pop. Heel bevrijdend.

Hun liefdesspel was van meet af aan intens geweest. Het was nog maar twee weken geleden dat Ben, vrij letterlijk, haar leven in was gestruikeld, maar nu al kon ze zich nauwelijks voorstellen hoe het zonder hem zou zijn, of hoe onafhankelijk, compleet en gelukkig ze zich ook alweer had gevoeld voordat ze hem ontmoette.

De ironie wilde dat hij de tegenpool was van het type man waarop ze doorgaans viel. Ze had zich altijd aangetrokken gevoeld tot erudiete, intellectuele, stedelijke mannen – de Clark Kents van deze wereld. Goed, Ben had wel laten doorschemeren dat hij in Engeland iets met geld deed, dus hij moest wel hebben gestudeerd, maar ze kon zich onmogelijk een beeld vormen van zijn leven daar. Voor haar leek deze jongen van wie ze, in beangstigend korte tijd, was gaan houden, het klassieke strandtype, compleet met warrige haardos, een verontrustende voorliefde voor opzichtige, ordinaire, korte hawaïbroeken en een buitengewoon oneerbiedig gevoel voor humor. En het beste van alles was: hij hield ook van haar. Terwijl hij met haar de liefde bedreef, voelde ze zijn hartstocht in elke spier van zijn rug, alsof zijn lichaam een reusachtige machine was, gemaakt voor slechts één doel: om haar te bevredigen. En dat deed hij, meer dan ze voor mogelijk had gehouden.

'Mmmm,' kreunde ze nu ze haar hoogtepunt voelde naderen terwijl hij een hand weer langs haar heup en buik liet glijden en zijn duim liet afdalen om de aangename zachtheid van haar schaamhaar te verkennen. Zachtjes begon hij haar clitoris te strelen, waarbij de lichtheid van zijn aanrakingen een scherp en heerlijk contrast vormden met het almaar hogere ritme van zijn stoten. 'Dat is zóóó lekker.'

'Ik hou van je,' mompelde hij half in haar oor en half in het kussen terwijl hij klaarkwam en Sians eigen orgasme daar onmiddellijk op volgde. 'Godverdomme, wat hou ik van je!'

Hij rolde op zijn zij en steunde op zijn elleboog. Tot zijn verbazing zag hij dat ze huilde.

'Hé, wat is er?' Teder streek hij de vochtige strengen haar uit haar gezicht.

'Wat er is?' reageerde ze. Haar tranende ogen werden groot en haar onderlip trilde. 'Hoe kun je dat nu vragen? Je weet best wat er is. Je vertrekt.'

Ben ging rechtop zitten en streek met zijn handen door zijn haar. 'Begrijp het alsjeblieft,' zei hij. 'Ik wil niet gaan, maar ik moet wel. Ik heb een zaak te runnen. Als ik niet naar Londen terugga, kaapt die rotmof van een Tisch deze deal voor mijn neus weg.'

Eerlijk gezegd had hij een week geleden, toen hij vernam dat Excelsior, Antons fonds, op een agressieve manier naar de gunsten van een van zijn grootste institutionele beleggers dong, al terug naar kantoor moeten vliegen. Sian vormde de enige reden waarom hij was gebleven. Maar hij kon de dingen niet eeuwig voor zich uit blijven schuiven.

Ze keek hem beteuterd aan. Ze begreep het niet, niet echt tenminste. 'Hedgefonds', 'fonds der fondsen', 'vast inkomen', 'kapitaalopbrengst': allemaal woorden die voor haar betekenisloos waren. Betekenisloos en saai.

'Dat betekent nog niet dat we elkaar nooit meer zien,' zei Ben terwijl hij een troostende hand op haar platte buik legde. 'Daarom heeft God het vliegtuig uitgevonden. En het betekent ook zeker niet dat ik niet van je hou.'

'Dat weet ik wel,' zei ze, maar het klonk absoluut niet overtuigd.

Hij trok haar tegen zich aan, sloeg zijn armen om haar heen en omhelsde haar zo stevig dat ze vreesde elk moment een rib te kunnen breken. Maar het gaf een goed gevoel, alsof ze in een dwangbuis tegen de troostende warmte van zijn borstkas leunde. Ze voelde zich veilig, zoals ze als klein meisje in de armen van haar vader had gedaan.

En toch wist ze ook dat dit veilige gevoel een illusie was. Ben zou binnenkort weg zijn, terug naar zijn echte leven, en het visioen van hun zomerromance samen zou tot een melkachtige, nostalgische waas vervagen.

Hij zou haar vergeten. Ze wist het gewoon.

'Ik beloof je,' sprak hij ernstig, 'het zal niet voorgoed zijn. Maar laten we nu gewoon proberen om te genieten van vandaag, oké? Ik wil dat het feestje vanavond gezellig wordt. Voor ons allebei.'

'Dat wil ik ook,' zei Sian. Ze deed haar best om positief en dapper te klinken. Als dit hun laatste avond samen was, wilde ze die niet verknallen met haar gejank. Daar zou ze later nog genoeg tijd voor hebben.

Ook Lola en Lucas lagen in bed, in het strandhuisje van laatstgenoemde.

'Hoe bedoel je dat je niet kunt?' Met een erectie zo groot als een Frans stokbrood zat hij voor haar geknield en probeerde hij op een speelse manier haar benen uiteen te wrikken. 'Je bent een vrouw. Vrouwen kunnen altijd. Wij mannen moeten altijd ons geschut in stelling kunnen brengen.'

'Weet ik,' glimlachte Lola terwijl ze met haar vingertoppen terloops zijn pik streelde maar haar dijen stevig tegen elkaar klemde. 'En ik zie wel dat je geschut fantastisch in stelling staat, zoals altijd, liefje. Maar als ik niet thuis ben voordat mijn moeder doorkrijgt dat ik weg ben, is het gedaan met me. En ook met jou, kan ik eraan toevoegen. Want voordat je "coïtus interruptus" kunt zeggen, staat mijn pa hier met een verroeste snoeischaar in de aanslag.'

Het idee dat Devon het met een scherp stuk gereedschap op zijn genitaliën zou hebben voorzien was voldoende om zelfs Lucas' vurigheid te temperen. Hij voelde zichzelf verschrompelen, klauterde vol tegenzin van Lola af en liet zich terug in de kussens zakken.

'Dan moeten we maar met twee keer genoegen nemen,' mompelde hij knorrig terwijl hij naar het plafond staarde.

Waar hij eigenlijk behoefte aan had, was een uurtje extra slaap in plaats van meer seks. Maar dat kon hij wel vergeten. Zijn hoofd maalde.

Zijn geintjes met Tina Palmer in de badkuip, en de onverwachte binnenkomst van Honor, hadden een bittere nasmaak achtergelaten die hij nu, weken later, nog proefde. Op het moment zelf had hij voor de tegenaanval gekozen en met de vinger naar haar en Devon gewezen. Maar de waarheid was dat hij zich over zijn bedavontuurtje met Tina schuldig voelde. Dat kwam voor een deel ook door Lola, hoewel hij bleef geloven dat wat ze niet wist, haar ook niet zou deren. In elk geval zou ze binnen een week weer op school in Boston zitten en hem ongetwijfeld snel vergeten, net als vorig jaar. Maar wat hem nog het meest dwarszat, was het ongemakkelijke gevoel dat hij zichzélf teleur had gesteld en daarbij een beetje de marionet van Anton Tisch was geworden.

In eerste instantie was hij er, als het erop aankwam om het Palmers van de kaart te vegen, net zo op gebrand geweest als Anton om Honor een gemene streek te leveren. Maar naarmate de tijd verstreek, merkte hij dat hij moreel gezien op steeds troebeler vaarwateren afkoerste.

Nog steeds wist hij niet zeker wat zijn verleiding van Tina Palmer had opgeleverd, behalve dat er tussen de twee een ongeoorloofde pseudo-vriendschap was gesmeed – wat Anton een 'verbond' noemde. In de afgelopen twee weken had hij Lucas aangemoedigd om dat verbond aan te wenden om Tina voor te stellen aan een aantal zakencompagnons van hem, onder wie een gast van het Herrick die Toby Candelle heette. Het enige wat Lucas van die man wist, was dat hij een vriend van Anton was, die angstvallig over zijn privacy en anonimiteit waakte en over goede connecties binnen het filmvak beschikte. Hoe dan ook, Tina had met alle plezier een praatje met hem aangeknoopt, zo leek het, en een paar dagen later had Anton zijn tevredenheid getoond door Lucas ongevraagd een loonsverhoging aan te bieden.

Lucas dacht te kunnen profiteren van Antons uitgelaten stemming en besloot hem om een gunst te vragen. Maandenlang had hij zich schuldig gevoeld over het feit dat hij tijdens het openingsfeest van het Herrick tegen zijn baas uit de school had geklapt over de affaire van Honor en Devon. Nu wilde hij van Tisch de garantie dat die deze informatie niet openbaar zou maken, zodat hijzelf zijn belofte aan Honor niet hoefde te breken.

Anton leek verrast door dit verzoek, maar stemde ermee in. 'Als het echt zo belangrijk is voor je, hou ik m'n mond wel dicht,' zei hij. 'Afgesproken.'

Lucas was het daarna verder vergeten. Maar het schuldgevoel bleef aan hem knagen. Was hij maar nooit met die zusjes Palmer verstrikt geraakt.

'Heb jij mijn mobieltje ergens gezien?'

Geïrriteerd verscheen Lola gewassen en aangekleed, en met haar vochtige rode haar losjes bijeengebonden, uit de badkamer. Zelfs in haar oude T-shirt en spijkerbroek van gisteren, en na een slapeloze nacht en zonder ook maar een zweempje make-up op, zag ze eruit om op te vreten. Toch schoot het even door Lucas heen dat ze nog wel erg jong leek. Met die zomersproetjes op haar neusrug en de roze pluizige schoudertas die ze overal mee naartoe sleepte, en die overigens niet zou misstaan aan een haakje op de gang van een basisschool, paarde ze haar sexy uitstraling aan een onschuld die soms vrij verontrustend kon zijn.

Misschien had Honor wel gelijk.

Misschien kon hij haar maar beter niet neuken.

'Op de bank, in de woonkamer,' antwoordde hij. 'Daar, naast dat witte kussen.'

Ze liet de telefoon in haar tas glijden, nam haar autosleutels eruit en trippelde naar het bed om hem een afscheidskus te geven. Tot haar verrassing greep hij haar beet, trok haar gezicht naar zich toe en kuste haar met veel meer tederheid dan gewoon.

'Waar heb ik dat aan te danken?' Ze glimlachte.

'Gewoon,' zei hij terugglimlachend.

Hij was opgelucht dat ze terugging naar Boston, maar tegelijkertijd wist hij dat hij haar zou missen. Sinds die ene nacht met Tina was hij door zijn schuldgevoel Lola vriendelijker gaan bejegenen, waardoor dat kleffe, waar hij zich begin van de zomer zo aan had geërgerd, was verdwenen. Hun laatste twee weken samen waren bijna ouderwets leuk geweest.

'Onthou dat het Bens feestje is vanavond,' zei hij terwijl hij zichzelf uit bed sleepte.

'Dat onthou ik echt wel, hoor,' zei Lola. 'Ik heb zo te doen met die arme Sian. Ze is er echt kapot van dat-ie weggaat.'

'Hm,' bromde Lucas. 'Dat zegt ze.'

Het irriteerde hem dat Lola zo hecht was geworden met die broodmagere dienstmeid van het Palmers. Behalve dat hij Sian ervan verdacht een geldgeile trien te zijn, wist hij ook vrij zeker dat ze een van degenen was die het hardst riepen dat Lola voor hem moest uitkijken. Hoe eerder ze naar Verweggistad opzoutte, hoe beter.

'Wat wil je daar nu weer mee zeggen?' vroeg Lola.

'Niks. Alleen maar dat ze er wel weer overheen komt,' antwoordde Lucas, die geen zin had in ruzie. 'Ze vertrekt zelf ook snel genoeg.'

'Ja, dat zal wel.' Ze streek wat afwezig met haar vingers door zijn korte, jeugdige haar terwijl hij op de rand van het bed zat. 'In elk geval heeft ze haar weddenschap gewonnen.'

Lucas gaapte. 'Welke weddenschap?'

'Haar vriendin wedde om honderd dollar met haar dat het haar niet zou lukken om in de Hamptons een miljonair aan de haak te slaan,' zei Lola terwijl ze opstond om te gaan. 'Hé, het was maar een grapje,' voegde ze eraan toe nu ze zag dat Lucas' gezicht betrok en hij zijn wenkbrauwen fronste. 'Sian aanbidt Ben. Dat weet je toch? Het zou haar geen bal kunnen schelen of hij schatrijk is of niet.'

Net als zo veel mensen die uit een rijk nest komen, dacht Lucas, onderschatte Lola hoe zwaar de minder bedeelden hieraan tilden. Haar trouw aan haar beste vriendin was aandoenlijk, maar ook naïef.

'Ik moet rennen.' Ze kuste hem. 'Bid maar dat pa en ma nog in bed liggen als ik thuiskom.'

'Ik bid, ik bid,' zei hij terwijl ze de voordeur al uit vloog en hem achter zich dichtsmeet.

Het beeld van Devon en Karis, verstrengeld in elkaars armen, deed hem weer aan Honor denken.

Lola was niet de enige die naïef was. Wat de liefde betrof, kon zelfs een taaie meid als Honor blind zijn. Ze leek de leugens van Devon Carter als een goedgelovige, hongerige vis te hebben geslikt.

Opeens was Lucas onverklaarbaar geïrriteerd en hij rolde zich om, trok het dekbed over zijn hoofd en probeerde weer in slaap te vallen. Wat kon Honors liefdesleven, of dat van Ben, hem trouwens schelen?

Op dit moment had hij meer dan genoeg moeite om dat van hemzelf in goede banen te leiden.

Toen de koerier bij Antons herenhuis in Mayfair arriveerde, was het in Londen al bijna twaalf uur in de middag.

'Pakketje voor meneer Tisch,' bromde hij door het vizier van zijn motorhelm terwijl hij de butler een klembord onder de neus duwde. 'Hier graag een krabbel.'

William, Antons lankmoedige butler en hoofd van het voltallige personeel in Londen, krabbelde iets op het papier en nam het pakje aan. De baas had de hele ochtend al op en neer gesprongen alsof hij op hete kolen liep. Hij kon het pakje maar beter meteen binnen brengen.

'Ah, eindelijk. Daar ben je.' Anton, nog steeds gekleed in zijn zijden kamerjas van Turnbull & Asser, ijsbeerde door zijn werkkamer. 'Geef dat maar aan mij.'

Hij was al vanaf zes uur op, bezig om een financieel directeur van een Amerikaans pensioenfonds te paaien om te investeren in Excelsior. Tussen dat en het bekijken van de derdekwartaalcijfers van de Tischen-hotels, had hij nog geen moment de tijd gehad om zich aan te kleden. Zijn haar, dat doorgaans onberispelijk gladgestreken was, stak aan één kant springerig omhoog, wat absoluut niet strookte met zijn humorloze gezicht, en verried de matige kleurspoeling des te duidelijker.

Met een beleefd buiginkje overhandigde William het pakketje, maar vanbinnen kookte hij. Tisch vond zichzelf zo correct Engels, maar het gebruik van een '*please*' of '*thank you*' had hij nog steeds niet onder de knie. Er kwam een dag dat iemand hem met dat verrekte kwastjeskoord van zijn kamerjas zou wurgen.

'Je kunt gaan.'

Rommelend in de bureaula naar een briefopener nam Anton niet eens de moeite om de butler een blik waardig te keuren.

Zodra de butler weg was, en hij de kleine zilveren dolk van Asprey had gevonden, reet hij het pakje open en trok er triomfantelijk een vhs-band uit. Met een druk op zijn universele afstandsbediening ging de deur van de werkkamer op slot, werd het licht gedimd en gingen de metalen jaloezieën voor alle ramen dicht. Met een tweede knop schoven de twee imitatie-Chippendale-boekenkasten zoemend opzij, en vanuit de nis in de muur erachter verscheen een enorme flatscreen plasma-tv. Anton was als een kind zo blij met deze James Bond-gadgets, hoewel het effect in dit geval wel enigszins teniet werd gedaan nu hij zich realiseerde dat hij de hele kamer door moest lopen om de band handmatig in de videorecorder te schuiven.

Op dat moment ging de telefoon.

'Tisch,' nam hij kortaf op.

'Anton, sorry dat ik je stoor,' klonk een zeurstem aan de andere kant van de lijn. 'Je spreekt met Jordy.'

Jordy McKenzie was de nieuwe redacteur van de *New York Post*. Deze voormalige roddeljournalist had jaren geleden voor het eerst Antons pad gekruist toen hij, in zijn wanhoop om tweespalt te zaaien, zich had laten omkopen om over een van diens politieke vrienden geen negatief verhaal te publiceren. Een fout waar Anton hem steeds weer aan herinnerde.

Toen Anton zich voornam om het verhaal van Honor Palmers verhouding met Devon Carter naar de pers te lekken had hij zich tot Jordy gewend, deels omdat hij wist dat hij te bang zou zijn om te weigeren en deels omdat een New Yorkse krant het platform bij uitstek was voor een stuk over roddels in de Hamptons. Dat juist de *Post* het verhaal publiceerde, zou het idee dat Lucas erachter zat geloofwaardiger maken, want ook in het verleden was de krant met een aantal Herrick-verwante nieuwtjes gekomen en dus zouden de lezers ervan uitgaan dat Lucas en de krant contacten onderhielden.

Anton zocht al een tijdje koortsachtig naar een manier om Lucas te dumpen – eigenlijk al vanaf het moment dat de jongen in zijn eentje met de eer was gaan strijken voor het succes van het Herrick en zich in interviews luidkeels deed gelden alsof hij de hoteleigenaar was. Hij had hem natuurlijk gewoon de zak kunnen geven, maar dat zou te gemakkelijk zijn geweest, om nog maar te zwijgen van het gebrek aan alle wraakelementen waar Anton juist zo van genoot. Lucas een echt lesje leren vereiste iets meer... fantasie. Ironisch genoeg was het Lucas zelf geweest die Anton ten slotte op zijn achilleshiel had gewezen door hem te smeken niet over Honor en Devon uit de school te klappen. Eigenlijk was hij hun vermeende affaire al helemaal vergeten, maar geholpen door een prima privédetectivebureau uit New Jersey had hij zich gezet aan het vergaren van harde bewijzen van Lucas' vermoedens. Nu was hij dan eindelijk gereed om met het verhaal te komen dat Honors reputatie op een cruciaal moment van het jaar compleet zou vernietigen – door zichzelf en haar familie te vereenzelvigen met het Palmers en zijn wederopbloei had ze ervoor gezorgd dat elke negatieve persoonlijke publiciteit een verpletterend domino-effect op het imago van het hotel zou hebben. Door Lucas en public als de 'mol' achter het verhaal te ontmaskeren zou bovendien het perfecte excuus worden geschapen om hem de laan uit te sturen.

'Luister, Anton,' zei Jordy, die zijn best deed standvastig te klinken. 'Ik heb hier zo mijn bedenkingen bij. Tina Palmer is een bekende naam, maar haar zus? Buiten de Hamptons stelt Honor Palmer bar weinig voor. Wie kan het schelen dat ze een getrouwde vent naait?'

'Mij,' antwoordde Anton nors. 'En de gasten van het Palmer, en de hele Amerikaanse hotelbranche.'

'Zet het dan in een vakblad,' reageerde Jordy. 'Dit is geen nieuws.'

'Ik heb je toch al gezegd,' zei Anton met enige stemverheffing, 'dat is niet voldoende. Ik wil niet dat ze in opspraak wordt gebracht, ik wil haar ruïneren. Het moet in de *Post*.'

Intussen kwam het plasmascherm voor hem flikkerend tot leven nu de videoband eindelijk werd afgespeeld. Hij keek op en zijn ogen sperden zich wijd open. De kwaliteit en helderheid van de beelden was uitzonderlijk. Het vergde nogal wat om Anton te choqueren, maar deze band kwam wel heel dicht in de buurt.

'Luister, Jordy,' zei hij op geruststellende toon. Hij moest wel een beetje water bij de wijn kunnen doen, want het was niet handig om een nu machtige redacteur geheel van zich te vervreemden. 'Er staat iets te gebeuren wat dit verhaal flink wat nieuwswaarde zal geven.'

De redacteur zuchtte. 'Het is zeker te veel gevraagd om me te vertellen wat dat iets is?'

'Ik kan niets zeggen – nog niet,' antwoordde Anton. 'Je zult me moeten vertrouwen en moeten roeien met de riemen die je hebt. Maar je zult er geen spijt van krijgen.'

De keerzijde van deze belofte, namelijk dat als hij het verhaal niet plaatste, hij wél spijt zou krijgen, hing als een donderwolk tussen hen in. Ten slotte ging Jordy met tegenzin akkoord; hij had geen keus.

'Binnen een week lukt het me in elk geval niet,' zei hij nukkig. 'En als er in de tussentijd echt groot nieuws is, moet ik het misschien nog verder vooruitschuiven.' Hij had geen idee wat dit arme kind van Palmer had gedaan dat Anton Tisch zo over de rooie was. Maar binnenkort ging ze het in elk geval betreuren.

'Natuurlijk,' reageerde Anton, die zich, nu hij zijn zin had, maar wat graag verzoeningsgezind opstelde. 'Dat laat ik geheel aan jou over.'

Hij liet zich op zijn antieke Chesterfield-bank zakken en leunde comfortabel achterover om van de rest van de beelden te genieten, erop vertrouwend dat miljoenen gretige internetgebruikers over een paar dagen exact hetzelfde zouden doen.

'Ik dacht dat je zei dat het een rustige barbecue zou worden. Alleen een paar vrienden, weet je nog?'

Vol ontzetting staarde Ben naar de champagne slempende hordes die als opeengepakte sardientjes het privéstrand van het Herrick bevolkten. Hij herkende bijna niemand.

'Ik heb gelogen,' grijnsde Lucas. 'Je dacht toch niet echt dat ik je zonder een gepast afscheid naar dat miezerige Londen terug zou sturen?'

Zoals gewoonlijk had Lucas in recordtijd een spectaculair feest georganiseerd. Toegegeven, moeder Natuur had voor een ideale setting gezorgd. De ondergaande zon vertoonde de dieprode gloed van een toneelgordijn terwijl ze tegelijkertijd voldoende zacht licht gaf om de buitenkaarsen en de champagneglazen van glinsterend kristal als een wolk vuurvliegjes te laten dansen en fonkelen. Maar de muziek (zes als nimfen geklede fluitisten op blote voeten), het eten (sashimi en gegarneerde bosbessentaartjes met room waar het water je van in de mond liep) en de dansers (een Hawaïaans, vuurspuwend gezelschap) waren allemaal het werk van Lucas geweest.

Ben was geroerd dat zijn vriend zo veel moeite had gedaan, maar niets van dit alles kon hem afleiden van Sian. Ze zag er vanavond stralend uit terwijl ze met Lola pootjebaadde in de branding. Haar lange zigeunerrok was nat bij de zoom en haar donkere haren wapperden als herfstdraden in de wind. Hoe het na morgen praktisch verder moest met hun relatie, daar had hij nog niet over nagedacht. Langeafstandsromantiek was een crime, dat wist hij ook wel, maar hij was vastbesloten om het te doen lukken. Het alternatief – weggaan en haar loslaten – was voor hem net zo onmogelijk als ophouden met ademhalen.

'Zal ik jou eens wat vertellen, *mate*,' zei hij tegen Lucas, terwijl hij zijn ogen niet kon afhouden van de meiden, die elkaar nu nat spetterden en giechelden als de tieners die ze eigenlijk nog waren. 'We zijn allebei echt bofkonten.'

'Hmm.' Lucas klonk verveeld.

'En, hoe staat het met jou en Lola?' vroeg Ben. 'Blijven jullie elkaar zien als ze weer in Boston zit?'

Lucas keek hem vragend aan. 'Natuurlijk niet,' antwoordde hij botweg.

'Hoe zou dat moeten? Zij gaat terug naar school, en ik ga weer aan het werk. Het was maar een zomerliefde, snap je? Ik begrijp niet waarom iedereen ons zo graag wil uithuwelijken.'

Ben haalde zijn schouders op. 'Oké. Ik denk dat ik zelf zo gelukkig ben met Sian dat ik iedereen hetzelfde gun. Snap je wat ik bedoel?'

Lucas schraapte zijn keel. 'Nu je het daar toch over hebt,' begon hij. 'Weet je wel zeker... hoe moet ik dit zeggen? Weet je zéker dat je hebt wat je denkt te hebben?'

Ben zuchtte. Hij begon Lucas' negatieve gedoe over dit onderwerp behoorlijk beu te worden. 'Hou je dan nooit op? Ik hou van haar, ja? En zij houdt van mij. Wees blij voor me.'

Lucas keek getergd. 'Dat zou ik wel willen,' zei hij. 'Als ik dat echt geloofde, zou ik blij voor je zijn. Maar vandaag heb ik iets anders gehoord...'

'Wat dan?' vroeg Ben, zijn woede verbijtend. Hij had vanavond geen zin in ruzie met Lucas, niet na alle moeite die hij zich had getroost. 'Wat heb je gehoord?'

'Lola heeft me verteld dat Sian een weddenschap had. Met een vriendin van thuis.'

'En?'

'Kennelijk,' Lucas haalde even diep adem, 'heeft ze met die vriendin om honderd dollar gewed dat ze hier voor het eind van het vakantieseizoen een rijke vent aan de haak zou slaan.'

'Dat is onzin,' reageerde Ben opeens doodsbleek. 'Zoiets zou Sian echt nooit doen. In haar hele doen en laten zit geen greintje materialisme.'

'Oké.' Lucas bracht in alle onschuld even zijn handen omhoog. 'Als jij het zegt.'

'Ik zeg het, ja,' zei Ben chagrijnig. 'Je kent haar helemaal niet.'

'Jij wel dan?' vroeg Lucas. 'Je kent haar nog maar twee weken. Wat weet je nou echt van haar? Luister, het spijt me,' voegde hij eraan toe. Hij had de avond van zijn vriend verpest, merkte hij. 'Ik wil gewoon niet dat je wordt gekwetst.'

'Onzin,' zei Ben verbitterd. 'Je kunt het gewoon niet uitstaan dat ík nu eens happy ben met een geweldige meid, terwijl jij nog altijd...'

'Wat?' Lucas kneep zijn ogen toe. 'Wat ben ik nog altijd?'

'De weg kwijt,' bitste Ben. 'De weg kwijt, eenzaam en onzeker als de hel, nou goed?'

Eerlijk gezegd wist hij niet zo goed wat hij allemaal zei. Hij wilde gewoon uithalen naar Lucas, hem betaald zetten voor wat hij had gezegd, voor dat hij twijfel wilde zaaien over het beste wat hem was overkomen sinds... nou ja, in zijn hele leven, eigenlijk.

'Als je me niet gelooft,' reageerde Lucas boos, 'vraag het haar dan zelf.'

En daarmee stapte hij op, maar niet voordat hij er fluisterend aan toevoegde: 'Natuurlijk zal ze waarschijnlijk tegen je liegen.' Hij wist dat hij zich hatelijk en kinderachtig gedroeg, maar die laatste opmerking van Ben was wel even goed aangekomen. Hij was níét de weg kwijt. Hij wist precies waar hij heen ging. In tegenstelling tot een aantal mensen die hij zo kon opnoemen.

Ondertussen was Sian zich blijmoedig onbewust van het drama dat zich hier ontvouwde. Ze zat Lola achterna in de branding, gehinderd door haar inmiddels volledig doorweekte rok, die als krimpfolie aan haar benen hing terwijl ze water over het veel te perfect geföhnde haar van haar vriendin probeerde te spetteren. Ze had Ben beloofd haar best te doen om van deze avond te genieten, en daar wilde ze zich aan houden ook.

'Je bent net een nieuwslezeres!' riep ze in de golven. 'Kom terug! Je lijkt die lijpe Diane Sawyer wel! Ik probeer je te hélpen!'

Lola gilde en begon terug te rennen naar het strand. Sian maakte een slecht getimede duik om haar te grijpen, maar verloor haar evenwicht en viel giechelend in het water.

Ze veegde het zoute water uit haar ogen, schoof haar druipende haar opzij en keek op. Ben stond over haar heen gebogen. 'Hé, schatje. Wat is er?' proestte ze. 'Vermaak je je een beetje?'

Zijn lichaam tekende zich af tegen de ondergaande zon, waardoor zijn gelaatstrekken zich vooral in de schaduw bevonden. Pas toen hij antwoordde, realiseerde ze zich dat er iets was.

'Niet echt,' zei hij. Zijn stem klonk afgeknepen.

Met enige moeite kwam Sian overeind – haar kleren wogen een ton en het zand onder haar voeten bewoog in de stroming – en ze legde een hand op zijn arm om haar evenwicht te bewaren.

'Ben? Wat is er? Wat scheelt eraan?'

'Ben ik een weddenschap?'

'Wat?' Ze leek oprecht verbijsterd. 'Een weddenschap? Waar heb je het over?'

'Heb je voordat je hiernaartoe kwam met een vriendin gewed? Dat je een rijke vent in bed zou krijgen?'

Sian voelde opeens een knoop in haar maag en haar hart begon te bonzen. Ze zou Lola vermoorden. 'Wie heeft je dat verteld?' vroeg ze voorzichtig.

'Dat doet er niet toe!' ontplofte Ben.

Sian deinsde terug. Zo kwaad had ze hem nog nooit gezien. Ze had hem trouwens nog nooit kwaad gezien.

'Jezus christus.' Boos schudde hij zijn hoofd en duwde haar hand weg. 'Het is verdomme nog waar ook, hè?'

'Nee!' reageerde Sian. 'Nou, ja, technisch gezien wel. Maar het is niet wat je denkt. Geloof je nu echt dat er tussen jou en mij niets meer is? Die weddenschap was een grap. Het stelde niets voor. Trouwens, zo rijk ben je nu ook weer niet, toch?' Ze probeerde er een grapje van te maken. 'Je loopt rond met gaten in je sokken en je werk heeft iets met waarborgen te maken. Dat maakt je nog geen Bill Gates.'

Maar Ben luisterde niet. Hij had zich al omgedraaid en beende weg door het ondiepe water, terug naar het strand en de rest van het gezelschap. Sian wilde achter hem aan rennen, maar haar zware rok hield haar tegen.

'Dit is waanzin!' riep ze hem na. 'Ben, in godsnaam. Jij vroeg míj mee uit, weet je nog wel? Ik heb niet geprobeerd jou te versieren. Ben!'

Hij had het droge zand bereikt en rende strak voor zich uit starend en mompelend als een dwaas rakelings langs verbouwereerde feestgangers verder het strand op.

'Hé.' Lucas greep hem in het voorbijgaan bij een arm. 'Wil je erover praten?' Hij knikte naar Sian, die nu druipend en gillend als iets uit *The Kraken Wakes* onbeholpen het strand op sjokte. 'Ik had gelijk, of niet?'

'Val dood,' zei Ben. Hij oogde zo miserabel dat Lucas zich bijna schuldig begon te voelen. Maar het was beter dat hij er nu achter kwam voordat zijn hart echt werd gebroken. 'Val dood, jij en je stomme feestje.'

Tegen de tijd dat Sian de plek had bereikt waar zij hadden gestaan, was Ben al verdwenen.

'Waar is hij?' hijgde ze. 'Wat heb je tegen hem gezegd?'

Lola, die net een glimp had opgevangen van alle beroering, voegde zich nu bij hen. Sian draaide zich snel naar haar om en schudde vol ongeloof haar hoofd.

'Jij hebt Lucas verteld over mijn weddenschap met Taneesha,' hijgde ze. 'Verdomme, het was een grápje!'

'Dat weet ik wel,' zei Lola fel. Nu keken beide meiden Lucas woest aan. 'Dat heb ik hem er echt wel bij verteld. Hoezo? Wat is er gebeurd?'

'Jouw stokende vriendje hier heeft Ben verteld dat ik op zijn geld uit was,' zei Sian. 'Dat is er gebeurd.' Nu pas voelde ze de kou. Ze beefde over haar hele lichaam.

'Lucas?' Lola keek hem woedend aan. 'Zeg dat het niet waar is.'

'Het spijt me,' zei hij schouderophalend, maar van spijt viel in zijn houding niets te bespeuren. 'Ben is een vriend van me. Ik zie niet graag dat mensen misbruik van hem maken.'

'Jezus. Sian maakt helemaal geen misbruik van hem,' reageerde Lola verontwaardigd. Maar Sian gebaarde dat ze moest ophouden.

'Laat maar,' zei ze. In de afgelopen twee minuten was ze heen en weer geslingerd van schok, naar angst, naar walging. Maar op dit moment voelde ze alleen nog maar woede. 'Als Ben zo over me wenst te denken kan hij de pot op met deze relatie.'

'Maar, lieverd, je kunt het hem toch uitleggen,' opperde Lola. 'Vertel hem dat het allemaal een grote vergissing is.'

'Nee,' zei Sian resoluut. 'Waarom zou ik hem iets moeten uitleggen?'

Ze was dan misschien niet zo mooi, slim of rijk als de rest, maar ze had wel haar trots. Als Ben Slater een klootzak als Lucas eerder geloofde dan haar kon hij de pot op.

Ze stroopte haar drijfnatte rok en T-shirt van haar lijf en stond nu in haar chocoladebruine stringbikini. Vervolgens propte ze de bundel natte kleren onder haar arm en stormde het hotel in voor een handdoek. Lola wilde haar achternagaan, maar werd door Lucas tegengehouden.

'Laat maar,' zei hij. 'Het komt wel goed.'

'Goed?' Ze keek hem kwaad aan. 'Hoe had je dat gedacht?'

Lucas ving de opwellende woede in haar ogen op en voelde zijn pik stijf worden. Hij wenste dat ze de moed kon opbrengen om hem wat vaker te trotseren. Iemand domineren die nooit eens terugvocht, daar was niets aan.

'Laten we naar bed gaan,' zei hij terwijl hij haar stevig tegen zich aan trok.

'Wat? Nee!' krijste ze verbolgen. 'Ik wil niet met je naar bed. Je bent echt vreselijk, jij. Hoe kon je dat die arme Sian aandoen?'

Maar even later smolt ze in zijn kus, precies zoals Lucas al had verwacht – begeerte won het altijd van zusterschap.

'Kom,' zei hij terwijl hij haar bij de hand nam. 'Als het voorbestemd is, komen ze er samen wel uit. Laat onze avond er niet door verknallen.'

'Nou,' zei Lola toegeeflijk terwijl ze hem al naar binnen volgde. 'Oké, maar ik blijf niet lang. Ik moet Sian zoeken en mijn excuses aanbieden. Als ik had geweten dat jij zoiets stoms ging uithalen zou ik het je nooit hebben verteld.'

'Ja, ja,' zei Lucas, maar hij luisterde niet. 'Mij best.'

15

Een week later wandelde Honor met verende tred tevreden over Main Street.

Het was een mooie heldere zondagochtend, maar wel aanmerkelijk frisser dan de voorgaande dagen. September leek East Hampton te hebben overvallen en de zomer met een linkse directe knock-out te hebben geslagen. Al meteen was daarmee de meest stressvolle en in veel opzichten de meest lonende zomer voorbij, weggevoerd op de eerste koele herfstwind. Als pus uit een uitgeknepen steenpuist stroomden de toeristen weg uit de stad, en daarmee ook de New Yorkse drukte. Nu maakte het kalmere dagelijkse ritme van de echte inwoners zich weer meester van het stadje, samen met het kleine segment van oudere en wijzere gasten die zo verstandig waren geweest om de drukte van het hoogseizoen aan zich voorbij te laten gaan en pas in het naseizoen van hun vakantie te gaan genieten.

Het Palmers was nog altijd voor vijfennegentig procent volgeboekt, een behoorlijke bezettingsgraad voor deze periode, vooral gegeven de moeite die bepaalde lieden zich hadden getroost om hen allemaal weg te treiteren. Honor wist dat ze niet op haar lauweren mocht rusten, maar toch gunde ze zichzelf enige opluchting, en was ze ook best trots op het feit dat ze haar oude trotse, aftandse vlaggenschip door de woeste baren had geloodst. En dat voelde goed.

Ze hoopte dat haar vader ergens vanaf zijn wolk op haar neerkeek. En dat hij eindelijk, ten langen leste, trots op haar was.

Ook in andere opzichten was de druk inmiddels een beetje van de ketel. Hoewel ze het liever niet toegaf, was het gedwongen afscheid van Devon, die vier dagen geleden met zijn gezin naar Boston was teruggevlogen, ook een opluchting. Een paar weken eerder hadden ze knallende ruzie gehad nadat Honor hem had geconfronteerd met de vraag of hij en zijn vrouw nog steeds het bed deelden, of niet.

'Natuurlijk niet,' had hij razendsnel geantwoord. 'In hemelsnaam, hoe kom je daarbij?'

'O, zomaar,' was haar verbitterde reactie geweest. Haar angst en onzekerheid waren overgegaan in woede. 'Misschien omdat je dochter het zelf zegt? Omdat ze Lucas alles heeft verteld over jullie kerngezonde seksleven?'

Devon, die hem ook kneep, maar dan vooral uit angst door de mand te vallen, had zijn stembanden hees getierd over hoe ze zo 'godvergeten naief' kon zijn om naar Lucas' gifpraatjes te luisteren. 'Jij gelooft die tapasvreter dus eerder dan mij?!' had hij gebulderd. 'Waar zit je verstand!'

Ze hadden het weer bijgelegd en daarna in jaren niet zo hartstochtelijk de liefde bedreven. Toch hing er nog steeds een ongrijpbare spanning tussen de twee, en Honor had hem nu zowaar met een zucht van verlichting zien vertrekken. Ze hield nog steeds van hem en vertrouwde hem uiteraard meer dan Lucas; waarom zou het anders moeten zijn? Maar toch, het vooruitzicht van een paar weekjes rust om haar eigen gevoelens op een rij te zetten was fijn.

Over rust gesproken: Tina's vertrek, de vorige avond, was voor Honors nieuw verworven zengevoel de grote bonus geweest. Officieel was ze voor haar werk terug naar LA, maar in werkelijkheid limbo-de ze met haar welgevormde kontje van het ene feest naar het andere. Wat Tina betrof waren de Hamptons in de herfst 'retesaai', en voor Honor was het idee dat ze het hotel weer helemaal voor zichzelf had, gewoonweg heerlijk. Het enige wat ze nu nog moest doen, was uit de buurt van Lucas blijven en eindelijk eens de elektra fiksen. Gelukkig waren de vreselijke voorspellingen van de bouwopzichter niet uitgekomen, hadden ze zonder incidenten het hoogseizoen overleefd en kon het leven een meer normale loop hervinden.

'Goeiemorgen, Nate!' riep ze, en opgewekt zwaaide ze eventjes naar de apotheker. Ze kende hem al van kinds af aan. Gek genoeg zwaaide hij niet terug maar schoot hij snel naar binnen zonder haar ook maar een blik waardig te keuren.

Ach ja, waarschijnlijk had hij haar niet opgemerkt. Hij werd immers al wat ouder.

Maar verder joggend over Main Street nam haar ongerustheid toe. Het leek wel of ze paranoïde was, maar nee, de mensen keken haar inderdaad vreemd aan. Toen ze even bij de bakker langsging voor een amandelbroodje, een traditionele traktatie voor de zondagochtend, staakten de klanten abrupt hun gesprek en was de stilte gewoon om te snijden.

Haar laatste halte was de krantenkiosk. Ze bukte zich, pakte haar zondagskrant van het stapeltje op de grond en glimlachte naar de normaal zo vriendelijke vrouw achter de toonbank. 'Zeg, Nancy,' vroeg ze, 'het klinkt misschien raar, maar stink ik soms, of zo? Of zit er spinazie tussen mijn tanden? Mensen kijken me aan alsof ik net uit een ufo ben gestapt.'

Het gezicht van de kioskhoudster, een gezellige moeke van in de vijftig met ronde eekhoornwangetjes, werd knalrood.

'Je hebt het dus nog niet gelezen?' fluisterde ze.

'Wat gelezen?' vroeg Honor niet-begrijpend.

'O jee.' Met een oprecht geschrokken gezicht gaf Nancy haar een exemplaar van de US Weekly. 'Het staat op pagina zes en zeven.'

Honor sloeg de tabloidkrant open.

'O nee...' Opeens voelde ze zich duizelig worden. 'Lieve heer, nee!'

Het enige meevallertje was dat de redacteur het ongepast had gevonden om Tina geheel naakt te tonen en de meest tot de verbeelding sprekende scènes op de vier foto's op strategische wijze had geretoucheerd. Desalniettemin spraken de plaatjes boekdelen, maar voor wie nog twijfelde bood de tekst extra duidelijkheid: JETSETSTERRETJE BETRAPT TIJDENS SEKS- EN COKE-ORGIE, schreeuwde de kop.

Aankomend actrice Tina Palmer, dochter van een van Amerika's meest bevoorrechte families, werd deze ochtend ontmaskerd als een eersteklas drugsgebruiker die bereid is om tegen betaling haar seksuele diensten aan te bieden. Onze foto's tonen de erfgename, samen met nog twee andere vooraanstaande prostituees, terwijl ze:
* bezig is met intieme lesbische handelingen als onderdeel van haar 'performance'
* zichzelf en anderen tijdens een reeks tot de verbeelding sprekende seksuele confrontaties aan het filmen is
* cocaïne snuift en vervolgens een ANDERE vrouw ook iets aanbiedt

Honor voelde de misselijkheid in zich opwellen. Die seksfoto's kon ze gek genoeg wel aan, maar het waren juist de foto's van haar zus die zich te goed deed aan een lijntje coke dat op de rug van een ander naakt meisje was gelegd, die haar bijna deden kotsen. Ze had werkelijk nooit durven vermoeden dat haar zus een drugsprobleem had.

'Ik vrees dat er nog meer is,' zei Nancy op licht meelevende toon terwijl ze een stoel pakte voor Honor en haar hielp om plaats te nemen. 'Het staat in de Post.'

Met bonkend hart nam ze de krant aan. Aanvankelijk was het voor haar niet eens duidelijk waar het stuk over ging. Maar nu viel haar oog op een fotootje van haarzelf en Devon, naast elkaar, met het champagneglas geheven. Hij zou op een van de vele feestjes die zomer kunnen zijn gemaakt en was op zichzelf nauwelijks belastend te noemen. Helaas gold dat niet voor het bijbehorende artikel.

Honor Palmer, de publiciteitsschuwe zus van Tina Palmer en mede-eigenaar van het Palmers, heeft al TWEE JAAR LANG een buitenechtelijke verhouding met een GETROUWDE multimiljonair! Het gaat om Devon Carter, een gerespecteerd advocaat uit Boston, vader van twee kinderen en al meer dan twintig jaar gelukkig getrouwd met ex-fotomodel Karis Carter...

'Heb je misschien een glaasje water voor me?' vroeg ze, niet in staat om verder te lezen. Alles werd wazig voor haar ogen, alsof er een migraine in aantocht was. Maar er zouden heel wat aspirines nodig zijn om deze koppijn te kunnen verjagen.

'Tuurlijk, schat,' zei Nancy, die meteen naar achteren liep. Er kwamen nog wat klanten binnen die tot Honors grote opluchting door Nancy snel naar buiten werden gewerkt waarna ze de winkel sloot.

'Kijk eens aan.' Ze reikte Honor, die nog steeds als verdoofd in het niets voor zich uit staarde, een glas water aan. 'Ik vond dat tweede stuk heel vilein,' zei ze meelevend. 'Het is altijd weer de vrouw die bij dit soort dingen de schuld krijgt. Hij heeft je zeker aan het lijntje gehouden, hè, schat?'

'Hmm?' mompelde Honor afwezig. Haar hoofd tolde, maar ze kon nog even geen woord uitbrengen.

Hoe was de pers achter haar affaire met Devon gekomen? Wat Tina betrof... Die foto's, wie had ze genomen? En waar? Het kon toch geen toeval zijn dat de twee verhalen dit weekend gelijktijdig in de bladen waren verschenen. Dit was opzet, een minutieus voorbereid plan, zeker weten. Bedoeld om voorgoed met haar en het Palmers af te rekenen. En het had haar compleet verrast.

'Wist je ervan?' vroeg Nancy, 'dat Tina aan de drugs was?'

'Nee,' antwoordde Honor fel. Eindelijk was ze weer bij stem. 'Nee, ik had niet het flauwste vermoeden dat ze... Nee.'

En bovendien: als de foto's uit de *US Weekly* echt waren, was dit meer dan een pr-ramp. Tina zat zwaar in de problemen. Ze had hulp nodig.

'Eh, het spijt me,' mompelde ze terwijl ze opstond. 'Bedankt voor alles. Je bent echt heel aardig geweest, maar ik moet gaan.'

Nog verdwaasd slofte ze de winkel uit, als iemand die net een vliegtuigramp heeft overleefd. Sterker nog, zo voelde het ook: het ene moment was ze nog een hoogvlieger geweest, fladderend op veertigduizend voet zonder dat er ook maar een vuiltje aan de lucht was, waarna iemand – boem! – opeens een raket op haar had afgevuurd, en ze opeens vleugellam was.

Alleen, het was niet zomaar 'iemand' geweest. En je hoefde geen einstein te zijn om uit te vogelen wie die persoon was.

Ze had geen idee hoe ze op eigen kracht het Palmers had bereikt, maar na zich langs het eerste plukje reporters te hebben geworsteld dat inmiddels al buiten stond, was het haar toch gelukt. Eenmaal veilig in haar werkkamer deed ze meteen de deur op slot, waarna ze zich omdraaide en zag hoe een of andere grappenmaker met een camera bezig was om een raam open te krijgen.

'Rot op!' schreeuwde ze, maar dat verhinderde niet dat de man minstens drie foto's kon schieten terwijl ze al tierend met wijd open mond – niet bepaald op haar voordeligst – op hem afbeende. 'Ga van dit terrein af voordat ik de politie bel!'

Na de zware houten luiken met een klap te hebben dichtgetrokken, liet ze zich op haar bureaustoel ploffen. Ze legde haar hoofd in haar handen en deed haar best om haar chaotische gedachten een beetje te ordenen. Ze had het hotelpersoneel al opgedragen om de pers koste wat kost buiten de deur te houden en het verblijf voor de gasten zo normaal mogelijk te laten verlopen. Wie zelfs maar 'boe' tegen een persmuskiet zei, kon zijn biezen pakken. Verder had ze de receptioniste de hoofdcommissaris van de plaatselijke politie laten bellen, die vervolgens toezegde binnen twintig minuten een paar agenten ter plaatse te hebben.

Tot dusver geen problemen, maar hoe nu verder?

Kon ze maar met Devon praten. Gewoon zijn krachtige, capabele stem te kunnen horen, zou haar al geruststellen. Hij leek altijd precies te weten wat er gedaan moest worden en was tijdens crisismomenten doorgaans een stuk kalmer dan zij. Maar nadat ze voor de tweede maal zijn mobiele nummer had ingetoetst, zag ze dat zijn toestel uit stond.

Waar hing hij toch uit? En waarom had hij háár niet gebeld? Hij moest het inmiddels toch ook wel weten? Iedereen wist het.

Alsof de duivel ermee speelde, slaakte haar mobiel opeens de bekende irritante piepjes, wat betekende dat ze een nieuw sms-bericht had. Van Devon.

Doe niets, vermeldde het bericht. *Ik ontken, en jij dus ook. Als ze bewijs hadden, dan zouden ze het wel hebben afgedrukt. Verwijder dit bericht. Bel me niet. D.*

In weerwil van zichzelf voelde ze dat de moed haar in de schoenen zonk. Niet echt een warme boodschap. Niks geen 'liefs' of 'kusje', laat staan een 'hoe voel je je?' Maar wellicht was dat iets te veel gevraagd, gezien de situatie. Ook hij beleefde nu waarschijnlijk een nachtmerrie, belaagd door bloeddorstige persmuskieten, net als zij, terwijl hij niets liever wilde dan zichzelf tegenover Karis uit de problemen praten.

Zijn advies om alles te ontkennen bezorgde haar een ongemakkelijk gevoel. Stel dat hij het verkeerd had en dat de kranten wel degelijk over bewijzen beschikten? Maar ja, ze kon moeilijk gaan toegeven als hij juist het tegenovergestelde deed. Daarmee zou hij regelrecht in de ellende belanden. Als zijn huwelijk met Karis op de klippen liep, lag dat aan hem, en niet aan haar.

Ze zette Devon even uit haar hoofd en richtte haar aandacht op Tina. Ze moesten hoognodig met elkaar praten, maar nadat ze het nummer van haar zus had ingetoetst, werd ze verwelkomd door Tina's stem op het antwoordapparaat die haar vrolijk meedeelde dat ze 'heel snel!' bereikbaar zou zijn, en de beller verzocht een boodschap achter te laten.

Na te hebben opgehangen sloeg Honor hard met haar vuist op tafel. Wat nu? Naar buiten lopen om een verklaring af te geven? Maar hoe? Hier blijven zitten totdat de pers het voor gezien hield?

Ze kwam in de verleiding om Lucas te bellen. Het was duidelijk dat hij, de godvergeten judas, achter deze hele toestand zat. Hij had met de hand op het hart gezworen dat hij niemand over haar en Devon zou vertellen. Daar ging zijn belofte. Ze had sterk het vermoeden dat ook de foto's van Tina in het Herrick waren gemaakt – ze herkende het minimalistische interieur op de achtergrond. Hoe had hij het aangepakt? Eerst camera's opgehangen en haar zus daarna op de een of andere manier meegetroond? Kon iemand werkelijk zo diep zinken om zijn hotel te promoten? Een hotel waarvan hij zelfs niet eens eigenaar was?

Maar voordat ze Lucas' nummer kon intoetsen, ging haar vaste telefoon. Zonder na te denken nam ze meteen op.

'Hallo?'

'Waarom heb je opgenomen?'

Het was Sam Brannagan, haar advocaat uit Boston. Zelfs het geluid van Devons stem die haar lieve dingetjes influisterde had haar op dat moment niet beter gerust kunnen stellen.

'Van nu af aan neem je niet meer op, tenzij je op het schermpje kunt zien wie er belt. En zet je mobiel uit. Begrepen?'

'Sam! Goddank, jij bent het.' De opluchting in haar stem was voelbaar en opeens rolde er een stortvloed van woorden over haar lippen. 'Heb je al die onzin al gelezen? Wat moet ik in hemelsnaam doen? Kan ik dat blad aanklagen? Ik weet wie die verhalen heeft gelekt, als dat tenminste helpt.'

'Je kunt alleen maar naar de rechter stappen als die verhalen echt niet kloppen,' legde Sam uit. 'Ik ben bang dat de foto's van Tina voor zichzelf spreken, hoewel er misschien sprake is geweest van privacyschending. Maar hoe zit het tussen jou en meneer Carter? Is dat wat er staat juist?'

Er viel een korte stilte terwijl Honor over haar antwoord nadacht. 'Min of meer. Alleen, ze hebben er wel een sensatieverhaal van gemaakt.'

'Maar jullie hebben dus een verhouding?'

Het klonk zakelijk. Hij was immers haar advocaat, niet haar dominee.

Toch bezorgde zijn toon haar een schuldgevoel, als een kind dat met haar vingers in moeders portemonnee wordt betrapt. Ze vroeg zich af of Devons instructie om met niemand te praten ook voor haar advocaat gold.

'Moet je horen,' mompelde ze nu ze had besloten dat ze aan Sam wel een geheim kon toevertrouwen. 'Dat klopt... we hebben iets, samen. Maar ik geloof niet dat de bladen over bewijzen beschikken.'

'Hmm.' Sam klonk sceptisch. 'Daar zou ik maar niet van uitgaan. Maar die zorg is voor later. Waar het nu om gaat, is om niet in paniek te raken, of dingen te zeggen waar je later spijt van krijgt. Ik ben al op de luchthaven, dus op z'n laatst ben ik begin deze middag bij je.'

'Dank je,' klonk het zwakjes.

'Denk je dat het je lukt om tot die tijd binnen te blijven en de pers te mijden?'

'Ja, hoor,' antwoordde ze met een schouderophalen. 'Waar moet ik anders heen?'

'Mooi.' Het leek Sam gerust te stellen. 'O, nog iets waar je rekening mee moet houden. Heb je de afgelopen twintig minuten je e-mail nog gecheckt?'

'Nee.' Er trok een rilling door haar heen en haar hart sloeg op hol. De misselijkheid die was wegeëbd toen ze zo-even zijn stem door de telefoon hoorde, was opeens weer helemaal terug.

'Ik heb je een link gemaild,' klonk het kalm. 'Kennelijk zijn die foto's uit de *US Weekly* helemaal geen foto's, maar beelden van de video. Iemand heeft de rest anoniem op internet gezet.'

Honor kreunde.

'Ja, behoorlijk achterbaks allemaal.'

'Zeg me alsjeblieft dat dít niet legaal is,' verzuchtte ze. 'Iemand filmen zonder toestemming; schending van de privacy; verdienen aan stiekem beeldmateriaal, dat soort zaken.'

'Het is een grijs gebied,' moest Sam bekennen. 'Maar daar hebben we het nog wel over zodra ik bij je ben. Heb je al met Tina gesproken? Weet je hoe dit precies heeft kunnen gebeuren?'

Honor schudde haar hoofd, maar zei niets. Terwijl hij verder praatte opende ze haar mailbox en downloadde ze de videobeelden.

'Honor?' Zijn stem klonk mijlenver weg. 'Honor, ben je daar nog?'

'Nauwelijks,' antwoordde ze dan toch.

De beelden waren verschrikkelijk. Hierbij vergeleken leek *1 Night in Paris* op *The Sound of Music*.

'Heb je al met Tina gesproken?' vroeg hij nogmaals.

'Nee, nog niet,' antwoordde ze. 'Maar ik weet honderd procent zeker hoe die beelden tot stand zijn gekomen. Lucas heeft haar erin geluisd.'

'Oké. Hou je gedeisd,' adviseerde hij haar kalm en vriendelijk.

Hij had haar altijd al gemogen. Haar verhouding met een gehuwde zedenprediker als Devon Carter was misschien niet haar slimste zet geweest, maar deze strontregen had ze niet verdiend. Vooral niet na zich eerst in het zweet te hebben gewerkt om het familiebedrijf weer op orde te krijgen. Hij vreesde dat deze twee schandalen, maar vooral Tina's videobeelden, voor het Palmers de doodsteek zouden zijn. Toch probeerde hij voor Honor zijn toon optimistisch te houden.

'Ik kom zo snel mogelijk,' liet hij haar weten. 'En onthoud: zolang ik er nog niet ben, praat je met niemand. Dat is míjn werk.'

Terwijl Honor zich in het Palmers had opgesloten, had een gestaag groeiend groepje reporters zich voor Lucas' strandhuisje verzameld. Maar toen de jongeman zich om half twaalf nog niet had laten zien, hadden de meesten het opgegeven en hun spullen naar boven gezeuld om buiten voor het Herrick hun kamp op te slaan. Een gelukje voor Lucas, die rond het middaguur met een kater van hier tot Tokyo eindelijk thuiskwam.

'Kan ik u ergens mee helpen?' Het kleine groepje persmuskieten dat was achtergebleven keek vol verwachting op toen hij, haveloos en ongeschoren, kwam aanzetten. 'Staan jullie hier op mij te wachten?'

Hij had de nacht met Becca doorgebracht, een barmeisje uit Bridgehampton, en had zich uitstekend vermaakt. God, wat had ze hem gemangeld! Sinds Carla Leon had hij niet meer met zo'n veeleisende, hongerige tante gestoeid. Bovendien had Becca qua alcoholinname de constitutie van een nijlpaard. God mocht weten hoeveel wodkaatjes ze aan de bar al achterover hadden geslagen voordat bij haar thuis de tequila aan de beurt was. Een uur geleden was hij als een oude krant eindelijk haar bed uit gekropen. Maar toen hij afscheid van haar nam, was ze op het balkon onder het genot van een of ander smerig groen drankje al bezig met haar yoga en zag ze er als een madeliefje zo fris uit. Een beetje deprimerend wel. Hij werd oud, het kon niet anders.

'Klopt het dat jij alles hebt bekokstoofd?'

'Wie is die vent op de video, Lucas? Een vriend van je?'

Voordat hij zelfs maar het hekje kon openen werd hij al omringd door reporters en bestookt met een spervuur van vragen die zijn hoofd deden tollen.

'Hoe goed ken je Tina Palmer?'

'En die verhouding van haar zus? Kun je daar iets over zeggen?'

'Geen idee waar jullie het over hebben,' was zijn oprechte antwoord terwijl hij zich naar de voordeur elleboogde. 'Goed, als jullie me dan nu willen excuseren, ik heb een dringende afspraak met mijn espressoapparaat.'

'Beetje laat om net te doen alsof je van niets weet, vriend!' riep een van de paparazzi achter hem, waarmee hij een paar lachers op zijn hand kreeg. Terwijl hij het groepje zo zelfverzekerd mogelijk aankeek, wierp hij de deur voor hun gezicht in het slot. Eenmaal binnen voelde de benauwdheid als een bloedprop in zijn aderen. Wat hadden die lui hier in vredesnaam te zoeken?

Het eerste wat hem opviel, was dat het lampje op zijn antwoordapparaat amechtig knipperde.

'U hebt negen berichten,' vermeldde het apparaat met geautomatiseerde onbekommerdheid.

Het eerste bericht, afkomstig van Lola, was kribbig, huilerig en recht voor z'n raap.

'*Fuck you!*' snikte ze. 'Klootzak die je bent. Sterf voor mijn part!'

Hoe aardig toch.

De volgende twee berichten waren afkomstig van kranten. Men vroeg om een reactie en liet doorschemeren dat er riant zou worden betaald voor een exclusief interview over Tina Palmer. Wat dachten die lui verdomme dat hij allemaal over Tina wist? Maar uit geen van beide berichten viel af te leiden wat er nu eigenlijk allemaal aan de hand was. Net toen hij het vierde bericht wilde beluisteren, ging de telefoon. Meteen griste hij de hoorn van de haak.

'Lucas? Goddank. Waar heb je gezeten? Je mobiel staat uit.'

Het was Guy Harrington, zijn pr-man die hem de afgelopen zomer had geholpen met het mediaoffensief tegen het Palmers.

'Sorry,' reageerde Lucas vermoeid. 'Ik was gisteravond even bezet, zeg maar. Wat is hier in vredesnaam aan de hand? De pers hangt rond mijn huis, mijn ex-vriendin wil me vermoorden. Heeft dit soms iets te maken met Tina Palmer?'

Guy slaakte een somber lachje. 'Heb je daar kabel-tv?'

'Ja, hoor.'

'Zet dan E! Entertainment maar even aan. Nu.'

Na even naar de afstandsbediening te hebben gezocht, deed Lucas wat hem werd gevraagd. Stilletjes luisterde hij naar 'de laatste feiten' over het seks- en drugsschandaal rond Tina Palmer.

'En deze beelden zijn gemaakt in het Herrick?' vroeg hij Guy toen het kwartje eenmaal was gevallen. 'Vandaar dus dat ze met me willen praten? Omdat ik de hotelmanager ben?'

'Lucas, je praat nu met mij, ja?' Het klonk verzuchtend. 'Hou me niet voor de gek, oké? Jij hebt de boel bekokstoofd.'

Eventjes was Lucas zo verbijsterd dat hij zelfs geen woord kon uitbrengen.

'Jezus!' Lucas' zwijgen leek de pr-man te irriteren. 'Kom er nou maar gewoon voor uit. Anton Tisch heeft in zijn verklaring van een half uur geleden alles toegegeven.'

'Hoezo, "toegegeven"?!' vroeg Lucas opeens kwaad. 'Wát toegegeven? Guy, ik zeg je, dit is voor mij volkomen nieuw. Hoe kan Anton iets namens mij toegeven? Iets waar ik zelfs helemaal niets mee te maken heb? Mijn god, ik zou nooit…'

'Ach, kom op,' onderbrak Guy hem. 'Je hebt de pest aan die Palmerzusjes. Hoe kunnen die verborgen camera's anders jóúw hotels zijn binnengekomen, zonder dat jij daar iets vanaf wist?'

'Ik heb geen idee,' antwoordde Lucas oprecht.

'Jij hebt Tina toch aan die meneer Candelle voorgesteld?'

'Toby Candelle? Is híj die vent op de videobeelden?'

'Lucas…' Guys geduld raakte op. 'Jij hebt die twee aan elkaar voorgesteld!'

'Alleen omdat Anton me dat vroeg!' verdedigde Lucas zich. 'Ik ken die vent niet eens. Ik heb hem twee keer ontmoet en dat is de waarheid. Ik zweer het.'

'Hm-hm. En Honors verhouding met Devon Carter? Devon Carter, met wiens dochter jij iets hebt?'

'Hád,' verbeterde Lucas hem.

'Nu ga je me zeker ook nog vertellen dat je ook daar niets vanaf wist?'

Lucas streek met zijn handen door zijn haar. Hij zag wel in dat het er slecht voor hem uitzag.

'Ik wist dat ze een verhouding hadden,' gaf hij toe, 'maar ik heb niemand…'

De woorden bestierven op zijn lippen nu hij zich opeens weer die ene persoon herinnerde aan wie hij het wel degelijk had toevertrouwd, en dat die hem met de hand op het hart had gezworen dat het onder hen zou blijven.

'Vandaar dus Lola's bericht,' mompelde hij in zichzelf. 'Ze denkt dat ik het ben geweest.' Langzaam, tergend langzaam, begonnen de puzzelstukjes op hun plek te vallen. Tisch had hem in de val laten lopen.

'In welke krant stond dat verhaal over Honor en Devon? Welke?'

Guy zweeg.

'Hallo, doe me even een plezier, wil je?' Hij wist dat Guy hem niet geloofde, maar dat interesseerde hem niet. Het enige wat hij wilde, was informatie.

'De *Post*. Een krant waarvan de complete hoofdredactie jou doorgaans tutoyeert,' was Guys antwoord. 'De tv-zenders hebben het pas vanochtend opgcpikt, nadat de beelden met Tina op internet waren verschenen.

Of stukjes daarvan. De rest is kennelijk vanaf maandag via een betaalkanaal te zien. Maar daar wist jij natuurlijk ook niets van, nietwaar?'

Lucas hing op. Als zijn eigen pr-man hem al niet geloofde, had dit gesprek weinig zin.

Stel dat niemand hem geloofde?

Het Tina-nieuws was nog steeds op E! te zien, maar hij zette het toestel uit. Hij moest nadenken. Hij nam de hoorn weer van de haak en belde Antons nummer in Genève.

'Het spijt me, maar meneer Tisch is op dit moment niet bereikbaar,' bitste de Zwitserse akela van een privésecretaresse.

Als het nu maandag was geweest, had hij zijn goeie ouwe Rita in Londen kunnen bellen, maar vandaag zou het kantoor potdicht zijn.

'Vraag hem om me terug te bellen,' blafte hij terug. 'Het is dringend.'

Maar inmiddels bekroop hem het hopeloze gevoel dat Anton geenszins van plan was om dat laatste te doen. Nu niet, nooit. Hij had een preventieve aanval op de Palmer-zusjes ingezet, en Lucas ervoor laten opdraaien.

Zijn volgende telefoontje was naar het Herrick.

'Ah, Debs, goddank ben jij het,' zuchtte hij opgelucht nu de competente hoofdreceptioniste had opgenomen, en niet een van die domme tijdelijke krachten. 'Ik wil dat je de boel daar rustig houdt, en de pers buiten de deur, totdat ik er ben. Ik zit hier een beetje klem, maar ik hoop zo snel mogelijk bij je te zijn.'

'Lucas…' probeerde ze hem te onderbreken, maar hij negeerde het.

'Die klotepers zit overal. Maar zodra ik een maniertje heb gevonden om ongezien weg te glippen, kom ik eraan.'

'Lucas!' reageerde ze met een stemverheffing. 'Moet je horen, het spijt me vreselijk, ik vind het verschrikkelijk dat ik het je moet vertellen, maar meneer Tisch heeft ons vanochtend hoogstpersoonlijk opgedragen jou niet langer in het hotel toe te laten.' Ze fluisterde nu. 'Ik mag zelfs niet eens met je praten. Als iemand me nu zou horen, kan het me mijn baan kosten.'

'Debs, dit is belachelijk,' lachte hij. 'Je hebt het waarschijnlijk verkeerd begrepen. Ik heb helemaal niets met deze verhalen te maken. Meneer Tisch weet dat beter dan wie dan ook,' voegde hij er verbitterd aan toe. 'Luister, ik ben nog altijd jouw baas, oké? En als jouw baas zeg ik je…'

'Het spijt me, Lucas,' het arme kind was het huilen nabij, 'maar ik vrees dat je mijn baas niet langer bent. Ik moet ophangen.' Waarna ze tot zijn verbijstering inderdaad de hoorn op de haak legde.

Zijn hart ging tekeer als een klopboor, en zijn hoofd, nog beneveld van drank, seks en slaapgebrek, had de grootste moeite alles op een rijtje te krijgen. Hij had zich graag tot een advocaat willen wenden, maar die had hij niet. Gek genoeg gleden zijn gedachten terug naar Ibiza, naar zijn moeder die in dat armzalige eenkamerflatje het hoofd boven water probeerde te houden. Hij had haar beloofd op een dag terug te keren en haar een beter leven te bieden, had beloofd dat hij zijn eigen Luxes, zijn eigen hotels, zou bouwen en genoeg zou verdienen zodat ze nooit meer hoefde te werken, te tobben of te verhongeren.

Hoe kon hij zich nu aan die belofte houden?

Als hij inderdaad was ontslagen, en daar begon het wel op te lijken, wat dan? Mensen zouden denken dat hij een klootzak à la Rick Solomon was. Hij zou als smeerlap en chanteur worden afgeschilderd. In de hotelbranche zou hij vanaf nu worden gemeden als de pest. Vooral als het aan Anton lag.

Maar waarom? Dit sloeg nergens op. Hoe hij het ook bekeek, het bleef een raadsel waarom Tisch hem dit zou willen aandoen. Waar had hij dit in hemelsnaam aan verdiend?

Ondertussen lepelde Ben zich in de slaapkamer van zijn Londense appartement humeurig een weg door een gezinspak rumijs met krenten en zapte hij willekeurig langs de tv-kanalen. Totdat hij op E! News stuitte en het staartje van het Tina Palmer-item meepikte.

Sinds hij weer in Engeland was, balanceerde zijn gemoedstoestand gevaarlijk op de rand van een depressie. Na zijn afscheidsfeestje had Sian hem niet meer gebeld en hij haar ook niet. Hij was nog steeds woedend op haar vanwege haar weddenschap, maar het deed niet af aan het feit dat hij haar nu zo miste dat het bijna pijn deed. Zo vreselijk had hij zich zijn hele leven nog niet gevoeld, zo meende hij.

Nog altijd sleepte hij zichzelf elke dag naar zijn kantoor waar hij op de automatische piloot doorzwoegde. Hij had weinig keus, aangezien Tisch' Excelsior-fonds hem als een hyena op de hielen zat. Maar zodra hij weer thuis was, trok hij de stekkers van zijn telefoons uit de muur en kroop hij meteen in bed om de rest van de avond naar domme tv-programma's te kijken en bier weg te klokken om ten slotte, in een zee van chipskruimels en wikkels, in slaap te dommelen.

Maar de beelden van Tina waren voldoende om hem los te rukken uit zijn lusteloosheid. Toen de presentator Lucas' naam liet vallen, sprong hij van het bed, stak de stekker van de telefoon naast hem weer snel in het contact en belde direct naar Lucas' strandhuisje.

Het antwoordapparaat sprong aan. 'Hallo. U hebt het nummer van Lucas Ruiz gedraaid,' klonk het met het vertrouwde Spaanse accent. 'Spreek uw bericht in.'

'*Mate*, ik ben het. Als je thuis bent, neem dan op.'

'Ben?' Er klonk een klikje nu er werd opgenomen. Zelfs in deze ene, korte begroeting hoorde Ben de spanning al doorklinken.

'Ja. Alles goed?'

'Niet echt,' antwoordde Lucas. 'Heb je het gezien?'

'Ik zit net te kijken. Shit…' vloekte Ben nu de hoorn bijna uit zijn hand gleed. 'Anton is nu in beeld. Moet ik het geluid wat harder zetten zodat je kunt meeluisteren?'

'Ja,' klonk het beverig. 'Bij mij is net de reclame aan de gang.'

Ben viste de afstandsbediening onder een lege Doritos-verpakking vandaan en zette het geluid harder.

Tisch werd geïnterviewd op het gazon van zijn Geneefse villa. Voor hem glinsterde het Meer van Genève en achter hem prijkte de gotische grandeur van zijn vorstelijke landgoed, aan beide zijden geflankeerd door perfect symmetrische siertuinen.

Ordnung muss sein… dacht Ben bij zichzelf. Maar toch, een indrukwekkende vertoning van rijkdom, helemaal 'oud geld' en traditioneel, precies zoals Anton maar kon hebben gehoopt.

'*Bloody hell!*' riep Ben oprecht verschrikt. 'Wat heeft-ie met zijn gezicht gedaan? Hij lijkt wel zo'n marionet uit de *Thunderbirds*. Zijn lippen zijn het enige wat beweegt.'

'Ssst,' kapte Lucas hem af. 'Ik wil horen wat hij zegt.'

'Ik kan slechts mijn excuses aanbieden aan beide dames Palmer voor deze grove schending van hun privacy,' antwoordde Anton gladjes, waarbij nauwelijks een zweempje Duits in zijn afgemeten, beschaafde Engels doorklonk. 'Degene die deze zaken heeft gelekt, is niet langer werkzaam binnen de Tischen-groep, en ik ben nu bezig om te kijken welke juridische stappen, zo die er al zijn, er op dit moment tot onze beschikking staan.'

'Juridische stappen!' brieste Lucas. 'Dit is belachelijk! Hij wil me ontslaan én me voor de rechter dagen? Ik heb helemaal niets gedaan!'

'Stil,' maande Ben hem. 'Eerst luisteren, dan pas terugvechten.'

'Ik kan me de schrik van zowel de familie Carter als de familie Palmer goed voorstellen,' ging Anton verder. Ondertussen keek hij even naar zijn gemanicuurde nagels, als een volgevreten tijger naar zijn bebloede klauwen. 'En ik wil graag mijn medeleven betuigen aan alle betrokkenen. Dat is alles wat ik op dit moment kwijt wil.'

De camera zoomde uit terwijl hij op zijn gemak weer naar zijn chateau slenterde, waardoor het landgoed zelfs nog rianter in beeld verscheen. Er werd teruggeschakeld naar de studio, waar een presentator, bij afwezigheid van verder nieuws wat archiefbeelden van Tina Palmer met een aantal ex-vriendjes bekeek.

'Is dat alles? Is dat alles wat-ie te zeggen had?' Lucas' stem klonk dunnetjes, alsof hij even buiten adem was.

'Dat was het,' zei Ben.

Er viel een lange stilte, die ten slotte door Ben werd doorbroken.

'Jij hebt haar toch niet in de val laten lopen, hè?'

'Natuurlijk niet!' Lucas schreeuwde bijna. 'Zoiets zou ik nooit doen.'

'Oké, oké. Mij leek het ook al sterk. Maar ik moest het je toch even vragen. Want, ja, je hebt wel met haar geslapen.'

'Net als de helft van heel East Hampton, trouwens,' reageerde Lucas niet geheel ten onrechte.

'Ja. Maar niet omdat hun baas dat per se wilde. En ook niet omdat ze haar zus failliet wilden laten gaan.'

'Kan zijn. Ik ben het niet geweest. Het was Anton natuurlijk. Hij wil me te grazen nemen.'

'Waarom zou hij dat willen?'

'Weet ik veel!' Het huilen stond Lucas nader dan het lachen. 'Ik had hem nooit over Honors verhouding met Carter moeten vertellen.'

'Ho, ho, ho,' reageerde Ben. 'Carter, zei je? Dus Honor heeft het bed gedeeld met Lola's geflipte broer?'

'Vader, zul je bedoelen.'

'Dévon?' Ben schoot in de lach. 'Nee! Serieus?'

'Al jaren. Al voordat ik hier kwam. Ik heb het ooit eens tussen neus en lippen door aan Anton toevertrouwd, maar dat was voordat ik iets met Lola kreeg, en hij beloofde me toen het voor zich te houden. Maar nu staan de kranten er bol van en denkt Lola natuurlijk dat ik de grote verklikker ben geweest, want ik schijn immers ook achter die domme sekstape te zitten... Kolere, wat een ellende. Kent ze me dan zo slecht? Ik zou haar nooit op zo'n manier durven verraden. Zeker niet met opzet.'

Het bed in duiken met Tina Palmer was anders een aardig voorbeeld van verraad, was Bens spontane gedachte, maar hij hield zijn mond. Lucas werd al genoeg gestraft voor wat hij had gedaan, en kennelijk ook voor een paar dingetjes die hij niet op zijn geweten had.

'Wat moet ik beginnen?' jammerde hij. 'Ik ben onschuldig, maar ik kan het niet bewijzen. Anton is bezig me aan het kruis te nagelen.'

'Kom hierheen,' stelde Ben voor. 'Kom naar Londen.'

Sinds hij Lucas de vorige maand op zijn afscheidsfeestje had verteld dat hij kon opzouten, had hij zijn maat niet meer gesproken. Maar hun vriendschap was te hecht om al na één sullig ruzietje scheuren te vertonen. Als Lucas in de problemen zat, wilde Ben hem helpen. Bovendien zou het zijn gedachten – eventjes – van Sian afleiden.

'In East Hampton heb je niets meer te zoeken,' zei hij zakelijk. 'Je moet je nu even rustig houden en het stof laten neerdalen. Je kunt bij mij logeren.'

'Dank je,' zei Lucas. Hij was zo geraakt door het aanbod dat hij een brok in zijn keel kreeg. 'Maar ik loop je alleen maar voor de voeten.'

'Onzin. Als je het echt wilt weten, ik kan wel wat gezelschap gebruiken. Hoe meer ik hier over Sian lig te kniezen, hoe meer ik me volvreet. Zo meteen moeten ze me nog met een takel uit het raam hijsen.'

Lucas lachte. 'Het spijt me van Sian,' reageerde hij oprecht. 'Ik had me er misschien beter niet mee kunnen bemoeien.'

'Laat maar zitten. Dit gedoe met Anton is stukken belangrijker. Maar ik betwijfel of hij je voor de rechter daagt, wat-ie ook mag beweren. Als jij gelijk hebt en hij heeft jou in de val laten lopen...'

'Natuurlijk heb ik gelijk!' reageerde Lucas verontwaardigd. 'Niks "als".'

'Nou, "als" hij erachter zit, is een rechtszaak wel het laatste wat hij wil. Bovendien hebben we het hier over een echte mof, hè? Veel geschreeuw maar weinig wol.'

Lucas lachte. Hij had Bens pareltjes van cockneywijsheid gemist.

'Uiteraard kun je je baan verder wel vergeten.'

'Bedankt voor de mededeling,' zei Lucas droogjes.

'Als ik je mag adviseren, vertel dan tegen iedereen die ernaar vraagt dat je er niets mee te maken had. En taai ondertussen zo snel mogelijk af naar JFK en verdwijn. Als je wilt kan ik nu meteen een vlucht voor je boeken.'

Terwijl Lucas zijn vriend aan de andere kant van de wereld zijn laptop hoorde aanzetten, merkte hij tot zijn schrik dat zijn ogen vochtig werden en hij zijn tranen moest wegknipperen. Sinds hij op zijn veertiende het ouderlijk huis had verlaten, had hij niet meer gehuild. Maar nu zijn wereld instortte, raakte Bens trouwe vriendschap hem meer dan hij met woorden kon uitdrukken.

'Dank je,' zei hij terwijl hij uit alle macht zijn emoties onder de duim probeerde te houden. 'Ik sta bij je in het krijt.'

'Laat maar zitten, *mate*,' reageerde Ben opgewekt. 'Daar heb je vrienden voor.'

Na een verklaring te hebben afgelegd, was Honor tegen vieren terug in haar werkkamer van het hotel. Sam Brannagans vlucht had vertraging opgelopen, en ze kon de mediahorde niet eeuwig laten wachten, althans niet zonder daarmee de indruk te wekken zich verborgen te willen houden, wat wel het laatste was wat de mensen moesten denken.

Toch hing er nog altijd een grote groep reporters voor het hek, hopend op iets sappigers dan de paar korte zinnetjes die Honor hun had gevoerd, waarin ze Lucas de schuld gaf voor het orkestreren van een lastercampagne tegen haar familie, en ze haar verhouding met Devon ontkende, zoals hij haar had verzocht.

Het liefst had ze samen met Tina een verklaring afgegeven om zo als familie de gelederen gesloten te houden. Maar uiteraard had haar zus niet de moeite genomen haar terug te bellen en had ze in het Beverly Hills Hotel haar eigen persconferentie belegd, die Honor, net als iedereen, op tv had gevolgd.

Het was een hele vertoning geweest. Gekleed in een ingetogen roomwit kokerrokje en chocoladebruin jasje, en met haar haren bijeengehouden onder een zijden hoofddoek van Louis Vuitton, was ze helemaal Grace Kelly. En met haar stamelende meisjesstem, haar nerveuze vingers die voortdurend frunnikten aan haar Tiffany-ring, afgezet met een diamant ter grootte van een zwerfkei, en haar schuwe blik, had ze het prinses Diana-effect helemaal onder de knie (half verlegen en half koket: genoeg om volwassen kerels al van vijftien meter afstand tot kwijlende imbecielen te reduceren). Door haar openlijke verontschuldigingen te kruiden met beladen woorden als 'verraad' en 'uitlokking' kreeg ze het toch voor elkaar om het tij te keren en zichzelf niet als sekspoes maar juist als slachtoffer te portretteren. Op het eind kreeg zelfs Honor bijna medelijden met haar.

Helaas gold dat niet voor alle gasten van het Palmers. Vier gezinnen waren inmiddels voortijdig vertrokken nadat het vooruitzicht van een heerlijk rustige vakantie in duigen was gevallen en ze plotseling in het oog van een mediaorkaan waren beland. Op de momenten dat Honor de pers even niet te woord hoefde te staan, probeerde ze in de uren wachtend op Sam wanhopig de reserveringen voor het naseizoen te redden.

'Toe nou, Danny, dit kun je me toch niet aandoen?' smeekte ze terwijl ze met haar linkerhand een stressballetje bewerkte en met haar rechter-een e-mailsmeekbede tikte.

'Het spijt me, schat. Ik heb geen keus.' Danny McGee, een oude vriend van de familie en Republikeins senator, legde uit dat hij niet langer de kerstdagen in het Palmers zou doorbrengen. 'Ik kan me hier echt niet langer vertonen en daarmee de indruk wekken dat ik pro drugs ben. Dit gaat enkel over Tina en die afschuwelijke beelden. Niet over jou en Devon.'

'Er is helemaal geen Devon,' reageerde Honor, blij dat hij haar blozende gezicht niet kon zien. In tegenstelling tot Tina kon ze weliswaar slecht liegen, maar het had haar weinig geholpen.

'Jouw privéleven is jouw zaak,' ging Danny verder, 'maar voor mij ligt dat anders. Ik bekleed een publieke functie en het Palmers wordt nu regelrecht in verband gebracht met jou en Tina. Sorry, schat. Echt, ik vind het heel vervelend, maar ik kan er niets aan doen.'

Toen er dan eindelijk op haar deur werd geklopt, viel ze bijna van haar stoel van schrik en kletterde de hoorn op het bureau terwijl Betty een ge-kweld kijkende Sam Brannagan binnenliet.

'Waarom heb je een verklaring afgegeven?' waren zijn eerste, beschuldigende woorden. 'Ik heb je nog zó gezegd dat je niemand te woord moest staan, laat staan onwaarheden moet verkopen. Zie je dan niet dat je het nu alleen maar erger hebt gemaakt?'

'Erger?' Honor slaakte een mistroostig lachje. 'Kan het nog erger dan? Afijn, wees maar rustig. Mensen zijn veel meer geïnteresseerd in Tina's slaapkamerbelevenissen dan de mijne. Devon en ik hebben afgesproken bij ons verhaal te blijven en de storm te laten overwaaien.'

'Ja, nou, het lijkt erop dat jullie verhaal wat scheurtjes vertoont.'

'Hoe bedoel je?' vroeg ze met toegeknepen ogen.

'Wat ik bedoel, is dat je minnaar alles heeft toegegeven.' Hij wierp zijn armen in de lucht alsof hij wilde zeggen: ik heb je gewaarschuwd. 'Ik heb het hem onderweg vanaf de luchthaven zelf op de radio horen zeggen.'

Vol ongeloof schudde Honor het hoofd. 'Dat kan niet. Zoiets zou hij nooit doen. Niet zonder eerst mij te waarschuwen.'

'Nou, de waarheid is anders,' gaf hij haar domweg te verstaan. 'Een half uur geleden.'

Arm kind. Onder dat taaie, feministische laagje school nog altijd een bakvis. Met de oudste versiertruc ter wereld had Devon Carter haar aan de haak geslagen, en ze had maar wat graag toegehapt.

De man was een wandelend cliché. Al dat gekwijl over normen en waarden, het was slechts een kwestie van tijd dat hij met zijn broek op zijn enkels zou worden betrapt. Maar waarom uitgerekend met Honor? Het had haar zo veel beter kunnen vergaan.

'Zoals ik al zei, heb ik het zojuist gehoord,' herhaalde hij, maar nu op iets vriendelijker toon. 'Ik heb de beelden nog niet gezien, maar kennelijk pakte hij het groots aan, als de berouwvolle echtgenoot, buiten voor zijn huis, met zijn vrouw. Hij kraamde wat onzin uit over hoe hij het allemaal betreurde, bla, bla, bla.'

'Hij betréúrde het?'

Voorovergebogen en met een hand stevig tegen haar maag gedrukt alsof ze zojuist een harde stomp had moeten incasseren, verried haar lichaamstaal de ellende die ze doormaakte op een manier waar geen woorden aan konden tippen.

'Hij verzocht iedereen om hem en Karis hun rust te gunnen zodat ze misschien hun huwelijk konden redden,' ging Sam verder. 'Hij vergeleek het met Bill Clinton versus Monica Lewinsky: de beschaafde man die wordt verleid. Het spijt me, Honor. Ik heb je gewaarschuwd.'

Ze liep naar de openslaande ramen, duwde ze op een kier en tuurde naar buiten. De rododendrons stonden in volle bloei en de bloesems konden elk moment op het uitdijende roodbruine bladertapijt neerdwarrelen waarmee het gazon al goeddeels was bedekt. Met het gloedvolle, kopergele licht van de vroege herfstzon en de rode bladeren baadde de hele tuin als op een oude foto in vredige sepiatinten. Alleen de luidruchtige fotografen verstoorden de idylle. Ze waren door de agenten bijeengedreven tot een dichte kluit voor de heg. Hun lange telelenzen staken als speren venijnig omhoog en de lelijke donzige microfoons aan de lange staken doorkliefden de verstilde middaglucht als reusachtige elektronische lisdodden.

Ze sloot de ramen. Ze voelde zich misselijk.

Ze wilde niet geloven wat Sam haar zojuist had verteld: dat Devon haar opzettelijk en koelbloedig afserveerde om zonder een greintje mededogen zijn eigen reputatie te redden. Toch geloofde ze het. Het meest bizarre was nog wel dat het haar niet eens verraste, niet echt. Dacht je er verder over na, dan leken de feiten inderdaad onverbiddelijk.

'Hij heeft gezegd dat hij het zou ontkennen,' zei ze terwijl ze zich omdraaide.

Sam haalde zijn schouders op. 'Hij heeft gelogen.'

Opeens schrokken ze allebei nu haar mobieltje als een razend insect op haar bureau begon te trillen en te draaien. Ze nam op, en haar ogen sperden zich open.

'O god, nee. Het is Devon.' Ze hield het schermpje omhoog. 'Moet ik opnemen?'

'Nee!' riep Sam. Maar ze kon er niets aan doen.

'Je hebt wel lef, hè? Vuile leugenaar!' stak ze woedend van wal. 'Hoe durf je me nog te bellen. Hoe dúrf je! Denk maar niet dat je je hieruit kunt kletsen, lul!'

Maar nu ze aan de andere kant van de lijn de stamelende meisjesstem opving, ebde haar bravoure weg.

'Ik had je nummer niet, maar ik ging ervan uit dat mijn vader dat wel had,' zei Lola. 'Vandaar dus dat ik met zijn mobieltje bel.'

'Moet je horen, Lola...' begon Honor. Ze stond met haar mond vol tanden, maar ze vond dat ze toch iets moest zeggen. 'Ik... Jouw vader en ik...'

'Doe geen moeite,' kapte Lola haar af. 'Wat je allemaal te zeggen hebt, interesseert me totaal niet. Ik bel alleen even omdat ik vind dat je moet weten wat je hebt aangericht. We zijn nu in het ziekenhuis.'

'Wat? Welk ziekenhuis? Waarom?' Ze haatte zichzelf om haar eigen medeleven, maar ze kon er niets aan doen. 'Is Devon... je vader... is alles goed met hem?'

'Mijn vader?' klonk het vernietigend. 'O, met hem is alles goed hoor. Prima in orde. Nee, het is mijn moeder die aan barrels ligt. Herinner je je haar nog, de vrouw wier leven jij zojuist als een bulldozer hebt platgewalst?'

Honor kromp ineen.

'Na die zieke vertoning die ze van pa voor de camera's moest geven, is ze helemaal door het lint gegaan. Ze heeft zichzelf in de badkamer opgesloten en een overdosis medicijnen geslikt.'

'Nee!' Het was eerder een schrikreactie dan dat het als een woord was bedoeld, en het vloog al over haar lippen voordat ze kon nadenken.

'Ja,' reageerde Lola. Honor hoorde hoe het meisje ondanks haar woede tegen haar tranen vocht. 'Ze heeft verdomme een heel flesje paracetamol achterovergeslagen. Pa moest de deur forceren. Dus mocht haar iets overkomen, dan heb jij het op je geweten, harteloos kreng. Ik hoop dat je nu gelukkig bent.'

Daarna hing ze op, een bevende Honor, met de hoorn nog in de hand, achterlatend. Maar van enige voldoening viel op haar gezicht geen spoor te bekennen.

Deel 2

16

Lola Carter trok haar regenjas strakker om zich heen en vocht vergeefs met haar waardeloze Boots-paraplu nu het pas echt begon te plenzen.

Ze hield van Londen, ook al had het sinds ze in januari hierheen was verhuisd bijna onophoudelijk geregend. In dezelfde week dat haar vaders liaison in de pers was uitgemeten en haar leven thuis om haar heen uit elkaar was gevallen, was haar een plek aangeboden op het prestigieuze Central Saint Martins College of Art and Design om een modeopleiding te volgen. Op dat moment was ze te veel afgeleid geweest om er goed over na te denken. Het voelde alsof het jaren geleden was dat ze het aanvraagformulier had ingevuld, wat ook gold voor de massa andere aanvragen die ze achter de rug van haar tegenwerkende vader had ingediend, en wanneer ze stilstond bij wat haar arme moeder allemaal doormaakte, leek haar langgekoesterde droom van een bestaan als modeontwerpster frivool en dom. Maar naarmate de weken verstreken en de spanning thuis volslagen ondraaglijk werd, leek een vlucht uit Boston een steeds aantrekkelijker mogelijkheid.

Het was nu maart en officieel dus al lente, maar het regenseizoen leek nog lang niet voorbij. Integendeel, het werd alleen maar kouder. Terwijl ze over King's Road als een ondeugend vijfjarig kind door de plassen plonsde, voelde ze haar natte tenen door haar mocassins gevoelloos worden.

Het afgelopen half jaar was er zo veel gebeurd, goede dingen en slechte dingen, dat het in zekere zin wel toepasselijk voelde om hier, in deze vreemde, verzopen stad, opnieuw te beginnen. Nu al leken de gebeurtenissen van afgelopen zomer ver weg; voor hetzelfde geld maakten ze deel uit van iemands anders z'n leven.

Devons liaison met Honor had alles veranderd. De wetenschap dat Lucas het een en ander had onthuld, was eerst nog een van de ergste dingen. Hoewel hij in de zomer tegenover haar geen kleur had bekend, had Lola nog altijd een zwak voor hem, en met dat gevoel had ze East Hampton verlaten. Ze wist dat hij niet van haar hield, maar had gedacht dat hij haar in elk geval wel mocht en respecteerde. Het idee dat een man met wie ze gewillig haar dromen en angsten én haar lichaam had gedeeld een spijkerbom van leed op haar familie kon gooien... het had haar geschokt.

Het betekende in elk geval dat ze nauwelijks over mensenkennis beschikte. Ze had echt gedacht dat Lucas in zijn hart een goede vent was, maar hij was een valsaard van de laagste soort gebleken. Wat Honor betrof, tegen wie ze bijna als een oudere zus was gaan opkijken, die was zelfs nog erger: een liegende, opportunistische bitch. En haar vader? Zelfs nu nog kon Lola er niet echt vat op krijgen. Toegegeven, zij en haar vader hadden nooit goed met elkaar kunnen opschieten, zelfs niet vóór deze hele toestand. Maar diep vanbinnen had ze ook hem altijd als een fatsoenlijke, integere, eerlijke man beschouwd. En gedacht dat hij de strikte moraliteit die hij predikte, niet alleen tegen haar en haar broer, maar tegen de wereld in het algemeen, ook in praktijk bracht. Onder al haar puberale woedeaanvallen had ze hem gerespecteerd. Maar nu was dat respect aan flarden.

Om machteloos te moeten toezien hoe haar moeder als een muf stuk bruidstaart verschrompelde, was een schokkende ervaring. Haar ouders waren dan misschien nooit het evenbeeld van de Waltons geweest, ze hadden wel al bijna dertig jaar op elkaar kunnen bouwen en elkaar kunnen vertrouwen. Devons avontuurtje had haar moeders wereld doen instorten.

Lola wist nog hoe misselijk ze zich had gevoeld in het ziekenhuis toen ze zag dat haar vader haar moeders hand had vastgehouden terwijl ze wachtten tot ze van haar overdosis bijkwam; hij had de bezorgde echtgenoot gespeeld, terwijl hij er juist de oorzaak van was dat ze daar lag. Walgelijk gewoon. Het enige waar hij om leek te malen was wat de omgeving ervan zou zeggen.

Toch waren hij en Nick, die normaal niet zo bekendstond om emotionele uitbarstingen, van opluchting in tranen uitgebarsten toen Karis eindelijk weer bijkwam. Maar Lola niet. Ze kon het niet. Ze voelde zich vanbinnen alleen maar verdoofd.

Tijdens de rit naar huis had ze haar vader niet eens willen aankijken. Terwijl Karis de maand daarop in het ziekenhuis herstelde, was het bezoekuur het enige moment dat Lola hem in haar nabijheid had geduld, en dat was alleen maar omwille van haar moeder geweest. Thuis leefden de twee, na Lola's categorische weigering om na te denken over een nieuwe geschiktheidstest voor het St. Mary's, als vreemden langs elkaar heen.

'De dokter zegt dat mam volgend weekend naar huis mag,' deelde Devon op een sombere zondagavond op een geforceerd opgewekte toon mee. 'Misschien kunnen jij en ik haar verrassen met een welkomstfeestje, nu Nick terug naar LA is.'

Hij zat op een rode damasten bank aan de ene kant van hun reusachtige woonkamer in Boston terwijl zijn dochter, opgerold in een rotan leunstoel aan de andere kant, weigerde op te kijken van haar *Harper's Bazaar*.

'Doe maar wat je wilt,' snauwde ze, nog steeds niet opkijkend. 'Ik zal er niet bij zijn.'

'O?' reageerde Devon. Hij deed zijn uiterste best om zijn ergernis te verhullen. 'En waarom niet?'

'Er is me een plaats aangeboden op de modevakschool. In Londen,' zei ze nonchalant. 'Ik heb besloten die te aanvaarden.'

'Hm.'

'Mijn cursus begint pas in het nieuwe jaar, maar ik heb voor vrijdag een vlucht geboekt om naar een flat te zoeken en de omgeving te verkennen.'

Hij keek naar haar vastberaden, uitdagende gezicht. Een maand geleden zou hij haar voor zo'n brutale reactie nog hard aangepakt hebben en haar met een standje terug naar het St. Mary's hebben gestuurd. Maar inmiddels was alles anders. Haar ogen straalden zo'n felle minachting uit dat het hem gewoon beangstigde. Als hij haar nu de wet voorschreef, zou ze de benen nemen. Dan zou hij haar voorgoed kwijt zijn.

'Welke universiteit is het?' vroeg hij om tijd te rekken.

'St. Martin's,' antwoordde ze strijdlustig terwijl ze de bladzijden van haar tijdschrift onnodig fel omsloeg en haar blik naar beneden gericht hield. 'Alsof het jou iets kan schelen.'

'Nou,' zei Devon, een rust uitstralend die hij vanbinnen absoluut niet voelde, 'jij verhuist niet in je eentje naar Engeland. Het spijt me, maar daar ben je nog veel te jong voor.'

'Ik ben achttien,' riposteerde ze, en eindelijk keek ze hem in de ogen. 'Er zijn zat kinderen jonger dan ik die het huis verlaten. Bovendien vraag ik het je helemaal niet, ik vertel het je. Ik ga, of je het nu leuk vindt of niet.'

Devon was zo verstandig geweest het hier verder bij te laten. Ondanks haar opruiende toon zou ze hem natuurlijk wel nodig hebben om haar studie te bekostigen, om nog maar te zwijgen van haar huisvesting. Maar als hij haar als een economische gevangene hier in Boston vasthield, zou dit gegarandeerd voorgoed een wig tussen hen drijven. Moreel gezien had zij hem in haar macht, en dat wisten ze allebei. De liaison had hem van al zijn autoriteit als vader beroofd. Hoe vervelend hij het ook vond, als hij vergiffenis wilde krijgen en haar liefde terug wilde winnen, zou hij haar moeten laten gaan, zo realiseerde hij zich.

Uiteindelijk had hij ingestemd om voor haar in Chelsea een flat te huren, op voorwaarde dat zij een kamergenoot zocht. Zowel hij als Karis had gehoopt dat ze zou kiezen voor een van de dochters van de vele voorname oude Boston-families die ze kenden. Maar Lola had andere ideeën.

'Maar, schat,' had Devon geprobeerd haar om te praten toen ze op een novemberavond in de keuken in opperste concentratie over de naaimachine heen gebogen een van Karis' rokken verstelde. Ondanks Devons verwoede pogingen om Karis aan het eten te krijgen, was ze sinds haar komst naar huis alarmerend snel afgevallen, en haar meeste kleren hingen nu als lappen om een vogelverschrikker om haar lijf. 'Een meisje als Sian zou in een kosmopolitische stad als Londen verloren rondlopen. Hoe denk je dat ze de huur kan betalen?'

Lola haalde haar schouders op en beet met haar voortanden een draad door. 'We kunnen haar toch financieel ondersteunen? Tot ze een baantje vindt.'

We, dacht hij. Wie waren 'we' in vredesnaam? Hij stond op het punt om te protesteren, maar bedacht zich. De dochter van een of andere proleet uit New Jersey was dan misschien niet het ideale gezelschap voor Lola, maar de twee meiden zouden samen in elk geval veilig zijn. En als zijn financiële steun aan Sian betekende dat Lola zich zelfs maar een beetje met hem verzoende, was het wel iets waard.

Vanaf het moment dat Karis thuis was gekomen, was hij zich een vreemde in zijn eigen huis gaan voelen. Zijn vrouw schreed als een zombie doelloos van kamer naar kamer; zijn zoon was als de bliksem weer naar LA gevlogen; en zijn dochter keek hem elke keer dat hij in een deuropening verscheen aan alsof hij iets was wat onder een steen vandaan was gekropen.

Hij had echt spijt van zijn verhouding met Honor. Ergens miste hij haar nog steeds, en ook de jeugdige spanning en opwinding die het samenzijn met haar hem had gegeven. Maar de omvang van wat hij Karis had aangedaan, drong nu pas echt tot hem door. Ondanks al het gekibbel en het obsessieve netwerken hield ze nog steeds van hem, realiseerde hij zich. Hoezeer zijn beschadigde reputatie hem ook kwelde, het haalde het niet bij het vreselijke schuldgevoel dat hij kreeg als hij zag hoe ze vocht om haar leven weer op te bouwen en door te gaan alsof er niets aan de hand was terwijl ze er vanbinnen duidelijk nog kapot van was. Pas nog had hij haar vanachter het slaapkamerraam buiten opgewekt met een van de tuinmannen zien kletsen terwijl ze voor het voorjaar bollen in de grond stopte. Maar zodra de man was weggelopen, had ze haar hoofd in haar handen laten zakken en had hij hulpeloos toegekeken hoe haar frêle schouders schokten terwijl ze snikte. Op dat moment waren ook hem de tranen in de ogen geschoten. Hij wilde het zo graag weer goedmaken.

Maar door zijn verhouding met Honor en alle daaropvolgende publiciteit was hij het spoor zo bijster dat hij geen idee had waar te beginnen. Ergens hoopte hij dat wanneer Lola in het buitenland zat en Nick weer in LA, het thuis misschien wat gemakkelijker zou worden. Maar of dit nu lukte of niet, hij wist dat hij eigenlijk geen andere keuze had dan zijn koppige dochter te laten gaan.

Lola sloeg inmiddels Tite Street in en sloot haar paraplu – het stomme ding was toch zo goed als nutteloos tegen een dergelijke stortbui – en ze zocht in haar tasje naar de voordeursleutels. De flat die Devon had gehuurd, besloeg de benedenverdieping en eerste verdieping van een victoriaans huis met een witgepleisterde voorgevel en uitzicht op de mooie, gemeenschappelijke tuinen. Door de erker aan de voorzijde zag ze haar kamergenote Sian aan de keukentafel over haar pc heen gebogen zitten. Ze tikte tegen de ruit.

'Kan m'n sleutels niet vinden!' riep ze schuddend met haar tasje in de lucht om haar punt duidelijk te maken. 'Kun je me binnenlaten?'

Binnen een paar tellen was Sian bij de deur. Ze was blootsvoets, droeg een joggingbroek en had een lang, grof gebreid vest strak om zich heen geslagen. Een elastiekje hield haar haar in een paardenstaart. Ze zag er moe uit.

'Heb je al geslapen?' vroeg Lola.

Na maandenlang gesolliciteerd te hebben had Sian eindelijk een baantje bemachtigd als persklaarmaker bij de *News of the World*, maar ze draaide vooral nachtdiensten en verdiende niet genoeg om de huur te kunnen betalen. Lola zei altijd dat ze zich niet druk hoefde te maken – 'laat mijn schuldbewuste klootzak van een vader die maar betalen' – maar Sian had geen zin om de profiteur uit te blijven hangen en deed overdag haar best om als freelancer artikelen te schrijven en opdrachten binnen te slepen en zo haar schrale salaris aan te vullen. Helaas had ze hierdoor weinig tijd over om te slapen. De afgelopen week leek ze een paar panda-ogen te hebben gekweekt, wat haar toch al bleke, van zon verstoken gelaatskleur weinig ten goede kwam.

'Nog niet.' Ze schudde haar hoofd. 'Lekker gezwommen?'

'Het is toch niet te geloven!' Lola lachte, schudde haar natte haar uit en trok haar jas en schoenen uit. Haar sokken waren zo nat dat ze die als een paar gebruikte washandjes op de veranda moest uitwringen voordat ze binnen kon komen.

'Nou, misschien dat de regen het met je eens is,' zei Sian. 'Jij ziet er in elk geval veel vrolijker uit.' Ze trippelde terug naar de keuken om theewater op te zetten. Beide meiden hadden de gewoonte aangenomen om na hun werk earl grey te drinken en volkoren chocoladebiscuits te eten, een ritueel dat een heerlijk Engels, Mary Poppinsachtig gevoel gaf, vooral wanneer het buiten stormde. 'Heeft Ego je nog gebeld?'

'Ego' was de bijnaam die Sian aan Igor, Lola's laatste vriendje, een Rus met weerzinwekkend scherpe gelaatstrekken, die een jaar verder was met studeren, had gegeven. Hij was een parttimemodel en een fulltimelul bovendien, maar het had tot gisteren geduurd, toen hij haar via een sms'je de bons gaf, voordat Lola dat inzag.

'Nee.' Lola duwde het laatste biscuitje uit de open verpakking in haar mond en scheurde meteen gulzig een nieuw pak open.

Sian verbaasde zich er altijd weer over dat een meisje dat vrat als een sumoworstelaar, en wier idee van lichaamsbeweging bestond uit het reiken naar de afstandsbediening voor de tv, toch zo'n volmaakt lichaam kon hebben. Om niet te spreken van haar smetteloze, albasten huidtint. Sian werd er gewoon niet goed van.

'Hij heeft niet gebeld, en het kan me geen ruk schelen,' antwoordde Lola terwijl ze vol overgave biscuitkruimels over de tafel sproeide. 'De klootzak. Hij maakte toch alleen maar slappe imitatie Vivienne Westwood-ontwerpen. Hij mag wat mij betreft oprotski.'

Sian ging theezetten, waarbij ze keukenkastjes optrok en dichtgooide in haar speurtocht naar de ouderwetse bloemetjestheepot die ze op de Portobello-markt op de kop hadden getikt. Jeetje, ze was echt uitgeput. Zelfs de porseleinen kopjes en de theezakjes pakken voelde vandaag als een kolossale inspanning.

Ze was blij dat Lola over die Ego heen was, en deed haar best niet jaloers te zijn op het bovennatuurlijke vermogen van haar vriendin om net als Teigetje uit Winnie de Poeh na zo'n teleurstelling zo snel weer overeind te krabbelen. Sinds hun komst naar Londen had Lola vriendjes versleten zoals andere mensen toiletrollen gebruikten. Lucas had ze niet één keer genoemd, en door zich vol overgave in haar nieuwe leventje op de modevakschool te werpen leek het haar gelukt om de pijnlijke gebeurtenissen van afgelopen zomer geheel achter zich te laten.

Als zij, Sian, dat ook eens kon. Ze was het zat om altijd maar de Iejoor te zijn, het ezelvriendje van Poeh-beer dat altijd liep te kniezen en te piekeren en altijd bekaf was. Maar ze was nu eenmaal anders dan Lola. Zij beschikte niet over dat ultieme zelfvertrouwen, het resultaat van een leven met rijke ouders en het uiterlijk van een supermodel, dat Lola als een tovermantel beschermde tegen de valkuilen die het leven voor haar in petto had.

Niet dat Sian nu zo'n slecht leven had. Het aanbod om naar Londen te komen was voor een meisje als zij gewoon een wonder. Ze herinnerde zich Lola's telefoontje, thuis in Lymington. Achteraf was het net de openingsscène van een film: haar moeder in de keuken, bezig met het avondeten, haar vader en broer languit op de bank in de huiskamer, Budweiser in de hand, geheel in beslag genomen door de laatste minuten van de wedstrijd. En Sian zelf, die gillend van opwinding de trap af rende, met de telefoon als een talisman voor zich uitgestoken terwijl ze haar ouders smeekte om haar te laten gaan.

'Ik kan mijn reis wel zelf betalen,' voerde ze aan. 'Ik heb bijna drieduizend dollar gespaard. En ik zoek meteen een baantje, ik zweer het.'

'Ik dacht dat dat geld voor je studie was?' had haar moeder gevraagd. 'Hoe lang vertel je ons nu al dat je een vervolgopleiding wilt?'

'Mam, dit is Lónden,' legde Sian geduldig uit. 'Het ís opleiding. Hoe dan ook, jij en papa hebben altijd gewild dat ik na de middelbare school meteen zou gaan werken. Nou, dat ga ik nu dus doen.'

'We bedoelden hier,' zei haar vader. 'In Lymington. Niet aan de andere kant van de wereld met een of andere erfdochter die we niet eens kennen.'

Het had enige overredingskracht gevergd. Naar Londen verhuizen stond voor haar ouders gelijk aan een jaar aan boord van het internationale ruimtestation of een marineonderzeeër verblijven. Ze konden zich zoiets gewoon niet voorstellen en het maakte hen bang.

'Zodra je heimwee krijgt, stap je op het eerstvolgende vliegtuig terug,' had haar moeder bij de gate in de vertrekhal met een betraand gezicht gezegd. 'We zullen je niets verwijten, niks geen "Ik zei het je toch" of zo. Je komt gewoon naar huis, oké, lieverd?'

'Natuurlijk, mam,' zei Sian. 'Dat zal ik doen.'

Maar heimelijk sloeg ze haar ogen ten hemel. Alsof zij heimwee zou krijgen! Waarnaar dan? Naar de hamburgers bij Dino's op vrijdagavond? Rondhangen in het winkelcentrum?

Tot haar eigen verrassing kreeg ze wel degelijk heimwee, al bijna vanaf het moment dat ze in Engeland was geland. Twee maanden aaneen buffelen als serveerster in een goedkoop eettentje in Earl's Court had vermoedelijk ook niet echt geholpen. Maar zelfs nu ze dan eindelijk een baantje had bij een zondagse roddelkrant, haar droom voor zolang ze zich kon herinneren, was er nog altijd sprake van een ongedurige somberheid die ze maar niet van zich af leek te kunnen schudden.

Ze durfde dit niet toe te schrijven aan Ben, die, zo had ze al snel ontdekt, in Engeland een soort microberoemdheid was, een soort Richard Branson in het klein. Net als de meeste achttienjarige meiden vond ze financiële katernen doodsaai, slechts goed voor de kattenbak of om de haard mee aan te steken, maar Bens naam dook zo vaak op in de *Financial Times* dat het onmogelijk was om geen morbide interesse te krijgen.

Zijn naam in de krant lezen was alsof je een emotionele wondkorst open-krabde – weerzinwekkend, pijnlijk en op een rare manier toch ook versla-vend. Al snel speurde ze artikelen over hedgefondsen af, op zoek naar zijn naam of een foto.

Toen ze elkaar leerden kennen had hij haar verteld dat hij iets met aan-delen deed, dus ze was ervan uitgegaan dat hij redelijk welgesteld was. Dat moest ook wel, wilde hij in het Herrick kunnen verblijven. Maar ondanks Lucas' vermoedens van het tegengestelde had ze in werkelijkheid geen idee dat Ben een volwaardig lid van de club der superrijken was. In een aantal opzichten verklaarde het volgens haar zijn gevoeligheid ten aan-zien van al het gedoe om die weddenschap. Het was een verklaring, maar geen excuus. Zelfs na een half jaar was de pijn van hun breuk nog steeds rauw, en elke keer dat ze aan hem dacht, wat de laatste tijd pathetisch vaak was, stak haar gekrenkte trots als een dikke bos brandnetels.

'Weet je,' zei Lola, die zichzelf een tweede kop thee inschonk en er drie enorme theelepels suiker in mikte, 'dat het uit is met Igor zadelt me wel met één probleem op.'

'O ja?' Sian keek haar ongelovig aan.

'Min of meer. Het betekent dat ik voor de Burnstein-bruiloft geen date heb.'

Araminta 'Minty' Burnstein was de dochter van vrienden van de fami-lie uit Boston. Haar bruiloft met een of andere scheepserfgenaam beloof-de een van de grootste gebeurtenissen in New York sinds de trouwerij van Liza Minnelli te worden. Lola had in dubio gestaan of ze er wel heen zou gaan. Sinds de kerst was ze niet meer terug in de States of bij haar ouders geweest, maar van Nick, die de vakantie thuis had doorgebracht, wist ze dat de sfeer daar nog steeds om te snijden was. Minty's trouwfeest zou voor haar moeder de eerste grote sociale gebeurtenis zijn sinds haar va-ders verhouding met Honor bekend werd. Lola betwijfelde of ze de gefor-ceerde, koele glimlachjes van mensen die net deden alsof er niets was ge-beurd wel zou kunnen verdragen. En stel dat moeder instortte, wat dan?

Aan de andere kant beloofde het een waanzinnig feest te worden. En Lola Carter was altijd al een feestbeest geweest.

'Wil jij mijn date zijn?'

Sian verslikte zich in haar thee, en het warme vocht en de biscuitkrui-mels vlogen over haar kopij.

'Ik?' vroeg ze terwijl ze de smurrie met een theedoek zo goed en zo kwaad als het ging depte. 'Jij wilt helemaal niet dat ik je in je doen en la-ten beperk. En trouwens, het is pas over tien dagen. Tegen die tijd staan de jongens weer voor je in de rij.'

'Waarschijnlijk wel, ja,' reageerde Lola, niet de moeite nemend het te ontkennen. 'Maar ik wil echt niet met een vent komen opdagen die ik amper ken. Niet op dit feest. En ik wil ook niet in m'n eentje. Als mijn pa de toegewijde echtgenoot gaat spelen en ik halverwege de gelofte moet kotsen heb ik iemand nodig die de emmer voor me vasthoudt.'

'Hoe aanlokkelijk dat ook klinkt,' zei Sian, 'ik kan echt niet.'

'Hoezo niet?' Lola oogde verslagen.

'Ik kan me het ticket, laat staan het hotel, niet veroorloven,' antwoordde Sian eenvoudig. 'Bovendien moet ik eigenlijk werken.'

'Lieverd, jij werkt altijd. Het is maar een weekendje. Na afloop kun je je paps en mams opzoeken,' voegde ze er als extra aansporing aan toe.

Sian wreef in haar vermoeide ogen en merkte tot haar afgrijzen dat ze al vochtig werden. Ze wilde er niet te lang bij blijven stilstaan, maar ze miste thuis en Taneesha vreselijk.

'Lo, ik kan het me niet veroorloven,' zei ze nogmaals. 'En toe, zeg nu niet dat je pa wel betaalt, oké? Daar hebben we het al tig keer over gehad.'

Lola boog zich over de tafel en greep haar hand vast. 'Ik weet wel dat je niet graag je hand ophoudt,' zei ze. 'Geen probleem. Maar ik had Igors ticket al betaald. Die is overdraagbaar, maar ik krijg m'n geld niet terug. Als jij niet meegaat, verdwijnt-ie letterlijk in de prullenbak.'

'Echt waar?' Sian keek haar sceptisch aan.

'Ja, echt waar,' zei Lola, die voelde dat Sians vastberadenheid al afbrokkelde. 'Absoluut. En ik heb een tweepersoonskamer in het Four Seasons, die ook al betaald is. We kunnen het bed delen, ons eigen pyjamafeestje bouwen. Ach, kom op! Dat wordt hartstikke leuk.'

Sian weifelde. Ach, wat maakte het ook uit.

'Goed dan,' zei ze grijnzend. Het zou echt geweldig zijn om haar ouwelui even te zien. 'Ik doe mee.'

'Joepie!' Lola sprong overeind, klapte in haar handen en deed een spontaan overwinningsdansje om de tafel. 'Igor, rot jij maar lekker op. New York, we komen eraan!'

17

'Het spijt me, meneer, maar het "fasten seatbelts"-lampje brandt. Ik moet u verzoeken uw stoelriem om te doen.'

Lucas dwong een slaperig oog open en keek op naar de stewardess. Ze was jong en aantrekkelijk, maar dat werd tenietgedaan door de travestiet-achtige make-up die tegenwoordig bijna verplicht leek: dikke roze lipgloss, omrand met dikke bruine lipliner, een te donkere foundation die langs de kaaklijn een duidelijke waterlijn liet zien, en een koeklaag van mascara, zo dik dat het een wonder leek dat het arme kind zowaar haar oogleden nog omhoogkreeg. Dit, gecombineerd met het strak bijeengebonden haar en het onberispelijke wit-met-oranje uniform, maakte dat ze eerder een mondhygiëniste dan een zinnenprikkelend boegbeeld leek.

Jammer. Hij had wel wat afleiding kunnen gebruiken.

'Hoe lang nog voordat we gaan landen?' vroeg hij terwijl hij een hand door zijn weelderige krullen haalde. Een van de pluspunten van zijn schandelijke ontslag bij het Herrick was dat hij niet langer aan dat gehate, korte Matt Lauer-kapsel vastzat en dus eindelijk weer zijn geliefde verwarde haardos terug had. Voor de thuisreis naar Ibiza droeg hij een oude spijkerbroek en een vaalblauw overhemd met daaronder een kettinkje. Geen hond die hem nu nog zou herkennen als de keurige playboy uit East Hampton van een half jaar geleden.

'We zijn er bijna, meneer,' antwoordde de stewardess. 'Op vakantie?'

Ze wilde dit gesprekje met dit overheerlijke stuk zo lang mogelijk rekken, en ze hoopte vurig dat hij haar telefoonnummer zou vragen voordat het tijd was voor de landing. Helaas had Lucas nu even geen zin in koetjes en kalfjes.

'Nee,' antwoordde hij korzelig, hij klikte zijn stoelriem dicht en keek ijzig door het groezelige plastic raampje naar buiten. 'Ik ga naar huis.'

Terugkeren naar Ibiza was niets om je voor te schamen, had hij zichzelf al een paar maal voorgehouden. Hij zou langsgaan bij zijn moeder en zijn broers om hen te helpen, om te doen wat nodig was. Maar de werkelijkheid was anders: hij keerde met de staart tussen de benen terug omdat hij had gefaald en omdat hij oprecht het gevoel had nergens anders meer heen te kunnen.

Sinds hij in september bij het Herrick zo beschamend de aftocht had moeten blazen, schommelde zijn gemoedstoestand vervaarlijk heen en weer tussen zelfmedelijden en een moordzuchtige, allesverzengende haat jegens Anton, wiens spookachtige, uitdrukkingsloze botoxbakkes hem zelfs in zijn dromen achtervolgde. En soms ook zomaar overdag: na al die mislukte sollicitatiegesprekken, waarbij van Parijs tot Londen de hotel-deuren voor zijn neus waren dichtgesmeten. In één klap was hij van goudhaantje verworden tot ongewenst persoon. Zelfs de zelfstandige top-hotels hielden hem buiten de deur, alsof ze allemaal tot dezelfde exclusie-ve club behoorden waar Anton hem op een zwarte lijst had gezet.

Zijn naam was nu synoniem met Tina's beruchte sekstape. Hij kon zijn onschuld van de daken schreeuwen tot hij schor was, of een fortuin neer-leggen om een paar advocaten het werk te laten doen, maar zijn reputatie lag al aan diggelen. In oktober was de clip met een cokesnuivende Tina in het Herrick inmiddels met ruime voorsprong het meest gedownloade filmpje van internet. Rond de kerst had *Palmer-Gate* al ruim driemaal zo veel opgebracht als *1 Night in Paris*. Dat hij kon bewijzen daarvan zelfs geen rooie cent te hebben ontvangen, deed er kennelijk niet toe. Als hotel-manager was hij formeel gezien verantwoordelijk voor alles wat er in zijn hotel gebeurde. Zijn ontslag bij het Herrick was wettelijk gezien dan ook niet aanvechtbaar.

Ondertussen had Anton er alles aan gedaan om ervoor te zorgen dat híj smetteloos uit deze ranzige affaire tevoorschijn kwam. Ook op zijn bank-rekening viel niets te traceren van de opbrengsten uit het betaalkanaal, en zijn 'vriend' Toby Candelle, als Tina's co-ster nu al zelf een kleine be-roemdheid, ontkende nadrukkelijk hem ooit te hebben gesproken of ont-moet. Het was hun woord tegen het zijne. Twee tegen een. Hoeveel had Anton moeten dokken om die kleine zakkenwasser te corrumperen? vroeg Lucas zich verbitterd af. Heel wat meer dan dertig zilverlingen, dat was wel zeker.

Ironisch genoeg was het Tina, Antons beoogde doelwit, die er als enige goed van af was gekomen. Voor haar drugsgebruik kreeg ze een gerechte-lijke waarschuwing, maar er volgde geen veroordeling. En omdat de maker van de beelden zich angstvallig gedeisd hield, verkreeg ze zelf met terug-werkende kracht de rechten op het beeldmateriaal. Met haar verklaring dat alle opbrengsten naar een goed doel in Guatemala zouden gaan, was haar rehabilitatie in de media, à la Angelina Jolie, een feit. Opeens kreeg heel Amerika maar geen genoeg van Tina Palmer.

Lucas, daarentegen, had nog lang geen vergiffenis gekregen. Na vijf maanden op banenjacht te zijn geweest, had hij bij alle tophotels zo goed als nul op het rekest gekregen. (Amerika had hij inmiddels opgegeven, aangezien de pers hem daar zo genadeloos had aangepakt dat hoteleigenaren hem al konden ruiken voordat hij ook maar in de lobby was verschenen.) Als hij niet snel iets vond, zou hij voor hij het wist als junior chef bij een of andere vage hotelketen weer onder aan de ladder belanden. Hoe diep de groten konden vallen. En alsof dat nog niet genoeg was, was daar ook nog het twee pagina's tellende artikel over de nieuwe manager van het Herrick; hij had het gelezen toen hij, bladerend in *Hotel World*, op weg was naar Bens appartement – geldgebrek had hem genoodzaakt zijn verblijf van een week tot een semipermanent arrangement te verlengen.

Hij had haar al meteen herkend. Het zwarte haar van weleer was nu superkort en platinablond, en haar sneeuwwitte huid had met de jaren een nepkleurtje gekregen, maar de kille staalblauwe ogen waren nog altijd dezelfde, net als de permanente sneer die als een grauwsluier over haar beeldschone, hoekige, Slavische, mannenhatende gezicht lag.

Petra Kamalski.

Het kon toch geen toeval zijn dat Anton uitgerekend zijn oude rivale uit zijn Lausanne-tijd tot zijn opvolger had benoemd? Een ziekelijke trap na, dat kon niet anders. Een metaforische schop in de maag terwijl hij al gevloerd was. Als dat de bedoeling was geweest, had het in elk geval gewerkt, want bij het zien van Petra's foto kreeg hij opeens een wee gevoel in zijn maag.

Volgens het artikel – een hielenlikkerig, afrukkerig stuk dat duidelijk door een van Antons lievelingsscribentjes moest zijn geschreven – was Petra na haar afstuderen aan de Zwitserse hotelschool teruggekeerd naar Moskou. Hij had altijd aangenomen dat ze haar MBA-diploma in een la had geschoven, een of andere puissant rijke trustfonds-snotaapski aan de haak had geslagen om daarna ergens in een riant onderkomen Damiankloontjes te baren. Ze hoefde immers niet te werken. Maar hij leek haar ambities verkeerd te hebben ingeschat. Na zich binnen de berucht hiërarchische Ritz Carlton-groep te hebben opgewerkt, was ze uiteindelijk de nummer twee van het Palace geworden, de parel van Sint-Petersburg. En dat, nog geen vier jaar na haar studie, was indrukwekkend. Maar haar komst naar het Herrick was voor haar bijna net zo'n reuzenstap voorwaarts als twee jaar geleden voor hem, toen hij het Cadogan vaarwel zei. Ze moest behoorlijk wat indruk op Anton hebben gemaakt. Of misschien herkende hij in haar een zielsverwant? Een betere bruid voor deze Frankenstein kon Lucas even niet bedenken.

Eindelijk landde het vliegtuig op Ibiza. Als een schaapskudde begaven de passagiers zich vervolgens naar de bagagecarrousel. Hij deed geen moeite zijn minachting te verbergen jegens de paasvakantiegangers, die zich rondom de enige, armzalige carrousel schaarden. Corpulente vrouwen wier in bermudashorts geperste derrières nijlpaardachtig aandeden, stonden naast hun reeds benevelde echtgenoten, van wie het merendeel al voor het vertrek vanaf Gatwick in de lokale bodega had ingedronken terwijl hun in Manchester United-shirtjes gehulde kroost als een losgeslagen leger rode mieren in het rond krioelde.

Uiteraard was zijn eigen tas zo'n beetje de hekkensluiter, wat zijn humeur er bepaald niet beter op maakte. Toen hij eindelijk naar de taxistandplaats sjokte, stoof een petieterig Amerikaans vrouwtje hem voorbij en pikte schaamteloos zijn taxi in.

'Sorry,' zei ze, hoewel het bepaald niet van haar gezicht viel af te lezen terwijl ze een rij parelwitte stifttanden ontblootte en haar Louis Vuitton-draagtas op de achterbank wierp. 'Ik heb ontzettende haast.'

Terwijl de taxi wegscheurde, riep Lucas haar nog een paar verwensingen na. Met dat tanige dwerglichaampje, de stekelige haren en die onbeschaamde arrogantie deed ze hem denken aan Honor Palmer.

Sinds zijn vertrek uit Amerika had hij veel aan haar gedacht.

'Waarom bel je haar niet op om je excuses aan te bieden?' had Ben tijdens de kerst onschuldig geopperd. 'Laat het verleden achter je.'

'Excuses aanbieden?' had hij met verbijsterde blik gevraagd. 'Waarom moet ik háár mijn excuses aanbieden?'

'Omdat het je dwarszit?' had Ben gesuggereerd. 'Omdat, als je niet met Tina zou hebben geslapen, je haar niet aan die vent had gekoppeld, en tegen Anton niet over Honor en Devon uit de school had geklapt, al deze ellende nooit zou zijn gebeurd?'

'Gelul,' was zijn kregelige reactie geweest. 'Ten eerste wist ik niet dat dat gedoe met Tina als een val was bedoeld.'

Ben had daarop een wenkbrauw opgetrokken. 'Ach, kom op, zeg. Je zult toch wel je vermoedens hebben gehad. Waarom denk je dat Anton jou met kop en kont bij haar in bed heeft gejonast? En waarom al die moeite om een vrouw die hij nauwelijks kent aan iemand te koppelen?'

Lucas had korzelig zijn wenkbrauwen opgetrokken. Bens scherpzinnigheid kon soms behoorlijk irritant zijn.

Uiteraard klopte het. Hij had inderdaad onraad geroken, maar hij had gewoon geen zin gehad om op onderzoek uit te gaan. Bovendien had hij zich niet gerealiseerd dat hij zelf wel eens het doelwit kon zijn. Maar of hij dat laatste ook wilde toegeven, was nog onzeker, wat Ben ook mocht beweren.

'Honor heeft alles aan zichzelf te wijten,' was zijn klip-en-klare conclusie geweest. 'Ze had gewoon niet moeten rotzooien met andermans echt-genoot. Laat staan eentje die oud genoeg is om haar vader te kunnen zijn,' had hij er met een vies gezicht aan toegevoegd. 'Ze verdiende het gewoon om te worden betrapt.'

Waarop Ben in de lach was geschoten. 'De pot die de ketel verwijt! Wat ben je nu opeens, de patroonheilige van de loyaliteit? Hoeveel oudere, ge-trouwde vrouwen hebben jou wel niet bereden?'

Waarop Lucas nukkig naar zijn schoenen had gestaard en had gezwe-gen.

'*For fuck's sake*, bel die meid op en praat de zaak uit,' had Ben verzucht. 'Je wilt het maar al te graag.'

Maar Lucas dacht daar zelf heel anders over. Honor was een vijandige, arrogante bitch. Zíjn leven lag in puin, dus waarom haar bellen?

Ondanks zijn luidkeels geuite onverschilligheid hield hij toch de bla-den in de gaten, alert op verwijzingen naar Honor en het Palmers. In het-zelfde *Hotel World*-artikel over Petra's aanstelling beweerde de schrijver dat het marktaandeel van het Palmers sinds afgelopen zomer een con-stante dalende lijn vertoonde ten gunste van het Herrick en dat het aan-tal reserveringen een dieptepunt had bereikt. Natuurlijk, misschien was er niets van waar, de schrijver was duidelijk een van Tisch' stromannetjes, en Honor was zoals gebruikelijk weer eens 'niet bereikbaar voor com-mentaar' om de geruchten te bevestigen dan wel te ontkennen. Sinds het schandaal was ontstaan, was ze bijna een kluizenaar geworden, en was Tina degene die baadde in de schijnwerpers van de roddelbladen.

Kijkend uit het taxiraam naar de miezerige palmbomen, die door de recente stormwinden waren toegetakeld, en de lage flatgebouwen die langs de hoofdweg naar de luchthaven als paddenstoelen uit de grond wa-ren gerezen, voelde hij zich mistroostig. Altijd wanneer hij terugkwam, leek het eiland er alleen maar lelijker op te zijn geworden. Zo meteen zou hij weer in zijn moeders armzalige flatje zijn, om als een Kerstman zijn laatste beetje geld uit te delen, wetend dat zijn stiefvader het aan drank zou verspillen, of dat het in de bodemloze schuldenput zou verdwijnen.

Hij sloot zijn ogen en liet zijn hoofd zachtjes tegen de plastic hoofd-steun dansen. Hij voelde zich hondsmoe, maar was te gestrest om te kun-nen slapen. En dus toverde hij zoals gewoonlijk Antons glimlachende, zelfingenomen tronie nog eens voor zijn geestesoog. Het duurde dan ook niet lang of hij kookte bijna weer van woede.

Een kleine twaalf uur later, het was even na middernacht, strompelde hij met een wazige blik een obscure kroeg uit en belandde op het smerige trottoir.

'Laat ik je hier niet meer zien, klootzak!' riep de uitbater hem in het Spaans na. 'Je mag van geluk spreken dat mijn uitsmijter vanavond vrij heeft. De volgende keer breekt hij je beide armen, mannetjesputter.'

Lucas nam niet de moeite om terug te schelden, deels omdat hij hevig betwijfelde of hij in staat was een coherente zin te fabriceren, maar vooral omdat hij wist dat de man gelijk had. Hij had zich als een zak gedragen, had met twee van de vaste klanten om niks ruzie gezocht, gewoon omdat ze Amerikaans waren.

Maar hij had dan ook een meer dan verschrikkelijke dag achter de rug. Na aankomst bij zijn moeder bleek dat ze, eenenveertig jaar oud, wederom zwanger was – hoogzwanger. Een feit dat ze het afgelopen half jaar bij al hun telefoongesprekken verzuimd had te vermelden. Nog afgezien van het bizarre vooruitzicht dat hij er een klein broertje of zusje bij zou krijgen dat gezien zijn eigen leeftijd net zo goed zijn eigen kind kon zijn, was Inez' zwangerschap financieel en emotioneel een extra last op zijn reeds zwaarbelaste schouders. Dit was hem te veel.

Uiteindelijk hadden ze elkaar de huid vol gescholden, waarbij de nauwelijks aanspreekbare, benevelde Jose samen met Tito, de enige broer annex uitvreter die niet achter de tralies zat, zich niet onbetuigd liet en nog meer olie op het vuur gooide.

'Hier, pak aan!' riep hij ten slotte, terwijl hij zijn zakken en zijn portefeuille leegde en met een verzuchting de complete inhoud voor de voeten van zijn moeder op de grond wierp. 'Het maakt allemaal niet uit wat ik verdien, het zal nooit genoeg zijn, hè, moeder?! Er is altijd weer een mondje extra om te voeden, de zoveelste deurwaarder aan de deur! Jij bent je ergste vijand.'

Met het gesnik van zijn moeder en de benevelde krachttermen van zijn stiefvader nog nazingend in zijn oren was hij naar buiten gestormd en linea recta naar San Antonio gegaan. Daar was hij het goedkoopste café ingedoken dat hij had kunnen vinden alwaar hij het voortvarend op een zuipen had gezet.

Nu, weer op straat na de tent te zijn uit gesmeten, sloeg de frisse avondlucht hem met een welhaast ontnuchterende kracht in het gezicht. In maart kon het op Ibiza nog behoorlijk koud zijn, en gekleed in slechts een overhemd en een spijkerbroek merkte hij dan ook dat hij rilde. Na zijn kleine tas, zijn enige bagage, over zijn schouder te hebben gehesen, liep hij in de richting van het Plaza della Playa, in de hoop bij een van de goedkopere pensionnetjes die buiten het seizoen open waren zelfs op dit uur van de avond nog een kamer te kunnen krijgen. Het was veel te koud om op het strand te slapen, zelfs met al die whisky in zijn lijf die hem vanbinnen verwarmde.

Zonder na te denken sloeg hij een hoek om en belandde voor de deur van het Britannia, de graftent waar hij al die jaren geleden als hopeloze tiener had gewerkt. Kijkend naar de gevel had het net zo goed gisteren kunnen zijn geweest. Alles was nog hetzelfde, van de armoedige, trieste façade met haar afbladderende verf tot de ranzige dennengeur van schoonmaakmiddel die als een vorm van chemische oorlogsvoering vanuit de receptie naar buiten dreef.

Hij moest ervan kokhalzen. Toch leek een vreemde impuls hem naar binnen te lokken. Wankelend zette hij zijn ene voet voor de andere en al snel belandde hij in de verlaten lobby, waar hij wuivend als een halm in de bries bleef staan.

'Kijk eens aan.'

De treiterige, spottende zin ging vergezeld van een traag handgeklap. Voorzichtig draaide Lucas zich om.

'Als dat niet de verloren zoon is.'

Als een dikke, kale geest uit de fles doemde Miguel, de manager, uit de duisternis op. Zijn gezicht vertoonde ontegenzeglijk meer rimpels dan bij de laatste keer dat Lucas hem had gezien, en zijn groteske deinende bierbuik deed zijn strakke, met etensresten besmeurde T-shirt een dikke vijf centimeter opbollen. Maar afgezien daarvan was hij nog altijd de oude koeionerende bullebak van vroeger. Lucas was ervan uitgegaan dat zelfs een klaploper als Miguel zijn heil elders had gezocht. Kennelijk niet, dus.

Hij bekeek zijn oude baas alsof de man van top tot teen onder de schurft zat. 'Miguel. Welk een onaangename verrassing.'

'Vertel eens...' begon de manager terwijl hij zich wijdbeens liet zakken op de haveloze sofa die tegen de muur stond en het enige zitmeubilair vormde. Overdreven joviaal spreidde hij zijn armen. 'Hoe heb je hem dat nu eigenlijk geflikt, van manager van een beroemd Tischen-hotel tot pornoboer met huisgemaakte filmpjes op internet? Zijn dit de slimme carrièrestappen die ze je op de Zwitserse hotelschool leren?'

Lucas speelde het spelletje niet mee.

'Weet je,' reageerde hij, terwijl hij met een vies gezicht zijn neus optrok, 'het ruikt hier bedorven. Je zou zeggen dat zo'n penetrant schoonmaakmiddel wel raad weet met ongedierte.' Hij haalde nog eens nadrukkelijk zijn neus op en keek Miguel recht in de ogen. 'Nee dus. Moment. Ik vrees dat ik even naar buiten moet om te kotsen.'

De hatelijke grijns op Miguels gezicht vervaagde.

'Schelden doet geen zeer, Ruiz!' riep hij terwijl hij als een giftige pad Lucas achternawaggelde. 'Je zegt maar wat je wilt, maar ik heb tenminste een hotel om te bestieren. O, wat had je een plannen toen je aan je Lausanne-avontuur begon. Je eigen Luxe, weet je nog?' spotte hij. 'Jij zou de hele hotelwereld wel even op zijn grondvesten laten schudden, ons laten zien hoe je zoiets aanpakt. Ha!'

Met enige inspanning liep Lucas door. Wat had hem in vredesnaam bezield om naar deze beerput terug te keren?

'Maar uiteraard kroop je weer op handen en voeten terug, precies zoals ik je had voorspeld,' riep Miguel hem na. 'Je logeert zeker bij die verslaafde moeder van je? Geen wonder dat je je met Tina Palmer inliet.' Hij lachte, een vies, rochelend geluid, als van iemand die zich verslikt in zijn eigen fluim. 'Ze zeggen dat jongens vaak op meisjes vallen die hen aan hun moeder doen denken.'

Lucas was bij de laatste trede aangekomen en hij stond nu op het plein. Slechts één vage pizzatent was nog open, met een handjevol klanten die allemaal gebiologeerd naar het grote tv-scherm boven de bar staarden waarop door Sky Sports een bokswedstrijd tussen twee zwaargewichten werd vertoond. Miguel stond een paar treden hoger dan hij, maar door zijn geringe lichaamslengte kwam hij op ooghoogte met Lucas. Dus toen Lucas zich omdraaide en wild uithaalde voor zijn eerste vuistslag, recht op de neus van zijn tegenstander, zag Miguel die op tijd aankomen. Gelukkig voor hem waren Lucas' reflexen dankzij de alcohol niet wat ze misschien geweest zouden zijn.

Snel dook Miguel in elkaar om de klap te ontwijken en haalde vervolgens zelf uit met een rechtse in Lucas' maag – dit was niet het moment om het boksreglement erbij te halen – waarna Lucas naar adem hapte en Miguel de kans kreeg om nog eens uit te pakken met een kaakslag. Lucas deinsde naar achteren. Na alle klappen die hij in zijn jeugd van krachtpatser Jose te verduren had gekregen, waren Miguels slappe uithalen weinig meer dan een muggensteek. Maar net als muggensteken bezorgden ze hem de nodige irritatie. En hoe geïrriteerder hij raakte, hoe minder in staat hij leek om zijn vermoeide, dronken lijf zijn wil op te leggen.

De klanten in de pizzeria hadden hun aandacht van de saaie bokswedstrijd inmiddels verlegd naar het veel opwindender spektakel buiten, maar dat had meer weg van een klein kind dat een beer aan het treiteren was; Lucas bezat weliswaar de kracht, maar kennelijk zonder te weten wat hij ermee moest aanvangen.

Met een bloedstollende kreet van frustratie en woede stoof hij als een dolle stier de trap op. Eventjes raakte Miguel in paniek – gevangen tussen de stenen trap en bijna negentig kilo getergde spiermassa kon hij nergens heen. Maar tot zijn grote opluchting maakte Lucas juist op dat ogenblik een misstap. De pizzeriaklanten schrokken hoorbaar toen ze zagen hoe zijn hoofd met een akelige klap tegen de onderste tree sloeg.

'Wie het hoog in de bol heeft, kan diep vallen, hè?' siste Miguel terwijl hij met zijn dikke been uithaalde naar Lucas' hoofd alsof het een voetbal was.

De half bewusteloze Lucas kreunde slechts. Daarna liet hij zich achterovervakken en werd alles pixel voor pixel zwart voor zijn ogen.

Toen hij zijn ogen weer opende, was daar als eerste een drilboor die zich een weg dwars door zijn schedel naar zijn grijze massa leek te beuken. Zo'n koppijn had hij nog nooit gehad.

'Waar ben ik?' kreunde hij terwijl hij zijn best deed om rechtop te gaan zitten, maar hij betreurde dit al meteen nu een golf van misselijkheid hem overspoelde, waarna hij zich meteen weer achterover liet ploffen.

'Dit is de Eurokliniek Eivissa,' antwoordde de vrouw van middelbare leeftijd die uit het niets leek op te doemen.

'Het Duitse ziekenhuis?' vroeg Lucas met een zwakke stem.

'Ja. Je hebt geluk gehad. Een Duitse mevrouw in de pizzeria heeft een ambulance voor je gebeld. De andere klanten zouden je gewoon hebben laten doodbloeden of -vriezen.'

Ja hoor. Moest hem weer overkomen, om uitgerekend door een verdomde Duitser te worden gered.

'Wat is er precies gebeurd?' vroeg de vrouw.

Flarden van Miguels kwaadaardige tronie dreven terug voor zijn geestesoog, afgewisseld met beelden van zijn zwangere moeder, Anton en, bizar genoeg, Honor. Wat was ze nu aan het doen? vroeg hij zich af. Nu, op dit moment?

In gedachten koesterde hij nog altijd het beeld van zijn eerste ontmoeting met haar, op het strand, toen hij nog niet wist wie ze was en hij zo onvergeeflijk onbeschoft tegen haar was geweest en had geweigerd om zelfs maar een poot uit te steken. Hoe kwam het toch dat ze altijd weer het slechtste in hem naar boven leek te brengen?

'Lucas?' de stem van de vrouw drong weer tot hem door.

Hoe wist ze zijn naam? Waarschijnlijk had hij zijn rijbewijs bij zich toen ze hem hier binnenbrachten. Hij kon zich niet voorstellen dat hij zijn creditcards nog op zak had.

'Ken je de dader? Volgens de Duitse mevrouw leek het erop dat jij hem kende. Jullie stonden te praten...'

'Nee,' kapte hij haar af en hij schudde het hoofd. 'Ze heeft zich waarschijnlijk vergist. Ik herinner me niets meer, sorry.'

Hij wilde het Miguel niet betaald zetten. Wat had het voor zin? Alles waarmee Miguel hem om de oren had geslagen, was gewoon waar. Wie weet had de man hem op een bizarre manier zelfs een dienst bewezen, was hij in deze toestand beland – berooid, bebloed, en in zijn eentje ontwakend in een vreemd ziekenhuis – om vervolgens eindelijk het licht te kunnen zien?

Hij had Ibiza destijds verlaten met een droom op zak: zijn eigen Luxe bezitten. Maar onderweg had hij die droom uit het oog verloren.

Om op zo'n jonge leeftijd al manager van het Herrick te zijn, was hem naar het hoofd gestegen. Hij had zich in een stompzinnige oorlog met Honor laten meesleuren, had netjes als een aapje naar Antons pijpen gedanst om zich vooral maar aan zijn status als de nieuwe belofte van het Amerikaanse hotelwezen te kunnen vastklampen. En daarvoor had hij alle ethiek en gezond verstand opgeofferd.

Met zijn ijdelheid had hij heel wat mensen gekwetst, zo realiseerde hij zich nu. Een aantal van hen, onder wie Devon Carter, verdiende dit misschien, maar anderen – Karis, Lola, en in mindere mate zelfs ook de zusjes Palmer – hadden ook klappen opgelopen. Toch, degene die hij het meest had gekwetst, was uiteindelijk toch hijzelf. Het was zíjn droom geweest die in rook was opgegaan; zíjn toekomst die voor zijn ogen als een kaartenhuis in elkaar was gestort.

Nog altijd haatte hij Anton voor de streek die hij hem had geleverd, en nog altijd was hij vastbesloten om zijn gram te halen. Maar vanaf nu zou hij zich niet langer door zijn haat laten verteren. Van nu af aan zou hij zijn energie op een positieve manier aanwenden.

Morgen zou hij zijn businessplan op papier zetten.

Niks werk zoeken.

De volgende keer dat hij Miguel Munoz zou treffen, zou hij, Lucas, de eigenaar, en niet de manager zijn; geen 'betaalde werknemer' zoals Honor hem treiterend voor de voeten had geworpen, maar eigenaar van het beste tophotel ter wereld.

'Luxe,' mompelde hij zacht. Zelfs de klank van het woord monterde hem op.

'Wat zei je?' vroeg de verpleegkundige. 'Herinner je je iets?'

'Ja,' antwoordde Lucas met een glimlach. 'Ja. Zowaar herinner ik me iets.'

18

Honor bekeek haar kapsel in de liftspiegel en friemelde zenuwachtig met haar manchetknopen van zilver en topaas. Officieel werd je geacht op een bruiloft geen wit te dragen, tenzij het je eigen bruiloft was, maar ze hoopte dat haar broekpak van Marni voor beigegrijs zou kunnen doorgaan. Misschien gold die regel van wit niet voor broekpakken? Of wie weet was een broek wel helemaal not done op een bruiloftsfeest. O shit, stel dat het waar was. Was ze maar niet zo verdomd zenuwachtig.

De Burnstein-trouwerij was het eerste grote *social event* dat ze sinds de schandalen van afgelopen jaar had beloofd bij te wonen. Toen de stijve witte uitnodiging in haar In-bakje in het Palmers was beland, was haar eerste impuls geweest om deze af te wijzen, zoals ze alle invitaties had afgewezen sinds haar verhouding met Devon en Tina's tape in de openbaarheid waren gekomen. Maar door een reeks van dingen was ze van gedachten veranderd. Ten eerste waren de families Burnstein en Palmer al generaties lang met elkaar bevriend. Al sinds de basisschool waren Honor en Arabella, Minty's oudere zusje, vriendinnen geweest, en ze kende de bruid dus al sinds haar geboorte. Ten tweede had Billy Malone, haar ex-hoogleraar, ex-minnaar en beste vriend, de week dat de uitnodiging arriveerde bij haar in het Palmers gelogeerd en hij had haar even flink de les gelezen over dat ze zich laf opstelde.

'Luister eens, Howard Hughes,' had hij haar streng toegesproken. 'Dit hele kluizenaarsnummertje dat jij opvoert, moet ophouden. Als jij zo doorgaat, slaap je straks in een zuurstoftent en vertel je iedereen dat je katten als je kinderen zijn. Ga naar die verdomde bruiloft, oké?'

Maar een telefoontje van een andere oude vriendin uit Boston, over dat Devon en Karis Carter, die ook kennissen van de Burnsteins waren, dat weekend in Azië zouden zijn en daarom níét op het feest, gaf de doorslag.

Desondanks, zo dacht ze, terwijl ze zich afvroeg of de aquamarijnen hak die onder de zoom van haar wijd uitlopende broek schitterde misschien niet iets te veel van het goede was, zou deze dag een beproeving worden. Al die vragen, die als sympathie vermomde nieuwsgierigheid, de starende blikken… Ze zag er erg tegen op.

Met het publieke einde van haar liefdesverhouding met Devon had Honors zelfvertrouwen een dieptepunt bereikt. Ze kon best begrijpen dat hij zijn gezin wilde beschermen. Immers, zij had al háár energie gestoken in haar poging om het Palmers tegen de gevolgen ervan te beschermen (hoewel het haar weinig opleverde). Zelfs zij zag wel in dat het redden van een hotel nauwelijks te vergelijken was met het redden van een huwelijk.

Maar niets had haar voorbereid op de kille manier waarop hij haar van de ene op de andere dag gewoon uit zijn leven had gebannen. Nadat de storm enigszins geluwd was, had ze gehoopt op een telefoontje van hem. Ze verwachtte heus geen koerier met een bloemetje, een simpel 'trek je het een beetje?' zou voldaan hebben. 'Het spijt me' zou nog beter zijn geweest. Maar een oorverdovende stilte was het enige wat ze kreeg.

Vanwege alle opwinding over Tina kreeg het verhaal van hun verhouding geen kans om in de media een natuurlijke dood te sterven. Elke keer dat Tina weer een interview weggaf (wat om de week het geval was – ze wist wel hoe je een verhaal kan uitmelken), werden de namen van Honor en Devon weer opgerakeld. Honor voelde zich machteloos. Haar leven, haar hartzeer, werd opgediend als de glanzende kers op Tina's zelfgemaakte soapserie-ijscoupe, waar mensen van konden smullen wanneer ze maar wilden.

Om alles nog erger te maken verscheen er het ene na het andere artikel waarin Honor werd afgeschilderd als de hoer van Babylon, de manipulerende gezinsverwoester. Iedere lezer zou hebben gedacht dat ze Devon had gedrogeerd, een mep op zijn hoofd had gegeven en hem het bed in had gesleept om hem te verkrachten.

Niet één keer verdedigde hij haar of wees hij de pers terecht. Niet één keer belde hij. Toen het menens was geworden, had hij haar in de steek gelaten en zonder een blik achterom hun relatie verbroken. En hij meed Honor als de pest.

Nu, een half jaar later, was ze over haar hartzeer heen. Min of meer. Wat bleef was de aan haar knagende twijfel die ontstaat wanneer je iemand eerst blind vertrouwt en je vervolgens zo diep wordt teleurgesteld. Ze had altijd gevonden dat ze mensenkennis had. Kennelijk had ze zichzelf voor de gek gehouden. Toen het er echt op aankwam, was haar zogenaamde intuïtie geen bal waard geweest.

Wat zonde was, want op dit moment had ze die intuïtie meer dan ooit nodig. Met het Palmers ging het inmiddels van kwaad tot erger, en ze had geen idee hoe ze het tij kon keren. Na de opening van het Herrick had ze om te overleven op differentiatie gegokt en had ze de troef 'oud geld, behoudend' uitgespeeld. Tot op het moment dat het schandaal losbrak, was dit gelukt. Maar nu was haar strategie juist tegen haar gaan werken. Haar hotelgasten waren wel de laatsten op aarde die zich door beruchtheid lieten aantrekken; dit was het slag mensen dat zijn kinderen na één trekje aan een joint naar een afkickcentrum stuurde. Wat seksueel liberalisme betrof, beschouwde het gros van hen huwelijksrelaties zelfs met weerzin, laat staan orgieën met vier lesbo's in één bed of op film vastgelegde sm-shows. Nu haar trouwste gasten het in drommen lieten afweten, had Honor geen andere keus dan het over een andere boeg te gooien en te mikken op het jongere, hippere publiek dat zich normaliter meer tot het Herrick aangetrokken voelde. Maar voor die mensen was het Palmers het nieuwste op het gebied van bedompte bekrompenheid. Het was een klassieke verlies-verliessituatie.

Met een verontrustend onverwachte schok kwam de lift tot stilstand, maar na een paar zenuwslopende seconden gleden de deuren toch open en stapte Honor de gang in.

Met zijn ongelofelijke vergezichten, hemelhoge plafonds en ronddraaiende dansvloer was restaurant Rainbow Room op de vierenzestigste verdieping van Rockefeller Plaza nummer dertig het toppunt van klassieke New Yorkse chic. Het was schaamteloos ouderwets – meer Rat Pack dan *Sex and the City* – maar goed, Honor zou Sinatra altijd maar wat graag boven Carrie Bradshaw verkiezen. Kennelijk dachten de Burnsteins er net zo over.

Op een mooie heldere dag kon je van hier boven elke vierkante centimeter van Manhattan zien, maar vandaag hingen de maartse wolken laag en zwaar boven de stad, en wat normaal het uitzicht zou zijn, werd nu gesmoord in de mist.

Honor zuchtte. Wat jammer.

'Mevrouw, ik zou u graag een glas champagne aanbieden,' zei een oudere ober in avondkleding die opeens naast haar was verschenen, 'maar ik vrees dat de dienst op het punt staat te beginnen. Misschien wilt u achterin zachtjes aansluiten?'

Het was een aardige man, met het air van iemand die deel uitmaakt van het meubilair, zoals je vaak zag bij personeel in voorname oude restaurants. Honor vermoedde dat hij hier zijn hele leven al had gewerkt.

'Hemeltje. Ik dacht dat ik vroeg was.' Een blik op haar horloge leerde haar te laat dat het stilstond. Antieke troep. 'Niet te geloven dat ik te laat ben voor een bruiloft! Misschien wacht ik dan maar tot het afgelopen is. Ik vind het vreselijk om de plechtigheid te verstoren.'

'Wachten tot het afgelopen is? U bedoelt de ceremonie missen?' De oude man oogde ontsteld. 'Onzin, mijn lieve, daar komt niets van in. Kom maar mee. Ik loods u wel stilletjes naar binnen.'

In het voorvertrek annex geïmproviseerde kapelletje vocht Lola tegen een serieuze giechelaanval.

'Schop me!' siste ze tegen Sian met een zenuwtrek om haar mond. 'Knijp me. Doe iets. Ik zweer het, straks heb ik het niet meer.'

Maar Sian verging het niet veel beter. Ze had het te druk met het verbijten van haar eigen lachbui om Lola te kunnen helpen. De dienst was zo onbeschrijfelijk zouteloos, ongelofelijk tenenkrommend burgerlijk, dat hij net zo goed door Philadelphia-kaas gesponsord had kunnen worden. Ze wist niet zeker wat ze dan had verwacht van een highsocietybruiloft in New York, maar in elk geval niet dit.

Om te beginnen was de bruid gearriveerd in een jurk die zo extreem wijd was dat ze zelfs niet door de speciaal gebouwde rozenhaag paste. Na veel chagrijnige blikken, geduw en getrek was ze gedwongen geweest om zichzelf in de achteruit te zetten terwijl de boog werd ontmanteld en de organist in die vijf minuten lange vertoning statig 'Daar komt de bruid' speelde.

'De ontwerper van die jurk moeten ze afschieten,' fluisterde Lola in Sians oor terwijl Minty, met een kop zo rood als de rozen in haar bruidsboeket, eindelijk in de richting van het altaar schreed. 'Ze lijkt op een poedel die een handgranaat heeft ingeslikt.'

De opmerking markeerde het begin van de giechelaanval van de meiden. Maar het waren de geloften die het tweetal pas echt te veel werden. Bruid en bruidegom hadden ieder hun eigen woordje geschreven.

'Ik hou van je als de sterren van de maan houden,' droeg Stavros de bruidegom monotoon voor, maar hij had tenminste het fatsoen om er gegeneerd bij te kijken. Minty, daarentegen, trok zo overdreven geestdriftig van leer dat de hele kapel ineenkromp: 'Ik ben jou. Jij bent mij. Wij zijn één,' blaatte ze.

'Ze klinkt als een godvergeten parfumreclame,' giechelde Sian.

'Zo ruikt ze ook,' vulde Lola aan. 'Die arme rabbijn moet bijkans flauwvallen. De verstikkingsdood in eeuwigheid, amen. Ik durf te wedden dat dit een medische primeur is.'

Nog afgezien van de hilariteitswaarde was Lola blij dat ze gekomen was, en zelfs nog blijer dat ze hier met Sian was en niet met Igor het Ego. Nick had op het allerlaatste moment verstek laten gaan, een extra meevaller – kennelijk zou de wereld van de e-commerce knarsend tot stilstand komen als hij een weekend vrij nam – maar haar ouders hadden de roddels getrotseerd en zaten twee rijen voor haar en Sian. Ze zag dat ze zowaar elkaars hand vasthielden, wat haar een vreemd maar diepgelukkig gevoel bezorgde. Dat gezegd hebbende: haar vader oogde wel zorgelijk. Hij was magerder geworden, en ook kaler. Het afgelopen half jaar had duidelijk zijn tol geëist, niet dat hij het niet had verdiend. Maar haar moeder zag er veel beter uit dan de laatste keer dat Lola thuis was geweest. Ze was niet langer net een geraamte, maar aantrekkelijk slank, en haar wangen hadden eindelijk weer iets van hun vroegere kleur en gloed. Fijn om te zien.

'Hé.' Sian boog zich voorover en fluisterde in haar oor. 'Moet je kijken. Op twee uur: Superman kan zijn ogen niet van je afhouden.'

Lola keek even over het gangpad rechts van haar. Een lange man, begin twintig schatte ze, met een dikke bos gitzwart haar en een bril die echt hele-maal Christopher Reeve was, liet zijn radioactieve glimlach zien – ze glimlachte terug.

'Hij is lief,' zei Sian met een por in haar ribben.

'Ja, echt wel, hè?' reageerde Lola met een grijns van oor tot oor. Deze bruiloft begon steeds beter te worden. 'Verkocht aan het meisje dat al in een week geen beurt meer heeft gehad.'

'Een wéék?' vroeg Sian op hardere toon dan ze had bedoeld, zodat ze het moest verdraaien tot een hoestbui toen sommige aanwezigen zich omdraaiden en haar kwaad aankeken. 'Jezus. Ik heb al sinds afgelopen zomer geen beurt meer gehad. O mijn god. Over afgelopen zomer gesproken…'

'Wat?' vroeg Lola.

'Goed, nu niet hysterisch worden.' Sian legde alvast een hand op Lola's arm om haar in bedwang te houden. 'Maar Honor Palmer is net binnengekomen.'

'Nee!' Lola trok wit weg en tuitte woest haar lippen. 'Daar heeft ze het lef niet voor!'

Voor de tweede keer draaiden tientallen mensen zich om terwijl Lola verontwaardigd haar stem verhief. Een van hen was Devon, die eerst zijn dochter kwaad aankeek, maar wiens frons vervolgens snel veranderde in een blik van pure paniek nu hij Honor in het oog kreeg, die als een spookbeeld achter in de zaal zweefde.

Ook Lola keek om en schonk Honor een moordzuchtige blik. Maar ze had geen moeite hoeven doen. Honor had enkel oog voor Devon.

Dit kon niet waar zijn.

Hoe kon hij hier zijn? Hóé? Hij hoorde in Azië te zitten.

Devon hervond zijn kalmte en keek weer voor zich, zodat ze nu naar zijn brede, in smoking gehulde rug staarde. Opeens leek hij hevig gefascineerd door de ceremonie, die inmiddels de fase van het uitwisselen van de ringen had bereikt. Alleen zijn verstijfde schouders en de gespannen armspieren terwijl hij Karis' hand vastgreep, verrieden zijn innerlijke onrust. Ondertussen maakte Honors eigen maag een salto mortale. Kon ze maar wegsluipen! Maar de dubbele deuren achter haar waren hermetisch afgesloten, en ze nu opendoen zou alleen maar tot meer beroering leiden. Er zat niets anders op dan te wachten tot het voorbij was.

Na wat op een eeuwigheid leek, werd Stavros eindelijk uitgenodigd om zijn bruid te kussen, en het omvangrijke, in kant verpakte schuimgebakje dat nu de nieuwe mevrouw Minty Pavlos was, waggelde over het gangpad terug naar de hal. Honor sprong overeind en wilde achter haar aan stormen, maar voordat ze haar ontsnapping in gang kon zetten werd ze tot haar ontzetting door Arabella, de bruidsjuffer, onderschept.

'O, Hon, ik ben zó blij dat je het hebt gehaald. Maar jeetje, wat ben jij dun geworden, zeg,' zei ze terwijl ze Honor stevig omhelsde.

'Weet ik.' Honor deed haar best te glimlachen. 'Het is een stressjaar geweest.'

'Nou, vast wel,' zei Arabella begripvol. 'Ik vond het zo rot om dat over je vader te horen. En ook... dat andere gedoe.'

'Dank je.' Honor keek smachtend naar de uitgang, maar die was nu dichtgeslibd met vertrekkende gasten. Gelukkig leken Devon en Karis hun eigen ontsnapping al veilig te hebben gesteld.

'Bitch!'

Honor schrok op nu Lola, een rood aangelopen visioen van gerechtvaardigde verontwaardiging, op haar afbeende en haar tegen de muur duwde.

'Wat is dit in vredesnaam...? Hoe durf je!' reageerde Arabella, die tussen de twee in stapte. 'Waar ben je mee bezig? Dit is de bruiloft van mijn zus, geen kroegenfeest!'

'Ik heb het niet tegen jou,' siste Lola onbeleefd, terwijl ze opnieuw een uitval deed naar Honor. Haar roodbruine krullen, die even geleden nog tot een ingewikkeld bouwwerk waren gespeld, braken nu los uit hun beteugeling en rolden als lava over haar schouders. In haar korte, groene jurk van tafzijde en geen andere sieraden dan een prachtig paar oorbellen met smaragden en diamanten, die wild heen en weer slingerden nu ze naar voren sprong, zag ze er angstaanjagend maar verbluffend mooi uit. Op een of andere manier leek ze ook een stuk ouder dan Honor zich haar kon herinneren. Het onschuldige meisje van afgelopen zomer, het kind van wie Honor had gevreesd dat Lucas Ruiz haar zou bezoedelen, was in een volwassen jonge vrouw veranderd.

'Lola, luister naar me. Ik wist niet dat je ouders zouden komen,' legde ze uit. 'Mij was verzekerd dat ze in Azië zaten. Anders zou ik de uitnodiging nooit hebben aanvaard.'

'Ja, hoor!' brieste Lola. 'Godvergeten leugenaar.'

Arabella Burnstein was een sterke vrouw, maar zelfs zij had moeite om het katje Lola, dat wild uithaalde naar Honor, in bedwang te houden. Ze was de te hulp schietende Sian dan ook erg dankbaar.

'Hoor eens, het spijt me.' Een zichtbaar aangedane Honor barstte bijna in tranen uit. 'Ik ga weg, oké? Ik ga wel gewoon weg.'

'Daar komt helemaal niets van in,' sprak Arabella vastberaden. 'Jij bent hier een gast – míjn gast – en als je niet voor de receptie blijft, ben ik diep beledigd. Honor, jij hebt niets verkeerd gedaan.' Woest keek ze Lola uitdagend aan.

'En of ze dat heeft gedaan!' brulde Lola. 'Ze heeft alléén maar verkeerd gedaan. Bitch!'

Eindelijk wist Sian haar weg te trekken en via de gang naar de bar te loodsen voordat het echt uit de hand kon lopen.

'Echt, Bels,' zei Honor. Ze stond nog steeds te beven. 'Ik voel me niet op mijn gemak. Ik ga liever.'

'Luister,' zei Arabella vriendelijk, 'als je nu weggaat, zou je daarmee toegeven dat je inderdaad huwelijken kapotmaakt, zoals Devon iedereen wil laten geloven. Hij was degene die zijn gelofte brak, lieverd, niet jij. Laat hij maar weggaan als hij wil.'

'Maar... ik kan hem niet ontlopen. Straks bij het diner. En Lola zal het niet over d'r kant laten gaan. Ik wil Minty's grote dag niet verpesten.'

'Zit nu maar niet in over Lola. Ik ga zo wel even een woordje met haar wisselen. Als het moet, gooi ik haar er gewoon uit. En Devon hoef je helemaal niet te zien als je dat niet wilt. Er zijn meer dan duizend mensen op de receptie en toevallig weet ik dat jouw tafel zo ver mogelijk van de zijne staat.'

Honor leek nog te twijfelen.

'Kom op,' zei Arabella en ze nam haar bij de hand. Op een paar achterblijvers na waren ze de laatsten in de kapel. 'Je zult toch een keer uit je schulp moeten kruipen. Waarom dan niet nu? Ik laat Johnny een joekel van een martini voor je maken en daarna lopen we met opgeheven hoofd die danszaal in, oké?'

Honor knikte bedeesd.

'Mooi,' zei Arabella. Ze zou een geweldige stafchef van het Witte Huis zijn. Of hoofdcoach in een zomerkamp voor afvallers. 'Kom maar mee.'

De dienst zelf was dan misschien meer farce dan fantastisch geweest, de receptie was een heel ander verhaal. Na eerst Lola veilig bij de bar aan de hoede van twee bruidsjonkers te hebben toevertrouwd (die, niet verrassend, maar wat blij waren om zich de rest van de avond te mogen ontfermen over een oogverblindende roodharige die zich enthousiast op de sterkedrank wierp), begaf Sian zich in de menigte om sterren te spotten. Zelfs in het Palmers had ze niet zo veel beroemde, rijke mensen in één ruimte bij elkaar gezien. De beau monde, actrices, politici, modeontwerpers: iedereen was er. De sexy Sophia Coppola hing ergens in een hoekje, terwijl verderop de Clintons met wat oude bekenden babbelden. En op amper drie meter van haar stond Donna Karan, Lola's rolmodel sinds jaar en dag, die in haar eenvoudige, als krimpfolie om haar rondingen gehulde, nachtblauwe jurk schoonheden van half haar leeftijd in de schaduw stelde.

Tegen de tijd dat het diner werd opgediend, tolde Sians hoofd van alle namen en opgevangen flarden van gesprekken. Had ze haar aantekenboekje maar bij zich! Toch, met een beetje geluk zou ze zich straks genoeg herinneren om een geestig stukje te schrijven dat ze meteen na terugkeer in Londen aan de *Daily Mail* kon slijten. De Britten deden wel alsof ze niet geïnteresseerd waren in de New Yorkse scene – sinds Bush aan de macht was, kon je het anti-Amerikanisme in Londen als een overrijpe gorgonzola ruiken – maar onder die schijn van veroordeling waren uitgevers nog altijd happig op artikelen van insiders, vooral als ze een redelijke kijk op celebrity's hadden.

Sian nam plaats aan tafel en zocht vergeefs naar Lola aan de bar, maar die leek in rook opgegaan.

'Hallo.'

Ze keek op en zag dat Superman de plaats naast haar had ingenomen.

'Blijft je vriendin niet voor het eten?' Wat verloren gebaarde hij naar de lege plek tegenover Lola's naambordje.

'Ze zou wel blijven.' Sian haalde haar schouders op. 'Ze kampt vanavond met een microcrisis. Familieproblemen. Ik heb haar net bij de bar achtergelaten, maar ze lijkt zonder toestemming te zijn afgetaaid.'

Zijn gezicht betrok, zo lief, dat Sian moest lachen. Hij leek opeens niet ouder dan een jaar of twee.

'Ik zou me niet druk maken,' stelde ze hem vriendelijk gerust. 'Ze duikt wel weer op. Als je je er beter door voelt, ze heeft al gezegd dat ze je leuk vindt.'

'Echt waar?' De pruilmond verdween en zijn gezicht straalde weer.

Smoesjes gingen hem blijkbaar slecht af, wat na de schijnheilige klojo's met wie Lola normaal uitging wel zo verfrissend was. Sian mocht hem al meteen.

'Op mijn erewoord,' verzekerde ze hem. 'Ze vindt je leuk. Maar voorlopig zul je het met mij moeten doen, vrees ik. Sian Doyle.' Ze stak haar hand uit.

'Och, het spijt me,' stamelde hij. 'Wat onbeleefd van me, ik heb me niet eens voorgesteld.' Zijn accent klonk geschoold, maar was zwaar genoeg om niet verwijfd te klinken. 'Ik ben Marti. Gluckman. Echt, ik schaam me rot. Normaal gedraag ik me niet als een...'

'Verliefde tiener?' vulde Sian aan.

'Was het echt zo erg?' Marti bloosde zelfs nog dieper rood.

'Ben bang van wel.'

'Het is gewoon dat je vriendin zo'n... fascinerende verschijning is,' zei hij dromerig.

'Dat hoor ik wel vaker, ja.'

'Na de dienst kon ik haar nergens vinden, maar een man vertelde me hoe ze heet. Dus ik ging snel alle tafels af om te kijken waar ze zat, wat overigens meer lichaamsbeweging is dan ik in jaren heb gehad. Heb je al gezien hoeveel mensen er zijn? Godvergeten parasieten.'

Sian lachte.

'Maar goed, toen ik haar eindelijk had gevonden moest ik een of andere maffe Armeniër smeken om met mij van plaats te ruilen – ik weet niet, zijn Engels was niet zo best. Volgens mij dacht hij dat ik na afloop met hem naar bed wilde of zo, maar hoe dan ook, hij verkaste. Maar nú...' hij zuchtte eens diep en haalde weer adem, '... is ze hier niet. Hoewel,' voegde hij er haastig aan toe, 'het natuurlijk heel leuk is om met jou kennis te maken, Sian Doyle.'

Ondanks dit weinig goeds voorspellende begin kletsten de twee er al snel als twee oude bekenden op los. Pas toen Marti er even voor een sanitaire stop tussenuit kneep, realiseerde Sian zich dat ze het meisje aan haar andere zijde volledig genegeerd had.

'Hoi,' zei ze terwijl ze zich omdraaide en pas nu zag dat het meisje zowaar het uiterlijk van een supermodel had. Haar dikke zwarte haar klokte als stroop van haar blote rug, het enig zichtbare bloot in haar tot de vloer reikende, brandweerrode jurk, en haar huid had die verrukkelijke, zachte, melkchocoladebruine tint die zo uniek is voor Zuid-Amerikaanse vrouwen. Met haar weelderige figuur, haar grote, hazelnootbruine ogen en volmaakte, natuurlijk volle lippen oogde ze helemaal als de Incaprinses uit de verhalen.

Sian wilde al meteen de pest aan haar hebben, maar ze bleek heel charmant, gewoon om gek van te worden.

'Ik zou mezelf wel eerder hebben voorgesteld,' zei ze met een verlegen glimlach, 'maar jij en je vriendje leken een beetje, je weet wel... in beslag genomen. Ik wilde geen stommiteiten begaan.'

'O,' lachte Sian, 'hij is mijn vriendje niet, hoor. Eigenlijk hebben we elkaar net leren kennen. Hij wil mijn vriendin versieren, maar ze is al door meneer Jack Daniels aan de haak geslagen, en dus was die arme jongen met mij opgescheept.'

'O?' reageerde het meisje. 'Nou, hij leek het anders reuze naar zijn zin te hebben. Overigens, ik ben Bianca.'

'En ik ben Sian. Vertel, ben je een vriendin van de bruid of van de bruidegom?'

'Van geen van beiden,' antwoordde Bianca, waarop ze een Marlboro opstak, diep inhaleerde en de rook vervolgens in een volmaakte 'o' door haar geronde lippen uitblies. Al diegenen die zeiden dat roken een vieze, niet-sexy gewoonte was, hadden het Bianca zeker nooit zien doen. 'Mijn vriendje is weer een vriend van Stavros. Een kennis, eigenlijk. We zouden samen komen, maar hij had een of andere crisis op het werk, zoals gewoonlijk, en dus ben ik hier, alleen. Alwéér. Ik ken hier níémand.'

'Ik ook niet,' zei Sian terwijl ze haar benen weer over elkaar sloeg en haar stoel iets dichter naar haar nieuwe vriendin toe schoof. 'Lola, het meisje over wie ik het net had – haar familie kent de Burnsteins. Ik ben alleen maar meegekomen.'

'Nou, in dat geval moeten we maar bij elkaar blijven,' opperde Bianca stralend.

Voor zo'n mooie meid was ze echt ontwapenend aardig.

Marti's gang naar de toiletten leek een enkele reis te zijn geworden. De rest van het diner babbelden de twee meiden er vrolijk op los en spuiden ze hun ongezouten kritiek op de meer extravagante modeslachtoffers die als te opzichtig geklede lucifershoutjes rondbanjerden. Daarna vertelden ze elkaar kort samengevat hun eigen levensverhaal. Bianca, verrassing verrassing, was fotomodel en verdeelde haar tijd tussen New York en Londen. Daarbij vergeleken voelde Sians eigen leven zo saai dat ze het meeste oversloeg en in plaats daarvan haar nieuwe vriendin vertelde over haar vriendschap met Lola, en over de achtergrond van het drama met Honor Palmer zo-even in de kapel.

'En dus,' voltooide ze haar verhaal ten slotte, terwijl ze de laatste kruimels van haar zalige dessert met pecannoten opschrokte, 'toen Lola Honor hier zag binnenwandelen, kun je het je wel indenken. Ze ging helemaal door het lint.'

'Verrast me niet,' zei Bianca meelevend. 'Wat een lef, om zo te komen opdagen! Ik heb haar nooit ontmoet, maar heb wel veel over haar gehoord – vooral de slechte dingen. Maar ze is erg mooi,' voegde ze eraan toe terwijl ze haar blik door de zaal naar tafel 1 liet glijden, waar Honor haar hoofd in haar nek wierp en om een of ander grapje van de bruid lachte.

Met haar broekpak was Honor voor deze gelegenheid nogal ingetogen gekleed, maar op een of andere manier diende die eenvoud slechts om haar unieke gezicht met zijn prachtige, havikachtige trekken beter te doen uitkomen.

'Ik kan wel zien waarom de vader van je vriendin voor haar viel,' merkte Bianca op.

Ze is niet half zo mooi als jij, dacht Sian.

Honor leek het advies van Arabella om zich, ondanks Lola's hysterische optreden, te amuseren ter harte te hebben genomen. Dit in tegenstelling tot Devon, die gezeten naast Karis aan het andere eind van de dansvloer, zo zag Sian, ongeveer net zo vrolijk keek als een gevangene voor het vuurpeloton.

'Eigenlijk kent mijn vriendje haar wel een beetje,' zei Bianca.

'Honor?' Sian staarde nog steeds naar Lola's ouders en luisterde maar met een half oor.

'Ja. Hij liep haar afgelopen zomer in de Hamptons tegen het lijf. Een paar keer zelfs, geloof ik.'

'Echt waar?' vroeg Sian. 'Wat grappig. Ik heb daar in die periode zelf gewerkt. In het Palmers. Wat is de wereld toch klein, hè?'

Bianca knikte. 'Mijn vriendje logeerde in het andere hotel, niet in het Palmers. Je weet wel, dat nieuwe.'

'Het Herrick.'

'Ja. Zijn beste vriend runde het toen nog.' Bianca nam een flinke slok van haar champagne. 'Nu dus niet meer, maar dat is een heel ander verhaal.'

Sians hart sloeg een tel over. 'Je bedoelt Lucas? Is Lucas Ruiz de beste vriend van jouw vriendje?'

'Klopt,' reageerde Bianca. 'Na zijn ontslag wilden veel mensen hem niet meer kennen. Maar Ben heeft nooit een kwaad woord over hem te zeggen. Hij is echt een trouwe vriend.'

'O, ja,' zei Sian op bittere toon terwijl ze een misselijk gevoel voelde opkomen. 'Ben Slater is best een trouwe vriend. Zolang je maar een vent bent.'

Bianca's ogen sperden zich wijd open. 'Ken jij Ben?'

Sian kon zichzelf wel voor het hoofd slaan. Waarom kon ze niet gewoon haar klep houden?

'Eh, ja,' gaf ze toe. 'Ik heb hem gekend. We gingen eigenlijk met elkaar om.'

'Echt waar?' Bianca oogde oprecht verrast. 'Ben heeft me nooit verteld dat hij daar een vriendinnetje had.'

'Ach, het was niet serieus,' haastte Sian zich te zeggen. 'Eerlijk. Het was heel kort. Het stelde niets voor.'

Ze had geen zin om over Ben haar hart uit te storten. Bianca was een lieve meid, maar dat ze zelf voor zo'n onvergelijkbaar bloedmooi iemand was ingeruild, deed nog steeds pijn – en dat Ben hun relatie niet eens belangrijk genoeg had gevonden om het tegen zijn nieuwe vriendin te vertellen... Opeens voelde ze haar zelfvertrouwen als lucht uit een lekke ballon weglopen.

Ze zette een nepglimlach op en gaf zichzelf een reprimande. Ben was dus verdergegaan. Natuurlijk. Nou en? Dat was toch nauwelijks nieuws te noemen. Het was immers een half jaar geleden, en ze waren maar een paar weken met elkaar uit geweest. Bovendien, wat kon haar het schelen wat hij uitvoerde of met wie hij was? Hij had haar ervan beschuldigd dat ze op zijn geld uit was geweest, laten we dat even niet vergeten, en iemand als Lucas Ruiz eerder geloofd dan haar. Volgens Bianca waren hij en Lucas nog steeds de beste maatjes. Wie had hem nodig?

'Luister, laten we het niet over Ben hebben, oké?' vroeg ze. 'Ik hoor liever wat meer over je modellenwerk. Zijn die agenten echt zulke viespeuken als iedereen beweert?'

Bianca glimlachte. Kennelijk wilde ze het onderwerp net zo graag laten voor wat het was als Sian.

'Schat,' zei ze op een samenzweerderig toontje, 'je hebt echt geen idee.'

Ondertussen, in een berghok van de conciërge naast de damestoiletten, had Lola Carter zich schrijlings boven op Marti laten zakken. Ze kromde haar rug en spande haar spieren strak om zijn pik terwijl ze klaarkwam.

'Ssst,' lachte hij met een hand voor haar mond om haar luidruchtige kreunen te smoren. 'Straks hoort iemand ons nog.'

Slechts heel even had Marti zich schuldig gevoeld dat hij misbruik maakte van een meisje dat hij pas net had leren kennen, en dat duidelijk straalbezopen was. Maar nadat Lola zijn kleren van zijn lijf had gescheurd en hem als een hongerend dier had besprongen, waren zijn bedenkingen snel afgenomen. Nu hij in verrukking naar haar verhitte, gelukkige, postorgastische gezicht staarde, was het hem duidelijk dat ze een jongedame was die precies wist wat ze wilde.

Ze duwde een paar op elkaar gestapelde stoelen opzij, die met een oorverdovend lawaai op de grond kletterden, ging languit op haar rug liggen en spreidde haar benen nog wijder terwijl ze zijn achterste vastgreep en hem smachtend in zich trok.

'Nu ben jij aan de beurt,' zei ze grijnzend.

Met haar rode haar, dat als een aureool haar hoofd omkranste, en haar groene jurkje dat tot haar middel was afgestroopt om haar twee royale borsten, rond en rijp als grapefruits, te onthullen, vormde ze een visioen van begeerlijkheid. Marti was terecht trots op zichzelf dat hij dit moment zo lang had weten uit te stellen, maar nu had hij geen greintje zelfbeheersing meer in zijn lijf. Hij sloot zijn ogen, gaf zichzelf over aan de glibberige, gulzige warmte van haar lichaam en kwam klaar, waarbij hij zo hard in haar stootte dat ze over de linoleum vloer gleed en met haar schedel tegen de achterwand van de kast bonsde.

'Au,' giechelde ze en ze wreef zich over haar hoofd terwijl ze met tegenzin onder hem vandaan wriemelde.

'Sorry,' zei Marti. Hij boog zich voorover en kuste teder de bult op haar voorhoofd.

Lola glimlachte. Ze keek toe hoe hij zijn broek weer aandeed, zijn rits omhoogtrok en zijn verwarde haardos probeerde te fatsoeneren, en voelde gek genoeg genegenheid voor hem. Van onenightstands maakte ze doorgaans geen gewoonte, om maar te zwijgen van het in een donkere hoek sleuren en aanranden van mannen die ze buiten voor het damestoilet tegen het lijf liep. Maar de combinatie van de whisky, de onverwachte komst van Honor en Marti's buitengewone aantrekkelijkheid leek een aanval van tijdelijke krankzinnigheid te hebben veroorzaakt.

'Waarschijnlijk vind je me nu een echte slet, of niet?' vroeg ze terwijl ze haar jurk gladstreek en in het halfduister naar haar schoenen grabbelde.

'Hoezo "vind" ik dat?' reageerde Marti. 'Ik wéét dat je een sletje bent. Ik beschik over bewijzen uit de eerste hand.'

Ze stond paf. Dat meende hij toch zeker niet? Maar ze ontspande nu ze zijn arm om haar middel voelde. Het volgende moment werd ze overweldigd door een hartstochtelijke kus op de mond.

'Het is een compliment,' fluisterde hij terwijl hij weer overeind kwam. 'Ik ben dol op sletjes. Echt, heel erg. Je hebt geen idee.'

Lola slaakte een vette giechel. Het leven was zo bizar. Amper een uur geleden had ze snikkend bij een glas whisky gezeten en mannen voor eeuwig vervloekt. En nu zat ze hier, helemaal in de wolken, halfnaakt in een bezemkast met een volslagen vreemde.

De bruidsjonkers van Stavros hadden haar om elf uur eindelijk aan de bar achtergelaten. Zelfs mooie meiden werden vervelend wanneer ze niet ophielden met janken. Ondertussen leken haar ouders te zijn vergeten dat ze hier zat – geen van beiden was even hallo komen zeggen. Sian had zich onder de gasten begeven en had het prima naar haar zin, en die trut van een Honor Palmer zat zo verscholen te midden van de familie van de bruid dat Lola nooit bij haar in de buurt had kunnen komen, zelfs als ze nuchter was geweest. Wat ze dus niet was. Als ze niet zo vreselijk had moeten plassen was ze waarschijnlijk aan de bar in elkaar gezakt waar de jonkers haar hadden achtergelaten. Maar Cupido, het lot én een zwakke blaas hadden samengespannen om haar en Marti bij elkaar te brengen. En nu had hij haar uit haar ellende verlost, net als de echte Superman.

'Luister,' zei hij terwijl hij de kastdeur op een kier opende om te kijken of de kust veilig was. Ze hoorden de hora, de traditionele joodse bruiloftsdans, die een deur verderop in volle gang was. 'Hoe het met jou zit, weet ik niet, maar ik ben die bruiloft zat. Jij wilt er zeker niet tussenuit knijpen naar mijn woning?'

'Zeker niet,' zei Lola plagerig. 'Van mijn moeder mag ik nooit met vreemden meegaan. Voor hetzelfde geld ga je me met een bijl te lijf.'

'Wie, ik? Echt niet,' zei hij met een kneepje in haar hand. 'Ik ben een vreselijke lafbek. Val al flauw als ik een druppel bloed zie. Ik ben meer het type van arsenicum en het verstikken met een kussen.'

Lola giechelde.

'Dus, kom je nu mee of niet?'

'Ja, graag,' zei ze en ze kuste hem weer.

Hij zag er dan misschien niet zo goed uit als Lucas, of zelfs Igor. Maar hij was tig keer zo leuk en aardiger. Plotseling verlangde ze ernaar om morgenochtend naast hem wakker te worden en als een oud getrouwd stel in bed bagels te eten. Sian zou zelf wel de weg terug naar het hotel kunnen vinden.

Marti nam haar bij de hand en stond op het punt om de gang op te glippen toen een paar luide stemmen hen opeens terug deden deinzen. Lola voelde haar hart in haar keel kloppen en kneep nog harder in Marti's hand. Ze herkende die stemmen. Het waren die van haar vader en Honor Palmer.

'Omdat ik je mis,' zei Devon, 'daarom. Jezus, Honor, kunnen we niet eens meer met elkaar praten?'

'Nee.' Honor klonk furieus. 'Dat kunnen we niet. Je hebt verdomme wel lef, Devon Carter. Laat me godverdomme met rust, oké?'

Devon greep haar bij de hand en sleurde haar mee naar de zijgang pal tegenover de kast waar Lola verstopt zat.

'Achteruit!' siste Lola tegen Marti. Hij gehoorzaamde en trok de deur tot op een kiertje zodat Lola nog steeds kon zien wat er gebeurde.

Honor, inmiddels zonder jasje, oogde zo petieterig in haar bruingroene shirt en broek dat ze bijna een kind geweest kon zijn. Ze was altijd al magertjes geweest, maar Lola zag nu dat ze zelfs nog meer afgevallen was. Haar sleutelbeenderen staken zichtbaar uit, als menselijke spareribs.

'Ik weet dat je boos bent.' Devons stem klonk zalvend en verzoenend. 'Daar heb je ook alle recht toe.'

'Begin nu niet over mijn rechten,' bitste Honor terwijl ze zich uit zijn greep bevrijdde en een stap naar achteren deed. 'Of mijn gevoelens. Je hebt me verdomme voor de wolven gegooid!'

'Dat is niet eerlijk,' reageerde Devon. 'Wat de pers schreef, daar had ik geen invloed op. Denk je dat het ook mij niet kwetste toen ik zag hoe ze je ervan langs gaven?'

'Je was er vast helemaal kapot van,' klonk het vernietigend.

'Dat was ik, lieverd. Echt waar.'

Lola kromp ineen bij deze uiting van genegenheid. 'Lieverd'? Maar hoe pijnlijk het ook was om dit te moeten aanhoren, ze zou met geen stok van die deur weg te slaan zijn geweest.

'Zo kapot dat je mijn nummer bent vergeten?' Honor was duidelijk niet in de stemming om hem te ontzien. 'Niet één telefoontje van jou, Devon, in al die tijd. Geen greintje ongerustheid. Je laat die schoften mij afschilderen als iemand die huwelijken kapotmaakt terwijl jij als een spijtoptant met Karis romantisch de zonsondergang tegemoet voer. Ik moet kotsen van je.'

'Zo romantisch is het nu ook weer niet geweest.' Hij lachte verbitterd. 'Ik ben thuis door een hel gegaan, echt. Karis laat me dag en nacht in de gaten houden. Ik zit in de val. Maar ik hou niet van haar, Honor. Ik hou van jou.'

Lola's nagels klauwden nu zo hard in Marti's hand dat er bijna bloed vloeide. Hij voelde haar ademhaling stokken.

'Na die overdosis kon ik niet het risico nemen haar verder op de proef te stellen. Jou ten overstaan van de pers verdedigen, contact met je opnemen, zelfs je naam noemen – snap je dat niet? Het zou haar over het randje hebben geduwd. Ze had me bij de ballen, lieverd.'

'Welke ballen?' riposteerde Honor.

'Zo is het verdomme maar net,' fluisterde Lola verontwaardigd in de kast. Tot nu toe was het gemakkelijk geweest om alles in de krant te geloven en Honor overal de schuld van te geven. Maar nu vroeg ze zich voor de eerste keer af of haar vader misschien niet de boosdoener was. Een paar uur geleden, toen hij in de kapel haar moeders hand vasthield, had hij nog de berouwvolle echtgenoot gespeeld, en nu vertelde hij zijn maîtresse dat hij eigenlijk van háár hield. Hij was zo hypocriet dat het Lola's bloed deed stollen.

'Schat, luister naar me.' Devon deed een stap naar voren en legde een hand op Honors schouder. 'Volgens mij hebben we het ergste achter de rug. Toen Karis zich vanavond realiseerde dat jij er ook was, had ze er geen moeite mee.'

Honors wenkbrauwen schoten omhoog. 'Wát?!'

'Ik bedoel, ze was duidelijk niet blij,' gaf hij toe, 'maar ze eiste ook niet dat we meteen naar huis gingen. Ze heeft je er niet op willen aanspreken.'

'Dat hoefde ze niet.' Honor huiverde. 'Dat deed Lola wel voor haar. Niet dat ik het haar kwalijk neem, het arme kind. Na alles wat we haar hebben aangedaan…'

'Je luistert niet naar me.' Devon greep haar handen vast.

In weerwil van zichzelf stond Honor het toe. Ze verafschuwde het feit dat de warmte van zijn handen nog steeds zo troostend aanvoelde.

'Een paar maanden geleden zou Karis er nog kapot aan zijn gegaan,' zei hij. 'Maar vandaag huilde ze zelfs niet eens. Die labiele kant van haar – deze depressie of wat het ook is – volgens mij waait dat wel over. En dan…'

'Ja, wat dan?' vroeg Honor.

Devon boog zich voorover en kuste haar zacht in haar hals. 'Nou,' fluisterde hij, 'dan kunnen wij verdergaan waar we gebleven waren.'

Even verstijfde Honor terwijl hij zijn neus in haar hals begroef, maar toen bracht ze met een ruk haar hoofd omhoog, alsof ze uit een hypnose ontwaakte, en duwde ze hem van zich af.

'Karis is niet labiel,' zei ze, zijn vertwijfelde handgebaren negerend en geen moeite nemend om zacht te praten. 'Ik ben labiel, tenminste, dat was ik. Omdat ik jou vertrouwde. "Ik heb een schijnhuwelijk. We zijn in geen jaren met elkaar naar bed geweest." Jezus. Hoe kan ik in dat oude cliché zijn getrapt?'

Ze kon iemand geniaal nadoen en beheerste zijn braltoon tot in de puntjes. Lola kreeg er gewoon kippenvel van. Had haar vader haar dat echt verteld om haar tussen de lakens te krijgen? Plotseling kon ze het ook werkelijk geloven. Al zijn bezweringen tegen haar moeder dat hij van haar hield en dat het hem speet, waren ook flauwekul geweest.

'Misschien is het wel een cliché,' zei Devon, die zijn best deed gekwetst over te komen. 'Maar het is toevallig wel zo. Karis en ik hebben in geen jaren het bed gedeeld.'

'Onzin!' zeiden Honor en Lola in koor. Maar gelukkig werd Lola's woest gesiste fluistering overstemd door Honors woedekreet.

'Lola heeft Lucas verteld dat ze thuis oordopjes in moest doen om het geluid van jullie vrijages door de slaapkamermuur niet te hoeven horen,' zei Honor. 'Lucas heeft me alles verteld.'

'En jij gelooft Lucas Ruiz eerder dan mij?' vroeg Devon verontwaardigd.

'Toen niet,' antwoordde Honor. 'Ik hield van je, God sta me bij. Maar nu? Nu zou ik nog eerder Osama Bin Laden geloven dan jou, Devon.'

'Maar Lucas was degene die ons heeft verlinkt! Zonder dat onderkruipsel zouden wij nog samen zijn.'

'Nou, in dat geval heeft-ie me een dienst bewezen,' zei Honor. 'Ik moet hem een bedankbriefje schrijven.'

En daarmee draaide ze zich plotseling om en beende ze weg.

Pas toen ook Devon verdwenen was en hij zeker wist dat ze weer alleen waren, durfde Marti iets te zeggen.

'Alles goed?' vroeg hij Lola terwijl hij de kastdeur openduwde en in het licht stapte. Maar een blik op de door tranen achtergelaten sporen op haar gezicht zei al genoeg.

'Niet echt.' Ellendig schudde ze haar hoofd. 'Laten we maar weggaan.'

Honor stond al buiten en speurde vergeefs de verlaten straten af naar een taxi. De zwarte avondhemel boven haar, vlekkerig door de oranje gloed van de stedelijke lichtvervuiling, rommelde onheilspellend. De eerste lome regendruppels spatten als waterballonnen op het trottoir uiteen, maar al snel groeiden de zware spetters uit tot een stortbui die haar tot op het bot doorweekte.

De regen was zo koud dat ze even naar adem snakte. Maar tegelijkertijd was dit juist de schok waar ze behoefte aan had. Ze lachte hardop nu ze door de plassen huppelde. Misschien verloor ze écht haar verstand.

Ze had verwacht dat ze na haar gesprek met Devon pijn zou voelen. Geschokt of gedesillusioneerd zou zijn of spijt zou hebben. In elk geval iets slechts.

Maar eigenlijk vormde opluchting het allesoverheersende gevoel. Alsof er een enorme loden last van haar schouders was gevallen. Eenmaal hiervan verlost beschouwde ze het niet als een loden last, maar eerder als een onbeduidend kiezelsteentje.

Verliefd zijn was iets ongelofelijks. Maar niet langer verliefd zijn, zo realiseerde ze zich nu, kon zelfs nog beter zijn.

Eindelijk waren de schellen haar van de ogen gevallen. Ze had zichzelf hervonden. En voor het eerst sinds jaren – vermoedelijk sinds de dood van haar moeder – voelde ze zich zowaar diep tevreden.

19

Het was op de dag een jaar na de Burnstein-trouwerij dat Lucas als een uit de as herrezen fenix in de zojuist opgeleverde lobby van zijn nieuwe hotel, Luxe Ibiza, stond. Alles rook nieuw: de geur van lak vermengde zich met die van zaagsel en drogende verf, met daaroverheen nog eens die van pas gelegde graszoden, die via de openslaande ramen naar binnen dreef. Blij en gelukkig zoog hij zijn longen vol.

Over een paar weken zouden al deze geuren verdwenen zijn en hebben plaatsgemaakt voor een rustgevend lavendelaroma. De eerste zending geurkaarsen uit Parijs – duur, maar hun geld waard – en de donkerblauwe gaslampjes met etherische oliën uit lavendel en cederhout voor de suites zouden de volgende ochtend worden bezorgd. Een lokale glasblazer had de lampen voor een prikkie gemaakt, terwijl diens broer voor zijn met de hand geperste oliën zelfs nog minder had berekend. Ze hadden gewoon meer moeten vragen. Hij zou het graag hebben betaald. Plaatselijke, natuurlijke producten vormden de kern van Lucas' aanpak en hij was wel degelijk bereid om flink in de beurs te tasten om daarmee precies die ambiance te creëren die hij zocht.

Connor Armstrong, zijn Ierse zakenpartner en geldschieter, was in velerlei opzichten een opgeblazen kikker, een eikel en een dwarsligger, maar gelukkig liet hij de artistieke invulling van het hotel geheel aan Lucas over. De twaalf slaapkamers en twee eenkamerappartementen waren allemaal gemeubileerd met lage, sobere teakhouten bedden en opgemaakt met ouderwets wit linnengoed. Lucas kreeg de kriebels van al die stompzinnig versierde kussentjes die elders zo geliefd waren, en bedden opgetast met genoeg kussens om de gasten nekkramp te bezorgen. In Luxe was niets onbeduidend. De bloemschikking was eenvoudig en fris, voorzien van veel loof. De kunst aan de muur was minimaal en rustgevend, voornamelijk landschapsbeelden uit de omgeving met hier en daar een interessante oude kaart of een geïllustreerde bladzijde uit een oud boek. Elke kamer was voorzien van een open haard, met speciaal op geur en brandbaarheid geselecteerde vurenhouten blokken, en een collectie boeken waarin een-ieder wel iets van zijn of haar gading kon vinden. Er waren geen tv's, noch irritante muzak, niets wat zijn gasten eraan zou herinneren dat aan de voet van de met olijfbomen begroeide heuvel, een paar kilometer verder-op, het neonlicht en de drugsroes van Europa's meest beruchte party-eiland regeerden.

Hij stapte door de openslaande ramen de centrale binnentuin in die met lichtroze rozen was opgesierd, en prevelde een dankgebedje. Af en toe kon hij nog maar nauwelijks geloven dat hij zover was gekomen, dat zijn droom toch een tastbare werkelijkheid was geworden. Over twee we-ken zouden ze de deuren openen.

Hij herinnerde zich nog het telefoontje naar Ben, afgelopen juni, de dag waarop Connor had beloofd hem te ondersteunen.

'Ik heb het geflikt!' had hij leunend tegen de plastic wand van een tele-fooncel in Santa Eulalia en happend naar lucht in de hoorn geroepen.

'Echt? Maar dat is geweldig!' had Ben geantwoord, die geen idee had wat Lucas bedoelde, maar niet de betovering wilde verbreken door ernaar te vragen. Sinds Lucas' vertrek naar het eiland had hij maar twee keer iets van hem gehoord. De eerste keer straalbezopen en dooremmerend over Anton, Petra en alle onrecht in de wereld; de tweede keer zo nuchter als een kalf en zwaar depressief. Hij zou zijn leven gaan veranderen en hij had gezegd dat hij Ben pas weer zou bellen wanneer hem dat was gelukt. Dat was anderhalve maand geleden geweest, en hij had woord gehouden, zo bleek, zonder zelfs maar een adres of telefoonnummer achter te laten waar hij voor een bezorgde Ben bereikbaar zou zijn.

'Ik heb een geldschieter voor Luxe,' vertelde hij opgewonden.

Ben had even een moment nodig om zich te herinneren wat Luxe ook alweer behelsde: het droomhotel waar Lucas al mee te koop liep toen ze elkaar al die jaren geleden in Murren voor het eerst hadden leren kennen.

'Wauw,' reageerde Ben. 'Hoe heet ie?'

'Ene Connor Armstrong,' antwoordde Lucas. 'Je kent hem toch nog wel? Soms zat hij in het Cadogan, voor een borrel. Iers. Een beetje een lul, wel.'

Meer dan een beetje, was Bens gedachte, maar dat hield hij voor zich. 'Ja hoor, ik weet wie je bedoelt.'

Connor was precies het soort zelfingenomen zak dat bankiers een slechte naam bezorgde; een mannetje dat het helemaal geweldig vond om zijn secretaresses lastig te vallen, tegen de laagbetaalde Pakistaanse con-ciërge uit te weiden over hoeveel hij aan het dinertje van de vorige avond had gespendeerd. Te veel aftershave, op luide toon mobiel telefoneren en zich bedienend van een detonerend soort Amerikaans dat je deed denken aan een lokale radio-dj uit Herejezusveen die graag cool wilde klinken.

'Nooit geweten dat hij in de hotelbranche zat.'

'Zit-ie ook niet. Of, nu wel, maar daarvoor niet. Hij zit in vastgoed, heeft wat slimme deals in Marbella gedaan: villa's, appartementen, ook voor toeristen. Dat soort zaken. Hij heeft goed geboerd.'

'Daar twijfel ik niet aan,' reageerde Ben oprecht. Dat laatste gold immers steevast voor klootzakken.

'Afijn, hij wilde nu iets op Ibiza. Ik vertelde hem van mijn plannen voor Luxe, en hij was verkocht.'

'Geweldig. Hoe heb je hem weten te overtuigen?'

Lucas bromde even, wat de indruk leek te wekken dat hij de vraag niet begreep. 'Overtúígen? Welnee. Hij weet dat mijn hotel het mooiste is sinds de afschaffing van de slavernij hier. Waarom dat aan je voorbij laten gaan?'

Ben glimlachte, maar hield zijn mond. Het was fijn om de vertrouwde zelfverzekerdheid weer terug te horen. Zonder dat was Lucas gewoon niet de echte Lucas.

Het bleek allemaal geen loze opschepperij te zijn geweest. Al van meet af aan gonsde het van opwinding op het eiland over het Luxe-project, wat hem een extra kick gaf en zijn toch al losgeslagen ambitie nog extra aanwakkerde. Alleen al de naam had iets betoverends en genereerde al de nodige hype en anticipatie voordat zelfs de eerste steen was gelegd. Uit alle macht speculerend op die magie maakte hij ongezond lange dagen om alles van de grond te krijgen, redderend van leverancier naar leverancier en de bouwvakkers in de nek hijgend alsof hij een jaloerse minnaar was.

De wetenschap dat Petra Kamalski zijn opvolgster in het Herrick was, maakte zijn innerlijke drang er alleen maar sterker op. Een geweldig hotel neerzetten was niet voldoende. Luxe moest het allerbeste hotel worden, de David die op een goede dag de Tischen-Goliath zou verslaan, en daarmee zowel Petra als de achterbakse, schijnheilige klootzak van een directeur de afgrond in zou slepen. Wat Lucas betrof was Ibiza nog maar het begin. Als hij hier zou slagen, kon hij het concept perfectioneren, aanvankelijke missers gladstrijken en met zijn Luxe Hotels Europa veroveren, en uiteindelijk ook Amerika en Azië.

Helaas bleek Connor zelf een stuk minder groot te denken. Al vanaf het begin zeurde hij als een oud wijf over 'risico's'. En dat betrof alleen nog maar het Ibiza-project.

'Het is te afgelegen,' jammerde hij toen Lucas hem voor het eerst de plek boven op de heuvels had laten zien, niet ver van waar hij was opgegroeid. Hier was de grond immers nog tamelijk goedkoop, en het uitzicht was niet minder dan spectaculair te noemen.

'Geen hond wil dit hele eind naar boven sjokken,' klonk het op sombere toon. 'Als je 's avonds naar de clubs, beneden, wilt heb je een helikopter nodig.'

'Prima,' was Lucas' koppige reactie geweest. 'Dan leggen we een heliplatform aan.'

Er volgde een ziedende scheldpartij, maar uiteindelijk kreeg Lucas zijn zin. Zijn rauwe energie en aangeboren flair, gecombineerd met Connors centen en contacten, waren als brandstof die de bouw tot een angstaanjagende vaart opjoeg, Connors negativisme en bijna voortdurende tegenspraak ten spijt. Lucas speelde architect, projectmanager en pr-man tegelijk. Met elk detail van zijn droom al sinds zijn jongensjaren stevig in zijn hoofd geprent, verdomde hij het een of andere buitenstaander in te huren die vervolgens gewapend met schetsen en cirkeldiagrammen met de boel aan de haal zou gaan.

Bovendien had hij met de bouw van het Herrick een aantal lessen geleerd. De salarissen van alle bouwvakkers, van de hoogste opzichter tot het laagste loodgietershulpje, waren gekoppeld aan het halen van de deadlines. Met als resultaat dat nu al, slechts tien maanden na de eerste steen, het hotel voltooid was. En wat een kunstwerk.

'Bekijk het maar, Anton Tisch!' riep hij zo hard als hij kon, en hij luisterde naar hoe zijn stem tegen de muren en als een reeks echo's tussen de steile heuvels weerkaatste. Nu de aannemers klaar en betaald waren, had hij het rijk alleen, en was hij – eindelijk – koning van zijn eigen kasteel.

'En jij ook, Petra!' bulderde hij, met een tweede reeks klanken die de eerste najoeg. 'Ik ben terug! Lucas Ruiz is te-rúg, verdomme!'

Tot zijn ergernis ging op dat moment zijn mobieltje in zijn binnenzak.

'Ja?' blafte hij nors in zijn aftandse Motorola, maar even later had de geërgerde blik al plaatsgemaakt voor een brede grijs.

'Geweldig! Hoe lang blijf je?' vroeg hij, terwijl hij een kiezeltje opraapte, met een hoge boog in de lucht wierp en keek hoe het in de diepte beneden verdween.

'Vanavond. Zeven uur.' Hij lachte en stak hoofdschuddend zijn mobiel weer in zijn zak.

Kijk, dat was nog eens iets om over naar huis te schrijven. En de dag kon al niet meer stuk.

Een paar uur later liep hij voortvarend het grindpad op, met in zijn hand een gekoelde fles Moët en een handjevol wilde madeliefjes die hij onderweg had geplukt. Luid bonkte hij op de voordeur.

God, wat voelde het vreemd om hier te staan! De laatste keer dat hij in deze tuin was geweest – drie jaar geleden, maar het leek eerder dertig jaar – was hij precies de andere kant op gerend, heuvelaf, als een duvel uit een doosje voordat echtgenoot Leon hem bij zijn lurven kon vatten. Hij wist het nog zo goed, de paniek en de adrenaline, vermengd met de euforische roes van de overheerlijke neukpartij die hij vlak daarvoor nog had beleefd, plus een fikse lachstuip die zwaar op de loer lag. Destijds nam hij maar weinig dingen serieus, in tegenstelling tot nu, dacht hij weemoedig.

Maar deze mistroostige gedachten verdwenen al meteen toen de deur openzwaaide en hij met een weldadig naakte Carla werd geconfronteerd.

'*Querido*,' zei ze zwoel. 'Bloemen? Voor mij? Had je niet hoeven doen...'

Terwijl hij met schaamteloze bewondering naar haar lichaam staarde, vroeg hij zich af of ze sinds hun laatste rendez-vous het een en ander had laten liften. Zo ja, dan had haar chirurg een gouden medaille verdiend. Hoe oud moest ze inmiddels zijn? Zevenenveertig? Maar haar huid leek nog nergens van crêpepapier en haar borsten, bruin en vol als kokosnoten, en met de kleine bleekroze tepels die hem al fier in de houding verwelkomden, waren nog net zo pront en stevig als vroeger. Haar donkere haar was nu korter en in een opvallende dieprode kleur geverfd, maar het stond haar goed. Haar venusheuvel, zo constateerde hij tot zijn verbazing en genoegen, was door een of andere stoutmoedige schaamhaarhovenier in de vorm van een hartje getrimd en in dezelfde kleur geverfd als het haar op haar hoofd. Met slechts een paar rode naaldhakken van Louboutin aan haar voeten, een diamanten choker, en een paar flauwe lijntjes rond haar ogen en lippen die op haar middelbare leeftijd wezen, leek ze de natte droom van iedere schoolknaap.

Hij liet de bloemen en de champagne achteloos op de vloer vallen, nam haar zonder een woord te zeggen in de armen en tilde haar meteen de trap op.

'Die kant op,' giechelde ze terwijl ze naar een deur aan het eind van de gang wees en hij, zoekend naar een bed, badkamers en werkkamers in stormde. Hij volgde haar instructies op en droeg haar naar wat de echtelijke slaapkamer moest zijn, waar hij haar zachtjes op de zwartsatijnen beddensprei legde.

'Helemaal Ozzy Osbourne,' was zijn commentaar, kijkend naar de roodfluwelen gordijnen en het enorme panterbeeld van zwart onyx aan de voet van het bed. 'Nooit gedacht dat de ouwe Pepe het in zich had.'

'Dat is Rex,' legde Carla met een knikje naar de panter uit, terwijl ze met de knopen van Lucas' gulp frommelde. 'Hij moet me beschermen tegen indringers als Pepe er niet is. Symbolisch, uiteraard.'

'Nou, dan verzuimt-ie z'n plicht behoorlijk,' zei Lucas, die nu eindelijk zijn staalharde erectie uit zijn broek bevrijdde en hem als een zwaarbeladen goederentrein haar tunnel liet in denderen.

Bij al deze brute kracht hapte Carla naar lucht. Hij had zelfs niet eens de moeite genomen zijn schoenen uit te trekken, zo groot was zijn drang om bij haar binnen te glijden. Hoewel het snel voorbij was, vond ze het heerlijk dat hij als minnaar niets aan aandacht en talent had ingeboet, en haar na afloop nog een dikke twintig minuten lang verwende totdat ze zelfs twee keer een orgasme had gekregen. Pepe befte haar af en toe, meestal op Valentijnsdag of op hun verjaardag, maar dan kreeg ze altijd het gevoel alsof het voor hem een enorme opoffering was. Maar met Lucas voelde ze zich een ijsje waarvoor hij alle tijd nam om van te genieten. Hemels.

Na afloop douchten ze samen, kleedden zich aan en liepen naar beneden waar Carla in de keuken een eenvoudige maaltijd van koud vlees, een salade en een perfecte Spaanse omelet maakte, die met royale hoeveelheden gekoelde chablis werd weggespoeld. Omdat het nog zo warm was, aten ze buiten op het terras, zich lavend aan elkaars gezelschap, de bedwelmende geur van de bougainville en het prachtige uitzicht, dat in het melkachtige licht van de maan zelfs nog mooier leek dan overdag.

'Voordat je weggaat, moet je even komen kijken.' Lucas, die vanaf het moment dat ze uit bed waren gekropen over niets anders had gepraat dan zijn hotel, praatte nog steeds honderduit. 'Jij bent degene die het allemaal mogelijk heeft gemaakt. Als jij er niet was geweest, met je inspiratie en je steun...'

'Het zou je toch wel zijn gelukt,' kapte Carla hem af terwijl ze zichzelf een derde glas wijn inschonk. 'Nee, ontken het maar niet, Lucas. Jij was toen al de meest ambitieuze vent die ik ooit had ontmoet. En dat ben je waarschijnlijk dus nog steeds,' voegde ze er dromerig aan toe.

Lucas' gezicht betrok. 'Mijn ambities zijn veranderd,' sprak hij grimmig. 'Het draait niet langer om mijn eigen succes.'

'O?' Ze keek hem vragend aan. Zijn blik was hard en de aderen op de rug van zijn handen leken wel boomwortels terwijl zijn vingers de steel van zijn glas omklemden. 'Waar dan wel om?' was haar vraag.

Een spiertje bij zijn slaap trilde even. 'Wraak,' was het antwoord. 'Het draait om wraak.'

Hij vertelde haar het hele verhaal, over hoe Anton hem in de val had laten lopen en zijn naam binnen de hotelbranche had zwartgemaakt.

'Mij uit het Herrick gooien, was niet genoeg,' klonk het verbitterd terwijl hij met zijn vork in de restjes omelet prikte. 'Hij wilde me ruïneren, me bankroet hebben. Alles waar ik ooit voor had gewerkt, probeerde hij me te ontnemen.'

'Waarom zou hij zoiets willen?' was Carla's rationele vraag.

'Hoe moet ik dat verdomme weten?' antwoordde hij allengs bozer. 'Hij is gewoon een psychopaat, daarom. Hij heeft zelfs Petra Kamalski opgespoord en haar tot mijn opvolger benoemd.'

'Die meid van de Zwitserse hotelschool?' Ze herinnerde zich zijn driftige woede-uitbarstingen van jaren geleden aan het adres van Petra nog. Zelf had ze altijd vermoed dat zijn haat jegens Petra deels door seksisme werd gevoed. Hoe gek Carla ook op Lucas was, zijn houding jegens vrouwen op het werk was zeker niet constructief te noemen. Vooral niet tegen vrouwen die hem voorbij dreigden te streven. Maar ze hield de gedachte wijselijk voor zich.

'Ja, niet te geloven toch?' reageerde hij woedend. 'Hij heeft haar zomaar uit het Ritz in Moskou geplukt en deze promotie in het kwadráát gegeven.'

'Moet je horen wie het zegt,' plaagde ze hem voorzichtig.

'Dat was anders,' beet hij haar toe. Hij was duidelijk niet in de stemming voor plagerijtjes. 'Oké, sorry. Ik wil me niet op jou afreageren, maar je begrijpt het niet. Anton is het kwaad zelve, en dat geldt ook voor die bitch.'

Hij stond op van zijn stoel en slenterde naar de rand van het terras. De olijfgaarden beneden staken spookachtig witgrijs af in het maanlicht en daarachter strekte het kalme water van de Middellandse Zee zich als een gigantisch laken van aluminiumfolie uit. Carla verscheen achter hem, sloeg haar armen om zijn middel en vlijde haar soepele zachte lichaam tegen hem aan. Ze voelde de spanning in hem, als een snaar die elk moment kon knappen.

'Wees voorzichtig,' fluisterde ze zacht. 'Tisch is een machtig man en niet alleen in de hotelwereld. Uit wat ik heb gelezen, heeft hij nog altijd veel contacten in Rusland, en die jongens draaien er niet omheen. Voor je het weet zit er polonium 210 in je thee.'

Hij draaide zich om en kuste haar zacht op het voorhoofd.

'Geen zorgen,' reageerde hij met een glimlach. 'Ik drink geen thee.'

Maar ze maakte zich wel degelijk zorgen. Het was geweldig om hem weer boven Jan te zien, na alles wat hij had moeten doormaken, en ze twijfelde er niet aan dat hij zijn nieuwe hotel tot een klinkend succes zou maken. Maar hij was nog altijd zo eigenwijs en koppig, en inmiddels vastberaden om een van de machtigste mannen ter wereld tot zijn vijand te maken. Ze hoopte maar dat hij tot inkeer zou komen voordat Tisch zou besluiten zijn kwade werk te voltooien en Lucas voor eens en altijd van de kaart te vegen.

20

Essex kon in de herfst echt heel mooi zijn, vond Ben, terwijl hij zijn voet op het gaspedaal plantte en zijn trouwe Mini Cooper tot een chassis pijnigende honderd kilometer per uur opjoeg. Zodra je de M11 af ging, was het een en al lommerrijke lanen en vakwerkhuisjes met strodaken, waarvan de rokende schoorstenen in de koude wind en de gouden confetti van herfstbladeren je warm welkom heetten. Iedereen associeerde dit district met domme blondjes en kleurloze, anonieme voorsteden. Natuurlijk vond je die hier allebei – zijn eigen ouders woonden in vermoedelijk de meest kleurloze, meest anonieme voorstad van allemaal – maar Essex had veel meer te bieden dan sletjes en sociale woningbouw.

Misschien zou hij ooit hierheen verhuizen, met zijn eigen gezinnetje. Ergens op het platteland iets kopen. En dan... varkens houden. Of zoiets.

Of misschien ook niet.

In een paar korte jaren was er veel veranderd in zijn leven. Stellar, zijn fonds, had zijn derde zware kwartaal op rij beleefd, wat bizar was gegeven het feit dat hun beleggingsresultaten zich in een erg riskante markt toch stabiel hadden getoond. Maar om een of andere raadselachtige reden bleven zijn investeerders hun aandelen maar aflossen en het schip verlaten voor Excelsior, het fonds van Anton Tisch. Drie jaar geleden had Ben met zo'n vijf miljard bijna gelijkgestaan met Anton, maar nu was Excelsior duidelijk de marktleider, die al het Russische geld dat Londen binnenstroomde, opslorpte in een tempo waar geen van zijn concurrerende fondsen tegenop kon. Deprimerend gewoon.

Maar dergelijke zakelijke rampspoed was vandaag wel het laatste waar Ben aan dacht. Hij reed voor het weekend naar huis, iets waar toch een ontspannende werking van uit hoorde te gaan, ware het niet dat hij wist dat hem thuis het vuur na aan de schenen zou worden gelegd over zijn liefdesleven. Zodra hij door de deur liep, zouden zijn moeder en zussen geheid weer hun bekende refrein aanheffen – te vergelijken met een trein die eenmaal op gang niet meer te stoppen was: trouw met Bianca, trouw met Bianca, trouw met Bianca.

Terwijl hij veel te laat naar zijn vijf schakelde – geen wonder dat zijn arme wagen zo piepte – vroeg hij zich opnieuw af hoe hij dit onderwerp kon vermijden. De laatste keer had zijn vader medelijden met hem gekregen en hem mee naar de pub gesleurd om naar voetbal te gaan kijken, maar Ben betwijfelde of hij vandaag weer zulke mazzel zou hebben. Naderhand had pa blijkbaar op zijn kop gekregen. Ben zag zijn arme vader al voor zich, vergeefs trachtend zichzelf staande te houden tegen drie gillende Slater-vrouwen die eropuit waren hun dierbare jongen bij zijn armen en benen naar het altaar te slepen.

Het punt was dat hij eigenlijk geen antwoord had op hun belangrijkste vraag: waarom vroeg hij haar niet ten huwelijk? Bianca was beeldschoon, een prachtvrouw. Mooi, slim, toegewijd, grappig – hij kon echt niets bedenken wat hij aan haar zou willen veranderen. Na anderhalf jaar daten was ze ongeveer een jaar geleden in Kensington bij hem ingetrokken en tot op de dag van vandaag had ze hem nooit op de zenuwen gewerkt, wat toch een hele prestatie was. Nog verbazingwekkender zelfs was dat ze onder een zeldzame soort van staar leek te lijden waardoor ze blind was voor zijn eigen, al te duidelijke tekortkomingen: het nachtelijke chips eten, zijn hopeloze gevoel voor mode, zijn absolute onvermogen om de wc-bril na het plassen weer naar beneden te doen. Plus nog eens het feit dat hij geen Brad Pitt was, terwijl Bianca op haar beurt Angelina Jolie behoorlijk goed tegenspel kon bieden.

Ze hield van hem. En op zijn manier hield hij ook van haar. Maar het idee van een huwelijk deed zijn bloed toch stollen, wat hij zichzelf niet kon uitleggen, laat staan aan zijn huwelijksverdwaasde moeder.

Bij het passeren van Thorney Bay Road werd hij overvallen door nostalgie. Als kind kwam hij hier soms kijken naar de schitterende lichtjes uit het caravanpark aan de overkant van het water en droomde hij ervan naam te maken te midden van de nog mooiere lichtjes van Londen.

Naar alle objectieve maatstaven was Canvey Island een desolate plek: stijgende werkloosheid, flats en spotgoedkope woningen, die zelfs al voordat de decennia van verwaarlozing, zeewind en graffiti er vat op kregen een vreselijk desolate aanblik moesten hebben geboden. Er was niets anders te doen dan wat bij het water rondhangen, miniflesjes Baileys drinken en meiden proberen te versieren. Maar Ben koesterde hier gelukkige herinneringen. Voor hem zou het altijd een bijzondere plek blijven.

'*Blimey*, eindelijk. Wat is dit nou voor tijd?' Nikki, zijn jongste zus, kwam naar buiten gerend terwijl hij de Mini het voorterrein van het ouderlijk huis op reed. 'Ma is zwaar geïrriteerd. Ze had het avondeten al een kwartier geleden klaar.'

Met haar kortgeknipte geblondeerde haar en halsstarrig strakke stone-washed spijkerbroek was Nikki haar Roxette-fase nooit helemaal ontgroeid. Maar op een naar de jaren tachtig teruggrijpende, 'Essex-achtige' manier was ze erg knap. En ze zorgde goed voor haar lichaam, wat meer was dan Ben nu van zichzelf kon zeggen.

'Je bent aangekomen,' merkte ze opgewekt op terwijl hij uit de auto klauterde. 'Varkenskop.'

'Rot op,' reageerde hij, waarna hij haar kuste en bij de arm nam en ze samen naar het huis liepen.

'Waar is Bianca?'

Ben zuchtte vermoeid. 'Dat heb ik je verteld. Die zit in New York, bezig met een klus. Ze werkt, snap je.'

Net als ieder geslaagd fotomodel reisde Bianca veel. Hoewel hij het niet graag toegaf, vermoedde hij dat haar lange perioden van afwezigheid wel eens deels de reden zouden kunnen zijn waarom ze zo goed met elkaar konden opschieten. Een relatie die uit een reeks heerlijke herenigingen bestond, leek hem frisser en hartstochtelijker dan een die op de voorspelbare dagelijkse routine teerde. Met andere woorden, hartstochtelijker dan het huwelijk.

'Stel dat ze daar een andere kerel tegen het lijf loopt, wat dan?' Nikki trok een waarschuwende wenkbrauw op. 'Iemand die níét bang is om met haar te trouwen?'

Ze waren nog niet binnen of ze was alweer begonnen.

'Ze ontmoet voortdurend massa's kerels,' reageerde Ben, 'en de meesten lijken verdomme op Freddy Lundberg. Wat moet ik zeggen?' Hij haalde zijn schouders op. 'Ik denk dat ze valt op varkenskoppen met bindingsangst. Hallo, ma.'

Hij boog zich voorover om zijn moeder te kussen, die er in haar schort en met een houten lepel in de hand aandoenlijk woest uitzag. Lieve oude ma, ze kon niet zonder haar rekwisieten. Ze wisten allemaal dat het 'avondeten', wat dat ook inhield, linea recta uit een pak diepvriespizza's zou komen en dat een vork het enige keukengerei was dat ze gebruikt zou hebben om het dunne plastic een paar keer door te prikken. Maar Eileen Slater was geen vrouw die de feestelijke sfeer door dergelijke onbeduidende details liet verpesten.

'Je bent laat, Benny. Geen Bianca?' Overdreven zocht haar blik naar zijn ontbrekende vriendin, alsof hij haar in een zak kon hebben verstopt. Maar haar zoon was zo groot, en zij zo klein, dat ze leek op een pinguïn die om een ijsberg heen wilde koekeloeren.

Ben sloeg zijn ogen ten hemel.

Dit ging een lange middag worden.

Het middagmaal verliep voorspelbaar genoeg. Tussen de happen Birdseye Sunday Special door – verbrande reepjes rosbief, verzopen in een jus zo dik dat hij bijna voor een vaste stof kon doorgaan en waarin hij zijn slappe gebakken aardappelen sopte en drie yorkshirepuddinkjes, wat hem van Nikki een verwijtend 'rustig aan, dikzak' opleverde – pareerde Ben de vragen en beschuldigingen naar beste kunnen.

Tegen de tijd dat het custardtoetje in al zijn bibberende, geleiachtige, kunstmatig gekleurde glorie arriveerde, was het gesprek gelukkig bij andere onderwerpen beland.

'Hier, moet je dit zien.' Bens vader schuifelde naar de bank om de reisbijlage van een van de zondagse kranten te pakken. 'Dat is toch jouw vriendje? Die spanjool?'

Net als iedereen van zijn generatie van Canvey Island doorspekte Rog Slater zijn taal met racistische, seksistische en doorgaans politiek incorrecte toespelingen, maar in heel Engeland vond je geen aardiger man dan hij, en Ben was al lang geleden opgehouden er aanstoot aan te nemen.

'Hij heet Lucas, pa,' zei hij geduldig. 'En ja, dat is zijn nieuwe hotel. Ziet er schitterend uit, hè?'

Het was slechts iets meer dan een jaar geleden dat Luxe Ibiza zijn deuren had geopend en in reisbijlagen door heel Europa in lyrische bewoordingen was besproken. Lucas, die er nooit gras over liet groeien, had uit dit vroege succes al munt geslagen en het tweede hotel van zijn keten gepresenteerd, een chique gelegenheid in Parijs.

Het artikel besloeg twee pagina's en ging over het duur ingerichte nieuwe Luxe, een klein herenhuis om de hoek van Boulevard St. Germain. De uitstraling was zo discreet dat het van buiten zo goed als onzichtbaar was. Binnen heerste een oase van weldadige rust, met het soort minimalistische glamour van *less is more* zoals alleen Lucas dat kon klaarspelen. In contrast met de witte muren van zijn vlaggenschip op Ibiza had hij hier gekozen voor een warmer decor van fluweelzachte paarsrode en donkergroene tinten, hoewel ook hier de verlichting exclusief uit kaarsen bestond. In Bens ongeoefende ogen leek het deels op een kuuroord, deels op een bordeel en deels op een achttiende-eeuwse salon. De foto's waren waanzinnig.

'Laat eens kijken.' Karen, zijn andere zus, rukte de krant uit zijn handen en spreidde hem uit op de eettafel zodat haar man ook kon meekijken. 'Oe,' koerde ze. 'Heel aardig. Denk je dat je voor ons een vriendenprijsje kunt regelen, Benny?'

Ben lachte. Van zijn familie kon echt niemand een koopje weerstaan.

'Kweenie,' zei hij. 'Ik kan het in elk geval proberen.'

Hoewel, hij zag Lucas tegenwoordig veel minder en eigenlijk had hij hem sinds het openingsfeest voor het Ibiza-hotel afgelopen zomer niet meer gezien. Het was een geweldige avond geweest, vooral omdat Lucas en Bianca het samen fantastisch hadden kunnen vinden.

Gehuld in een dun lichtgroen jurkje van chiffon had ze als een bosnimf om Ben heen gehangen en zichzelf voorgesteld als een voltijds betaalde fan van het 'aura' van Luxe; ze complimenteerde Lucas met alles, van de canapés tot de kaarsverlichte zwembaden.

'Ze zien er zo natuurlijk uit, net het paradijs. Hé, misschien dat Ben en ik later naakt kunnen gaan zwemmen? Immers, dit is Ibiza.'

Blozend had Ben iets gepast Engels gemompeld over dat hij de paarden niet wilde laten schrikken. Toen ze weg was, had Lucas hem terzijde genomen.

'Bloedmooie meid,' zei hij goedkeurend. 'Gefeliciteerd. Zie je wel? Ik zei toch dat je wel beter kon dan dat bleke hulpje van het Palmers?'

Ben kon zich die opmerking herinneren als de dag van gisteren en kreeg weer dat gevoel in zijn buik, alsof hij in een lift naar beneden stortte. Zelfs nu nog zaten zijn gedachten aan Sian hem dwars. Het zat hem dwars dat ze hem dwarszaten.

'Klaar, lieverd?'

Met een schok bracht zijn moeders stem hem weer in het heden.

'Ja, dank je,' zei hij en hij gaf zijn lege toetjesschaaltje aan. 'Het was echt heerlijk.'

Eileen, blij met het compliment alsof ze het dessert helemaal zelf had bereid, kreeg er een kleur van en reikte hem een mok aan met zijn lievelingsthee van PG Tips plus twee chocoladewafeltjes om lekker te soppen. 'Neem die maar mee naar de zitkamer, als je wilt,' zei ze.

De familie verkaste en masse naar de enorme woonkamer om daar weg te zakken in de supergrote banken van World of Leather en zich verder te verbazen over Lucas' nieuwe hotel in Parijs. De rest van de zondagskranten lag nog altijd op de eettafel, en Ben bleef achter want hij had boven op de stapel een glimp opgevangen van de felrode letters van de *News of the World*. Terwijl hij terloops de pagina's omsloeg, vroeg hij zich af of Sian deze week iets had bijgedragen.

Sinds ze bij de beruchte zondagse roddelkrant naar de redactie hoofdartikelen was opgeklommen, was Ben een vaste lezer geworden.

Bianca begreep er niets van.

'Maar het is zo'n vreselijke krant,' wees ze hem er elke week weer op als hij schuldbewust vijfentachtig pence aan de kioskhouder overhandigde. 'Ze zuigen mensen alleen maar uit, willen huwelijken kapotmaken en families ontwrichten. Waarom koop je hem in godsnaam?'

'Voor de goede voetbalverslagen,' luidde zijn vaste, slappe excuus. Hij vond het rot om te liegen, maar het had geen zin om met Bianca de boel in het honderd te sturen door haar te vertellen dat Sian columnist was. Sinds Bianca haar twee jaar geleden bij die bruiloft in New York zowaar had ontmoet – wat voor zieke sadist had zijn vriendin aan tafel naast zijn ex gezet? – kon ze een gezicht aan de naam koppelen met als gevolg dat ze altijd een enigszins angstige nieuwsgierigheid had gehouden naar de relatie tussen haar en Ben.

Zijn belangstelling voor Sians schrijfsels kon hij onmogelijk uitleggen zonder daarbij een verdachte indruk te wekken. En de waarheid kon hij natuurlijk ook niet opbiechten: dat het lezen van haar stukken hem een vreemd gevoel bezorgde – deels trots, deels nostalgie, deels iets anders waar hij niet echt een vinger op kon leggen – dat op een rare manier verslavend was geworden. En zijn persoonlijke gevoelens daargelaten: ze kon geweldig schrijven. Hij hield van haar unieke, in azijn gedoopte geestigheid en lag vaak dubbel, zoals wanneer ze een steenrijke politicus voor de gek hield op die vernietigende, ironische manier die hij zich zo goed kon herinneren van hun korte zomer samen.

Nog steeds had hij spijt van hoe het tussen hen was geëindigd. Achteraf gezien zag hij wel in dat hij wat overdreven had gereageerd. Wat had hij in vredesnaam gedacht om uitgerekend Lucas' advies voor zoete koek te slikken? Lucas, die echte liefde nog niet zou herkennen als ze hem in zijn achterste beet en Dixie floot? Alsof je Donald Trump verzocht om een lesje in nederigheid. Hij had graag de kans gehad om op z'n minst sorry te zeggen. Maar het moment voor excuses lag ver achter hem. Sian zou zich hem vermoedelijk al niet eens meer herinneren. En hoe dan ook, nu had hij Bianca.

Desalniettemin was hij de tel kwijtgeraakt hoe vaak hij op zijn werk voor zijn scherm had gezeten, worstelend om een gepast terloopse e-mail te schrijven, haar te feliciteren met haar journalistieke werk en gewoon gedag te zeggen. Maar telkens als hij op de knop 'verzenden' wilde klikken verloor hij de moed.

'Ben!' Nikki had hem stiekem beslopen en liet hem schrikken. Waarom waren alle vrouwen in zijn familie toch vervloekt met een stem die klonk als een pneumatische drilboor? 'Waarom verstop jij je hier? Iedereen wil het met jou over Bianca hebben. Denk maar niet dat je eronderuit komt, hoor.'

'God verhoede het,' mompelde hij terwijl hij de krant als een schuldbewuste tiener, betrapt op het doorbladeren van een pornoblaadje, dichtsloeg en meeliep naar de andere kamer om het onvermijdelijke onder ogen te zien.

21

Een paar dagen later, in een restaurant met uitzicht over de Seine, leunde Lucas comfortabel achterover in zijn gestoffeerde Louis XIV-stoel en nam tevreden een flinke trek van zijn Gitane. Zijn tijdelijke verblijf in Parijs was een perfect excuus geweest om weer te gaan roken. Zonder zijn pakje dodelijk zware Franse sigaretten betwijfelde hij of hij de stress van de afgelopen twee maanden had kunnen overleven.

Een hotel uit de grond stampen was altijd weer een hel, maar Franse aannemers vormden wel een heel unieke variant daarop. Met al die vakbondsreglementen had Ibiza wat dat betrof een paradijs geleken, en de lokale functionarissen streken hier in een week meer smeergeld op dan een dictator van een gemiddelde bananenrepubliek in een heel jaar. Maar op de een of andere manier, na ontelbare slapeloze nachten en bijna-rampen, hadden ze het dan toch voor elkaar gekregen. Luxe Paris opende zijn deuren.

Toch was dat 'ze' waarschijnlijk ietwat overdreven. Op Ibiza had Connor Armstrong weliswaar nog een beetje interesse voor de voortgang getoond, maar hij was pontificaal tegen de bouw van het Parijse hotel geweest, en dus kon Lucas fijn in zijn eentje de kar trekken. Niet dat hij dat erg vond. Hij werkte het liefst alleen, en Armstrongs piekerneigingen werden steeds irritanter. De zaken gingen veel voorspoediger dan ze allebei hadden gedacht, en de wereldwijde belangstelling voor Luxe als merknaam werd allengs groter. Maar terwijl Lucas vol energie en optimisme de nieuwe uitdagingen aanging, was Connor als een nerveus oud vrouwtje langs de zijlijn blijven hangen, mompelend over de gevaren van budgetoverschrijdingen en het belang van een dichtgetimmerd businessplan.

Als dit zo bleef doorgaan, moest Lucas op zoek naar een nieuwe geldschieter, ook al zou het niet meevallen om Connor uit te kopen. Maar voorlopig zat hij nog aan de man vast, en deed hij zijn best om tijdens deze lunch zijn irritatie niet te tonen terwijl Connor hem vergastte op de ene zelfverheerlijkende anekdote na de andere. Jezus, deze man kon heel Ierland in slaap lullen.

'Heeft het gesmaakt, *messieurs*?'

Blozend overhandigde de zeer jonge en verlegen serveerster de reke-ning. Wat Lucas betrof was het een welkome onderbreking van Connors niet te stoppen monoloog en hij wierp haar dan ook een warme glimlach toe. Maar Connor was geïrriteerd.

'Ik heb wel eens beter gegeten,' antwoordde deze bot. 'Maar geen zor-gen, lieverd. Mooie serveersters krijgen van mij altijd een dikke fooi, hoe waardeloos de chef-kok ook is.' Met een knipoog trok hij een stapel hon-derdjes tevoorschijn en liet er eentje als een herfstblad op de tafel neer-dwarrelen, alsof hij wilde aangeven hoe weinig het allemaal betekende voor een rijk man als hij.

'*Oh, non, non, monsieur.*' Het meisje schudde het hoofd. '*C'est trop.* Dit is veel te veel. Ik zal wisselgeld halen.'

'Laat maar zitten,' zei Connor met een verlekkerde blik. Hij reikte om haar heen en kneep zo hard in haar billen dat het arme kind bijna tegen het plafond knalde. 'Goed. Pak aan en hupsakee, wegwezen, lekkertje. Ja? Voordat ik mezelf niet meer kan beheersen.'

Lucas' handen jeukten. De eikel. Hij moest zich inhouden om niet over de tafel te vliegen en Connors botte smoelwerk zo hard tegen het tafelblad te rammen dat zijn neus ervan zou breken. Maar hij wist zich te beheer-sen. Totdat hij een nieuwe partner had gevonden, zou hij Connor nog no-dig hebben.

'Dus,' ging deze nietsvermoedend met een glimlach verder, 'het Her-rick staat op de Relais Chateaux-lijst. Wist je dat al? Kennelijk is het een tweestrijd tussen het Herrick en de Post Ranch om de hoogste plaats. Durf te wedden dat je vriend Anton in zijn nopjes is.'

Lucas trok nog harder aan zijn sigaret en probeerde zich uit alle macht te beheersen. Voor Connor was de rivaliteit jegens Anton en Petra altijd al een grote grap geweest. Maar dit was een onderwerp waar Lucas nooit de humor van in zou kunnen zien.

'Wanneer valt ons die erkenning eens te beurt, hm?' Connor vond het heerlijk om Lucas te stangen.

Als je me genoeg poen toeschuift om de jury om te kopen, steunzool, wilde hij het liefst antwoorden, maar hij koos voor een meer alledaags leugentje.

'Het Herrick interesseert me niet,' zei hij terwijl hij zijn sigarettenpeuk zo hard uitdrukte dat deze in tweeën brak. 'Laat ze maar van hun vijf mi-nuutjes in de schijnwerpers genieten. De dames en heren van Relais Cha-teaux hebben er toch de ballen verstand van.'

Maar sinds de bekendmaking van de nominaties, een week eerder, had Lucas van woede nauwelijks een oog dichtgedaan. Niet dat hij zelf geen erkenning had gekregen: als Anton de hopman was, en Petra akela, dan was Lucas zonder twijfel de verloren welp. Inmiddels deed het gerucht de ronde dat Luxe Ibiza en nu ook Luxe Paris dé vakantiehotels van Europa waren. En met slechts vijftien kamers per hotel liep het dan ook storm voor het hoogseizoen. De wachtlijst voor het hotel op Ibiza las als een *who's who* van de Europese A-lijst en Lucas twijfelde er dan ook niet aan dat zelfs het notoir ingedutte Relais Chateaux uiteindelijk de ogen zouden worden geopend.

Maar met het Herrick boven aan de lijst was de zoete smaak van zijn eigen succes opeens verflauwd. Ook was het niet aan zijn aandacht ontsnapt dat alle hotels in de top vijf Amerikaans waren. De Europese markt veroveren was niet langer voldoende. Hij moest zijn plek op de Amerikaanse markt heroveren en Anton Tisch voorgoed van het toneel blazen.

Hoe het hem ook bezighield, terugkeren naar Amerika bleef echter een beangstigend vooruitzicht. Anton had ervoor gezorgd dat de naam Ruiz overzee bezoedeld bleef. Terugkeren zou niet meevallen, zeker weten. Hij kon zich geen tweede afgang veroorloven.

'Ik zal jou eens wat zeggen,' zei Connor, nog altijd vastberaden om Lucas nog even op de kast te jagen voordat het etentje voorbij was. 'Die Russische bitch mag er trouwens best wezen. Honor Palmer mag je van mij houden. Hier, kijk maar eens.'

Hij reikte in zijn koffertje en gaf Lucas een exemplaar van het laatste *Robb Report*, opengeslagen op een drie pagina's tellend artikel over de Tischen-groep. Het stukje over het Herrick bevatte een kleine verwijzing naar het Palmers, met daarbij een gezichtsfotootje van Honor. Ernaast prijkte een veel grotere foto van Petra, nog altijd helemaal de Rosa Kleb uit *From Russia with Love* met haar strenge zwarte mantelpakje, staand voor het Herrick. Ze had de armen gespreid, alsof ze wilde zeggen: 'Kijk eens naar me! Allemaal van mij!' Haar dunne Slavische lippen waren verwrongen tot een stijf grimlachje. Als dit gastvrij bedoeld was, bracht ze er bitter weinig van terecht. Ze leek eerder Jack Nicholson als de Joker, maar dan enger, en met het haar van kindermoordenares Myra Hindley. Hoe Connor, of wie dan ook, een oogje op haar kon hebben was voor Lucas dan ook een raadsel.

Rechts van haar foto stond een citaat over Anton ('mijn mentor'), zo misselijkmakend hielenlikkerig dat hij zijn blik moest afwenden, en zijn ogen gleden naar het fotootje van Honor.

Wat een verandering! Hoewel alleen haar gezicht te zien was, leek ze totaal niet meer op de jongensachtige amazone met het pleeborstelhaar. Gekleed in een citroengele zijden blouse, met haar donkere haar bijna tot op de schouders en in laagjes geknipt zodat het haar gezicht zacht omkranste, was ze nu opeens helemaal een vrouw. De messcherpe jukbeenderen waren nog altijd verpletterend mooi, maar de lichtgebruinde huid en de paar sproetjes die ze die zomer had gekweekt maakten haar gezicht minder vorstelijk en afstandelijk. En ook nog eens een paarlemoeren halsketting? De laatste keer dat hij haar had gezien had ze hooguit een zegelring om gehad. Haar allergie voor sieraden was toen bijna net zo hevig als haar aversie jegens make-up en vrouwelijke kleren. Als daar niet die toegeknepen smaragdgroene ogen waren geweest, strijdvaardig als altijd, zou hij gedacht hebben dat het om een heel andere vrouw ging.

Haar nieuwe uiterlijk was niet het enige wat zijn aandacht trok. Hij had altijd al het gevoel gehad dat er achter haar bravoure een zekere kwetsbaarheid schuilging. Hier, op deze foto, zag hij deze nu voor het eerst. Ze had iets tragisch-dappers, te vergelijken met een Poolse cavaleriesoldaat die te paard een hopeloze strijd leverde tegen de naderende Duitse tanks, of een moedige soldaat uit het Amerikaanse zuiden die in Gettysburg vergeefs stelling nam tegen de yankees. Het was een wonder dat het Palmers nog niet failliet was, na door schandalen te zijn stukgebeukt en vervolgens door de tsunami van het Herrick-succes te zijn weggevaagd. Maar het hotel stond er nog – nog wel, in elk geval. Als een eenzame schipbreukeling was het Honor gelukt het schip drijvende te houden. Hij wenste dat hij zo in de bladzij kon reiken om haar te redden, maar vooral dat ze niet langer geloofde dat hij degene was geweest die haar en Tina had verraden.

Starend naar het piepkleine plaatje van haar gezicht, daar aan de overkant van de oceaan, werd hem opeens iets duidelijk. Het was niet alleen het Palmers waar Honor voor vocht, maar ook voor dat waar het hotel voor stond: een rustiger, ingetogener, beschaafdere manier van leven. Een leven dat figuren als Anton, Petra en Connor Armstrong gewoon niet konden vatten. Zelf had hij het in zijn Herrick-tijd ook niet begrepen. Maar nu wel. Het betrof hier ironisch genoeg min of meer dezelfde magie als die hij met zijn Luxe Hotels wilde creëren, maar dan in een iets andere geest. Een magie die als het aan internationale hotelketens als het Ritz Carlton en Tischen lag, diende te worden uitgebannen.

'Gaat het een beetje?' Connors veramerikaniseerde accent doorbrak zijn concentratie. 'Je zegt geen boe of bah meer tegen me.'

'Ja, hoor,' antwoordde Lucas kortaf. 'Ik zit te lezen.'

Tegen beter weten in sloeg hij terug naar het interview met Petra.

Ons succes van afgelopen jaar kan ik niet echt op mijn conto schrijven, vertelde ze de journalist. *Anton Tisch is zo geniaal. Zijn hotels verkopen zichzelf gewoon.*

Jezus. Ze had haar tong zo ver in z'n reet zitten dat je hem waarschijnlijk kon zien bewegen als hij zijn mond opendeed.

Mijn enige echte uitdaging was om onze reputatie en onze relaties met de omgeving weer op te bouwen, ging ze verder. *Ik heb geen zin om oude koeien uit de sloot te halen over hoe mijn voorganger zich heeft gedragen,* zei ze, daarmee toch een oude koe uit de sloot halend. *Daar wil het Tischen helemaal niets mee te maken hebben. Maar volgens mij keert het vertrouwen langzaam terug. Ik ken Honor Palmer. We kunnen het goed met elkaar vinden.*

Lucas verslikte zich bijna in zijn espresso. In de hotelwereld wist iedereen dat Honor en Petra elkaar haatten.

'O, was ik bijna vergeten,' zei Connor, die snel zijn tijdschrift terugpakte voordat Lucas er koffie overheen morste. 'Voordat ik opstap wil ik het nog even met je over dat interview voor *The Times* hebben.'

'Wat is daarmee?' vroeg Lucas.

'Ik ben van gedachten veranderd. Ik vind dat je het niet moet doen.'

Lucas stak nog een Gitane op. 'Helaas,' was zijn reactie. 'Te laat. Ik heb vanochtend al met die journalist gesproken.'

Na alle opwinding over Luxe Paris had een journalist van de Londense *Times* verzocht om een openhartig interview. 'Van niets naar het grote succes', zou het thema zijn, met nadruk op zijn arme jeugd. Maar zelf had Lucas duidelijk laten doorschemeren dat hij het ook over zijn 'vete' met Anton Tisch wilde hebben. Over dat laatste maakte Connor zich zorgen.

'In gódsnaam,' verzuchtte deze. 'Waarom heb je dat niet eerst met mij besproken? Je weet hoe procesziek Tisch is. Vertel me alsjeblieft dat je niet hebt zitten doordraven over je samenzweringstheorie, en dat Anton het op jou heeft voorzien.'

'Het is geen samenzweringstheorie!' schoot Lucas uit zijn slof. 'Het is een feit. Die klootzak heeft me in de val laten lopen en is er sindsdien op uit om mij de grond in te stampen. Waarom denk je dat hij Petra als mijn vervanger heeft aangenomen?'

'Omdat ze goed is?' opperde Connor. 'Omdat hij eens lekker over haar heen wilde? Hoe moet ik dat verdomme nu weten?! Dus, wat heb je allemaal verteld?'

Lucas nam nog eens een flinke trek van zijn sigaret.

'Misschien over mijn voornemen om een Luxe Hotel in Amerika te openen, en misschíén ook over dat als we daar opengaan, we daarmee het hele Herrick onderschijten.'

'Wat? Maar waaróm?' stamelde Connor terwijl zijn toch al rode hoofd zich zowaar paarsbruin kleurde. 'Hier hebben we het al over gehad, Lucas. Ik laat me echt niet dwingen tot een overdreven uitbreiding van onze franchise enkel omdat jij met Anton *bloody* Tisch overhoopligt. Amerika heeft nooit een rol in ons businessplan gespeeld. We gaan daar niets ope-

nen, punt. Je zult die journalist moeten bellen om dit terug te nemen.'
Lucas haalde zijn schouders op. 'Goed. Ik bel hem wel.'

Niet dat hij iets dergelijks van plan was, maar hij had geen zin er met Connor over te discussiëren. Deze lunch had het voor hem alleen maar duidelijker gemaakt: hij moest op zoek naar een nieuwe zakenpartner. Connor Armstrong had zijn bijdrage geleverd, maar bezat niet de visie om het Luxe-concept naar een volgend topniveau te tillen. En de man was een eikel.

In Las Vegas stond voor het nieuwe jaar een internationale conferentie gepland. Daar zou Lucas op jacht gaan naar een nieuwe, geschikte geldschieter. Ondertussen had hij hier in Europa voorlopig nog zijn handen vol, en moest hij ook nog eventjes een geschikte plek zien te vinden voor het toekomstige Luxe America.

East Hampton, dat had wel iets, zoals hij de journalist van *The Times* een paar uur geleden al had verteld. De stad schreeuwde immers om ten minste één hotel van échte wereldklasse.

Een paar dagen na Lucas' lunch in Parijs dook Honor de supermarkt van East Hampton in. Terwijl ze door de automatische schuifdeuren naar binnen stapte, verwelkomde ze de warme lucht die haar omhulde.

'Jeetje zeg, wat is het koud buiten!' zei ze en ze glimlachte naar het meisje achter de kassa, dat terugglimlachte. 'Toch niet te geloven dat het pas oktober is?'

'Vannacht wordt het min vier, vertelden ze op de radio,' vertelde de caissière. 'Dik aankleden dus.'

Honor rilde al bij de gedachte. Min vier! 'Op sterven na dood', zo had de laatste inspecteur de elektriciteitsleidingen van het hotel omschreven, die inmiddels in geleende tijd functioneerden. In de gemeenschappelijke ruimten had ze de centrale verwarming al zo min mogelijk geprobeerd te gebruiken door van de open haarden te profiteren. Dit tot genoegen van de gasten, gelukkig. Maar als deze koudegolf aanhield, had ze meer nôdig dan houtblokken om de kou buiten de deur te houden.

Helaas was tijd niet het enige 'geleende' bij haar allengs wanhopiger pogingen om het hotel draaiende te houden. De schandalen van drie jaar geleden waren zakelijk gezien hard aangekomen en inmiddels had ze een tweede hypotheek moeten nemen. Nieuwe hotels als het Herrick konden het wel redden met korte verblijven, en met elke volgende zomer steeds weer nieuwe gezichten rond het zwembad. Maar het Palmers draaide op een vaste clientèle, families die elke zomer en kerst, vaste prik, weer een kamer in het Palmers reserveerden. Toen men na Tina's seksschandaal – en masse – uitweek, vertoonde de winstgrafiek een vrije val. Dankzij een dapper, niet-aflatend achterhoedegevecht was het haar gelukt om in elk geval een deel van deze afvalligen geleidelijk aan terug te winnen. Maar het had veel tijd en energie gevergd. Ondertussen bleef Anton Tisch als een Dagobert Duck geld in zijn Herrick pompen om steeds weer nieuwere, extravagante faciliteiten aan te leggen – recentelijk nog een modderpoel van olympische afmetingen – waardoor het voor Honor, of wie dan ook, steeds lastiger werd om te kunnen concurreren. Bij Petra Kamalski, die haar gasten gezichtsbehandelingen met diamantstof aanbood, en massages in Polynesische liefdesbaden voor hem en haar – wat dit in vredesnaam ook mocht behelzen – stak het Palmers slechts magertjes af.

Ook op het persoonlijke vlak was het Honor niet voor de wind gegaan. Haar verhouding met Devon, om maar te zwijgen van Tina's seks- en drugsschandaal, had het republikeinse, moralistische East Hampton op zijn grondvesten doen schudden. Pas nu, drie jaar later, werd ze geleidelijk aan weer een beetje geaccepteerd.

Dat laatste was mede te danken aan enkele gebeurtenissen. Zo had Devon, om te beginnen, zijn zomerhuis in de Hamptons verhuurd en was hij voorgoed naar Boston verkast. En dus werden de mensen hier dankzij zijn afwezigheid niet meer aan alle gebeurtenissen herinnerd. Het laatste wat ze had vernomen, was dat Devon en Karis nog altijd bij elkaar waren en voor de buitenwereld in elk geval gelukkig leken. Ze hadden zelfs een nieuw vakantiehuisje op het eiland Martha's Vineyard gekocht, waar Devon kennelijk al druk aan het netwerken was om zichzelf als gemeenteraadslid en 'toffe peer' op de kaart te zetten. Veel geluk ermee. Gelukkig hoefde ze zijn *wannabe*-Kennedy-fantasieën niet langer aan te horen.

Daarnaast beleefde het Palmers zware tijden, en iedereen was dol op een underdog, vooral als het een plaatselijke betrof. Als laatste, en wat Honor betrof misschien belangrijkste aspect, was er nog de Petra-factor.

Wat Kamalski ook aan *Robb Report* mocht hebben verteld, de nieuwe manager van het Herrick kon zich verheugen in de unanieme afkeer van de plaatselijke bewoners. Veel ouderen van East Hampton waren eenvoudigweg anti-Russisch: 'Arme Ronald Reagan, hij zou zich in zijn graf omdraaien', 'Eens een communist, altijd een communist'. Maar zelfs ook de jongere, modernere *Hamptonites* moesten al snel weinig hebben van Petra's ijzige, neerbuigende manier van doen, om maar te zwijgen van haar totale onverschilligheid jegens de plaatselijke gemeenschap en haar wensen.

Zo had ze tijdens een van de weinige plaatselijke evenementen die ze zich dan toch had verwaardigd bij te wonen – een veiling ten bate van de Make A Wish-stichting – de boel verergerd door te weigeren om zich samen met Honor per opbod als een dubbele date aan de lokale zakenlieden aan te bieden.

'Kom op, mevrouw Kamalski,' had Walt Cannon, de breedsprakige, goedmoedige ex-burgemeester die de inzameling had georganiseerd, haar aangemoedigd. 'Het is maar een lolletje. En vergeet niet dat het uiteindelijk allemaal ten bate komt van de kinderen.'

'Ik heb al gedoneerd,' had Petra daarop minzaam geantwoord. 'En gul, mag ik wel zeggen. Maar mezelf te koop aanbieden, meneer Cannon, noem ik geen lolletje. Dat soort dingen laat ik liever aan mevrouw Palmer over.' Met deze opmerking was het openlijk oorlog tussen Honor en Petra, en de bewoners van East Hampton wisten precies aan wier kant ze zich moesten scharen. Met mevrouw Kamalski als een grote boze heks in haar knibbelknabbelhuisje was het onvermijdelijk dat de inwoners Honor Palmer uiteindelijk omarmden als Roodkapje, ook al had ze een vlek op haar blazoen. Haar nieuwe vrouwelijke uitstraling hielp ook een handje: een vrouw die eruitzag als een vrouw wekte nu eenmaal sneller ridderlijke gevoelens op dan een KD Lang-type dat elk moment een stiletto kon trekken.

Helaas zou het heel wat meer vergen dan plaatselijke goodwill om het Palmers van de ondergang te kunnen redden. Ze kon het zich niet langer veroorloven om het familietrustfonds te melken om zo de kas van het hotel bij te vullen, vooral niet nu ze over haar nieuwe, hoge hypotheek rente moest betalen. Lise, haar doortrapte stief-loeder, had een advocaat in de arm genomen en met succes een groter aandeel in het legaat bedwongen, om daarna met de tennisleraar en een flink brok van Honors en Tina's erfenis fijn naar de Bahama's af te taaien. Waarschijnlijk was de rechter gevallen voor haar krokodillentranen. Dat, of voor de in het strategisch laag uitgesneden jurkje van Roland Mouret (zwart, uiteraard: ze was immers in de rouw) verpakte heliumtieten, die in de rechtszaal hun uitwerking bepaald niet hadden gemist.

Hoe dan ook, de zwarte weduwe had gewonnen. Ondertussen verbraste Tina dat wat er nog van het familiefortuin over was als water, ook al verdiende ze inmiddels zelf miljoenen. De twijfelachtige celebrity status die ze nu dankzij de seksbeelden genoot, had haar een lawine van model- en reclameopdrachten bezorgd. Kan alleen in Amerika, nietwaar? Maar geen cent daarvan vloeide naar het Palmers.

En het geld stroomde nog niet binnen of Tina liet zich tot overmaat van ramp inpalmen door een pseudoreligieus clubje dat zich The Path noemde. Dit clubje ex-hippies en nepkunstenaars was maar al te bereid om haar, in ruil voor 'astrale' verlichting in LA-stijl, van de 'last' van de rijkdom te verlossen. Dus terwijl Tina netjes de exorbitant hoge huur van haar nimmer gebruikte penthouse in Holmby Hills bleef overmaken, bracht ze de meeste tijd door in een van The Path' 'welzijnscentra' in Santa Fe.

De laatste keer dat Honor haar daar had gebeld was ze zo stoned als een garnaal geweest.

'Weet je,' had ze wat wazig voor zich uit gemurmeld, 'jij moet gewoon weer op zoek naar je brón.'

'Mijn bron?' had Honor verzucht.

'Zeker. Je energiebron. We hebben allemaal diep vanbinnen onze eigen energiebron waar we op teren, die we nodig hebben om te kunnen groeien. Net als bloemen,' voegde ze er hulpvaardig aan toe. 'Je straalt nu heel veel negatieve energie uit, voel ik, Honor. Je bron is aan het opdrogen.'

'Moet je horen, Tomasina Cruise,' had Honor daarop geantwoord, 'de enige bron die nu bijna droogstaat, is die van de bank. Gortdroog, mag ik wel zeggen. We moeten het eens hebben over jouw uitgavenpatroon, T. Hoeveel krijgen die halvegaren eigenlijk van je?'

'Spirituele groei valt niet uit te drukken in dollars en centen,' verduidelijkte Tina haar op de nieuwe serene toon die ze zichzelf sinds kort had aangemeten om aldus haar innerlijke rust naar buiten toe te kunnen projecteren. Wat Honor betrof, klonk haar zus er alleen maar achterlijk door.

'Je haalt me de woorden uit de mond,' reageerde ze kordaat. 'Dus ga naar je goeroe en vraag je geld terug. Waar heeft hij die centen voor nodig? Voor nog meer wierookstokjes?'

Maar ze had het net zo goed tegen een open raam kunnen hebben. Tina zou zich niet laten vermurwen, en Honors strijd tegen een faillissement van het Palmers was wel het laatste waar ze zich druk over wenste te maken.

Terwijl Honor met haar winkelwagentje langs de schappen liep, griste ze wat biologisch verantwoorde producten van de planken: melk, volkorenbrood, gerecycled toiletpapier. Maar toen ze opeens werd overvallen door een biologisch onverantwoorde trek in Oreo-koekjes en ze resoluut koers zette naar de junkfoodschappen, ving ze iets op wat haar deed verstijven.

'Als hij hier een tent opent, ga ik zeker solliciteren.'

Ze herkende de stem van de eerste kelner van het Herrick.

'Voorzichtig,' zei zijn vriend. 'De muren hebben oren. Het zou mij niks verrassen als Petra hier afluistermicrofoontjes heeft laten installeren, die KGB-teef.'

Allebei schoten ze even in de lach.

'Alleen zou ik er niet van uitgaan dat Lucas minder streng is. Alle oudgedienden zeggen dat hij een behoorlijke houwdegen kon zijn toen hij het Herrick nog leidde.'

'Maar hij was lang zo erg niet als Kamalski,' meende de eerste kelner. 'Hij ging alleen tekeer tegen je als je het verdiende. Kan ik inkomen. Bovendien heb ik er wel een tirade voor over om in zo'n Luxe Hotel te mogen werken. Dat worden de nieuwe Tischens, let op mijn woorden.'

Dat laatste hoefden ze Honor niet te zeggen. Ze schoof wat pakjes linzen opzij zodat ze de twee ongezien iets beter kon afluisteren.

Lucas dacht er toch zeker niet over om uitgerekend hier een Luxe Hotel te openen?

Nee, nee. Luxe was een Europese keten, en East Hampton was wel de laatste plek waarnaar hij terug wilde. Of niet, soms? Dit moest een vergissing zijn.

'Nou, als jij gaat, ga ik ook,' zei de vriend. 'Die slangenkuil zit me tot hier. Ik heb er zelfs over gedacht om bij het Palmers te solliciteren.'

De eerste kelner lachte. 'Hou toch op. Over een half jaar is die tent failliet.'

Honor liep rood aan. Dus zo dacht iedereen erover? Dat ze op sterven na dood waren?

'Laten we dan maar hopen dat Ruiz niet de moed verliest,' ging de eerste kelner verder. 'Ik geef eerlijk toe dat ik niet graag de confrontatie met Petra aan ga. Dat mens jaagt me de stuipen op het lijf.'

Daarna liepen ze door in de richting van de kassa. Honor stond te trappelen om hen stiekem te volgen, maar dan zou ze geheid in de gaten lopen, en gingen de twee monden meteen op slot. Dus dat had geen zin.

Na tussen neus en lippen door een pakje Oreo's in haar wagentje te hebben geworpen probeerde ze koortsachtig de strekking van de zojuist opgevangen woorden te achterhalen.

Natuurlijk, het waren slechts roddels, maar ze wist uit ervaring dat hotelroddels meestal klopten. En allebei waren ze akelig specifiek geweest.

Lucas was van plan om hier, in de Hamptons, een nieuw Luxe Hotel te openen.

Wat kon er zo mogelijk nog slechter nieuws zijn? Maar afgezien van een kernoorlog, een meteorietinslag in uitgerekend het Palmers of een Devon Carter die tot president werd gekozen, kon ze verder niets bedenken.

Hoe durfde hij? Waar haalde hij, na wat hij haar had aangedaan, na haar op de allervreselijkste manier te hebben verraden, het gore lef vandaan om zelfs maar te overwegen in deze contreien zijn gezicht weer te vertonen, laat staan een van die domme, overgehypete Luxe Hotels neer te zetten? God, wat had ze de pest aan die naam. Het leek wel een zeepmerk, godbetert.

Zoals iedereen in deze branche had ook zij het ene na het andere artikel over Lucas' glorieuze comeback gelezen. Maar in tegenstelling tot iedereen raakte ze niet warm of koud van zijn succesverhaal. Wat voor karma stond toe dat zulke klootzakken als een kegel op een bowlingbaan telkens weer overeind krabbelden, terwijl beschaafde, hardwerkende mensen als zij de ene lading stront na de andere over zich heen gekieperd kregen?

Als er een God was, dan moest het wel een man zijn, concludeerde ze. Wat het hele 'Luxe-fenomeen' betrof, vroeg ze zich af waar de hele hype nu eigenlijk om te doen was. Wat kaarsen, wat lavendelolie, en een paar fluwelen kussentjes. Zie daar het Grote Concept. Wauw, zeg. Alsof dit soort *boudoir élégance* nog niet eerder was bedacht.

'Alles goed?' vroeg de caissière met een bezorgd gezicht, en Honor realiseerde zich vol schaamte dat ze hardop moest hebben staan mompelen. 'Sorry,' antwoordde ze. 'Niks aan de hand. Beetje moe, da's alles.'

De twee mannen van het Herrick waren al weg en ze was weer de enige klant in de winkel. Luisterend naar de eenzame piepjes van de scanner terwijl haar boodschappen een voor een werden afgerekend, dacht ze aan Lucas, en zag ze in gedachten hoe zijn knappe, arrogante gezicht haar uitlachte.

'Jíj kon Anton Tisch niet verslaan,' leek hij te zeggen. 'Maar ik zal je eens laten zien hoe dat moet.'

Toen ze even later, beladen met boodschappen, weer buiten stond, trok ze haar grof gebreide vestje nog wat strakker aan tegen de kille wind.

Ze kon niet toestaan dat hij de laatst lachende zou worden. Deze keer niet, in elk geval. Ze moest een plan bedenken.

Een week later arriveerde Anton in een uitstekend humeur weer in Londen.

Die week had hij in het St. Hubert's verbleven, een exclusieve privékliniek in Zwitserland, waar hij in het geheim zijn botoxgezicht had laten bijwerken. Hij was verguld met het resultaat. De afwezigheid van tv's, internet en telefoons aldaar was ronduit irritant geweest, maar de plastisch chirurgen waren zulke bekwame kunstenaars dat je dat er voor die ene keer per jaar wel voor overhad.

Aangekomen op Heathrow baande hij zich met verende tred een weg door terminal drie terwijl zijn chauffeur iets verderop met de bagage zeulde, en gunde zichzelf een tevreden glimlachje. Het leven lachte hem toe. Zijn Excelsior-fonds had in *The Wall Street Journal* die week een fantastische indruk gemaakt – het Europese superfonds, zoals het tot zijn genoegen werd genoemd. Ben Slaters Stellar Fund, daarentegen, had slechts kunnen bogen op een terloopse vermelding van een paar regels.

Wat hem vooral amuseerde, was dat iedereen in de City zich afvroeg hoe hij in de afgelopen anderhalfjaar zo veel Stellar-beleggers had kunnen weglokken. Alsof het niet overduidelijk was. Ook al verdomde hij het om zich in te laten met de Azerbeidzjaanse oligarchen, aan wie hij het grootste deel van zijn fortuin te danken had, dan wilde dat nog niet zeggen dat hun geld stonk. Al die Slaven, Russen en Centraal-Aziaten waren allemaal hetzelfde: kuddedieren, geboren volgers. Heel anders dan de Duitsers, de Britten of zelfs de Amerikanen. Nu een select groepje zich in zulke rijkdom kon wentelen, investeerde iedereen blindelings in dezelfde fondsen, dezelfde steden, dezelfde jachten, dezelfde vastgoeddeals. Hij had slechts een paar van zijn oude contacten een beetje hoeven masseren, voor zijn Excelsior-fonds een of twee grote vissen binnen hoeven halen, waarna de anderen als ratten achter de muziek aan waren gegaan.

Maar deze goede rendementen waren niet de enige reden voor zijn feestelijke stemming. Na het nieuws dat het Herrick was genomineerd als nummer één op de Relais Chateaux-lijst van de beste hotels, was het aandeel van de Tischen-hotelgroep met maar liefst zestien punten gestegen. En daar kon hij de weergaloze juffrouw Kamalski voor bedanken.

Toen ze na Lucas' ontslag zichzelf als de nieuwe hotelmanager voor het Herrick had aangeboden, had hij haar cv bij de andere in de prullenbak geworpen. Een paar dagen later was ze echter zo verstandig geweest om een nieuwe op te sturen, ditmaal met een foto, waarna zijn belangstelling meteen was gewekt. De geprononceerde jukbeenderen en de kille, berekenende ogen spraken hem aan. Ze leek frigide en geil tegelijkertijd; beheerst, maar met de belofte van een onderhuidse vulkaan. Hij was van plan geweest met haar naar Genève te vliegen, haar aan het lijntje te houden, het bed in te lokken en daarna te dumpen. Maar al vanaf het moment dat ze in levenden lijve voor hem stond en hun ogen elkaar vonden, veranderde alles. In haar zag hij een zielsverwant.

Om te beginnen had ze niet de minste aanmoediging nodig om met hem het bed te delen. Ze had onmiddellijk ingestemd met een sollicitatiegesprek bij hem thuis, waar ze, slechts gekleed in een lange regenjas en op zwarte naaldhakken, was verschenen. Terugdenkend aan die middag, terwijl zijn limousine vlot en soepel vanaf de luchthaven op de M25 invoegde, voelde hij zijn broek al bollen. Zelfs na bijna drie jaar verlangde hij nog steeds voortdurend naar haar.

Vanaf die eerste keer was seks met Petra een bevrijding geweest. Onverzadigbaar, atletisch, onderdanig en toch sterk: ze leek het ontbrekende puzzelstukje waar hij zijn hele leven al naar op zoek was geweest. In het verleden had hij meisjes moeten betalen voor de ranzige dingen die hij wilde. Petra smeekte echter om meer. Hij hoefde maar naar haar opengesperde ogen te kijken, of naar haar tepels die hem, hard als diepgevroren besjes, verlangend tegemoet priemden, om zich te realiseren dat haar opwinding net zo echt en hevig was als de zijne.

Niet alleen was ze een talent tussen de lakens, maar ook als hotelier. Lucas had het Herrick een vliegende start bezorgd, maar Petra had die eerste succesjes kunnen uitbouwen tot iets groots. Ze had de clientèle verbreed, van de New Yorkse muziekbizztypes op wie Lucas zich exclusief had geconcentreerd, tot de nieuwe superrijken uit alle windstreken, en bovendien bleek ze geniaal in het paaien van belegen branchekenners als de hansworsten van Relais Chateaux. De plaatselijke inwoners zagen haar dan misschien niet zitten, maar wie kon dat schelen? De tijd dat hij hun steun nodig had, was allang voorbij. Toen Petra hem op een avond in bed toevertrouwde dat ze met name had gesolliciteerd om Lucas eens flink te grazen te nemen – kennelijk waren de twee elkaars gezworen vijanden – was zijn bewondering voor haar compleet. Hij was dol op mensen die hun vetes tot het bittere einde uitvochten, die zich nergens door lieten afleiden of toestonden dat de helende tijd hun gerechtvaardigde verontwaardiging liet eroderen. Petra was een vrouw naar zijn hart.

'Uw thee, meneer.'

Gavin, de butler die altijd met Anton meereisde, overhandigde hem een Chinees porseleinen kopje dampende earl grey. Afgezien van de vertrouwde plasmaschermen en de allermodernste telefoonsystemen had Anton zijn gehele wagenpark laten uitrusten met een waterkoker om thee te kunnen zetten. Zwijgend nam hij het kopje aan en zette zich aan het doorbladeren van de kranten van de afgelopen week om te zien wat hij tijdens zijn verblijf in het St. Huberts allemaal had gemist.

Twee minuten later vloekte hij zo luid dat zijn chauffeur van schrik bijna de controle over het stuur verloor waardoor de limo heen en weer slingerde en de gloeiend hete thee over Antons zijden Turnbull & Asser-overhemd vloog.

'*Scheisse!*' brieste hij terwijl hij de natte overhemdstof van zijn huid wegtrok. Maar inmiddels had een rode brandplek zich al als een moedervlek over zijn borst en buik verspreid. 'De kleine hufter!'

Lucas, zo leek het, had zijn afwezigheid benut om een interview te geven aan de Londense *Times*. En de toon was vijandig.

De Tischens zijn een slachtoffer van hun eigen succes, zo luidde zijn antwoord op de vraag of hij zichzelf als een concurrent van Anton beschouwde. *Als een concept zo hevig uitpakt, verliest het al snel zijn gezicht, zoals alle vijfsterrenketens. Meneer Tisch houdt niet van het woord 'keten', maar dat is wel wat er van zijn hotels geworden is. En ik kan het weten, want ik leidde er een van.*

Witheet van woede las Anton verder.

Luxe biedt iets geheel anders. Eigenheid. Persoonlijkheid. Dus, nee, in dat

opzicht zie ik ons niet als concurrent, niet in directe zin. Ik neem aan dat, zo-
dra we in de Hamptons onze deuren openen, sommige mensen daar anders
over zullen denken, maar zelf zie ik het anders.

'Bel Petra,' blafte hij tegen Gavin.

'Ze is nog niet wakker, meneer,' stamelde de butler terwijl hij als een
door een slang belaagde muis ineenkromp in zijn stoel. 'Aan de oostkust
moet het zelfs nog zes uur worden.'

'Ga me niet vertellen hoe laat het daar is, stomme hond!' brieste Anton.
'Bel haar op, ja?'

Zijn tophumeur van zo-even was inmiddels verpieterd. *Fuck* Lucas.
Wie dacht hij verdomme dat hij voor zich had?

Wanneer Anton met een vijand afrekende ging hij ervan uit dat daarmee de kous af was. Lucas' fortuinlijke opleving beschouwde hij dan ook
als een persoonlijk affront. De afgelopen maanden was hij te druk met
zijn fonds in de weer geweest om concrete stappen tegen Lucas te ondernemen, maar nu zag hij wel in dat dit een vergissing was geweest. Hij had
Lucas een vinger gegeven, waarna de knaap de hele hand had gepakt en
nu van plan was om in de Hamptons een nieuw Luxe Hotel te openen.
Kon het erger…?

'Dat werd tijd.' Petra's slaperige stem weerkaatste via het *surround
sound*-systeem door de limousine. 'Waar heb jij de hele week uitgehangen?'

'Niet belangrijk,' antwoordde hij nors. Hij was niet van zins om over
zijn chirurgische time-out uit de school te klappen, al helemaal niet tegen
de vrouw met wie hij het bed deelde. 'Ik heb net dat interview met Lucas
gelezen. Hij beweert dat hij in East Hampton een hotel gaat openen.
Waarom heb je me dat niet verteld?'

'Hoe dan?' beet Petra terug. 'Met een postduif? Ik heb je ongeveer honderd keer ge-e-maild zonder dat je er ook maar één hebt beantwoord. Ik
heb niet eens de pers te woord kunnen staan. Waar wás je?'

'Daag me niet uit.'

Het klonk bars, maar ze voelde de onderhuidse lust.

'Nog één keer zo'n toon en je gaat over de knie,' dreigde hij.

Butler Gavin kreeg een rood hoofd en keek strak voor zich uit.

'Bied je excuses aan.'

'Sorry,' piepte ze makjes.

Op de achterbank deed zijn erectie het weefpatroon van de stof van
zijn broek duidelijk vervormen. Zat ze nu maar naast hem, met haar sid-
derende, gewillige, onderdanige lijf, in plaats van aan de andere kant van
een telefoonlijn. Maar helaas. En bovendien hadden ze zaken te bespreken.

'Goed,' ging hij verder. 'Onze vriend, meneer Ruiz, is dus tijdens mijn afwezigheid onder zijn steen vandaan gekropen.'

'Gênant gewoon,' was Petra's oordeel, en het sarcasme droop ervan af. 'Hij opent twee zielige hotelletjes in Europa – Luxe Paris is zo klein dat het eerder een pension lijkt – en nu al waant-ie zich een Rande Gerber. Hij is gewoon lachwekkend.'

Het vooruitzicht van een Luxe Hamptons was voor Anton echter nauwelijks lachwekkend, maar ook weer niet intimiderend. Dat hij Lucas nu een tweede maal moest verpulveren was slechts een onvermoed ergernisje, alsof de kakkerlak die je zojuist had platgetrapt nog wriemelend aan je schoenzool kleefde. Nauwelijks iets waar je je zorgen om moest maken.

'Lucas is een en al blabla,' ging Petra verder. 'Altijd al geweest. Hij heeft duidelijk nog geen plek voor zijn mysterieuze Luxe gevonden, en anders heeft-ie ook daarover zitten opscheppen.'

'En die plek zal hij niet vinden ook,' gromde Anton dreigend.

'Om eerlijk te zijn baart die omhooggevallen teef van een Honor me veel meer zorgen,' moest Petra bekennen.

Honors afkeer van Petra was niets vergeleken met de gloeiende haat die de Russin op haar beurt jegens haar plaatselijke rivale koesterde. Sinds Lucas haar op de hotelschool had gedreigd te overschaduwen, had ze zich niet meer zo bedreigd gevoeld en zo'n diepe, onverklaarbare afkeer jegens een medemens gekoesterd. Ze verachtte alles aan Honor, van haar diepe, hese stem met dat knauwerige vleugje Bostoniaans tot dat petieterige poppenlijfje van haar en het gemak waarmee ze de lokale hotemetoten om haar pink wond. Men bejegende Honor alsof ze van adel, en haar alsof ze een of andere armzalige immigrante was. En dat terwijl Petra's familie een stuk ouder, vooraanstaander en rijker was dan de Palmers. Bovendien werd Honor in de pers regelmatig als 'kittig' en zelfs als 'aantrekkelijk' omschreven. Dit tot groot ongenoegen van Petra, die vond dat haar eigen fysieke kwaliteiten die van Honor deden verbleken gelijk de zon het licht van een kaarsje. Ze was dan ook als de dood dat haar reputatie van Russische schoonheid binnen de gastvrijheidsindustrie aan kracht zou inboeten.

'Honor?' Anton klonk verbaasd. 'Doe niet zo belachelijk. Ze is totaal geen bedreiging voor ons. In Des Moines heb ik Holiday Inns gezien met een betere bezettingsgraad dan het Palmers.'

'Hmm, zou kunnen,' klonk het sceptisch.

Nu het Palmers duidelijk op zijn einde afstevende, mocht het oude hotel wat hem betrof een langzame, pijnlijke dood sterven. Aan kanker, zolang het maar terminaal was: net als een vuurpeloton een goede manier om met een rivaal af te rekenen. Petra bleef er echter veel nerveuzer onder. Zolang het Palmers nog overeind stond en zijn deuren openhield, en die trol van een Honor Palmer als een gifwolk bleef hangen en de plaatselijke lieveling uithing, zou Petra zich niet op haar gemak voelen, hoeveel Relais Chateaux-sterren ze ook binnenhaalden.

'Pieker toch niet zo, schatje,' zei hij, haar gedachten lezend. 'Ze kunnen de loftrompet over haar steken wat ze willen, maar zij noch Lucas zal onze toko omver kunnen blazen. Daar zorgen we wel voor.'

De limousine stopte zachtjes voor zijn herenhuis in Mayfair. Hij hing op en haastte zich naar binnen, waarna Gavin en de chauffeur zich over zijn bagage mochten ontfermen.

Dankzij de afgelopen week voelde hij zich een stuk jonger, maar nu was er werk aan de winkel. Ditmaal zou hij voorgoed afrekenen met Lucas Ruiz.

22

Enkele kilometers ten noorden van Mayfair, op het domein van een ander herenhuis in St. John's Wood, hurkte Sian Doyle ongemakkelijk in de bosjes terwijl ze probeerde uit te rekenen hoeveel minuten ze nu precies weg was voordat haar blaas bezweek en ze werd gedwongen om hier in de rododendrons te plassen.

Ze zou het niet eens zo erg hebben gevonden als Keith, de hitsige fotograaf die naast haar gehurkt zat, er niet bij was geweest. Haar gadeslaan met haar broek naar beneden zou voor hem nog het dichtst een seksuele ervaring benaderen sinds zijn middelbareschooltijd (met iets waar je geen batterijen voor nodig had of wat je hoefde op te blazen).

Er waren dagen dat Sian dol was op haar werk bij de *News of the World.* Zoals deze maandag, na publicatie van een van haar stukken en nadat redacteur hoofdartikelen Simon Davis haar had verteld dat het 'maar een beetje waardeloos' was – toch wel een compliment van iemand die bij de rest van de redactie liefhebbend bekendstond als Satan. Zijn vrouw had ooit iemand de huid vol gescholden omdat hij Simon een kuttenkop had genoemd, want ze vond het een belediging voor de genitaliën van de vrouw.

Maar de loftuitingen van maandag voelden al aan als een verre herinnering. Vandaag was het donderdag, en Sian was bezig met de ergste aller opdrachten – posten bij iemands woning. Na de waardeloze beloning (ze wist vrijwel zeker dat een vuilnisman meer verdiende dan zij) en nog waardelozer werktijden (wie die van haar plande, was duidelijk in een grot grootgebracht, door vleermuizen) was dit wel het ergste onderdeel van haar werk.

Dit was de derde dag op rij die zij samen met Keith had doorgebracht, verscholen in het groen rondom het huis van Sir Jago Wells, een Tory met aanzien, van wie de krant vermoedde dat hij een affaire had met een stewardess. Gedurende zesendertig uur geestdodend turen hadden ze de man slechts tweemaal en in totaal ongeveer zestien seconden gezien, beide keren in zijn eentje terwijl hij zich met een bundel documenten onder de arm van en naar zijn Jaguar had gerept. Aangezien Sir Jago ongeveer net zo zwaar moest zijn als een klein uitgevallen nijlpaard, maar dan met een uitgesproken minder aantrekkelijke kop, verraste de afwezigheid van een geheime minnares Sian net zomin als haar hoofdredacteur.

'Het is al niet te geloven dat hij één vrouw zover heeft gekregen om hem te naaien, laat staan twee,' had ze Simon, die absoluut niet onder de indruk was, een uur geleden laten weten.

Maar Satan was niet in de stemming voor geintjes. Als zij en Keith niet voor het eind van hun werkdag morgen met iets concreets op de proppen kwamen, konden ze allebei 'hun biezen pakken', zoals hij het zo poëtisch had verwoord.

Sian koesterde geen illusies. Hij meende het. Geen foto's, geen tot tranen toe roerend interview met de echtgenote betekende: geen baan.

'Als dit niet opschiet, moet je straks zelf met hem naar bed, schat,' zei Keith verlekkerd.

Sian keek hem vernietigend aan.

'Wat?' vroeg hij met een onschuldig bedoelde blik. 'Het zou een prachtige foto opleveren.'

Hij had zo veel puisten dat ze de stukjes gave huid overtroffen, en zijn ronde, uilige bril was zo smerig dat het een wonder was dat hij sowieso iets zag. Met een spijtig gevoel dwaalden Sians gedachten naar Paddy, haar vriendje, die in opdracht van de *Telegraph* in Dubai zat. Die zat op dit moment waarschijnlijk te ginnegappen met een schatrijke sjeik en diens harem, en had het geweldig naar zijn zin. Paddy was een Ierse journalist en hij versloeg de rensport. Zijn werkterrein behelsde warme landen en/of luxeuze ontvangsttenten bij renbanen, waar hij Guinness achteroversloeg en aardbeien at tot zijn maag ontplofte, terwijl Sian zich altijd in bosjes verstopte, met geperverteerde geesten van doen had en in de buitenlucht moest urineren. Het was gewoon niet eerlijk.

'Waarom ga je niet weg bij de *Screws* om een fatsoenlijke baan te vinden?' had hij haar onlangs op een ochtend in bed, na de zoveelste urenlange kreunmarathon, gevraagd. 'Toon een mooi gezichtje en wat van je mooie benen en je hebt het bij de meeste hoofdredacteuren meteen gemaakt. Mijn baas zou je blind binnenhalen. Ik zie het sollicitatiegesprek al voor me.' Hij knipperde koket met zijn wenkbrauwen en zette zijn beste Renée Zellweger-stem op: 'Bij "hallo" was ik al verkocht.'

'Ach, hou toch je kop,' had Sian lachend gezegd terwijl ze hem met een kussen om de oren had geslagen.

Paddy bezat het buitengewone talent om bijna overal de grappige kant van te zien en om anderen ook zover te krijgen. Hij was zo mager als een lat, met vrolijke, in hun kassen dansende grijze ogen en dezelfde typisch Ierse gelaatskleur als zij – een bleke huid, die door zijn bos zwart haar zelfs nog bleker afstak – en zag er meestal uit alsof hij de nacht ervoor onder een heg had geslapen. Niet knap, maar op een guitige, nieuwromantische manier beslist aantrekkelijk, was hij net zozeer haar beste vriend als haar minnaar. Mensen zeiden vaak dat ze net broer en zus waren, wat Paddy dusdanig ergerde dat Sian hem nooit had durven vertellen dat ook zij dat soms zo voelde.

Gezien het feit dat ze in hetzelfde vak zaten, was het ironisch dat ze elkaar niet via het werk hadden leren kennen, maar via Lola's vriendje, Marti. Hij en Paddy waren jarenlang, al sinds Paddy's stage bij de *New York Post*, bevriend geweest. Marti had hem op een avond meegenomen naar de flat van de meiden om bij hen te eten, en de rest was, zoals ze zeggen, geschiedenis.

Sian maakte graag deel uit van een stel, al was het maar om ergens over te kunnen kletsen met Lola, die sinds de bruiloft van de Burnsteins helemaal in de hemel was met Marti. De twee hadden hun vliegkilometers wel gemaakt door van New York naar Londen heen en weer te reizen om elkaar te zien en ze waren nog steeds stuitend verliefd.

Afgelopen jaar hadden ze tegen Sians advies in besloten om samen een bedrijfje te beginnen, waarbij de pas afgestudeerde Lola avondjaponnen ontwierp en Marti deze via een van zijn talrijke goedlopende internetshops online verkocht.

Gelukkig waren Sians angsten over de wijsheid om werk en privé te combineren ongegrond gebleken. Hun liefde bleef sterk en Martin verbleef nu bijna voortdurend in Londen. Onder de naam Marla Fashions ('Marti' plus 'Lola' – misselijkmakend, of niet?) oogstte de jonge onderneming al opvallend vroeg succes. Afgelopen maand nog had een beroemde Britse soapactrice tijdens de National Television Awards een van Lola's ontwerpen gedragen, en sindsdien waren de bestellingen met een onthutsende driehonderd procent gestegen.

Sian was blij voor haar. Ze verdiende haar succes. Maar er waren dagen dat haar eigen leven – werk, relatie, banktegoed, noem maar op – daarbij vergeleken vrij zielig leek.

En vandaag, terwijl ze naast de meest irritante seksplaag in Fleet Street op haar hurken zat, was zeker zo'n dag. Ze sloeg een mug weg en verplaatste haar gewicht ongemakkelijk van de ene op de andere voet. Haar rechterbeen begon te slapen van al dat gehurk.

'Geef me even een van je kisten aan, wil je?' fluisterde ze naar Keith. 'Als ik nu niet snel ga zitten, val ik omver.'

Stilte.

'Keith?'

Sian keek om en zag tot haar afgrijzen dat haar zogenaamde partner zo snel als zijn mollige beentjes hem konden dragen tussen de bomen door wegsprintte. Even later zag ze waarom. Vanuit het niets verschenen twee potige mannen in overall, die haar ruw vastpakten en haar armen achter haar rug duwden.

'Laat me los!' brulde ze terwijl ze vergeefs als een gevangen stripfiguur om zich heen schopte en naar de voorzijde van het huis werd gesleept. 'Blijf van me af! Dit is aanranding!'

'Nee, schatje, dat is het niet,' zei de grotere van de twee. 'Dit is een aanhouding door een burger. Je bent op verboden terrein. En je bent in de kraag gegrepen. Dus nu braaf zijn en rustig zitten totdat oom agent er is. Begrepen?'

Twee uur later, opgesloten in een cel op het politiebureau in Swiss Cottage, pijnigde Sian haar hersenen over wie ze verder nog kon bellen.

Simon, haar hoofdredacteur, die haar nog maar enkele uren geleden onophoudelijk had geplaagd met telefoontjes, was in dit uur van nood op raadselachtige wijze verdwenen. Zat vermoedelijk ergens met de juristen van de krant te overleggen hoe hij haar het beste aan de wolven kon voeren zonder zelf vuile handen te krijgen. Vervolgens zou ze Lola hebben gebeld. Die was een grootmeester in het zichzelf uit de narigheid kletsen. Maar helaas, ze was met Marti op vakantie in Hawaii en volledig van de buitenwereld afgeschermd. En Paddy zat in Dubai.

Zo bleef er weinig over.

'Hallo, niemand heeft me een advocaat aangeboden,' riep ze door de deur naar de dienstdoende brigadier. 'Ik heb recht op een advocaat. En een telefoongesprek. Ik weet wat mijn rechten zijn. Ik ben een Amerikaans staatsburger!' voegde ze er meer dan een tikkeltje wanhopig aan toe.

'Dit is een bajes in Noord-Londen, schat, niet *nypd Blue*,' reageerde de brigadier terwijl hij er op een geniale manier in slaagde om met zijn ogen te rollen zonder op te kijken van zijn kruiswoordraadsel in *The Sun*. 'Zodra de officier van justitie een gaatje heeft, ontfermt-ie zich over jou. Ondertussen vind je daar in de hoek een munttelefoon en een krant voor als je je verveelt. Je mag bellen wie je maar wilt.'

Een beetje ontmoedigd – deels omdat ze toch niemand kon bellen en deels omdat een arrestatie er op tv veel spectaculairder uitzag – pakte Sian de krant van de formicatafel in haar cel en wierp er een blik in. Uiteraard dicteerde Murphy's law dat een reusachtige foto van Ben en Bianca, breeduit op de roddelpagina's, het eerste was wat ze zag.

Het was natuurlijk niet de eerste keer dat ze hen samen op de foto zag. Immers, met haar beeldschone verschijning was Bianca natuurlijk een favoriet onder de fotoredacteuren en sinds ze het nieuwe gezicht van Marks & Spencer was, was haar profiel in het Verenigd Koninkrijk zelfs nog verder omhooggeschoten. Zij en Ben waren hard op weg om als It-stel de concurrentie aan te gaan met Posh en Becks.

Kon ze die twee maar gewoon negeren, maar dat was dubbel zo lastig als je voor een roddelkrant werkte. Ze had Ben drie jaar geleden voor het laatst in levenden lijve gezien, maar de vernedering van die dag, toen hij haar op zijn afscheidsfeestje ten overstaan van al die mensen in de steek had gelaten, was ze nooit vergeten. Zelfs nu ze eraan terugdacht, bloosde ze van gêne.

Waarom kon het haar nog schelen? Al dat gedoe was eeuwen geleden gebeurd, in een vroeger leven toen ze nog een eenvoudig hulpje uit Nergenshuizen, New Jersey, was. Nu was ze verslaggever voor een landelijke krant en woonde ze in het buitenland met een aardige vriend en een waanzinnig appartement. Ze had zich opgewerkt, nietwaar? Wat kon het iemand schelen wat die verwaande Ben Slater uitvrat of met wie hij dat deed?

'Ken je 'm?'

De brigadier van dienst, eigenlijk best een aardige vent, kwam binnen met een kop thee voor haar. Dat deden ze in elk geval zeker niet bij *NYPD Blue*.

'Niet echt,' antwoordde ze. 'Vroeger wel. Het is een klootzak,' voegde ze eraan toe terwijl ze dankbaar de thee aannam.

'Maar wel een rijke klootzak, hè?'

Ze haalde haar schouders op.

'Luister, schat. Voor een goed verstaander: als ik zo'n rijke maat had, zou ik hem een belletje geven, en wel nu meteen.'

'Wil je dat ik Ben bel?' vroeg ze. Ze begon dat Cockney van hem al aardig te verstaan. 'Waarom zou ik dat doen? Ik zei toch dat-ie een klootzak is.'

Ze waren slechts met z'n tweeën in de cel, maar de brigadier keek even om zich heen en begon nu te fluisteren.

'De officier van justitie is nog niet bij je geweest, omdat hij nog steeds Sir Jago ondervraagt. Als ik uit al het geschreeuw iets kan opmaken, zou ik zeggen dat die ouwe zak met jou en je krant een voorbeeld wil stellen. Al iets van je redacteur gehoord?'

Sian schudde zenuwachtig haar hoofd.

'Nee, dat dacht ik al. Ze laten je lekker stikken, schat. Wat jij nodig hebt, is een pleitbezorger, en wel nu direct. Die vent die ze je van de juridische bijstand sturen, is een muppet. Die zou zich nog niet uit een papieren zak lullen.'

'Maar... maar... je begrijpt het niet,' stamelde Sian. 'Ik kan Ben niet bellen. Zeker niet om hem om een gunst te vragen. Nee, nee, vergeet het maar. Ik ga nog liever dood.'

De brigadier haalde zijn schouders op. 'Het is aan jou, schat. Ik ken die kerel natuurlijk niet, maar als ik jou was, zou ik mijn trots opzijzetten. Ik zou zeggen dat je alle hulp kunt gebruiken.'

Hij liep terug naar zijn bureau en liet Sian achter. Ze ijsbeerde door de cel en dwong zichzelf om iemand te bedenken, om het even wie, die ze in Engeland kende en die haar kon helpen. Er was toch zeker wel iemand die bij haar in het krijt stond? Of zich voldoende om haar bekommerde om haar te hulp te schieten?

Maar hoe ze ook haar best deed, er kwam geen naam in haar op, en ze begon al aardig in paniek te raken. Sir Jago Wells was een belangrijk man. Stel dat hij zo veel invloed uitoefende dat ze de gevangenis in ging, of het land uit werd gezet, wat dan? Dat laatste zou zelfs nog erger zijn. De gedachte aan een terugkeer naar haar oude leventje in New Jersey vervulde haar met afgrijzen. Dat nooit.

Met trillende hand toetste ze het nummer voor Inlichtingen.

'Londen, alstublieft,' liet ze de telefoniste weten. 'Het bedrijf heet Stellar, in de City, EC1 geloof ik. Ja. U kunt me direct doorverbinden.'

Honor zag de laatste paar passagiers van de United LA-vlucht de aankomsthal van JFK in kuieren. Nog altijd geen spoor van Tina. Toe, laat haar alsjeblieft niet dat rotvliegtuig hebben gemist. Niet vandaag.

Maar nee. Als door een wonder kwam ze aangezweefd door de dubbele deuren, in een zwierige zigeunerrok en met een kralen halssnoer dat tot haar taille hing, als een topzware Joni Mitchell, het vredesteken tonend aan de alomtegenwoordige paparazzi.

'Hé!' Ze kwam op Honor af en sloeg heel fotovriendelijk haar armen om haar heen. 'Sorry dat het zo lang duurde. Ik had wat problemen met een van de douanejongens.'

'Verrast me niets,' zei Honor, die bijna duizelde van de overweldigende marihuanalucht op haar zusters kleding en haar. 'Hoe wist je je daaruit te praten?'

Tina toonde een schalkse glimlach. 'Ik hoefde niet te praten.'

Honor was bijna opgelucht. Kennelijk ging Tina's make-over van Moeder Teresa van Topanga niet zó ver.

'Bedankt voor je komst,' zei ze toen ze twintig minuten later, na eindelijk door de paparazzi te zijn vrijgelaten, de Expressway op reed en zodra het kon de linkerbaan opzocht. 'Dat waardeer ik.'

Ze waren op hun weg terug naar het Palmers. Honor had voor deze avond een dinerafspraak met een potentiële investeerder, een Australische hotelier die Baz Murray heette en die met zijn bescheiden keten tot samenwerking met een bekende merknaam in de VS wilde komen. Hij had specifiek verzocht om een ontmoeting met beide zussen. Kennelijk reageerde het Australische publiek een stuk meer ontspannen op een seksschandaal dan hun Amerikaanse tegenhangers, en het was de connectie met de familie Palmer die hem echt interesseerde. Met laaggestemde verwachting had Honor haar zus gebeld, maar tot haar verbazing, opluchting en schrik had Tina toegezegd over te komen.

Petra had haar best gedaan om het een en ander te dwarsbomen door vanavond 'spontaan' een verjaarsfeestje in het Herrick aan te richten voor een celebrity en daarvoor ook Murray uit te nodigen. Hoe ze wist dat hij in de stad was, was een raadsel, maar aangezien dat mens in het hotelwezen meer spionnen had dan de CIA wekte het eerder ergernis dan verrassing. Hoe dan ook, tot groot genoegen van Honor had Baz die uitnodiging afgeslagen, wat hem in Honors boekje een tien met een griffel had opgeleverd. Zolang Tina tijdens de borrel maar geen al te grove dingen zei of deed, zag alles er goed uit. Want ze hadden echt een geldinjectie nodig, en snel ook.

'Je gaat, eh… je gaat je voor het diner toch wel omkleden, hè?' vroeg Honor met een afkeurende blik naar Tina's openstaande boerenblouse.

'Moet je horen wie het zegt,' zei Tina met een blik waar meer woede dan vrede uit sprak.

Eerlijk was eerlijk. Honor had die ochtend zo'n haast gehad dat ze nog steeds in haar sportkleding rondliep: een velours joggingbroek van Juicy en een blauw flanellen topje van Nike, dat zo strak om haar kleine, zweterige lijf zat dat haar tepels duidelijk zichtbaar waren. Shit. Stel dat ze te zien waren op de foto's die zo-even door die fotografen op de luchthaven waren geschoten. Die verschenen geheid, omcirkeld en wel, in die verdomde *National Enquirer*, of niet soms? Dat kon er ook nog wel bij.

'En,' stapte Tina op een ander onderwerp over, 'ik heb gehoord dat Lucas naar East Hampton terugkomt. Wat vind jij? Meent hij dat?'

Honor beet op haar lip. Hoe kon Tina nu over de plannen van Lucas praten alsof ze niets meer dan een interessant plaatselijk roddeltje waren? Was ze vergeten dat het Lucas was die had geprobeerd hen kapot te maken? En die daar verdomme nog bijna in was geslaagd ook?

Maar ze moest haar best doen om aan de goede kant van haar zus te blijven, al was het maar tot morgen. En natuurlijk, als Tina niet zo'n onbeheersbaar uitgavenpatroon had gehad, zouden ze niet eens een investeerder van buiten hoeven vleien. Maar dat had er nu even niets mee te maken.

'Dat betwijfel ik,' zei ze met bewonderenswaardige kalmte. 'Waarschijnlijk heeft-ie gewoon weer wat gebrald, zoals gewoonlijk. Om publiciteit te genereren voor Luxe Paris. We zullen wel zien.'

Voor de rest van de autorit stuurde ze het gesprek naar veiliger onderwerpen waarover ze het vast en zeker wel eens waren, zoals Lise, wat voor een trut dat was, en hun akelige, inhalige neef Jacob Foster.

'Heb je dat interview van hem gelezen met *US Weekly* over dat ik Jezus heb ontdekt?' tierde Tina verontwaardigd. 'Alsof mijn spiritualiteit door één godsdienst kan worden beperkt. En alsof die freakshow me zelfs kent!'

Tegen de tijd dat ze de door de wind geteisterde rand van East Hampton hadden bereikt, waren ze weer op vriendschappelijke voet.

'Dat is gek,' merkte Tina terloops op toen ze een brandweerwagen door het sombere landschap van moerasland en leegstaande vakantiewoningen zag denderen, en een dankgebedje prevelde dat deze plek deel uitmaakte van Honors leven en niet het hare. 'Dat is al de tweede brandweerwagen die ons in de afgelopen vijf minuten heeft gepasseerd.'

'Ze zijn waarschijnlijk uitgerukt vanwege de rook die uit Petra Kamalski's reet komt,' mompelde Honor.

Ze lachten allebei.

Maar een paar minuten later was het lachen hun vergaan. Vlak bij het Palmers aangekomen doemde een enorme, grijze paddenstoelwolk voor hen op. Al snel zagen ze zo goed als niets meer door de voorruit en was de weg als bij een zonsverduistering in duisternis gehuld. Honor remde af. Even later dook er vanuit het duister een agent op, die haar gebaarde te stoppen.

Ze draaide het raampje naar beneden en werd meteen in het gezicht geslagen door een vlaag bijtende rook zo sterk dat haar ogen ervan traanden. Dit moest wel een behoorlijke fik zijn.

'Het spijt me, mevrouw, ik moet u verzoeken om te draaien,' zei de agent. Honor herkende hem niet. Hij was jong en kennelijk nieuw in de stad, en hij had de strakke, nerveuze blik van iemand wie het allemaal boven de pet gaat.

'Nee, nee,' zei ze knikkend naar de weg voor haar. 'U begrijpt het niet. We moeten er door. Mijn hotel is daar verderop.'

'U bedoelt het Palmers?' vroeg de jongeman. Hij had haar blijkbaar voor een gast aangezien. 'Ik vrees dat al deze rook juist daarvandaan komt, mevrouw. Er is geen reden tot paniek,' voegde hij eraan toe nu hij zag dat alle kleur uit Honors gezicht verdween en haar handen begonnen te trillen. 'Iedereen is veilig geëvacueerd. Er is alleen brandschade gemeld.'

Honor vloog de auto uit, wurmde zich langs de agent en rende blind door de geïmproviseerde wegversperring de rook tegemoet.

'Mevrouw. Mevrouw!' riep hij haar vruchteloos na. 'U mag daar helemaal niet heen!'

'Laat haar maar.' Tina stapte wat langzamer uit en staarde vol ongeloof in de richting van het strand. Zo veel rook had ze nog nooit gezien. 'Geloof me, agent. Mijn zus kan wel voor zichzelf zorgen.'

Gealarmeerd door het geroep renden een paar collega's van de jonge agent achter Honor aan. Maar door jarenlang trainen was ze fitter dan zij allemaal en wist ze hen in de doolhof van zanderige doorgangen en achterafstraatjes die naar de achterzijde van het Palmers-complex leidden, af te schudden.

Op het strand staarde een groeiende menigte, tegengehouden door nog meer politie en de natuurlijke barrière van rook en hitte, zwijgend en vol afschuw naar het inferno. Als een zombie voegde Honor zich bij hen, niet bij machte iets te zeggen of zich nog te verroeren nu een derde brandweerwagen voorreed en spuitgasten nog meer water op de vlammenzee begonnen te pompen.

Ze snapte niet waarom ze nog de moeite namen. Het was duidelijk al te laat. Krioelend als rode termieten deden de brandweerlieden haar denken aan wanhopige ouders, in hun poging om een al overleden kindje – háár kindje – mond-op-mondbeademing te geven. Vergeleken met de tien meter hoge vlammen, die raasden en omhoogsprongen en de hemel als gespleten hagedissentongen likten, waren hun nietige waterstralen en schuim net zo ineffectief als een waterpistooltje bij een vulkaanuitbarsting. Het Palmers was al een geraamte. De brand had het hotel als een vleesetend virus levend verzwolgen.

'Hé! Jij daar! Wat doe je?'

Een van de toeschouwers, een man van middelbare leeftijd die met zijn gezin naar het drama stond te kijken, schreeuwde nu Honor onder het politielint door glipte en als een kamikazepiloot naar het hotel rende.

Ze hoorde de man niet, ze hoorde helemaal niets, alleen maar het woeste geklop van haar eigen hart. Het enige wat ze wist, was dat een kracht van buiten haarzelf haar naar voren trok, zich niet bewust van de schroeiende hitte en de verstikkende dampen, die als vergif door haar keel haar longen in stroomden. Ze sloot haar ogen en strompelde blind verder.

'Daar!' De man greep een van de brandweermannen vast en wees. 'Een of andere dolgedraaide meid rende net het gebouw in. Kijk!'

'Waar?' brulde de brandweerman.

'Daar!'

Binnen enkele tellen waren hij en twee van zijn maten binnen. Gelukkig was Honor niet verder gekomen dan een metertje of wat in wat even

daarvoor nog de keukens waren geweest, dus ze zagen haar bijna onmiddellijk. Gedesoriënteerd en nauwelijks nog bij bewustzijn werd ze naar
buiten gesleept en aan het gereedstaande ambulancepersoneel overgedragen.

'Shit. Het is Honor Palmer,' hoorde ze een van hen zeggen.

'Mevrouw Palmer?' vroeg een tweede stem. 'Honor, hoor je ons?'

Maar voordat ze daar positief op kon antwoorden waren de stemmen
en alles om haar heen verdwenen.

23

De zes weken die volgden waren de ergste uit Honors leven.

Na tegen haar zin te zijn ondergebracht op een herstelafdeling van het ziekenhuis in South Hampton ('Ik verzeker u, mevrouw Palmer,' had dr. Reeves, haar specialist, haar ferm toegesproken, 'dat als ik u nog één keer betrap terwijl u zichzelf uit het ziekenhuis probeert te ontslaan, ik u laat opsluiten. Weet u wel hoeveel schade u uw longen hebt toegebracht?') bracht ze haar dagen grotendeels door met de in steeds grotere kringetjes ronddraaiende verzekeringsagenten, die vastbesloten waren om de brand in verband te brengen met het slechte elektra, dit ondanks onweerlegbaar forensisch bewijs dat de brand niet door kortsluiting was veroorzaakt.

'Waarom moet ik telkens opnieuw dezelfde vragen beantwoorden?' klaagde ze voor de honderdste keer. 'Het politierapport was duidelijk: het was brandstichting.'

'Onze onderzoekers hebben dat zelf nog niet vastgesteld,' was het antwoord van het muizige wicht dat haar moest ondervragen. Ze kon niet ouder zijn dan twintig, maar had zich de geharde, cynische manier van doen die bij haar metier hoorde al helemaal eigen gemaakt. Ze was gekleed in het zwart, als een begrafenisondernemer *from hell*. 'En dan nog, het feit dat u, ondanks herhaaldelijke waarschuwingen, hebt verzuimd het elektra te vernieuwen, kan uw claim wel eens ondermijnen... Zelfs al was er sprake van brandstichting,' voegde ze er met een glimlach aan toe. Honor wilde het liefst haar klembord uit haar handen rukken en het in haar schriele, harteloze strot proppen.

Gelukkig toonde de politie zich een stuk meelevender, hoewel dat laatste zich nog niet in daden had vertaald.

Een paar dagen na de brand was er een ernstig kijkende agent, gewapend met een ellenlange vragenlijst, bij haar bed verschenen.

'Hebt u vijanden, mevrouw Palmer?' vroeg hij voorzichtig. 'Ik weet dat het vervelend is, maar is er misschien iemand die u of uw familie iets wil aandoen?'

Honor lachte wat zuur. 'Hoe lang hebt u, rechercheur?'

De politie leek er tamelijk zeker van dat de brand was aangestoken, en dat er geen sprake was van een argeloze gast die vergeten was zijn of haar sigaret uit te drukken. Maar ondanks een lange lijst van mogelijke verdachten, die bijna las als de telefoongids van East Hampton – ex-personeel dat wraak wilde, concurrenten, verbitterde minnaars – waren er maar weinig mensen van wie ze zich kon voorstellen dat ze zover zouden gaan. Eventjes dacht ze aan Karis Carter, maar ze schoof het idee al snel als belachelijk terzijde. Als Karis het gestoorde, wraakzuchtige type was, had ze al veel eerder toegeslagen. Wie nog meer? Haar aangetrouwde familie, de Fosters, waren te dom, en te laf bovendien. Lise zou nooit de energie of de vooruitziende blik hebben gehad om brand te stichten. Bovendien bestond ze voor zo'n groot deel uit plastic dat ze waarschijnlijk bang was om te smelten, de verdorven heks.

Misschien dat Tina's voormalige maffiavriendjes er iets mee te maken hadden gehad, maar voor zover Honor het kon inschatten, werd deze theorie eigenlijk vooral ingegeven door het gebrek aan harde aanwijzingen. Zelfs de agent die het te berde bracht leek niet echt overtuigd.

Toen die haar vervolgens meedeelde dat de verzekeringsmaatschappij had laten doorschemeren dat ook zij niet gevrijwaard was van enige verdenking, moesten er twee verpleegkundigen aan te pas komen om haar tegen te houden.

'Men heeft ons eenvoudigweg verzocht om in deze fase alle mogelijkheden open te houden,' legde de onfortuinlijke agent uit. 'Om eerlijk te zijn, is het geen geheim dat uw hotel op het tijdstip van de brand in financiële problemen zat.'

'Dus??' schuimbekte ze bijna. 'U denkt dat ik mijn eigen hotel heb laten affikken? Het Palmers was mijn leven! Er verbleven ménsen daar, verdomme. Gasten, personeel. Vrienden. Het is een wonder dat er geen doden zijn gevallen.'

Net als met eerdere tegenslagen in haar leven – de dood van haar moeder, de vete met Trey, in de steek gelaten worden door Devon – was het gevoel van totale hulpeloosheid wel het ergst. Het was niet alleen het Palmers dat die dag tot de grond toe was afgebrand, maar ook alle hoop op de toekomst was in rook opgegaan.

Een week nadat Honor was opgenomen, kwam Tina eindelijk op ziekenbezoek. Ze had het te druk gehad met feesten in Manhattan om eerder te komen.

'Dus wat ga je nu doen?' vroeg ze terwijl ze zich te goed deed aan de pitloze druiven die ze voor haar zus had gekocht en ondertussen wat in een roddelblad bladerde. 'Terug naar Boston?'

Stiekem genoot Tina wel van het hele drama. Na de seksbeelden op internet was de brand toch wel het leukste. Talkshowproducenten liepen de deur weer plat met verzoekjes om interviews, en fotografen liepen al achter haar aan als ze even koffie ging halen. Geweldig! En, met Honor weerloos in het ziekenhuis, was het aan háár om de wereld te laten zien hoe de geruïneerde (maar stoutmoedige) zusjes Palmer zich te midden van al deze ellende staande hielden. Niemand die een treurverhaal beter in gouden kijkcijfers kon omzetten dan Tina.

'Terug naar Boston, denk ik. Voorlopig,' antwoordde Honor. Ze kromp even ineen terwijl de verpleegkundige een van de verbanden om haar arm verschoonde. Behalve flink wat longschade vanwege de rook had ze haar armen en handen ernstig verbrand, en had ze al een eerste huidtransplantatie achter de rug. Zulke pijn had ze nog niet eerder ervaren. 'Maar zodra die bloedzuigers van de verzekering over de brug zijn gekomen, kom ik terug. Ik ga het Palmers vanaf de grond opnieuw opbouwen. Steen voor steen.'

'Echt?' Tina liet het tijdschrift zakken en keek haar zus kritisch aan. 'Denk je niet dat die brand een waarschuwing was? Zo van: tijd om op te stappen? Een nieuw hoofdstuk in je leven te beginnen? Denk eens aan wat je allemaal met dat verzekeringsgeld kunt doen.'

'Zoals?'

'Weet ik het,' antwoordde Tina schouderophalend. 'Wat je maar wilt. Verkassen naar Parijs. Met een jacht ervandoor gaan. Aan goede doelen geven. Kan jou het schelen.'

Honor keek alsof ze er niet aan moest denken. 'De enige waarschuwing,' concludeerde ze op grimmige toon, 'is dat iemand vastberaden is om ons daar weg te jagen. Maar dan hebben ze de verkeerde familie voor zich. Het Palmers zal herrijzen, en groter en beter dan ooit.'

Tina was niet de enige die vond dat de fenixobsessie van haar zus er wellicht op duidde dat ze mentaal niet helemaal stabiel was.

'Ze kan het maar niet loslaten,' vertelde Tina aan dr. Reeves. 'Ik maak me zelfs zorgen om haar. Ze begint zo gek als een deur te worden.'

'Zo zou ik het niet willen verwoorden,' vond de arts, maar ook hij maakte zich zorgen over de geestelijke toestand van zijn patiënte. Tot dusver had Honor het psychiatrisch team niet kunnen uitleggen waarom ze een brandend gebouw was in gerend dat op het punt van instorten stond terwijl ze al wist dat er niemand meer binnen was. Ze ontkende levensmoe te zijn en beweerde dat ze gewoon een waas voor haar ogen had gekregen. Maar in combinatie met haar regelmatige woede-uitbarstingen en haar pogingen om zichzelf al uit het ziekenhuis te ontslaan voordat ze genezen was, vormden haar bedrieglijke fantasieën over de heropening van het hotel, volgend jaar al, een grote zorg. Het was voor iedereen wel duidelijk dat dit laatste er niet in zat.

Eind november mocht ze dan op een heldere ochtend eindelijk naar huis. Haar armen zaten nog steeds in het verband, en het zou nog twee weken duren voordat ze zich aan een grondige douchebeurt kon wagen. Maar afgezien daarvan, en van een gebrek aan lichaamsbeweging, verkeerde ze in goede gezondheid. Dr. Reeves kon niets meer bedenken om haar nog langer te laten rusten.

'Ik kan zeker niets doen om u over te halen om op een rustiger plek verder aan te sterken?' vroeg hij.

Hij was even langsgekomen om haar formeel te kunnen ontslaan, en tot zijn ontzetting trippelde Honor al ongeduldig rond om de reeds ingepakte koffers nog eens te controleren. Ze stond te trappelen om haar advocaat te bellen om uit te vinden hoe de verzekering onder druk kon worden gezet, maar ze durfde haar mobiel niet voor het oog van dr. Reeves aan te zetten, stel dat hij haar weer zou bevelen het bed in te kruipen. Stiekem was ze als de dood dat die verschrikkelijke verzekeringsagente toch gelijk had en ze inderdaad vanwege de uitgestelde opknapbeurt van het elektra geen recht op uitkering had. Dan zou ze geruïneerd zijn en was het allemaal haar eigen schuld.

'Nee,' antwoordde ze quasiopgewekt. 'U hoeft verder niets te zeggen, dus doe vooral geen moeite.'

Kijkend naar zijn onrustige patiënte glimlachte hij even. Ze was iets aangekomen, maar dat stond haar goed. Met haar rozerode kasjmieren jurk, die haar lichaam als een tweede huid omkleefde, viel het niet te ontkennen dat haar appeltjesborstjes inmiddels tot grapefruits waren gezwollen en dat haar ingevallen gezicht na haar opname een stuk voller en gezonder oogde. Toen ze met haar geschroeide trainingsbroek was binnengebracht, was ze zo mager en knokig geweest dat als je met haar de liefde had bedreven het zou hebben gevoeld alsof je met een geraamte in de weer was geweest. Deze nieuwe, zachtere, glimlachende Honor oogde echt een stuk verleidelijker.

'Uw vriend is er, trouwens. Om u op te halen,' meldde hij terwijl hij de vereiste formulieren ondertekende en met enige moeite zijn aandacht weer op haar medische toestand richtte. 'En om uw koffers te dragen. Even geen feministische onzin vandaag, oké? Zelfs een beetje inspanning is al uit den boze.'

'Vriend?' vroeg ze verwonderd. 'Welke vriend?'

Ze had helemaal niemand gevraagd om haar op te halen, behalve dan de taxi, die haar naar de luchthaven zou brengen voor haar vlucht van drie uur die middag naar Boston.

'Hallo, Honor.'

Met een ruk draaide ze zich om, en eventjes kreeg ze het gevoel dat haar arts iets in haar beker water had gedaan en het leek alsof ze hallucineerde. Want daar, leunend in de deuropening, in een blauw overhemd met losse boord en met zijn ravenzwarte krullen die inmiddels zelfs bijna tot aan de schouders reikten, stond de ranke, gebruinde Lucas.

'Dank u, dokter. We redden het wel zo,' zei hij terwijl hij de specialist de hand schudde en hem uitgeleide deed. Honor zag dat hij een klein boeketje pioenrozen in zijn andere hand hield. Haar lievelingsbloemen, hoewel hij dat nooit kon hebben geweten.

'Ik regel het verder wel.'

'Doe dat vooral,' reageerde de specialist op joviale toon. 'Aan deze dame heb je de handen vol.' Met nog een laatste glimlach naar Honor was hij verdwenen.

Tot haar grote ergernis stond ze die eerste cruciale seconden met de mond vol tanden, zo verbijsterd als ze was. Maar de radertjes in haar hoofd werkten op topsnelheid.

Wat had Lucas hier verdomme te zoeken? Hij zag eruit als een rockster die net een relaxte timeout op de Malediven achter de rug had, terwijl zij hier met haar bleke hoofd de lul was en… ach, laat ook maar. Wat had hij hier verdomme te zoeken, punt?

'Ik waarschuw de beveiliging,' sputterde ze.

'Nou, dat is niet erg gastvrij, vind je ook niet?' reageerde hij geamuseerd terwijl hij zijn boventanden ontblootte. 'Zou je ze niet eerst op z'n minst in wat water moeten zetten?'

'Nee.' Ze griste de pioenrozen uit zijn hand en wierp ze op het bed. 'Bedankt,' voegde ze er in één adem aan toe. 'Ik weet niet of het je is opgevallen, maar ik sta klaar om te vertrekken. Nu. Ik moet mijn vliegtuig halen.'

Dr. Reeves' uitdrukkelijke instructies negerend maakte ze aanstalten om haar zware koffer naar de deur te zeulen. Maar Lucas was haar te vlug af. Met een voorzichtige maar dwingende hand op haar schouder trok hij de koffer zonder moeite los.

'Je hebt gehoord wat de dokter zei,' sprak hij vermanend. 'Tillen is er niet bij. Dat doe ik wel voor je. Leuke jurk, trouwens. En dat lange haar is een flinke verbetering.'

Honor sprong uit haar vel. 'Waar denk je verdomme mee bezig te zijn?' eiste ze. 'Als je bent gekomen om te slijmen, dan is dat nu wel duidelijk, oké? Ga uit mijn ogen.'

'Waarom zou ik hier moeten komen slijmen?'

Als een verwarde pup hield hij zijn hoofd wat schuin en als hij niet zo'n doortrapte, zelfingenomen klootzak was, zou ze het misschien bijna snoezig hebben gevonden. Maar zijn geveinsde onschuld deed haar woede alleen maar verder oplaaien.

'Omdat ik geen hotel meer heb,' antwoordde ze terwijl de tranen onverbiddelijk opwelden. 'Omdat je wens nu eindelijk in vervulling is gegaan.'

Lucas zette de koffer neer. 'Dit is helemaal niet mijn wens geweest,' sprak hij zacht.

'Ja, vast. Of wat dan ook.'

'Misschien, jaren geleden, wel, maar nu niet meer.' Hij keek haar doordringend aan, in de hoop dat ze hem zou geloven. Maar ze staarde keihard terug. 'Ik was toevallig in de stad, op zoek naar een geschikte locatie voor mijn nieuwe Luxe…'

'Fijn voor je,' klonk het verbitterd.

'Ik wist uiteraard van de brand, maar pas toen ik hier was, realiseerde ik me dat je gewond was. Ik ben meteen naar het ziekenhuis gekomen. Ik wilde je zeggen hoezeer het me speet en vragen of ik nog iets voor je kon doen. Gewoon, om te helpen.'

'O, dat kun je,' reageerde ze koeltjes. 'Doodvallen.'

Lucas zuchtte. Haar vrouwelijke metamorfose had duidelijk geen invloed gehad op haar karakter, of haar taalgebruik.

'Denk je werkelijk dat ik je ooit zou kunnen vergeven, na wat je me allemaal hebt aangedaan? Om over Tina maar te zwijgen.'

'Ach, kom op, zeg,' reageerde hij met wrevelige stemverheffing. 'Heb je het nóg niet door, dan? Die internetbeelden van je zus hebben helemaal niets met mij te maken. Het was Anton. Hij liet haar in de val lopen. En míj ook. Begrijp je dat dan niet?'

'Nee,' antwoordde ze koppig. 'Dat begrijp ik niet.'

Lucas was al zo lang de vijand geweest dat het bijna eng was om hem opeens in een ander licht te bezien. Ze moest zich aan haar woede blijven vastklampen, want anders zou ze verloren zijn.

'En dat uit de school klappen over mij en Devon dan?' daagde ze hem uit. 'Ook het werk van Anton zeker?'

'Ja,' antwoordde hij kalm. 'Dat klopt. Jezus, zo meteen beschuldig je me ook nog van die rotbrand.'

Honor kneep haar ogen toe. 'Nou?'

'Nee!'

Een beetje murw liet ze zich op het bed ploffen. Ze begon moe te worden van al het geruzie.

'Weet je, voor zo'n slim iemand als jij kun je soms behoorlijk stom uit de hoek komen,' ging hij verder. 'Goed, ik mag me in de pers dan misschien wat minder positief over je hebben uitgelaten toen het Herrick openging…'

'Misschien?!' Vol ongeloof keek ze hem aan.

'Nou, alsof jij zo braaf was, zeg!' wees hij haar terecht. 'Dus bekijk het even, mevrouw eigendunk. Jezus! Je zou bijna denken dat jij het alleenrecht op de regio East Hampton hebt. En jij had anders ook heel wat verschrikkelijks over mij te melden, hoor.'

Honor kookte van woede maar ze hield haar mond. Wat dat laatste betrof had hij heel, heel misschien, een punt.

'Ik beloofde je dat ik mijn mond zou houden over jou en Carter, en dat heb ik gedaan. En ik zou Lola nooit opzettelijk zoiets hebben willen aandoen.'

'Tuurlijk, want je gaf zo veel om haar, hè?' kaatste ze terug. 'Ik zag het al meteen toen ik je die avond in de badkuip betrapte met Tina's hoofd tussen je benen. Die jongen, dacht ik toen, gaat helemaal voor zijn vriendinnetje. Over trouw gesproken. Ja, je was een echte gentleman.'

'Zal ik jou eens wat zeggen?' Kwaad sprong hij overeind. 'Je gelooft maar wat je wilt.'

Hij gaf het op haar te willen overtuigen. Hij had haar opgezocht om de strijdbijl te kunnen begraven; omdat hij sinds zijn vertrek naar Engeland bijna elke dag aan haar had gedacht; omdat toen hij hoorde dat ze misschien ernstig verwond was geraakt, het leek of iemand hem een trap in zijn maag had verkocht, en niet wilde ophouden. Maar het had geen zin om Honor een olijftak aan te bieden. Ze zou hem er alleen maar mee om de oren willen slaan.

'Ik heb een hotel te bouwen!' riep hij en hij beende weg.

'O ja?' riep ze hem na terwijl hij door de gang liep. 'Nou, ik ook toevallig! Klootzak. Van het Palmers ben je nog lang niet af, hoor je?'

Maar Lucas was al verdwenen.

Een kleine vijfduizend kilometer verderop zat Sian met een grimas op haar gezicht aan een tafeltje in het Londense restaurant Nobu, in gedachten fantaserend over hoe ze Lola, die dit etentje had voorgesteld, aan diverse martelingen kon onderwerpen.

Wat had haar in hemelsnaam bezield om mee te gaan?

Ze waren met hun zessen: zijzelf en Paddy, die het reuze naar zijn zin leek te hebben met het uitwisselen van sterke voetbalverhalen met de andere jongens terwijl hij zich te goed deed aan de sake; Lola en Marti, die zoals gewoonlijk als een stel randdebielen bijna voortdurend naar elkaar zaten te kwijlen; en ten slotte Ben en Bianca.

Het etentje was bedoeld als een bedankje aan Ben, die haar na het Sir Jago Mills-debacle uit de brand had geholpen. Nadat ze eindelijk de moed bijeen had geschraapt en hem had gebeld, was hij meteen op briljante wijze in actie gekomen: binnen een uur had hij een topadvocaat geregeld, persoonlijk haar redacteur gebeld en gedreigd met een rechtszaak als het blad er ook maar over dacht om Sian als zondebok te portretteren om zo zelf buiten schot te blijven.

Dankzij zijn stevige aanpak kwam ze weg met slechts een waarschuwing van de politie. Maar hoofdredacteur Simon was niet echt gediend van dreigementen. Nadat ze drie weken lang enkel met nietszeggende onderwerpen als de waterkwaliteit van de Thames en ontsnapte cavia's was opgezadeld, was voor haar de hint wel duidelijk en had ze ontslag genomen bij *News of the World*. Inmiddels freelancete ze weer, en ze haatte het.

'Toch moet het in zekere zin ook bevrijdend zijn, lijkt me?' vroeg Bianca terwijl ze van haar wodka met limoen en sodawater nipte, favoriet bij modellen. 'Dat je gewoon kunt schrijven wat je wilt. Je eigen agenda kunt bepalen.'

Ze droeg geen make-up, haar haar zat in een paardenstaart en ze droeg een eenvoudig wit hemdtopje en een spijkerbroek. Maar desondanks waren alle mannen en bijna alle vrouwen in het restaurant als betoverd door haar en spitsten ze de oren om geen enkel woordje te missen dat over haar goddelijke lippen rolde.

Sian deed haar uiterste best om niet jaloers te zijn, maar ook zij was maar een mens.

'Min of meer,' was haar antwoord. 'Maar je kunt je eigen agenda nooit helemaal zelf bepalen. De hoofdredacteur heeft altijd het laatste woord, of je nu freelancer bent of huisreporter. Zo zit het vak nu eenmaal in elkaar.'

'Wat zit je toch te kletsen, meisje?' vroeg Paddy, die een lange, dunne arm om haar schouders sloeg en haar teder op haar voorhoofd kuste. 'Toch niet over je werk, hoop ik? Hallo, meiden, dit is bedoeld als pleziertje, weet je nog?'

Ben, wie de kus en de lieve, beschermende arm bepaald niet ontgaan waren, voelde hoe zijn maag zich in een knoop legde. Hij moest toch eindelijk eens leren zichzelf te beheersen en volwassen worden.

Toen Sian hem die bewuste dag vanaf het politiebureau had gebeld, was zijn opgetogenheid nauwelijks te beschrijven. Sinds ze uit elkaar waren, had hij zo vaak aan haar gedacht en wilde hij het na zijn idiote gedrag in Amerika al zo lang weer goedmaken. Maar uiteraard was hij te laf om de eerste stap te zetten. En toen, zomaar ineens haar heerlijke zangerige stem aan de telefoon, en ze had ook nog eens zijn hulp nodig. Dat was dé kans om alles recht te zetten. En dat had hij gedaan. Althans, dat was zijn indruk.

Dus waarom verliep alles nog steeds zo stroef? Als ze hem echt had vergeven en vergeten, waarom draaide ze dan telkens haar ogen weg als hij even naar haar keek? En vanwaar die herhaaldelijke aandrang om Paddy, hoewel hij die van meet af aan mocht, met zijn eigen schoenveters te wurgen als hij weer eens aan haar zat?

'Wat jij nodig hebt, is één goeie primeur om je naam te vestigen,' was Bianca's advies aan Sian. 'Iets waardoor alle kranten bij je in de rij staan.'

'Ja,' vond ook Lola terwijl ze met haar eetstokjes een rauw stukje vlees oppakte en het liefdevol in Marti's mond liet vallen. 'Een primeur.'

Nieuwe tieten zul je bedoelen, dacht Sian bij zichzelf terwijl ze mistroostig Lola's weelderige decolleté met haar eigen erwtjes op een plank vergeleek. Ook zij had voor deze avond flink uitgepakt met haar zwierige rode jurk van Top Shop en de zwarte patentleren laarsjes die Paddy haar 'Fuck Me-specials' noemde. Aanvankelijk was ze best ingenomen met haar verschijning, totdat eerst Lola en daarna Bianca respectievelijk als een tweede Lindsay Lohan en een tweede Angelina Jolie hun opwachting hadden gemaakt. Geen wonder dat Ben zo vreemd naar haar keek. Die dankte natuurlijk God op zijn blote knieën dat hij haar voor een ander had ingeruild. Over upgraden gesproken.

'Over een goeie primeur gesproken,' zei Marti, die zich heel even van Lola losmaakte, 'hebben jullie toevallig nog over die brand in het Palmers gelezen? Er gaat een gerucht dat Honor Palmer de boel zelf heeft aangestoken om het geld van de verzekering te kunnen opstrijken.'

'Geloof ik niks van,' zei Lola, die heftig het hoofd schudde. Sinds ze op Minty Burnsteins bruiloft stiekem het gesprek tussen Honor en haar vader had opgevangen, beschouwde ze Honor niet langer als een hoer van Babylon, ook al droeg ze haar nog steeds niet op handen. In plaats daarvan richtte haar boosheid zich op haar gênant hypocriete vader en op de doortrapt wraakzuchtige Lucas, die de hele affaire naar de pers had gelekt. 'Je kunt veel over haar zeggen, maar ze is geen brandstichter. Dat hotel was haar leven. Ze kan de boel echt niet hebben aangestoken. In geen duizend jaar.'

'Nou, iemand moet toch een hekel aan haar hebben,' zei Marti. 'Het is bijna zeker brandstichting geweest.'

'Misschien was het Lucas wel,' opperde Lola half gekscherend terwijl ze even fronsend naar Ben keek. 'Hij kan haar wel schieten. En reken maar dat-ie gemeen genoeg is.'

'Ik denk toch van niet,' was Bens kalme oordeel. Op zich kon hij Lola's afkeer na de belabberde manier waarop Lucas haar had behandeld, wel begrijpen, maar nu zat ze toch echt fout. 'Hij haat haar helemaal niet, niet echt. En hij heeft wel iets beters te doen dan brandjes stichten.'

'Natúúrlijk is het Lucas niet geweest!' lachte Bianca, die totaal onwetend was van zijn aanvaringen met zowel Lola als Sian en het altijd goed met hem had kunnen vinden. 'Hij is een schatje, hè, Ben? Hij doet geen vlieg kwaad.'

De andere twee meiden keken elkaar aan en giechelden.

'Als Lucas het op iemand heeft voorzien, is het Anton Tisch wel,' zei Ben, die geen idee had hoe hij zijn eetstokjes moest vasthouden en tevergeefs een plakje tonijnvlees op zijn bord achternazat. Hij had trouwens de pest aan Japans eten. Pure afzetterij, gewoon. 'Dat God hem moge bijstaan. Die Tisch heeft in z'n eentje een gat in mijn fonds geslagen zo groot als de Grand Canyon.'

'Aai,' reageerde Sian schalks. 'Nog maar vijfhonderd miljoen in de portemonnee? Jeetje toch.'

Ben bloosde en had al meteen spijt van zijn opmerking.

'Nou, ík vind die Tisch dus echt afschuwelijk,' verklaarde Bianca solidair. Mocht ze de onderhuidse spanning tussen Sian en Ben hebben gevoeld, dan liet ze het in elk geval niet blijken. 'Hij hangt wel mooi de ruimhartige, sociale jongen uit, maar vrouwen behandelt-ie als oud vuil. En wat hij die arme Lucas heeft aangedaan, is onvergeeflijk.'

Voor Lola was het een brug te ver.

'Die arme Lucas? Is dit een grap?! Die lul lokt een vrouw zijn hotel in voor een pornofilm en zet de boel op internet! Om nog maar te zwijgen van wat-ie mij en mijn familie heeft aangedaan. Sorry, Bianca, maar dat ontslag had-ie verdiend, en meer dan dat.'

Nu het voor Bianca eindelijk duidelijk werd dat ze op een landmijn was gestapt, hield ze haar mond.

'Lucas heeft altijd beweerd dat Anton achter die internetbeelden zat,' nam Ben het voor zijn vriend op. Hij wist dat zowel Sian als Lola maar al te graag zijn hoofd op een dienblad geserveerd wilde hebben, maar toch wilde hij zijn vriend niet afvallen.

'Ja, zou ik ook zeggen,' vond Lola. 'Afijn, kunnen we het misschien even niet over die lul hebben? Ik wil graag een beetje van mijn eten genieten.'

'Goed punt,' vond Marti.

Een paar minuutjes ging het gesprek over andere zaken, hoofdzakelijk mode, en of Bianca kon worden overgehaald tot het dragen van een van Lola's ontwerpen voor een grote party tijdens de Fashion Week. Maar Sian was in gedachten nog helemaal met het onderwerp Lucas bezig.

'Toch wel interessant, die Tisch,' merkte ze even later monter op.

'Wat?' vroeg Paddy, slechts half luisterend. 'Ben ik trouwens de enige die vindt dat deze kabeljauw niet te vreten is?'

Ze negeerde het. 'Want hij is best wel een mysterieuze figuur, niet?' ging ze verder. 'Met een zeker imago, zoals Bianca al zei, en dat is vooral positief, ook al weet iedereen wel beter.'

'Zoals het verdommen om alimentatie te betalen,' merkte Bianca boos op.

'Precies. Dus waarom heeft dat zich niet tegen hem gekeerd?'

'Toch wel, min of meer,' meende Ben. 'Maar hij is stinkend rijk en stapt bij het minste al naar de rechter. De media zijn bang van hem, durf ik te wedden. En hij is zo gereserveerd dat ik me afvraag of zijn eigen moeder hem zelfs goed kent. Maar inderdaad, een hoop dingen aan hem kloppen gewoon niet.'

'Zoals?' wilde Sian weten.

'Nou, zoals hoe hij mijn cliënten overhaalt om uit mijn fonds te stappen, om maar eens wat te noemen. En waarom hij het zo op Lucas heeft gemunt. Kijk, ik wil niet wéér over Lucas te beginnen, maar wat heeft een Anton Tisch in hemelsnaam met Lucas? Alsof een blauwe vinvis het op een eenzaam loodsmannetje heeft gemunt. Het zaagt geen hout.'

'"Sníjdt geen hout", schat. Niet "zaagt",' verbeterde Bianca hem.

Sian moest haar best doen om niet te grinniken nu Ben haar even vuil aankeek.

'Wellicht is dit jullie primeur, dames?' opperde Paddy. 'Probeer maar flink wat bagger over Anton op te spitten. Zo meteen staan alle kranten in de rij voor je.'

'Ik schrijf zo een cheque voor je uit, hoor, als je die gluiperige Duitse reet van hem aan het spit kunt rijgen,' voegde Ben er geestdriftig aan toe. 'Maar het zal niet makkelijk worden.'

'Dank je,' reageerde Sian op sarcastische toon, 'maar ik hoef je geld niet.'

Ben beet op zijn lip. Zodra ik thuis ben, eerst mijn tong afbijten, knoopte hij in zijn oren.

'Kappen, Siany. Maak hem nou niet pissig, want anders weigert-ie zo meteen de rekening te betalen,' fluisterde Paddy hardop, waarna ze met z'n allen in de lach schoten. 'Iedereen weet toch dat wij ons zo'n etentje hier echt niet kunnen veroorloven.'

Na afloop reden Ben en Bianca meteen naar huis, en besloten Marti en Paddy ergens in Soho te voet nog een cafeetje te zoeken, wat betekende dat Sian en Lola op een taxi waren aangewezen.

'Weer net zo gezellig als vroeger,' zei Lola op de achterbank terwijl ze haar Jimmy Choo's uitschopte en haar blote voeten op het klapstoeltje tegenover haar legde. 'Jij en ik, samen met de taxi naar huis. Toen er nog geen jongens in het spel waren.'

Sian glimlachte.

'Weet je, Ben is echt zo'n leuke vent,' ging Lola blijmoedig verder. 'Echt geen steek veranderd. God mag weten waarom-ie zo op Lucas gesteld is, maar één blunder kun je hem toch wel gunnen. Bianca is ook leuk, vind je niet?'

Het was niet in haar opgekomen dat Sian, drie jaar na dato, nog steeds romantische gevoelens zou koesteren voor Ben, vooral niet nu ze met Paddy zo gelukkig leek.

'Ja hoor,' antwoordde Sian zonder een greintje enthousiasme. 'Helemaal oké.'

In werkelijkheid dacht ze helemaal niet aan Bianca, of zelfs aan Ben. (Ook al kwelde ze zich een paar uur later, in bed, met haar gefantaseer over hoe het stel nu de liefde aan het bedrijven was.) Op dit moment dacht ze alleen maar aan Anton Tisch. Te veel aan hem rook verdacht, en voor het eerst in maanden voelde ze dat haar journalistieke hart weer een beetje begon te kloppen.

Morgen zou ze wat gaan spitten. Niet te lang, misschien een paar uurtjes Googelen. Waarschijnlijk zou het niets opleveren, maar ze had verder toch weinig te doen. En wie weet? Misschien was het de moeite waard.

24

Het 2,7 miljard dollar kostende Wynn Las Vegas was het duurste hotel
met casino ter wereld. De drie meter hoge, van de vloer tot het plafond
reikende vensters in elk van de 2700 slaapkamers boden een spectaculair
uitzicht op het uitgaanscentrum beneden. De gasten konden kiezen uit
twintig verschillende restaurants, winkelen in de promenade met desig-
nershops of zichzelf te goed doen in het kuuroord of op de wereldberoemde golfbaan. Ze konden zelfs bij de dealer beneden in de hal een Ferrari aanschaffen om door de stad te toeren.

Net als alle grote Vegas-hotels – de monsters, zoals Trey Palmer ze
vroeger noemde – wilde het Wynn een wereld scheppen die zo volmaakt
was dat wanneer je eenmaal door de glazen deuren naar binnen was gestapt, je nooit meer weg wilde.

Maar dat was juist wat Honor wilde. Weg uit het hotel, de stad, de conferentie. Had ze er maar aan gedacht om haar robijnrode slippers in te
pakken.

Deze januariconferentie in het Wynn was de grootste die het IHA ooit
had gehouden. Zo'n 1600 hoteliers van over de hele wereld woonden haar
bij, maar ook academici, journalisten, beleggers, chef-koks, bouwbedrijven – iedereen die iets voorstelde in het vak.

Op dit moment was Honor zich maar al te bewust van het feit dat ze
binnen de hotelbranche officieel een *nobody* was. Nu de politie nog steeds
niet dichter bij een oplossing was van het brandstichtingsraadsel rond het
Palmers – ze hadden Danny Carlucci en diens gabbers talloze malen ver-
hoord, maar hadden hun zelfs niet een parkeerbon in de schoenen kunnen schuiven – bleef haar verzekeringsgeld ergens in de permafrost steken. Ze was zich ervan bewust dat het nog wel eens jaren kon gaan duren
voordat ze een cent van haar claim zag en dus had ze besloten om al haar
energie in plan B te steken: het vinden van een particuliere investeerder
om de wederopbouw van haar hotel te financieren.

Het eerste wat ze deed was weer contact zoeken met Baz Murray, de

Australische magnaat die een paar maanden geleden, voordat de ramp had toegeslagen, nog zo gebrand was geweest op samenwerking met het Palmers. Maar aangezien hij daar op het moment van de brand als gast had verbleven en ternauwernood aan een krokant verbrand velletje was ontsnapt, was zijn enthousiasme voor het project begrijpelijkerwijs afgenomen.

Wat de reden was voor haar komst naar Vegas, gewapend met hoge verwachtingen en de PowerPoint-presentatie waar ze haar hele kerstvakantie aan had gewerkt, compleet met een prachtige serie door de computer gegenereerde beelden van hoe het 'nieuwe' Palmers eruit zou kunnen gaan zien.

Aanvankelijk had ze het hotel precíes zoals het was geweest willen herscheppen, tot op de laatste verbogen spijker en het kromme deurkozijn aan toe. Maar al snel had ze zich gerealiseerd dat dit idee eerder door nostalgie werd ingegeven dan door goed zakelijk inzicht. Wat één ding betrof, had Tina gelijk. De brand had haar inderdaad een kans geboden. Een kans om opnieuw te beginnen, zonder nog meer van de renovatieproblemen die als een Bijbelse sprinkhanenplaag haar geld hadden verslonden, en zonder de geesten van haar vader en grootvader, die vanaf de daksparren al haar bezigheden afkeurend hadden gadegeslagen.

Het 'nieuwe' Palmers zou Honors schepping zijn – een kans om haar eigen unieke stempel op de geschiedenis van haar familie te drukken. Uiteraard zou het hotel de historische charme behouden; het gevoel van geschiedenis en traditie. Maar de versleten chic zou worden vervangen door echte chic; de versleten, vervaagde deftigheid van het oude Palmers zou plaatsmaken voor een meer zelfverzekerde, stemmig voorname ambiance. Hier geen platheid en blingbling à la het Herrick. Noch het spaachtige, hippe van Luxe. Het Palmers zou weer een bastion van ingetogen Amerikaanse rijkdom en bevoorrechting worden. En niemand die dat beter tot stand wist te brengen dan Honor.

In het vliegtuig naar Vegas moest ze haar presentatie wel twintig keer hebben bekeken, vol van zelfvertrouwen en opwinding. Hoe konden investeerders géén brood zien in haar visie, geruggensteund als deze was door een merknaam zo duurzaam dat geen brand die kon verwoesten? Binnenkort zou het nieuwe Palmers het gesprek van de dag zijn, over hoe het als een feniks uit de as van het oude hotel was herrezen.

Maar zodra ze in het Wynn was gearriveerd, had al haar zelfvertrouwen haar in de steek gelaten. De omvang van het hotel reduceerde het Palmers tot een poppenhuis, een van de miljoenen niemendalletjes met gevels van overnaadse witte planken, een stipje in het landschap. En de eerste paar dagen van de conferentie hadden haar gevoel van nietigheid bepaald niet weggenomen. Bijna alle seminars handelden over het 'grote plaatje', met titels als: 'Globalisering, merkpositionering en groei' of 'Schuldherstructurering in het "high interest"-tijdperk'. Er was geen gelegenheid voor een persoonlijk praatje dat Honor nodig had om een geschikte financier te strikken. Zelfs als die gelegenheid er was geweest, leek ze hier de enige die zaken wilde doen. Iedereen, van de machtigste president-directeuren tot studenten bedrijfskunde, leek zijn vrije tijd aan de roulettetafel te willen doorbrengen en/of de plaatselijke stripteasetenten te willen bezoeken. Zelfs de vrouwen.

Sterren kijken was de andere geprefereerde vrijetijdsbesteding, en het Wynn oogde dan ook als een tot leven gewekt nummer van het tijdschrift *People*. Honor koesterde geen belangstelling voor beroemdheden en meed de casinovloer zoals ze de hellepoort zou mijden, maar zelfs zij had Ben Affleck en Nick Lachey, rondkuierend in de hal, inmiddels gespot. Ze had zelfs samen met Lisa Marie Presley in de lift gestaan, wat een geluk.

Ze kon zich niet herinneren zich ergens zo misplaatst te hebben gevoeld sinds haar vader haar op haar twaalfde tegen haar zin had ingeschreven op een balletschool in Boston, in de hoop de robbedoes in haar wat te temmen. Ze had elk lesuur in haar spijkerbroek en laarsjes van Doc Marten in een hoek zitten pruilen terwijl de andere meisjes in hun donzige roze pakjes van doorzichtige zijde om haar heen pirouettes maakten.

Pruilen was nu helaas geen optie. Niet als ze het Palmers wilde herbouwen. Hoezeer ze Vegas ook haatte, ze moest aan de bak.

Vandaag was dag vier, en tot nu toe was ze alleen nog maar benaderd door de weerzinwekkende Bruce Austin, een hoge pief van het Hilton. Tijdens de lunchpauze was hij steels op haar afgeslopen, had een ongewenste arm stevig om haar middel geslagen en haar met een knipoog gevraagd of ze haar presentatie misschien 'onder vier ogen' wilde houden, 'als je begrijpt wat ik bedoel'.

'Dank je, Bruce,' had ze stijfjes gereageerd terwijl ze haar best deed haar ogen af te houden van zijn bierbuik, die de knoopjes van zijn overhemd bijna deed springen, of van de zweetplekken zo groot als maaltijdborden onder zijn armen. 'Maar als het jou niets uitmaakt, stik ik nog liever in mijn eigen braaksel.'

Ze was wel wanhopig, maar niet zó wanhopig.

Nu was het avond, en alle seminars waren afgelopen. Ze begaf zich naar de grootste van de ontelbare cocktailbars van het Wynn, want ze was heel erg toe aan een drankje. Terwijl ze op een lege kruk neerplofte, probeerde ze deze dag uit haar hoofd te zetten. Alsof Bruce' lompe avances nog niet erg genoeg waren geweest, had de middaglezing zich ontsponnen als een twee uur durende monotonie van de eigenaar van een Zwitserse motelketen. Het was zo saai geweest dat ze zowaar halverwege in slaap was gesukkeld en beschamend genoeg van haar stoel op de vloer was gegleden. Ze was wakker geworden, niet door de val, maar door het oorverdovende gelach van de gedelegeerden om haar heen. Niet bepaald haar beste moment.

'Whisky met ijs, alstublieft. Doe maar een dubbele.'

'Komt eraan.'

De barman, een *wannabe*-acteur met dezelfde tandpastaglimlach als al het andere personeel van het Wynn, vloog aan het werk. Ze moest toegeven, de service was hier voortreffelijk. De whisky arriveerde. Dorstig nam ze een grote slok, maar daar kreeg ze al meteen spijt van nu de alcohol in haar keel brandde en ze als een tbc-patiënt begon te hoesten en te proesten. Precies op het moment dat ze een mondvol van het amberkleurige vocht via zowel haar neus als haar mond over de opgepoetste bar spetterde, drentelde Petra Kamalski met een groepje Tischen Group-volgelingen, allen van het mannelijk geslacht, de bar binnen.

Geweldig. Daar zat ze net op te wachten.

'Honor.' Met een kwaadaardige glimlach liep Petra op haar af. Met haar helderrode mantelpakje van Chanel en bijpassende robijnrode schoenen met hoge hakken en lipstick, en met haar geblondeerde haar dat als een strakke glanzende witte helm oogde, deed ze Honor denken aan een speelgoedsoldaatje, en wel zo erg dat ze elk moment verwachtte dat Petra haar hakken tegen elkaar zou laten klakken en zou salueren, mogelijk onder een luid gebruld '*Sieg Heil!*'

'Wat een verrassing. Zijn we oude tijden aan het herleven?'

'Rot op, Petra,' zei Honor terwijl ze wenste dat haar ogen en neus door de brandende drank eens ophielden met het als een kraan leegstromen.

'Nou, nou,' beklaagde Petra zich. 'Je hoeft niet zo kribbig te doen, hoor. Je komt wat gestrest over, lieverd.' Ze vermaakte zich duidelijk. 'Wil je misschien een sigaret? Hoewel ik zeker weet dat meneer Wynn het zou waarderen als je eraan denkt die peuk uit te drukken in een asbak zodra je uitgerookt bent.'

Met moeite lukte het Honor om een flauwe glimlach te tonen en deze amper verhulde verwijzing naar de Palmers-brand te negeren.

'Hé, jongens,' riep Petra over haar schouder naar haar hijgerige gevolg. 'Heeft iemand misschien een vuurtje voor Honor Palmer?'

Er werd volop gegniffeld. Een grappenmaker wierp Petra een aansteker toe, die ze met veel vertoon openklikte waarna ze het vlammetje onder Honors neus hield.

'Nee? Geen roker?'

Honor deed alsof ze lucht was en draaide zich om naar wat er van haar whisky over was. Maar Petra was nog niet klaar. Haar haat jegens Honor zat zo diep dat ze niet kon rusten voordat Honor zou toehappen.

'Kom op,' zei ze. 'Ik maakte maar een geintje. Je zou hier niet in je eentje moeten zitten drinken. Waarom ga je niet met ons mee?'

'Nee, dank je,' antwoordde Honor koel.

'Zeker weten? We zijn allemaal op weg naar mijn kamer. Ze schijnen boven een film van je zus te hebben, op het pornokanaal. Hij is heel goed, heb ik gehoord. Kan ik je niet verleiden?'

Als een kwijlende troep hyena's aasde haar groepje op een reactie van Honor. Maar ze werden teleurgesteld. Honor omklemde haar glas nog steviger en nam even de tijd om te kalmeren. Wat zou ze graag als een wilde kat boven op Petra springen en haar verraderlijke, ijsblauwe ogen uitkrabben, maar ze wist dat ze in de minderheid was en dat het valse kreng juist op een scène hoopte. Waarom zou ze haar een plezier doen?

'Het spijt me,' zei ze, ze sloeg de rest van haar whisky achterover en liet een briefje van twintig dollar achter op de bar. 'Ik pas. Maar veel plezier hoor, jongens. Elke dollar die dat filmpje oplevert, gaat naar Unicef. Daar zijn ze vast en zeker heel dankbaar voor jullie bijdrage.'

Pas toen ze de vijftiende verdieping en de beslotenheid van haar eigen kamer had bereikt, stond ze zichzelf een reactie toe. Ze sloot de deur achter zich, zette de tv aan en brulde een minuut lang de longen uit haar lijf.

'Bitch!' tierde ze. 'Godvergeten Russische slet! Hoer! Biiiitch!'

Daarna trok ze haar sweater, witte broek en ondergoed uit, sprong naakt op het kingsize bed en begon uit frustratie met haar vuisten in de kussens te stompen.

Ten slotte schoot ze uitgeput, maar met een veel beter gevoel, in het blote negligeetje met slipje van Calvin Klein, die als haar nachtgoed fungeerden, trok de minibar open en haalde er vier miniflesjes Jack Daniels uit. Het was dan wel geen malt whisky, maar het moest maar.

Terwijl ze zich uitrekte en lekker met haar tenen in het luxe, dikke tapijt kroelde, zette ze het geluid van de tv zachter, zapte de kanalen langs tot ze op Seinfeld stuitte en begon aan het lange proces van zichzelf in een zorgeloos coma drinken.

Op de internationale luchthaven McCarran, aan de andere kant van de stad, bleek de avond voor Lucas allesbehalve zorgeloos te verlopen.

Door een staking onder Franse luchtverkeersleiders, die Charles de Gaulle plat had gelegd, was hij al drie dagen te laat voor de conferentie. Maar nu was aan het licht gekomen dat die stomkoppen van Air France zijn tassen, inclusief zijn laptop, naar Milwaukee of Mogadishu of een andere bestemming met een M – in elk geval niet Las Vegas, verdomme –

hadden gestuurd. Samen met een knallende hoofdpijn die zijn schedel op ruim twaalf kilometer boven Colorado in een houdgreep had genomen en zich sindsdien als een asielzoeker aan een landingsgestel had vastgeklampt, kon je rustig zeggen dat hij niet in de meest aimabele stemming verkeerde.

Hij had een klotekerst achter de rug, had constant gewerkt en een steeds verbitterder strijd gevoerd met Connor, zijn zogenaamde partner. Het struikelblok diende zich aan toen Lucas gebruik had gemaakt van een banklening om in de Hamptons een duur perceel, vanaf het Herrick gezien ruim anderhalve kilometer verderop langs het strand, te kunnen betalen waarop hij van plan was zijn nieuwe hotel te bouwen dat voorlopig de meer dan een beetje verheven naam Luxe America zou krijgen.

Connor was uit zijn slof geschoten en had Lucas vergast op meer krachttermen dan Ozzy Osbourne die zijn teen had gestoten: 'Godvergeten spanjool!' 'Geen godvergeten zelfbeheersing!' 'Hebzuchtige, onwetende, paella vretende boer!'

Het amuseerde Lucas altijd weer wanneer racisme en vooroordelen de kop opstaken zodra mensen kwaad werden of iets te veel hadden gedronken. Het was als vuil dat naar de oppervlakte kwam drijven. In Connors geval had de tirade hem het excuus opgeleverd dat hij nodig had om zich van hem los te maken en op zoek te gaan naar een nieuwe, meer gefortuneerde partner. Ondanks Connors bezweringen dat hij niet het vak uit wilde, wisten ze allebei wel dat ze niet op de oude voet konden doorgaan.

Lucas' grootste probleem was nu de tijd te vinden om op jacht te gaan naar iemand anders. Heen en weer rennend van de bouwplek in East Hampton en zijn twee bestaande hotels had hij nauwelijks tijd om te slapen, laat staan te netwerken.

Terwijl hij in de aankomsthal vergeefs tussen de vele omhooggehouden bordjes zocht naar eentje met zijn naam erop, wenste hij vurig dat hij in Parijs zat. Hij was veel liever daar dan op Ibiza, waar hij een zeer bekwame, plaatselijke jongen die Alessandro heette als interimmanager had aangenomen. De stad zelf was natuurlijk ongelofelijk mooi. Lucas was nooit zo'n cultuurvreter geweest, maar hij was helemaal weg van de Notre Dame, en het Louvre was een labyrintische wereld op zich, waar hij nooit genoeg van leek te krijgen. Maar het waren de vrouwen van wie hij pas echt bezeten was. Franse meiden hadden een aangeboren seksuele zelfverzekerdheid die zó veel aantrekkelijker was dan de onbeschaamde uitdagendheid van hun tegenhangers op Ibiza, bij wie alles om bruine borsten, bruine benen en bruine billen draaide. Het leek een beetje op het verschil tussen Honor en Tina Palmer. Tot op de dag van vandaag had hij spijt dat hij met de Palmer-zus van Ibiza seks had gehad en niet met de

Parisienne. Maar hij zou er geen minuut minder om slapen. Jammer voor Honor.

Toen hij elk bordje vergeefs had afgespeurd en ten slotte niemand meer had om tegen te tieren, diende hij bij de luchtvaartmaatschappij een klacht in en begaf zich, zonder tassen, naar de taxistandplaats.

'Het Wynn,' snauwde hij humeurig tegen de chauffeur, maar hij had al meteen spijt toen hij naast fotootjes van de kinderen van de man een kruisje en een rozenkrans aan de achteruitkijkspiegel zag hangen. Die arme kerel deed ook alleen maar zijn best om een boterham te verdienen. Hij verdiende het niet om zo te worden afgebekt.

Het grootste deel van de drie kwartier durende rit checkte hij zijn e-mails op zijn Blackberry – goddank had hij díé in zijn zak en niet in zijn tas gedaan, anders zou hij pas echt verneukt zijn geweest. Pas de laatste vijf minuten stopte hij het ding weg en richtte hij zijn aandacht op het krankzinnige neoncircus dat de naderende stad aankondigde.

Ondanks zijn vermoeidheid was hij geil. Sandrine, een exotische danseres uit de Crazy Horse, met wie hij van tijd tot tijd in Parijs had afgesproken, had hem een paar teksten voor boven de achttien gestuurd die het hele drama van vermiste bagage enigszins naar het achterhoofd hadden helpen verbannen. Een van de voordelen van zijn belachelijk hectische reisschema was de mogelijkheid om drie volstrekt gescheiden sekslevens naast elkaar te hebben – in Ibiza, Parijs en de States – zonder vrees voor ontdekking, jaloezie of vervelende woede-uitbarstingen van vrouwen zoals hij die vroeger gek genoeg regelmatig over zich wist af te roepen. Emotionele vrouwen verveelden hem dood. Gelukkig lag dergelijke ongein bij lange na niet in Sandrines aard. Als hij weg was, neukte ze het halve Veertiende Arrondissement zonder enige twijfel helemaal suf, een gedachte die, gepaard aan haar aanschouwelijke teksten en het vooruitzicht van de talloze wellustige geneugten die hem in Vegas wachtten, zijn pik al aardig hard maakte.

Hij vroeg zich af hoe lastig het zou zijn om een hoertje binnen te krijgen zodra hij zijn intrek had genomen. Niet al te lastig, stelde hij zich zo voor. Hoewel het zijn reputatie weinig goed zou doen als iemand van de IHA-conferentie hem zag betalen voor seks. Voor veel mensen in Amerika bleef hij onuitwisbaar in verband staan met Tina Palmer, seks, drugs en videobanden, een imago dat hij moest zien te veranderen als hij Luxe America tot een succes wilde maken. Betrapt worden bij het bellen van de vaginalijn zou een grote pr-ramp zijn.

Meteen na aankomst bij het Wynn beende hij op de inschrijfbalie af.

'Meneer Ruiz, u logeert in kamer 1606,' liet de blondine achter de balie hem opgewekt weten, 'op de vijftiende verdieping. Is er verder nog iets waarmee ik u van dienst kan zijn?'

'Eigenlijk wel, ja,' schertste hij. 'Je zou mijn tas voor me kunnen opsporen. Volgens mij kan die wel eens in Maryland staan. Of in München. Een van de twee.'

Het meisje keek hem met een wezenloze blik aan. Net als de meeste meiden in Vegas bezat ze het lijf van een godin en het gezicht van een engel, maar de ogen van een achterlijk konijn. Hij schatte haar IQ op ergens rond het niveau van een broccoliroosje. Een heel klein roosje.

'Laat maar,' zei hij vermoeid. 'Ik kom wel boven.'

In de hal op weg naar de liften – er was een hele rij liften; het was hier zo enorm groot, het leek het Pentagon wel – stak hij zijn hoofd om de hoek van de cocktailbar, maar trok het direct weer terug toen hij Petra in het vizier kreeg. Het was zijn eerste glimp van haar sinds de Lausannetijd, hoewel hij wel talloze malen haar foto had zien opduiken in de vakbladen. Op een of andere manier lukte het de fotografen maar niet om haar aura van kille, afstandelijke kwaadwilligheid, die Lucas zich zo goed herinnerde, te vereeuwigen. Haar kapsel en gevoel voor kleding waren misschien wel veranderd, maar zij niet.

Dat geconstateerd hebbende vond hij haar behoorlijk aangeschoten, wat echt niets voor haar was. Hoewel, het was misschien wel eens goed. De alcohol had haar duidelijk wat weten te ontspannen. Haar rode schoenen met stilettohakken had ze uitgeschopt en minstens één knoopje boven aan haar fris witte blouse was opengesprongen. Connor zou dit ongetwijfeld sexy hebben gevonden, dacht Lucas huiverend. Van hem mocht hij haar hebben.

In zijn wanhoop om weg te komen glipte hij de wachtende lift in. Het enige wat hij nu nog wilde, was iets van roomservice, zijn bed en mogelijk een redelijke pornofilm – als hij zijn ogen lang genoeg open kon houden.

'Oooo! Ga nou uit, stom ding!'

Een straalbezopen Honor drukte met groeiende irritatie als een bezetene op de afstandsbediening van de tv totdat ze zich realiseerde dat ze eigenlijk op haar mobieltje zat te tikken.

'Kut. Waar is dat ding?' mompelde ze, strompelend door de kamer terwijl ze onder kussens keek en de her en der op de vloer liggende rotzooi uit de minibar opzij schopte: overal lagen lege flessen, bierblikjes en pindadozen. Ze had zelfs de Pringles cheese and onion, waar ze normaal een hekel aan had, verorberd in de veronderstelling dat hoe meer ze at om de drank te absorberen hoe beter.

Ze gaf het op en rukte het tv-snoer uit de wandcontactdoos. Het gevolg was een vonkenregen plus een stekende pijn door haar arm, waarna de kamer in duisternis werd gehuld.

'Fuck,' fluisterde ze. 'Godverdomme.'

De tv was in elk geval uit. Die Ty van *Extreme Makeover* was echt op haar zenuwen gaan werken. Waarom moest hij toch de hele tijd zo schreeuwen? Het openen van het koelkastje van de minibar leverde een streepje licht op, genoeg om te zien dat ze er zowaar in was geslaagd om er een hele bak ijsblokjes doorheen te draaien en nu dus niets overhad voor de twee laatste miniflesjes wodka. Vaag herinnerde ze zich vlak bij de liften een bordje met 'ijs' gezien te hebben, ze kwam wankel overeind en trippelde de gang op.

Ook hier was de verlichting uit. Ze moest op de hele verdieping kortsluiting hebben veroorzaakt – oeps! Alleen door het zwakke schijnsel van de noodverlichting wist ze zich te oriënteren. Het positieve was dat ze beschermd door dit halfduister naar de ijskist kon rennen, haar glas kon volgooien en terug naar haar kamer kon sluipen zonder dat iemand zou zien dat ze was vergeten een badjas over haar ondergoed aan te trekken. Dubbele oeps!

De ijskist vinden was nog een makkie. De weg terug vinden naar haar kamer – welk nummer was het ook alweer? – zonder de kostbare inhoud van haar kristallen tumbler te morsen bleek een stuk lastiger.

Eindelijk stond ze wiegend voor haar deur en reikte naar de sleutelkaart in haar zak. Alleen, er was helemaal geen zak. Noch een sleutelkaart.

'Shit.' Wezenloos staarde ze naar de bewegingloze houten deur, waarvan het rode lampje van de kaartsleuf haar spottend leek toe te knipperen. Even later, toen het licht weer aansprong, slaakte ze een kreet van ontzetting. Plotseling drong de volle omvang van haar hachelijke situatie tot haar door: ze had zichzelf buitengesloten, was zo goed als naakt en stond in een voor iedereen toegankelijke gang, badend in fel, niet bepaald flatteus wit licht.

Wat moest ze nu doen, verdomme?

'Kan ik je helpen?'

Honor stond als aan de grond genageld. De stem klonk van achter haar, maar ze durfde niet te kijken.

Het kon hem niet zijn. Of toch?

'Zijn we onze sleutel vergeten?'

Lucas wilde niet lachen, maar dat was onmogelijk. Daar stond ze dan, stokstijf, als een tweejarige die verstoppertje speelt en denkt dat ze door maar niet te bewegen en haar eigen ogen te bedekken zichzelf onzichtbaar kan maken. Echt heel aandoenlijk.

De laatste keer dat hij haar had gezien, was in het ziekenhuis geweest, toen hij met een bos bloemen vrede had willen sluiten, maar ze had ze terug in zijn gezicht gegooid. De weken van bedrust en zo goed als onverteerbare ziekenhuiskost hadden haar lichaam destijds wat ronder en zachter gemaakt, maar nu waren de scherpe kantjes weer terug. Ze was magerder dan ooit – te mager, eigenlijk. Ze kon niet meer wegen dan een kilo of vijfenveertig, en twee kilo daarvan was haar nieuwe lange haar. Maar toch, in dat echt minuscule ondergoed zag haar kleine, jongensachtige lijf er uitermate verleidelijk uit.

En wat een genot om haar in zo'n vernederende, compromitterende toestand te verrassen! Voor deze ene keer in haar leven moest juffrouwtje Spic en Span beleefd tegen hem zijn. Als ze zijn hulp verlangde, moest ze eigenlijk wel iets meer doen dan dat. Ze zou moeten kruipen voor hem.

Maar kennelijk wilde ze zijn hulp niet.

'Ga weg.' Ze draaide zich vol tegenzin om en keek hem woedend aan, alsof hij verantwoordelijk was voor het lastige parket waarin ze zich bevond. 'Ik kan me prima redden.'

Haar blote negligeetje was zo doorschijnend dat hij de donkere besjes van haar tepels onder de stof kon zien. Het korte ding reikte niet lager dan ongeveer twee centimeter boven haar tangaslipje, wat een glimp op haar platte, gespierde buik bood die haast nog opwindender was dan het nauwelijks verhulde driehoekje schaamhaar eronder. Maar het was de schaamteloze agressie in haar ogen waardoor hij pas echt verkocht was. O, wat verlangde hij ernaar om al die opgekropte woede in dit arme kleine meisje eens lekker weg te neuken.

'O, nou ja, als jij je prima redt,' zei hij schouderophalend en een nonchalance veinzend waarvan hij wist dat ze helemaal gek zou worden, 'dan ga ik maar. Ik wilde voorstellen om je een badjas uit mijn kamer te lenen. Maar als je liever in je eentje naar de receptie wilt gaan… zo…'

Hij keek naar haar zoals een hongerige leeuw naar een gazelle zou doen. Honor bloosde en probeerde veel te laat haar handen voor haar borsten te slaan.

'… Ga je gang.' Hij begon weg te lopen.

Honor stond in dubio. De pot op met hem! Waarom kon het nu niet iemand anders zijn geweest, om het even wie, die haar te hulp kwam?

Zoals hij zojuist naar haar had gekeken, het had haar hart op hol doen slaan – ze schreef het toe aan de schrik, mogelijk gecombineerd met extreme dronkenschap. Misschien dat het als begeerte had gevóéld. Maar nee, dat was het beslist niet. Dat kon niet, want ze werd absoluut, zeker weten niét door Lucas aangetrokken. God, nee zeg. Ze sliep nog liever met George Bush.

Aan de andere kant zou een badjas nu wel heel goed van pas komen. Het alternatief – in haar ondergoed naar beneden gaan – zou een publieke vernedering betekenen in een orde van grootte waarbij de litanie van kleineringen van eerder vandaag in het niet zou verzinken. Ze kon het niet doen.

'Wacht!' riep ze Lucas na.

Langzaam, tergend langzaam draaide hij zich om. 'Ja?'

Vuile schoft die je bent, dacht ze. Je geniet hier met volle teugen van.

'Ik wil je badjas wel lenen,' mompelde ze onbeschaamd.

'O, wíl je dat, ja?' reageerde Lucas. 'Nou, ik weet het niet meer zo zeker, hoor. Ik bedoel, je vraagt het niet erg aardig. Wat zeg je dan?'

Ze knarste op haar tanden. 'Ik haat je,' mompelde ze moordzuchtig.

'Pardon? Dat verstond ik niet zo goed.'

'Asjeblieft? Oké. Asjeblieft. Mag ik asjeblieft je badjas lenen?'

'Natuurlijk.' Zijn grijns werd breder. 'Zie je nou wel? Dat was toch zeker niet zo moeilijk?'

De gangen in het Wynn waren langer dan de meeste straten in East Hampton, en het leek wel een eeuwigheid te duren voordat ze bij Lucas' kamer waren, vooral omdat hij ervoor koos om expres op zijn dooie gemak te kuieren en haar martelgang te rekken. Maar eindelijk stonden ze dan voor zijn deur. Hij had de kaart nog niet door de sleuf gehaald of Honor schoot als een vis naar binnen, linea recta naar de badkamer. Even later verscheen ze weer, gehuld in een enorme badstoffen badjas en met haar handen ergens in de gigantische mouwen verstopt zodat alleen haar voeten en haar hoofd als van een pop zichtbaar waren.

Lucas barstte in lachen uit. 'Help me, Obi-Wan Kenobi! U bent mijn laatste hoop!'

'Ha, ha,' reageerde ze vreugdeloos. Ze liep naar de deur, maar hij stapte voor haar en versperde zo de doorgang.

'Wat denk jij dat je doet?' Ze was boos, maar gek genoeg klonk haar stem heel hoog en gesmoord. Lucas reikte boven haar hoofd en duwde de badkamerdeur achter haar dicht, zodat ze nu tussen de deur en zijn lichaam gesandwicht werd.

'Ik doe precies wat jij wilt dat ik doe,' antwoordde hij. En voordat ze daarop kon reageren, glipte zijn hand in haar badjas en streelde hij de blote huid op haar schouder.

Heel even sloot Honor haar ogen nu een erotische vonk door haar lijf schoot. Het volgende moment verstijfde ze.

'Rot op!' zei ze en ze duwde hem weg. 'Ik word kotsmisselijk van jou! Denk je dat je zomaar kunt... kunt...' Shit, waarom had ze zo veel gedronken? Ze wilde met een vernietigend scherpe opmerking voor de dag komen, maar ze kwam niet verder dan wat idioot gewauwel. 'Och, rot gewoon op, oké?'

'Nee,' was zijn reactie terwijl hij haar dichter naar zich toe trok. 'Het is niet oké. Eerst moet je even naar me luisteren.'

'En waarom zou ik naar jou luisteren?' vroeg ze, niet de moeite nemend om hem van zich af te duwen, want dat zou duidelijk toch niet lukken en bovendien werd ze duizelig van de inspanning. 'Geef me één goede reden.'

'Omdat,' legde hij uit, 'jij je vergist in mij. Dat heb je altijd al gedaan, al vanaf die eerste dag op het strand.'

'Denk je dat?' Ze kneep haar kattenogen wantrouwend toe. Was zijn aftershave maar niet zo bedwelmend.

'Ik had niets te maken met die videoband van je zus,' zei Lucas terwijl hij haar recht in de ogen keek. 'En ik heb ook niet over jou en Devon naar de pers gelekt. Ik zweer het je, Honor, op mijn moeders leven. Ik heb het niet gedaan.'

Ze stond opnieuw in dubio. Ze wist gewoon niet wat ze moest geloven. Hij léék de waarheid te spreken, echt. Maar ja, een doortrapte leugenaar beheerste die truc tot in de puntjes, toch?

'Het was Anton,' sprak Lucas nu met die diepe, omfloerste fluisterstem die iedere vrouw behalve Honor leek te doen smelten. 'Waarom geloof je dat niet? Waar ben je zo bang voor? Om toe te geven dat je je hebt vergist?'

'Bang?' schoot ze verontwaardigd in de verdediging. 'Ik ben niet bang.'

Maar op dat moment realiseerde ze zich dat het tegendeel waar was. Ze was verschrikkelijk bang. Bang om hem te vergeven. Bang dat als ze ophield hem te haten, al was het maar voor even, ze wel eens iets anders zou kunnen voelen. Iets wat ze niet zou kunnen beheersen.

'Laten we voor het gemak even aannemen dat je gelijk hebt – dat het Anton was,' zei ze. De angst leek haar te helpen om weer nuchter te worden. 'Daarmee ben jij nog niet van alle verdenking ontheven. Jíj hebt Tina aan die vent voorgesteld.'

'Klopt,' gaf Lucas toe. 'Maar alleen omdat Anton me dat had opgedragen. Luister, ik moest heel veel dingen van hem doen waar ik nu spijt van heb, oké? Maar hij was mijn baas, snap je? Ik realiseerde me niet dat hij een verborgen agenda had.'

'Hm.' Honor sloeg haar ogen naar hem op; ze dwong zichzelf om boos te blijven. 'En, begin je altijd als een aap op en neer te springen als de orgeldraaier je dat zegt?'

'Weet ik niet,' antwoordde hij. Hij duwde zijn knie tussen haar benen en bracht zijn gezicht zo dicht bij dat van haar dat ze zijn warme adem op haar wangen voelde. 'Haal jij altijd zo uit naar mannen als je naar ze verlangt?'

'Ik verlang echt niet naar jou…' stamelde ze. Maar hij smoorde haar woorden met een kus zo vurig dat ze amper nog kon ademen, laat staan spreken. Ze sloot haar ogen, gaf toe aan het gevoel en stond haar zintuigen eindelijk toe om haar te overweldigen. Voordat ze wist wat ze deed, kuste ze hem terug, eerst nog aarzelend maar al snel gretig; haar begeerte escaleerde in reactie op de zijne.

Wankelend begaven ze zich naar de kamer, terwijl ze elkaar kusten en als twee wilde dieren naar elkaar graaiden en klauwden, tot ze eindelijk boven op het bed ploften. Honors badjas lag al op de vloer, en Lucas was er op een of andere manier in geslaagd om zich uit zijn spijkerbroek te wurmen terwijl hij haar onder zich drukte.

'Ik meende wat ik net zei,' hijgde Honor, happend naar lucht terwijl hij het dunne zijden negligétopje van haar lijf scheurde en zijn handen begerig naar haar borsten grepen. 'Ik haat je nog steeds. Je bent arrogant... je bent...' Het was lastig uit je woorden komen als je stevig onder handen werd genomen door iemand die drie keer zo zwaar woog als jij. 'Je bent seksistisch. En onbehouwen. En... onbeleefd.'

'Ja, nou, ik haat jou ook,' gromde Lucas terwijl hij zich uit zijn boxershort wurmde en met zijn knieën haar benen uiteen duwde. 'Je bent een snob. Je bent vreselijk verwend...' Hij kuste haar opnieuw, verrukt en verbaasd door de kracht van haar reactie en de manier waarop haar tong als een glibberige paling in zijn mond schoot. 'Brutaal Amerikaans kreng,' zei hij terwijl hij met zijn hele gewicht haar armen op het matras drukte zodat ze als een vlinder op een prikbord uitgespreid lag. 'Hou nu eens op met steeds maar de leiding te nemen.'

Honor keek omlaag en zag zijn kaarsrechte erectie als een stormram naar haar buik priemen, en ze voelde een vreemde mengeling van opwinding en angst. Devon was groot geweest, maar niet zo groot, en Lucas was seksueel duidelijk veel meer ervaren dan zij. Hij hield haar armen neergedrukt, dus ze moest een been omhoogtrekken om met haar voet zijn pik te kunnen aanraken. Zachtjes streelde ze met de zachte huid van haar wreef op en neer langs de schacht. Lucas deed zijn ogen dicht, kreunde en liet een hand zakken om zijn lid in haar te brengen. Maar Honor was hem te snel af. Met een kracht en doortastendheid die haarzelf net zozeer verbaasde als hem, greep ze haar kans, worstelde zich vrij en draaide zich soepel om als een turnster zodat zij nu boven op hem zat. In deze positie zou ze in elk geval enige controle hebben over hoe diep hij ging.

Ze liet zijn pik naar binnen glijden. Lucas kreunde. Ergens wilde hij zich terugtrekken en haar laten voelen wie hier de baas was, maar het gevoel, nu ze haar strakke spieren aantrok en hem in een volmaakt, langzaam opvoerend ritme weer losliet, was zo godvergeten fantastisch dat niets hem in beweging had kunnen krijgen. Hij sloot zijn ogen, reikte omhoog en liet zijn handen langs haar blote rug glijden. Zijn vingers kromden zich rond haar nek en streelden over haar ribben.

'Je bent te mager,' zei hij.

Honor deed even haar ogen open en keek hem aan. Ze wilde hem erop wijzen dat ze geen behoefte had aan een waardeoordeel over haar gewicht, of over wat dan ook, maar tot haar verrassing zag ze oprechte ongerustheid in zijn ogen. Daarom koos ze er maar voor om eerlijk te zijn.

'Ik weet het. Komt door de stress,' zei ze schouderophalend. 'Wanneer het echt erg is, eet ik niet.'

De volgende twee uur neukten ze als een stel hormonaal verdwaasde hermelijnen. Nu hij haar eindelijk in bed had weten te krijgen realiseerde Lucas zich hoezeer, en hoe lang al, hij naar haar had verlangd. Seksueel gezien was ze een openbaring, wilder dan zelfs hij zich had voorgesteld, en veel vaardiger dan die opblaaspop van een zus van haar. Haar fysieke fitheid en uithoudingsvermogen waren behoorlijk indrukwekkend. Haar lichaam leek misschien teer, maar nu hij met haar vree, merkte Lucas dat ze alles behalve dat was. Ze was één bonk spieren. En wat haar lenigheid betrof... zelfs de turnster met wie hij afgelopen zomer op Ibiza was uitgegaan, kon alleen in haar schaduw staan. Deze dame had rubberen botten.

Voor Honor was de ervaring al net zo overweldigend, maar dan in andere opzichten. Lucas had haar verweer gebroken en ervoor gezorgd dat de jaren van seksuele en emotionele frustratie eindelijk een uitlaatklep hadden gevonden. Ja, hij was een goede minnaar – na alle oefening die hij had gehad, kon dat ook niet anders – maar er was meer. Dit was de eerste keer sinds Devon dat ze weer seks had gehad. Ze had een punt bereikt dat ze ervan overtuigd was geraakt dat ze het niet meer nodig had. Dat ze gelukkig was met het Palmers als haar leven, haar minnaar, familie, alles. Maar Lucas' aanrakingen hadden dat veranderd. Als een waterstofbom die diep in haar lichaam tot ontploffing kwam en alle angsten, pijn en eenzaamheid wegblies, had hij haar teruggebracht tot haar meest primitieve, dierlijke zelf. De verrukking die ze voelde met hem in zich was onbeschrijfelijk.

Ten slotte ploften ze als twee bezwete marathonlopers zij aan zij op de lakens neer.

'Als ik je iets vraag,' begon Honor nu ze weer op adem was en naar het plafond staarde, 'beloof je dan een eerlijk antwoord te geven?'

Lucas draaide op zijn zij, leunde op een elleboog en keek naar haar. Het leek wel of ze had gezwommen. Haar haren glansden van het zweet, als dauw op het gras, en al haar make-up was uitgesmeerd. Bovenal oogde ze ongelofelijk jong. Hij geloofde niet ooit zo veel naar een ander te hebben verlangd.

'Natuurlijk,' fluisterde hij serieus. 'Tegen jou zal ik nooit liegen.'

'Ben ik beter in bed dan Tina?'

De vraag kwam zo onverwacht dat hij een lachbui kreeg.

'Sorry,' zei hij nu hij Honors beteuterde gezicht zag. 'Het spijt me. Ik heb je alleen nog nooit zo onzeker meegemaakt.' Haar gezicht betrok nog meer. 'Natuurlijk,' voegde hij er snel aan toe. 'Natuurlijk ben je beter. Jezus, Honor, je zus… die was… het stelde niets voor.'

'Niets, seksueel, bedoel je? Of niets…'

'Niets, niets. Seksueel niets, gevoelsmatig niets. Niets voor mij,' zei hij hartstochtelijk. 'Niet zoals jij.'

Schijnbaar tevreden viel ze stil.

'En mag ik jou nu ook iets vragen?' vroeg Lucas.

'O ja, jij was ook geweldig,' mompelde Honor al half slapend. 'Veel beter dan Devon en zo.'

Lucas lachte. 'Dat weet ik ook wel,' zei hij zonder een zweem van ironie.

'O, weet je dat wel, hm?' zei ze terwijl ze rechtop ging zitten. Ze was even vergeten hoe irritant arrogant hij kon zijn. 'Wat is je vraag dan?'

'Geloof je me? Over Anton, en al dat gezeik die zomer?'

Ze knikte langzaam. 'Ik denk dat ik je geloofde in het ziekenhuis,' gaf ze toe. 'Naderhand dacht ik veel na over wat je had gezegd en het was wel logisch. Ik kon het destijds alleen niet verwerken. Het kwam te snel, na de brand, het verlies van het Palmers.' Ze schudde haar hoofd en vocht tegen de tranen. 'Het was alsof ik emotioneel op een nulpunt zat. Ik wilde nergens anders aan denken. Ik had er de energie niet voor.'

'Dat begrijp ik wel,' zei Lucas zacht. 'Geloof me, echt waar.'

Als twee slaperige, tevreden katten in de zon schurkten ze tussen de zijden lakens tegen elkaar aan en genoten ze van elkaars warmte en de luxe van hun hotelkamer.

'Vind je het niet geweldig om voor de verandering eens in iemand anders z'n hotel te zijn?' vroeg Lucas terwijl hij roomservice belde en een fles goede champagne en voor Honor een grote schaal frietjes bestelde. 'Als deze tent van mij was, zou ik op dit moment over elk scheurtje in het plafond in de stress schieten.'

'Ik ook!' lachte ze. 'Ik dacht dat ik de enige was die neurotisch genoeg is om zoiets te doen.'

'God, nee. Ik geloof niet dat je jezelf in dit vak kunt uitzetten,' zei hij. 'Tenminste, niet als je er goed in bent.'

De patatjes arriveerden, zo heet en zout en vet als Lucas had kunnen wensen, en het deed hem goed te zien dat Honor ze, tussen de slokken ijskoude champagne, met onverholen smaak naar binnen schrokte.

'Sorry, hoor,' mompelde ze met haar mond vol terwijl ze blozend met de rug van haar hand een spoortje plantaardige olie wegveegde. 'Ik denk dat ik honger heb gekregen.'

'Mooi.' Met een grijns schoot Lucas als een torpedo onder de lakens en begon haar tussen haar dijen te kussen terwijl hij met zijn vingers zachtjes haar schaamhaar uiteenstreek. 'We maken je nog wat hongeriger, dan kunnen we nog meer bestellen.'

Ze hijgde en giechelde; haar benen gingen spontaan verder uiteen nu zijn tong over haar clitoris snelde. Ze kwam gênant snel klaar.

'Hé, wat is er?' Weer boven de lakens komend zag Lucas tot zijn ontzetting dat ze huilde.

'Niets,' snikte ze. 'Dat was gewoon… zo fijn.'

Hij trok haar tegen zich aan en streelde haar lange, verwarde haar. 'Voor mij ook,' zei hij bruusk. 'Beter dan fijn. Jezus, ik heb zo lang naar je verlangd.'

Langzaamaan, terwijl de lange uren van de nacht verstreken, vertelde hij haar over alles wat hij sinds zijn vertrek van het Herrick had meegemaakt: zijn lange, wanhopige zoektocht naar een baan in Londen; de knokpartij met zijn oude baas in de straten van Ibiza, die het dieptepunt van zijn beschadigde trots markeerde; de kans op een ontmoeting met Connor Armstrong, die zijn lot keerde.

'Elke dag dat ik mijn hotel in Parijs binnenloop of op de maagdelijke bouwplek in East Hampton kom, knijp ik mezelf in de arm. Ik geloof nog steeds niet dat dit mijn leven is.'

'Mazzelkont,' reageerde Honor jaloers. 'Elke keer dat ík over dat verkoolde stuk grond loop dat vroeger het Palmers was, knijp ik mezelf ook in mijn arm. Ik geloof niet dat dit míjn leven is. Maar het is wel zo.'

Lucas kuste haar teder op het voorhoofd. 'Het spijt me heel erg.'

'Hallo, ik zit niet op jouw medelijden te wachten, oké?' zei ze plotseling weer gespannen. Hij voelde de spieren in haar rug en schouders aanspannen, de een na de ander, als een onderhuidse wave. 'Het is nog niet gedaan met het Palmers, wat de mensen ook mogen denken. Ik ga de boel weer opbouwen.'

Lucas zei niets, uit vrees dat hij opnieuw een stommiteit zou begaan, maar persoonlijk meende hij dat ze geen schijn van kans had dat ze iemand zou vinden om haar kleine luchtkasteel te financieren. Niet nu het Herrick, nog geen twee straten verderop, het zo goed deed, en met zijn nieuwe Luxe dicht op de hielen. Vanwege de bescheiden omvang en het exclusieve karakter hoopte hij het binnen een jaar gebouwd en open te hebben, ervan uitgaand dat hij een nieuwe geldschieter vond.

'Hoe gaat het nu tussen jou en Petra?' vroeg hij, het gesprek weer naar hun wederzijdse vijanden sturend.

Ze sloeg haar ogen ten hemel. 'Vreselijk. Die trut heeft het al vanaf de eerste dag op mij gemunt,' zei ze terwijl ze wat heen en weer schoof om knus in de warmte van Lucas' armen te liggen. 'Ze is zelfs nog erger dan jij was.'

'Je wordt bedankt,' zei Lucas.

Hij vertelde haar over zijn jarenlange vete met Petra, en over zijn theorie dat Anton haar had ingehuurd als een welbewuste trap na aan zijn adres.

'Als ik jou was, zou ik hebben teruggevochten,' zei Honor. 'En alle feiten op een rijtje hebben gezet in de media. En als dat niet gelukt was, met een honkbalknuppel naar die schoft z'n huis zijn gegaan.'

'Daar heb ik ook aan gedacht,' zei hij, 'geloof me. In het begin dacht ik aan weinig anders. Maar daarna realiseerde ik me: geen zoetere wraak dan succes. Anton wilde me verpletteren, en dat is hem niet gelukt. Nu ben ik eigenaar, net als hij. En ik bouw een hotel in zijn achtertuin. Als ik de man een beetje ken, doet dat hem meer pijn dan een honkbalknuppel ooit zou kunnen doen. Ik durf te wedden dat Petra zich in haar wodka verslikt,' gniffelde hij zacht. 'Over Petra gesproken, misschien drinkt ze alleen maar bloed?'

Hij keek naar Honor om te zien of ze moest lachen, en merkte tot zijn ergernis dat ze in slaap was gevallen. Maar lang boos blijven kon hij niet. Opgerold in foetushouding, met haar rug naar hem toe en haar strijdlustige, scherpe gelaatstrekken die nu verzacht en ontspannen oogden en met het haar dat over haar appeltjesborsten viel, mompelde ze al in haar dromen. Ze lag er zo onschuldig en kinderlijk bij dat hij wenste dat hij een camera bij de hand had om dit vast te leggen zodat hij haar er in de morgen mee kon plagen.

Nu hij zo naar haar keek, en haar ademhaling met elke seconde steeds dieper en trager werd, voelde hij zich gewoon dolgelukkig. Even stond hij zichzelf toe te fantaseren over zijn mogelijke rol als de ridder op het witte paard. Hij beeldde zich in dat hij de geldschieter vond die ze nodig had en haar hielp om het geliefde Palmers weer op te bouwen. Hij stelde zich voor dat ze hem slaafs dankbaar was dat hij haar hachje had gered en hem zei dat ze 'er alles, maar dan ook alles voor overhad' om hem te bedanken; ondertussen zwoegde Petra te voet over de vluchtstrook langs de Long Island Expressway, als een zwerver haar koffers achter zich aan slepend.

Lachend om zijn eigen overmoed trok hij het laken over Honor en zichzelf heen en knipte het nachtlampje uit. Helaas bleken dromen zelden uit te komen. Maar er was één ding dat hij zeker wilde stellen: Luxe America zou werkelijkheid worden.

En wat de hulp aan Honor betrof, hij zou wel zien wat er gebeurde.

Het eerste waar Honor zich bij het ontwaken bewust van werd, was het felle, verblindende zonlicht dat door de hoge ramen naar binnen viel. Het tweede was het feit dat ze niet in haar eigen bed lag. En het derde was dat iemand druk bezig was om met een beugelzaag haar schedel door te zagen, zo voelde het.

Kreunend ging ze overeind zitten, schermde haar ogen af en probeerde zich te oriënteren. Voor ze goed en wel wist waar ze was, doemde Lucas, fris onder de douche vandaan en met slechts een blauwe handdoek als een toga om zijn slanke heupen gewikkeld, als een gladiator boven haar op.

'Goedemorgen,' zei hij opgewekt, gniffelend om haar al te duidelijke kater. 'Voelen we ons een beetje krakkemikkig, schat?'

Onmiddellijk voelde ze haar nekharen overeind komen. Een nachtje samen maakte haar nog niet zijn 'schat'. Haar hoofd was nog troebel van de slaap, maar ze wist dat ze zich verschrikkelijk had laten overrompelen, een angstige gedachte die haar maag deed omdraaien. Maar voordat ze iets kon zeggen, had hij haar al op het voorhoofd gekust (wat neerbuigend!) en was hij vol vuur begonnen aan een monoloog over zijn eigen plannen voor deze dag.

'Zodra ik die idioten op de luchthaven heb gebeld over mijn verloren bagage moet ik ervandoor,' zei hij terwijl hij zonder enige gêne de handdoek liet vallen en in zijn koffer naar ondergoed en een shirt snuffelde. 'Om één uur heb ik in het Venetian een afspraak met een potentiële nieuwe partner. O, dat is waar ook. Wees lief en bel de huishoudelijke dienst, wil je? Vraag of ze mijn blauwe pak even boven komen brengen. Dat moeten ze onderhand wel gestoomd hebben.'

Honors mond viel open en meteen weer dicht; van woede wist ze geen woord uit te brengen. Wie dacht hij wel dat ze was? Zijn kleine geisha?

Langzaam begonnen de gebeurtenissen van de vorige avond in de stroperig dikke mist in haar hersenpan op hun plaats te vallen. Ze was misselijk. De seks was geweldig geweest, laat daar geen twijfel over bestaan. Het was allemaal nog gevoelig tussen haar benen, en elke spier in haar lichaam deed pijn na die energieke prestatie. Zelfs nu, met haar bonzende hoofd en haar maag die als een centrifuge leek rond te draaien, wond de herinnering aan zijn betastingen haar weer belachelijk op.

Maar dat was het probleem. Oké, hij neukte dus als Mick Jagger. En toegegeven, hij had haar en Tina toch níét verraden, zoals ze eerder had gedacht. Maar hij bleef Lucas, een van de meest arrogante, verwaande macho's die op deze planeet rondliepen, zo niet dé meest arrogante. Hij was nog steeds de man die al na één wip van haar verwachtte dat ze als het vrouwtje boodschappen voor hem ging doen, die er automatisch van uitging dat zijn stomme vergaderingen belangrijker waren dan die van haar.

Nu ze hem zijn Calvin over zijn volmaakte tenniskontje zag aantrekken, begon ze haar woede te rechtvaardigen: hij had op een kwetsbaar moment misbruik van haar gemaakt. Ze was straalbezopen geweest en had niet geweten wat ze deed.

De waarheid was echter dat ze bang was. Gisteravond had ze zich voor Lucas opengesteld, zowel letterlijk als figuurlijk, en op een manier zoals ze nog nooit had gedaan, zelfs niet voor Devon. Ze had hem toegestaan haar kwetsbaarheid, haar zwakte, haar behoeften te zien. Dat gaf hem macht over haar. Macht die ze nu ten einde raad terug wilde vorderen.

'Ga zelf je pak halen,' bitste ze terwijl ze het laken om haar lijf sloeg en naar de douche beende. 'Ook ik heb het druk, weet je.'

Lucas, nog steeds in de wolken van de afgelopen nacht, beoordeelde haar stemming totaal verkeerd. Hij rende achter haar aan, greep de hoek van het laken en sloeg het weg.

'Bel de huishoudelijke dienst,' beval hij grijnzend. 'Nu. Voordat ik je over mijn knie leg.'

Op een of andere manier oogde ze deze ochtend nog verrukkelijker, verfomfaaid, nukkig en nog warm van het bed. Onhandig deed hij een uitval naar haar borsten en werd verrast toen ze eerst wegdook en vervolgens als een ratelslang naar hem uithaalde, waarbij haar karatetrap naar zijn ballen slechts op een haar na zijn doel miste.

'Ho!' Hij deinsde achteruit en fronste verward het voorhoofd. 'Wat krijgen we nou?'

'Wat krijgen we nou?' herhaalde ze. 'Neem je me soms in de maling? Ga zelf dat godvergeten pak halen! Ik heb vandaag zelf vergaderingen waar ik, dankzij jou, nu te laat voor ben. Ik zou om negen uur met Fred Gillespie ontbijten.'

Gillespie was in de jaren zestig, rond de tijd dat Trey het Palmers had overgenomen, in het hotelbedrijf in San Francisco en Seattle een grote naam geweest en werd nog steeds gerespecteerd. Voor Honor was hij min of meer een peetvader. Ze hoopte dat hij geïnteresseerd zou zijn in de financiering van haar wederopbouw, of haar op z'n minst wat kapitaal zou lenen totdat de verzekering uitkeerde, zodat ze een begin kon maken.

'Hoe laat is het eigenlijk?' snauwde ze.

'Elf uur,' antwoordde Lucas pruilerig.

'Waarom heb je me niet gewekt?'

'Omdat ik niet wist dat je een afspraak had, ja?' riep hij kwaad. 'Goeie god, Honor. Ik ben geen helderziende.'

Geweldig. Amerikaanse wijven met hun carrièrebullshit. Je wist echt nooit waar je aan toe was. Gisteravond had Honor hem bijna gesmeekt om de grote, sterke machoman te zijn, en als je op haar orgasmen af kon gaan had ze van elke minuut genoten. Maar deze ochtend leek hij verdomme naast Germaine Greer wakker te zijn geworden.

Welnu, als zij ruzie wilde, wist hij dat spelletje wel mee te spelen.

'Niet te geloven dat je thee leuten met een of andere Harvard-clubmaat van je vader serieus vergelijkt met mijn afspraak met een investeerder,' zei hij.

'Fred is een serieuze investeerder,' was haar stellige reactie.

'Investeren, waarin?' schimpte hij. 'Verschroeide aarde? Je hébt niet eens een hotel waarin hij kan investeren, Honor. Word wakker! Het Palmers is verleden tijd.'

Even leek ze zo gekwetst dat hij spijt had dat hij zijn zelfbeheersing had verloren.

'Luister, dat meende ik niet, oké?' Hij deed een stap in haar richting.

'O, nou en of je dat meende,' zei ze, waarop ze de badkamer binnenstormde, de deur dichtsmeet en hem achter zich op slot deed.

'Honor.' Hij bonsde op de deur, eerst nog zacht, maar toen ze niet reageerde, steeds harder en geïrriteerder. 'Hou eens op met het verwende kind te spelen! Het spijt me als ik je gekwetst heb. Dat had ik niet moeten doen. Maar je moet wel de werkelijkheid onder ogen zien. Het Palmers is er niet meer. Ik wou dat het anders was, maar er boos over worden verandert niets aan de feiten. En ik heb wel een wereldwijd bedrijf te runnen. Dus als jij soms jaloers bent…'

'Jaloers?' Ze hapte toe. De deur vloog open. 'Denk je dat ik jaloers ben? Op jóú?'

Ze drong zich langs hem, griste haar gescheurde ondergoed van het bed en hees met een ruk haar slipje omhoog. Vervolgens raapte ze de badjas van de vloer op en trok hem strak om haar tengere gestalte. Stik maar met die douche. Ze zou er in haar eigen kamer wel onder springen.

'Niet in dit leven, lieverd,' snauwde ze. 'We-reld-wijd be-drijf, ja hoor! Je hebt twee hotels, Lucas. Twee. En geen van beide kan in de schaduw staan van dat van mij.'

Lucas snoof spottend. 'Nogal een ongelukkige formulering, vind je ook niet? Aangezien het is afgebrand en je helemaal geen hotel meer hébt?'

Honor liep naar de deur. 'Gisteravond was een vergissing.'

'Eindelijk,' reageerde hij. 'Zijn we het daar in elk geval over eens.'

Beneden bij de balie reageerde de receptioniste heel begripvol over haar verloren sleutelkaart, overlegde binnen enkele seconden een nieuwe en stond erop een piccolo met haar mee naar boven te sturen om ervoor te zorgen dat alles werkte. Toen ze eindelijk alleen in haar kamer op het bed zat, probeerde ze het spervuur van negatieve gedachten uit haar hoofd te bannen.

Het was wel vreemd. Ze had vanmorgen alles gedaan wat in haar macht lag om hem van zich af te zetten. En toch was ze er behoorlijk kapot van dat hij zo snel had beaamd dat hun nacht samen een vergissing was geweest.

Verderop in de gang vroeg Lucas zich liggend op bed af hoe het toch mogelijk was dat je iemand op het ene moment wel kon wurgen en op het andere de liefde met haar bedreef.

Maar geen van de twee kemphanen zette deze gedachten om in woorden. In plaats daarvan maakten ze zich, geheel in stijl, op voor hun respectieve dagen die voor hen lagen, en deden ze net alsof het hen koud liet.

25

Lopend over The Strand sloeg Sian haar handen warm. Het was eind januari en bitter koud en ze had handschoenen aan.

'Waar ben je mee bezig?' vroeg ze zichzelf hardop af terwijl bij elk woord een warm ademwolkje naar buiten vloog. 'Je hebt je verstand verloren, jij. Echt, helemaal.'

Eenieder die haar zou hebben gadegeslagen terwijl ze zich al mompelend een weg baande door de verstikkende drukte zou het met deze beoordeling van haar mentale toestand waarschijnlijk eens zijn geweest, maar dan wellicht om andere redenen. Haar vertwijfeling werd niet ingegeven door het feit dat ze in zichzelf praatte, maar omdat ze op weg was naar Bens kantoor, om hem om geld te vragen.

Hij wist niet dat ze naar hem op weg was, wat het gemakkelijker en tegelijkertijd ook moeilijker maakte. Makkelijker, omdat ze hiermee verlost was van de onmogelijke taak om alles op voorhand door de telefoon uit te leggen (riskant, want telkens als ze zijn nummer wilde draaien, werd ze zo misselijk van de zenuwen dat ze zich al meteen naar het toilet moest haasten). Maar ook moeilijker, want hiermee liep ze het gênante risico dat hij het te druk zou hebben om haar te ontvangen.

Ze probeerde zichzelf moed in te spreken met de gedachte dat hij degene was geweest die had geopperd om eens in Anton Tisch' verleden te gaan spitten. Althans, dat was haar indruk geweest. Ze had tijdens dat ondraaglijke *triple date*-dineetje zo veel gedronken dat ze de volgende ochtend zelfs bijna niet meer wist hoe ze heette, en dus wist ze het niet zeker, en had ze sindsdien taal noch teken van hem vernomen.

Maar stel dat zijn opmerking een losse flodder was geweest? Gewoon uit beleefdheid, om toch even belangstelling te tonen voor wat ze in het dagelijks leven deed. Voor haar was hij nog altijd de lange, slungelige Britse strandgast die als het ware met de schutting van het Palmers in huis was gevallen om haar mee uit te vragen – ze grapten vaak dat hij letterlijk aan haar voeten was gevallen. Maar in werkelijkheid was hij dat mannetje nooit geweest. Hij was puissant rijk, een succesvol zakenman. Een belangrijk iemand. Natuurlijk had hij wel iets beters te doen dan de halve wereld rond te rennen om zijn zomerliefdes te helpen met tips voor een of ander dom verhaal waar ze mee bezig waren.

Behalve als het helemaal geen dom verhaal betrof, hield ze zichzelf voor terwijl ze haar hoofd omlaag hield nu de wind uit een andere hoek waaide en door haar wangen sneed. Dit was een topverhaal in de dop. Eentje waarmee ze haar naam in de onderzoeksjournalistiek zou kunnen vestigen, zolang ze maar niet gedwongen werd om vanwege gebrek aan geld en ondersteuning nu al af te haken.

Ze had nog andere opties. Met wat ze tot dusver had, kon ze naar een krant stappen. Maar daarmee zou ze haar zeggenschap uit handen geven – samen met de credits – aan een of andere megalomane bureauredacteur. Dan stak ze nog liever haar ogen uit. En bovendien, zo veel had ze nu ook weer niet op papier – nóg niet, was haar gedachte terwijl ze de flinterdunne, bruine envelop die haar 'bewijsmateriaal' belichaamde nog wat steviger tegen zich aan drukte.

Anton Tisch, zo werd haar allengs duidelijk, was een meester van het doodlopende spoor: welk pad ze ook verkende, zijn liefdesleven, zakenleven, zelfs zijn jeugd, ze stuitte op de ene muur na de andere. En overal lag het bezaaid met stukgelopen carrières van journalisten die haar waren voorgegaan, en wier redacteuren waren omgekocht of uit vrees voor represailles de boel in de prullenmand hadden laten belanden.

Welk geheim – of geheimen – hij ook te verbergen had, hij had in elk geval kosten noch moeite gespaard. Wat Sians belangstelling nóg meer had gewekt.

Terwijl ze John Adam Street passeerde, kon ze de bovenste twee verdiepingen zien van het indrukwekkende Adelphi-gebouw waar Tisch kantoor hield en dat trots hoog tegen de hemel afstak. Ze vroeg zich af of hij er nu zou zijn. De gedachte bezorgde haar nog meer rillingen dan de kou. Ze gingen gepaard met dezelfde mengeling van opwinding en angst als waarmee ze zich de afgelopen weken, slechts terend op adrenaline en cafeïne, door de late avonden en impasses had kunnen slepen.

Het was nog minstens anderhalve kilometer lopen naar Bens kantoor, langs de rivier in de richting van de City, het oude financiële hart van Londen. Na tevergeefs naar een nog vrije taxi te hebben uitgekeken, zette ze er wat vaart in en begon te joggen. Hoe eerder ze er was, hoe sneller ze het achter de rug had. En bovendien werd ze er op z'n minst een beetje warm van.

Gezeten in zijn kantoor op de derde verdieping in King Williams Street bladerde Ben wat afwezig door de roze pagina's van de *Financial Times*. De FTSE en de Nasdaq zaten allebei in de lift, maar de dollar beleefde zijn derde slechte maand op rij ten opzichte van de euro, wat geheid nog meer afkopingen van Stellar-beleggers zou betekenen.

Ze konden het rimram krijgen.

Buiten kleurde de lucht dofzilver en de paar bomen op de groene plekken van de City oogden spichtig en spartaans. Hun bladerloze takken wuifden in de kille wind, alsof ze een SOS uitzonden. Op een dag als deze leek iedereen al net zo somber als het weer en zelf vormde hij daarop geen uitzondering. Kerst en nieuwjaar waren voorbij, met slechts saaie, drukke weken van alleen maar werken, met kille, donkere mistroostige middagen eindeloos in het verschiet. O ja, en nog een bruiloftsplanning. Zowaar nog erger.

'In godsnaam, kijk eens wat vrolijker. Met zo'n kop kun je zelfs melk laten stremmen.'

Tammy, die net met een stralend bruine tint en de zon nog in haar blonde haren terug was van een uitstapje naar Barbados, bracht hem zijn post. 'Je trouwplannen zijn net vijf minuten oud,' voegde ze er hulpvaardig aan toe. 'Dan hoor je nu toch nog in je wittebroodsweken te zitten?'

'Klopt,' antwoordde hij. 'Zie je dat dan niet?'

Tammy fronste haar voorhoofd, maar zei verder niets.

'Ik weet dat jullie, vrouwen, een bruiloft als het antwoord op alle problemen zien. Maar ook al ga ik toevallig trouwen, dan nog mag ik toch wel balen van dit kloteweer, of van het feit dat de dollar onderuitgaat?'

Eindelijk had hij het onvermijdelijke onder ogen gezien en op kerstavond, na door zijn uitvluchten heen te zijn, Bianca ten huwelijk gevraagd. Een paar dagen lang deed het hem zelfs behoorlijk goed. Ze was zo blij toen tijdens de lunch de ring uit haar crackertje viel, dat ze ter plekke in tranen was uitgebarsten, en de waterlanders tot aan het avondeten bleven komen. Hij besefte nu hoeveel ze werkelijk van hem hield, en wat een idioot hij was geweest om de huwelijksboot zo lang te hebben afgehouden.

Maar langzaam keerden zijn twijfels terug, als een schuldbewuste bedrieger die na zonsondergang stilletjes het echtelijke bed weer in kruipt. Inmiddels fantaseerde Bianca al over een blits huwelijksfeest, met een reportage in *Tatler*. Helemaal zoals hij het zelf absoluut niet wilde. Maar toen hij het haar probeerde uit te leggen, kwam het helemaal verkeerd over. Woedend verweet ze hem zijn bedenkingen.

Dat zijn moeder en zijn zussen zich volledig achter Bianca schaarden, hielp ook al niet. Al een paar dagen na de huwelijksaankondiging lag de hele woning op Canvey Island vol met huwelijksblaadjes en werd er eindeloos gezeverd over jurken, bloemen en kant. Bianca was in de zevende hemel, maar hoe blijer iedereen werd, hoe meer hij de druk op zijn schouders voelde. Kon hij zich maar net zo voelen als de anderen, net zo gek en opgewonden. Maar het lukte niet. Hij kreeg het niet voor elkaar.

Tammy liet hem alleen en hij bladerde door zijn post. Een half uur later was hij helemaal verdiept in de juridische taal van een emissieakte, toen ze plots weer zijn werkkamer in beende, roder en bozer dan ooit tevoren.

'Je moet meteen naar de receptie komen,' sprak ze.

'Niet nu, Tam, oké? Ik heb het druk. Kun jij het niet afhandelen?'

'In dat geval,' antwoordde ze op getormenteerde 'Heer geef me kracht'-toon, 'zou ik hier niet staan, of wel soms?'

Met een zucht legde Ben de akte neer. 'Oké, wat is er aan de hand?'

'Een of ander gestoord wicht heeft zichzelf aan de sofa in de lobby vastgeketend.'

'Wacht even, een wát?'

'Een meisje. Een ongelooflijk brutale meid verscheen zonder afspraak bij de receptie en eiste een onderhoud met jou,' legde Tam uit. 'Ze wilde me niet vertellen waar het over ging, en dus zei ik dat ze 'm moest smeren. Daarna heeft ze zich aan de sofa vastgeklonken.'

'Echt?' vroeg hij lachend.

'Zie ik eruit of ik een grapje maak?' vroeg Tammy, duidelijk serieus. 'Ik heb de beveiliging gewaarschuwd, maar er hoeft maar iemand in haar buurt te komen of ze zet het op een gillen, en zegt dat ze alleen met jou wil praten. Compleet gestoord. Ik durf te wedden dat ze over een minuutje in "We Will Overcome" losbarst. Dit is slecht voor de zaken.'

'Hm,' zei hij, nog altijd glimlachend. En maar denken dat het weer een oersaaie dag zou worden. 'Nou, dan kan ik maar beter zelf even een kijkje gaan nemen, niet?'

Na van de royale wenteltrap in de receptie te zijn afgedaald, zag hij wat personeel en cliënten die hem het zicht op het meisje benamen.

De kantoorruimten van het Stellar-fonds waren saai en functioneel, maar de ontvangstruimten waren overdadig, ontworpen om potentiële beleggers met een ambiance van groot geld en duurzaamheid te overweldigen. Vandaar dat de lobby zich onderscheidde met een vloer van glimmend marmer en een glanzende antieke kroonluchter aan het plafond. Het doordacht gerangschikte meubilair was geheel in achttiende-eeuwse, Franse, barokke stijl waarbij de walnotenhouten sofa met zijn kunstig gekrulde leuningen het middelpunt van alle commotie vormde.

'Pardon.' Hij baande zich een weg langs de pottenkijkers en liep naar het meisje. Ze zat voorovergebogen, kennelijk bezig het kettinkje op slot te doen, en dus waren haar donkere kruin en twee witte, donzige winter-laarzen het enige wat hij van haar kon zien.

'Ik ben Ben Slater. Kan ik u ergens mee van dienst zijn?'

Sian keek omhoog en glimlachte quasizielig naar hem. 'Ja,' antwoordde ze blozend. 'Je kunt me helpen dit slot open te krijgen. Het sleuteltje is net in tweeën gebroken.'

Twintig minuten later, nadat klusjesman Jimmy met een zaag was ver-schenen en een opstandig mopperende Tammy was weggestuurd om thee te zetten, zaten de twee ten slotte in Bens kantoor.

'Sorry voor de dramatische entree,' verontschuldigde Sian zich terwijl ze nerveus op haar nagels beet.

'Jaaa,' zei Ben. 'Ik vroeg me al af wat dat allemaal te betekenen had.'

'De ketting was eigenlijk mijn allerlaatste redmiddel, maar die bizar gekleurde tante hield me maar tegen.'

'Jij hebt een kétting op zak?'

'Alleen voor noodgevallen,' antwoordde ze, alsof daarmee alles duide-lijk was. 'Wat was dat trouwens voor type? Half mens, half citrusvrucht?'

'Tammy is oké,' zei hij. 'Ze wilde me beschermen. Ik denk dat ze jou als een halvegare beschouwde.'

Sian bloosde. 'Begrijpelijk, denk ik…'

Ze begon zich laag voor laag van haar jassen en sjaals te ontdoen en liet ze botweg op de vloer rond haar voeten vallen. Ben keek toe en voelde zich de gelukkige winnaar van een spelletje 'pakje doorgeven'. Toen ze ten slotte in haar roze sweater en spijkerbroek voor hem stond, had ze hoog-rode konen van schaamte en van de warmte, en stak haar haar alle kanten op alsof ze zojuist was geëlektrocuteerd. Maar wat hem betrof zag ze er helemaal perfect uit.

'Vertel, waar gaat dit over?' vroeg hij oprecht nieuwsgierig. 'Ik neem aan dat het over iets belangrijks gaat om als een suffragette binnen te ko-men vallen, in plaats van te kiezen voor een meer traditionele aanpak, zo-als – tja, wat zal ik zeggen – de telefoon te pakken?'

'Dat is het,' antwoordde ze. 'Belangrijk, bedoel ik. En misschien dat ik je eerst had moeten bellen, maar het is nogal lastig uit te leggen. Ik wilde je onder vier ogen spreken.'

Ze gaf hem de bruine envelop en liet hem door de inhoud bladeren.

'Ik begrijp het niet,' zei hij even later, na een van de vele foto's van half-naakte tienermeisjes te hebben bekeken. 'Wie zijn deze kinderen?'

'Hoertjes,' antwoordde ze. 'Maar je hebt gelijk, het zijn inderdaad kin-deren. Al deze meisjes zijn minderjarig, en kijk eens wat ze nog meer met elkaar gemeen hebben?'

Ze wees naar een velletje waarop een reeks namen prijkte, en waarvan er zes met een groene pen waren onderstreept. Het briefhoofd, bovenaan, vermeldde: *Kindertehuis Children of Hope, Southwark*.

'Ze zaten allemaal in een tehuis?' vroeg Ben schouderophalend. 'Wat is daar zo verrassend aan? Ik stel me zo voor dat de meeste Britse hoertjes die achtergrond hebben.'

'Ja, maar ze komen allemaal uit hetzelfde tehuis, en ze hebben hun foto's allemaal op dezelfde website staan, www.hothookups.com. Ze gaf hem een tweede vel. 'Raad eens wie er in de raad van bestuur van het Children of Hope-tehuis zit? En raad eens wie er ook een meerderheidsbelang heeft in Delta Media, eigenaar van "hot hookups"?'

'Nou, wie?' Ben had geen idee.

'Kijk dan!' Ze wees naar een van de namen tussen de kleine lettertjes onder aan de beide documenten. 'Anton Tisch. Hij dus. En dat is nog maar het begin.'

Ze gidste hem langs nog meer foto's en getuigenverklaringen van ex-minnaressen die hem beschuldigden van aanranding tot verkrachting, totdat ze werden betaald – dan wel werden bedreigd – om hun aanklacht in te trekken.

'Allemaal goed en wel,' zei Ben. Gezien de verwachtingsvolle gedrevenheid die van haar gezicht straalde, probeerde hij vooral niet al te ontmoedigend te klinken. 'Ik begrijp dat hij niet bepaald overkomt als een gezellige kerstman, maar ja, dat weet iedereen inmiddels toch wel? Dat-ie, je weet wel, een beetje een hork is met vrouwen?'

'Een beetje een hork?!' Vol ongeloof keek ze hem aan. 'Hij dwingt kwetsbare kinderen de prostitutie in! Kinderen die hij wettelijk verplicht is te beschermen. Waarschijnlijk neukt-ie ze zelf ook nog, verdomme.'

'Dat weet je niet,' reageerde Ben in alle redelijkheid. 'Niets van wat je me hier laat zien bewijst dat.'

'Sorry dat ik even stoor...' Tammy verscheen in de deuropening en wierp Sian een blik van pure verachting toe. 'Maar je "aanstaande bruid", benadrukte ze, 'hangt aan de lijn. Ze wil weten of je niet bent vergeten dat je tijdens de lunch overleg hebt met de bruiloftsplanner.'

'Oeps.' Ben keek geschrokken. 'Ja. Was ik even vergeten. Maar geen punt, zeg haar maar dat ik tegen enen thuis ben.'

'Waarom zeg je het niet zelf?' Tammy reikte hem haar draagbare telefoon aan.

'Nee,' reageerde hij wat kregelig. 'Dat doe ik niet. En voorlopig even geen telefoontjes meer, goed? Ik heb het druk.'

Hij richtte zijn aandacht weer op Sian, op wier gezicht de kamerbrede glimlach als bij een beginnende lijkverstijving niet weg te poetsen viel.

'Je hebt trouwplannen?' vroeg ze, nog altijd glimlachend. 'Dat wist ik niet. Gefeliciteerd.'

'Dank je,' zei hij, wensend dat hij zich niet zo leeg voelde.

'Bianca mag er wezen, zeg.'

Ze had geen idee waarom ze het zei. De woorden leken spontaan over haar lippen te rollen, als een tekstregel in een toneelstuk.

'Eh, ja,' klonk het afwezig. 'Ja, dat mag ze. Dank je.'

Er viel een akelige, gelaten stilte. Ze keken elkaar aan, allebei hopend dat de ander iets zou zeggen om de stilte te doorbreken. Uiteindelijk nam Ben weer het woord.

'Jij en Paddy moeten wel op de bruiloft komen, hoor.'

'Natuurlijk!' antwoordde Sian. Zodra ik de stukken van mijn verscheurde hart uit de versnipperaar heb gevist. 'Het lijkt ons geweldig. Waarschijnlijk zijn wij daarna aan de beurt. Dan kun je ons alvast wat tips geven.'

Nog meer stilte.

O jee. Wat had haar bewogen om dit nu weer te zeggen? Als ze nu een cyaankalitablet bij de hand had gehad, had ze hem geheid achterovergeslagen. Ze wilde Paddy net zomin trouwen als dat ze van plan was een reisje naar de maan te maken.

'Mooi,' sprak Ben opeens kordaat en zakelijk. 'Prima. Maar, nog even over die Anton...'

'Ik weet dat ik nog weinig concreets heb,' reageerde ze, blij dat hij het gesprek weer op Tisch bracht. 'Dat weet ik. Maar ik heb echt het gevoel dat ik op een spoor zit, Ben. Om te beginnen zijn er de inmiddels al bekende verhalen, over die lapdancer en dat hij het verdomt om alimentatie te betalen. En daarnaast zat-ie volgens jou achter dat hele Tina Palmer-gedoe.'

'Dat heeft Lucas me verteld, ja.'

'En die beelden, trouwens, verschenen eerst ook weer op een Delta Media-site op internet – wat een toeval.' Ze gunde zichzelf nauwelijks een moment om adem te halen, zo overtuigd was ze van haar verhaal. 'En dan opeens deze meisjes uit zíjn tehuis, die vreemd genoeg op zíjn website belanden... Kom op, zeg. En jij vindt dat zelfs niet een beetje verdacht?'

Ben zweeg even. Hij vond het allemaal reuze verdacht, maar verdenkingen vormden nog geen bewijs. Zijn afkeer van Anton kon hem vooringenomen maken.

'Wat wil je precies?' vroeg hij. 'Van mij, bedoel ik.'

Ze mompelde iets vaags. Ze had nog niet nagedacht over een bepaald bedrag en wilde ook niet als eerste iets opperen.

'Ik neem aan dat je geld nodig hebt voor je onderzoek?'

Met een hoofd zo rood als een Londense dubbeldeksbus knikte ze bevestigend.

'Is honderdduizend genoeg?'

Haar mond viel open. 'Honderd... O, nee. Hemel, zeg, dat is veel te veel. zo veel kan ik onmogelijk vragen.'

'Je hebt er ook niet om gevraagd, ik bied het je aan,' was zijn reactie. Hij nam haar hand in de zijne. 'Ik moet heel voorzichtig zijn. Ik wil niet worden betrapt bij een heksenjacht op mijn grootste zakenrivaal.'

'Natuurlijk niet,' reageerde ze verschrikt. 'En het wordt geen heksenjacht. Ik ben alleen geïnteresseerd in de waarheid.'

'Hoe dan ook, mijn naam wordt niet genoemd,' sprak hij ferm. 'Duidelijk?'

'Helemaal,' antwoordde ze heftig knikkend. 'Ik zweer het je, op straffe van een helse dood.'

'Om eerlijk te zeggen, als Tisch failliet gaat, is me dat veel meer waard dan die honderdduizend pond,' vertrouwde Ben haar toe en hij kneep even in haar hand. 'Maar belangrijker nog, als hij inderdaad met kinderprostitutie bezig is, verdient hij het allerergste. En na wat hij Lucas heeft geflikt, zie ik hem graag een koekje van eigen deeg krijgen. Ik wil graag helpen.'

Sian, die bijna een hartverlamming kreeg toen hij haar hand pakte, trok deze onmiddellijk terug bij het horen van de naam Lucas.

'Waarom neem je het zelfs nog op voor die gast?' vroeg ze hoofdschuddend. 'Hij is zo'n klootzak.'

'Hij is veranderd. Dat gebeurt bij mensen, weet je. Je moet hem nog een kans gunnen.'

'Hmm,' klonk het sceptisch. 'Misschien in een volgend leven.'

Na haar belachelijke berg winterkleding te hebben opgeraapt bedankte ze hem uitvoerig en ze beloofde hem regelmatig op de hoogte te houden van haar vorderingen.

'E-mail me je rekeningnummer en dan zorg ik dat Coutts morgenochtend vroeg meteen het geld naar je overmaakt,' beloofde Ben terwijl hij naar de deur liep. 'O, en vergeet dit niet.' Hij gaf haar het kapotte slot en de ketting. 'Je weet maar nooit wiens sofa je binnenkort moet annexeren, niet?'

'Precies,' bloosde ze, en ze gaf hem een kusje op zijn wang. 'Nogmaals sorry.'

Toen Tammy vijf minuten later zijn werkkamer betrad, stond hij nog op precies dezelfde plek als waar Sian afscheid van hem had genomen, starend in het niets.

'Mooi,' sprak ze kordaat. 'Die is weg. Goed. Moet ik voor kwart voor een een chauffeur voor je regelen of rij je zelf?'

'Hmm?'

'De bruiloftsplanner,' verduidelijkte ze op heel wat geduldiger toon dan dat ze zich voelde. 'Weet je nog?'

'O. Ja. Regel maar een chauffeur.' Maar bruiloftsplanners waren wel het laatste waar hij aan dacht. Inmiddels had hij een legitiem excuus om met Sian te kunnen praten en haar zelfs regelmatig te kunnen zien. Bianca werd zo in beslag genomen door bruidsmeisjes, jurken en tafelschikkingen dat ze zelfs geen moment argwaan zou krijgen. En wie weet, misschien leverde het hem wel een bonus op, kon hij Anton Tisch en het onstuitbare Excelsior-fonds van zijn voetstuk schoppen.

Werd het toch nog een mooie dag.

Met beide handen greep Anton Petra's borsten beet en kneep er hard in. Vervolgens trok hij zijn buikje in en stootte diep in haar.

Niet slecht voor een tweeënvijftigjarige, was zijn zelfvoldane gedachte terwijl hij al stotend de bilspieren spande en hij zijn lage rugspieren eens lekker liet rollen. Neuken met Petra was als een ritje met een Bentley Continental: soepel, ontspannen en immens bevredigend. Hoewel ze voor hem altijd nat was, zorgde hij toch voor een flinke klodder glijmiddel tussen haar benen. Van z'n vooruit in z'n achteruit ging zo een stuk soepeler, zo dacht hij graag. En hoewel het de pijn niet helemaal wegnam, hoorden haar gedempte hoge gilletjes helemaal bij de kick van anale seks – ook weer zoiets waar Petra in excelleerde.

'Aahh!' jankte ze nu, precies op het goede moment. 'Niet zo hard, Anton. Toe. Het doet pijn.'

Maar haar gekromde rug en de verstijvende tepels in zijn handpalmen vertelden een heel ander verhaal.

'Rustig,' zei hij glimlachend nu hij voelde hoe ze van opwinding spontaan haar kringspier even spande en ze zijn pik nog harder omklemde.

Haar lichaam, dat ze op zijn hondjes voor hem etaleerde en dat op adembenemende wijze in de spiegelwanden van de hotelkamer werd gereflecteerd, was een waar kunstwerk. Haar huid was wit en glad, haar borsten en billen vol maar stevig (van magere vrouwen moest hij niets hebben) en er kwam geen eind aan haar spagaatbenen. Daartussen gloorde een netjes getrimd gazonnetje van schaamhaar, geverfd in dezelfde witblonde kleur als het haar op haar hoofd, met daaromheen alles spiegelglad geharst: perfect.

Beter in bed dan een prostituee, discreter dan een KGB-agent, goed opgevoed en bovendien nog eens slim: ze was de beste minnares die hij ooit had gehad en bovendien een van de beste managers die hij ooit had aangenomen. En dankzij haar papa Oleg, een Russische mediabaron, had ze geld zat – haar carrière draaide slechts om ambitie, nooit om geld. Bovendien zat ze net zomin op een huwelijk te wachten als hij.

Kortom, dacht hij bij zichzelf terwijl hij haar stevig bij de haren pakte en hij zijn orgasme voelde naderen: ze was de ideale vrouw. Hij moest uitkijken om niet te veel aan haar gehecht te raken, want dan kon hij het schudden.

'Draai je om,' gromde hij terwijl hij zijn stuiptrekkende pik uit haar trok en hem in de aanslag hield. Ze gehoorzaamde en nam de houding aan die hij, zo wist ze, van haar verlangde: voorover knielend, maar dan heel diep, zodat hij zich schrijlings over haar heen kon zakken. Hij rukte haar hoofd naar achteren en kwam klaar. Straal na straal spoot het warme sperma tegen haar albasten wangen.

Toen hij klaar was, liet hij zich lui in de weelderige witte kussens zakken en staarde tevreden naar het plafond. Hij vertoefde graag in Hotel Pennsylvania. Het had echt iets New Yorks, wat hem aansprak. Niet dat minimalistische, moderne, stijve Schrager-achtige, nee, dit was de 'oude school'-versie: chic, luxe en stijlvol op een eigen, ingetogen maar zelfverzekerde manier. Dat Duke Ellington en Glenn Miller hier ooit hadden verbleven, gaf hem een kick. Miller had zelfs een stuk geschreven waarin het telefoonnummer van het hotel voorkwam. Maar het mooiste was nog dat ze Mitzi toelieten, een concessie die hij als uiterst geciviliseerd beschouwde.

Normaliter zou hij in het Herrick hebben gelogeerd, maar East Hampton was 's winters zo desolaat en somber dat hij zich er niet toe kon zetten om naar die plaats af te reizen. Bovendien was hij voor zaken slechts voor twee dagen in New York, en had het dus geen zin om ergens buiten de stad te verblijven.

'Hoe was het verder in Vegas?' riep hij Petra na, die naar de badkamer was gelopen om zich te wassen.

'O, hilarisch,' antwoordde ze even later toen ze nog een beetje nat van de douche weer naast hem onder de lakens kroop. 'Ik wou dat je erbij was geweest. Je had dubbel gelegen.'

Ook dat was iets wat hij zo heerlijk aan haar vond: hoe hij haar in bed ook vernederde of domineerde, zodra de seks ten einde was, werd de draad van het gesprek weer gewoon opgepakt. Het leek wel of ze net een lekker potje tennis had gespeeld, zo fris en blozend als ze, naakt rechtop in bed zittend, oogde. Schaamte was iets wat ze duidelijk niet kende.

'O ja?' vroeg hij terwijl hij haar gretig kuste.

'Lucas leek Mick Jagger wel, zoals hij daar rondparadeerde, vol praatjes over zijn nieuwe hotel.'

Anton had zijn uiterste best gedaan om te verhinderen dat Lucas in de

Hamptons een lap grond zou kunnen bemachtigen, maar hij had de plaatselijke afkeer jegens het almaar protseriger Herrick onderschat. Al zijn omkooppogingen van de bouwcommissie waren in het water gevallen en zijn dreigementen waren – misschien onverstandig genoeg – genegeerd. Als laatste redmiddel had hij de eigenaar van het perceel beloofd dat hij zelf het driedubbele van Lucas' aanbod zou betalen. Maar de verkoper was zelf rijk genoeg en zat dus niet op Antons geld te wachten. Bovendien liet deze zich niet koeioneren. Lucas had gewoon de grond kunnen kopen.

'Je weet dat hij zijn nieuwe hotel Luxe America wil gaan noemen?' snoof ze spottend. 'Over grootheidswaan gesproken! Waarom niet Luxe Aarde? Luxe Kosmos? Hij is zo belachelijk, met dat lullige perceeltje van hem. En niet eens op een toplocatie.'

'Is de bouw al begonnen?' vroeg Anton tussen neus en lippen door. Hoewel het hem irriteerde, voelde hij zich niet door Lucas bedreigd. De speldenprik die de jongeman hier wilde uitdelen zou het Herrick nauwelijks pijn doen; het was meer als een vlo die een kameel bijt.

Petra schudde het hoofd. 'Nee. Ik ben er gisterochtend langsgereden, en de boel lag braak. Maar hij heeft zijn vergunning binnen. God mag weten hoe hij dat voor elkaar heeft gekregen.'

'Zeg dat wel.'

'En hij heeft een bouwopzichter geregeld. Een fransoos, die overal heeft lopen rondbazuinen dat ze rond de kerst opengaan.'

'O ja? Nou dat zullen we nog wel eens zien. Wie is zijn geldschieter, weet je dat? Hij heeft net een hotel in Parijs geopend, dus hij zal nu slecht bij kas zitten.'

'Misschien, maar dat weet je nooit bij hem, als je ziet hoe hij als een goudhaantje rondparadeert,' antwoordde ze zuur. 'Het gerucht gaat dat hij een fikse confrontatie met zijn partner had en nu naar iemand anders op zoek is.'

Anton trok een wenkbrauw op. Dit was interessant. Hij knoopte het in zijn oren om de naam van Lucas' ex-partner te achterhalen en contact met hem te zoeken.

'Maar Lucas was nog niet eens het grappigst,' ging Petra verder terwijl haar ogen oplichtten als die van een kat die op het punt staat zijn tanden in een muis te zetten. 'Dat was namelijk Honor Palmer, die met haar koffertje met bouwplannen door het hotel banjerde, in de hoop iemand te vinden die voor de complete herbouw zou dokken. Als ik niet zo de pest aan haar had, zou ik bijna medelijden met haar hebben gekregen. Over van je voetstuk vallen gesproken.'

Anton glimlachte. Hij deelde Petra's hartstochtelijke haat jegens Honor niet, maar desalniettemin genoot hij van het beeld van de voormalige prinses van East Hampton die nu als een dakloze met de pet in de hand door Vegas zwierf.

'Geen gegadigden?' vroeg hij.

'Ben je gek!' sneerde Petra. 'Tenminste, als je Fred Gillespie niet meetelt. Hij leende haar een paar ton, uit meelij. Ze heeft op z'n minst tien miljoen nodig. De verzekeraars geven geen krimp, en het familiefortuin is geheel in Tina's neus verdwenen. Waarschijnlijk zal ze zelf op de steiger moeten gaan staan. Ik zie haar al voor me in een overall en met een bouwvakkershelm op, jij niet? Of misschien dat ze samen met haar menslievende zus een nieuwe homemovie kan schieten. Dat zou wellicht een bollende portemonnee opleveren.'

'Om maar te zwijgen van een paar bollende broeken,' voegde hij eraan toe, en allebei schoten ze in de lach.

Het kameraadschappelijke gevoel met een vrouw; voor hem was het iets geheel nieuws. Maar Petra voelde echt als een partner, als een gelijke zelfs. Bovendien vleide het hem dat ze hem grappig vond. In Engeland hoorde je voortdurend grapjes over dat Duitsers geen humor hadden, en hoewel hij dan zogenaamd meelachte, ergerden deze schimpscheuten hem meer dan hij wilde toegeven. Hij had zichzelf altijd best grappig gevonden, en het was dan ook heerlijk om een vrouw te hebben gevonden die dat ook vond.

'Laten we een feestje bouwen,' opperde hij spontaan.

Petra keek verbijsterd. 'Een feestje? Waarvoor?'

'Omdat we in de Relais Chateaux op nummer één staan.'

Met een zucht wierp ze de dekens opzij, stapte uit bed en begon zich aan te kleden. 'Loop je nu niet een beetje op de zaken vooruit?' zei ze terwijl ze met een luide 'zzp' de gulp van haar Calvin Klein-jeans hard dichttrok. 'De uitslag is pas volgende maand bekend, hoor.'

'Nou,' reageerde hij op zelfvoldane toon, 'ik kreeg gisteren, in Genève, een telefoontje van Matthieu Fremeau. Off the record, uiteraard, maar hij vertelde dat we bovenaan staan.'

Met een luide bavianengil liet ze haar beha en sweater op de grond vallen en plofte ze topless weer in zijn armen.

'Echt?' straalde ze blozend van triomf en blijdschap. 'Hij wist het zeker?'

'Behoorlijk zeker,' antwoordde Anton lachend en zijn handen sloten zich om haar zachte, roomwitte borsten. 'Zodra het zomer is, geven we een feest. Zorg ervoor dat het zo'n knalfeest wordt dat de pers zich niet langer zal interesseren voor Lucas' zielige poginkjes om met ons te concurreren.'

'O, geen zorgen. Dit wordt een knaller.'

Ze liet zich op haar knieën zakken, bracht haar hoofd omlaag en liet haar lippen liefdevol over zijn eikel glijden. Haar tong ging voortvarend te werk totdat hij weer zo hard werd als stollende lava.

Anton sloot zijn ogen en genoot van het gevoel. Kon het leven mooier zijn dan dit?

Hij bezat het allerbeste beleggingsfonds, het allerbeste hotel en inmiddels ook de allerbeste vrouw ter wereld.

Hij had verdomme wel een feestje verdiend.

26

Honor leunde zwaar op de hendel van de trimmer en trok het blauwe katoenen shirt uit dat van het zweten op haar rug was gaan plakken. Ze bond het om haar middel en nam een moment om weer op adem te komen.

Voor haar torende iets van een zeldzame schoonheid, althans, in haar ogen: een houten geraamte van een gebouw, aan de westzijde half voltooid, maar verder nog steeds helemaal blootgesteld aan de elementen. Onder een verblindend felle aprilzon begon het leistenen dak al een beetje vorm te krijgen.

De wederopbouw van het grote Palmers was nu tien weken onderweg. Wanneer ze wakker werd in de kleine cottage die ze in de stad had gehuurd, met spierpijn van het werk van de vorige dag, kon ze soms nog steeds moeilijk geloven dat dit toch echt gebeurde, dat de droom die in Vegas nog zo volstrekt hopeloos had geleken nu echt in vervulling ging.

Na een rampzalige, eenmalige nacht met Lucas – een beoordelingsfout die haar nog dagelijks door het hoofd spookte – lachte het geluk haar eindelijk toe. Eerst was Fred Gillespie, god zegene zijn drievoudige bypassoperatie, akkoord gegaan met een rentevrije lening van tweehonderdvijftigduizend dollar om, in zijn woorden, 'het balletje aan het rollen te krijgen'.

'Natuurlijk help ik je, meisje,' had hij gezegd terwijl hij tijdens de lunch in het Venetian haar hand tussen zijn eigen grote berenklauwen vastpakte. 'Je vader was als een broer voor me. En ik weet wel dat-ie het misschien niet altijd toonde, maar Trey hield van je. Als hij op het eind van zijn leven nog bij zijn volle verstand was geweest, had hij zich nooit zo gedragen en je vermogen niet zo kwetsbaar achtergelaten.'

Honor was zo ontroerd dat ze in snikken was uitgebarsten. Het fiasco van haar nacht met Lucas, boven op alle stress van de afgelopen paar maanden, had haar dodelijk vermoeid en emotioneel gemaakt. Freds geste was gewoon even te veel geweest.

Het kwart miljoen dat hij aanbood, was nauwelijks een druppel op de gloeiende plaat, maar zijn geloof in haar betekende een keerpunt in haar eigen denken. Hoe kon ze nu verwachten dat een buitenstaander zou investeren, zonder enige zekerheid behalve een uitbetaling van de verzekering, die allengs onwaarschijnlijker werd, als ze zelf niet bereid was haar laatste cent uit te geven?

Eenmaal terug van de conferentie had ze met een aantal aannemers gesproken, er eentje van in de arm genomen en hem meteen aan het werk gezet, waarbij ze bijna al het geld van Fred er met het eerste voorschot en bouwmaterialen doorheen had gejaagd. In de wetenschap dat als ze niet onmiddellijk nog meer cash bij elkaar kreeg, ze alles zou kwijtraken, volgde een gang naar de hypotheekverstrekker om tot een akkoord te komen over een langzame aflossing van haar schulden zodat ze zichzelf op een haar na niet bankroet hoefde te verklaren. Daarna had ze haar oude vrijgezellenflatje in Boston te koop gezet en was ze systematisch elke laatste bezitting gaan verkopen, van aandelen en premieobligaties tot kostbare familieschilderijen. Met pijn in het hart had ze zelfs de juwelen verpatst die haar moeder haar als aandenken had nagelaten – twee kostbare robijnen armbanden en een halsketting met topaas en diamanten, die voor haar zo waardevol waren dat ze die, uit angst voor verlies, zelfs nog nooit had gedragen.

'Weet u het heel zeker, mevrouw Palmer?' had de vriendelijke meneer van Christie's in New York haar gevraagd toen hij zag dat ze de edelstenen bij het overdragen nog liefdevol betastte. 'Ik weet zeker dat we er een goede prijs voor kunnen krijgen, maar spullen met zo veel gevoelswaarde... u krijgt er vast spijt van.'

Ik heb nu al spijt, dacht ze met een naar gevoel. Het enige wat ze nu nog van haar moeder overhad, was een aantal foto's met ezelsoren en een handjevol brieven die ze na het overlijden van Trey uit de chaos van diens thuiskantoor had verzameld. Ze wilde niet over Tina nadenken, die stoned in Santa Fe rondhing terwijl die bloedzuigers van de sekte haar bankrekeningen leegzogen. Ze moest zich blijven concentreren op het Palmers – haar ogen op de beloning gericht houden, zoals Trey altijd zei. Bovendien, zo hield ze zichzelf ferm voor, waren het maar juwelen en niet meer een deel van haar moeder dan het Palmers ooit was geweest.

Zelfs nadat ze haar hele leven in een grote rommelmarkt had veranderd, was ze nog steeds deprimerend ver van wat ze nodig had om het bouwproject te voltooien. Van dag tot dag, van week tot week keek ze met lede ogen toe hoe haar fondsen uitgeput raakten en veel sneller in het zwarte gat van de bouw werden gezogen dan zij ze kon aanvullen. Wanhopig schoof ze haar trots terzijde en stond ze toe dat roddel- en lifestylebladen stukken over haar publiceerden. Iedereen wilde weten over haar verstandhouding met Tina, die inmiddels de iconenstatus van een Pamela Anderson had bereikt als Amerika's favoriete, tot heilige getransformeerde slettenbak. Al snel kreeg Honor door hoe ze met exclusieve 'nieuwe' feiten kon komen zonder echt iets bijzonders te onthullen, en zo werd ze in no time een regelmatig terugkerend gezicht in de *US Weekly*, *In Style* en zelfs in Europese bladen als *Hello!* en *OK!* Ze wilde zichzelf wijsmaken dat het allemaal goede publiciteit was voor het Palmers wanneer ze volgend jaar opengingen (lieve Heer, zorg dat we volgend jaar open kunnen!), en dat ze om geld zat te springen en geen andere keus had. Maar elke keer dat ze geretoucheerde foto's van zichzelf zag – verwend, bevoorrecht en luierend op een bank – voelde ze zich een prostituee. Normaliter toonden ze haar in een zwierige John Galliano-jurk, met een champagneglas in de hand. Wat een giller! Tegenwoordig liep ze bijna de godganse dag rond in een overall of joggingbroek, als een trekpaard sjouwend met bakstenen of tegels.

Niet dat ze klaagde. Ondanks de slopende arbeid en de voortdurende financiële zorgen was het een genot om elke morgen op de bouwplek te komen, en ze zou haar eigen betrokkenheid bij het werk voor geen goud hebben opgeofferd, hoe erg Petra Kamalski ook de spot met haar kon drijven. Of ze nu spreadsheets bekeek, met leveranciers ruziede of op haar handen en knieën de vochtwering inspecteerde, dit was Honors droom die uitkwam. Ze moest hier deel van uitmaken, het beleven en inademen als de zuurstof die het, voor haar, was. De aloude magie uit haar jeugd – de Palmers-magie – was er nog. Ze voelde deze in de lucht hangen. Maar deze keer zwaaide zij met de toverstaf. Zíj was de tovenaar die het gebouw en de tuinen tevoorschijn toverde zoals zij dat wilde. Zelfs nu, in zijn half gebouwde toestand, was het zo verdomd mooi dat ze wel kon huilen.

De moeilijkste momenten deden zich voor tegen het einde van de dag, wanneer ze werd gedwongen om die magie achter te laten en naar huis te gaan. Het zou nog heel wat maanden duren voordat ze haar intrek kon nemen. 'Thuis' was tot die tijd een schilderachtige maar onpraktische cottage, ergens midden in de stad – onpraktisch, omdat er bij lange na niet voldoende ruimte was voor de huizenhoge stapels paperassen die het bouwproject op uurbasis leek te genereren; en omdat ze er geen privacy had. Honor was al heel wat ochtenden wakker geworden van gestommel beneden en gewapend met het eerste het beste stuk stomp gereedschap de keuken in gestormd, om te merken dat het alleen maar buurvrouw Miggins was, die een geleend kopje suiker terug kwam brengen, of Joe, de bouwopzichter, die zichzelf binnenliet om wat tekeningen te bekijken of gewoon op zoek was naar een kop koffie. Hoewel het best leuk was om te voelen dat je bij een gemeenschap hoorde en dat de plaatselijke bewoners – Petra uitgezonderd, natuurlijk – haar en het Palmers steunden, ontdekte Honor dat je van goede dingen ook beslist te veel kon hebben.

Afgelopen week had ze, tot haar grote opluchting, een telefoontje gekregen van haar oude bankdirecteur en vroegere vriend van de familie Randy Malone.

'Je bent al een heel eind opgeschoten met de bouw, zie ik,' waren zijn hartelijke woorden geweest. 'Gezien wat jij hebt bereikt, en de investeringen die je al hebt gedaan, zou de bank die lening waar jij enkele maanden geleden om hebt verzocht in heroverweging kunnen nemen. Waarom kom je niet even langs om een praatje te maken?'

Helemaal in de zevende hemel was ze de stad in gehuppeld om hem te treffen, maar haar euforie verdween al snel toen ze het rentetarief vernam.

'Dat is gewoon roof op klaarlichte dag!' stamelde ze verontwaardigd en hijgend toen ze de cijfertjes voor haar ogen zag zwemmen. 'Randy, je kent me al sinds mijn geboorte. Hoe kun je het zelfs maar verzinnen om me zo af te zetten?'

'Het is een concurrerende rente, Honor,' hield de oude man haar schijnheilig voor. 'Als je liever een aandelenpartner hebt, zoek er dan vooral een. Maar ik denk dat je die een stuk lastiger zult vinden dan jij verwacht. Hotels vormen altijd een hoog risico, vooral als er een stukje verderop al zo'n succesvol hotel als het Herrick staat. De hele vastgoedsector maakt op dit moment zwakke tijden door.'

Niet zo zwak als jouw ruggengraat, was Honors opstandige gedachte. Maar ze had het geld dringend nodig. Met een lening van deze omvang kon ze garanderen dat de bouw op tijd af was. Ze kon het zich niet veroorloven om dit aanbod te weigeren, en dat wisten ze allebei.

Ze had in elk geval de schrale troost dat Luxe America, het prachtige project waar Lucas zich in Vegas zo onuitstaanbaar arrogant over had uitgelaten, nog uit de startblokken moest komen. Verwikkeld in een ingewikkelde rechtszaak met Connor Armstrong (gefinancierd, zo gingen tenminste de geruchten, door Anton Tisch) was het hem en zijn nieuwe Amerikaanse partner verboden om met de bouw te beginnen totdat de zaak geschikt was. Geplet onder een stapel gerechtelijke bevelen die zwaarder was dan de Koran hadden ze geen andere keus dan voorlopig niets te doen.

Voor Honor was Lucas' gedwongen afwezigheid in East Hampton een meevaller, maar dit wilde niet zeggen dat ze niet aan hem dacht. Sinds Vegas werd ze geplaagd door flashbacks van hun nacht samen. Uit alle macht probeerde ze zich op de negatieve aspecten te concentreren: zijn arrogantie op de ochtend erna, hoe neerbuigend hij had gedaan over haar plannen om het Palmers te herbouwen. Maar de herinnering aan zijn aanrakingen achtervolgde haar nog steeds. Meerdere keren was ze in het holst van de nacht na een flink erotische droom wakker geworden en voelde ze zich zo gefrustreerd dat ze zich in haar sportbroekje moest hijsen en een stuk moest gaan rennen om het kwijt te raken.

Nu ze al maaiend het einde van de strook graszoden bereikte, zette ze de gammele oude maaimachine uit en bewonderde ze haar werk. Niet slecht, vooral als je bedacht dat ze wat handenarbeid betrof in haar jeugd niet verder was gekomen dan het overhandigen van haar vuile was aan de dienstmeid.

Petra en haar kornuiten konden de draak met haar steken wat ze wilden. Honor maakte zich er niet druk om. Zodra de bouw voltooid was, zouden ze hun woorden wel inslikken. Trendy eendagsvliegen als het Herrick brandden altijd snel op. Dat was de aard van het beestje – niet één hotel kon voorgoed 'hét' blijven. Hoe duur en chic het ook was, en hoe hard ze ook hun best deden om zichzelf te onderscheiden, de Tischen-hotels waren een keten. Hetzelfde gold voor de Luxes, wat Lucas ook allemaal mocht beweren. Alleen het Palmers was iets eenmaligs. Iets unieks. Alleen het Palmers bezat de magie.

Het was lastig te bepalen wat een hotel tot een klassieker maakte. Zelfs Honor twijfelde of ze het onder woorden kon brengen. Het enige wat ze wist, was dat wat voor toverkunst er ook voor nodig was, het Palmers uit haar grootvaders tijd daar emmers vol van had gehad.

En ze zwoer dat háár versie, volgend jaar rond deze tijd, dat ook zou hebben.

Teruglopend naar haar hotelkamer in de smorende hitte voelde Sian het gewicht van de wereld op haar benige, zonverbrande schouders rusten.

Ze bevond zich op Grand Cayman, de laatste etappe van een uitputtend papieren spoor dat wel of niet meer licht op Anton Tisch' banden met de corrupte Azerbeidzjaanse overheid zou kunnen werpen. Voorlopig zette ze haar geld helaas nog op de tweede optie. Of beter gezegd: Bens geld, want dat gaf ze immers uit.

De afgelopen drie maanden waren de meest opwindende, drukke en frustrerende van haar leven geweest. Tisch bleek een bijzonder fascinerend onderwerp, en het ontrafelen van zijn duistere zaakjes in het verleden was al snel van een beroepsmatige interesse veranderd in een zeer persoonlijke obsessie. Regelmatig maakte ze dagen van achttien uur, waarbij maaltijden vaak werden overgeslagen, en nu had ze het punt bereikt dat ze 's nachts zelfs over Anton droomde, waarbij zijn bleke, wasachtige, emotieloze gezicht in haar onderbewuste concurreerde met Bens sproeterige aandoenlijkheid.

Maar hoe gedreven ze ook was, bij elke stap vooruit leek ze twee stappen achteruit te zetten. Dan dook er vanuit het niets een onverwachte bron op, die haar de naam en het adres van een van Antons minderjarige lieverdjes gaf, en reisde ze half Europa door om er vervolgens achter te komen dat het meisje zo onder de verdovende middelen zat dat ze geen verklaring kon afleggen. Na anonieme brieven met vage hints naar mogelijke betrokkenheid bij de Russische maffia en de uit ex-KGB'ers bestaande onderwereld had ze een vliegticket naar Sint-Petersburg gekocht om er pas daar achter te komen dat haar accreditatie van de British Press Association niet werd erkend en haar de toegang tot zelfs de meeste basale dossiers werd geweigerd. Ook ploften er met deprimerende regelmaat dreigbrieven op haar en Lola's deurmat neer. Ze had Ben over de eerste verteld, afkomstig van een of andere ongeletterde gangster uit het Oostblok, met een overactieve fantasie en een goed ontwikkelde messenfetisj. Maar Ben had zo vreselijk overdreven gereageerd en gedreigd de geldkraan dicht te draaien als ze haar persoonlijke veiligheid op het spel zette, dat ze over de rest van die brieven maar had gezwegen.

De frustraties van het onderzoek stelden echter niets voor vergeleken met de kwelling die werken met Ben betekende. Naarmate de weken verstreken en de zaak tegen Anton werd opgebouwd, bracht ze steeds meer lange avonden door in Bens flat, urenlang verdiept in documenten en plannen smedend voor de volgende aanval. Aanvankelijk was Bianca vaak weg en had ze hen alleen gelaten, maar de laatste tijd was ze zich misschien wel bewust geworden van het verlangen dat kennelijk van Sian afstraalde, en wilde ze haar territorium bewaken, want nu hing ze opeens de hele tijd thuis rond en was ze zich zelfs een beetje gaan interesseren voor het verhaal. Fysiek altijd pico bello in vorm lag ze lui naast Ben op de bank, in haar dunne hemdjes en superstrakke spijkerbroek, terwijl ze terloops een gemanicuurde hand op zijn dij legde, een bezitterig gebaar dat maakte dat Sian als een slang wilde opspringen om haar te bijten. Natuurlijk schaamde ze zich rot voor haar vijandigheid. Bianca was zo overduidelijk een goede en liefhebbende meid, en verdiende Ben veel meer dan zij, maar ze kon er nu eenmaal niets aan doen.

Net als bij een horrorfilm die ze niet kon uitzetten speelde ze elke blik, elke aanraking en elk gebaar telkens opnieuw af in haar hoofd, waarbij ze met de obsessieve precisie van een microbioloog die een enkele cel aandachtig bestudeert, de reacties van Ben op Bianca en op haarzelf aan een analyse onderwierp. Vaak meende ze te zien dat hij afstand nam van haar, oogcontact meed of even ging verzitten zodra zij binnenkwam en naast hem kwam zitten. Zo nu en dan leek hij zelfs lange momenten naar Sian zelf te staren of net zo heftig op te schrikken als zij wanneer hun handen per ongeluk langs elkaar streken. Maar misschien was het beide keren wishful thinking geweest? Zijn bruiloft met Bianca, die voor augustus dit jaar gepland stond, ging gewoon door. En ondanks de talloze gelegenheden in de twaalf lange weken dat ze hadden samengewerkt, had hij niet één keer geprobeerd haar te versieren.

Wat zou ze Lola graag in vertrouwen hebben genomen over haar gevoelens, en haar angsten. Maar al vanaf het moment dat het verhaal haar leven in beslag had genomen, was er tussen de twee meiden een kloof ontstaan. Ongeveer een maand geleden, toen Sian eindelijk de tanden op elkaar had gezet en het had uitgemaakt met Paddy, was het erger geworden.

'Maar hoe kun je?' had Lola ongelovig en nogal tactloos gevraagd toen Sian haar het nieuws vertelde. 'Jullie twee passen zo goed bij elkaar.'

'Geloof me,' zei Sian verdrietig, 'dat doen we niet.'

'Maar hij is zo'n geweldige vent! En hij houdt echt van je.'

'Dat weet ik,' bitste Sian. Door haar schuldgevoel en slaapgebrek was ze sneller geïrriteerd dan normaal. 'Oké? Dat weet ik. Waarom denk je dat ik zo lang met hem uit ben geweest? Het was gewoon op tussen ons. Ik kan het niet uitleggen.'

Ze kon niet toegeven dat ze sinds het hernieuwde contact met Ben seksueel en emotioneel zo volkomen van slag was dat ze telkens wanneer Paddy haar aanraakte, gewoon misselijk werd; dat als ze hem 's avonds thuis zag komen met zijn liefdevolle, nietsvermoedende gezicht, ze wel kon janken, zo schuldig voelde ze zich dat ze hem afwees. Paddy was echt een aardige vent, de beste. Hij verdiende iemand die echt van hem hield, die niet hoefde te doen alsof.

Dat Lola haar gewoon egoïstisch vond en dat haar obsessie met haar werk tussen haar en Paddy een wig had gedreven, maakte deze hele episode zelfs nog pijnlijker. Omdat ze niet tegen kritiek kon en het niet kon uitstaan om Lola en Marti zo gelukkig en in hun roes van verliefdheid te zien, ging ze zelfs nog langer werken, kwam ze steeds later thuis en glipte ze al bij het ochtendgloren de flat uit. Zo werd de kloof tussen de twee meiden onvermijdelijk groter, terwijl Sian deze juist zo graag wilde dichten.

Het was een opluchting geweest om aan boord van het vliegtuig naar de Kaaimaneilanden te stappen, een welkome ontsnapping aan Ben en Bianca en Lola's eeuwige rancune. Maar zodra ze in het beroemde belastingparadijs en de officiële thuisbasis van de meeste van Antons bedrijven was geland, voelde ze haar positieve stemming alweer omslaan.

Het zogenaamde 'Caraïbische paradijs' van de Kaaimaneilanden op ruim achthonderd kilometer ten zuiden van Miami was Sians idee van de hel: luxe zielloze hotels, zoals het Hyatt Regency waar ze verbleef, rezen als ongevoelige reuzen op uit de omringende armoede, waarbij hun doordringende blik zich op de zonnige blauwe hemel en de stille wateren van de oceaan richtte, en niet op de sloppenwijken aan hun voeten. Net als in Miami gingen extreme rijkdom en extreme armoede hier hand in hand. Maar ergens leek de verdeling van rijkdom hier op de eilanden, die de levendigheid, hoop en energie van de etnische smeltkroes van Miami ontbeerden, een stuk navranter. Ze ervoer het als een Zwitserse versie van een ander paradijselijk eiland: Jamaica, door ambtenaren bestuurd. Ze kon zich al helemaal voorstellen dat Anton zich hier thuis voelde, zelfs zonder de belastingvoordelen, en was dan ook niet verrast toen ze vernam dat hij, in tegenstelling tot de meeste rijkelui met een bankrekening en een beheerd fonds op de eilanden, zowaar een villa had gekocht op Grand Cayman waar hij een aantal jaren met regelmaat gebruik van had gemaakt.

Ze had gehoopt dat er nog wat buren zouden zijn die zich hem uit die tijd herinnerden en een paar van de vele leemten in haar verhaal konden opvullen. Misschien was hij wel lid geweest van de plaatselijke golf- of jachtclub? Dikke maatjes geworden met de Ferrari-dealer in de haven? Maar nee. Als hij op de Kaaimaneilanden sociale contacten had gehad, had hij wel de moeite genomen om ze net zo discreet te houden als zijn zakelijke relaties. Na drie uitputtende dagen had Sian nog steeds niet de aanknoping gevonden waar ze op had gehoopt. Maar vandaag had zich een interessante ontwikkeling voorgedaan, een bankrekeningnummer dat in al haar zoektochten nog niet eerder was opgedoken en dat ze naar een persoonlijke rekening bij de Unexim-bank in Moskou had getraceerd.

Toen ze eindelijk in het Hyatt terugkwam, stak ze haar sleutelkaart in de deur van haar kamer en slaakte een zucht van verlichting toen ze de verkoelende bries van de airco in liep. Ze trok het linnen jasje uit dat als een kaasdoek aan haar huid had geplakt, schopte haar schoenen uit en liet zich achterovervallen op het bed om te genieten van de zachte verwelkoming van het matras.

Ze had alleen maar even haar voeten wat rust willen geven, maar even later schrok ze wakker van het onophoudelijke gerinkel van de telefoon naast het bed. Versuft tilde ze de hoorn op en tegelijk zag ze dat het buiten al donker was. Hoe lang had ze geslapen?

'Hallo?' mompelde ze.

'Met mij.' Bens zware Cockneystem klonk krakerig, verzwakt door de afstand. Maar Sian voelde meteen de kriebels in haar buik. 'Ik vroeg me alleen af hoe het je vandaag is vergaan.'

'Prima,' antwoordde ze. Nog steeds half slapend onderdrukte ze een gaap.

'Shit, ik heb je toch niet wakker gemaakt, hè?'

'Nee, helemaal niet. Natuurlijk niet.' In haar wanhoop om het gesprek te rekken, pepte zij zichzelf op en begon een langdradige monoloog over de geboekte vooruitgang die dag, of eigenlijk het ontbreken daarvan. 'Maar ik heb wel een nieuw aanknopingspunt,' zei ze en ze vertelde hem over de Russische bankrekening. 'Ik overweeg om eerder te vertrekken en morgenochtend naar Moskou te vliegen om naar informatie te spitten.'

'Dat lijkt me geen goed idee,' reageerde Ben, die plotseling angstvisioenen kreeg dat ze door een groepje moordzuchtige Kremlin-gangsters in een donkere steeg werd achtervolgd. 'Als Tisch echt bij duistere zaakjes betrokken is, en jij daar gaat rondsnuffelen, zou het heel snel heel onaangenaam kunnen worden. Voor die Russen is mensen bang maken niet genoeg. Ze maken geen geintjes en het kan ze geen reet schelen of je een vrouw bent of uit welk land je komt.'

'Kom op,' zei Sian plagerig. 'Doe je nu niet een heel klein beetje melodramatisch? Wat gaan ze dan doen, strychnine in mijn thee gooien?'

'Misschien wel,' zei Ben, die zijn best deed om wat minder bezorgd te klinken dan hij zich voelde. Sian was zo gebrand op een primeur dat ze gemakkelijk iets roekeloos zou kunnen ondernemen. En de voormalige Sovjetonderwereld was geen welpenclubje. 'Of ze jagen je een kogel door je kop zoals die arme Anna Polly hoe heet ze ook alweer.'

'Politkovskaya,' hielp Sian. 'En dat doen ze niet. Zij zat achter Poetin aan, ik achter een Duitse financier van wie het Kremlin waarschijnlijk zelfs nog nooit heeft gehoord. Maak je geen zorgen.'

Maar Ben maakte zich wel degelijk zorgen.

Zittend in zijn verlaten kantoor – in Londen was het half tien, en op de arme werkbijen bij M&A na was de rest van de City allang naar huis – surfte hij naar de homepage van Google. Hij typte 'Rusland, journalist, moord' en las tot zijn afschuw dat er sinds de val van het communisme in Rusland bijna driehonderd leden van de pers, van wie de meesten uit het buitenland, waren vermoord. Discretie was niet aan Sian besteed. Ze zou daar als een Ruby Wax onder de speed binnenvallen en antwoorden eisen, 'airn-sers' zoals zij dat zou zeggen. Haar Amerikaanse accent kon je uit duizenden herkennen, dacht hij liefdevol.

Waarom had hij die domme cheque ook meteen voor haar uitgeschreven? Nu had hij geen enkele controle over waar ze heen ging of wat ze deed.

Boos op zichzelf zette hij zijn pc uit, griste zijn jasje van de rug van de stoel en knipte het licht uit, wensend dat de gedachte naar huis, naar Bianca, te gaan hem niet zo'n irrationeel depressief gevoel bezorgde. Tammy had gelijk. Voor een multimiljonair die binnenkort in het huwelijksbootje zou stappen begon hij al aardig op een akelige oude zak te lijken. Hij moest zich vermannen.

27

Zes weken later had Lucas plaatsgenomen in de indrukwekkende gewelfde gotische wachtkamer van het Palais de Justice in Parijs, in afwachting van een nieuwe ronde in zijn zaak tegen Connor Armstrong. Hij was de dag met een rothumeur begonnen. Na maanden juridisch getouwtrek, dat hem als een godvergeten badmintonshuttle van Parijs naar Madrid en naar het Europese hof in Straatsburg en terug had gekatapulteerd, was het einde van de zaak nog lang niet in zicht. Maar nu, na drie uur met een paar tintelende billen op een harde houten bank te hebben gezeten, verveelde hij zich stierlijk.

Er waren zelfs niet eens een paar aantrekkelijke dames in beeld om hem wat af te leiden. Hij deelde de wachtruimte met een Frans-Arabische jongeman met gemillimeterd haar en gekleed in een polyester pak dat hem drie maten te groot was, waarbij het woord 'gedaagde' levensgroot op het voorhoofd geschreven leek te staan (hoewel zijn kleermaker eigenlijk degene was die levenslang verdiende), twee advocaten en een dame van middelbare leeftijd met korte rode krullen, wier derrière als een homp deeg over de zitting leek uit te dijen en Lucas elk moment dreigde op te slokken.

'Wilt u misschien even bladeren?' Met een warme glimlach bood ze hem haar *Hello!* aan die ze net uit had. 'Een interessant nummer, dit.'

'Graag,' zei hij. Normaliter zou hij er zijn kont mee hebben afgeveegd, maar hij verveelde zich zo dat hij elke afleiding met beide handen aangreep. De met foto's gevulde glossy pagina's doorbladerend haalde hij heimelijk zijn neus op voor de belachelijke pretenties van de 'celebrity's' die het onderwerp van gesprek vormden. Secundaire aristocraatjes die met hun paardenkoppen schaamteloos goede sier maakten met hun relatie met het koningshuis terwijl ze buiten voor hun aftandse kasteeltjes poseerden. Voor niets opgeleid en zonder ook maar een dag in hun leven echt te hebben gewerkt, vormde dit waarschijnlijk een van de weinige manieren om geld binnen te halen. Geld dat ze duidelijk hard nodig hadden om hun overmaatse onderkomens voor instortingsgevaar te kunnen behoeden. Lucas zag het tafereel al voor zich zodra de fotografen klaar waren: de baljurken en sieraden gingen weer terug naar de lommerd en het stel trok zich wederom terug in de twee kamertjes van de statige villa waar ze de stookkosten nog net konden betalen om vervolgens wat witte bonen in tomatensaus op toastjes te serveren. Alles waarmee dit soort bladen op de proppen kwamen, was bedotterij.

Maar een paar bladzijden verder stokte zijn innerlijke kritiek toen hij plots oog in oog stond met een verpletterende foto van Honor. In een bosnimfachtige groene zijden jurk die als bladgoud rond haar tengere lichaam kleefde, met tien centimeter hoge Jimmy Choo-hakken aan haar voeten en een eenvoudige maar prachtig gesneden pendant van amethist om haar gebruinde hals zag ze er sexyer uit dan ooit. Haar haar, in Vegas nog van amazonelengte, reikte nu tot op haar schouders en was in laagjes geknipt waarbij de lokken afwisselend honing- en chocoladekleurig waren geverfd, wat een perfecte omlijsting vormde voor haar donkere, gebruinde huid. Ze lag op een stenen bankje van het Palmers, steunend op een elleboog, terwijl haar ranke vingers een kussentje vormden voor haar betoverende, ranke gelaat en haar groene kattenogen je als twee klompjes kryptoniet tegemoet gloeiden. Lucas voelde in elk geval al zijn superpower wegebben; die vorstelijke, onderkoelde schoonheid, en tegelijk zo klein en kwetsbaar, als een boomblad dat elk moment door de wind kan worden meegenomen.

Het drie pagina's tellende stuk over het Palmers bevatte tevens oude foto's van het voormalige hotel en grotere, zonovergoten foto's van het nieuwe hotel, die Honor interessant genoeg had laten maken. Ergens in een hoekje was nog een kiekje van de verkoolde resten van het oude gebouw te zien, genomen op de dag na de brand. Met een misselijk gevoel bekeek hij het plaatje, denkend aan hoe weinig het had gescheeld of Honor was die dag in de vlammen omgekomen.

'*De verzekeraars weigeren nog altijd uit te keren, ook al heeft de politie laten weten dat technisch onderzoek heeft aangetoond dat het brandstichting is geweest,*' zo luidde een citaat.

'Walgelijk,' zei hij hardop. Bij het horen van deze verontwaardiging namens Honor keken de andere wachtenden verbaasd op. 'Vuile bloedzuigers.'

'*Zonder arrestatie en veroordeling is de oorzaak nog niet achterhaald, zeggen ze.*' Hij las verder. '*Het viel bepaald niet mee om het geld bijeen te brengen voor de herbouw. Maar ik ben echt trots op wat we tot nu toe hebben bereikt.*'

Dat geloof ik graag, dacht hij bij zichzelf terwijl hij de foto's van het nieuwe hotel bekeek, dat wit en puur als een sneeuwklokje in de lente uit de oude as herrees. Toch was hij nog steeds kwaad op haar over hoe ze hem in Vegas aan het lijntje had gehouden, en hoe koppig ze was geweest om hem daarna niet even te bellen met een excuus. Waarom konden vrouwen nooit eens toegeven dat ze fout zaten? Maar hij moest erkennen dat ze met de herbouw van het Palmers veel meer lef bezat dan hij haar aanvankelijk had toegedicht. De bouw was nog niet voltooid, maar ze had nu al iets gepresteerd wat hij en de meesten van zijn vakbroeders voor onmogelijk hadden gehouden. En daarvoor verdiende ze een dikke pluim.

Toch moest ze wanhopig om geld verlegen zitten om zich voor zo'n lullig *Hello!*-stukje als dit te willen lenen. Met de roddelbladen had ze hoegenaamd niets – meer iets voor Tina, zo vond ze zelf – en hij kon zich voorstellen hoe ze haar trots had moeten inslikken om zichzelf in zo'n heerlijk onthullende jurk te hijsen.

Het was ironisch dat Honor, zelfs ondanks haar geldproblemen, volop in de weer was met het Palmers terwijl hij (die dankzij zijn nieuwe investeerder, de oliemagnaat Winston Davies, nu bulkte van het geld) wat de bouw van Luxe America betrof zelfs nog in de startblokken moest verschijnen. Wellicht was hij wat naïef geweest, maar Connor had voorafgaand aan de conferentie in Vegas zo steen en been geklaagd over de zaken dat Lucas had verondersteld dat de man graag uitgekocht wilde worden. En inderdaad had Armstrong het meer dan genereuze aanbod van Winston voor diens aandelen reeds aanvaard, zowel mondeling als per e-mail, totdat Anton zich er in februari mee was gaan bemoeien, zoals alleen hij dat kon.

Iedereen wist wat er gebeurd was. Alleen kon niemand het helaas bewijzen. Tisch had contact gezocht met Connor en was met geld gaan strooien als een vers aangekochte eredivisiespeler die hof hield in een bordeel. Hij had Armstrong hemel en aarde beloofd als deze het uitkoopcontract weigerde te tekenen en als 'interne dwarsligger' aanbleef om zo verdere uitbreiding van Lucas' imperium, Luxe America meegerekend, te verhinderen. Waarop Lucas en Winston hem op hun beurt op de mondelinge overeenkomst en de e-mails hadden gewezen, en bovenal op het feit dat Connor de eerste tranche van Winstons fonds al had ontvangen voordat hij zo plotseling van gedachten was veranderd. Uiteindelijk was de kans groot dat Connor het tegenover de rechtbank niet zou redden, maar daar ging het niet om. Gesteund door Antons legertje internationale juristen zou hij best in staat zijn om de zaak maanden, zo niet jaren te rekken, telkens naar een ander gerechtshof hoppend, mocht een uitspraak hem niet bevallen, en voortdurend appèl aantekenend als Lucas' advocaat ook maar zijn mond opendeed.

Tot dusver was Winston erg geduldig geweest. Hij bezat het soort rijkdom waarbij je niet maalde om een rechtszaak van meer dan een miljoen. Bovendien geloofde hij in Lucas en in het Luxe-concept, en had hij weinig op met figuren die hem zakelijk gezien op andere gedachten wilden brengen. Maar hoe dankbaar Lucas hem ook was, wat het nieuwe hotel betrof, stond hij nog altijd met lege handen. En ondertussen was het Herrick niet alleen verkozen tot het beste luxehotel, en trof Petra inmiddels voorbereidingen voor de moeder aller party's voor de komende zomer, maar leek Honor vastberaden de Palmers-franchise voor een tweede maal te reanimeren.

Tijd was niet alleen geld. Tijd was alles, maar voor Lucas begon die al snel op te raken.

'*Monsieur Ruiz?*' Met haar zure gezicht verscheen de vrouwelijke klerk, een gallische Barbara Walters die rook naar een mengsel van Jolie Madame-parfum en Elnet Satin-haarspray, tussen de openslaande deuren en gaf een knikje in zijn richting. '*Suivez moi, s'il vous plaît.*'

'Eindelijk,' zei hij en hij gaf het tijdschrift terug aan buurvrouw deegbil, die het lichtblozend en met een glimlach aannam. Vermoeid hees hij zich overeind en volgde de klerk met lood in de schoenen naar de bijna lege rechtszaal. Ondanks al het wachten wist hij dat de hoorzitting van vandaag als al die andere zou worden: zonde van de tijd.

'Ja, ja, ik begrijp dat er heel wat werk in gaat zitten,' reageerde Ben terwijl hij zijn best deed om zijn humeur te bewaren.

'Nou, het is wel even meer dan dat, scheet,' pruilde Maxwell, de supernichterige bruiloftscoördinator boos. 'Dit is ware kunst. IJssculpturen van deze afmetingen en complexiteit zijn… tja,' hij depte zijn voorhoofd even met een linnen zakdoek die met zijn initialen was versierd, 'dingen waarvan je alleen maar kunt dromen.'

'Nou, ik anders niet,' reageerde Ben bot. 'Twintig ruggen, en als de avond afgelopen is, zit je met een vieze plas water. Kom op, B, is dit niet een beetje te extravagant?'

Bianca beet op haar lip en vocht tegen haar tranen. Niet dat de sculpturen haar zo veel konden schelen, hoewel ze het schaalmodel van de Notre Dame met zijn waterspuwertjes van ijs echt prachtig vond, maar was er dan niets wat zij en Maxwell aan ideeën hadden dat Bens goedkeuring ook maar een beetje kon wegdragen?

Ze bevonden zich in het kantoor van Wedding World, dat de gehele bovenverdieping van een trendy, omgebouwd pakhuis in Clerkenwell innam. Het zag eruit als een kruising tussen een New Yorks loftappartement en een enorme isoleercel. Elk oppervlak was zacht, zelfs de muren, die waren bekleed met een witte, met schuimvlokken gevulde stof, waardoor ze op zelfklevende wolken leken. De ronde, rubberachtige tafels hadden iets weg van kinderspeelgoed. Ben en Bianca zaten aan het ene uiteinde, weggezonken in een witte sofa, die zo belachelijk zacht was dat de bank hen met huid en haar dreigde te verzwelgen. Maxwell zat tegenover hen, in een roze, hangende kuipstoel uit halverwege de jaren zestig, die bij elke beweging irritant kraakte en zwenkte. Tussen hen in stond een witte, rubberen salontafel waarop verscheidene boeken en tijdschriften uitgespreid lagen, met daarin de foto's van de gruwelijk patserige bruiloftsfeesten van Maxwells eerdere klanten.

Bens aanwezigheid werd slechts gedoogd. Al van meet af aan had hij duidelijk gemaakt dat hij geen groot, flitsend bruiloftsfeest wilde, maar gewoon een traditionele plechtigheid ergens in een mooie plattelandskerk met daarna een dineetje en een beetje dansen. Maar Bianca had al meteen haar zinnen op een sprookjesbruiloft gezet, en aangemoedigd door Bens moeder en zussen, had ze stug doorgezet met nog meer extravagante, en naar zijn oordeel, belachelijke ideeën, samen met die verdomde Benny Hill tegenover hem. Hij was voor het blok gezet met de locatie, een of ander dom kasteel in Ierland, en had zijn paraaf al gezet onder de lijst van jongleurs, vuurspuwers en god mocht weten wat nog meer. Nog even en Siegfried en Roy werden ingevlogen, of zouden ze verdomme op een paar eenhoorns naar het altaar moeten schrijden.

'Die sculpturen waren maar een idee, hoor,' reageerde Bianca koeltjes. 'Als je het niks vindt, misschien dat jij een andere blikvanger kunt bedenken? Tot nu toe loop je niet over van ideeën.'

Ze wist dat ze kregelig en zeurderig klonk, en ze haatte het, maar ze was op van de zenuwen. Sinds Ben zich met Sian en dat domme onderzoek van haar was gaan bezighouden, was de spanning echt om te snijden. Omdat ze van nature niet afgunstig was, deed ze dapper haar best om niet de pest te krijgen aan Sian, of haar de schuld te geven van Bens afstandelijkheid en navenante desinteresse in de bruiloft. Maar dat viel niet mee. Die ochtend bleef hij weer over haar dooremmeren, probeerde zelfs onder hun afspraak met Maxwell uit te komen om Sian van het vliegveld op te halen.

'Ze komt vanmiddag terug uit Azerbeidzjan,' zeurde hij die ochtend. 'Ze zei dat ze dringend met me wilde praten.'

'Nou, dan kan ze netjes op haar beurt wachten,' had Bianca hem toegebeten. 'Ík moet ook dringend met je praten, Ben. Over onze bruiloft. Over nog geen twee maanden is het zover, weet je.'

'Goh, hoe zou ik dat niet kunnen weten?' beet hij terug. 'Je herinnert me er anders vaak genoeg aan.'

'En waarom?!' gilde ze hysterisch. 'Omdat jij de hele tijd met die Sian zit te klieken, daarom! Compleet geobsedeerd door die Anton Tisch! Een ander zou denken dat je van plan bent om de rest van je leven met háár door te brengen, in plaats van met mij!'

'Nou, niet dus. Jij bent het helemaal voor mij,' antwoordde hij schuld-bewust. Hij wist dat hij zich te weinig om haar had bekommerd, maar dat viel ook niet mee met iemand die alleen maar wilde praten over een brui-loft die hem steeds meer begon tegen te staan.

'Oké, luister,' zei hij nu, terwijl hij met het enthousiasme van een moe-der die door een *Playboy* bladert een van Maxwells tijdschriften bekeek. 'Wat dacht je van zoiets? Dat zou toch een mooie blikvanger zijn?'

Maxwell trok zijn neus op alsof hij zojuist in de hondenpoep had ge-trapt en hij keek Ben meewarig aan. 'Een taart? Een doodgewone, alle-daagse zouteloze bruiloftstaart?'

'Wat mankeert daaraan?' wilde Ben weten.

'Niet bepaald origineel,' antwoordde Bianca voorzichtig.

'Dus? Moet álles dan origineel zijn? Altijd maar skydivende engeltjes die van kroonluchters afspringen?'

'O welnee, zeg. Natuurlijk niet,' reageerde Maxwell vals. 'Moet je horen, waarom zetten we niet gewoon een leuke vaas bloemen op de tafel en la-ten we het daarbij? Misschien dat jij, Ben, op weg naar de kerk bij het tankstation een boeketje kunt scoren?'

'Ik ben het zat,' zei deze, en kwaad stond hij op. Hij had Bianca een blanco cheque gegeven, want hij had er een hekel aan dat hij als een krent overkwam. Waarom zagen ze dan niet in dat hij geen opgeblazen toestan-den wilde, omdat het a) gewoon stom was, en b) de hele ceremonie alleen maar tot een spektakelstuk maakte? Zag ze dan niet dat hij nu al nerveus genoeg was?

'Waar ga je heen?' vroeg ze terwijl ze achter hem aan liep. Ze zag er ge-schrokken uit en hij vond het verschrikkelijk om zomaar weg te lopen, maar het groeide hem allemaal boven het hoofd.

'Weer aan het werk,' antwoordde hij terwijl hij bij de deur zijn koffer-tje pakte. 'Luister, het spijt me. Ik ben gewoon niet goed in dit soort din-gen. Zoek jij met Maxwell maar uit wat je wilt. Ik betaal.'

Ik wil je geld niet, dacht Bianca teleurgesteld. Ik wil je belangstelling. Ik wil je warmte.

Alsof hij haar gedachten kon lezen, liet Maxwell zijn brede achterste op Bens plek neerploffen en sloeg hij een troostende arm om haar heen.

'Kom, kom, scheetje. Hij draait wel bij. Zo gedragen alle bruidegoms zich de laatste paar weken voordat het zover is. Het zijn maar zenuwen.'

'Echt?' De tranen welden op en haar prachtige volle onderlip begon te trillen.

'Zeker weten,' zei Maxwell, die toch al niet kon begrijpen waarom een bloedmooie meid als zij zichzelf weggaf aan een cultuurbarbaar als Ben Slater. 'Geloof oom Maxwell nou maar. Ik heb het al zo vaak gezien.'

28

'Echt waar, meneer Tisch, we kunnen u niet genoeg bedanken.'

Met een klamme hand begon de dodelijk serieuze liefdadigheidsmede-werker Antons hand te pompen en staarde hem met haar uitpuilende vis-senogen aan. Ze had vast een of ander probleem met haar schildklier. De vrouw leek wel een snoekbaars met oorbellen.

'Wat u voor deze kinderen hebt gedaan, is echt onbetaalbaar. Onbe-taalbaar!'

'Geen dank,' reageerde Anton grootmoedig terwijl hij zijn hand terug-trok en deze vol afkeer aan zijn gesteven witte zakdoek afveegde. Echt, was het niet genoeg om deze mensen gewoon geld te geven zonder dat ze na afloop met hun zweterige handen als ongedierte aan je zaten?

Hij bevond zich in Vauxhall, een wijk in Londen die hij normaliter zou mijden. Maar vanavond vond de grote opening plaats van een kunstcen-trum voor getroebleerde tieners, een nevenproject van de liefdadige orga-nisatie Children of Hope waarvan hij de beschermheer was.

Persoonlijk vond hij de hele boel hier zwaar deprimerend. Al die schreeuwerige, primaire kleuren, en muren vol vreselijk, van talent ge-speend kladderwerk van kinderen. Dit kunst noemen was een belediging van het gezonde verstand. Maar ja, wat kon je anders verwachten van een zootje suffe crackverslaafden die in een achterstandswijk waren opge-groeid? De enige kinderen met een beetje 'hoop' waren de meisjes die mooi genoeg waren om met hun aantrekkelijke jonge lijf een boterham te verdienen, en van wie hij een aantal graag persoonlijk een handje zou hel-pen. Wat de rest betrof, die hadden geen toekomst. Het domme optimis-me van liefdadigheidsmedewerkers als mevrouw Snoekbaars wist hem al-tijd weer te verbazen. Geloofde ze nu echt dat een paar middagen per week met verf kliederen het leven van deze algen zou veranderen?

Anton zag een tv-ploeg van *London Tonight* vlak achter haar staan, en toonde nog een keer zijn innemende glimlach. 'Ik ben blij dat ik op mijn eigen bescheiden manier een steentje kan bijdragen,' zei hij. 'Wat de kinderen hier hebben bereikt, is echt een wonder. U bent vast erg trots.'

'O, zeker, zeker,' straalde ze. 'God zegene u.'

Hij was aangenaam verrast door de goede opkomst van de pers. De meeste journalisten verwachtten meer van een liefdadigheidsfeest dan wat versgeperst sinaasappelsap en een paar borden met Marmite besmeerde boterhammen, maar alle grote kranten en nieuwszenders waren er. Hij meende Saskia daarvoor te moeten bedanken.

Saskia Kennilworth, het pr-meisje dat hij afgelopen jaar in de arm had genomen om zijn liefdadigheidswerk en imagebuilding te verzorgen, bleek nu al een behoorlijke aanwinst. Haar upper class, bruisend blonde persoontje verhulde een keihard zakelijk inzicht dat je zelden tegenkwam in public relations, een vak waarin vooral de inteeltdochters van Britse aristocraten werkzaam waren, wier gezamenlijke IQ een zichzelf respecterende regenworm waarschijnlijk niet zou imponeren.

Maar Saskia was een parel tussen de zwijnen. Zij was degene geweest die hem in de richting van charitatieve projecten voor tieners had gestuurd, en weg van de meer elitaire opera- en polo-evenementen waarmee hij altijd werd geassocieerd. Het was een uitstekende zet gebleken. Het afgelopen half jaar had hij meer positieve artikelen over zijn filantropische activiteiten gelezen dan ooit daarvoor. En in die o zo belangrijke kringen van het establishment leek zijn ster onmiskenbaar te rijzen.

Saskia was ook nog eens aantrekkelijk, zij het op een volkomen andere manier dan Petra. Ze had tieten zo groot als meloenen, droeg veel te veel make-up en had een rasperig, obsceen rokerslachje dat even aanstekelijk als sexy was. Als een stoomwals was ze bij hun eerste kennismaking op hem afgebeeld, maar hij was nog niet met haar naar bed geweest, daar had hij het nog even te druk voor gehad. Hij had de laatste tijd heel wat gereisd. Maar Saskia stond beslist op zijn takenlijst. Hij moest nodig die ongezonde cyclus van monogamie doorbreken waar hij met Petra in verzeild was geraakt, en mevrouw Kennilworth zou het volmaakte tegengif vormen voor de Slavische hooghartigheid die hij zo verslavend was gaan vinden.

'… vindt u ook niet, meneer Tisch?'

Verdomme. Die snoekbaars praatte weer tegen hem, en hij was even heel ergens anders met zijn gedachten. De camera's waren hoopvol op hem gericht, in afwachting van een reactie.

'Absoluut,' zei hij met een brede glimlach.

Saskia hamerde daar altijd op. Glimlachen maakte hem kennelijk beter benaderbaar.

Het duurde nog eens twintig minuten voordat hij zich eindelijk kon losmaken van de vriendelijke handjesschudders en naar de veilige beslotenheid van zijn gereedstaande Daimler kon vluchten.

'Goddank,' verzuchtte hij nu de chauffeur de wagen over Vauxhall Bridge, terug naar de beschaving, stuurde. Hoog boven hen doemde het gebouw van MI6 op, dat 's avonds als een stripversie van Gotham City in een etherisch groen licht baadde. Onder hen stroomde de Theems, glanzend zwart en sinister als een olievlek. Op de achterbank klapte Anton zijn laptop open en checkte meteen zijn e-mail.

De eerste vier waren allemaal van Petra. Twee over de voorbereidingen van het feest van volgende maand in het Herrick, het 'nummer een'-hotel. Zoals altijd had ze de boel weer geweldig georganiseerd en ze had al een gastenlijst en een amusementsprogramma samengesteld dat kon wedijveren met de Oscaruitreiking. Anton scrolde door de bijgevoegde lijst van de gasten die hadden toegezegd, en voelde een warme tevredenheid: Hollywoodroyalty, rockroyalty, moderoyalty. Er stond geen derderangs gast op. Alleen de echte royalty was niet bezweken voor Petra's charmes – van Lady Helen Taylor hadden ze een 'nee' ontvangen. De bitch. Maar kijkend naar de laatste pagina vrolijkte hij weer helemaal op en slaakte een half onderdrukte kreet van verrukking: de hertogin van York stond geregistreerd als een 'wellicht', samen met haar beide dochters. Lady Helen, die kunt u in uw zak steken!

Hij vroeg zich af wat Petra's reactie zou zijn als hij Saskia erbij haalde om te helpen de verslaggeving in goede banen te leiden. Niet zo best, stelde hij zich zachtjes gniffelend voor. Petra reageerde op andere aantrekkelijke vrouwen zoals de meerderheid van haar geslacht bij het zien van een spin. Je zag het kippenvel gewoon verschijnen. Een onbeschaamde, keiharde Britse tante als Saskia zou Petra's equivalent van een dikke, harige tarantula zijn. Zette je die twee bij elkaar dan leverde dat geheid vuurwerk op.

Maar die confrontatie schoof hij nog even voor zich uit. Voorlopig hield hij zijn reacties op Petra's berichten zo neutraal en zakelijk als altijd.

Tegen de tijd dat hij haar derde e-mail had opengeklikt, met een groot aantal bijgevoegde foto's, was hij al bijna thuis. Maar de aanhef, 'Palmers kiekjes', prikkelde zijn belangstelling, en hij droeg zijn chauffeur op om een stukje om te rijden via Shepherds Market en Berkeley Square zodat hij het downloaden in de auto kon voltooien.

'Dacht dat je deze wel zou willen zien,' had Petra geschreven. 'Uit de *Hello!* van deze maand.'

Anton opende het eerste beeld en snoof even verrast, ja, bijna bewonderend. Honor had opzienbarend snel voortgang geboekt.

Het gebouw was nog niet af, maar het kon niet meer dan een paar maanden duren voordat het voltooid zou zijn, en wat hij hier zag, was indrukwekkend. De voorgevel deed sterk denken aan het oude hotel, maar was duidelijk niet de sentimentele replica die hij had verwacht. Ten eerste was het groter – de portiek was een dikke meter hoger, schatte hij, en opgetrokken uit steen in plaats van het Huckleberry Finn-achtig aanstellerige, witgeverfde hout van zijn voorganger. Ook de tuinarchitectuur was veel grootser aangepakt, hoewel het naar zijn zin nog steeds akelig behoudend was: rozentuinen, in figuren gesnoeide bomen en struiken, met lavendel omzoomde grindpaden. Geen visie. Geen lef. Het herinnerde hem aan een iets grotere versie van het 1708 House in Southampton.

'Wist jij dat ze al zover was?' mailde hij direct terug naar Petra voordat hij de foto's van het interieur bekeek: eenvoudige, klassieke slaapkamers, met zware mahoniehouten hemelbedden en veel wit linnengoed, plafondventilators, badkamers met vrijstaande koperen badkuipen, en royaal genoeg om plaats te bieden aan de comfortabele antieke leunstoelen en schilderijen die bijdroegen aan een huiselijke sfeer.

Petra e-mailde direct terug.

'Dat probeer ik je nu al maanden te vertellen. Maar je wilde het niet weten.'

Anton fronste zijn voorhoofd. Hij kon het niet waarderen als zijn personeel of zijn minnaressen hem lik op stuk gaven. Hij had het altijd erg overdreven gevonden dat Petra Honor als een bedreiging zag; haar oordeel werd door haar eigen vijandige gevoelens vertroebeld. Maar misschien had hij haar waarschuwingen toch niet in de wind moeten slaan?

Hij opende nog wat foto's en zag dat Honor veel oog had gehad voor het koloniale erfgoed van haar familie. Er was vast wel ergens een pretentieuze bibliotheek met notenhouten lambriseringen, volgestouwd met eerste edities van Hemingway. En ze had alle moderne snufjes die tegenwoordig als verplichte kost werden beschouwd in een tophotel, geschuwd. Nergens een plasmascherm te zien, en de deuren hadden allemaal een traditioneel slot met sleutel. Maar toch, voor een vrouw die door de meeste mensen in het vak als zonderling was afgeschreven, had ze goed werk verricht. Hoe had ze in godsnaam het geld bij elkaar gekregen? vroeg hij zich af.

Toen hij de volgende e-mail las, monterde hij op: een berichtje van Connor Armstrong waarin hij zich verkneukelde over de hoorzitting van de vorige dag in Parijs. Lucas had zichzelf kennelijk in de voet geschoten door zonder stropdas in de rechtszaal te verschijnen – madame Justice Dubois, de lesbische rechter met haar op de tanden, was niet in het minst onder de indruk – en had zich daarna nog meer onmogelijk gemaakt door zijn zelfbeheersing te verliezen toen zij hem had ondervraagd naar de tewerkstelling van illegale immigranten in de keuken van Luxe.

'Toon mij één topkok in Parijs met een keuken vol legale werknemers, en ik toon u een leugenaar,' had hij naar verluidt tegen haar gebruld. 'Wat heeft dit allemaal te maken met meneer Armstrong die opzettelijk mijn bedrijf saboteert?'

Onnodig te zeggen dat zij tegen hem besliste.

Anton was geen bewonderaar van Connor. Hij vond hem opgeblazen, en zijn pretenties om in het vastgoed een grote jongen te worden beschouwde hij als behoorlijk pathetisch. Maar met deze rechtszaak had hij zichzelf echt overtroffen en zich een energie en moeite getroost om Lucas kapot te krijgen, die bijna konden tippen aan die van Anton. Naast het eindeloze juridische gesteggel had Connor ook een hand gehad in de meeste van de klappen die de opkomende Luxe-keten in de afgelopen maanden te verduren had gekregen: drugsinvallen op Ibiza, stakingen in Parijs, onsmakelijke roddels over Lucas en een meid uit de Crazy Horse in de *Paris Match* van afgelopen maand. Connor was echt elke cent waard geweest van het bloedgeld dat Anton hem had betaald.

Kortom, de prullenbak in met Lucas' opschepperij dat Luxe America tegen het eind van het jaar open zou gaan. Met dit tempo zou hij van geluk mogen spreken als het überhaupt open zou gaan. Hoe irritant Honors voortgang met het Palmers ook was, Anton wist dat het voor Lucas duizend keer zo irritant was om te zien dat zijn oude concurrent vooruit denderde terwijl zijn eigen miezerige toko nog als een stikkend visje in de modder bleef steken.

'Wilt u dat ik rondjes blijf rijden?' De chauffeur was nu vier keer langs Annabel's gereden en begon al aan zijn bed te denken.

'Nee, Michaels,' antwoordde Anton uit de hoogte terwijl hij zijn computer uitschakelde. 'Ik heb gezien wat ik wilde zien. We kunnen nu naar huis.'

Bianca staarde naar de stapel vuile mokken en overvolle asbakken in de gootsteen en beet geërgerd op haar lippen.

'Er wonen hier verdomme drie volwassenen in dit huis,' mopperde ze zacht terwijl ze kwaad sigarettenpeuken en gestolde resten van afhaalmaaltijden in de vuilnisbak kieperde, waarna ze voor de tweede keer de gootsteen liet vollopen met warm water en afwasmiddel. 'Hoe komt het toch dat ik de enige ben die de rommel achter zichzelf kan opruimen?'

Het was de dag nadat Ben tijdens de bespreking met de huwelijksplanner naar buiten was gebeend, en ze had gehoopt dat hij haar gevoelens misschien een beetje had kunnen begrijpen. Maar nee, vanmorgen had hij eerst met Sian aan de telefoon gezeten, niet eens in staat te wachten totdat hij op kantoor was, en haar voor vanavond prompt uitgenodigd voor overleg over de voortgang.

Voortgang, m'n reet, dacht Bianca verbitterd, terwijl ze de salon in gluurde om de twee lachend boven het zoveelste stomme velletje te zien hangen. Ze hadden nu vijf maanden aan de primeur van Sian gewerkt, maar ze moest nog een publicatiedatum noemen en leek nog net zo ver verwijderd van voltooiing als in het begin. Bianca deed haar best om vooral niet te denken dat de twee een heimelijk motief hadden om de boel zo eindeloos te rekken. Maar ze kon nergens meer zeker van zijn.

Terwijl ze de vieze borden en het bestek achteloos in de gootsteen liet vallen, dacht ze terug aan toen ze Sian tijdens die bruiloft in New York ontmoette en hoezeer ze haar direct mocht, en hoe lang geleden dat nu leek. Toen had ze pittig en leuk geleken, een echt 'meisjesmeisje'. Maar kennelijk had Bianca zich vergist in die zusterlijke verwantschap. Sian was nu voortdurend in de flat, tenminste, wanneer ze in Engeland was, eiste ze Ben schaamteloos voor zichzelf op zonder oog te hebben voor Bianca's gevoelens en sloot ze haar nadrukkelijk buiten van hun besprekingen. Het stel zat te paffen tot de kamer er blauw van zag (Ben wist dat Bianca er een hekel aan had) en kwam slechts dat stinkhol uit om bij Dominos een paar enorme, stinkende pizza's te bestellen en de lege dozen en vetvlekken aan Bianca over te laten.

Zelf was ze nooit zo'n verwaand en verwend fotomodel geweest dat verwachtte dat de mensen om haar heen haar rommel opruimden. Noch was ze bang voor een beetje huishoudelijk werk. Maar ze was geen voetveeg en was het zat om zo behandeld te worden.

Dat ze werd buitengesloten en er geen rekening met haar werd gehouden, was nog niet eens het ergste. Nee, het was het vreselijke, voortsluipende besef, een soort langzaam groeiende paniek, dat Ben Sians gezelschap verkoos boven het hare. Talloze keren had ze geprobeerd dit uit haar hoofd te zetten en zichzelf wijs te maken dat zijn belangstelling voor haar artikel puur zakelijk was, om Anton als een schurk te ontmaskeren zodat hij de investeerders van Stellar terug kon winnen. Maar telkens wanneer ze hem met Sian om een grapje zag lachen of zelfs met haar kibbelde over welke boeg ze het moesten gooien, voelde ze de angst weer als vlooien over haar lichaam kriebelen.

De vorige avond in bed had ze eindelijk de moed verzameld om tegen Ben haar zorgen te uiten.

'Dit is belachelijk,' stelde hij haar gerust. 'Het is al jaren uit tussen Sian en mij.'

Maar het viel Bianca op dat hij zijn gezicht afwendde, alsof het hem zou kunnen verraden.

'Nou, als je echt van me houdt,' zei ze terwijl ze zijn blote rug streelde, 'waarom vrij je dan niet met me?' Ze haatte zichzelf dat ze zo zwak en jaloers klonk dat ze erom moest vragen. Maar ze had de geruststelling nodig. 'Je hebt me al weken niet aangeraakt.'

Met een zucht draaide hij zich om, trok haar tegen zich aan en kuste haar op het voorhoofd.

'Het spijt me,' zei hij zacht. 'Ik ben gewoon moe, meer niet. Het heeft niets met Sian te maken. Echt niet. Het werk is een hel geweest, en dit verhaal vreet waanzinnig veel tijd.'

'Laat het dan aan Sian over,' zei Bianca terwijl ze hem op de mond kuste, wanhopig zoekend naar iets van een reactie die verderging dan de genegenheid van een broer. 'Jij betaalt voor die domme primeur. Laat haar dat verdomde speurwerk doen.'

'Ze doet het meeste al,' zei hij. 'Ze heeft gewoon af en toe een klankbord nodig, meer niet.'

Bianca trok sceptisch een wenkbrauw op.

'Als wij Tisch aan het kruis kunnen nagelen, ben ik degene die er financieel het meeste baat bij heeft, dus ik wil dat zij slaagt,' legde Ben uit. 'Als Excelsior onderuitgaat, zou dat voor mij, voor ons, een gigantische coup zijn.'

Hij reikte naar haar borsten en begon ze te strelen, iets wat hij al een eeuwigheid niet meer had gedaan. Ze deed haar ogen dicht en wilde zich getroost voelen. Naderhand vreeën ze, en hoewel de seks onbeholpen en kort was, voelde het zo goed om weer met elkaar verbonden te zijn dat het haar nauwelijks opviel. Vanmorgen hadden ze een uurtje uitgeslapen. Hij was zo lief voor haar geweest, had haar beloofd meer tijd met z'n tweetjes door te brengen en volgende week zelfs een hele avond gereserveerd om samen met Maxwell de trouwplannen nog eens goed door te nemen.

Maar net op het moment dat ze weer wat ontspande, had hij Sian aan de lijn gekregen, en begon de hele neerwaartse spiraal weer van voren af aan. Terwijl ze de druppende borden in het droogrek zette, merkte ze tot haar afschuw dat ze fantaseerde dat Sian op weg naar huis misschien door een bus overreden zou worden.

'Hé, *chica.*'

Ze schrok zich dood nu twee sterke, zongebruinde armen om haar middel werden geslagen. Ze draaide zich om en slaakte een gil van verrukking nu ze Lucas zag, die zichzelf had binnengelaten.

'Niet te geloven dat je nu al op je blote voeten in de keuken staat voor hem,' grapte hij terwijl hij een stap naar achteren deed om haar platte, gespierde buik te bewonderen, die tussen een kort, samengeknoopt T-shirt en een sexy, laag uitgesneden spijkerbroek gloorde. Ze was het liefje van Ben, maar hij mocht wel kijken. 'Je bent nog niet eens getrouwd.'

Bianca glimlachte. Lucas had altijd een bovennatuurlijk vermogen gehad om haar zelfs in de somberste buien aan het lachen te krijgen. Terwijl hij zo voor haar stond, met in de ene hand een aangestoken Gitane en in de andere een flesje bier, oogde hij erg ingenomen met zichzelf. Zijn grijns was bijna net zo breed als zijn schouders waren.

'Zoals het nu gaat, vraag ik me af of we dat ooit zullen zijn,' zei ze quasi-zielig. 'Getrouwd, bedoel ik.'

Lucas fronste zijn wenkbrauwen. 'Waarom zeg je dat in vredesnaam?'

'O, zomaar.' Ze ging weer verder met de afwas zodat hij haar opwellende tranen niet kon zien, maar ze was duidelijk van streek. Lucas drukte zijn sigaret uit in een van de lege pizzadozen en draaide haar voorzichtig om zodat ze hem aankeek.

'Kom op, lieverd,' zei hij zachtjes. 'Je kunt het ome Lucas wel vertellen.'

Bianca snikte. Opeens voelde ze behoefte om iemand in vertrouwen te nemen en de woorden stroomden eruit: Sians onderzoek naar Anton, en Ben die steeds meer tijd met haar doorbracht, de groeiende afstand tussen haar en Ben, de ruzies over de bruiloft. Toen ze uitgepraat was, keek Lucas haar met een stalen gezicht aan.

'Die bitch,' siste hij. 'Geen wonder dat Ben me de laatste tijd zo ontwijkt. Hij wilde gewoon niet toegeven dat hij dat geldgeile wijf weer in zijn leven heeft toegelaten.'

'Ik zou niet willen beweren dat ze een geldgeil wijf is,' zei Bianca, geschokt door zijn heftige reactie. 'Ze is alleen zo ongelofelijk... opdringerig. Om Ben zover te krijgen dat hij zich op de bruiloft richt als zij er is, is alsof je een goudvis astrofysica wilt doceren.'

'Waar is hij?' Lucas oogde verre van blij.

'Hiernaast in de woonkamer. Met haar.'

'Met Sian?' vroeg hij met wijd open ogen. 'Is zij hier nu?'

Bianca knikte. 'Maar luister, schat, zeg alsjeblieft niks. Ben vindt al dat ik overdreven reageer en...'

'Maak je geen zorgen,' zei Lucas resoluut. 'Laat dit maar aan mij over.'

Het tumult dat de volgende vijf minuten uitbrak, was beneden op straat te horen.

'Ik kan gewoon niet geloven dat je hierover loog tegen mij!' hoorde ze Lucas tekeergaan tegen Ben. 'Al die tijd heeft Anton mij in de rechtszaal aan het kruis genageld, en jij vertelt niet eens dat je de afgelopen vijf maanden onderzoek naar hem hebt gedaan?! Ik had wel wat van die informatie kunnen gebruiken. Ik dacht dat we vrienden waren!'

'Niemand heeft tegen jou gelogen,' reageerde Sian woedend. 'Dit is mijn verhaal, en het gaat jou geen ene reet aan!'

'Hou jij je erbuiten, giftige onruststoker die je bent!' brulde Lucas tegen haar. 'Wat doe jij hier eigenlijk, verdomme? Probeer je nog steeds met je gore poten Bens geld in te pikken?'

'Zo is het wel genoeg,' zei Ben, die nog steeds aan het bekomen was van de schok van Lucas' plotselinge aanwezigheid, om nog maar te zwijgen van zijn tirade. 'Zo praat je niet tegen Sian.'

'Waarom niet, verdomme?' Lucas was witheet. 'En jíj zou je eens wat minder moeten bekommeren om deze slet en wat meer om die arme Bianca. Ik trof haar net in de keuken, helemaal in tranen, waar ze jouw rotzooi stond op te ruimen.' Walgend wierp hij een blik op de half opgegeten pizza's en lege bierblikjes die her en der verspreid in de kamer lagen.

'Ik zou het later heus zelf wel hebben gedaan,' mompelde Ben schuldbewust. 'Hoe is het nu met haar?'

'Niet best,' antwoordde Lucas. 'Helemaal niet best. Ze voelt zich klote en denkt dat je niet van haar houdt. Als ik jou was, zou ik nu naar haar toe gaan.'

Ben liep in de richting van de keuken, keek achterom naar Sian en aarzelde. 'Alles goed?'

'Hé, maak je over mij maar geen zorgen,' zei ze terwijl ze Lucas vernietigend aankeek. 'Ik kan deze lul wel aan. Doe jij maar wat je moet doen.'

Ben verliet de kamer, en even staarden de twee elkaar, zich koesterend in wederzijdse afkeer, zwijgend aan. Daarna werd het pas echt menens.

'Ik moet toegeven, je bent wel een volhardend wijf,' zei Lucas. 'Wanneer precies wist je je klauwen weer in hem te slaan?'

'Niemand heeft zijn "klauwen" in iemand geslagen,' reageerde ze verontwaardigd. 'Ben is een vriend. Het enige geld dat hij me heeft gegeven, was voor mijn onderzoek naar Anton, die, geloof het of niet, nog een vervelender stuk vreten is dan jij bent.'

'Eindelijk iets waarover we het eens zijn,' reageerde Lucas sarcastisch. 'En Ben was de enige op de hele wereld bij wie je om hulp kon komen, zeker? Het had niets te maken met het feit dat jij nog steeds hopeloos verliefd bent op hem of tussen hem en de enige vrouw wilt komen van wie hij ooit echt heeft gehouden?'

Sian probeerde zich groot te houden. Had Ben dat gezegd tegen Lucas? Dat Bianca de enige vrouw was van wie hij echt had gehouden?

'Hij was niet de enige, maar had wel het meeste te winnen wanneer Anton ten val werd gebracht. Op jou na natuurlijk. Maar eerlijk gezegd zou ik nog liever van Ted Bundy geld hebben aangenomen dan jou terug in mijn leven te laten, in welk opzicht dan ook.'

'Nog iets waarover we het eens zijn,' zei Lucas bits, maar heimelijk was hij wel onder de indruk van haar onverstoorbaarheid en hij vond dat ze sinds haar tijd als dienstmeid in het Palmers een stuk volwassener was geworden. Hij vertrouwde haar nog altijd voor geen meter, vooral niet wanneer het Ben betrof, maar je moest wel een taaie zijn om het tegen types als Anton op te nemen. Ze moest hebben geweten dat het gesnuffel in zijn zaakjes riskant en moeilijk zou zijn, maar als je uit het dikke dossier dat Bens salontafel bijna deed zwichten iets kon opmaken, had ze al heel wat aan het licht gebracht. En ze had heel wat risico's moeten nemen.

'En,' zei hij terwijl hij het dossier openklapte en er een paar documenten uit haalde, 'wat voor rendement heb je hem voor zijn investering kunnen bieden? Behalve een huilende verloofde dan.'

'O nee.' In een flits stond Sian voor hem. Ze sloeg de papieren uit zijn hand, schoof ze terug in het dossier en ging er maar op zitten, omdat ze niets anders kon verzinnen. 'Denk je dat ik jou vertrouw? Als het af is, mag je het lezen, net als ieder ander.'

'Juist,' reageerde Lucas, hij nam plaats op Bens leren Chesterfield-bank en strekte zijn lange benen uit. 'En wanneer zal dat zijn? Met sint-juttemis?'

'Eigenlijk hoop ik volgende maand te publiceren.' Ondanks zijn gestang kon Sian haar opwinding niet helemaal verbergen. 'Daarom kwam ik vanavond Ben opzoeken, voordat we zo ruw werden gestoord. Ik ben net terug uit Azerbeidzjan. Zeg maar dat we in de afgelopen achtenveertig uur spectaculaire vooruitgang hebben geboekt.'

Ben verscheen weer in de kamer en sloot de deur achter zich. Hij zag er moe uit. Voor het eerst zag Lucas hoe grauw en afgetobd zijn teint was geworden en hoeveel hij was afgevallen. Kennelijk was Bianca niet de enige die zenuwachtig was voor de bruiloft.

'Hoe is het met haar?' vroeg Sian, wat haar een vernietigende blik van Lucas opleverde.

'Ze is van streek,' antwoordde Ben. 'Het is mijn schuld. Gisteren heb ik me een beetje als een klootzak gedragen tegen die huwelijksplanner die ze heeft ingehuurd. En dat ik hier de hele avond met jou zit, heeft het alleen maar erger gemaakt, denk ik.'

'Maar heb je haar dan niet verteld wat er is gebeurd? Wat we hebben ontdekt?' vroeg Sian, die het soms nog steeds lastig vond om te onthouden dat niet iedereen zo geobsedeerd was als zij om Anton Tisch voor de rechter te slepen.

'Nee.' Van achter Ben klonk een zachte stem nu Bianca de deur opende. 'Hij heeft me niets verteld. Dat doet hij nooit.'

In de badkamer had ze haar tranen weggewassen en een schoon mouwloos T-shirt en sexy, roze bermudashorts aangetrokken. Ze leek nu op een donkere, ietwat mysterieuze Gisele Bundchen op een echt goede dag. Sian daarentegen zag er in haar modderbruine wijde jurk, in dezelfde kleur als haar afgedragen, veel te vaak gewassen slipje, moe en bleek uit. Ze werd opeens zo vreselijk jaloers dat ze zowaar even naar haar borst greep. Bianca negeerde Ben compleet en stevende regelrecht op Lucas af, haar beschermer, en rolde zich behaaglijk tegen hem aan op de bank. De boodschap was duidelijk: het was niet langer twee tegen een; Lucas was gekomen om de kansen gelijk te maken. Sian had het direct door.

'We dachten niet dat het je zou interesseren,' zei ze, waarbij ze haar best deed om niet zo vijandig te klinken als ze zich voelde, want ze wist dat ze daar niet het recht toe had. 'Je klaagt altijd over hoeveel tijd we hier samen aan werken.'

'Ik klaag over hoeveel tijd Bén hieraan werkt,' onderbrak Bianca haar. 'Eerlijk gezegd, Sian, kan het mij niets schelen wat jij met je tijd doet.'

Deze plotselinge doortastendheid hoorde helemaal niet bij Bianca, en Sian werd erdoor verrast. Ze deed er gedwee het zwijgen toe.

'Maar nu ik je hier toch zie, alweer, en je mijn huis en mijn vriendje geheel voor jezelf opeist, alwéér,' zei Bianca met een flauwe glimlach naar haar rivale, 'zou ik nu best eens willen weten waar al die drukte om te doen is. En ik wil dat Lucas het ook hoort.'

Sian proestte het uit; het hield het midden tussen een lachbui en een woede-uitbarsting. 'Ja, nou, sorry hoor, maar het moet eerst gaan vriezen in de hel voordat ik die sluwe schoft iets ga vertellen. Lucas kan net zo goed een geheim bewaren als Judas.'

'Oké, oké.' Als een geschrokken scheidsrechter die probeert twee ruziënde voetballers uit elkaar te halen hield Ben zijn handen omhoog. 'Ik denk niet dat dit veel zal helpen. Bianca heeft het recht om te weten wat er allemaal is gebeurd.'

'Maar…' Sian wilde ertegenin gaan, maar Ben wilde er niets van weten.

'Nee, kom op, Sian, echt. Ze heeft al een hoop moeten slikken.' Hij wierp een spijtige blik naar Bianca, bij wie de waterlanders alweer in de ogen liepen nu ze probeerde terug te glimlachen. Sian werd gek van jaloezie, maar zei niets.

'En ik vind ook dat we het Lucas moeten vertellen,' ging Ben verder, 'op voorwaarde dat alles wat hier vanavond wordt gezegd tussen deze vier muren blijft.'

'Vergeet het maar!' Sian sprong overeind en klonk nu echt paniekerig. 'Nee, Ben, je hebt het beloofd. Je hebt beloofd het tegen niemand te vertellen. Dat was onze afspraak!'

'Dat weet ik,' zei Ben. 'Maar dat was voordat we wisten wat we nu weten. Vóór Azerbeidzjan.' Hij liep op haar af en legde geruststellend een hand op haar schouder, waarmee hij onbewust het sfeertje van 'wij' versus 'zij' benadrukte. 'Ik denk oprecht dat Lucas kan helpen. Hij wil Anton net zo goed ten onder zien gaan als wij allemaal.'

'Dat is nu al de tweede keer dat iemand Azerbeidzjan heeft genoemd,' zei Lucas, die inmiddels was gekalmeerd en wiens nieuwsgierigheid nu pas echt geprikkeld was. 'Wat is het verband? Ik bedoel, ik weet dat Tisch zijn fortuin heeft vergaard met Russische olie.'

'Het gaat veel dieper dan dat,' zei Ben.

'Eerst moet je zweren,' zei Sian. 'Zweer op…' Ze wilde iets bedenken dat voor Lucas nog belangrijker was dan hijzelf, maar er kwam helemaal niets in haar op. 'Zweer op je eer,' voltooide ze haar zin sarcastisch, 'dat je wat we zo meteen gaan vertellen voor je zult houden totdat ik je toestemming geef.'

'Rot op,' bromde Lucas. 'Ik neem geen bevelen van jou aan.'

'Wat deze zaak betreft dus wel,' oordeelde Ben ferm. 'Dit is Sians verhaal en het heeft haar bloed, zweet en tranen gekost om het voor elkaar te krijgen. Of je respecteert haar autoriteit of je vertrekt.'

Het was lastig om te zien wie door deze steunbetuiging voor Sian meer verontwaardigd was, Lucas of Bianca. Beiden keken hem aan alsof hij hun zojuist een hap van een broodje hondenstront had aangeboden. Maar uiteindelijk kreeg Lucas' nieuwsgierigheid de overhand.

'Prima,' zei hij met pijn en moeite. 'Ik zweer het. Nou, kom op, waar gaat het over?'

Tien minuten later zat Lucas, voor één keer in zijn leven, met een mond vol tanden.

'Ongelofelijk, hè?' vroeg Sian tamelijk trots. 'Tot nu toe was het meeste wat ik over hem had gevonden seksueel getinte smeerlapperij. En veel daarvan was behoorlijk huiveringwekkend: minderjarige meisjes, prostitutie, zo nu en dan een beschuldiging van aanranding, hoewel de meisjes die steevast introkken voordat het tot een rechtszaak kwam. Maar deze vuiligheid?' Ze schudde haar hoofd, nog altijd verbaasd door de onthullingen. 'De zaak staat er nu heel anders voor.'

'Ik begrijp het niet,' zei Bianca. 'Hij heeft een ernstig misdrijf gepleegd. Het is toch zeker je plicht om naar de politie te stappen?'

'En mijn primeur verliezen? Ben je gek geworden?' snauwde Sian. 'Ik heb me niet een half jaar lang uit de naad gewerkt om me dat vlak voor de finish nog te laten gebeuren. We maken het verhaal af. We publiceren het. En pas dan laten we die idioot achter de tralies zetten.'

'Lieverd?' Bianca wendde zich tot Ben, die opeens een vurige belangstelling had voor zijn nagels. 'Daar ben je het toch zeker niet mee eens?'

Hij trok onbeholpen zijn schouders op. Zijn intuïtie zei hem Sian te verdedigen – immers, dit was haar verhaal – maar wanneer zij zo'n scherpe, vijandige toon aansloeg, had hij er moeite mee om het voor haar op te nemen. 'Het is niet echt aan mij,' mompelde hij slap.

'Onzin,' reageerde Lucas. 'Je zit er tot over je oren in, en Bianca en ik ook, nu we het weten. Het achterhouden van bewijsmateriaal is een misdrijf.'

'Toe nou,' snauwde Sian. Haar angst maakte haar zelfs nog agressiever. Lucas en Bianca dreigden haar hele verhaal door de plee te spoelen, en Ben stak geen vinger uit om haar te helpen. 'Alsof jij verdomme opeens zo'n brave Hendrik bent. Zeg dat maar tegen iemand die nog niet weet wat voor een intrigant jij bent, Ruiz.'

Lucas begon haar uit te schelden, maar Sian negeerde hem.

'Hoe dan ook, we beschikken nog steeds niet over alle bankrekeningnummers die we voor de politie of de kranten nodig hebben,' ging ze onverschrokken verder. 'Het ergste wat we kunnen doen is nu al stappen ondernemen voordat deze zaak waterdicht is. Eén zwak punt, en hij haalt ons zó onderuit.' Ter verduidelijking knipte ze met haar vingers. Zelfs Lucas kon hier niets tegenin brengen. 'Overmorgen ga ik terug naar Azerbeidzjan voor nog een paar afspraken.'

'Wat? Nog een reis? Daar heb je het nooit over gehad.' Ben, opeens weer een en al levendigheid, trok een gepijnigd gezicht. 'Wat voor afspraken? Met wie?'

Sian, die weer was gaan zitten, schoof wat ongemakkelijk in haar stoel en begon als een schoolmeisje dat bij de rector is ontboden aan de zoom van haar vormloze jurk te trekken.

'Met een paar rebellen, oké?' klonk het zacht, en toen ze Bens gezicht zag, voegde ze eraan toe: 'Ik weet echt wel wat ik doe, hoor. Ik vertrouw deze mannen.'

'Dan ben je een ongelofelijke imbeciel!' schreeuwde Ben zo hard dat Bianca en Lucas zich allebei omdraaiden en hem aangaapten. 'Hoe kun je nu in godsnaam weten wie je kunt vertrouwen? Het is daar verdomme net het Wilde Westen! Jezus nog an toe, het zijn terroristen!'

'Onzin,' zei Sian koppig. 'Het zijn vrijheidsstrijders.'

'Kan me niks schelen. Noem ze wat je wilt, maar je gaat niet terug. Het is te gevaarlijk. Ik laat je niet je leven op het spel zetten. Dat is krankzinnig.'

Bianca keek naar hem en voelde haar hart een tel overslaan. Zijn gezicht was een studie in doodsangst. Kennelijk werd hij vanbinnen verscheurd door de gedachte dat Sian gevaar liep, en wel zo erg dat zijn gebruikelijke tact hem even in de steek leek te hebben gelaten, en hij had niet eens geprobeerd het te verbergen.

Dit was de druppel die de emmer deed overlopen. Ze draaide zich om naar Sian, was met twee flinke stappen van haar lange benen aan de andere kant van de kamer en rukte haar omhoog van haar stoel.

'Eruit!' siste ze bedekt en trillend van woede. 'Donder op en kom niet meer terug.'

Sian, die Bianca nooit anders had meegemaakt dan heel beleefd en inschikkelijk, was te geschokt om te kunnen reageren. Ben had er daarentegen geen moeite mee.

'Jezus, B,' zei hij en hij trok de twee uit elkaar. 'Waar ben je in vredesnaam mee bezig?'

Maar Bianca liet zich niet vermurwen. 'Ik doe wat ik maanden geleden al had moeten doen,' snikte ze, terwijl tranen van woede en frustratie over haar volmaakte wangen rolden. 'Ik zorg ervoor dat deze trut uit ons leven verdwijnt voordat ze alles kapotmaakt. Godverdomme, Ben, je geeft de laatste tijd alleen nog maar om haar! Je hebt alleen maar oog voor haar!' Ze wurmde zich los uit zijn greep, haalde woest uit naar Sian en trapte haar pijnlijk tegen het scheenbeen, waarna ze haar handen voor haar gezicht sloeg en in tranen de kamer uit vluchtte.

'Het spijt me vreselijk,' stamelde Ben geschokt terwijl Sian vooroverboog en over haar gekwetste been wreef. 'Normaal doet ze nooit zo... ik heb geen idee wat haar bezielt.'

Lucas, die rustig achterover had gezeten en dit kleine drama vol afgrijzen zich had zien ontvouwen, wierp Ben nu een blik toe alsof hij wilde zeggen: 'Wie hou je nu eigenlijk voor de gek?'

'Laat maar,' zei Sian, die in werkelijkheid diep geschokt was. 'Het is niks. Ik kan maar beter gaan.'

'Dat hoeft helemaal niet.' De plek op haar been werd al groter, zag hij, en zou ongetwijfeld snel de donkerpaarse tint aannemen die ze zo vaak als oogschaduw droeg en die haar bleke gezicht een zelfs nog hemelser, buitenaardse schoonheid gaf. Het leven zou zo veel eenvoudiger zijn als hij niet zo vreselijk naar haar verlangde.

'Toch wel,' zei Sian terwijl ze ter wille van hem een glimlach forceerde. 'Heus, ik kom er wel uit.'

De voordeur werd achter haar dichtgesmeten, gevolgd door een tweede klap van de slaapkamerdeur aan het andere eind van de gang. Even bleef Ben eenzaam en alleen staan, als een jongetje dat op een stationsperron was achtergelaten.

'Ik ga wel achter haar aan,' zei hij ten slotte. Zoekend naar zijn autosleutels klopte hij verwoed op al zijn zakken en hield daar pas mee op toen hij een hand op zijn schouder voelde.

'Dat doe je niet,' sprak Lucas resoluut. 'Bianca is degene die jou nu nodig heeft. Jij blijft hier en je lost het op met haar.'

Ben keek vertwijfeld. 'Maar Sian... stel dat ze... Ze moet niet die vlucht terug naar Rusland nemen. Ik meen het, Lucas. Stel dat ze wordt vermoord, wat dan? Ik zou het mezelf nooit vergeven.'

'Geef me haar adres.'

Ben keek hem argwanend aan.

'Godallemachtig, geef me het adres van die meid, oké? Ik beloof je dat ik me inhoud en ik beloof je dat ze niet vertrekt, althans, voorlopig niet.'

Ben griste een stukje papier van het bureau, krabbelde er iets op en drukte het in Lucas' hand.

'Weet je, ze woont daar met Lola Carter,' zei hij. 'Misschien dat je beter een kogelvrij vest kunt aantrekken.'

'Dank je,' reageerde Lucas bars terwijl hij in de richting van de gang en Bianca's nog steeds hoorbare gesnik knikte. 'Jij misschien ook.'

Terug in haar flat aan Tite Street zag Sian tot haar opluchting dat Lola er niet was; die zat ongetwijfeld ergens aan een met kaarsen verlichte tafel en met een paar Bambi-ogen naar Marti te staren, die de afgelopen paar weken weer bij hen logeerde. Deze avond had ze de twee tortelduifjes echt niet kunnen velen, noch was ze in de stemming om 'het een en ander te bespreken', steevast Lola's oplossing voor alles.

Ze wierp zichzelf op het bed, dat nog onopgemaakt was, trommelde met haar vuisten in de kussens en jankte een paar minuten totdat ze zich iets beter voelde. Daarna liep ze de badkamer in, spetterde een wastafel vol ijskoud water op haar gezicht, waarvan de helft op haar jurk terechtkwam, en probeerde enigszins orde te scheppen in haar verwarde en deprimerende gedachten.

Waar was het vanavond in godsnaam zo fout gelopen? Op weg naar Ben was ze nog zo gelukkig geweest, eindelijk gewapend met de doorbraak waar ze beiden op hadden gehoopt. Oké, dus misschien hield hij niet van haar, en misschien stond hij wel op het punt om officieel met de mooiste vrouw van de wereld te trouwen. Maar hun werk samen, dit verhaal, had een band tussen hen gesmeed die uniek was. Uitgerekend Anton Tisch had Ben en haar samengebracht. Het was een intimiteit waarvan ze wist dat die slechts van korte duur kon zijn, maar ze had deze des te meer gekoesterd. En nu was ze verdwenen. Zomaar.

Wie weet zat Bianca nu wel op het politiebureau om alles te ruïneren. Zonder enige twijfel aangespoord door die lul van een onruststoker Lucas, die altijd op het verkeerde moment opdook.

'Doe open!'

Haar getob werd verstoord door een zeer hardnekkig, luid geklop op de voordeur. Jezus, dat kon toch zeker niet al de politie zijn, of toch? Ze had nog niet eens haar verhaal op een rij.

'Een momentje!' Haastig kamde ze haar weerspannige haar naar achteren bijeen, schoot haar blote voeten in een paar slippers en hobbelde naar de deur. Ze voelde haar scheenbeen nog kloppen van de trap die Bianca haar had verkocht. Uiteraard bleek mevrouwtje Godvergeten Bedreven In Alles ook nog eens een zwarte band in karate te hebben. 'Ik kom eraan.'

Toen ze de deur opentrok, was ze geschokt en tegelijk kwaad nu ze Lucas zag staan, die al langs haar schoot en de zitkamer in beende alsof hij hier zelf woonde.

'Is Lola er?' vroeg hij om zich heen kijkend.

'Nee,' reageerde Sian razend. 'Wat doe jij hier in gods...'

'Mooi,' onderbrak Lucas haar. 'We moeten even onder vier ogen praten.'

'Dat moeten we helemaal niet.' Ze wierp hem een moordzuchtige blik toe. 'Je hebt hier helemaal niets te zoeken, en dat weet je best. Dus rot even gauw op en laat mij met rust, oké?'

'Ik heb geklopt. Jij hebt me binnengelaten,' kaatste Lucas met gekmakende nonchalance de bal terug, terwijl hij van een van de bijzettafeltjes een glazen presse-papier oppakte en deze terloops bekeek voordat hij hem weer terugzette.

'Ik wist niet wie het was,' zei Sian. 'Dat is wel duidelijk.'

'Dan had je niet moeten opendoen, toch? Is dat een overlevingstactiek die je straks in Azerbeidzjan ook gaat aanwenden? Met een zootje bandeloze, crackverslaafde rebellen met een uzi onder hun regenjas gepropt? Je houdt het daar nog geen dag vol.'

Sian was opeens te moe om hem nog tegen te spreken, liep terug naar haar slaapkamer, kroop onder de dekens en trok het verkreukelde laken tot haar kin omhoog. Misschien dat als ze hem gewoon negeerde, hij het zou opgeven en zou opsodemieteren. Maar kennelijk niet. Hij liep achter haar aan, trok de deur achter zich dicht, pakte kalm een berg vuile kleren en ondergoed van de stoel naast haar dressoir en nam plaats. Hij sloeg zijn benen over elkaar en keek haar schuin aan, als een psychiater die een nieuwe patiënt observeert.

Een absurde gedachte schoot door haar hoofd: ze wenste dat ze wat make-up op had gedaan of op z'n minst de vooruitziendheid had gehad om haar kamer op te ruimen. In zijn pak van Savile Row en de zijden, zonnebloemgele stropdas en omringd door haar vuiligheid à la de tegen een deadline vechtende journalist (compleet met gebruikte tissues op de vloer en een mok oude thee op de vensterbank, waarin de schimmel welig tierde) oogde Lucas belachelijk misplaatst, als een Hugo Boss-model die op de plek van een bomaanslag in Bagdad poseert.

'Ik heb een voorstel,' zei hij op beheerste toon.

'Houdt het ook in dat jij sterft? Of dat je testikels chirurgisch worden verwijderd en in een augurkenpotje aan de vrouwen van Amerika worden nagelaten?' vroeg Sian met een stalen gezicht.

'Schattig, maar nee,' reageerde hij. 'Het houdt in dat jij met je verhaal veel meer opzien baart dan je zou doen als je het gewoon aan een krant verkoopt.'

'O, dus nu wil je me opeens helpen met mijn verhaal?' Ze uitte een holle lach. 'Waarom ren je nu niet meer halsoverkop naar de politie met je maatje Bianca? De fase van de oppassende burger is inmiddels achter de rug? Dat is snel, zelfs voor jou.'

'Hoor eens, je kunt blijven katten of je kunt luisteren. De keus is aan jou.'

Sian zweeg even. 'Ga door,' zei ze sceptisch.

'Volgende maand geeft Petra een feest om te vieren dat het Herrick tot luxehotel nummer één is gekozen.'

'Weet ik,' zei ze schouderophalend, niet in het minst onder de indruk. 'En?'

'En zij en Anton hebben de helft van de internationale media uitgenodigd. Ik heb het niet alleen over de pers, maar ook tv, nieuwsploegen, alle roddelshows in LA als *Entertainment Tonight* en *Extra!* Ze geven natuurlijk geen ene fuck om het hotel; ze komen alleen voor de beroemde gasten. Maar het wordt één groot circus. Goed, als jij dat evenement weet te kapen,' opperde hij terwijl hij verleidelijk een wenkbrauw optrok, 'genereer je een publiciteit waar je niet eens van durft te dromen. Hier, de VS, Azië…'

Ze gunde zich een moment om het zich voor te stellen. Het klonk in elk geval aantrekkelijk. Maar al snel kregen haar realiteitszin en gezonde verstand weer de overhand.

'Onmogelijk,' zei ze. 'Anton zal een familieblik security opengetrokken hebben, en dat is nog afgezien van alle persoonlijke kleerkasten die de sterren zelf al bij zich zullen hebben. Het zal op Fort Knox lijken.'

'Mee eens,' zei Lucas. 'Ik zeg ook niet dat het makkelijk zal zijn. We zouden van binnen uit veel hulp nodig hebben, en iemand ter plekke om de boel te coördineren. Iemand die toegang heeft.'

Sian keek hem vragend aan. 'Ik snap het niet,' zei ze. 'Je geeft geen ene moer om mij.'

'Klopt,' zei Lucas.

'Dus wat kan jou het schelen wat er met mijn verhaal gebeurt? Wat schiet jij ermee op?'

Lucas stond op en liep naar het raam. Buiten verlichtte het oranje schijnsel van de victoriaanse straatlantaarns de zoenende stelletjes, die na hun diner in King's Road naar huis kuierden. Wanneer het niet regende, kon Londen echt alleraardigst zijn, vooral op zwoele zomeravonden als deze.

'Anton heeft me erin geluisd,' zei hij zacht. 'De afgelopen drie jaar heeft hij systematisch geprobeerd mij kapot te maken. Hij steunt zelfs Connor in die kloterechtszaak. Ik wil wraak. Ik wil zijn reputatie compleet aan flarden zien, net als hij bij mij heeft gedaan. En ik zou het niet erg vinden als ook Petra Kamalski daardoor een toontje lager gaat zingen. Onze bonje stamt al van heel lang geleden.'

Sian zag de spieren van zijn rug en schouders onder zijn jasje duidelijk aanspannen, en zijn linkerhand had hij onwillekeurig tot een vuist gebald. Van Ben had ze Lucas' versie van deze tranentrekker al talloze malen aangehoord, en ze wist niet zeker hoeveel ze ervan geloofde. Maar zijn woede was onmiskenbaar. Die was gewoon voelbaar.

'Wat zeg je nu eigenlijk?' vroeg ze. 'Heb je insiders in het Herrick die ons kunnen helpen?'

Hij draaide zich om. 'Ik kan waarschijnlijk wel een beroep doen op een paar mensen. Petra betaalt haar personeel goed, maar ze behandelt ze als stront. Ik denk niet dat het erg lastig zal zijn om een verbitterde, ontevreden medewerker te vinden die ons kan helpen.'

'Ik weet het niet, hoor,' zei Sian. 'Ik ben niet zo dol op het idee om informatie te delen met een willekeurige piccolo die we nauwelijks kennen. Wat weerhoudt zo iemand ervan om ons verhaal aan de hoogste bieder te verkopen?'

'We hoeven geen concrete feiten te onthullen,' redeneerde Lucas. 'Kom op, jij bent hier de onderzoeksjournalist. Je voelt je toch zeker niet te goed om er hier en daar een beetje een draai aan te geven?'

Maar Sian was niet te vermurwen. 'Het zal niet lukken,' zei ze. 'Het is te gecompliceerd; er zijn te veel wildcards. Bovendien kan ik niet in de Hamptons zijn om het allemaal te regelen. Ik moet terug naar Azerbeidzjan.'

'Vergeet dat maar,' zei Lucas terwijl hij naar het bed liep en tot haar ontsteltenis naast haar kwam zitten. Maar ze liet niets blijken. Jezus, wat was hij toch opdringerig. 'Ben heeft gelijk, het is veel te gevaarlijk.'

'Nee, Ben heeft het mis,' zei Sian, die haar geduld begon te verliezen. Waarom praatte ze eigenlijk nog met hem? 'Ik heb die informatie nodig.'

'Zorg dan dat je die krijgt. Er zijn toch andere manieren? Je kunt in Londen blijven en er van hieruit aan werken. Ik regel het wel in de Hamptons.'

Sian aarzelde. Hij was zo overtuigend, zo zeker van zichzelf, dat het lastig was om niet meegesleept te worden. En hoewel ze nog liever doodging dan het tegen hem of Ben toe te geven, deed ze het bijna in haar broek van angst bij de gedachte om in haar eentje terug naar de rebellen te gaan.

'Hoe zit het met jouw rechtszaak? Moet je daar niet voor in Europa blijven?'

'Jawel,' gaf Lucas toe, waarmee hij voor het eerst een zwak punt in zijn argumentatie erkende. Maar de twijfel was al net zo snel verdwenen als hij was opgedoken, en met een knip van zijn vingers riep hij plotseling: 'Honor!'

'Pardon?' reageerde Sian.

'Honor Palmer. We moeten haar erbij halen. Zij is de geknipte persoon om het een ander ter plekke in goede banen te leiden. Zodra ik daar ben, kunnen zij en ik samenwerken, en wanneer ik naar Europa moet...'

'Ho, wacht eens even,' zei Sian. 'Heb ik iets gemist? Heeft Honor niet een enorme hekel aan jou?'

Hij schudde zijn hoofd. 'Dat is slechts schijn, omdat ze zo vreselijk naar me verlangt. Vrouwen worden altijd agressief zodra ze hun eigen begeerte niet meer in de hand hebben.'

De arrogantie benam Sian de adem. Van stille woede viel haar mond even open totdat ze er eindelijk een ongelovig 'mijn god, wat ben jij toch een klootzak' uit wist te brengen.

'Als je tijd hebt, wil ik dat je één ding voor me doet,' zei hij, de belediging negerend, 'namelijk onderzoek doen naar de brand in het Palmers.'

'Daar heb ik geen tijd voor,' zei Sian in alle eerlijkheid.

'Die klootzakken van de verzekeringsmaatschappij hebben Honor echt een loer gedraaid, en ze keren pas uit zodra er echt iemand voor brandstichting wordt aangeklaagd,' ging Lucas verder, andermaal haar bezwaren negerend. 'De politie in de Hamptons bestaat uit een stelletje luie donutvreters; die gaan echt nooit iets vinden. Maar jij bent hier duidelijk... goed in.'

Ze zag hoeveel moeite dit compliment hem kostte, en glimlachte. 'Dank je.'

'Misschien dat je, ik weet niet... iets kunt bedenken? Zodra je hebt wat je nodig hebt om Anton te pakken.'

Opnieuw keek ze hem achterdochtig aan. 'Jij wilt dat ik Honor Palmer help. Waarom?'

'Luister, het stelt niet zo veel voor, oké?' schoot hij plotseling in de verdediging. 'Als je tijd hebt, meer niet. Nou, hoe denk je erover?'

'Waarover?'

'Over dat je nog even niet naar de kranten stapt? En hem op zijn eigen feest in een hinderlaag laat lopen?'

Sian zweeg even. Het bespottelijke van haar huidige situatie was haar niet ontgaan. Hier lag ze dan, in bed, kletsend met de man aan wie ze een gruwelijke hekel had over een plan dat zo gewaagd en complex was dat ze bijna zeker gruwelijk op haar gezicht zou gaan. Maar de combinatie van Lucas' grenzeloze zelfvertrouwen, zijn onverwachte geloof in haar kunnen en de prikkelende kans op wereldwijde publiciteit voor haar verhaal bleek te veel om te weerstaan.

'Ik vind het een krankzinnig idee,' zei ze met een grijns. 'Maar wat kan mij het schelen. Ik doe mee.'

Nu Lucas haar gezicht van opwinding zag opklaren realiseerde hij zich voor het eerst wat Ben in haar zag. Naar zijn eigen smaak was ze altijd te bleek en te mager geweest, maar ze straalde een zeker charisma uit, een combinatie van intelligentie en moed, dat haar als een zonnestraal kon laten schitteren, als ze maar wilde.

'Luister,' zei hij terwijl hij een Gitane uit zijn zak opdiepte en deze opstak zonder haar te vragen of ze er bezwaar tegen had. 'Er is nog iets waar we over moeten praten.'

'O? En wat is dat dan wel?' vroeg ze, hem zijn zin gevend.

'Ben.' Hij inhaleerde diep en blies een lange rookpluim uit zijn neusgaten.

Sian sloot haar ogen. 'Er is niets om over te praten.'

'Je bent verliefd op hem, hè?' Hij kwam meteen ter zake.

Even overwoog ze het te ontkennen. Maar na wat er vanavond allemaal was gebeurd, leek het een beetje laat voor geheimen.

'Ik was altijd al verliefd op hem,' zei ze, alle voorzichtigheid overboord gooiend. 'Maar dat kon jij nooit accepteren, of wel soms? Jij wist het altijd beter. Ik was een kamermeisje; hij was een miljonair. Dus besloot jij dat het allemaal om de poen moest hebben gedraaid. Maar dat was nooit het geval. Niet voor mij. Toen niet, en nu niet.'

De tranen in haar ogen waren oprecht. Lucas voelde zich schuldig. De echte reden waarom hij van meet af aan iets tegen haar had gehad, was misschien niet dat ze op geld uit was, maar dat ze hem zo sterk deed denken aan zijn jongere ik, een arme, wanhopige ik die hij wilde vergeten, een ik met ambitie die uit elke porie van zijn lijf vloeide. Of misschien was hij gewoon bang geweest dat ze Ben van hem af zou pakken? Wat zielig als dat waar was.

'Het spijt me als ik je verkeerd ingeschat heb,' zei hij terwijl hij met zijn eerste sigaret een tweede aanstak en die haar aanbood. Voorzichtig nam ze hem aan. 'Ik heb destijds veel fouten gemaakt. Misschien was dat er een van.'

'Jeetje,' zei Sian, die een beetje ontspande nu de nicotine zijn werk deed. 'Lucas Ruiz die zijn excuses aanbiedt? Stop de persen.'

Hij keek opgelaten.

'Wat is er gebeurd? Eerst wil je Honor Palmer helpen, nu maak je je excuses tegen mij. Je zit toch niet in therapie, hè?'

'Doe niet zo belachelijk.'

'Alcoholics anonymous?'

'Niet dus.' Hij forceerde een glimlach. 'Mijn huisarts zegt dat ik er maar eens over moet nadenken om mijn lever aan de wetenschap te doneren, en hij is Fransman.'

'Narcotics Anonymous?'

'Draai er toch niet zo omheen,' zei hij zacht. 'Ik zit bij niet één "anonieme" club. Ik geef toe dat ik fout zat met de dingen die ik toen over jou zei.'

'Vanavond heb je ze anders ook nog gezegd,' bracht Sian hem in herinnering.

'Best, dus ik ben een zak, oké? Misschien had ik wel nooit tussen jou en Ben moeten komen. Maar het punt is dat het er nu niet meer toe doet.' Hij keek haar recht in de ogen. 'Hij gaat trouwen. Bianca heeft hem gelukkig gemaakt, gelukkiger dan ik hem ooit heb gezien. Hij houdt van haar, en zij van hem.'

'Weet ik,' zei Sian ellendig terwijl ze een losse pluk haar om haar vingers draaide.

'Bianca is een goeie meid,' zei Lucas. 'Ik bedoel écht goed. Niet als jij en ik.'

'Ook dat weet ik,' fluisterde ze.

'Verpest het dan ook niet voor ze.' Hij drukte zijn sigaret uit op een vuil bord op het nachtkastje, deed hetzelfde met die van haar en nam ten slotte haar hand in de zijne. 'Als je echt van hem houdt – ik bedoel écht – dan laat je hem los.'

'Je klinkt als zo'n wenskaart van Hallmark.' Maar ze zei het eigenlijk meer uit automatisme. Ze wist wel dat hij gelijk had. Wat had zij Ben nu te bieden dat Bianca niet had? Ze kon zelfs niet eens 'haar hart' zeggen, want kennelijk gingen Bianca's gevoelens net zo diep als die van haar.

Voordat ze het wist, had Lucas haar hand tegen zijn lippen gedrukt.

'Je bent een mooie meid,' zei hij zachtjes. 'Je vindt wel iemand anders…'

'Ik wil niet iemand anders,' zei ze, en eindelijk biggelden de tranen over haar wangen.

'Jij en Ben, dat zou nooit lukken. Hij heeft iemand nodig die een kalmerende uitwerking op hem heeft. Een stabiel iemand. Een huisvrouw. Dat ben jij niet.'

'Dat zou ik wel kunnen,' zei ze vertwijfeld.

'Niet in dit leven, lieverd,' lachte Lucas. Hij boog zich voorover en kuste haar vol op de mond. Heel even was ze geschokt, maar het volgende moment merkte ze dat haar lippen iets uiteengingen. Voordat ze het wist, kuste ze hem terug, met meer hartstocht en verlangen dan ze zich sinds Ben kon herinneren te hebben gevoeld.

'O, mijn god!'

Het gekrijs van Lola klonk zo hard als een autoalarm. Lucas sprong op van Sians bed, draaide zich halverwege zijn luchtsprong om en zag Lola als een wraakengel met een rood hoofd in de deuropening van de slaapkamer staan.

'Wat... wat doet hij hier in godsnaam?' gilde ze tegen Sian.

'Oké, rustig,' zei Sian. 'Ik kan het uitleggen. Het is niet wat je denkt.'

'Nee?' Lola keek haar zo verbitterd en teleurgesteld aan dat ze scharlakenrood kleurde. 'Nou, wat is het dan? Want het lijkt er toch wel heel veel op dat Lucas Ruiz zich hier in mijn godvergeten appartement bevindt, en met mijn zogenaamde beste vriendin in bed ligt te rollebollen! Hoe kun je die freak hier binnenlaten?'

'Het is zakelijk. Hij is hier vanwege mijn artikel,' zei Sian, maar ze realiseerde zich al meteen hoe belachelijk dit excuus moest klinken, gegeven het feit dat ze zonet nog haar tong half in zijn keel had gestoken.

'Weet je, je kunt ook gewoon rechtstreeks tegen me praten,' zei Lucas, die alweer iets van zijn gebruikelijke koelbloedigheid terug had. 'Ik sta hier.'

'Hou je kop!' brulden Lola en Sian in koor.

'Wat is er aan de hand?' Achter Lola dook nu ook Marti op, een beetje onvast op zijn benen na twee uitstekende flessen Chileense cabernet bij het diner, nagespoeld met een paar grappa's, en liet zijn kin boven op haar hoofd rusten, net zozeer voor zijn eigen ondersteuning als voor die van haar. 'Vanwaar al dat geschreeuw?'

Lola slaakte een holle lach. 'Dit is Lucas,' zei ze en ze wees naar Lucas alsof ze de moordenaar uit een rij verdachten pikte. 'Je kent Lucas, de man die het leven van mijn familie heeft vergald? Maar niks aan de hand, hoor,' voegde ze er bitter aan toe. 'Hij is hier voor zaken. Zolang het maar goed is voor het artikel, nietwaar, Sian? Wat stelt zoiets onbelangrijks als vriendschap en loyaliteit nu voor als hij je helpt je dierbare primeur binnen te halen?'

Zelf was ze behoorlijk dronken. In haar ultrakorte gouden jurkje van French Connection, dat geweldig vloekte met haar wilde, licht kastanjebruine haar, leek ze op een holbewoner uit het ruimtetijdperk die zojuist door een groep plunderende marsmannetjes was verkracht en daar behoorlijk kwaad over was. Lucas, die al opgewonden was van zijn kus met Sian, voelde zijn ontluikende erectie in kracht toenemen en ging achter een stoel staan om het te verbergen.

'Door deze vent wilde mijn moeder zelfmoord plegen!' zei Lola, die steeds hysterischer werd.

'Ik weet het, ik weet het,' zei Marti zacht in een poging haar te kalmeren. Hij vond het vreselijk om Lola kwaad te zien, maar vooral om haar kwaad op Sian te zien. Die twee waren altijd zulke goede vrienden. 'Hij liep naar de pers over die verhouding van je vader.'

'Nou, eigenlijk niet dus,' zei Sian zonder erbij na te denken. 'Daar zat Anton achter, niet Lucas.'

'Hallo, ik sta hier,' mompelde Lucas tegen niemand in het bijzonder.

'O, dus nu verdedig je hem opeens?' vroeg Lola. 'Ongelofelijk. En, wat weet ik nog meer niet over hem, nou? Toe, vertel, vertel! Heeft hij soms vrede gesticht in het Midden-Oosten sinds wij met elkaar gingen? Nee? De Nobelprijs voor natuurkunde gewonnen? Nee, echt, ik meen het. Ik hoor graag wat voor een geweldige vent hij is en dat al die vreselijke dingen die hij mij of mijn familie heeft aangedaan eigenlijk helemaal niet zijn schuld waren. Alsjeblieft, ga vooral verder. Ik heb alle tijd.'

'Nou, het was hartstikke gezellig, maar ik denk dat ik maar eens opstap,' zei Lucas, die, nu zijn opwinding had plaatsgemaakt voor een barstende hoofdpijn, achter de stoel vandaan kwam. 'Leuk om bijna kennis met je te maken.' Hij knikte naar Marti, die terugknikte. 'Sian, bel me morgenochtend om te bespreken hoe we verdergaan.'

'Nee.' Lola stoof terug naar de deur en versperde hem de doorgang. 'Jij blijft en bespreekt dat nu maar. Ik kan geen minuut langer in dit gebouw blijven. Niet totdat het is ontsmet.' Ze keek hem zo haatdragend aan dat Lucas huiverde. Het was moeilijk te geloven dat ze ooit minnaars waren geweest.

'Maar, Lola, je woont hier,' zei Sian, waarmee ze een waarheid als een koe verkondigde.

'Klopt,' siste Lola. 'Ik woon hier. En met ingang van morgen geldt dat niet langer voor jou. Marti en ik logeren vannacht wel in een hotel. Als ik morgenochtend terugkom, wil ik dat jij weg bent.'

'Kom op, lieverd,' zei Marti, die zijn woeste vriendin achternaliep nu ze haar eigen slaapkamer in stormde om wat ondergoed en een tandenborstel mee te grissen. 'Vind je nu niet dat je een beetje overdreven reageert?'

Kennelijk dacht Lola daar anders over. Ze pakte haar spullen in een tas, greep zijn hand vast en sleurde hem mee naar de deur. Daar draaide ze zich om voor een laatste trap na naar Sian, die inmiddels de zitkamer had bereikt.

'Weet je? Ik ben blij dat je het uit hebt gemaakt met Paddy. Ik denk dat hij er gelukkig af is gekomen. Jij en Lucas verdienen elkaar.' En met een klap die als een geweerschot door het hele gebouw echode, was ze verdwenen, met de ongelukkige Marti in haar kielzog.

'Ze draait wel bij,' zei Lucas, die een geruststellende hand op Sians schouder legde. 'Haar vriendje lijkt me wel een aardige vent. Die brengt haar wel weer tot rede.'

Nu ze op niemand anders haar woede kon richten, haalde ze als een verwilderde kat naar hem uit. 'Wat ís dat toch met jou?' krijste ze. 'Elke relatie die ik heb, moet jij zo nodig verwoesten. En nu ben ik ook nog eens dakloos door jou, verdomme!'

'Door mij?' Lucas keek stomverbaasd. 'Wat heb ik in godsnaam gedaan?'

Maar Sian was uitgepraat.

'Eruit!' tierde ze terwijl ze hem, voor iemand die zo tenger was als zij, met een verrassende kracht naar de voordeur duwde. 'Uit mijn leven, Lucas. En laat ik je niet meer zien!'

29

In het zomerverblijf van de Carters in East Hampton, twee weken later, hielp Lola Marti in zijn smoking.

'Weet je,' zei hij terwijl hij met zijn strikje frunnikte, 'dit hele formele gedoe voor een dinertje maakt me nerveus. Het voelt alsof ik in een slechte aflevering van *Falcon Crest* ben beland.'

Lola lachte. 'Laat mijn moeder het maar niet horen. Volgens mijn ouders zijn soaps de wortel van al het kwaad in Amerika. Soaps en MTV, en vrouwen die lid mogen worden van de poloclub van Bridgehampton.'

'Ja, vooral dat laatste,' grapte Marti met een uitgestreken gezicht. 'Verdrong dat de invasie in Irak niet naar de tweede plaats op CNN?'

Altijd als hij nerveus was, maakte hij grapjes. Het was een verdedigingsmechanisme dat hij zich al op jonge leeftijd had eigen gemaakt toen hij thuis, in Queens, vanwege zijn magere gestalte en zijn dikke bollebozige brillenglazen door andere kinderen werd geplaagd. Pas toen hij begin twintig was, begon hij er een beetje goed uit te zien, maar zijn door puistjes en pesterijen geteisterde jeugd had ook een positieve invloed op zijn karaktervorming gehad: zijn geestigheid, bijvoorbeeld. En een fanatieke wil om te slagen. Helaas betwijfelde hij of zulke eigenschappen voor Lola's familie net zo veel betekenden als de juiste achternaam. En aan dat laatste ontbrak het hem nu juist.

Toen Lola, op de ochtend na de knallende ruzie met Sian, opperde om een paar weekjes naar de Hamptons af te reizen, was hij een en al oor geweest. Hoewel ze zich niet liet kennen kon hij wel zien dat ze behoorlijk aangeslagen was geweest en dat ze er nodig even tussenuit moest. Dat Sian haar biezen had gepakt zonder zelfs maar een adres achter te laten, moest hard zijn aangekomen. Hoewel hij Lola niet dorst te vragen of ze spijt had van haar gedrag jegens haar vriendin, wist hij bijna zeker van wel, en dat het reisje naar de Hamptons haar manier was om aan dat schuldgevoel en het verdriet te ontsnappen. Maar uiteraard bracht ze het geheel anders.

'Ik moet gewoon even weg van al dat werk,' had ze gezegd. 'En jij ook,' klonk het geforceerd opgewekt. Het mocht dan misschien een excuus zijn geweest, er was wel degelijk een reden voor. Marla had hen allebei maandenlang opgeëist, en Marti had ook nog zijn andere onlinebedrijven te leiden. Lichamelijk was hij kapot.

'En bovendien,' had Lola eraan toegevoegd, 'is het hoog tijd dat je eindelijk eens echt met mijn ouders kennismaakt.'

En ook dat was waar. De enige keer dat hij Devon had ontmoet, was toen hij zich met zijn broek op zijn enkels in een bezemkast had verstopt, hetgeen je niet echt een kennismaking kon noemen. En dus hadden ze plannen gemaakt voor een uitstapje, waarbij Marti al fantaseerde over lange, luie dagen met Lola op het strand, en hoe ze met z'n tweetjes de leuke plekjes uit haar jeugd zouden opzoeken.

Maar zoals zo vaak bij vakanties, pakte de werkelijkheid helaas heel anders uit.

Wat hem betrof begon het al tijdens de rit vanaf de luchthaven, toen hun kleine gehuurde Volkswagen door een oogverblindende stoet Porsches, Lamborghini's en Bentleys werd ingehaald, allemaal op weg naar Water Mill, het hipste en meest exclusieve strand van de Hamptons.

'Ik dacht dat je zei dat het een rustige boel zou worden?' Nerveus keek hij Lola aan.

Hij had gemakkelijk een flitsende bolide kunnen huren. Sinds zijn internetbedrijf vier jaar geleden als een tierelier was gaan draaien, was geld geen probleem meer. Maar auto's hadden niet zijn belangstelling. Toch wenste hij dat hij met iets flitsenders voor de dag was gekomen. Hij wilde niet dat Devon hem als een armlastige krent zou beschouwen die niet voor zijn dochter kon zorgen.

'Het wordt informeel,' reageerde ze. 'Ach, je weet wel,' voegde ze er luchtig aan toe terwijl een glanzend zilveren Vanquish langsscheurde en hen op een grote stofwolk trakteerde. 'Het is maar hoe je het bekijkt.'

Hun aankomst bij het zomerhuis van de Carters had zijn zenuwen echter niet kunnen kalmeren.

Een verbijsterde Karis begroette hen bij de voordeur. Ze zag eruit als een jonge Miss Havisham uit Charles Dickens' *Great Expectations*: een gratenpakhuis met witblond haar.

'Kolere, ze is weer magerder geworden,' fluisterde Lola terwijl ze even in zijn hand kneep voor wat morele steun.

'Niet te geloven,' fluisterde hij terug, met een doodsbenauwde grijns op zijn gezicht. 'Ze lijkt wel een Mary-Kate Olsen aan de valium.'

Lola was gemakshalve vergeten te vermelden dat dit de eerste keer was dat de familie, sinds de onthulling van haar vaders geheime affaire, even

in East Hampton terug was. Karis, zelfs in haar beste doen al een zenuw-
pees, had bij hoog en laag gezworen dat ze het aankon, maar had na haar
komst hoofdzakelijk als een zombie, en permanent op het randje van een
huilbui, door het huis gezworven. Ze verdomde het om naar de stad te
gaan, zelfs niet om boodschappen te doen, uit angst om Honor tegen het
lijf te lopen, wat betekende dat Devon en Nick, die tegen de zin van vader
en moeder even uit LA was langsgekomen en maar weinig geld op zak
had, in feite ook min of meer huisarrest hadden. Toen vervolgens Marti
en Lola voor de deur stonden waren de onderhuidse spanningen reeds
voelbaar.

Toch had Karis op z'n minst nog de moeite genomen om gastvrij te
zijn. Devon, echter, maakte van het omhelzen van zijn dochter een hele
vertoning, om daarna Marti stijfjes de hand te schudden alsof de jongeman was gekomen om de afvoer te ontstoppen. De rest van de avond had
hij zich op zijn studeerkamer teruggetrokken, en pas de volgende ochtend
had hij zich weer vertoond.

Na vier dagen tegen de muren te zijn gevlogen, was het formele huisdi-
ner van deze avond wel het laatste waar Marti op zat te wachten.

'Weet je al wat we voorgeschoteld krijgen?' vroeg hij toen Lola klaar
was met zijn strik en ze de revers van zijn glanzende nieuwe smoking
gladstreek. 'Toch geen "gegrilde Jood" toevallig?'

'Doe niet zo gek,' sprak ze ferm. 'Het komt allemaal goed.'

'Mag ik alsjeblieft níét naast Nick zitten?' vroeg hij aarzelend. Lola's
broer was zelfs nog arroganter en saaier, zo bleek, dan ze hem had beschreven, wat op zich een hele prestatie was. Aan de manier waarop hij
over zijn toko sprak, zou je denken dat Warren Buffet aan het woord was,
terwijl het toch pijnlijk duidelijk was dat hij alleen maar was gekomen om
nóg meer geld uit zijn arme, uitgeknepen ouders te melken.

'Is niet mijn pakkie-an,' antwoordde ze. 'Moeder doet de tafelschik-
king.' Ze sloeg haar armen om zijn hals en kuste hem lang op de lippen.

'Waar heb ik dat aan te danken?' vroeg hij met een glimlach. Met haar
jurk van blauw chiffon en haar weelderige rode lokken, die losjes over
haar schouders vielen, zag ze er mooier uit dan ooit. Als een godin uit een
prerafaëlitisch schilderij.

'Omdat je hier bent,' antwoordde ze. 'Ik weet dat ze niet gemakkelijk
zijn, maar het is mijn familie. En daar hoor jij nu ook bij.'

De woorden raakten hem diep en hij trok haar naar zich toe. 'Ik hou
van je. Maar als ik naast je broer moet zitten, durf ik niet te garanderen
dat ik hem niet zal wurgen.'

'O, graag,' lachte ze. 'Hou je vooral niet in, wat mij betreft. Ik regel zelfs
een stuk touw voor je, als je wilt.'

Zoals verwacht werd het diner een beproeving.

'En,' begon Devon terwijl hij de bourgogne in zijn glas liet walsen en de geur van de donkerpaarse draaikolk die hij veroorzaakte waarderend opsnoof, 'vertel eens wat meer over jezelf, Martin.'

'Hij heet Marti, pap,' verbeterde Lola hem knarsetandend. 'Niemand noemt hem Martin. En je weet alles al over hem. Hij is een internetondernemer en hij is echt briljant.' Loyaal wierp ze Marti een stralende blik toe.

Die glimlachte schaapachtig terug. 'Nou, "briljant" zou ik niet willen zeggen, hoor,' mompelde hij. 'Hoewel...'

Devon lachte niet.

Zielenpoot. Een echte stiekeme antisemiet, was Marti's oordeel inmiddels. Genoeg Joodse cliënten, zelfs Joodse vrienden, helemaal pro-Israël, maar toestaan dat zijn dochter met een Jood trouwde? Vergeet het maar. Dan liever meteen het graf in.

'Onlinebusiness, daarvoor moet je stevig in je schoenen staan,' was Nicks zelfingenomen commentaar vanaf de overzijde van de tafel. 'Kijk, ik heb natuurlijk geluk gehad. Ik begon in 1998. Wie het eerst komt, wie het eerst maalt. Maar jongens als jij, die pas veel later het feest in duiken...' veelbetekenend schudde hij het hoofd. 'Poeh, geen makkie. Écht geen makkie.'

'Jij bent in 1998 begonnen?' vroeg Marti verbijsterd. 'Zat je toen niet nog in de bovenbouw?'

Even verscheen er een grauwsluier over Nicks gebeitelde modellengezicht. 'Ja, ik was jong,' gaf hij toe. 'Maar ik ben nooit een opportunist geweest.' Hij wapperde wat losjes met een hand om daarmee zijn 'na ons de zondvloed'-ondernemershouding te onderstrepen. 'Geldt voor heel veel grote jongens: Trump, Branson, Gates. Ze hebben geen van allen colleges gevolgd. Jong beginnen, daar draait het om.'

'Jij vergelijkt jezelf met Donald Trump?' grinnikte Lola, die zich prompt in haar wijn verslikte.

'Ja,' antwoordde hij als door een wesp gestoken. 'Dus?'

'Ik ben er anders bijna zeker van dat Bill Gates heeft gestudeerd,' zei Marti.

'Ook niet dus,' was Nicks reactie.

Goeie repliek. Misschien in de bovenbouw blijven hangen?

'Nou...' zei Marti, die besloot de eer aan zichzelf te houden. Het zou te gemakkelijk zijn om Nick onderuit te halen, en de kans was groot dat hij daarmee bij diens ouders nauwelijks punten zou scoren. Als je op hun gezichten mocht afgaan, hadden de heer en mevrouw Vriespunt al meer dan genoeg redenen om grondig de pest aan hem te hebben. 'Ik heb niets tegen mensen die niet studeren, of die al jong gaan werken. Je zus heeft nu al een ontzettend succesvol bedrijf...' Lola glimlachte dankbaar naar hem. '... maar ik vrees dat ík dus wel een opportunist was. Ik had een geweldige tijd op de universiteit.'

'Waar heb je gestudeerd?' wilde Karis weten.

'Aan Wharton,' antwoordde hij. 'Mijn opa kwam uit Pennsylvania. Hij werkte op een fabriek in Pittsburgh. Zijn kant van de familie gaf altijd hoog op over Wharton.'

'In Pittsburgh? Kenden jullie de Mellons?'

'Eh, nee,' lachte Marti. 'Ik geloof niet dat hun paden de onze hebben gekruist.'

'Zijn opa werkte in een fabriek, ma,' verduidelijkte Lola kregelig. 'Heb je dat niet gehoord, soms?'

'En wat doen je ouders precies?' wilde Devon weten. 'Hebben ze gestudeerd?'

'Pá!' Ontzet keek Lola haar vader aan. 'Zulke dingen vraag je niet.'

'Geen punt,' zei Marti, vastberaden om zijn goede humeur te bewaren. Devon was een benepen snob, maar Marti zat hier voor Lola, en voor niemand anders. 'Nee, mijn ouders hebben niet gestudeerd, niet meer sinds de middelbare school. Mijn moeder werkt halve dagen als verpleegkundige in het bejaardenhuis aan het eind van onze straat, en mijn vader heeft een koosjere delicatessenwinkel. Zelf zijn we niet koosjer,' voegde hij eraan toe, 'maar we kunnen er goed van leven. Hij had eerst een ijzerwarenwinkel, maar toen ze vier straten verder een Home Depot openden, konden we het wel schudden.'

'Een Hóme Depót?' vroeg Karis, de woorden extra benadrukkend, alsof het een zeldzame edelsteen betrof. 'Wat interessant.'

Gewone mensen met gewone banen vielen duidelijk buiten haar referentiekader. Met twee van zulke wereldvreemde ouders en een megalomane fantast van een broer was het een wonder dat Lola zich zo normaal had ontwikkeld.

Op de een of andere manier wist hij zelfs het toetje te halen, een schandelijk romige tiramisu, en beleefd te blijven. Eindelijk kwam het gesprek op een ander onderwerp.

'Dat feest in het Herrick moet wel te gek worden,' zei Nick, die zichzelf op een tweede stuk tiramisu trakteerde en gretig een volle lepel in zijn mond propte. 'Van wat ik heb gehoord, heeft die Russische chick echt alle remmen losgegooid. Alex Loeb zei dat de Clintons er ook zullen zijn.'

De Herrick-party, over nog geen drie weken was het zover, was hét onderwerp van gesprek in de stad.

'Fijn voor ze,' zei Devon zonder op te kijken. 'Maar wij gaan niet.'

'Moet jij weten,' reageerde Nick, 'maar ik wel. Gisele Bundchen staat op de gastenlijst, met de helft van alle Braziliaanse Elite-modellen. Dat ga ik echt niet missen.'

'Ja, alsof jíj een kans hebt…' mompelde Lola.

'Genoeg!' bulderde Devon, die zijn humeur verloor en zo hard met zijn vuist op tafel sloeg dat het tafelkristal ervan rinkelde. 'Niemand gaat, en daarmee uit! We zijn bij elkaar om als gezin van een rustige zomer te genieten, en niet om op straat sloeries te versieren.'

'Nee, daar weet jij alles van…' mompelde Nick binnensmonds.

Maar helaas was het net iets te hard.

'Wat zei je daar?' Devons stemvolume was weer normaal, maar zijn lippen trokken wit weg van woede.

'Schat, laat nou maar,' fluisterde Karis. 'Toe.'

Marti verschoof wat ongemakkelijk in zijn stoel. Dit ging helemaal de verkeerde kant op.

Vermetel schoof Nick zijn stoel naar achteren en stond op. 'Ik ben het zat om hier opgesloten te zitten, een beetje als een crimineel rond te sluipen enkel omdat jullie twee als de dood zijn om die domme Honor Palmer tegen te komen.'

'Nicky!' siste Karis op de rand van een zenuwinzinking. 'Ik wil die naam in dit huis niet meer horen. Nooit.'

Lola kneep even in haar moeders hand, maar ze leek het niet te merken. Ondertussen had Devons gezicht alle kleurschakeringen al doorlopen, van witheet tot paars, en het vertoonde nu, zo zag Marti, min of meer de kleur van een bavianenachterwerk.

'Eruit!' brieste hij tegen Nick. 'Ik meen het, Nicholas. Verdwijn uit dit huis, voordat ik je eruit smijt!'

'Prima,' antwoordde deze. Zijn stoel viel achterover terwijl hij wegbeende en de eetkamerdeur hard achter zich dichtsloeg.

Eventjes viel er een zalige stilte. Daarna keek Devon op en glimlachte naar de anderen alsof er niets was gebeurd.

'Kopje koffie, schat?' vroeg hij Karis.

'Ja,' antwoordde ze een beetje erveus. 'Denk ik. Waarom niet? Zolang het maar cafeïnevrij is. En, Lola, schat? Willen jij en Marti ook een kopje?'

In de slaapkamer, een half uur later, trok Marti opgelucht zijn stropdas los.

'Ligt het aan mij of neigde dat naar *The Stepford Wives*? Je moeder glimlachte zo hard dat haar onderkaak elk moment in een kramp kon raken.'

'Ik weet het,' reageerde Lola terwijl ze haar jurk losritste en haar goudkleurige naaldhakken uitschopte.

'Die voortdurende ontkenning, hoe kunnen ze zo leven? Ik heb nog nooit eerder zo'n verdringing meegemaakt.'

'Ik had je al gewaarschuwd dat we niet bepaald de Waltons zijn,' klonk het spijtig. 'Maar bekijk het van de positieve kant. Nick heeft in elk geval zijn biezen gepakt.'

'Maar niet voor lang, durf ik te wedden,' meende Marti. 'Je pa heeft nog geen cheque voor hem uitgeschreven en dat zal-ie ook niet doen als Nick niet blijft en zijn woorden terugneemt. Iets zegt me dat hij niet bij dat feest in het Herrick zal zijn.'

'Arme Giselle, wat zal ze teleurgesteld zijn,' giechelde Lola.

Na in bed te zijn gekropen vielen ze tevreden in elkaars armen in slaap.

De volgende ochtend zat Honor om elf uur aan een van de tafels in de pasvoltooide eetzaal van het nieuwe Palmers en proefde van een over-heerlijke gegrilde zeeduivel.

'Wat vind je ervan?'

'Fantastisch,' meende Don Bradford, haar accountant annex redder in de nood, die zelf met propvolle mond van de sappige, malse vis genoot. 'Gewoon niet te geloven, als je het echt wilt weten.'

Don had het afgelopen jaar briljant werk afgeleverd, had haar voor-zichtig door het mijnenveld van belastingaanslagen en escalerende rente-vorderingen gegidst die sinds de herbouw haar leven waren gaan bepalen. Nooit klaagde hij over het feit dat hij zijn geld pas maanden na factuurda-tum ontving. Het kwam zo zelden voor dat je in de financiële wereld zo'n aardig en beschaafd iemand tegenkwam. Honor was echt geraakt door zijn generositeit en ze zocht voortdurend naar manieren om iets terug te doen. Wetend dat hij een echte lekkerbek was, had ze hem deze morgen uitgenodigd om te helpen bepalen welke van de drie sterrenkoks het nieuwe restaurant mocht gaan leiden. Het liet zich raden dat hij het hele-maal naar zijn zin had.

'Weet je, dit eten is werkelijk top,' zei hij de laatste stukjes zeeduivel ver-orberend. 'Echt uitstekend. Maar denk je niet dat het voor sommigen wat te veel van het goede is, met al die room, knoflook en gebonden saus?'

Honor lachte. Het menu was inderdaad ietwat pretentieus.

'Heb je ook iets eenvoudigers overwogen? Ik ken een waanzinnige Mexicaanse chef uit de buurt, die misschien ook een poging wil wagen.'

Ze lachte. Hij maakte zeker een grapje!

'Begrijp me niet verkeerd, Don, maar als mensen duizend dollar per nacht voor een kamer betalen, verwachten ze wel wat meer dan enchilla-da's, guacamole en een schaaltje zwartebonenpuree.'

'Niet als ze Tito's eten hebben geprobeerd,' reageerde hij vriendelijk.

Terwijl ze de eetzaal met zijn riante hoge ramen en gelakte eikenhou-ten vloer nog eens bekeek, voelde ze de trots in zich opwellen. Haar financiële zorgen waren verre van voorbij, maar na al die maanden van ploeteren en slapeloze nachten wachtte dan eindelijk het leuke werk: meubilair uitzoeken, leveringscontracten met bloemisten afsluiten, de lokale antiekmarkten afstruinen voor de perfecte vleugelpiano voor de cocktailbar.

Ze herinnerde zich dat de Kerstman, in het jaar voordat haar moeder stierf, haar een prachtig handgemaakt poppenhuis in de vorm van een Frans chateau had gegeven. Jarenlang besteedde ze haar spaargeld aan de inrichting ervan. Haar favoriete onderdeeltje was een piepkleine kroonluchter met echte lampjes, die via een paar rode snoertjes met een schakelaar aan de achterkant van het poppenhuis was verbonden. Dan knipte ze 's avonds in haar slaapkamer in Boston alle lampen uit, zette het schakelaartje om en genoot ervan hoe het poppenhuis en zijn bewoners baadden in een magische rode gloed die alles en iedereen op een geheel eigen wijze tot leven wist te wekken.

De inrichting van het Palmers gaf haar dezelfde kick. Voor de eetzaal had ze zelfs een soortgelijke kroonluchter gevonden. Eigenlijk was deze veel te opzichtig en viel hij compleet uit de toon bij de rest van de aankleding, maar ze moest en zou hem hebben. Nu hij dan eindelijk boven hun tafel hing, vond ze het geweldig staan. En ook Don was er weg van.

Bovendien was hij in zijn nopjes met haar personeelsbeleid – maar goed ook, want ze zou echt niet hebben geweten waar ze het zoeken moest als hij haar had verteld dat er nauwelijks genoeg geld was voor weinig meer dan slechts een paar man vast personeel. De chef-kok die ze vandaag zouden kiezen, zou deel uitmaken van slechts een handjevol nieuwe krachten, aangezien alle voormalige medewerkers terug waren gekomen, wat wel iets zei over de prima werkrelatie die Honor met hen had opgebouwd. Na de keiharde schifting nadat ze het roer had overgenomen, had het overgebleven personeel even tijd nodig gehad om zich veilig op hun plek te voelen. Maar het was hun al snel duidelijk geworden dat hun nieuwe directeur net zo streng als lovend was, en rechtvaardig tot op het bot.

Toen Petra het Herrick overnam, had ze het hele personeel opslag gegeven, en er aldus voor gezorgd dat men in het Palmers wist dat ze als ze overstapten, veel meer konden verdienen. Maar Honor was er zelfs niet één ober door kwijtgeraakt. In het Palmers heerste een kameraadschap die je gewoon nergens anders aantrof. En al zeker niet in het Herrick, waar het personeel net zo vaak werd ververst als de bloemen.

Na de brand in het Palmers restte er voor het oude personeel natuurlijk niets anders dan elders te solliciteren, en sommigen waren uit noodzaak toch naar het Herrick overgestapt. Maar bijna iedereen wilde graag salaris inleveren om die herfst in het nieuwe Palmers weer aan de slag te mogen. De opwinding om de oude brigade weer bij elkaar te hebben was bijna voelbaar, en voor het eerst in jaren had Honor de indruk dat de goden haar nu eens goed gezind waren.

Ze had Enrique, haar oude barman, gepromoveerd tot gastheer. Samen met nog wat oudgedienden woonde hij al intern, net als Honor. Ze deelden de nog onvoltooide ruimte met een leger van bouwvakkers, loodgieters en hoveniers, die zich nog altijd dagelijks meldden, terwijl Honor ondertussen haar best deed om iedereen per week uit te betalen.

Zelfs met de voortdurende herrie en alle onderbrekingen, was het een zegen om eindelijk uit die kleine, armzalige cottage te zijn bevrijd. Haar nieuwe woongedeelte was echter een stuk kleiner dan het oude: een bescheiden, gelambriseerde slaapkamer met toegang tot een afgeschermd terras, net groot genoeg voor een smeedijzeren tafeltje en een paar stoelen; een eenvoudige woonkamer met twee witte denim banken, een antieke staande lamp uit de jaren dertig en de oude secretaire van haar vader ergens in een hoek. De badkamer was nog niet af, maar de douche werkte, net als het toilet. Meer had ze voorlopig niet nodig.

Haar oude suite beschikte over een keuken, maar die had ze nauwelijks gebruikt – ook weer verspilde ruimte die beter voor een betalende gast kon worden benut. In het nieuwe Palmers draaide alles om de zaken. Als Tina volgende zomer een gratis kamer opeiste, kon ze het vergeten.

'Eh, mevrouw Palmer?' Het was Agnes, de trouwe receptioniste die bij de allereerste kennismaking met Honor destijds flink de zenuwen had gekregen, maar die haar inmiddels adoreerde. Met een ongewoon ongeruste blik verscheen ze bij hun tafeltje. 'U hebt bezoek… iemand… die u wil spreken.'

'O?' zei Honor, terwijl ze al meteen opstond en met een servetje haar mondhoeken schoondepte. 'Zeker de tegelzetter? Ik had hem al gezegd: afspraak is afspraak. Ik ga niet opnieuw onderhandelen omdat hij toevallig een tegenslag heeft gehad. Die badkamers moeten deze week echt af, want anders krijgt-ie geen rooie cent, wat jou, Don?'

'Nee. Nee, hij is het niet,' stamelde Agnes. 'Het is… Ik zei nog dat u een lunchafspraak had, mevrouw Palmer. Maar hij wilde niet weggaan.'

'Wíé?' wilde ze weten.

Heel even bekroop haar het benauwde voorgevoel dat het Devon misschien was, teruggekomen om haar weer in te palmen. Het zou Agnes' gêne verklaren. Het laatste wat ze van hem had vernomen, was na de brand geweest, toen hij het gore lef had gehad haar in het ziekenhuis een beterschapkaartje te sturen met daarop het bekende half verontschuldigende gewauwel doordesemd van zelfbeklag, zoals ze dat van hem gewend was. Ze had vernomen dat hij in de stad was – slecht nieuws ging hier als een lopend vuurtje – en ze had zich erbij neergelegd dat ze hem vrijwel zeker een keer tegen het lijf zou lopen. Maar liever niet; niet waar Don bij was.

Alleen, het was Devon niet.

'Ik zie dat er voor drie personen gedekt is. Verwachtte je me?'

Op zijn dooie gemak kuierde Lucas naar de tafel en reikte Don, die even opstond, de hand.

'Ik geloof niet dat we elkaar kennen,' glimlachte Lucas. 'Lucas Ruiz. Een vriend van mevrouw Palmer.'

'Don Bradford, haar accountant,' reageerde Don op dezelfde vriendelijke toon als waarmee hij iedereen begroette. 'U bent net op tijd. Anders had ik dat laatste stukje vis zelf opgepeuzeld.'

Voor Honor ook maar met haar ogen had kunnen knipperen, laat staan hem vertellen dat hij kon opdonderen, had Lucas zich al aan tafel gezet en was hij al halverwege zijn stukje zeeduivel. Terwijl hij haar in zijn opzichtige bermudashorts, losgeknoopte hawaïhemd en slippers de hele tijd aangrijnsde, oogde hij irritant ontspannen voor iemand die verwikkeld was in een rechtszaak en wiens bedrijf naar het scheen in een crisis verkeerde.

'Je hebt prachtwerk geleverd, liever,' zei hij met een waarderende knik naar de inrichting terwijl hij zich opgewekt volpropte. 'Vindt u ook niet, meneer Bradford?'

'Absoluut,' antwoordde Don, die er totaal niet mee leek te zitten dat een onverwachte gast was aangeschoven.

'Het eten is ook lekker,' ging Lucas met volle mond verder. 'Een béétje minder koriander misschien. Maar op zich helemaal niet slecht.'

'Oké, zo is het wel genoeg,' zei Honor met een paar ogen die vuur spuwden.

Pas nu leek ook Don te voelen dat er iets mis was. 'Alles in orde, schat?' vroeg hij.

'Prima,' antwoordde ze. 'Meneer Ruiz stapt weer eens op. Nietwaar?'

'O?' vroeg Lucas terwijl hij haar blik gevangen hield. 'Ik dacht anders van niet, hoor.'

Er viel een geladen stilte.

'Misschien dat ík dan maar beter kan gaan,' besloot Don, terwijl hij opstond. 'Dan kunnen jullie twee rustig praten.'

'Nee, nee, nee,' zei Honor. 'Toe, je hoeft je echt niet…'

'Bedankt,' zei Lucas terwijl hij Don vriendelijk maar resoluut de hand schudde. 'Gezien de omstandigheden wel het beste, lijkt me. Honor en ik hebben een paar belangrijke zaken te bespreken, weet u. Het is, eh… nogal delicaat.'

'Hij maakt een grapje,' zei Honor, die een hand op Dons arm legde om hem tegen te houden. 'Lucas en ik hebben elkaar totaal niets te melden.'

In haar korte, nauwsluitende rode jurk en met haar haren strak in een paardenstaart en haar vuurspuwende smaragdgroene ogen leek ze wel een brandkraan die elk moment uiteen kon spatten.

'Ik ken je, denk ik, goed genoeg, schat, om te zien dat dit laatste totaal onjuist is,' reageerde Don met een grijns. Zijn eigen leven was zo verschoond van hartstochtelijk drama dat hij dit bij anderen altijd als amusant ervoer. 'Bedankt voor het geweldige eten, maar blijf vooral zitten. Ik weet de weg.'

'Aardige vent,' oordeelde Lucas toen Don weg was. De tweede gang, ribstuk van lam, was inmiddels al geserveerd, en voortvarend hanteerde hij de pepermolen en gedroeg zich welhaast als een betalende gast. Zo meteen bestelde hij nog een koud biertje en een doggybag.

'Weet je,' begon Honor terwijl ze het elastiekje uit haar haar trok zodat het rond haar gezicht viel, een gebaar dat Lucas automatisch deed opkijken. 'Ik ben hier gewoon te moe voor.'

'Waarvoor?' vroeg hij terwijl hij een hapje van zijn lamsvlees nam. Het was zo zacht dat het als een truffel op de tong smolt.

'Om met je te steggelen,' antwoordde ze kalm. 'Om ook dit stompzinnige spelletje weer mee te moeten spelen. Dus waarom vertel je me niet gewoon wat je wilt, en laat je me daarna met rust.'

Hij liet zijn vork en mes luid op zijn bord kletteren en keek haar zo intens en ernstig aan dat ze er even nerveus van werd.

'Herinner je je die nacht in Vegas?'

'Nauwelijks,' antwoordde ze en ze nam rustig een hapje van haar eigen eten. 'Ik was stomdronken. En de seks was nou ook niet om over naar huis te schrijven.'

'Dat bedoel ik niet,' zei hij. 'Hoewel het me vleit dat jij daar al meteen over begint.'

Ze werd knalrood. De klootzak. Hoe flikte hij dat toch elke keer weer? Met alles maar te verdraaien? Hij was over Vegas begonnen, niet zij.

'Ik veeg je onder het tapíjt als je niet uitkijkt,' reageerde ze woest. 'Dus, wat brengt je hier?'

'Anton. Je weet nog dat ik je toen vertelde dat hij ons die zomer allebei een loer draaide?'

'Natuurlijk weet ik dat nog,' beet ze hem toe. 'Denk je nu werkelijk dat ik zoiets vergeet?'

'En dat je zei dat we terug moesten vechten? Wraak moesten nemen?'

'Ik zei dat jíj wraak moest nemen,' verbeterde ze hem en trots keek ze even om zich heen. 'Ik heb al wraak genomen, hoor. Ik heb dit hotel vanuit het niets weer opgebouwd.'

'Ja, ja, ja.' Ongeduldig wuifde hij het weg. Hij was vol bewondering voor wat ze had gepresteerd, maar hij was niet gekomen om haar ego te strelen. 'Ik heb het over échte wraak.'

'Nou, dit is anders heel wat meer dan wat jij hebt gepresteerd,' reageerde ze verontwaardigd.

Lucas negeerde het. 'Iets wat hem definitief de das om zal doen,' ging hij verder. 'Op dezelfde manier als hij dat bij ons probeerde.'

Honor zweeg. Dat "ons" stond haar niet aan. Het maakte haar bang.

'Ik ben hier gekomen omdat ik een plan heb,' legde hij uit. 'Een behoorlijk goed plan, mag ik wel zeggen. Er zijn nog anderen bij betrokken, moet je weten. Maar pas met jouw hulp kan het lukken.'

Ze slaakte een diepe zucht en sloot haar ogen. 'Ik weet nu al dat ik het zal betreuren, maar kom maar op. Ik luister.'

30

'En wat is dat in godsnaam?!'

Halverwege de opgepoetste marmeren vloer bleef de tuinier als bevroren staan. Hij droeg een hernia oproepende, gepotte bamboeplant door de hal van het Herrick en het zweet stroomde over zijn rug, om nog maar te zwijgen van de gestage stroom melkzuur door zijn pijnlijke biceps. Maar wanneer Petra Kamalski tegen je schreeuwde, dan bleef je staan.

'Dit zijn de planten die u hebt besteld,' antwoordde hij hijgend terwijl hij onder het gewicht van de ene op de andere voet wankelde. 'Voor het feest?'

'Ik weet wel waar ze voor zijn,' merkte Petra ijzig op. 'Maar dit is beslist niet wat er is besteld. Ik heb gezegd zwarte bamboe en minimaal tweeenhalve meter hoog. Dit is praktisch een potplant.'

'Een potplant?' mompelde hij buiten adem. 'Til hem maar eens op, dame.'

'Niet zo brutaal, ja,' siste ze. Haar scherpe gehoor was berucht onder het hotelpersoneel. 'En heb niet het lef om die smerige bak op mijn vloer neer te zetten. Weg met dat ding. Weg ermee!'

'Maar mevrouw,' pufte de tuinier, 'er staat buiten een vrachtwagen vol met die planten. Hier heb ik het bestelformulier. U kunt het zelf controleren.'

'Ik heb geen tijd om aan jullie fouten te verspillen,' zei Petra, 'en mijn personeel ook niet. Regel het. Vandaag nog.'

Zelfs naar haar eigen, autocratische normen was ze deze morgen ongebruikelijk opvliegend. Het absolute 'nummer één'-feest zou over zesendertig uur losbarsten en er was nog zo veel te doen. Het nadeel van een lijst met enkel eersteklas gasten was dat ze met hun eersteklas eisen kwamen, waarvan een aantal gewoon bespottelijk was. Zo had een popdiva bijvoorbeeld geweigerd om een kamer te reserveren tenzij ze haar eigen bed – geen beddengoed, nee, béd – mee kon nemen en er precies twee uur voor haar komst twintig kaarsen van Figuera Dyptique in de badkamer werden aangestoken. Een andere gast, een actrice, eiste dat haar aankomst zorgvuldig werd gechoreografeerd om die van een jongere rivale uit Hollywood, die ook was uitgenodigd, in de schaduw te stellen. Er waren mensen die elkaar tegen het lijf wensten te lopen, en anderen die elkaar onder geen beding tegen het lijf mochten lopen. En dit alles werd overschaduwd door Anton, die dit als zijn persoonlijke verjaarspartijtje zag en opgetogen was over de komst van zo veel beroemdheden, zolang het zijn eigen stralende ster maar niet verduisterde.

Petra trok zich terug in haar werkkamer, maar had nog niet plaatsgenomen of ze werd ruw gestoord.

'O, Petra, daar ben je. Hartstikke fijn.' Saskia, Antons troetel-pr-meisje en de enige wier aanwezigheid in het hotel, wier hele bestaan eigenlijk, Petra meer stress bezorgde dan alle andere onzin bij elkaar, kwam zonder permissie binnenvallen. 'We hebben vandaag verschrikkelijk veel te doen, snoesje,' kwinkeleerde ze zakelijk, 'dus het is alle hens aan dek. Ik had net de producent van E! aan de lijn die vraagt naar de buitenverlichting. Hoever staan we daarmee?'

Petra's bovenlip krulde als een gedroogd sinaasappelschilletje omhoog.

Er waren zo veel dingen die ze haatte aan Saskia, dat het lastig was om je op één daarvan te richten. Ze was ordinair, kampte met overgewicht en was bazig. Ze had zich met genoeg goedkope parfum bestoven om voor een biologisch wapen te kunnen doorgaan. Haar lach, een geforceerd, luid geschetter, was een kruising tussen het kakellachje van een heks en een irritant autoalarm. Op dit moment ging ze gekleed in een strak feloranje T-shirt van een stof zo glanzend synthetisch dat het eerder zou smelten dan dat het in de fik zou vliegen als je er een lucifer bij hield (wat iemand echt eens zou moeten doen); verder witte shorts die niets aan de verbeelding overlieten en waaronder ze duidelijk geen slipje droeg. De vrouw had alle klasse en stijl van een bastaardhondje, en toch straalde ze een aangeboren Brits air van superioriteit uit dat Petra deed fantaseren dat ze haar achter een pick-up bond en daarna vol gas wegscheurde. Sinds Honor Palmer had ze geen vrouw meer ontmoet die zo weerzinwekkend zelfingenomen was terwijl daar toch zo weinig reden toe was.

Maar erger nog was de manier waarop Saskia zich had ingedrongen in het feest van morgenavond. Vanaf het moment dat Anton haar aan boord had genomen, had ze zich gedragen als de spreekwoordelijke bijenkoningin, door zich te laten gelden onder Petra's personeel en iedereen vreselijk voor de voeten te lopen.

Anton ontkende het, maar voor Petra was het volmaakt duidelijk dat hij en Saskia met elkaar naar bed gingen. Op zich zat dit haar helemaal niet dwars. Ze was nooit het jaloerse type geweest. Als Anton zo weinig smaak had en een slonzige del als Saskia aantrekkelijk vond, hield hij zichzelf maar voor de gek. Maar het verachtelijke kreng vond kennelijk dat ze als het liefje van de baas carte blanche had om te doen wat ze wilde en Petra's autoriteit als manager te ondergraven. En dat was wél een probleem. Een groot probleem.

Ze had al een stoel gegrepen en zich aan de andere kant van het bureau geïnstalleerd, en nu ze naar de telefoon reikte, ontplofte Petra.

'Mijn kamer uit!' beval ze terwijl ze haar telefoon teruggriste. 'Ik heb al eerder gezegd dat als je zo nodig moet bellen je dat net als ieder ander vanuit het businesscenter kunt doen. Dit is míjn privékamer, niet een of andere gemeenschappelijke ruimte. En ik ben níét jouw snóésje.'

'Anton heeft anders heel duidelijk gezegd dat hij wil dat we samenwerken,' reageerde Saskia met een pruillip. 'Dat kan toch niet als we in afzonderlijke kamers zitten? We hebben nog maar zesendertig uur, snap je.'

Petra's antipathie werd met graagte beantwoord door Saskia, die haar concurrente ongeveer net zo sexy vond als een diepgevroren wandelende tak en aanzienlijk minder aangenaam gezelschap. Ze kon maar niet doorgronden wat Anton toch in haar zag. Je kon je pik net zo goed in een van die automatische potloodslijpers steken.

'Ik ben me zeer bewust van de tijdsdruk, dank je, Saskia,' zei Petra vinnig. 'Ik ben de afgelopen drie maanden bezig geweest om dit feest te organiseren. Jij bent hier net drie minuten.'

Ze wierp een blik uit het raam op de bedrijvigheid op het terrein. De tentenleverancier was gearriveerd, en men was druk bezig met het uitladen van steigers en doeken. De hele Japanse tuin zou worden overdekt door Marokkaanse tenten, waardoor hij in een soort geïmproviseerde soek zou veranderen, hoewel Saskia op het laatste moment een knuppel in het hoenderhok had geworpen door te eisen dat alles naar één kant open moest kunnen zodat de tv-ploegen gemakkelijker toegang hadden. Ook had ze geëist dat er in elke boom een felle spotlight werd gehangen, maar tot dusver had Petra haar veto over dit idee kunnen uitspreken op grond van het feit dat het haar met zorg geplande kaarseneffect zou verpesten. Vanwege deze strijd over de belichting had het E!-kanaal deze morgen weer zijn beklag gedaan.

'Je bent echt bespottelijk!' snauwde Saskia. 'Als ik er niet was geweest, zou er slechts anderhalve man en een paardenkop zijn opgedaagd om jouw dure feestje te verslaan. Op dit moment loopt onze tv-uitzending gevaar vanwege jouw belachelijke obsessie met kaarsen. Morgen komt Anton en die wil dit opgelost zien. Petra! Luister je eigenlijk wel naar me?'

Maar Petra luisterde niet. Ze had zojuist een bekende tussen de werklui buiten zien rondscharrelen.

'Ik geloof mijn ogen niet,' mompelde ze zacht. 'Wat doet hij hier in vredesnaam?'

'Wie?' vroeg Saskia.

Petra negeerde haar, duwde het raam open en stak haar hoofd naar buiten. 'Je bevindt je op verboden terrein!' riep ze kwaad.

Lucas bracht een hand naar zijn oor en schudde zijn hoofd, alsof hij haar niet kon horen, en ging weer verder met zijn gesprek met de tentenbouwers.

'Waarschuw de beveiliging,' blafte Petra tegen Saskia, ze smeet het raam dicht en vloog in een wervelwind van oprechte verontwaardiging de deur uit. 'Misschien dat ik hulp nodig heb om hem te lozen.'

'O, meen je dat nou,' zei Saskia nu ze alleen was. 'Nou, je kunt m'n reet likken, oké, snoesje? Onbeleefde trut. Je kunt fluiten naar je hulp.'

Wie onze ijskoningin ook zo mocht hebben opgefokt, Saskia was meer genegen om Lucas een medaille uit te reiken dan hem van het terrein te laten gooien. Ze liet haar gevulde achterwerk in Petra's vrijgekomen stoel zakken – deze was zo veel comfortabeler dan haar eigen stoel – en richtte haar aandacht weer op de telefoon. Iemand moest de producenten van E! paaien, want anders zouden ze zich terugtrekken.

Buiten zag Lucas Petra in een woedende paradepas over het gazon op hem afkomen. Wetende dat het haar tot razernij zou brengen schonk hij haar zijn meest innemende glimlach. In haar zwarte wollen kokerrok en bijpassende jasje moest ze het wel snikheet hebben, maar op haar voorhoofd was nog geen druppeltje zweet te zien.

Misschien zweette ze wel niet. Waarschijnlijk lekte ze alleen zo nu en dan wat antivries.

'Je spioneert.' Ze keek hem beschuldigend aan. Vervolgens wendde ze zich tot de arbeiders met wie hij had staan kletsen. 'Wat heeft hij jullie gevraagd? Als een van jullie ook maar één woord over morgenavond heeft gezegd...'

'Relax, konijntje,' zei Lucas, zich de bijnaam herinnerend waar ze op college zo'n hekel aan had gehad. Aan de nijdig kloppende ader bij haar slaap te zien was ze er nu ook niet erg enthousiast over. 'We maakten gewoon een praatje. Ik stond op het punt deze arme jongens iets te drinken aan te bieden. Ze zeggen dat ze de hele dag nog geen slok water hebben gehad.'

'Dat is omdat ze aan het werk zijn. Heeft iemand van jullie een klacht die hij bij mij kwijt wil?'

Ze keek hen een voor een aan en daagde hen uit haar nog verder op de proef te stellen. Maar niemand was moedig genoeg, en een voor een maakten ze zich stilletjes uit de voeten, waardoor Petra en Lucas alleen achterbleven.

'De volgende keer dat ik jou betrap op spioneren,' liet ze hem kortaf weten, 'laat ik je arresteren. Vandaag zal ik me moeten beperken tot de beveiliging om jou eruit te gooien.'

Ze keek over haar schouder voor de verwachte hulptroepen, maar er leek niemand te komen. Die verdomde Saskia had kennelijk niet de moeite genomen om te bellen.

'Geen paniek,' zei Lucas op beminnelijke toon in een poging haar hachelijke situatie te peilen. 'Ik zal zachtjes weggaan. Je hebt je kleerkasten niet nodig.'

'Vertel eens, wat voert jou eigenlijk naar de stad, Lucas?' vroeg Petra, die probeerde weer de overhand te krijgen. 'Nostalgie? Een verlangen om je glorietijd te herleven? Wat ontroerend.'

'Echt niet,' zei hij. 'Ik ben hier voor een aantal afspraken over mijn nieuwe Luxe.'

'O ja, het voormalige grote Luxe America. Hoe staat het daarmee? Je ging toch rond de kerst open?' Ze lachte – een naargeestig, hol geklak, gedrenkt in wrok. 'Dat zie ik nu niet meer gebeuren.'

Lucas verbeet zich. Hij had al gekregen waar hij voor gekomen was en had geen zin om haar een plezier te doen door nu zijn zelfbeheersing te verliezen.

'Ik zal je niet langer ophouden.' Hij glimlachte. 'Zullen we dan maar *au revoir* zeggen? Tot morgenavond?'

'Hoe bedoel je?' Petra liet haar dekking zakken, wat voor haar ongebruikelijk was. 'Jij bent helemaal niet uitgenodigd voor morgenavond.'

'O, jawel,' zei hij opgewekt. 'Drie weken geleden kreeg ik mijn uitnodiging. Een charmante dame, een zekere Saskia, was zo aardig om mij persoonlijk te bellen.' Gespeeld verrast sloeg hij zijn hand voor zijn mond, en zijn adem stokte. 'Heeft Anton het je niet verteld?'

Van razernij tuitten Petra's lippen zich tot een samengeknepen anus. 'Het moet hem even zijn ontschoten.'

'O jee, o jee.' Lucas genoot. 'En dan te bedenken dat jullie twee altijd zo close waren.'

Zodra hij was verdwenen – ondanks zijn bravoure vond hij het geen prettig vooruitzicht om door Petra's zwaargewichten van de beveiliging, die uiteindelijk vast en zeker zouden opduiken, hardhandig van het terrein te worden verwijderd – stormde Petra terug haar werkkamer in. Saskia zat aan de telefoon, maar Petra rukte de stekker uit de wand en onderbrak haar zo halverwege een zin.

'Wat voer jij in godsnaam in je schild?' tierde ze. 'Achter mijn rug om Lucas Ruiz uitnodigen voor het feest? En wat is er verdomme gebeurd met de beveiliging waar ik je om vroeg?'

'Je zei er niet "alsjeblieft" bij,' reageerde Saskia, die zich niet gemakkelijk liet intimideren. 'En jij bent mijn baas niet, snoesje. En wat Lucas betreft, het was Antons beslissing om hem uit te nodigen, en niet de mijne. Hij heeft de zusjes Palmer ook uitgenodigd.'

'Wáááát?!' Petra kreeg bijna een beroerte.

'Ik ging ervan uit dat hij het je wel had verteld,' zei Saskia. 'Maar als jullie niet meer met elkaar praten…' Ze haalde innemend haar schouders iets op. 'Het is toch zeker niet mijn schuld dat jullie uit elkaar zijn gegroeid?'

'Haal die zelfvoldane grijns van je gezicht,' beval Petra. 'Laat één ding duidelijk zijn. Ik weet dat je hem neukt en het kan me geen reet schelen.'

Saskia was in verlegenheid gebracht en liep zo rood aan dat haar wangen heftig vloekten met haar weerzinwekkende T-shirt.

'Mannen zijn dol op een goedkope chick zo nu en dan.' Petra keek haar vernietigend aan. 'En laten we eerlijk zijn, goedkopere chicks dan jij zijn er niet.'

'Vuile trut!' vloekte Saskia woest.

'Toe maar!' riep Petra haar na toen Saskia haar spullen bij elkaar had gepakt en de kamer uit rende. 'Bel hem. Eens kijken op hoeveel sympathie je kunt rekenen!'

Over Anton maakte ze zich geen zorgen. Zeurende vrouwen verveelden hem. Het zou niet lang meer duren eer hij een snotterende massa varkensreuzel als Saskia beu was.

Maar Lucas was een heel ander verhaal. Wat was hij hier vanmorgen komen doen? Hij had weinig goeds in de zin, dat wist ze wel zeker.

Ook wist ze zeker dat hem en Honor uitnodigen voor het feest een vergissing was, en niet alleen omdat Anton dat achter haar rug had gedaan. Hij wilde zich verkneukelen, hun zijn succes inwrijven. Uitgerekend Petra kon deze impuls wel begrijpen, maar haar intuïtie fluisterde haar in dat het deze keer een verkeerde zet was.

Je vijand niet uit het oog verliezen was prima, maar Lucas kwam te dichtbij. Waarom zat hij niet in Europa, in conclaaf met zijn juristen? Er klopte iets niet.

Ondertussen deed Sian in Londen haar uiterste best om geduld te hebben met de idioot achter de incheckbalie van Virgin.

'Luister,' zei ze en ze dwong zichzelf rustig te blijven nu het meisje een nagelvijl tevoorschijn haalde en opzichtig haar nagelriemen begon te bewerken. 'Misschien heb ik de situatie niet goed uitgelegd. Ik ben journalist. Ik heb een belangrijk interview in New York en ik moet die vlucht halen. Ik betaal wel eerste klas. Cash.' Ze trok een stapel bankbiljetten uit haar tas en legde ze op de balie om haar punt kracht bij te zetten. 'Kunt u niet iemand vragen of hij bereid is om tegen betaling zijn stoel af te staan?'

'Het spijt me,' zei het meisje, dat absoluut geen spijt had, zo veel was wel duidelijk. 'Ben bang dat we dat niet kunnen doen.' Ze had gestreepte, blonde haarextensies, een solariumtint waarbij het uiterlijk van Donatella Versace authentiek leek en een zeurderige, nasale stem die voor een garagedeuropener kon doorgaan.

'Waarom niet?' vroeg Sian. Als die meid niet binnen tien seconden ophield met haar nagels vijlen, zou ze haar over de balie sleuren en haar afzichtelijke gelakte klauwen één voor één uittrekken.

Het meisje schonk haar een blik van mateloze verveling. 'Beleid, weet je wel.'

'Ik wil een manager spreken,' eiste Sian, die al het gegrom en gemompel over 'klote-Amerikanen' achter haar in de rij passagiers negeerde.

'Best, hoor,' zei het idiote kind. 'U moet wel effe wachten. Daaro.'

Ze wees naar een gesloten incheckbalie met een paar plastic stoelen ervoor. Wanhopig schuifelde Sian erheen en nam plaats.

Wat een dag.

Ze was al sinds vijf uur vanmorgen op om de puntjes op de i te zetten van haar zaak tegen Anton, want ze wist dat het kleinste foutje in haar bewijsvoering het hele verhaal als een kaartenhuis kon laten instorten. En ze was niet de enige die dan gedupeerd zou zijn. Ben, Lucas, en nu ook Honor Palmer nog, waren tot over hun oren betrokken bij wat ze van plan waren. De belangen konden niet groter zijn.

Na te zijn gezwicht voor de druk van Ben en Lucas om haar trip naar Azerbeidzjan te annuleren had ze de afgelopen drie weken in Londen doorgebracht om telefonisch en door middel van gesprekken onder vier ogen met de grote, vervreemde gemeenschap van Russische uitgewekenen, die verspreid over de stad woonden, de nodige informatie bij elkaar te sprokkelen. In al die tijd had ze nauwelijks geslapen, was ze van vraaggesprek naar vraaggesprek geheld en had ze ex-vriendinnen, klasgenoten en zakenpartners opgespoord – iedereen die maar licht kon werpen op de kwalijke zaakjes uit Antons duistere verleden voordat hij naar Londen was verkast. Maar het was het waard geweest, elke slopende, frustrerende minuut. Tenminste, het zóú het waard zijn, als ze deze vlucht haalde. Zo niet... nee, daar kon ze niet bij stilstaan. Ze moesten haar aan boord laten.

Ze pakte haar mobiele telefoon, bladerde door haar adressenbestand, stopte bij Bens naam en liet haar vinger nog even boven de 'bel'-toets zweven. Nooit zou ze een betere reden hebben om hem te bellen – hij was een persoonlijke vriend van Richard Branson en zou ongetwijfeld in staat zijn om aan de vereiste touwtjes te trekken – maar ze deed het niet.

Vanaf die avond in zijn appartement, de avond dat Lucas haar had gekust en Lola haar de flat uit had gegooid, had ze geprobeerd afstand te houden. Ze was tegen Lucas uitgevaren en had hem de schuld gegeven van haar ruzie met Lola en van het feit dat hij tussen haar en Ben was gekomen. Maar onder dat dunne laagje woede bleven zijn woorden steeds weer door haar hoofd spoken, veel meer dan zijn onverwachte (en onverwacht aangename) kus had gedaan. Als ze echt van Ben hield, had hij haar verteld, zou ze het voor hem en Bianca niet verknallen. Zij en Ben hadden nooit erg goed bij elkaar gepast.

Al deze tijd had ze een klein vlammetje hoop gekoesterd dat hij, ook al zou hij echt met Bianca trouwen, op een dag wakker zou worden en zich zou realiseren dat zij, Sian, de ware was. Maar Lucas had gelijk. Ze had zichzelf steeds voor de gek gehouden. Ben had haar helemaal niet nodig. Hij had behoefte aan iemand die kalm en moederlijk was en… al die andere dingen die Lucas had gezegd.

Ze haatte hem erom, maar hij had haar een dienst bewezen en had eindelijk haar ogen geopend voor de werkelijkheid. Ben was al jaren met Bianca. Hij ging binnenkort met haar trouwen. Dat ze samen met hem aan het verhaal had kunnen werken, was geweldig geweest, een magische tijd. Maar het was niet de werkelijkheid. Ze had in een droom geleefd, en nu moest ze daarvoor de tol betalen.

Ze staarde nog steeds naar haar mobiele telefoon toen het ding opeens overging, en ze schrok toen ze de naam 'Lucas' op het schermpje zag verschijnen.

'Dat is echt telepathie,' zei ze toen ze had opgenomen. 'Ik stond net op het punt om jou te bellen.'

'Alles kits?' Hij klonk gespannen. Kennelijk was ze niet de enige die het in haar broek deed over het plan van morgen.

'Ik heb alles wat we nodig hebben,' zei ze. 'Het ziet er goed uit. Maar ik heb een klein probleempje om het vliegtuig in te komen.'

'Wat voor probleempje?' vroeg Lucas. 'Kun je niet met de manager praten of zo?'

'Ja, hoor!' reageerde Sian sarcastisch. 'Waarom heb ik daar nu niet aan gedacht? Ik sta nu in de vertrekhal op haar te wachten, maar ze is in geen velden of wegen te zien. En die muts achter de balie laat me niet aan boord, niet voor liefde noch voor geld.'

Sian kon Lucas' brein aan de andere kant van de lijn gewoon in de overdrive horen schakelen. Hoe kwaad hij haar ook kon maken, ze moest toegeven dat ze de afgelopen paar weken geweldig met hem had kunnen samenwerken, waarbij hij de verschillende aspecten van hun plan met de autoriteit en koelbloedigheid van een veldmaarschalk had samengebracht.

'Welke luchtvaartmaatschappij?' vroeg hij.

'Virgin.'

'Heb je al met Ben gesproken?'

'Nee,' zei ze op zachte toon.

'Nou, waarom niet?' riep hij.

'Jeetje, daarom niet, oké?' riep ze terug. Wat dat onderwerp betrof, hoefde ze niets te pikken, zeker niet van hem.

'Oké, oké,' klonk het wat milder. 'Geef me die incheckmeid maar even.'

'Die gaat jou echt niet te woord staan, hoor,' zei ze. 'Het is me toch een bitch.'

Precies op dat moment kwam er een vrouw met een streng gezicht en gekleed in een rood Virgin-jasje, dat haar blozende gelaatskleur absoluut geen dienst bewees, aangewaggeld. Sian nam aan dat ze de manager was.

'Mevrouw, is er een probleem?'

'Ja,' antwoordde Sian en ze stak de telefoon naar haar uit. 'Deze heer zal het uitleggen.'

Lucas zou er een flinke klus aan hebben, dacht ze.

Een half uur later schopte ze nippend aan een glas champagne haar schoenen uit in de business class. Hmm, dat had ze even nodig. Kennelijk was Lucas' magic touch met vrouwen over de telefoon net zo effectief als in levenden lijve: binnen ongeveer tien seconden was hij erin geslaagd de dragonder in het rode Virgin-jasje in te palmen. Niet dat Sian klaagde. Het was vermakelijk om zijn legendarische charme nu eens in haar voordeel uit te zien pakken.

'Heb ik nog tijd voor een snel telefoontje?' vroeg ze de langslopende stewardess.

'Natuurlijk.' Het meisje glimlachte behulpzaam. Blijkbaar reserveerden ze hun imbeciele nagelvijlsters voor de incheckbalie van de veeklasse. 'We stijgen pas over een kwartier op.'

Simon Davis bracht een saaie middag door achter zijn bureau bij de *News of the World* en onderhield zich beurtelings met een spelletje patience op zijn computer, in zijn neus peuteren en het bedenken van beledigingen waarvoor hij zijn verslaggevers kon uitfoeteren, toen zijn directe lijn ging.

'Ja, wat?' blafte hij, altijd even vriendelijk als een rottweiler. Te laat herkende hij Sians stem. 'O, ben jij het,' voegde hij eraan toe. 'Ben jij nog niet uitgezet?'

Maar binnen een minuut had zijn neerbuigendheid plaatsgemaakt voor oprechte belangstelling. Opeens zat hij recht overeind en voorovergebogen boven zijn met papieren bezaaide bureau, met de hoorn aan zijn inmiddels gloeiende oor, en gebaarde iedereen om hem heen om stil te zijn. Er was één ding dat voor Simon pleitte: hij was dan misschien een ellendige klootzak, schoft, maar een goede primeur herkende hij meteen.

'Absoluut,' zei hij toen Sian was uitgepraat. 'We kunnen het komende zondag nog plaatsen. Hoeveel zei je ook alweer dat je wilde?'

Sian herhaalde het bedrag.

'Prima.'

Hij aarzelde geen moment, en ze had direct spijt dat ze niet meer had gevraagd.

'Maar als je er achter mijn rug om mee naar de *Mail on Sunday* stapt, ruk ik je ledematen een voor een uit.'

'Dat zal ik niet doen,' zei Sian en ze hing op.

Ze nam nog een slok van haar champagne, sloot haar ogen en stond zichzelf eindelijk toe wat te ontspannen. Het was niet nodig om Lucas of de anderen te vertellen over haar plan B. Maar nu zou ze, ongeacht wat er morgenavond gebeurde – of het Lucas en Honor zou lukken om het feest in het Herrick te saboteren of niet – haar verhaal hebben. Terwijl Amerika nog grotendeels op één oor lag en het feest ten einde liep, zouden de eerste exemplaren van de *News of the World* in heel Engeland in de kiosken en buurtwinkels liggen.

Ze zou dan misschien nooit mevrouw Ben Slater zijn, maar dan toch zeker wel de volgende Lois Lane, verdomme.

31

De volgende ochtend zat Anton tevreden achter in zijn limousine, met naast hem zijn trouwe, kwijlende Mitzi. Hij keek door het raam naar het vlakke, voorbijglijdende landschap van Long Island. Deze avond zou een van de mooiste uit zijn leven worden, een openlijke bevestiging van het succes waar hij zo lang en hard voor had gewerkt.

Als daarbij ook het vooruitzicht op een ridderorde gegarandeerd was, zou zijn geluk compleet zijn, maar zijn vrindje op het ministerie had hem verzekerd dat hij zich geen zorgen hoefde te maken. Na de buitensporige lening die hij de regering een maand geleden had verstrekt, kon hij rekenen op een plek op de eerstvolgende erelijst. De eerste dag waarop hij met 'Sir Anton' zou worden aangesproken zou werkelijk een gedenkwaardige zijn, maar het feest in het Herrick, deze avond, was in elk geval een mooi begin – een proeve van de erkenning die hem te wachten stond.

Ook verheugde hij zich op het weerzien met Petra. Saskia had haar nut bewezen. Ze had Petra bij de les gehouden en klassewerk verricht met het kietelen van de media. Maar wat de seks betrof was hij al een beetje op haar uitgekeken, als een klein jongetje dat zich had volgepropt met een te zoete verjaardagstaart. Hij verlangde naar Petra's slanke, weerspannige lichaam en de koele, dominante manier waarop ze hem aankeek als ze samen de liefde bedreven. De wetenschap dat ze woedend was over hoe hij haar met Saskia had opgescheept, maakte het vooruitzicht van het weerzien alleen maar zoeter. Slechts weinig dingen in het leven schonken hem zo veel plezier als een boze, rancuneuze Petra al neukend op de knieën dwingen. Met Saskia was het eerder alsof je in een zee van schuimpjes dook; met Petra was het alsof je een wilde kat aan het temmen was.

Ook genoot hij al van de voorpret over zijn eigen 'Dit is uw leven'-presentatie die Saskia voor de komende avond had georganiseerd. Het moest een verrassing blijven, en dus was het zaak om tegenover de pers en de vips vooral bescheidenheid en beduusdheid te veinzen.

Maar in werkelijkheid had hij het twaalf minuten durende filmpje tot op de millimeter bekeken en het zelfs aan zijn vriend op het ministerie laten zien om er zeker van te zijn dat het wat de ridderorde betrof 'op toon' was. Hem was verzekerd dat hij krachtig maar barmhartig overkwam – een 'magnaat met hart en ziel', zoals de ambtenaar van het ministerie hem had omschreven, een vondst waar Anton zo mee in zijn nopjes was dat hij Saskia had voorgesteld om het als titel voor het filmpje te gebruiken.

Hij vroeg zich af wat Lucas ervan zou vinden.

Zowel Lucas als Honor had hij een uitnodiging gestuurd, met name opdat de pers hem niet van wrok zou kunnen betichten. Toch had hij verbaasd van Saskia vernomen dat Lucas de uitnodiging had aanvaard. De knaap moest inmiddels toch wel doorhebben dat hij en Connor inmiddels onder één hoedje speelden en dat hij het grote brein en de financier van de rechtszaak was geweest? Natuurlijk, wie weet wilde Lucas opschudding veroorzaken en het hele feest verstoren door te midden van alle beroemde gasten luidkeels zijn grieven te verkondigen. Maar daarmee zou zijn eigen begrafenis bezegeld zijn. Geen hond die belangstelling zou hebben voor het benevelde gewauwel van een doorgeslagen samenzweringstheoreticus als Ruiz. Niet als het feest van de eeuw elk moment kon losbarsten.

Honor, echter, had de uitnodiging min of meer zoals verwacht afgeslagen, naar eigen zeggen vanwege haar drukke werkzaamheden. Het nieuwe Palmers zou later dat jaar zijn deuren openen, en ze had het druk met de laatste loodjes – veel geluk ermee. Je hoefde geen zakelijk genie te zijn om in te zien hoe belachelijk het was om pal naast het meest succesvolle hotel ter wereld een nichevestiging te openen. Weliswaar had ook hij zijn imperium opgebouwd in de schaduw van de grote hotels, maar alleen wanneer deze reuzen al op hun retour waren, in plaats van een rijzende ster als het Herrick. Bovendien beschikte hij over een pakhuis met geld om zijn rivalen uit de markt te wippen. Volgens de geruchten had Honor Palmer nauwelijks genoeg geld voor een belegde boterham, en Petra scheen zelfs te hebben gezien dat ze eigenhandig het hekwerk aan het lakken was. Over David en Goliath gesproken!

Hij gaf Mitzi een aai over haar kop, sloot tevreden zijn ogen en liet zijn gedachten weer naar Petra afdwalen. Waarom je kostbare denktijd verspillen aan Honor, of Lucas? Wat hem betrof waren ze passé.

Terwijl Anton zich al verheugde op het naderende uur van zijn onsterfelijkheid, zocht Lucas in Honors oude cottage paniekerig onder de kussens en tussen de stapels papieren naar zijn autosleutels.

Hij moest deze ochtend Sian van de luchthaven oppikken, maar na tot diep in de nacht met Honor aan het plan te hebben gewerkt, had hij zich verslapen en was hij nu veel te laat.

'Shit.' Opnieuw wierp hij een dikke stapel papier door de kamer. 'Honor!' Hij stak zijn hoofd in het trapgat dat naar de enige slaapkamer leidde. 'Heb jij soms mijn autosleutels gezien?' riep hij naar boven. 'Ik kan ze nergens vinden en ik moet ervandoor. Nu!'

Even later verscheen een slaperige Honor wrijvend in haar ogen boven aan de trap. In haar overmaatse herenpyjama (van wie? vroeg hij zich jaloers af) en met de kreukels van de bedlakens nog op haar wangen zag ze er meer dan knuffelig uit. Alleen nog een teddybeertje stevig tegen haar borst en in de andere hand een dekentje om achter zich aan te slepen, en het plaatje was compleet.

'Hoe laat is het?' mompelde ze suffig.

'Tien uur,' antwoordde hij kregelig. Hij barstte nu al van de zenuwen voor vanavond, en de korte nacht op de harde sofa had zijn humeur er bepaald niet beter op gemaakt. 'Ik ben verdomme al veel te laat, en het is hier een zwijnenstal. Geen wonder dat ik niets kan vinden.'

'Hé,' reageerde ze nu ook geïrriteerd, 'als jij je sleutels niet kunt vinden, is dat jouw probleem, niet het mijne. En wat die zwijnenstal betreft, zo veel haast om je eigen rommel op te ruimen had je gisteravond ook weer niet.'

Het was een lange avond geweest en ze waren allebei hondsmoe. Omdat de huur van de cottage pas over twee maanden afliep, had ze het huisje aangehouden als dependance, een plek om de stapels nog niet afgehandelde documenten met betrekking tot de herbouw van het Palmers te kunnen bewaren.

Maar sinds Lucas' onaangekondigde komst was de cottage het zenuwcentrum voor 'operatie Anton' geworden en fungeerde het nu als zijn tijdelijke hoofdkwartier voor wanneer hij in de stad was. Normaliter zou híj boven hebben geslapen, en Honor in haar eigen suite in het Palmers, maar het was de vorige avond zo laat geworden dat het voor haar geen zin meer had om nog naar huis te gaan. In een zeldzame opwelling van ridderlijkheid had hij aangeboden zelf de piepkleine bank te nemen.

En daar had hij nu spijt van. Hij had geen oog dichtgedaan. Nog afgezien van het moeizame zoeken naar een comfortabele slaaphouding op een meubelstuk dat duidelijk door een sadist was ontworpen voor een dwerg, was de gedachte aan Honor boven, waarschijnlijk poedelnaakt in bed, genoeg om tot in de kleine uurtjes onrustig te blijven woelen als een gevangene op de pijnbank. Het slaapgebrek, in combinatie met zijn onbevredigde sekshonger en de stress van wat komen ging – stel dat ze het verprutsten en hij uit het hotel werd verwijderd, of erger nog, werd gearresteerd? – maakte dat hij nog chagrijniger werd dan een tienermeisje op het punt van menstrueren.

'Je sleutels liggen op het aanrecht,' zei ze terwijl ze slaperig de trap afliep. 'Ik kan ze van hieraf zien liggen.'

Met een geïrriteerde frons griste hij ze mee en propte ze nijdig in zijn
spijkerbroek.

Op weg naar buiten pakte hij nog snel even een bagel mee, om daarna
de voordeur zo hard achter zich dicht te smijten dat de zee van papier als
herfstbladeren in de wind even opfladderde.

Honor bekeek de rommel die hij had achtergelaten.

'Gewoon even een dankjewel zou wel zo aardig zijn geweest,' mopperde ze. Maar toch hoopte ze dat hij onderweg naar JFK geen ongeluk zou
krijgen. Hij kon zo roekeloos zijn als hij gespannen was, en met slechts
twee uurtjes slaap waren die eenbaanswegen van en naar de stad levens-
gevaarlijk.

Op het moment dat Lucas Sian met twee versleten koffers en een propvolle aktetas door de douane zag komen, constateerde hij dat ze er afgeleefd
uitzag. Afgezien van de kus in Londen was hij wat haar uiterlijk betrof
nooit een echte fan van haar geweest, maar hij meende haar nog niet eerder zo onnatuurlijk bleek te hebben gezien. Haar haar was lang en vettig
en viel slap over haar schouders. Wat haar kleren betrof, shorts met ca-
mouflagepatroon, een paar afgetrapte sneakers en een vaal oranje T-shirt
vol koffievlekken, leek ze bijna een dakloze die haar bezittingen met zich
meezeulde.

'Je ziet er moe uit,' was het enige wat hij zei toen hij haar koffers aannam.

Tegen haar gewoonte in liet ze hem begaan. Haar schouders deden ongelooflijk zeer, en ze was te uitgeput om zich op feministische wijze te
weren.

'Je hebt jezelf veel te veel opgejaagd.'

'Tja, nou, had ik een keuze dan?' reageerde ze mopperig. 'Jij was er duidelijk genoeg over dat je niet op me zou wachten totdat ik al het bewijsmateriaal had verzameld. Het was nu of nooit, dit weekend. Ik heb twee
weken lang geen oog dichtgedaan.'

'Ik ook niet. Jezus...' Met een frons keek hij even naar de twee zware
koffers. 'Wat heb je er in hemelsnaam in zitten? Lood?'

Ze hadden de lift bereikt. Hij zette de zware koffers neer en drukte op
de liftknop.

'Nee,' grijnsde ze triomfantelijk. 'Banden.'

'Banden? Wat voor banden?' De liftdeuren gleden open en ze stapten
naar binnen.

Met een vernietigende blik keek ze hem aan. 'Antons middelbareschoolreünie, nou goed? Jezus, hoe bedoel je, wat voor banden?' De sekstapes, sukkel! Jouw hors d'oeuvres voor het feest vanavond, voordat we grof geschut inzetten.'

'Je hebt het grof geschut toch wel bij je?' vroeg hij gespannen.

'Rustig maar,' antwoordde ze. 'Ik heb alles bij me. Die banden bevatten alleen wat interviews met de meisjes uit die tehuizen die zich prostitueerden. Allemaal op geluidsband, jawel. Zestien uur. En vijfenhalf uur aan video. Er zitten verhalen bij, je gelooft je oren niet. Het gaat veel verder dan wij aanvankelijk dachten.'

'We hebben in totaal niet meer dan tien minuten op dat podium, vanavond,' mopperde hij. 'Misschien zelfs minder. Honor en ik hebben het tot op de laatste seconde geteld. Wat moeten we in jezusnaam beginnen met vijf uur aan videobeelden?'

'Hallo, je wilde toch beelden? Begin nou niet te mekkeren als ik je die geef.'

Waarom gedroeg hij zich zo negatief? Hij had haar moeten omhelzen. Dit materiaal was superhot. Ieders aandacht zou meteen getrokken zijn, dus zodra het tijd was voor de echte shock, konden ze rekenen op een geboeid publiek.

Op de derde verdieping gleden de liftdeuren open. Lucas liep naar de auto en begon zwijgend de koffers in de achterbak te laden.

Hij wist dat hij zich lomp gedroeg. Als Sian nóg een nagel had weten te vinden om Antons doodskist mee dicht te timmeren was dat immers geweldig nieuws, en geheid dat de Amerikaanse bladen meer zouden kwijlen bij een seksschandaal dan bij welk ander vergrijp dan ook. Dit was een land waar de president al werd aangeklaagd vanwege een pijpbeurt, godbetert. Toch kon hij het eigenlijk maar moeilijk verkroppen dat Antons ondergang uiteindelijk aan haar research te danken zou zijn. Zelf zag hij deze avond als het sluitstuk van zijn eigen wraak, zijn persoonlijke oorlog tegen de man die eropuit was geweest om hem te ruïneren.

'We hebben de hele middag nog,' zei Sian terwijl ze zich in de passagiersstoel liet ploffen. 'We kunnen nog monteren.'

'Waarschijnlijk,' bromde hij. 'Maar het is wel een beetje kantje boord, vind je niet?'

Sian deed haar best om niet uit haar slof te schieten. Ze was de halve wereld overgevlogen om de banden en de rest van het bewijsmateriaal op tijd af te leveren. Een schouderklopje zou dus wel op zijn plaats zijn geweest.

'Maak je maar geen zorgen, hoor,' reageerde ze zuur. 'Ik monteer de boel wel. Ik weet al waar de pareltjes zitten.'

'Je meent het…' zei hij en hij trok een wenkbrauw op.

In weerwil van zichzelf verscheen er toch een glimlach om zijn mond. En ook om die van Sian.

'Ik heb nog met Ben gesproken,' zei hij, van onderwerp veranderend. 'Hij wenste ons veel succes.'

'Was hij er maar bij,' zei ze. Ze was zo moe dat ze haar afweerschild van onverschilligheid maar liet vallen.

En tot haar verbijstering sloeg Lucas meelevend een arm om haar heen.

'Ik weet het, schat. En dat geldt ook voor mij.'

Pas toen ze op de snelweg invoegden, herinnerde ze zich wat ze hem verder nog had willen vertellen.

'O!' klonk het plotseling. 'Er is nog iets. Ik geloof niet dat je het al weet.'

'Wat?' vroeg hij, terwijl hij zijn aandacht op de weg gericht hield.

'De brand in het Palmers. Weet je nog dat je me vroeg om daar eens in te duiken?'

Lucas keek op. Hij was een en al aandacht.

'Nou, dat heb ik dus gedaan,' zei ze. 'En ik weet behoorlijk zeker wie erachter zit.'

32

Petra verschoof de antieke broche van Dior voor haar decolleté nog een beetje, en voor de laatste keer bewonderde ze haar eigen spiegelbeeld. De japon die ze voor deze avond had uitgekozen, een zwarte kokerjurk van Narciso Rodriguez, was eerder elegant dan sexy, expres gekozen om het contrast met Saskia's ordinaire felroze hemdjurkje van Dolce & Gabbana eens goed te benadrukken. Echt, nóg smakelozer en die meid kon als een lauwe ziekenhuisprak worden opgediend.

Afijn, in elk geval miste het zijn uitwerking niet. Petra's witblonde bob-kapsel en haar onberispelijke melkwitte huid staken zelfs nog witter af tegen de zwarte tafzijde. Het gaf haar ontegenzeglijk iets vorstelijks, wat heel mooi uitkwam aangezien ze pal voor de ogen van Anton en hun illustere gasten Saskia de loef wilde afsteken om haar aldus te ontmaskeren als de ordinaire troonpretendent die ze in werkelijkheid was.

Buiten begon het feest al aardig op gang te komen. Ze draaide de lamellen voor haar kantoorraam een beetje open en ze kon de zee van gasten zien, met in het midden Anton, druk handen schuddend met de media en belangrijkere bobo's uit het bedrijfsleven. Amper twee uur geleden waren ze elkaar hier, in haar kantoor, nog in de haren gevlogen over Saskia. Ze was nog steeds woedend over het feit dat hij die dikke zeug achter haar rug om een uitnodiging aan Honor en Lucas had laten versturen, en ze had hem in bepaald niet mis te verstane bewoordingen verteld hoe ze over het onderwerp dacht.

Confrontaties wonden hem steevast op. Maar na de ruzie van deze middag schuimbekte hij zelfs van geilheid. Voor deze keer echter had Petra de boot afgehouden. Onderdanigheid in de slaapkamer was allemaal leuk en aardig, maar na dat rotgeintje met Saskia had hij duidelijk een lesje nodig. Nog niet eerder had ze hem zo woedend gezien toen hij met een erectie formaat komkommer, die zijn pantalon zichtbaar deed bollen, haar werkkamer uit stormde. Maar ze maakte zich geen zorgen. Later, als het feest ten einde was, kon hij krijgen wat hij wilde. En dan zou hij zo strak staan dat hij haar meer dan ter wille zou zijn. Saskia's uren waren nu echt geteld.

Ze draaide de lamellen nog iets verder open. Tot dusver waren er nog maar weinig grote namen gearriveerd: Teri Hatcher was er met haar nieuwe speeltje, en bij de ingang van de Marokkaanse tent waren Oprah en Stedman in gesprek verwikkeld met de directeur van uitgeverij Random House terwijl ze van hun Dom Perignon nipten, die Petra koste wat kost had laten aanrukken (want uiteraard was Saskia's keuze liever gevallen op het onweerlegbaar smakeloze Cristal-bocht, vandaar).

Zelf was Petra tamelijk ontspannen over het geringe aantal celebrity's. Sterren wilden altijd een opvallende entree maken, wat inhield dat je pas laat verscheen. Maar ze kon wel zien dat het Anton zorgen baarde. In een van haar abjecte pogingen om hem te paaien had Saskia een tenenkrommende biopic samengesteld, getiteld *Magnaat met hart en ziel*, die om half elf vertoond diende te worden. Anton stond erop dat de film netjes op tijd zou worden gestart – typisch Duits – maar uiteraard wilde hij dat er dan zo veel mogelijk vips aanwezig waren.

Ze glipte naar buiten om zich bij hem te voegen – als ze te lang wegbleef zou Saskia immers op de vrijgekomen plek neerfladderen om gastvrouwtje te spelen, wat niet gebeuren mocht – en even nam ze hem terzijde voor wat peptalk.

'Probeer je te ontspannen,' fluisterde ze in zijn oor. 'De film is voor de media bedoeld, niet voor de gasten. Als jij er gestrest bij loopt, alsof je het niet naar je zin hebt, dan heeft niemand het dus naar z'n zin, geloof me.'

'Ik zou heel wat meer ontspannen zijn geweest als jij twee uur geleden je benen had gespreid,' siste hij terug.

Stiekem streek ze met een handpalm over zijn gulp. 'Rustig, rustig,' zei ze. 'Kindertjes die vragen, worden overgeslagen. Heeft je mama je dat nooit geleerd?'

Ondertussen vocht Sian in de keukens van het Herrick tegen haar eigen zenuwen. Honor had het hele plan tot in de puntjes geënsceneerd. Met de hulp van een paar ontevreden personeelsleden was het haar gelukt om voor Sian tijdelijk een baantje als serveerster te regelen om aldus zicht te krijgen op de timing van de feestelijkheden. Sian hoefde alleen maar de instructies op te volgen. Maar omdat alles gebaseerd was op de tijdstippen die Honor waren ingefluisterd, konden ze slechts hopen dat Petra niet op het allerlaatste moment van gedachten was veranderd en een beetje was gaan schuiven. Over dat laatste maakte Sian zich nerveus.

'Geen zorgen,' had Lucas haar die middag op het hart gedrukt na nog even de draak te hebben gestoken met haar Franse serveerstersuniformpje. 'Petra is heel gedegen, en Anton is zelfs nog erger. Geloof me, die twee gaan heus niet improviseren. Ze houden zich aan het draaiboek.'

Sian hoopte dat hij gelijk had. Ze trok haar veel te korte rokje nog eens strak – geheid dat Lucas een handje had gehad in de keuze van dit uniform, dat duidelijk voor een kind was bedoeld, of voor zo'n klein Filippijns vrouwtje, in plaats van een Ierse Jersey-stoot als zij – pakte een dienblad met belegde toastjes en begaf zich naar de gasten.

Maar bij het betreden van de Japanse tuin stokte haar adem en snel dook ze achter de dichtstbijzijnde struik. Daar, pal voor haar neus, stond Lola's broer, Nick, met een arm om het middel van een bimboachtige brunette, een rietstengelige reuzin die alleen maar een model kon wezen. Als een kettingzaag sneed zijn arrogante, nasale, drammerige stem door het geroezemoes: 'Het zit zo. Ik ben hier in mijn uppie,' vertelde hij. 'Mijn ouders zijn de eerste officiële pleinvreespatiënten van East Hampton. En mijn zus is zo in de ban van haar super-Jood dat niets anders haar nog kan boeien. Waarschijnlijk zijn ze nu thuis matses aan het bakken.'

De rietstengel lachte plichtmatig. Sians hart bonkte in haar keel. Dat Nick er was, was op zich al erg genoeg. Als hij haar zag, zou ze meteen verraden zijn. Maar sinds wanneer was Lola in de stad? Lucas had er niets over gezegd en het laatste wat ze had vernomen, was dat East Hampton door de gehele familie Carter werd gemeden als de pest.

'Kom,' zei Nick en hij trok het meisje aan de riem van haar jurk met zich mee zoals je dat zeg maar met een tegenstribbelende pup doet. 'Laten we eens kijken hoe de Russische versie van het La Mamounia eruitziet. Vast slappe hap.'

Toen ze zeker wist dat de twee waren verdwenen, kwam ze vanachter de struiken tevoorschijn. Ze sloeg het zand en de bladeren van haar schort en benen. Heer, laat Lola en Marti hier alsjeblieft niet verschijnen, vanavond. Nog een beetje stress erbij en zo meteen liep het dun langs haar benen.

Achter in de hoteltuin, bij een van de vele barretjes, schemerde Petra als een indrukwekkende zwarte schim achter Anton. Saskia, zo constateerde ze tevreden, bevond zich nog altijd achter het zojuist opgebouwde podium, druk in de weer met het oplossen van allerlei geluidstechnische problemen. Ze keek naar het Britse meisje dat als een fuchsiaroze moederhen tussen de technici heen en weer trippelde. Haar ultrakorte jurkje deed haar stevige worstelaarsdijen op hun minst voordelig uitkomen en zelfs vanaf hier kon je haar borsten als gistend cakedeeg boven de rand van haar topje zien opwellen. Nog beter, ze leek bepaald niet in haar nopjes.

Maar hoe graag Petra het liefst de hele avond naar de redderende Saskia had willen kijken, even later werd ze afgeleid door een andere voluptueuze blondine die, samen met haar zus, een behoorlijke entree maakte door zich zelfvoldaan en pruilend voor de dikke rij fotocamera's te presenteren, en plots leek het te weerlichten van al het geflits.

'Niet te geloven!' mopperde ze zacht maar boos tegen Anton. 'Tina Palmer is er! Met Honor! Ik dacht dat jij had gezegd dat ze niet zouden komen?'

Anton excuseerde zich tegenover de directeur van Viacom en trok haar even met zich mee. 'Dat klopt ook,' antwoordde hij. 'Honor had afgeslagen, en voor zover ik weet staat Tina niet eens op de gastenlijst. Maar mij lijkt het verder geen probleem. Wat jij?'

'Hmmm, je zult wel gelijk hebben,' antwoordde ze met tegenzin. Toch kon ze zich niet aan de indruk onttrekken dat het waarschijnlijk wel degelijk een probleem was, dat de aanwezigheid van de zusjes Palmer een waarschuwingssignaal was dat ze niet mochten negeren. 'Toch wel vreemd, niet? Ik zou toch hebben gedacht dat dit wel de laatste plek was waar Tina zich zou willen vertonen, wat jij? En kijk toch hoe gezellig ze is met haar zus. Ik dacht dat die twee elkaar wel konden schieten?'

Anton haalde zijn schouders op. 'Ze hebben het bijgelegd, nou en?'

'En zij niet alleen, kennelijk,' reageerde ze allengs verontruster. 'Kijk daar maar eens.'

Lucas was gearriveerd, helemaal het heertje in een pak van Paul Smith en een stropdas van Hermès. Meteen liep hij naar Honor, kuste haar warm op beide wangen, en deed vervolgens hetzelfde bij haar zus. Ook nu weer leek het Anton niets te kunnen schelen.

'Je wist toch dat we Lucas hadden uitgenodigd,' koerde hij terwijl hij traag een vinger over haar ruggengraat liet glijden en het puntje van haar nek masseerde. 'Wie is er nu eigenlijk gespannen?'

'Dat hij zou komen, wist ik,' sprak ze kribbig. 'Maar moet je die drie nou eens zien: o, wat zijn we dik met elkaar. Nog maar pas geleden wilden die twee zijn hoofd nog op een dienblad hebben. Wat is er gebeurd?'

'Ik zou het niet weten,' zei hij. 'Dat hele Luxe van hem is nog sneller doorgespoeld dan diarree en het lijkt erop dat Tina Palmer weer wat centjes te verhapstukken heeft. Waarschijnlijk wil hij haar paaien voor een lening.'

'En Honor?'

Hij haalde zijn schouders op. 'Misschien wil zij hetzelfde.'

Petra keek sceptisch. 'Het zint me niet.'

'Je beeldt je van alles in. En trouwens, wat moet ik eraan doen? De beveiliging roepen en ze de tent uit gooien?'

'Doe niet zo luchtig,' bitste ze. Ze griste een vol champagneglas van het dienblad van een langslopende ober, dronk het in één teug leeg en zette het lege glas terug. 'Jij hebt ze uitgenodigd. Ik vind alleen dat we een oogje in het zeil moeten houden. Dat is alles. Een flink oogje.'

Gevangen in Tina's klemvaste omhelzing probeerde Lucas door de mond te ademen terwijl hij zich afvroeg hoe lang het zou duren voordat hij letterlijk bezweek aan haar mierzoete parfum.

'Sjalom,' fluisterde ze zwoel in zijn oor. 'Het is alweer te lang geleden, goede vriend.'

Zoals verwacht was ze met haar weergaloze gebrek aan timing zes uur geleden in het Palmers gearriveerd, hoewel Lucas haar pas nu in eigen persoon zag.

Ook nu weer was haar komst onaangekondigd geweest. Toen ze blootsvoets de lobby was binnengeschreden, gekleed in een of andere hare krisjna-jurk (maar wel met twee hielenlikkers in haar kielzog die zes zware Louis Vutton-koffers met zich meezeulden), eiste ze op hoge toon haar zus te spreken.

'Ik ben bang dat mevrouw Palmer niet aanwezig is,' deelde de receptioniste haar netjes mee. 'Ze is in haar cottage in Main Street.'

'Prima,' antwoordde Tina op doorluchtige toon. 'Geef me het adres, en regel wat kamers voor mijn personeel, wil je? Ze zijn hongerig en dorstig.' Waarbij ze als een Marie Antoinette even hooghartig naar haar lijfeigenen gebaarde.

'Maar... we zijn officieel nog niet open,' stamelde Agnes. 'We hebben nog helemaal geen kamers. En ook geen keukenbrigade. Mevrouw Palmer?'

Maar Tina hoorde het niet meer en was al op weg naar haar zus.

Uiteindelijk trof ze Honor in kleermakerszit op de vloer van haar woonkamer. Die bleek in gezelschap van een donkerharig meisje dat ze niet kende, en omringd door allerlei montageapparatuur, dvd-branders en snoeren. Ondertussen staarden de twee aandachtig naar het tv-scherm.

'Vrede!'

Staand in de deuropening sloeg Tina haar armen wijd uiteen. Maar Honor en haar vriendin waren zo druk bezig dat geen van tweeën opkeek.

'Ik zei: vrede!' riep Tina nog eens, nu wat harder. Toen er nog steeds niet werd gereageerd, zette ze het op een schreeuwen: 'Kan iemand mij vertellen wat er aan de hand is?!'

Uiteindelijk leek het Honor beter om Tina bij het plan te betrekken dan om nu nog met een smoesverhaal te komen.

'Ze heeft net zo veel redenen om Anton te haten als wij,' redeneerde ze later over de telefoon tegen een uiterst sceptische Lucas. En aangezien niets wat ik doe haar van dat feest, vanavond, zal kunnen weghouden, kan ze net zo goed meedoen om ons te helpen. Ze is een stuk minder dom dan dat ze eruitziet, hoor.'

'Niemand is zo dom als je zus eruitziet,' reageerde hij mopperig. 'Kun je haar niet terugsturen naar LA?'

'Ja hoor, alsof ze netjes doet wat ik haar zeg!' lachte Honor. 'Hoe het ook zij, ze is er. Of je het nu leuk vindt of niet.'

Niet dus, wat Lucas betrof, maar aangezien hij geen goed weerwoord had kunnen bedenken, behalve dan dat Tina zich geheid luidruchtig tussen de feestgangers zou begeven en allerlei vervelende vragen zou stellen waardoor ze alleen maar ongewenste aandacht zouden trekken, was hij met tegenzin akkoord gegaan om haar bij het plan te betrekken.

Maar nu hij haar eens bekeek – vergeleken met haar leek zelfs een travestiet tijdens carnaval een alledaagse verschijning – keerde zijn twijfel weer helemaal terug. Hij voelde zich steeds meer een knaagdier, gevangen in de ijzeren greep van een van Chanel 19 doorweekte boa constrictor, en voorzichtig bevrijdde hij zich uit haar omhelzing.

'Zó leuk je weer te zien,' loog hij terwijl hij zich andermaal afvroeg wat hem destijds had gedreven om met haar de koffer in te duiken. Op zich was ze best een mooie meid, als je voor zulke types viel, maar met al die make-up, diamanten en haarspray zag ze er veel ouder uit. Ze deed hem zelfs denken aan Zsa Zsa Gabor, en dan niet eens in haar jonge starletjaren.

Honors eenvoudige witte gala-achtige japon en haar bijna onopgesmukte gezicht was zo veel bekoorlijker. Van de robbedoes met het stekelhaar van toen viel niets meer te bespeuren. Toen hij haar zo-even kuste, had ze licht naar citroen geroken, net als het spul waarmee thuis, op Ibiza, baby's werden ingesmeerd. Fris en natuurlijk. Hij genoot ervan.

'Luister, we kunnen maar beter niet de hele tijd samen zijn,' waarschuwde hij Tina. 'Niet hier. Petra staat al te gluren. Volgens mij bespeurt ze een lijk in de kast.'

'Ze is zelf een lijk,' zei Honor. 'Echt, moet je haar toch zien, die Magere Hein. Niet bij Anton weg te slaan.' Maar ze nam Lucas' advies ter harte en nam Tina bij de hand. Samen liepen ze het gazon op om zich tussen de gasten te mengen.

Even later voelde Lucas een tikje op zijn schouder.

'Kijk, kijk…' Al bij het horen van het bekende Britse neptoontje met de lichte ondertoon van Duits venijn veranderde Lucas' bloed in ijswater. 'Kijk eens wie we hier hebben.'

Het was voor het eerst in vijf jaar dat hij Anton in levenden lijve voor zich had gezien. Hoewel je over dat 'levenden lijve' kon twisten. Er stroomde tegenwoordig zo veel formaldehyde en spanlak door zijn aderen dat hij meer weg had van een wassen beeld uit Madame Tussaud dan van een mens. Desondanks voelde Lucas dat zijn hart van de zenuwen sneller begon te kloppen.

'Anton…' groette Lucas en hij reikte hem de hand, die na een korte aarzeling werd aanvaard. 'Gefeliciteerd. Een prachtfeest.'

'Dat doet me deugd,' glimlachte Anton. 'Hoewel ik moet zeggen dat Petra en ik verrast waren dat je nog tijd kon vrijmaken, gezien je eigen… imperium.' Het laatste woord leek te sudderen in een marinade van sarcasme. 'Sommigen zouden zeggen dat je aan het fröbelen bent terwijl Rome in brand staat; of Parijs, in jouw geval. Hoe staat het met de rechtszaak?'

'Ach, je weet hoe het Europese contractenrecht in elkaar zit,' antwoordde Lucas luchtig, vastberaden geen zweem van zwakheid te tonen. 'Zulke zaken duren een eeuwigheid, maar het staat wel vast dat we uiteindelijk zullen winnen. Gelukkig is Winston, mijn partner, een geduldig man. We redden het wel.'

'Dat valt nog te bezien,' reageerde Anton ijzig. Zelfs de krachtigste onderhuidse gladstrijkers in zijn botoxgezicht konden de pure haat die zich naar buiten vocht niet volledig maskeren. Zelf voelde Lucas zijn eigen haat als gloeiende lava in zich opborrelen, maar hij beheerste zich en glimlachte innemend.

'Klopt,' zei hij. 'Niemand die de toekomst kan voorspellen, nietwaar? Zelfs een geweldig hotel als dit kan zomaar van zijn voetstuk vallen.'

Wetend dat hij werd uitgedaagd, maar onzeker over hoe hij moest reageren, kwam Anton niet verder dan een zacht, korzelig gebrom.

'Als ik jou was,' vervolgde hij kribbig met hervonden stem, 'zou ik me eerst eens richten op wat er nog van mijn schamele bedrijf over is, voordat ik naar anderen wijs.'

'Wederom…' sprak Lucas terwijl hij zijn glas leegdronk, 'een goed advies. Dat zal ik zeker doen. Als je me dan nu wilt excuseren…'

Hij overhandigde de sprakeloze Anton zijn lege champagneglas, en liep weg.

Rond vijf over half elf besloot Saskia dat ze niet langer kon wachten. Anton was inmiddels een en al ongeduld en kletste zo'n zes meter verderop wat afwezig met een stralende Christie Brinkley, terwijl hij ondertussen steeds geagiteerder haar kant op keek. Bij een andere cliënt zou ze nog even hebben gewacht. Madonna en Guy Ritchie waren nog steeds niet gearriveerd, net zomin als Donald en Melania, of de zusjes Hilton. Maar als ze nu niet snel begon, liep ze het risico dat een aantal topgasten alweer zou vertrekken. En zou dat die teef van een Petra niet goed uitkomen? Ze had het immers al voor elkaar gekregen om Anton tegen haar op te zetten; hoe precies, daarvan had Saskia geen idee, maar ze verdomde het om het mens nóg meer munitie in handen te geven.

'Dames en heren.'

Op het podium deed ze gewapend met een microfoon dapper haar best om de aandacht van de inmiddels flink gegroeide gastenmenigte te vangen.

'Mensen!' riep ze iets harder terwijl ze de geluidsjongens gebaarde om de microfoon wat harder te zetten. 'Als jullie allemaal even deze kant op willen kijken?'

Langzaam maar zeker verstomde het geroezemoes waarna ogenschijnlijk vanuit het niets achter haar een gigantisch scherm oprees.

'Zoals jullie weten,' ging ze verder – haar balkende Britse accent viel merkwaardig uit de toon bij haar kantje-boordjurkje, dat net aan haar kruis bedekte en voor een veel jongere leeftijdscategorie bedoeld leek – 'zijn we vandaag bijeen om te vieren dat het Herrick tot beste hotel ter wereld is verkozen.' Het beleefde applaus, met hier en daar wat beschonken kreten, klaterde door de tuin en weerkaatste tegen de glazen pui van het hotel. 'Maar enkelen van ons wilden graag van deze gelegenheid gebruikmaken om een opmerkelijk man in het zonnetje te zetten,' kondigde ze met een zelfvoldane glimlach aan.

Op een teken dwaalde een eenzame spotlight al zoekend over de menigte om vervolgens een kennelijk nietsvermoedende Anton uit te lichten.

'Een man wiens visie, harde werk en vooral geestdrift niet alleen het Herrick, maar de gehele Tischen-familie tot zo'n geweldig wereldwijd succes maakten…'

Lucas lachte luid om Antons zogenaamd verraste blik – de hand geschrokken tegen de borst, een paar grote hertenogen en de bekende 'Ga weg, je bedoelt mij toch niet??'-blik. Lucas had graag Honors blik willen vangen, maar hij kon haar even niet ontwaren tussen de anderen. Sian zag hij wel. Onopvallend sloop ze weg tussen de gasten en van de zenuwen leek ze nog witter dan haar gesteven schortje. Hij hoopte maar dat ze het volhield.

'De korte film die nu volgt, *Magnaat met hart en ziel*, van de onderscheiden regisseur Bowen Langford,' ging Saskia verder, 'is een eerbetoon aan onze gastheer en mijn vriend…' stralend en vol adoratie keek ze Anton aan, 'de heer Anton Tisch.'

'Wie is dat wicht?' hoorde Petra vlakbij een vrouw aan haar vriend vragen nu de film werd gestart, waarna de dame in kwestie nietsvermoedend een dikke plus scoorde door er zacht en terloops aan toe te voegen: ''t Is net een biljartbal met een paar benen.'

Er was duidelijk niet op de productie beknibbeld. *Magnaat met hart en ziel* begon met wat meeslepende, John Williams-achtige muziek ter omlijsting van wat oude foto's uit Antons jeugd: Anton als baby in een ouderwetse kinderwagen, met een tierelantijnig zonnehoedje op; Anton rond zijn achtste, aan de voet van een skihelling met een gouden medaille stevig in een knuist, en een brede, gek genoeg vertederende grijns van uiteen staande tanden; Anton als een keurig verzorgde, frisse zestienjarige op een middelbareschoolfoto. Maar al snel maakten deze plaats voor een reeks pratende bobo's die zich allemaal in ronkende bewoordingen over de grote held uitlieten.

'Tisch is een vechter,' sprak een casual geklede Richard Branson recht in de camera en met de benen bungelend over de rand van de schommelbank op de veranda van zijn villa op het eiland Necker. 'Ik ken die jongen al vijftien jaar, maar nog steeds zou ik hem niet graag in een donker steegje willen tegenkomen.'

Nog meer beleefd gelach onder de gasten.

Daarna een reeks van loftuitingen door Britse politici en topmannen uit het zakenleven. Vanaf haar plek ontwaarde Petra al een paar afwezige blikken tussen de Hollywooddelegatie.

'Wat is ici?' vroeg een starlet duidelijk hoorbaar aan haar vriendje.

'Ik denk een studio,' antwoordde deze ernstig.

Maar nu de aandacht een beetje leek te verslappen, zette Saskia plots grof geschut in. Arnold Schwarzenegger kwam met een oprecht leuke grap over Antons golfvaardigheden, of eigenlijk, de afwezigheid daarvan, en prees hem voor zijn liefdadigheidswerk aan beide zijden van de oceaan. Daarna was het de beurt aan de stralende 'Brangelina', ofwel Brad Pitt en Angelina Jolie, die geen van beiden iets substantieels te melden hadden, maar wier schandalig aantrekkelijke smoeltjes al voldoende waren om de hitsigen onder de gasten, man of vrouw, in vervoering te brengen. Ten slotte nog wat warme woorden van Kofi Annan en de voorzitter van het internationale Rode Kruis, gelardeerd met beelden van glimlachende kindertjes, voornamelijk kankerpatiëntjes of patiëntjes wachtend op een levertransplantatie, die Anton bedankten voor zijn genereuze donaties aan de verschillende ziekenhuizen annex onderzoeksstichtingen.

'Meneer Tisch heeft zelf geen kinderen,' lispelde een lieflijk, spichtig blond meisje ten slotte. 'Maar voor mij is hij als een vader geweest. Dank u, meneer Tisch. Ik hoop dat u van uw feest geniet.'

Daarna werd het scherm zwart en steeg er een uitgelaten applaus op. Anton, nog altijd quasiverrast en -verlegen, werd door Saskia naar het podium gebaard. Met alweer een vooraf gerepeteerde cue werd de pers wat verder naar voren geleid en kwam er als door een wonder opeens plek vrij voor de tv-ploegen met hun pompoeneuze microfoons aan lange stokken en hun camera-apparatuur. Pas toen het persvolk geïnstalleerd was, begon hij zijn toespraak.

'Ik zal jullie niet vervelen met een lange speech,' zei hij nadat hij de microfoon ter hand had genomen. 'Vooral ook niet omdat ik echt geen idéé had dat jullie me hiermee zouden overvallen.' Hierbij zwaaide hij even met een vermanend vingertje naar Saskia. Vanaf hun plekken keken Lucas, Honor en Sian met kromme tenen toe. 'Ik heb dus niets voorbereid, maar ik zou toch graag een dankwoord willen uitspreken, uit de losse pols, zeg maar. Dank aan jullie allemaal,' grootmoedig spreidde hij zijn armen, 'omdat jullie allemaal zijn gekomen om de opmerkelijke prestatie van het Herrick mee te vieren.' Nog meer gejuich. 'Dank aan mijn loyale staf, vooral aan juffrouw Petra Kamalski: mijn uitstekende hotelmanager zonder wier harde werk deze blijde gebeurtenis nauwelijks denkbaar was geweest.'

Onbedoeld bloosde Petra van geluk. Hij had haar publiekelijk in het zonnetje gezet zonder Saskia zelfs maar te noemen. Het bezorgde haar een warme gloed vanbinnen, wetend hoe vernederd haar rivale zich nu moest voelen.

'Maar bovenal bedank ik de kinderen, zoals de kleine Leila, die jullie zojuist zagen, en met wie ik de eer en het voorrecht heb om al twintig jaar te mogen samenwerken. Ik kan jullie vertellen dat zij mij meer, veel meer hebben gegeven dan ik hun ooit.'

'Een waarheid als een koe,' mompelde Sian.

Hij trok zijn onberispelijk geperste witte pochet uit zijn borstzak en haalde hem met een enkel gebaar even langs zijn ogen: mannelijk en toch ook empathisch. Het stond allemaal als een huis. Zelfs Lucas, helemaal achteraan, was onder de indruk.

Het applaus voor de toespraak, aanvankelijk nog respectvol, zwol aan tot een bijna oorverdovend crescendo. Staand op het podium en badend in de bewondering van het publiek had Anton een paar seconden nodig om te ontdekken dat niet hij het middelpunt van deze klaterende ovatie vormde, maar Tina Palmer, die op een of andere manier achter hem was verschenen. Zelfs gekleed in een (voor haar) conservatieve creatie van grijsblauwe diagonaalzijde was ze helemaal een ster, haar hals, polsen en oren opgesmukt met diamanten formaat Elizabeth Taylor, en met het blonde haar hoog opgetast tot een solide, gehairsprayde suikerspin. De travestietenuitstraling die Lucas van dichtbij zo weerzinwekkend vond, leek van een afstandje, en voor de camera's, juist te verdwijnen. Voor alle feestgangers ter plekke, en alle E!-kijkers thuis, was Tina helemaal de tv-meermin.

Ze hield een reusachtig boeket lelies, fresia's en rozen omhoog, een vulgaire, maar overweldigende kleurenpotpourri, afgemaakt met een rode zijden boog zo groot als een kinderhoofdje. Ze boog zich een beetje naar de verbijsterde Anton toe, en bood het hem aan. Behoorlijk uit zijn hum over deze schaamteloze annexatie van alle aandacht, maar met de spots nog altijd ferm op hem gericht, kon hij weinig anders doen dan glimlachen en het boeket aanvaarden waardoor zijn hoofd in zijn geheel uit beeld verdween. Terwijl hij de bloemen aanpakte, ontfutselde Tina hem vaardig zijn microfoon.

'Wat gebeurt hier in hemelsnaam?' siste Saskia terwijl ze opdringerig naar voren stapte. 'Jij hoort hier helemaal niet te staan.'

Maar Tina hield voet bij stuk en met de luie desinteresse van een koe die met haar staart naar een vlieg slaat, gebaarde ze Saskia het podium af. Die woog een moment haar opties af, en trok zich terug uit de lichtkring. Tina Palmer was tegenwoordig een bonafide celebrity en stond dus met stip op de A-lijst. Ze kon haar moeilijk met harde hand van het podium verwijderen.

Met een verbeten blik aanschouwde Petra vanuit het publiek Saskia's machteloosheid. Tina voerde duidelijk iets in haar schild, maar daar viel weinig aan te doen, tenzij ze echt over de schreef ging.

'Mijn excuses voor deze onaangekondigde tussenkomst,' sprak Tina zwoel op haar beste Marilyn Monroe-toontje, 'maar vanwege mijn eigen werk voor Unicef leek het me wel toepasselijk. Ik veronderstel dat de meesten van jullie wel bekend zijn met mijn werk...'

Plotseling verscheen er achter haar op het scherm een foto uit haar beruchte pornofilm. De gasten hielden hun adem in, en barstten vervolgens in lachen uit.

'Dank u, u bent te aardig!' deed Tina er giechelend nog een schepje bovenop.

Honor, die zich tussen de gasten door een weg naar het podium had gebaand, werd knalrood. De naaktfoto was haar idee geweest – een geheide aandachttrekker – en ze was opgelucht nu Sian er dus in geslaagd was zich geheel volgens plan achter de projector te manoeuvreren. Maar toch, de aanblik van haar zus met haar romige, uiergrote borsten en rozerode tepels, deed haar bijna door de grond zakken van schaamte.

'Afijn, afgezien van mijn eigen liefdadigheidswerk, en de betrokkenheid van de heer Tisch daarbij, waarover straks meer,' vervolgde ze met een geheimzinnige glimlach, 'kon ik deze avond niet laten passeren zonder een klein, persoonlijk eerbetoon. Dus als jullie even geduld hebben... Sian?'

In het zomerhuisje, dat door Saskia tijdelijk tot een projectiekamer voor haar filmische huldeblijk was omgebouwd, beefden Sians handen als van een patiënt verkerend in de laatste fase van de ziekte van Parkinson. Dankzij Honors minutieuze voorbereiding was alles op rolletjes gegaan. Meteen toen de aftiteling van Antons biopic over het scherm rolde, had ze ongezien het gebouwtje in kunnen sluipen en de deur van binnen uit kunnen vergrendelen. Maar nu ze letterlijk met de vinger aan de knop klaarstond, voelde ze zich zo ziek als een hond. Daarbuiten bevond zich de internationale pers, de camera's gericht op het scherm achter Tina, met daarop zo meteen háár film, háár verhaal. In Londen zou Simon de drukpersen inmiddels al laten draaien. De eerste exemplaren van *News of the World* zouden over enkele uren in de kiosken liggen, met over de eerste drie pagina's uitgesmeerd haar exclusieve ontmaskering. Niet alleen het leven van Anton Tisch zou zo meteen voorgoed veranderd zijn, ook het hare.

Jezus, ze hoopte maar dat ze er geen rommeltje van had gemaakt. Het inmonteren van het extra beeldmateriaal met wat ze al hadden, was minutieus werk geweest, en dat met al het gehaast die middag in Honors cottage. Stel dat ze iets heel cruciaals had overgeslagen. Of dat ze technische problemen zouden krijgen. Een beetje editen ging nog wel, maar Sian was geen techneut.

Even later was daar opeens het onwerkelijke beeld van haar eigen gezicht dat op het grote scherm verscheen.

'Goedenavond, dames en heren.' Zittend in een zwartleren stoel, in een anonieme witte kamer, sprak ze recht in de camera. 'Ik ben Sian Doyle. Ik ben journalist. Graag zou ik jullie een heel andere kant van Anton Tisch willen laten zien.'

De camera zwaaide opzij naar een zeer jong meisje dat in eenzelfde zwartleren stoel tegenover haar zat. Met haar opengesperde ogen beefde ze zichtbaar van de zenuwen. Ze was betoverend mooi, maar ouder dan hooguit veertien kon ze echt niet zijn.

Op het podium klemden Antons handen zich om het boeket. Hij merkte zelfs niet dat de rozendoornen door de huid van zijn palmen prikten en het bloed over de plastic folie begon te sijpelen.

'Zoek Petra,' mompelde hij snel over zijn schouder tegen Saskia. 'Ik wil dat dit ophoudt. Nu!'

'Eerst dacht ik dat meneer Tisch gewoon vriendelijk deed. Ik was heel dankbaar dat-ie me probeerde te helpen,' vertelde het meisje op kinderlijke fluistertoon en met een deinende Cockneytoonval. 'De eerste foto's die ik deed waren nog oké. Smaakvol en zo. Maar toen kwam er die andere meneer, Bill of Billy geloof ik dat-ie heette. Hij werkte aan de website van meneer Tisch, en hij wilde me... andere dingen laten doen.' Ze wendde haar blik af. 'Hij liet me wat foto's zien van wat de andere meisjes uit het tehuis hadden gedaan.'

Drie foto's op rij verschenen eventjes op het scherm, alle drie van naakte, minderjarige meisjes in ziekelijke, niets aan de verbeelding overlatende poses. Een zucht van ontzetting en walging steeg op uit de gastenmenigte.

Inmiddels ging Sian weer verder voor de camera: 'Deze foto's werden geplaatst op een website die honderd procent eigendom is van de Tischen-groep. Alle drie de meisjes verbleven in tehuizen die door Anton Tisch financieel werden ondersteund. Alle drie kende hij ze persoonlijk.'

'Dit is belachelijk!' sputterde Anton. Hij liet de bloemen op de grond vallen en greep naar Tina's microfoon, maar ze deed een stap naar achteren en als een matador die een stier uitdaagt, zwaaide ze het ding snel naar achteren. Ook Tina had geen idee wat dit alles te betekenen had – Honors uitleg die middag over een of andere ontmaskering op film klonk ongelooflijk saai en vaag, maar inmiddels genoot ze wel degelijk van haar rol in het geheel.

De gasten die nog niet in shock verkeerden, grinnikten nu Tina aan Antons greep wist te ontkomen. Die, wetend dat hij al aardig op weg was de risee van de avond te worden en dat hij als een pedofiel ontmaskerd zou worden, nam het zekere voor het onzekere en stormde het podium af.

'Waar is Petra?!' brieste hij tegen het personeel dat vanachter het podiumtrapje toekeek. 'Kan niemand van jullie die rotprojector uitzetten?'

'Wie er ook in het zomerhuisje zit, hij of zij heeft van binnen uit de deur vergrendeld, meneer,' sprak een dappere ziel. 'Ze proberen nu de deur te forceren. Saskia heeft er al wat jongens bij gehaald.'

In het zomerhuisje kon Sian vanwege het agressieve gerammel aan de deur achter zich, haar stem op de film niet meer verstaan. Ze had de deur niet alleen op slot gedaan, maar hem bovendien met zwaar meubilair vast kunnen zetten. De mannen buiten gaven het echter niet op. Beseffend dat de tijd begon te dringen besloot ze op eigen houtje het volgende stukje film over te slaan en meteen door te spoelen naar het laatste deel. Voor het eerst deze avond zette ze haar zendertje aan en waarschuwde Lucas.

Die drukte achter in de tuin zijn oortje nog eens stevig in om tussen het gekraak door te kunnen opvangen wat ze precies zei. 'Heb nog even nodig. Pak nu... tweede band. Kun jij Tina...?'

Hij snapte wat ze bedoelde, ging op een leeg champagnekrat staan en gaf een vooraf afgesproken teken naar Tina. Laat ze het in vredesnaam niet zijn vergeten...

Maar hij hoefde zich geen zorgen te maken. Terwijl Sian de videobanden wisselde, ging het scherm eventjes op zwart, waarna Tina onvervaard weer naar voren stapte en alle aanwezigen nogmaals op een eigen, kleine voorstelling trakteerde.

'Het verhaal is nog niet afgelopen, mensen,' sprak ze zwoel. Haar diamanten choker glinsterde in het spotlicht. 'Zo meteen is onze lieftallige hostess Sian terug met zelfs schokkender onthullingen.' De gasten verkneukelden zich en waren hun eerdere walging duidelijk te boven. Tina had ze plots getransformeerd tot willige participanten in een goedkope realityshow. 'Maar ondertussen wil ik graag mijn persoonlijke ervaring met de heer Tisch met jullie delen,' ging ze verder. 'Helaas voor mij beperkte zijn belangstelling voor de seksindustrie zich niet tot tienermeisjes. Ik weet nu dat Anton Tisch in eigen persoon verantwoordelijk was voor mijn persoonlijke debuut in de *adult movie*-wereld. Ja zeker.' Ze trok een gepijnigd pruilmondje naar de camera en hield de aandacht stevig gevangen. 'Híj was degene die me in de val lokte, niet de arme Lucas Ruiz...' speels zwaaide ze met een vermanend vingertje naar de verzamelde media, 'wie jullie, stelletje zwijnen, maar al te graag de schuld in de schoenen schoven.'

Onder het clubje hoteleigenaren rees een geschrokken geroezemoes op. Niemand was de zelfingenomen verontwaardiging rondom Tina's seksschandaal vergeten die de hotelbranche op haar grondvesten had doen schudden, en ook niet dat Lucas daarvoor aan de schandpaal was genageld.

'Maar het goede nieuws,' vervolgde ze op schalkse toon, 'is dat we inmiddels twee miljoen dollar hebben opgehaald, dames en heren. Nou ja, het zijn vooral de heren die ik moet bedanken.' Opnieuw een lachsalvo uit het publiek. 'Dus, alstublieft, blijf kijken!'

Ze mocht dan vooral bekendstaan als pornoster, maar het leed geen twijfel dat Tina Palmer deze avond de lieveling van heel East Hampton was.

'En namens Unicef en de arme kinderen van Afrika wil ik graag zelf een toost uitbrengen: op Anton Tisch, een echte filantroop!'

Op het moment dat het applaus verflauwde, kwam het scherm achter Tina weer tot leven.

'Goed zo, meisje,' mompelde Lucas in zichzelf. Hij had het contact met Sian weer verloren, maar ze had het allemaal prima weten te fiksen.

'We zijn inmiddels aanbeland bij het laatste en meest aangrijpende deel van de film van vanavond.' Nog altijd gezeten in de zwartlederen stoel sprak Sian weer in de camera en haar heldere, staalharde stem doorkliefde de avondlucht. 'De meesten van jullie weten waarschijnlijk niet al te veel over Azerbeidzjan, dus laat me jullie een beetje bijpraten. Het was ooit deel van de Sovjet-Unie, er zit heel wat olie in de grond – de verwachte opbrengst voor de komende twintig jaar bedraagt zo'n honderdtwintig miljard dollar, en het land wordt geleid door een van de meest verachtelijke regimes ter wereld. O, enne…' voegde ze er met een zeldzame glimlach aan toe, 'het is tevens het land waar Anton Tisch zijn eerste fortuin vergaarde.'

Er volgden een paar foto's van het ruige, bergachtige landschap, enkele betoverende kustlijnen en grote pijpleidingen om de olie van het land naar het Westen te transporteren. Maar net toen de gasten zich begonnen af te vragen wat Sian nu eigenlijk wilde met deze aardrijkskundeles, verscheen er wederom een afschuwelijk beeld op het scherm. Ditmaal het lichaam van een jongetje, waarschijnlijk niet ouder dan ongeveer elf. Zijn borstkas was doorzeefd met kogelgaten en hij hield nog altijd een oud kalasjnikov-geweer stevig tegen de borst geklemd.

'We weten niet hoe hij heette,' klonk de inmiddels weer sombere stem van Sian uit de speakers nu er meer foto's van dode kinderen volgden. Sommigen van hen waren zo ernstig verbrand en gemarteld tot ze onherkenbaar waren. 'Of hij, en hij.' De beelden bleven maar komen, het ene na het andere. Een aantal gasten begon weg te kijken.

'Ik moet overgeven, geloof ik,' zei de starlet tegen haar vriendje.

'Wat we wel weten, en wat ik kan bewijzen, is dat Anton Tisch achter de wapenleveranties aan deze jongetjes zat, kinderen die werden gedwongen mee te strijden tegen het wrede regime van president Aliev. En dit is wat hij met de winst heeft gedaan…'

Een foto van Antons sprookjesachtige Geneefse villa vulde het scherm, gevolgd door nog een foto van een kindsoldaat, ditmaal levend maar sterk ondervoed. Daarna Antons jacht, een stapel lichamen van gesneuvelde rebellen, een glimlachende Anton die president Bush de hand schudde, en een werkkamp van het regime, compleet met uitgemergelde gezichten die zich tegen het prikkeldraad drukten. Opeens werd het scherm weer zwart.

'Ze moeten de projectiekamer zijn binnengedrongen,' mompelde Lucas terwijl hij vergeefs probeerde verbinding te krijgen met Sian dan wel met Honor. Daar stond je dan met je hypermoderne communicatietechnologie. Maar zo erg leek het allemaal niet. Ze hadden voldoende tijd gehad om hun boodschap duidelijk te maken. Al bijna meteen was het een gekkenhuis. Iedereen had wel een vraag voor Anton, maar die leek opeens onvindbaar. Gelukkig bevond Tina zich nog op het podium, meer dan bereid om van de gelegenheid gebruik te maken de mediahonger zelf maar te stillen.

'Tina, is er ook maar iets wat je kunt bewijzen?' riepen de reporters terwijl haar van alle kanten microfoons en cameralenzen werden toegestoken. 'Wie is die Sian Doyle? Hoe ken je haar?'

'Toe.' Met opgeheven hand deed ze haar best een belaagde indruk te wekken, met een zweem van een verdwaald klein meisje. 'Eén tegelijk, oké? Niet allemaal door elkaar heen.'

'Waarom ben je niet meteen naar de politie gegaan?' wilde een aantrekkelijke Aziatische reporter van een lokale tv-zender weten terwijl ze zich naar voren drong. 'Als je criminele zaken kunt bewijzen, waarom dan wachten?'

'Om eerlijk te zijn, ben ik alleen maar de woordvoerdster, hier,' legde Tina uit. 'Dat soort dingen zul je aan mijn zus moeten vragen.'

'Zit Honor hierachter?' Als een havik dook de Aziatische op deze nieuwe informatie.

'Eh, nee, niet helemaal, zou ik willen zeggen.' Het klonk wat onbeholpen.

'Waar is ze? Is ze hier vanavond ook?'

Op dat moment vloog een woedende Saskia als een roze kanonskogel tussen de persmensen naar voren en wierp zichzelf op Tina, die achteroverviel.

'Vuile teef!' Ze klom boven op haar en begon tot groot genoegen van de tv-ploegen als een wilde in Tina's gezicht en nek te klauwen. Saskia's dikke laag mascara begon flink door te lopen en stroomde als pikzwarte stroop over haar gezicht. Haar fuchsiarode lippenstift was over haar hele gezicht uitgesmeerd, waardoor ze opeens op een psychotische clown leek. Tina werd dan ook eventjes oprecht bang.

'Weet je hoeveel werk dit feest heeft gekost?!' gilde Saskia. 'Weet je wel hoe hárd ik hiervoor heb moeten ploeteren?!'

Ze bracht haar vuist omhoog om nog eens uit te halen. Tina sloot haar ogen en kromp ineen. Maar in plaats van de verwachte haviksklauwen die haar wangen aan flarden reten, voelde ze dat het gewicht boven op haar opeens werd weggenomen.

'Neem haar mee naar binnen.' Zoals gewoonlijk klonk Petra's stem ijzig en dominant. 'Ze is hysterisch.' Het enige wat verried dat de hele toestand ook Petra niet onberoerd liet, was dat haar Russische accent iets meer doorklonk. 'En regel een stoel voor mevrouw Palmer.'

Tina sloeg haar ogen open en keek omhoog naar twee stoere en bepaald niet onaantrekkelijke beveiligingsmedewerkers. Ze besloot zich gedeisd te houden. Hoewel ze ervan baalde uit de spotlights te moeten stappen, was ze toch best geschrokken. Honor had helemaal niet gewaarschuwd dat ze de kans liep door een corpulente Britse krankzinnige te worden aangevallen.

Met Tina tijdelijk buiten schot doken de reporters meteen op Petra.

'Mevrouw Kamalski, ik neem aan dat de beschuldigingen van zojuist tegen uw werkgever u volkomen hebben verrast?'

'Zodra ik met meneer Tisch heb kunnen praten kom ik met een volledige verklaring,' antwoordde ze kalm. 'U zult begrijpen dat ik me over zo'n duizend gasten moet ontfermen. Ik heb nu echt geen tijd om vragen te beantwoorden.'

'Maar u zult toch geschokt zijn door deze onthullingen, het misbruik van jonge meisjes, het verschrikkelijke leven van die arme kinderen die zo wreed moesten sterven?'

Met een vorstelijk gebaar wuifde ze het weg. 'Niets van dit alles heeft ook maar iets met meneer Tisch te maken. Om eerlijk te zijn ben ik niet verrast dat juist Honor Palmer achter dit hele debacle zit. Het is wel duidelijk dat zij en Lucas Ruiz dit samen hebben bekokstoofd als een of andere misselijke vorm van bedrijfssabotage.'

'Het gaat anders wel ver, vindt u niet?' Een gezette journalist van de *LA Times* keek haar sceptisch aan. 'Om met zo'n doorwrocht pakket aan leugens aan te komen zetten. Waarom zouden ze dat willen?'

'Omdat het Herrick op nummer een staat, natuurlijk!' was Petra's vernietigende antwoord. 'Wij zijn het beste hotel ter wereld, terwijl hun hotelletjes op sterven na dood zijn.'

'Maar volgens mevrouw Doyle...' ging de journalist dapper verder.

'Mevrouw Doyle??' klonk het bits. Het flinterdunne maskertje van beleefdheid begon scheurtjes te vertonen. 'Sian Doyle is een geldbeluste ex-serveerster, meer niet! Op het moment dat ik dit tegen u zeg, is de politie al onderweg, en zodra die hier is, zal ze gearresteerd worden. Zij kan niet serieus worden genomen.'

'En haar bewijsmateriaal dan?' deed de Aziatische tv-reporter nogmaals een duit in het zakje. 'Of de beschuldigingen door Tina Palmer? U kunt dat toch niet allemaal terzijde schuiven, of wel soms?'

'Een paar tienerhoertjes en een pornoster die een appeltje te schillen hebben?' Vol dedain haalde Petra even haar neus op. 'Nou en of ik die terzijde kan schuiven. Allemaal onzin. Wat de heer Tisch tegen deze smadelijke, en om eerlijk te zijn, belachelijke aantijgingen gaat doen, is zijn zaak. Mijn hoofdtaak is om ervoor te zorgen dat degenen die dit feest zo hebben verpest aan de politie worden overgedragen. Aha!' riep ze verrukt. 'Daar zul je ze hebben.'

Een stuk of acht geüniformeerde agenten stopten voor het hotel en verspreidden zich even later over het terrein. Twee van hen liepen recht op Petra af, die hen met een brede gastvrouwglimlach verwelkomde.

'Goddank dat u er bent,' begon ze. 'Het meisje, Doyle, wordt door mijn beveiligingsmensen in het zomerhuisje vastgehouden. Als u even met me meeloopt? Dit was overigens geen eenmansactie. Lucas Ruiz en Honor Palmer waren vooraf al aanwezig, hoewel ik vermoed dat ze nu wel de benen hebben genomen. Ik…'

'Eigenlijk willen we even met u praten, mevrouw Kamalski.' De hoofdagent, wat ouder dan zijn collega's, legde een hand op haar schouder. 'Ik moet u verzoeken mee te komen naar het bureau voor ondervraging. Als het u gelegen komt.'

'Belachelijk! Ik kan dit hotel echt niet verlaten,' reageerde ze op een toon van 'waar zit je verstand?' 'Als u me iets wilt vragen kunnen we dat doen terwijl we verder lopen, maar ik wil deze mensen van het hotelterrein verwijderd zien.'

De hoofdagent knikte even naar zijn collega. Nog voordat ze zelfs maar besefte wat er gebeurde, had ze opeens handboeien om en werd ze naar het podiumtrapje geleid.

'Dit had een stuk discreter gekund, weet u,' zei de agent terwijl hij met een hand zijn ogen afschermde tegen het plotselinge weerlicht van cameraflitsen. 'Dit is uw keuze, mevrouw. Petra Kamalski, ik arresteer u op verdenking van het aanzetten tot brandstichting in hotel Palmers. U hebt het recht om te zwijgen. Alles wat u zegt…'

'Dit is belachelijk!' Petra's stem beefde. 'Ik heb helemaal niets te maken met die brand! U kunt me daar echt niet mee in verband brengen!'

'Integendeel, mevrouw. We hebben een paar zeer sterke aanwijzingen, met dank aan uw vriendin, mevrouw Doyle, plus nog twee kroongetuigen die zeggen dat ze u die ochtend de keukens van het hotel zagen betreden.'

'Anton!' riep ze paniekerig nu ze hem achter in de hoteltuin ontdekte terwijl ze via het podiumtrapje werd weggevoerd. De brand was al zo lang geleden dat ze, met het politieonderzoek op een dood spoor, zich al geruime tijd verbeeldde dat ze de dans ontsprongen was. Waar had Sian in hemelsnaam die getuigen vandaan getoverd? Petra had het allemaal voor Anton gedaan, voor hen allebei. Dat zou hij toch wel begrijpen? Hij zou haar helpen.

Na zo'n twintig minuten van de aardbodem te zijn verdwenen, zo leek het, verscheen Anton opeens arm in arm met een corpulent, chagrijnig fronsend heerschap in pak, dat door Petra onmiddellijk werd herkend als Antons advocaat, Bob Singer. Van alle kanten werden de twee omringd door de feestgangers, maar net als Petra werden ze door agenten beleefd maar kordaat in de richting van de wachtende surveillanceauto's gemanoeuvreerd.

'Anton!' riep ze nogmaals, nu wat dichterbij gekomen. '*Darling!*'

Hij keek even op en ving haar blik. Nog nooit eerder had hij angst in haar ogen gezien, wat voor angst dan ook. Het bracht hem zo van zijn stuk dat hij zijn ogen neersloeg. Even later werd hij samen met Bob achter in een politieauto geduwd.

Op advies van zijn advocaat had Anton tegenover de media en de politie gezwegen. Eerlijk gezegd had hij het advies niet nodig, want hij had geen idee wat hij zou moeten zeggen. Hij verkeerde nog altijd min of meer in shock en hij vroeg zich af of het hier geen nachtmerrie betrof waaruit hij zo meteen zou ontwaken. Bovendien wist hij dat de Amerikaanse politie op de lange duur een van zijn mindere zorgen zou zijn. Zelfs als Bob als door een wonder de aanklachten wist te weerleggen, wist hij dat de Azerbeidjaanse president Aliev geen man was die genadig tegenover zijn vijanden stond. In de beginjaren had Anton de regering zo goed hij kon uitgemolken en was hij er blijmoedig met de buit vandoor gegaan. Toch, te moeten toezien hoe zijn Russische ex-kameraden hem de afgelopen jaren in de jacht naar het grote geld voorbij waren geracet, had zijn geldhonger opnieuw doen oplaaien. Hij had besloten zijn oude stiel weer op te pakken en had zich ditmaal aan de kant van de rebellen geschaard, die korte tijd op het punt leken te staan oliepijpleidingen in Oost-Azerbeidzjan in handen te krijgen. Het leveren van wapentuig was de gemakkelijkste en goedkoopste manier om aanspraak te maken op een deel van de opbrengst van het zwarte goud. Wat kon hem het schelen of een paar jonge knaapjes onderweg tegen een kogel aan liepen? Hun leven was van meet af aan toch al een poel van ellende geweest, dus wat leek het uit te maken?

Door de voorruit zag hij dat Sian in de wagen voor hen werd geduwd. In tegenstelling tot Petra was ze niet geboeid. Wat had dit te betekenen? Petra stond hier immers geheel buiten, maar ze leek wel degelijk te zijn gearresteerd. Hoe het ook zij, Sian oogde niet alleen ontspannen maar zelfs tevreden. Op het moment dat ze Antons starende blik ving, wierp ze hem een grijns toe die alleen maar als triomfantelijk kon worden opgevat.

Wat er verder ook met hem mocht gebeuren, die meid had haar naam in de ordinaire onderzoeksjournalistiek definitief gevestigd, en haar fortuin gevonden, zo leek hem, en hij geloofde niet dat hij ooit eerder iemand zo had gehaat. Waarom had ze hem niet eerder met dat materiaal geconfronteerd? Hij had haar zo vijftig maal meer betaald dan wat haar voor haar verhaal was geboden. Dan waren ze nu allebei rijk geweest, en veilig, en vrij.

'Ken je haar?' vroeg Bob, die hen gadesloeg.

Anton schudde het hoofd. 'Nee. Ik heb haar pas deze avond voor het eerst gezien. Hoewel ze mij wel degelijk lijkt te kennen.'

'Sst,' gebood Bob hem met een knikje naar de agenten voorin. 'Nee, dat doet ze niet. Ze is een fantast, duidelijk? Laat mij het woord maar doen.'

Verborgen in de schaduw van een van de perfect gesnoeide taxushagen van het Herrick zag Honor de politieauto's met daarin Anton en Sian wegstuiven, achternagerend door een protesterende persmeute. Dankzij Tina, die de gasten en de aanwezige media bespeelde, had ze zich vanaf een afstandje op het verloop kunnen concentreren zodat achter de schermen het hele plan op rolletjes liep. En zo was het ook gegaan. Tot aan Sians arrestatie. Dat laatste had duidelijk niet mogen gebeuren.

'Hallo.'

Van schrik maakte ze een sprongetje, alsof iemand haar in de zij kietelde. Lucas was stiekem achter haar verschenen. Hij sloeg zijn armen om haar heupen en begon haar verder de schaduw in te trekken.

'Laat me los!' riep ze kwaad en ze wriemelde zich vrij.

'Sst,' fluisterde hij in haar oor en hij sloeg een hand voor haar mond. 'Anders horen ze je nog. Je wilt toch niet de aandacht van de media lokken, of wel soms?'

Ze huiverde. Het was al laat en het begon koud te worden. Stilstaan maakte het alleen maar erger. Bovendien kriebelde Lucas' warme adem in haar nek.

'Je hebt kippenvel,' constateerde hij, kijkend naar de rechtopstaande haartjes op haar onderarmen. 'Maak ik je nerveus?'

Met een vernietigende blik keek ze hem aan. 'Nee. Ik heb het koud. En ik maak me zorgen om Sian. Heb je gezien dat die agenten haar meenamen?'

Hij knikte.

'Volgens mij is ze gearresteerd,' ging ze verder. 'Waarom, in godsnaam? We moeten naar het politiebureau, nu meteen. We moeten het uitleggen.'

Ze wilde weglopen, maar Lucas greep haar bij de arm.

'Nee,' sprak hij ferm. 'Vertrouw me. Sian kan prima voor zichzelf opkomen. Ze wist waar ze mee bezig was.'

'Waar slaat dat nou weer op?' reageerde Honor verontwaardigd. Typisch weer zo'n egoïstisch Lucas-antwoord. 'We kunnen dat arme kind toch niet laten stikken?'

Juist op dat moment week de persmeute als het water van de Rode Zee uiteen, waarna een lijkbleke, geboeide Petra zonder pardon in een derde surveillanceauto werd geduwd.

'O mijn god…' Honor draaide zich om en keek Lucas aan. 'Petra ook? Dit is belachelijk! Wat is hier in hemelsnaam aan de hand?'

Lucas haalde zijn schouders op en keek haar aan met een blik van 'al sla je me dood'. Maar daar nam ze geen genoegen mee.

'Wat is er dat ik niet weet?' vroeg ze met achterdochtig toegeknepen ogen. 'Wat verzwijg je voor me?'

Lucas haalde diep adem. Het kon net zo goed nu maar gebeuren. 'Kom mee,' fluisterde hij. 'We moeten praten.'

33

'Dit kunnen jullie niet maken!' tierde Sian de longen uit haar lijf. 'Ik ben journalist! Hoezo persvrijheid?! En waar denkt déze meneer heen te gaan?!'

Anton, die nog altijd als een zeepok aan zijn advocaat vergroeid leek, werd via de achterdeur van het politiebureau naar buiten geleid. Zijn voorhoofd vertoonde een diepe, afwezige frons, en het kabaal uit de arrestantencel achter hem, en Sians ziedende gezicht dat hem door het houten ronde kijkraampje boos aanstaarde, leken hem te ontgaan.

'Naar New York,' legde de dienstdoende brigadier geduldig uit. 'Dankzij u wacht hem een afspraakje met de FBI. Dat is toch wat u wilde?'

'Wat ik wíl, is de sleutel van deze celdeur. Of anders een advocaat, een telefoon en iets te eten. Een Bic Mac zou wel lekker zijn.' Het viel niet mee om in een kinkyachtige Franse kamermeisjesoutfit serieus te worden genomen, maar ze deed haar best om te klinken alsof ze het meende. 'En ook graag de ochtendeditie van de *News of the World*.'

'Nieuws van de wát?' De brigadier keek haar wezenloos aan. 'Luister, meid, zodra een van je rijke vriendjes met de borgtocht binnenkomt, ben je vrij om te gaan.'

Het bureau ademde een nostalgisch 'deze pet past ons allemaal'-sfeertje, iets wat ze onder andere omstandigheden aandoenlijk ouderwets zou hebben gevonden. De balie leek sinds de jaren vijftig niet te zijn veranderd, met overal zware houten armaturen en fittingen, en een glimmende koperen bel om je te melden. Maar schijn kon bedriegen. Dit mocht dan een bureau lijken waar het bevrijden van een kat van een oud vrouwtje uit een boom, of het te hulp schieten bij een paar ontspoorde kwajongens tijdens Halloween, zo'n beetje het ergste was wat er te melden viel, maar alleen al de laatste twee jaar hadden drie plaatselijke moorden het nieuws gehaald, om nog maar te zwijgen van een maffiose witwasoperatie waarbij twee broers uit Bridgehampton waren gearresteerd en levenslang hadden gekregen. Anton Tisch zou bepaald niet de eerste grote vis zijn die door deze muffe gangen was geleid, en ook niet de laatste, zo leek haar.

De brigadier richtte zijn aandacht weer op zijn sudokupuzzel en boos slenterde Sian terug naar de stoel achter in haar cel. Om gek van te worden!

De agent die haar in het zomerhuisje achter de projector vandaan had gesleurd, mompelde iets over insluiping, misleiding en valse voorwendselen, of iets dergelijks onzinnigs. Hadden die lui dan nooit van undercoverjournalistiek gehoord? Wat had ze anders gemoeten? Brutaal op Petra Kamalski afstappen, zo van: 'Pardon, ik ben Sian. Vind je het heel vervelend als ik je feestje kom verpesten, je vriendje als een in wapens handelende pedofiel ontmasker en jou laat arresteren omdat je vorig jaar in het Palmers zo vrolijk met benzine in de weer was? Nee? Geweldig! Bedankt!'

Als de politie beter had gesnuffeld, zou hun neus hen niet hebben bedrogen, zouden ze Anton en Petra als de kwade geniën hebben ontmaskerd, en had Sian niet hoeven insluipen om de zaak in eigen hand te nemen. Maar om een of andere reden had de logica van deze redenering de dienstdoende agent niet kunnen overreden, en dus had hij haar gewoon gearresteerd. Erger nog, de lul had haar slechts twee telefoontjes toegestaan voordat hij haar achter de tralies parkeerde. Eerst had ze geprobeerd om Honor te bereiken, en daarna Lucas, maar beiden hadden hun mobieltjes uit staan. Hoe kon ze nu een borgtocht regelen als ze niemand te hulp kon roepen?

Er verstreek een half uur en al snel knorde haar maag zo luid dat het een meting op de schaal van Richter verdiende. De hele dag was ze te gespannen geweest om te kunnen eten, en nu merkte ze dat ze uitgehongerd was. Gesteld voor de keuze tussen een hamburger of een telefoon zou ze geheid voor een hamburger en wat frietjes hebben gekozen.

Ze ving het geroezemoes op van de tv-ploegen die buiten ongetwijfeld al hun kamp opsloegen in de hoop een mooie shot te kunnen maken van Anton zodra hij werd afgevoerd.

'Ik hoor erbij te zijn, daarbuiten,' verzuchtte ze tegen niemand in het bijzonder. 'Dit is míjn primeur. Het is gewoon niet eerlijk.'

Een paar minuten later rukte de binnenkomst van Petra haar los uit haar zelfmedelijden. Ze leek wel een doodshoofd, met haar rouwzwarte jurk en haar wezenloze blik. Al meteen werd ze weggevoerd naar een verhoorkamer achter in het gebouw, een paar tellen later gevolgd door een andere dame in het zwart, waarschijnlijk een advocaat.

'Spelbrekers,' mopperde Sian terwijl de rechercheurs de deur achter zich sloten. 'Jullie kunnen me op z'n minst toch wel even laten meekijken? Hebben jullie niet van die speciale raampjes waar je me achter kunt zetten? Ach, toe nou. Ik hou heus mijn mond wel, hoor.'

De dienstdoende brigadier schudde lachend het hoofd. 'Weet je, als je gewoon even gaat slapen, vliegt de tijd. Er liggen dekens en een kussen. Het is bijna middernacht.'

'Ja hoor,' mopperde ze. 'Alsof ik nu kan slapen. Ik rammel, verdomme.'

Het eerstvolgende dat ze merkte, was dat ze ruw aan haar schouder werd wakker geschud.

'Hé, schone slaapster…'

Het was een andere agent, een klein ventje met een gluiperig gezicht en een neus zo lang en dun dat hij speciaal geëvolueerd leek om naar termieten te zoeken. Waarschijnlijk had hij zijn collega afgelost. Hoe lang had ze liggen tukken?

'Wakker worden. Volgens mij is je prins gearriveerd.'

Heel, heel eventjes meende ze dat hij Ben bedoelde, maar nu ze haar ogen opende, was ze bijna net zo blij om te zien wie het in werkelijkheid was.

'Zeg maar niks, oké?' zei Lola. 'Ik weet het, ik zie er niet uit.'

In haar groene pyjama-achtige joggingbroek, een van Marti's dikke visserstruien en een paar, om eerlijk te zijn, ongelooflijk lelijke Ugg-schoenen aan haar voeten was het inderdaad wel duidelijk dat ze net uit bed was gebeld. Maar zelfs zonder make-up en met haar verwarde klitterige rode haardos had ze nog altijd iets sexy's waardoor gluiperdje en zijn makkers haar aanstaarden als een stel honden die een biefstuk kregen voorgeschoteld.

'Nou, moet je mij anders zien,' grapte Sian, die haar deken opzij sloeg om haar belachelijke schortje te onthullen. 'De laatste mode…'

Maar Lola was te geëmotioneerd voor lolletjes. Met tranen in de ogen stapte ze de cel in en vlogen ze elkaar als twee zussen die elkaar lang uit het oog verloren waren, stevig in de armen.

'Het spijt me,' zeiden ze allebei tegelijkertijd, en ze giechelden.

'Hoe wist je dat ik hier zat?' vroeg Sian.

'Nick vertelde het me,' antwoordde Lola. 'Marti en ik lagen lekker te slapen toen hij thuiskwam en… O, hallo!' Ze glimlachte naar de agent met de mierenetersneus en trok met een verpletterende glimlach haar zwarte Centurion-creditcard tevoorschijn. 'Ik kom haar borgtocht betalen. Accepteren jullie Amex?'

'Dat zit wel goed, dank je,' antwoordde de agent met een geslepen glimlach. Hij keek naar Sian. 'Ik krijg de indruk dat je goed ligt in de betere kringen.'

De eerste tien minuten van de autorit hadden ze nodig om de reporters af te schudden. Goddank kende Lola de binnenweggetjes als haar broekzak en alleen de grootste fanatiekelingen van de mediakudde bleven haar achtervolgen terwijl ze als een rallyrijder door de doolhof van straten en dan weer over de hobbelige strandweggetjes slalomde.

'Kijk, ik kan natuurlijk ook even stoppen en ze een quoteje geven of zo,' opperde Sian huiverig terwijl de jeep weer een vervaarlijke slalombeweging maakte en bijna in een greppel belandde. 'Godallemachtig, Lola. Alsjeblieft, neem wat gas terug. Ik weet dat ik Simon heb beloofd niet met andere kranten te praten, maar mijn leven is me toch wel iets dierbaarder dan dit, hoor.'

'We gaan heus niet dood,' stelde Lola haar gerust en ondertussen doofde ze haar lichten zodat alles plots stikdonker was. 'Probeer me nu maar eens te pakken te krijgen, lul.' Grijnzend keek ze in haar achteruitkijkspiegel.

En inderdaad, al binnen een paar minuten hadden ze ook de laatste achtervolgers van zich afgeschud waarna Lola het verlaten parkeerterrein van een eettentje op reed, zodat ze eindelijk eens konden praten.

'Dank je,' zei Sian wat nerveus nadat Lola de motor had afgezet '... voor het ophalen. En voor die borgtocht.'

'Geen dank,' glimlachte Lola. 'Nu je een wereldberoemde onderzoeksjournalist bent, kun je me gemakkelijk terugbetalen, toch? Dus, je hebt je primeur aan Satan kunnen slijten? Hoeveel heb je hem kunnen aftroggelen?'

'Meer dan-ie eigenlijk wilde betalen. Maar minder dan dat hij waard is, durf ik te wedden. Al meteen toen ik die meisjes van het Children of Hope-tehuis aan het praten kreeg, wist ik dat het een knaller zou worden. En die wapenhandel was gewoon de kers op de taart. Die arme jongetjes daar...' Mistroostig schudde ze het hoofd.

'Nou, die klootzakken die ons net achternazaten, leken het in elk geval groot nieuws te vinden.'

Er viel een ongemakkelijke stilte, die even later door Sian werd doorbroken.

'Over Lucas...' begon ze, recht voor zich uit starend en patroontjes aan de sterrenhemel ontdekkend. 'Over wat je toen zag. Geloof me, ik wilde hem die avond, in de flat, net zomin over de vloer hebben als jij. En die kus... Ik werd er compleet door verrast. Er is echt helemaal niets tussen ons. Echt.'

Lola bracht een hand omhoog. 'Laat toch zitten.'

'Nee, echt,' ging Sian verder. 'Ik vind het belangrijk dat je dit weet. Ik voel niets voor Lucas, maar ik moet wel toegeven dat hij vanavond alles echt geweldig heeft geregeld. En, niet gillen nu, maar hij heeft inderdaad ook een leukere kant. Ik zou het zelf ook niet hebben geloofd, tot nu.'

'Geen punt,' reageerde Lola. 'Tuurlijk heeft hij die. Ik zocht gewoon een zondebok voor het slippertje van mijn vader, meer niet. Voor wat het mijn moeder heeft aangedaan.'

'Toe, ga nou niet huilen,' zei Sian, die bij Lola de tranen al zag opwellen.

'Niks aan de hand,' snotterde Lola terwijl ze met de rug van haar hand de tranen van haar gezicht veegde. 'Waar het om gaat, is dat Lucas een handige zondebok was. Maar hij heeft er nooit iets mee te maken gehad. Mijn pa was de enige die schuld had.'

'Nou, ik weet niet of ik zelf zover durf te gaan,' opperde Sian redelijkerwijs. 'Vergeet Honor niet, weet je. Dansen doe je met z'n tweeën, en Anton was degene die de zaak naar de pers lekte.'

'Ja, maar het is niet alleen dat vreemdgaan.' Verbeten schudde Lola het hoofd. 'Al mijn hele leven profileert mijn vader zich als het grote morele voorbeeld. Hij had altijd iets aan te merken op mams oppervlakkigheid, en misschien is ze ook wel oppervlakkig. Maar ze is in elk geval eerlijk, snap je? Pa is zo'n nepfiguur. Mam was in zijn ogen oppervlakkig, ik was verwend en mijn broer was een luie hufter.'

'Je broer ís een luie hufter,' wierp Sian tegen.

'Ik weet het.' Lola glimlachte. 'Pa deed er altijd zo verbijsterd over. Zo van: "Hoe kan zo'n geweldige vent als ik met zo'n egocentrische zoon zijn opgescheept?" Maar onder die dikke laag ongein verschillen ze niet zo veel van elkaar. Het was Marti die me dat duidelijk maakte.'

'Echt?'

'Ja. Dat mijn ouders een stel conservatievelingen waren, wist ik natuurlijk wel. En ook dat ze snobs waren. Maar toen ik Marti mee naar huis nam, gingen mijn ogen pas echt open. Mijn pa is zo'n racist, zo vol eigendunk, zo'n vat vol...'

'Stront?' opperde Sian.

'Ik wilde zeggen: haat,' antwoordde Lola. De verwarming in de auto stond hoog, maar toch huiverde ze. Nog eventjes leek het woord als een oudbakken scheet in de lucht te hangen. 'Híj kijkt dus neer op Marti. Wat bezielt die man? Afijn...' Ze glimlachte en pakte soepel de draad weer op. 'Waar het om gaat, is dat het nooit echt met Lucas, of jou, te maken had. Ik vind het gaaf dat hij je heeft geholpen met je primeur.'

'Echt?' Sians gezicht klaarde op.

'Absoluut. Ben je gek? Anton Tisch is duidelijk gewoon de grootste klootzak ter wereld. Je hebt hem echt helemaal ontmaskerd.'

Ze vielen elkaar nog eens om de hals, maar nu was elk spoortje achterdocht verdwenen.

'Dus wat nu?' vroeg Sian voorzichtig terwijl Lola de auto weer startte. 'Ik kan niet terug naar het Palmers, of naar de cottage. De pers is overal.'

'Je kunt in ons gastenverblijf slapen. Je hebt privacy, het is bewaakt, en we hebben honden.'

'Klinkt perfect.' Opeens hunkerde Sian naar een bed, wat voor bed dan ook. Genieten van de overwinning en bijpraten met Lucas en Honor kwam de volgende ochtend wel. Na vijf minuutjes en half slapend met haar hoofd tegen het zijraam te hebben gehangen ging ze opeens rechtop zitten. 'Wacht even. Is jouw huis niet de andere kant op?'

Lola glimlachte. 'Eh, ja. We maken een omweggetje.'

'Een omweggetje? Echt? Nu?' vroeg Sian. 'Ik wil niet lullig doen, Lo, maar kan dat niet wachten tot morgen? Ik ben bekaf.'

'Niet echt,' was Lola's antwoord. 'Kijk zelf maar.'

Ze hadden het eind van een donker onverhard, aflopend weggetje bereikt. Ze draaide het raampje naar beneden en hoorde het geruis van golven plus, ergens in de verte, uitstervend geroezemoes en ronkende automotoren: de laatste feestgangers die het Herrick verlieten.

'Lola! Kreng!' schold ze goedmoedig terwijl ze uitstapte op het verlaten strand. 'Je hebt de hele tijd in een kringetje gereden! We staan vlak buiten het Palmers, ja toch? Ik dacht dat je de pers wilde vermijden. Zo meteen wemelt het ervan, als dat nu al niet het geval is.'

'Nou...' sprak opeens een stem achter haar, wat dichter bij de vloedlijn, 'de meesten gingen al naar huis toen ze merkten dat Honor en Tina er niet waren.'

Sian verstijfde. Omkijken durfde ze niet. Ze zocht naar Lola, maar die leek op raadselachtige wijze te zijn verdwenen.

'En jij, natuurlijk,' ging de bassende Cockneystem verder. 'Allemaal wilden ze met je praten. Maar een of andere slimmerik zei dat je naar New York was afgevoerd voor interviews, en daar zijn ze ingetuind. Vraag me niet hoe hij heette, maar het was een Engelsman, hoorde ik. Charismatisch, lijkt een beetje op Brad Pitt, maar dan strakker.'

Sian voelde hoe haar maag een buiteling leek te maken, net als zo'n badeendje waarmee ze als kind speelde.

'Hoor jij niet in Londen te zitten?' Eindelijk draaide ze zich met haar mooiste platonische glimlach naar hem om.

'Goh, aardig, zeg,' reageerde Ben, die langzaam over het zand op haar afliep. 'Had je dat liever gewild, soms? Hartverwarmend, hoor, na eerst de halve wereld te zijn overgevlogen, enkel om jou te zien.'

Hij droeg dezelfde afgedragen shorts als op de dag van hun eerste ontmoeting, en een Rolling Stones-T-shirt dat zijn beste tijd leek te hebben gehad. Hij zag er bleek en moe uit, en in de avondbries piekte zijn haar zoals gewoonlijk weer alle kanten op. Maar zijn glimlach was als een zonsopgang, zo breed en blij dat hij niet alleen zijn gezicht domineerde, maar helemaal van hem afstraalde, van zijn warrige slaaphoofd tot zijn haveloze tennisschoenen. Nog even en ze stond letterlijk in vuur en vlam.

'Ik heb je niet gezien op het feest,' stamelde ze. 'Was je er wel?'

Het leek gemakkelijker om het bij de feiten en de logistiek te houden dan om over gevoelens te beginnen, en ze durfde hem niet te vragen waarom hij eigenlijk hier was.

'Nee.'

Terwijl hij dichterbij kwam, ving ze het geluid op van Lola's auto, die in de verte verdween. Hoezo solidair?

'Het ging hartstikke goed,' ratelde ze verder. 'Beter dan ik had durven hopen, eigenlijk. Hoewel ze me wel arresteerden wegens insluiping.'

'Dat heb ik gehoord, ja.' Behoedzaam legde Ben een hand op haar heup en trok haar tegen zich aan.

'Ze hebben Anton meteen meegenomen.' Het leek wel of ze niet kon op-houden met praten. Alsof ze hoopte dat haar woorden letterlijk een muur tussen hen zouden vormen. 'De FBI wil hem ondervragen – ik neem aan dat je dat al weet – en ik weet zeker dat ook Interpol niet lang op zich laat wachten, en ook dat ze met mij willen praten. Maar die smerissen hier zijn zo hopeloos dat ze me samen met Lola lieten gaan. Ik kan nu tenminste een hele nacht slapen, en dan zien we morgen wel verder. Hoe dan ook, ik zag Anton met zijn advocaat, die dikke, vertrekken, maar ik geloof niet dat hij mij heeft gezien. Maar misschien ook wel. En toen brachten ze Petra binnen...'

'Sian...' Ben legde zijn wijsvinger op haar lippen. 'Het interesseert me niet.'

Bonk-bonk, bonk-bonk. Iemand leek de volumeknop van haar wild kloppende hart op tien te hebben gezet. Eindelijk hield ze haar mond.

'Het kan me niet schelen wat er met Anton of Petra gebeurt, en Inter-pol interesseert me niet. Zelfs mijn fonds niet. Niet als ik jou niet bij me kan hebben.'

'Maar...' Ze dwong de vraag over haar lippen. 'En Bianca dan?'

'Bianca is een lieverd,' antwoordde hij en hij streek liefdevol een lok uit haar gezicht. 'En ik heb geprobeerd om van haar te houden. Zeker weten. Maar het zit er niet in.'

'O.' Ze wist dat ze het niet kon maken om te grijnzen, maar ze leek er niets aan te kunnen doen. 'Juist, ja. Waarschijnlijk dus niet echt een goed idee geweest om met haar te trouwen, hè?'

Ben schaterde het uit, tilde haar op en maakte een pirouette op het zand. 'Nee, brutaal nest! Waarschijnlijk niet. Maar ja, ik weet niet of ik het aandurf met een geldgeile slet als jij.'

'Slét?!' lachte ze terwijl ze hem op zijn hoofd sloeg. 'Hoe durf je! En trouwens, ik kan je vertellen dat ik je geld niet nodig heb. Ik ben nu een financieel onafhankelijke vrouw, dankzij onze goeie ouwe *News of the World*. Er wacht mij een glanzende carrière: verre reizen maken, onrecht aan de kaak stellen.'

Bens gezicht betrok en hij zette haar weer op de grond. 'Kan niet,' zei hij. 'Verre reizen maken zit er niet in.'

Vragend keek ze hem aan. Ze wist even niet of hij nu een grapje maakte. 'Hoezo niet?'

'Omdat…' Hij fronste zijn voorhoofd. 'Omdat het gevaarlijk is, met… al dat terrorisme. En zo.'

'In godsnaam zeg…!'

'Ik meen het,' ging hij verder. 'En trouwens, je zult het in Londen veel te druk hebben om de hele wereld over te banjeren.'

'Druk, met wat?'

Ben grijnsde. 'Met mijn kindertjes.'

Sians wenkbrauwen schoten omhoog. 'O, werkelijk?'

'Ja,' antwoordde hij kordaat. 'Reken maar.' Hij boog zich naar haar toe en kuste haar zo hard en lang dat het begon te duizelen voor haar ogen. 'Trouwens,' vroeg hij toen hij eindelijk de kus verbrak, 'dat kamermeisjes-uniformpje, wiens idee was dat?'

'Van Anton?' antwoordde ze blozend. 'Al het damespersoneel moest zo gekleed gaan. De viezerik.'

'Hmm. Weet je, misschien hebben we iets te hard over oom Anton geoordeeld,' fluisterde hij terwijl zijn vingers behoedzaam onder haar ridicuul korte rokje gleden. 'Ik krijg steeds meer het gevoel dat-ie ook wel goeie kanten had.'

Ze sloot haar ogen en, eindelijk in Bens armen liggend, moest ze hem bijna gelijk geven.

Ongeveer vijftien kilometer verderop begon Honor zich zittend naast Lucas in diens gehuurde auto nu echt zorgen te maken.

'Weet je zeker dat je de weg weet?' vroeg ze nogmaals. 'Want ik kom hier al mijn hele leven, en ík heb echt geen idee waar we in hemelsnaam zitten.'

Toen ze het feest hadden verlaten, was Lucas in de richting van de stad gescheurd, bij een splitsing rechts afgeslagen en ergens in het open landschap beland waar een rasterwerk van landweggetjes hen alsmaar verder in de richting van Nergenshuizen leek te dwingen, waarna hij was gekeerd en in de richting van de kust was teruggereden.

Het was een enerverend ritje geweest. Al meteen toen het Herrick uit het zicht was verdwenen, kwam hij met de verpletterende mededeling dat Petra achter de brand in het Palmers had gezeten. Haar reactie: 'Hoe weet je dat?' klonk eerder ontzet dan beschuldigend.

'Sian heeft het me vanochtend verteld, op de terugweg van luchthaven JFK. Toen Tina het podium betrad, hebben we de politie gewaarschuwd. Ik heb haar in Londen gevraagd of ze er eens in wilde duiken, maar om eerlijk te zijn, had ik nooit gedacht dat ze met iets op de proppen zou komen, laat staan met dit.'

Er viel een lange stilte. 'Maar Petra... Ik had wel dood kunnen zijn,' mompelde Honor ten slotte in zichzelf. 'Zoals een hele hoop mensen, zelfs. En dat terwijl ze met het Herrick al zo ver op ons voorlag. Waarom zo'n risico, als het helemaal niet nodig was?'

Lucas haalde zijn schouders op en hield zijn ogen op de weg gericht. 'Waarom moest Nixon in het Watergate de boel afluisteren terwijl hij op het punt stond om verpletterend te winnen? Voor sommige mensen is het bereiken van de top juist makkelijk, maar het aan de top blijven, dat maakt hen zenuwachtig. Petra was altijd ambitieus tot op het bot. Misschien wilde ze indruk maken op Anton. Misschien wilde ze jou gewoon uit de weg hebben.'

Honor huiverde. 'Uit de weg hebben': was het onschuldig bedoeld, of als 'uit de weg gerúímd hebben'? Een beangstigende gedachte.

'Volgens Sian was Tisch er niet van op de hoogte,' vertelde hij verder. 'Als dat klopt, is dit het enige smerige bord pap waar hij geen vinger in heeft gehad.'

Maar ze luisterde nauwelijks. 'Zei je dat jíj Sian vroeg om die brand eens uit te zoeken?' vroeg ze achterdochtig. 'Waarom?'

'We zijn er,' zei hij, haar vraag negerend. Hij trapte op de rem. Met piepende banden en omringd door een stofwolk kwam de auto tot stilstand. 'Kom. Uitstappen, jij.'

'We zijn er?' Voorzichtig stapte ze uit en met beide handen tilde ze haar jurk op zodat die niet over het zand sleepte. 'Jeetje, we zíjn er. Hoe hebben we zo snel terug kunnen rijden dan?' Ze stonden bij een van de vele kronkelpaadjes die naar Water Mill voerde, het stuk strand waar ze elkaar al die jaren geleden zo nietsvermoedend tegen het lijf waren gelopen.

Het was pikkedonker. Sterren straalden aan de hemel, maar de maan was slechts een bescheiden sikkel, en zonder licht van de koplampen was het aanvankelijk lastig om iets in de duisternis te ontwaren. Maar toen haar ogen eenmaal aan het donker gewend waren, zag ze de vertrouwde glooiing en de toefjes piekerig helmgras die als ongewenste haartjes op de huid van een oude vrouw uit het zand omhoogstaken.

'Kom mee,' zei hij en hij nam haar bij de hand om haar over de hobbelige grond te gidsen.

'Kan het wat langzamer?' smeekte ze. Ze voelde dat het witte chiffon van haar jurk in de doornstruiken bleef haken, en bukte zich om haar hoge hakken uit te doen. 'Bij die helling van daarnet brak ik bijna mijn enkel.'

'Moet je ook maar niet van die belachelijke schoenen aantrekken, ja?' zei hij terwijl hij haar met een vloeiend gebaar optilde zonder zijn pas te vertragen.

'Dit zijn feestschoenen!' Verontwaardigd keek ze hem aan. 'Wist ik veel dat er een wandeling in de maneschijn op het programma stond.'

Maar ze stond toe dat hij haar de laatste paar meters naar het strand droeg. Ze sloot haar ogen en genoot onwillekeurig van de warmte van zijn lichaam. Haar eigen lichaam deinde mee op het ritme van zijn grote stappen, als bij een kind dat in een hangmat wiegt, een beweging die vage herinneringen opriep aan haar vader, die haar oppakte en over het gazon van het oude Palmers droeg. Ze moest heel jong zijn geweest, toen. Ver voordat haar moeder stierf. Nadien kon Trey zichzelf er nauwelijks meer toe brengen haar aan te raken, laat staan haar dicht tegen zich aan te drukken, zoals Lucas nu deed.

'We zijn er.'

Hij zette haar neer op het zand en deed een stap achteruit, benieuwd naar hoe ze zou reageren. Voor hen lag een donkerblauwe kasjmieren deken uitgespreid, op zijn plek gehouden door zware onyx kandelaars die door de waxinelichtjes erin een oranje gloed verspreidden. Het zag er eenvoudig uit, niks patserigs of goedkoops, maar ontegenzeglijk een romantisch gebaar.

'Wat heb je verder nog meegenomen, Casanova?' plaagde ze hem, haar zenuwen onderdrukkend door in de aanval te gaan. 'Een paar Barry White-cd's en een cocktailshaker?'

'Natuurlijk niet,' schoot hij in de verdediging.

'Wat stelt dit voor dan? Je liefdesnestje? Hier breng je al je vriendinnetjes naartoe?'

'Doe niet zo belachelijk,' beet hij haar toe en hij liet zich naast een kant van het kleed in het zand ploffen, haar geen andere keuze latend dan hetzelfde te doen. 'Het is gewoon een wat minder voor de hand liggende plek waar we rustig kunnen praten, leek me.'

'Oké.' Ze klonk niet bepaald overtuigd. 'Goed, nu je me hierheen hebt gelokt, waar wil je het over hebben?'

Opgelaten staarde hij naar zijn handen, alsof het antwoord op haar vraag in het eelt van zijn palmen te ontdekken viel. Hij had haar zo veel te vertellen, maar terwijl hij naar haar kleine, tartende elfjesgezicht in het flakkerende kaarslicht keek, viel zijn netjes voorbereide praatje als rijstkorrels door een vergiet pardoes door de vloer van zijn geheugen. Zijn mond werd droog, en hij slikte moeizaam.

'Je stelde me net een vraag,' begon hij stuntelig, 'over waarom ik Sian had gevraagd of ze die brandstichting in het Palmers eens wilde onderzoeken.'

'Ja,' antwoordde ze quasionverschillig. Ze had er spijt van dat ze hem opnieuw haar kwetsbare kant had getoond door zich naar deze plek te laten dragen. Misschien dat ze met een beetje afstandelijkheid de touwtjes in handen kon houden. 'Ik vroeg het me gewoon af, meer niet. Niet belangrijk verder.'

'Ik deed het omdat jij het financieel moeilijk had,' antwoordde hij.

'Hoe bedoel je?' klonk het meteen achterdochtig. 'Met mij gaat het prima, dank je. Als ik jou was, zou ik me vooral zorgen maken over je eigen toko.'

Lucas lachte. 'Na vanavond zijn onze zorgen voorbij,' vertrouwde hij haar toe. 'Vanaf nu wil Connor niets meer met Anton te maken hebben. Let maar eens op. De rechtszaak wordt geseponeerd, hij betaalt zonder mokken mijn kosten, en daarna is het voor ons weer business as usual.'

'Het zal allemaal wel,' reageerde ze allengs kribbiger.

'Kijk,' vervolgde hij wanhopig nu het wederom niet liep zoals hij had gewild. Telkens als hij zijn best deed om een goede indruk op haar te maken, sloeg ze hem ermee om zijn oren. Waarom toch? 'Als je nou eens gewoon even kapt met dat getier en luistert...'

'Ik tier niet!' tierde ze.

'Ik probeer je uit te leggen dat ik dat deed omdat ik je wilde helpen. Ik wilde je helpen je geld terug te krijgen. De verzekeraars zullen nu moeten uitkeren, nietwaar?'

'Ach, kom op,' reageerde ze kordaat. 'Jij komt alleen maar in actie als je er zelf beter van kunt worden. Er moet voor jou dus ook iets in hebben gezeten. Nou, wat dan? Het Petra betaald zetten omdat ze je baantje in het Herrick inpikte? Of heb je bij Sian een aandeel in de winst?'

'Geen van beide.'

'Nou, wat dan?'

'Waarom is het voor jou zo moeilijk om te geloven dat ik ook wel eens positief en menselijk uit de hoek kan komen zonder allerlei bijbedoelingen?'

'Eh, omdat ik je ken?' Het was slechts half gekscherend bedoeld.

'Goed,' klonk het standvastig. 'Oké, prima. Het antwoord is: jij. Jíj was wat er voor me in zat.'

'Ik?'

'Ja, stomme muts! Jij!' riep hij opeens zo hard dat Honor ervan schrok. Hij stond op en begon rond de deken te ijsberen als een leeuw die zijn territorium bewaakt, of een mogelijke prooi in de smiezen heeft. 'Verrast je dat dan echt zo? Dat ik je wel eens zou willen helpen? Omdat ik om je gééf?'

Die laatste zin rolde duidelijk tegen heug en meug over zijn lippen.

'Jij, jij geeft om mij?' herhaalde ze, zich ervan bewust dat ze als een papegaai of een gek moest klinken, of beide, en niet wetend wat ze verder nog moest zeggen. 'Maar jij bent Lucas. Jij geeft nérgens om. Om niemand.'

'Dank je,' zei hij met een zuur lachje.

'Ach, je weet heus wel wat ik bedoel. Je bent zó ambitieus.'

Vol ongeloof keek hij haar aan. 'Ik ben ambitieus, en jij niet?'

'Nou... ja,' gaf ze toe. 'Een beetje, misschien. Maar dat is anders. Ik draag verantwoordelijkheid voor het Palmers. Mijn familie... maar dat doet trouwens niet ter zake!' ging ze boos weer in de aanval. 'Als jij zo om me geeft, waarom was je in Vegas dan zo'n lul?'

'Een lul?' Hij leek oprecht gekwetst. 'Hoezo een lul?'

'Je gebruikte me.'

Ze had in elk geval het fatsoen om er een schaamtevol gezicht bij te trekken.

'Ja hoor. *Bullsheet!* Zijn Spaanse tongval klonk altijd het sterkst door wanneer hij boos was. Hij pakte haar bij de polsen, trok haar overeind en kuste haar. 'Je wilde me zo graag, in Vegas, dat je me bijna smeekte...'

Ze opende haar mond om te protesteren, maar hij kuste haar nog eens, en met zo'n kracht dat ze achteruitwankelde, over een van de kandelaars struikelde en op haar achterste in het zand plofte. Nog voor ze besefte wat er gebeurde, lag hij al boven op haar, steunend op zijn ellebogen terwijl ze zich vergeefs onder hem vandaan probeerde te worstelen.

'Geef maar toe.' Voor het eerst sinds ze hier waren, glimlachte hij. 'Je verlangde al van meet af aan naar me. Vanaf de eerste dag dat ik je tegenkwam, hier op dit strand, toen je nog je best deed om de wereld ervan te overtuigen dat je een pik tussen je benen had.'

Wild schudde ze haar hoofd. 'Wat een waanideeën allemaal! Als er iemand verlangde, was jij het wel. Naar míj.'

'Oké, inderdaad,' gaf hij toe. Ze was verbouwereerd. 'Ik verlangde naar je, ja, ook al zag je er niet uit.'

'Ik zag er wél uit!'

'Maar je was te druk bezig om jezelf met die zakkerige vijftigplusser van een Devon Carter voor schut te zetten om het in de gaten te hebben.'

Honor werd knalrood. 'Nou, jíj had het anders te druk met mijn zus te neuken, en iedere andere vrouw die zich maar bewoog.'

'Best,' zei hij. De sfeer werd er bepaald niet beter op. 'Laten we het erop houden dat we allebei sukkels waren, goed? Kunnen we het dan nu weer bijleggen?'

Heel eventjes overwoog ze om zich niet te laten kennen, hem te verstaan te geven dat hij kon opdonderen, hem de huid vol te schelden voor zijn bemoeizucht met het Palmers en haar leven. Maar hij bracht zijn hoofd omlaag en tergend langzaam streelden zijn lippen langs haar sleutelbeen naar haar borsten... en veranderde ze van gedachten.

'Ik ben te moe om te ruziën,' kreunde ze terwijl ze met een zucht haar ogen sloot nu hij een hand tussen haar dijen schoof. 'Ik heb er de energie niet voor.'

Lucas grijnsde. 'O nee? Nou, dat betwijfel ik. Eens kijken hoeveel energie je nog in je hebt, hm?'

Drie uur later lag ze naakt in zijn armen, met de deken om hen heen gewikkeld terwijl de golven in het licht van het ochtendgloren zacht langs de vloedlijn kabbelden, en comfortabel rekte ze zich eens lekker op haar gemak uit.

'Het zal anders niet meevallen, weet je...' fluisterde ze terwijl ze met haar lippen het bovenste randje van zijn oor streelde, '... om er iets van te maken. Al dat langeafstandsgedoe.'

'Hoezo, "langeafstandsgedoe"?' Hij rolde op zijn zij, keek haar aan en drukte zijn brede neus tegen haar wang.

'Nou, met jou in Parijs, toch? Of op Ibiza.'

'Waarom denk je dat?'

'Nou...' stamelde ze. 'Luxe America is, zeg maar... passé, nietwaar? Je hebt helemaal geen reden om hier te blijven.'

'Integendeel,' antwoordde hij glimlachend. 'Nu Anton en Petra met hun eigen problemen opgezadeld zitten, verwacht ik dat het met onze eigen juridische akkefietjes en onze planning vanaf nu wonderbaarlijk genoeg wel zal meevallen. Zolang ik op de bouwplaats ben om druk op de ketel te houden zie ik echt niet waarom we volgend jaar rond deze tijd nog niet open kunnen zijn.'

'Ik bewonder je vasthoudendheid, schat.' Ze gaf hem een kuis kusje op de mond. 'Maar je beseft toch wel dat je je tijd aan het verspillen bent?'

'O, werkelijk?' Hij komde zijn rechterhand om haar borst en kneep er eens flink in. 'En waarom dan wel?'

'Omdat...' antwoordde ze zonder spoortje ironie, 'het Palmers het allerbeste hotel ter wereld is, en met de kerst hebben wíj onze deuren al geopend. Ik weet zeker dat jouw Luxe Hotels op hun eigen manier prachtig zijn, maar denk niet dat je serieus met mij kunt concurreren.'

Lucas schoot in de lach. 'Nou, mijn schat,' zei hij, 'dat is nou juist waar ik me de rest van mijn leven helemaal op verheug.'

DANKWOORD

Zoals altijd wil ik iedereen van uitgeverij Orion bedanken, omdat jullie het met mij weten uit te houden en voor het fantastische werk dat jullie allemaal verzetten om van mijn slordige manuscript een goed verzorgd en (al zeg ik het zelf) tamelijk schitterend boek te maken. Vooral dank aan Lisa Milton, Kate Mills en Genevieve Pegg voor al hun geduld en advies met betrekking tot de titel, het universum en alles; en aan Susan Lamb, die mij heeft overgehaald om iets nieuws te proberen.

Dank aan mijn agenten en vrienden, Tif Loehnis en Luke Janklow. Aan iedereen van Janklow & Nesbit, met name Tim Glister, Kirsty Gordon en Claire Dippel, die me het afgelopen jaar zo geweldig hebben geholpen met allerlei dingen die helemaal niet tot hun werk behoren, en wier opgewektheid en goede humeur er enorm toe bijdragen dat ik zo dol ben op mijn impresariaat.

Dank aan mijn familie, aan mijn echtgenoot Robin, aan onze fantastische kinderen Sefi, Zac en Theo, en aan mijn broers en zussen, omdat jullie er altijd voor me zijn. Ten slotte wil ik mijn ouders, aan wie ik dit boek heb opgedragen, bedanken omdat ze mij hebben leren lezen en schrijven, me in alles hebben aangemoedigd en mijn hele leven lang al van me houden. In dit verhaal komen tal van gestoorde familierelaties voor – maar daar zie ik gelukkig helemaal niets van terug bij mijn familie. Ik hoop alleen maar dat ik mijn eigen kinderen een jeugd kan geven die zelfs maar half zo betoverend is als die jullie ons hebben gegeven.

Groetjes,
Tills xx

(PS Pa, lees dit boek maar niet, er zit te veel seks in.)